10,00

Confort

č .89

SIMETIERRE

DU MÊME AUTEUR

aux Éditions Albin Michel

CUJO
roman

CHRISTINE
roman

CHARLIE
roman

STEPHEN KING

SIMETIERRE

roman

traduit de l'américain par
François Lasquin

Albin Michel

L'auteur tient à adresser des remerciements particuliers à Russ Dorr et à Steve Wentworth, tous deux résidents de Bridgton (Maine), le premier pour lui avoir fourni des informations d'ordre médical, le second pour l'avoir renseigné sur les coutumes funéraires américaines et l'avoir aidé à mieux comprendre la nature de la douleur qu'on éprouve consécutivement à la perte d'un être cher

A Kirby McCauley

Voici quelques individus qui ont écrit des livres pour relater leurs actions et en expliquer les motifs :

John Dean[1]. Henry Kissinger. Adolph Hitler. Caryl Chessman. Jeb Magruder[1]. Napoléon Bonaparte. Talleyrand. Disraeli. Robert Zimmerman, dit Bob Dylan. Locke. Charlton Heston. Errol Flynn. L'Ayatollah Khomeini. Gandhi. Charles Olson. Charles Colson[1]. Un Victorien anonyme. Le Dr X.

Par ailleurs, la plupart des gens sont persuadés que Dieu a écrit un, ou des Livres pour relater Ses actions et en expliquer (au moins partiellement) les motifs. Etant donné que ces gens sont généralement aussi persuadés que Dieu a créé les humains à Son image, on doit pouvoir Le considérer comme un individu — ou, pour Le traiter avec les égards appropriés, Un Individu.

Et voici quelques individus qui n'ont pas écrit de livres pour relater leurs actions — et témoigner de ce qu'ils ont vu :

L'homme qui a enterré Hitler. L'homme qui a autopsié le cadavre de John Wilkes Booth. L'homme qui a embaumé Elvis Presley. L'homme qui a embaumé (mal, aux dires de la plupart des entrepreneurs de pompes funèbres) le pape Jean XXIII. Les quarante fossoyeurs qui ont nettoyé Jamestown, emballant les cadavres dans de grands sacs, ramassant les tasses en papier à l'aide de bâtons à pointe semblables à ceux qu'utilisent les préposés à l'entretien des parcs et jardins, faisant de

1. Dean, Magruder, Colson : trois des inculpés de l'affaire du Watergate. (*N.d.T.*)

9

grands moulinets des bras pour chasser les essaims de mouches. L'homme qui a incinéré William Holden. L'homme qui a enchâssé le corps d'Alexandre le Grand dans une chape d'or afin que la putréfaction lui fût épargnée. Les hommes qui ont momifié les Pharaons. La mort est un mystère, et la sépulture un secret.

Première partie

Le simetierre

Jésus leur dit : « Lazare, notre ami, dort ; mais je vais le réveiller. »

Alors les disciples se regardèrent, et plusieurs sourirent, ignorant que Jésus avait usé d'une métaphore. « Seigneur, s'il dort, il sera guéri. »

Alors Jésus leur dit ouvertement : « Lazare est bel et bien mort... mais allons tout de même vers lui. »

— EVANGILE SELON JEAN (paraphrase)

1

Louis Creed, qui avait perdu son père à l'âge de trois ans et n'avait connu aucun de ses deux grands-pères, ne se serait jamais attendu à se trouver un père aux approches de l'âge mûr, et pourtant c'est exactement ce qui lui arriva — quoiqu'il préférât donner à cet homme le nom d'ami, comme on est bien forcé de le faire lorsqu'on est adulte et qu'on découvre le père qu'on aurait voulu avoir dans une phase relativement tardive de l'existence. Louis fit la connaissance de cet homme le soir où, en compagnie de sa femme et de ses deux enfants, il vint s'installer à Ludlow dans la grande maison en bois blanche où Winston Churchill (Church, le chat de sa fille Eileen) élit résidence avec eux.

Le bureau de recherches de l'université avait fait traîner les choses en longueur, ça n'avait pas été une mince affaire de dénicher une maison à distance raisonnable du campus, et quand les Creed arrivèrent enfin à proximité de l'endroit où Louis pensait que se trouvait leur nouveau logis (« *Tous les signes concordent,* se disait-il macabrement, *comme à la veille de l'assassinat de César* »), ils étaient las, tendus et irritables. Gage, dont les dents étaient en train de percer, n'arrêtait pas de pleurnicher et il refusait obstinément de s'endormir en dépit de toutes les berceuses que Rachel s'évertuait à lui chanter. Ce n'était pas l'heure de la tétée, et Gage connaissait son horaire aussi bien (sinon mieux) que sa mère ;

elle lui offrit tout de même le sein, et il s'empressa de la mordre avec ses dents toutes neuves. Rachel, qui n'était pas encore vraiment acquise à l'idée de venir s'installer dans le Maine (elle avait vécu à Chicago toute sa vie), fondit en larmes, et Eileen eut tôt fait de l'imiter. A l'arrière de la station-wagon, Church continuait à tourner inlassablement sur lui-meme, comme il n'avait pas cessé de le faire tout au long des trois jours qu'il leur avait fallu pour descendre de Chicago jusqu'ici. Ils s'étaient vite résignés à le délivrer du panier où ils l'avaient d'abord cloîtré pour mettre un terme à ses miaulements insupportables, mais son va-et-vient continuel s'était avéré presque aussi exaspérant.

Pour un peu, Louis y aurait aussi été de sa larme. Une idée saugrenue, mais non sans attrait, se forma soudain dans sa tête : il leur proposerait de rebrousser chemin pour aller manger un morceau à Bangor en attendant l'arrivée du camion de déménagement et, aussitôt que ses trois empêcheurs de danser en rond auraient mis pied à terre, il écraserait l'accélérateur et s'enfuirait sans même un regard en arrière, engloutissant litre sur litre d'essence hors de prix dans l'énorme carburateur à quatre cylindres de la familiale. Il mettrait cap au sud et descendrait d'une traite jusqu'à Orlando, en Floride, où il se ferait embaucher comme secouriste à Disney World sous un nom d'emprunt. Mais juste avant d'arriver au péage de cette bonne grosse vieille autoroute 95, il s'arrêterait sur le bas-côté et il foutrait dehors cet abruti de chat.

Là-dessus ils franchirent un ultime virage et se retrouvèrent nez à nez avec la maison, que Louis avait été le seul à voir jusqu'à présent. Il avait pris l'avion pour venir inspecter les sept habitations possibles que Rachel et lui avaient sélectionnées sur photos dès que le poste à l'Université du Maine lui avait été définitivement acquis, et il avait jeté son dévolu sur celle-ci. C'était une grande baraque ancienne de style colonial, mais comme le revêtement extérieur en bois venait d'être refait et isolé de neuf, les frais de chauffage, quoique encore assez monstrueux, ne seraient tout de même pas au-dessus de leurs moyens. La maison comportait trois grandes pièces au rez-de-chaussée, quatre chambres à l'étage et une remise longue et basse que l'on pouvait envisager de convertir ultérieurement pour y installer des chambres supplémentaires, le tout entouré d'une luxuriante étendue de gazon qui restait, même par cette chaleur d'août, d'un beau vert éclatant.

Derrière la maison, il y avait un grand pré où les enfants pourraient jouer et au-delà du pré, des bois qui semblaient s'étaler jusqu'à l'infini. L'agent immobilier avait expliqué à Louis que les terres contiguës à la propriété appartenaient à l'Etat et que toute possibilité de construction nouvelle y était exclue dans l'avenir immédiat en raison du litige qui opposait à leur sujet les derniers survivants de la tribu des Micmacs et le gouvernement du Maine. Les Indiens exigeaient la restitution de près de trois mille hectares à Ludlow même et dans les villages avoisinants, et le procès, auquel le gouvernement fédéral était également mêlé, était d'une telle complexité qu'il risquait de traîner jusqu'à la fin du siècle.

Rachel s'arrêta brusquement de pleurer et elle se redressa sur son siège.

« Est-ce que c'est... ?

— C'est elle », dit Louis. Il éprouvait une certaine appréhension. Ou plutôt, il avait la trouille. Et à vrai dire même, une trouille *bleue*. Il avait hypothéqué douze années de leur vie pour cette maison : d'ici à ce que la dernière traite soit réglée, Eileen aurait dix-sept ans.

Il avala sa salive.

« Qu'est-ce que tu en penses ?

— Je la trouve *magnifique* ! » s'écria Rachel, et Louis eut le sentiment qu'un poids immense se soulevait de sa poitrine. Il voyait bien qu'elle disait cela sérieusement, à la manière dont elle regardait la maison tandis qu'ils s'engageaient dans l'allée bitumée qui contournait le bâtiment pour aboutir à l'entrée de la remise. Le regard de Rachel courait le long des fenêtres vides et Louis devina que son esprit était déjà occupé à toutes sortes de supputations relatives à la cretonne des rideaux, à la toile cirée des placards de cuisine et Dieu sait quoi encore.

« Papa ? » fit la voix d'Ellie depuis le siège arrière. Elle s'était arrêtée de pleurer aussi, et même Gage s'était calmé. Louis savourait le silence.

« Quoi, ma chérie ? »

Il apercevait les yeux de la fillette, qu'elle avait bruns sous des cheveux châtain clair, dans le rétroviseur. Elle aussi inspectait du regard la maison, la pelouse, le toit d'une autre maison un peu plus loin sur la gauche et le grand pré qui s'étirait jusqu'aux vastes bois.

« C'est chez nous ?

— Oui mon cœur, c'est ici qu'on va habiter, dit Louis.

— HOURRA ! » glapit-elle d'une voix perçante. Et Louis, qu'Ellie mettait parfois au comble de l'exaspération, décida qu'il se fichait comme d'une guigne d'être condamné à ne jamais voir Disney World ni la Floride.

Il se rangea devant la remise et coupa le contact.

Le moteur toussa une dernière fois et se tut. Le silence de l'après-midi finissant, que brisait seul un doux babil d'oiseau, paraissait extraordinairement profond après Chicago et le brouhaha continuel de State Street et du Loop.

« Chez nous, fit Rachel à mi-voix, les yeux toujours fixés sur la maison.

— Sé nou », répéta Gage sur ses genoux, l'air ravi.

Louis et Rachel se regardèrent avec stupeur. Dans le rétroviseur, les yeux d'Eileen s'agrandirent.

« Tu as... ?

— Est-ce qu'il... ?

— C'était une... ? »

Ils avaient parlé tous les trois en même temps, et ils éclatèrent de rire simultanément. Gage n'en avait cure ; il continuait à sucer son pouce le plus tranquillement du monde. Cela faisait bientôt un mois qu'il avait commencé à dire « M'man », et il s'était essayé une fois ou deux à articuler quelque chose qui ressemblait vaguement à « Papa » — ou peut-être que ce n'était que Louis qui prenait ses désirs pour la réalité.

Mais cette fois, accident ou volonté délibérée d'imitation, il avait bel et bien dit quelque chose. Il avait dit : *chez nous.*

Louis souleva Gage du giron de sa mère et il le serra sur son cœur.

C'est ainsi qu'ils arrivèrent à Ludlow.

2

Dans le souvenir de Louis Creed, cet instant allait toujours conserver comme une aura magique, en partie sans doute parce que la magie y avait effectivement joué un rôle, mais surtout par contraste avec la frénésie qui domina le reste de la soirée. Au cours des trois heures suivantes, la paix et la magie ne brillèrent que par leur absence.

Louis avait pris bien soin (car pouvait-il y avoir au monde être plus soigneux, plus maniaque que Louis Creed ?) de placer les clés de la maison à l'intérieur d'une petite enveloppe de papier kraft sur laquelle il avait consciencieusement inscrit : « Maison Ludlow — clés reçues le 29 juin » avant de la ranger dans la boîte à gants de la Fairlane. Oui, c'était bien dans la boîte à gants qu'il avait mis les clés. Il en était absolument certain. Et voilà qu'à présent elles n'étaient plus là.

Tandis qu'il farfouillait partout, avec un énervement croissant, à la recherche de ces maudites clés, Rachel s'accrocha le bébé à la hanche et elle suivit Ellie jusqu'à un arbre qui se dressait au milieu du pré. Au moment où Louis passait pour la troisième fois une main sous les sièges, sa fille poussa un hurlement, puis elle éclata en sanglots.

« Louis ! cria Rachel. Ellie s'est coupée ! »

La fillette était tombée du vieux pneu monté en balançoire, et elle avait heurté un rocher du genou. Ce n'était guère plus qu'une écorchure, mais Louis se dit (assez mesquinement) qu'à l'entendre brailler on aurait pu croire qu'elle venait de se faire arracher la jambe. Il jeta un coup d'œil en direction de la maison située en vis-à-vis de la leur, de l'autre côté de la route : il y avait de la lumière dans la pièce de devant.

« Ça suffit comme ça Ellie, fit-il. Les voisins vont croire qu'on est en train d'assassiner quelqu'un.

— *Mais j'ai maaal !* »

Réfrénant son irritation, Louis regagna la voiture en silence. Les clés n'étaient plus dans la boîte à gants, mais la trousse à pharmacie s'y trouvait encore. Il s'en empara et revint sur ses pas. En la voyant, Ellie se mit à hurler de plus belle.

« *Non ! Pas le truc qui pique ! Ne me mets pas du truc qui pique, papa ! Non... !*

— Eileen, ce n'est que du mercurochrome, tu sais bien que ça ne pique pas...

— Sois une grande fille, dit Rachel. C'est seulement...

— *Non ! Nnnnooon !*

— Arrête-moi ça tout de suite, sans quoi c'est ton derrière qui va te piquer, fit Louis.

— Elle est fatiguée, Lou, dit Rachel d'une voix douce.

— Elle n'est pas la seule, crois-moi. Tiens-lui la jambe. »

Rachel posa Gage par terre et elle souleva la jambe d'Eileen, que

Louis tartina de mercurochrome sans prendre garde à ses gémissements de plus en plus hystériques.

« Quelqu'un vient de sortir sur la véranda de cette maison, là-bas, de l'autre côté de la rue, fit observer Rachel avant de se baisser pour récupérer Gage qui avait commencé à s'éloigner en rampant dans l'herbe.

— Nous voilà bien, maugréa Louis.

— Louis, Ellie est...

— Fatiguée, je sais », acheva-t-il en rebouchant le flacon de mercurochrome. Il considéra sa fille avec une expression hargneuse. « Voilà, dit-il. Et ça ne t'a pas fait mal du tout, n'est-ce pas Ellie ? Avoue !

— Si, ça m'a fait mal ! J'ai mal ! Très, très mal ! »

Une furieuse envie de lui flanquer une calotte le démangeait ; il referma sa main libre sur le haut de sa cuisse et il serra de toutes ses forces.

« Tu as trouvé les clés ? interrogea Rachel.

— Pas encore, répondit-il en refermant la trousse à pharmacie d'un geste sec. Je vais... »

Gage se mit à hurler. Il ne pleurait pas, il ne vagissait pas : non, il hurlait pour tout de bon en se tordant convulsivement dans les bras de sa mère.

« Mais qu'est-ce qu'il a ? » s'écria Rachel en le balançant à Louis presque comme elle aurait fait d'un paquet. Louis supposait que sur ce plan-là au moins, le fait d'avoir épousé un médecin était tout avantage : chaque fois que le marmot semblait à deux doigts d'y passer, on n'avait qu'à le refiler au mari.

« Louis ! Qu'est-ce qu'il... ? »

L'enfant portait ses deux mains à son cou avec des gestes désordonnés, en hurlant désespérément. Louis le retourna, et il aperçut une protubérance blanchâtre qui grossissait à vue d'œil au-dessous de sa nuque. Il vit aussi, accrochée à l'épaulette de sa barboteuse, une petite créature velue qui remuait faiblement.

Eileen, qui s'était un peu calmée, se remit soudain à vociférer. « *Une abeille !* braille-t-elle. *UNE ABEILLE !* » Elle fit un brusque saut en arrière, buta contre le rocher saillant sur lequel elle était tombée tout à l'heure, s'affala lourdement sur l'arrière-train et se remit à sangloter sous l'effet conjugué de la douleur, de la surprise et de la peur.

Je suis en train de devenir fou, se dit Louis avec une espèce de stupeur incrédule. *Aïïïeeee !*

« Y a qu'à retirer le dard, grasseya derrière eux une voix aux inflexions traînantes. C'est la bonne méthode. On ôte le dard, on frotte avec un peu de bicarbonate et hop ! l'enflure s'en va. »

Mais ladite voix avait un accent du Maine si prononcé qu'au premier abord l'esprit las et confus de Louis n'enregistra qu'une sorte de bouillie sonore d'où surnageaient des diphtongues indécises.

Il se retourna et aperçut, solidement planté sur l'herbe du pré, un vieillard de peut-être soixante-dix ans, mais qui portait gaillardement son âge, vêtu d'une salopette de coutil délavée et d'une chemise de travail en coton bleu pâle d'où émergeait un cou plein de replis et couturé de rides. Son visage était tanné par le soleil et il fumait une cigarette sans filtre qu'il écrasa entre le pouce et l'index et dont il empocha soigneusement le mégot tandis que Louis achevait de le détailler du regard. Puis il tendit ses deux mains devant lui, la paume ouverte et sa bouche se tordit en un sourire malicieux, un sourire par lequel Louis, qui n'avait pourtant pas la sympathie facile, fut instantanément séduit.

« C'est pas que j' veuille vous apprendre vot' métier, Doc... », dit le vieux.

Et c'est ainsi que Louis fit la connaissance de Judson Crandall, l'homme qu'il eût aimé avoir pour père.

3

Crandall avait observé leur arrivée depuis l'autre côté de la rue et il avait traversé pour voir s'il ne pourrait pas leur être de quelque secours lorsqu'il lui avait semblé qu'ils étaient « un petit peu dans la mélasse » — pour reprendre l'expression dont il usa lui-même.

Il s'approcha de Louis, qui tenait son fils sur l'épaule, inspecta brièvement l'enflure qui déparait le cou de Gage et avança vers elle une grosse main noueuse. Rachel ouvrit la bouche pour protester — cette main lui paraissait bien malhabile, et elle était presque aussi grosse que la tête de l'enfant — mais avant qu'elle ait eu le temps de proférer le moindre son, les doigts du vieil homme avaient exécuté un geste rapide et vif, avec la dextérité d'un prestidigitateur qui fait danser des cartes sur son poing ou volatilise une pièce de monnaie et le dard de l'abeille reposait au creux de sa paume.

« C'est un dard de belle taille, fit-il observer. Peut-être pas digne d'une médaille d'or, mais il décrocherait bien un ruban de consolation. »

Louis éclata de rire. Crandall posa les yeux sur lui et, avec son drôle de sourire en coin, il ajouta :

« Pas qu'il est de première bourre, c' dard-là ?

— Qu'est-ce qu'il a dit, maman ? » interrogea Eileen et là-dessus Rachel éclata de rire à son tour. C'était affreusement mal élevé, bien sûr, mais quelque chose faisait que ça passait très bien. Crandall sortit un paquet de Chesterfield Kings de la poche de sa salopette, ficha une cigarette dans l'angle de sa bouche bordée d'un réseau de fines craquelures et tout en les regardant rire avec un hochement de tête satisfait (Gage lui-même, oublieux de la piqûre d'abeille, s'était mis à glousser gentiment), il gratta une grosse allumette à tête bleue sur l'ongle de son pouce. *Les vieux ont plus d'un tour dans leur sac,* se dit Louis. *De petits stratagèmes modestes, mais il y en a qui sont rudement efficaces.*

Il s'arrêta de rire et tendit celle de ses deux mains qui ne soutenait pas l'arrière-train (franchement humide à présent) de son fils.

« Ravi de faire votre connaissance, Mr... ?

— Jud Crandall, dit le vieux en lui secouant la main. Je suppose que vous êtes le docteur.

— C'est bien moi, en effet. Louis Creed. Et voici Rachel, ma femme, ma fille Ellie. Le petit bonhomme à la piqûre d'abeille se nomme Gage.

— Très heureux, dit Crandall.

— Ne m'en veuillez pas d'avoir ri... Ne *nous* en veuillez pas, plutôt. C'était bien involontaire. C'est juste que nous sommes un peu... fatigués. »

C'était tellement au-dessous de la vérité qu'il fut repris d'un rire nerveux. Il était complètement exténué.

« C'est bien naturel, ma foi », dit Crandall en hochant la tête. Son regard se posa sur Rachel. « Venez donc à la maison avec votre petit gars et la fillette, m'ame Creed. On va mettre un peu de bicarbonate de soude sur un torchon humide, ça fera passer la piqûre. Et puis ma femme sera heureuse de pouvoir vous dire bonjour. Elle ne sort plus guère. Son arthrite a beaucoup empiré depuis deux-trois ans. »

Rachel jeta un coup d'œil en direction de Louis, qui fit un signe d'assentiment.

« C'est bien aimable à vous, Mr Crandall.

— Oh, vous n'avez qu'à m'appeler Jud », dit le vieil homme.

Soudain, un klaxon barrit bruyamment, on entendit le rugissement d'un moteur qui rétrograde, et le gros camion de déménagement bleu parut à l'angle de l'allée et s'y engagea lourdement.

« Nom d'un chien ! fit Louis. Et moi qui ne sais pas où j'ai mis les clés !

— Vous en faites pas pour ça, dit Crandall. Mr et Mrs Cleveland, vos prédécesseurs dans cette maison, m'ont confié un jeu de leurs clés, ça doit bien faire quatorze ou quinze ans. Ils ont vécu ici un sacré bout de temps. Joan Cleveland était la meilleure amie de ma femme. Elle est morte il y a deux ans et Bill est allé s'installer à Orrington, dans une de ces résidences spécialement conçues pour les vieux. Je vais aller vous les chercher. D'ailleurs, elles vous appartiennent à présent.

— Vous êtes trop gentil, Mr Crandall, dit Rachel.

— C'est la moindre des choses, voyons, dit Crandall. Ça va être une joie pour nous d'avoir à nouveau de la jeunesse dans nos parages. Mais faudra pas trop les laisser s'approcher de la route, m'ame Creed. Il v passe beaucoup de gros camions. »

On entendit des claquements de portières. Les déménageurs avaient sauté du haut de leur cabine et ils venaient dans leur direction.

Ellie, qui s'était détachée de leur petit groupe, demanda tout à coup :

« Papa, qu'est-ce que c'est que ça ? »

Louis tourna la tête vers elle tout en continuant de marcher à la rencontre des déménageurs. Un sentier d'un peu plus d'un mètre de large, nettement délimité, soigneusement aplani, s'ouvrait en bordure du pré à l'endroit précis où le gazon entretenu faisait place à l'herbe haute d'été et gravissait un flanc de coteau en sinuant à travers des buissons bas et un bosquet de jeunes bouleaux avant de disparaître à la vue.

« On dirait un genre de sentier, dit Louis.

— Ah oui, fit Crandall en souriant. Un de ces jours, je te

raconterai l'histoire de ce sentier, petiote. Tu veux bien venir jusqu'à chez moi pour qu'on soigne ton petit frère, à présent ?

— Bien sûr », répondit Ellie et, avec une note d'espoir dans la voix, elle ajouta : « Est-ce que ça pique, le bicarbonate de soude ? »

4

Crandall fut bientôt de retour avec le double des clés, mais entre-temps Louis avait retrouvé les siennes. La petite enveloppe avait glissé dans le mince interstice qui surmontait la paroi du fond de la boîte à gants et elle était restée accrochée dans les câblages. Louis l'avait repêchée et il avait ouvert aux déménageurs. Crandall lui remit son jeu de clés, attachées à un vieux mousqueton de chaîne de montre au métal noirci. Louis le remercia et il les glissa distraitement dans sa poche tout en continuant d'observer les déménageurs qui transportaient à l'intérieur de la maison des caisses, des commodes, des buffets et les milles autres objets que les Creed avaient accumulés au long de leurs douze années de vie conjugale. Vus ainsi, hors de leur environnement familier, ils lui paraissaient soudain bien insignifiants. *Ce n'est qu'un tas de vieux machins emballés dans des cartons*, se dit-il, et tout à coup il se sentit triste et abattu. Il présuma qu'il était la proie de ce qu'on appelle communément le mal du pays.

« Déraciné et transplanté », dit Crandall, et Louis réprima un sursaut : le vieil homme s'était matérialisé à côté de lui comme par enchantement.

« A vous entendre, on croirait que vous avez déjà éprouvé cette sensation, dit-il.

— En réalité, jamais », fit Crandall en allumant une cigarette (la flamme de l'allumette jaillit brusquement et brilla avec une intensité particulière dans les ombres du jour déclinant). Cette maison, de l'autre côté de la route, mon père l'a bâtie de ses propres mains. Sa femme est venue y vivre avec lui, elle y est tombée enceinte et c'est là qu'elle m'a donné le jour, la même année que le siècle, en 1900.

— Ce qui vous fait donc...

— Quatre-vingt-trois ans », dit Crandall, et Louis fut soulagé qu'il n'ajoutât pas « et toutes mes dents » ou une autre de ces formules idiotes qu'il haïssait cordialement.

« Vous ne les paraissez pas. »

Crandall eut un haussement d'épaules.

« J'ai vécu ici toute ma vie, dit-il. En 1917, je me suis engagé pour aller combattre en Europe, mais le plus près que j'en ai été, c'est Bayonne... dans le New Jersey. Sale coin, le New Jersey. Même en 1917, c'était déjà un sale coin. J'ai eu bien du bonheur en me retrouvant ici. J'ai épousé ma Norma, j'ai trouvé de l'embauche au chemin de fer et nous n'avons plus jamais bougé. Mais pour ce qui est de la vie et du mouvement j'en ai vu tout mon content ici même, à Ludlow, ça vous pouvez me croire. »

Les déménageurs s'arrêtèrent devant l'entrée de la remise avec le sommier du grand lit double que Louis partageait avec Rachel.

« Où est-ce qu'on met ça, Mr Creed ?

— Au premier... Attendez, je vais vous montrer. »

Louis ébaucha un pas dans la direction des deux hommes, puis il se figea sur place et se retourna vers Crandall.

« Allez-y donc, fit le vieil homme en souriant. Moi, je vais aller voir si tout s'arrange bien pour votre petite famille. Je leur dirai de venir vous rejoindre, et je ne reviendrai plus me fourrer dans vos pattes. Mais un déménagement, ça vous colle une sacrée pépie. Le soir, vers les neuf heures, je m'installe toujours sur la véranda pour siroter une bière ou deux. Par les chaleurs, j'ai plaisir à regarder tomber la nuit, et des fois Norma me tient compagnie. Passez donc, si le cœur vous en dit.

— Ma foi oui, pourquoi pas ? » répondit Louis, qui n'en avait nullement l'intention. Il était sûr d'avance que cette soirée bucolique sur la véranda se solderait par un examen sommaire (et gratuit) des rhumatismes de Norma. Il avait de la sympathie pour Crandall ; il aimait bien son sourire en coin, sa manière de s'exprimer simple et directe et son accent yankee dont les consonances dures étaient tellement absentes qu'on aurait pu croire que la langue qu'il parlait ne comportait que des voyelles traînantes. Il se disait que c'était un brave homme, mais lorsqu'on est médecin on apprend vite à se méfier de tout le monde. Car malheureusement, un jour ou l'autre, vos meilleurs amis eux-mêmes en viennent à vouloir vous soutirer des consultations bénévoles. Et lorsqu'il s'agit de personnes âgées, on n'en voit plus jamais le bout. « Mais si vous ne me voyez pas venir, ajouta-t-il, ne restez pas debout à m'attendre. J'ai eu une journée bien rude.

— En tout cas, vous savez que vous n'avez pas besoin d'un

carton d'invitation pour passer nous voir », dit Crandall, et il y avait tant de malice dans son sourire en coin que Louis eut la distincte impression qu'il avait lu dans ses pensées comme dans un livre.

Le vieil homme s'éloigna et Louis resta un moment à l'observer avant d'aller rejoindre les déménageurs. Crandall marchait bien droit, à longues foulées aisées ; sa démarche était celle d'un homme de soixante ans, et il était plus qu'octogénaire. Louis éprouva envers lui une première et imperceptible bouffée de ce qu'il fallait bien appeler de la tendresse.

5

A neuf heures, les déménageurs étaient repartis et les deux enfants, aussi épuisés l'un que l'autre, s'étaient endormis dans leurs nouvelles chambres, Gage dans son petit lit, Ellie sur un matelas posé à même le sol et entouré d'une véritable montagne de cartons qui contenaient ses innombrables crayons de couleurs (des crayons gras, en bâtonnets, qu'elle conservait jalousement même lorsqu'ils étaient brisés ou émoussés), sa collection de posters des personnages de *La Rue Sésame,* ses livres d'images, ses vêtements, et Dieu sait quoi encore. Et comme de bien entendu, Church dormait avec elle, en émettant dans le fond de sa gorge une espèce de râle catarrheux — ce que ce pauvre gros matou était capable de produire de mieux en guise de ronronnement.

Un peu plus tôt, Rachel avait arpenté la maison en tous sens, le bébé dans les bras, en révisant point par point les indications que Louis avait données aux déménageurs et en leur faisant inlassablement rectifier l'ordonnance de telle pièce, déplacer tel meuble, empiler tels cartons dans un ordre différent. Louis n'avait pas égaré leur chèque ; il était toujours dans la poche de sa chemise en compagnie des cinq billets de dix dollars qu'il avait prévu de leur donner à titre de pourboire. Quand le camion fut enfin vide, il leur remit le chèque et les billets, répondit à leurs remerciements d'un hochement de tête, signa la décharge qu'ils lui tendaient et les raccompagna jusqu'à la véranda d'où il les regarda remonter à bord de leur mastodonte. Il supposait qu'ils feraient un arrêt à Bangor pour y siffler quelques bières, histoire de se rincer le gosier de toute cette poussière. Lui-même, il aurait volontiers éclusé une ou deux canettes. Du coup, l'image de Jud Crandall lui revint à l'esprit.

Il était assis à la table de la cuisine avec Rachel, et il s'aperçut qu'elle avait des cernes sous les yeux.

« Toi, lui dit-il, il est temps que tu ailles te coucher.

— Ce sont les ordres du docteur ? interrogea-t-elle avec un pâle sourire.

— Mouais.

— C'est bon, j'y vais, dit-elle en se levant. Je suis sur les rotules et Gage est fichu de se réveiller en pleine nuit. Tu viens ? »

Louis eut un instant d'hésitation.

« Non, dit-il enfin, pas tout de suite. Ce vieux type qui habite de l'autre côté de la rue...

— De la route. On est à la campagne, ici. On dit : " de l'autre côté de la route " ou bien, quand on s'appelle Judson Crandall, " d' l'aut' côté d' la route ".

— Bon, si tu veux, " d' l'aut' côté d' la route ". Il m'a proposé de passer chez lui boire une bière. Je crois bien que je vais accepter son invitation. Je suis pompé, mais j'ai une telle marmelade dans le crâne que je n'arriverais pas à m'endormir. »

Rachel sourit.

« Je te vois d'ici en train d'interroger Norma Crandall sur la localisation exacte de ses douleurs et le type de matelas qu'elle utilise. »

Louis se mit à rire. Il touvait plutôt drôle (bien qu'assez effrayante aussi) cette faculté que les femmes acquièrent de lire dans l'esprit de leur mari au bout d'un certain nombre d'années de vie commune.

« Il est arrivé à pic tout à l'heure, dit-il. Je lui dois bien une petite faveur.

— Retour au système du troc ? »

Louis haussa les épaules. Il aimait mieux ne rien dire à Rachel de la sympathie dont il s'était pris d'emblée à l'égard du vieil homme, et d'ailleurs il ne voyait pas très bien de quelle façon il aurait pu lui en parler.

« Comment est Mrs Crandall ? demanda-t-il.

— Très gentille, répondit Rachel. Elle a pris Gage sur ses genoux et il s'est laissé faire sans protester. Ça m'a étonnée : il a eu une journée éprouvante et comme tu sais c'est un enfant qui ne se laisse pas apprivoiser facilement par des gens qu'il ne connaît pas, même dans les meilleures circonstances. En plus, elle avait une poupée et elle a laissé Ellie s'amuser avec.

— Et son arthrite, ça t'a paru sérieux ?

— Tout à fait sérieux.

— Elle est dans un fauteuil roulant ?

— Non... mais elle se déplace avec difficulté, et ses doigts... »

Rachel leva ses propres doigts, qui étaient minces et fuselés, et les tordit en forme de serre pour lui montrer ce qu'elle voulait dire.

« Mais ne rentre pas trop tard, hein, Lou. Etre seule dans une maison inconnue, ça me fiche la frousse.

— Elle ne restera pas inconnue longtemps », dit Louis avant de l'embrasser.

6

A son retour, quelque temps plus tard, Louis se sentait penaud. Personne ne lui avait demandé d'examiner Norma Crandall : au moment où il avait traversé la rue (*la route*, rectifia-t-il mentalement avec un sourire), la vieille dame s'était déjà retirée pour la nuit. Jud n'était qu'une silhouette indécise de l'autre côté du fin grillage métallique qui entourait la véranda. Un rocking-chair grinçait confortablement sur du linoléum usé. Louis frappa à la porte à treillis, et elle cliqueta cordialement en heurtant son chambranle. La cigarette de Crandall luisait comme une grosse luciole paisible dans la chaude nuit d'été, et la voix étouffée d'un speaker de radio commentait en sourdine un match de base-ball. Tout cela s'associait pour donner à Louis un sentiment des plus étranges, proche de celui qu'on éprouve en retrouvant des lieux depuis longtemps familiers.

« C'est vous, Doc ? fit la voix de Crandall. C'est bien ce qu'il me semblait.

— J'espère que vous étiez sérieux au sujet de cette bière, dit Louis en entrant.

— Oh, quand il s'agit de bière je suis toujours sincère, dit Crandall. Un homme qui n'est pas sincère en offrant une bière se fait des ennemis. Asseyez-vous, Doc. J'en ai mis deux boîtes de plus dans la glace, à tout hasard. »

La véranda, longue et étroite, était meublée de fauteuils et de canapés en rotin. Louis se laissa choir dans un fauteuil et il fut surpris de le trouver si confortable. Un seau en fer-blanc rempli de cubes de glace au milieu desquels reposaient plusieurs boîtes de bière Black Label était posé à portée de sa main gauche. Il en prit une boîte, remercia Crandall, l'ouvrit, et savoura avec délices deux premières gorgées de bière fraîche.

« Tout le plaisir est pour moi, dit Crandall. J'espère que vous serez heureux ici, Doc.

— Amen, dit Louis.

— Au fait, si vous voulez des biscuits ou quelque chose, je peux aller vous en chercher. J'ai un pain de Cheddar qui est à peu près à point, vous en voulez une tranche ?

— On vend le fromage en *pain*, par ici ?

— Oui, à la mode d'autrefois, dit Crandall avec un soupçon d'amusement dans la voix.

— Merci, mais la bière me suffira.

— Bon, ben on l'aidera à passer par nos propres moyens, fit Crandall en rotant avec satisfaction.

— Votre femme est allée se coucher ? interrogea Louis en se demandant ce qu'il lui prenait de tendre la perche de cette façon.

— Eh oui. Certaines fois, elle reste avec moi. D'autres fois non.

— Son arthrite la fait beaucoup souffrir, n'est-ce pas ?

— Vous avez déjà vu un cas d'arthrite qui ne faisait pas souffrir, vous ? » demanda Crandall.

Louis fit un signe de dénégation.

« Ça paraît quand même tolérable, dit Crandall. Elle ne se plaint pas tant que ça. C'est qu'elle est vaillante aussi, ma Norma. » Tandis qu'il disait cela, sa voix était empreinte d'une affection forte et simple. Dehors, sur la route 15, un camion-citerne passa en grondant. Il était si long, si gigantesque que l'espace d'un moment la maison de Louis, de l'autre côté de la route, fut entièrement masquée à la vue. L'inscription sur le flanc du camion était tout juste lisible dans les dernières lueurs du crépuscule. Elle disait simplement : ORINCO.

« Il était bougrement gros, ce camion, fit observer Louis.

— L'Orinco est une usine d'engrais chimiques, du côté d'Or-rington, expliqua Crandall. Il y a un sacré va-et-vient, c'est sûr. Les camions-citernes, les bennes à ordures, plus tous les gens qui s'en vont travailler le matin à Bangor ou à Brewster et qui rentrent chez eux le soir. (Il secoua la tête.) C'est la seule chose qui a cessé de me plaire à Ludlow. Cette fichue route. On n'a plus jamais la paix. Ça roule sans arrêt, jour et nuit. Quelquefois, tout ce boucan empêche Norma de dormir. Même moi, tenez, il arrive que ça me réveille ; et pourtant, je dors comme un sonneur. »

Louis, à qui cette étrange campagne du Maine paraissait d'une tranquillité presque surnaturelle à côté du vacarme incessant de Chicago, se contenta de hocher la tête.

« Bah ! Un de ces jours les Arabes vont nous couper les vivres, et on pourra faire pousser des azalées du Japon tout le long de la ligne jaune, dit Crandall.

— Ça se pourrait bien, en effet », dit Louis.

Il renversa sa boîte de bière au-dessus de sa bouche et s'aperçut avec stupeur qu'elle était vide.

Crandall éclata de rire.

« Buvez-en donc une seconde, Doc, dit-il. Ça sera toujours ça de pris. »

Louis hésita un instant avant de répondre :

« Bon, mais après celle-là j'arrête. Il faut que je rentre.

— Mais oui, mais oui. Pas que ça vous tue son homme, un déménagement ?

— C'est radical », acquiesça Louis, après quoi ils restèrent un moment sans rien dire. C'était un silence confortable, le genre de silence qui s'installe entre deux hommes qui se connaissent depuis assez longtemps pour pouvoir se passer d'échanges verbaux. Louis n'avait de cette sensation qu'une connaissance purement livresque ; c'était la première fois de sa vie qu'il l'éprouvait pour de bon. Il avait honte de la désinvolture avec laquelle il s'était imaginé un peu plus tôt que le vieil homme n'attendait de lui qu'une expertise médicale gratuite.

Un semi-remorque passa en rugissant sur la route, ses feux de position clignotant comme des étoiles tombées.

« Chiennerie de route, va ! » fit Crandall. Il avait dit cela d'une voix songeuse, presque lointaine. Ses yeux se posèrent sur Louis. Un drôle de petit sourire plissait ses lèvres crevassées. Il ficha une Chesterfield dans le coin de sa bouche, sans cesser de sourire, et gratta une allumette sur l'ongle de son pouce. Ensuite il demanda :

« Vous vous rappelez de ce sentier au sujet duquel votre petite fille vous a interrogé ? »

D'abord, Louis ne vit pas de quoi il parlait. Ellie lui avait posé d'innombrables questions avant de succomber enfin au sommeil.

Puis il se souvint du petit chemin bien entretenu qui gravissait le flanc de coteau en sinuant à travers les bouleaux.

« Ah oui, dit-il. Vous lui avez promis que vous lui en parleriez un de ces jours.

— Et je tiendrai ma promesse, dit Crandall. Ce sentier s'enfonce dans les bois sur une distance d'à peu près trois kilomètres. Ce sont les gosses des environs qui le maintiennent en état, car ce sont eux qui s'en servent. Au jour d'aujourd'hui pourtant, la population des enfants n'est plus tellement stable... au temps où j'étais enfant moi-même, les gens n'avaient pas la bougeotte comme à présent : on se fixait quelque part et on n'en partait plus. Mais apparemment, ils se passent le mot et chaque printemps ils s'amènent en bande, ils dégagent le sentier de ses mauvaises herbes et ils le tiennent propre pendant tout l'été. La plupart des adultes de Ludlow et des environs ignorent l'existence de ce sentier ; il y en a bien quelques-uns qui sont au courant, mais guère plus qu'une poignée. Par contre, tous les enfants le connaissent, j'en suis sûr.

— Vous savez où il mène ?

— Au cimetière des animaux, dit Crandall.

— Un cimetière d'animaux ? répéta Louis, interloqué.

— Ça doit vous paraître bizarre, mais ça ne l'est pas tant que ça, dit Crandall en tirant sur sa cigarette et en imprimant un mouvement de bascule à son rocking-chair. C'est cette damnée route. Elle fait des ravages chez les bêtes domestiques. Et pas seulement chez les chiens et les chats. Les enfants Ryder avaient un raton laveur apprivoisé, et un de ces gros camions Orinco lui est passé dessus. Ça remonte à quand, déjà, cette histoire ? Ça devait être en 1973, ou peut-être même avant. En tout cas, c'était avant que la législature d'Etat ait adopté cette loi qui interdit la possession à domicile d'un raton laveur ou d'un putois, même opéré.

— Pourquoi ont-ils fait ça ?

— La rage, expliqua Crandall. On a eu pas mal d'alertes à la rage dans le Maine ces temps derniers. Il y a deux ou trois ans, dans le sud de l'Etat, un gros saint-bernard l'a attrapée et il a tué quatre personnes. Ça a fait toute une histoire. On s'est aperçu que ce pauvre chien n'avait pas été vacciné. Si ses andouilles de maîtres avaient pensé à lui faire faire ses vaccins, rien de tout ça ne serait arrivé. Mais avec un raton laveur ou un putois, ça ne marche pas aussi simplement : il faut les faire piquer au moins deux fois l'an, et encore le vaccin n'est pas toujours efficace. Pourtant, le raton laveur des petits Ryder n'était pas méchant comme la plupart de ses congénères, loin de là. Il s'amenait vers vous en tortillant son gros derrière (qu'est-ce qu'il était gras, pauvre bestiole !) et il vous léchait la figure exactement comme aurait fait un chien. Leur papa l'avait même amené au vétérinaire pour le faire châtrer et lui faire ôter ses griffes. Sûr que ça avait dû lui coûter une belle somme !

« Il travaillait chez IBM à Bangor, Ryder. Ils sont partis dans le Colorado ça doit faire cinq ans... peut-être même six à présent. Ça me fait tout drôle de penser que ces deux garnements sont pratiquement en âge de conduire. La perte de ce raton laveur a été un vrai crève-cœur pour eux, c'est sûr. Matty Ryder a pleuré pendant si longtemps que sa mère s'est affolée ; elle voulait le traîner chez le docteur. Je suppose qu'il s'en est remis depuis, mais ils n'oublient jamais. Un gosse dont la petite bête familière se fait écraser sur la route, ça n'oublie plus. »

Louis pensa soudain à Ellie et la revit telle qu'elle était lorsqu'il l'avait quittée tout à l'heure, dormant à poings fermés avec Church lové à ses pieds et émettant ce son de gorge qui évoquait un moteur rouillé.

« Ma fille a un chat, dit-il. Il s'appelle Winston Churchill, mais on dit Church pour abréger.

— Il a encore ses bijoux de famille ?

— Pardon ? fit Louis, qui n'avait pas du tout saisi l'allusion.

— Est-ce qu'il est entier, ou est-ce que vous l'avez fait couper ?

— Non, dit Louis. Non, on ne l'a pas fait couper. »

A vrai dire, ce problème épineux avait occasionné quelques frictions à Chicago. Rachel voulait faire stériliser Church ; elle avait été jusqu'à prendre rendez-vous chez le vétérinaire. Louis avait annulé le rendez-vous. Il n'était toujours pas certain d'avoir lui-même compris ce qui l'avait poussé à agir ainsi. Ce n'était sûrement pas pour la simple raison qu'il assimilait sa propre virilité à celle du gros chat mâle de sa fille ; il n'était tout de même pas idiot à ce point. Ce n'était pas non plus à cause du ressentiment qu'il éprouvait à l'idée d'être obligé de faire castrer Church pour que la grosse dame d'à côté puisse s'épargner la fatigue de boucler le couvercle de ses poubelles en plastique. Tout cela entrait en ligne de compte, bien sûr, mais sa réaction était essentiellement partie d'une intuition vague, mais très forte, qui lui disait que l'opération allait détruire en Church une chose à laquelle il tenait beaucoup, qu'elle éteindrait à tout jamais la flamme insolente qui dansait en permanence au fond des yeux verts du chat. Finalement, il avait eu raison des arguments de Rachel en faisant valoir que ce problème ne se poserait bientôt plus étant donné qu'ils allaient s'installer à la campagne. Et voilà qu'à présent Judson Crandall lui faisait observer que la vie à la campagne, à Ludlow tout au moins, consistait entre autres à prendre des mesures pour faire face à la menace permanente, que faisait peser une route trop fréquentée sur l'existence des animaux domestiques — et qu'il lui demandait s'il avait pris la précaution de faire couper son chat. Un peu d'ironie, docteur Creed ? C'est un excellent tonique sanguin.

« Si j'étais vous, je le ferais couper, dit Crandall en écrasant son mégot entre le pouce et l'index. Un chat coupé perd pas mal de ses instincts baladeurs. S'il est tout le temps à courir à droite à gauche, sa chance finira par s'épuiser et il ira rejoindre le raton laveur des fils Ryder, le cocker du petit Timmy Dressler et le perroquet de Mrs Bradley. Pas que le perroquet se soit fait aplatir par un camion, bien sûr. Un jour, il a lâché la rampe et on l'a retrouvé les pattes en l'air, simplement.

— Je réfléchirai à la question, dit Louis.

— Vous feriez mieux, dit Crandall en se levant. Où en êtes-vous de votre bière ? Finalement, je crois que je vais m'offrir une petite tranche de Cheddar.

— J'ai tout bu, dit Louis en se levant aussi. Et il vaut mieux que je m'en aille à présent. J'ai une journée chargée demain.

— Vous commencez à l'Université ? »

Louis fit oui de la tête.

« Les étudiants n'arriveront pas avant quinze jours, mais il faut que je sois prêt à les accueillir de pied ferme.

— Oui, j'imagine que ça serait très embêtant si vous ne saviez pas où on range les pilules », dit Crandall en lui tendant la main. Louis la prit et la serra avec prudence, sachant que les vieillards ont les os particulièrement sensibles.

« Vous n'avez qu'à revenir n'importe quel soir, dit Crandall. Je voudrais vous présenter à Norma. Je crois que vous allez lui plaire.

— Entendu, dit Louis. J'ai été ravi de faire votre connaissance, Jud.

— Pareillement, dit Crandall. Vous aurez vite fait de vous adapter, vous verrez. Peut-être même que vous prendrez racine.

— J'espère bien », dit Louis.

Il descendit l'allée dallée de grosses pierres aux formes irrégulières qui menait jusqu'à la route et dut s'arrêter sur le bas-côté pour laisser passer un autre camion ; celui-ci roulait en direction de Bucksport, et il était suivi d'une file de cinq voitures. Ensuite, il adressa un bref salut de la main à Jud, traversa la rue (*la route!* se morigéna-t-il une fois de plus) et pénétra dans sa nouvelle maison.

Il y régnait la douce quiétude du sommeil. Ellie ne semblait pas avoir bougé d'un poil depuis tout à l'heure, et Gage était toujours dans son lit-cage, endormi dans une position typiquement gagesque, étalé sur le dos, les bras en croix, un biberon à portée de la main. Louis resta un moment à regarder son fils dormir, et tout à coup il sentit son cœur déborder d'un amour si violent qu'il en paraissait presque dangereux. Il supposa que la violence de ses sentiments était due pour une bonne part à un regret poignant des lieux et des visages qu'il avait laissés derrière lui à Chicago, et dont la distance effaçait si rapidement les contours qu'il lui semblait déjà qu'ils n'avaient jamais existé vraiment. *De mon temps, les gens n'avaient pas la bougeotte comme à présent : on se fixait quelque part et on n'en parlait plus.* Il y avait du vrai là-dedans...

Louis s'approcha de son fils et, profitant de ce qu'il n'y avait personne — pas même Rachel — pour le voir faire, il déposa un baiser sur ses doigts et les appuya d'un geste bref et léger sur la joue de Gage à travers les barreaux du petit lit d'enfant.

Gage émit un bruit de succion mouillé et se retourna sur le côté.

« Dors bien, bébé », murmura Louis.

Il se déshabilla sans bruit et se glissa dans sa moitié du grand lit double qui se réduisait pour l'instant à un matelas posé sur le sol. Les tensions accumulées pendant la journée commençaient à se dénouer en lui. Rachel était rigoureusement inerte. Les masses de cartons empilés dessinaient autour d'eux des formes fantomatiques.

Juste avant de s'endormir, Louis se souleva sur un coude et il regarda par la fenêtre. Leur chambre était en façade, et il pouvait apercevoir la maison des Crandall de l'autre côté de la route. La lune était cachée par les nuages, de sorte qu'il faisait trop sombre pour discerner précisément les formes, mais la minuscule lueur de la cigarette de Jud rougeoyait encore au milieu des ténèbres de la véranda. *Il est toujours là*, se dit Louis. *Il n'ira sans doute pas se coucher avant un bon moment. Les vieux ont du mal à dormir. On dirait qu'il monte la garde. On dirait qu'il guette quelque chose. Mais quoi ?*

Louis remuait encore ces pensées dans sa tête au moment où il sombra dans le sommeil. Il rêva qu'il était à Disney World. Il pilotait une camionnette blanche, d'un blanc très cru, avec des croix rouges peintes sur ses flancs. Gage était assis à côté de lui, et dans son rêve il avait au moins dix ans. Church, allongé sur le tableau de bord, fixait Louis de ses yeux verts iridescents. Au milieu de la Grand-Rue minutieusement reconstituée, non loin de la fausse gare de style 1890, Mickey Mouse échangeait des poignées de main avec les mioches agglutinés autour de lui, et leurs petites mains confiantes disparaissaient dans ses énormes gants blancs de dessin animé.

7

Au cours des deux semaines suivantes, la famille Creed fut absorbée dans de multiples occupations. Louis apprenait progressivement à s'adapter aux exigences de sa nouvelle fonction (comment il se comporterait lorsqu'il se trouverait face à dix mille étudiants, parmi lesquels figureraient sans doute bon nombre d'alcooliques et de drogués, sans parler des cas de maladies vénériennes, de ceux qui présenteraient des syndromes d'angoisse à cause d'une peur phobique des examens ou parce qu'ils avaient été arrachés du nid familial pour la première fois, et de la douzaine d'anorexiques — en général de sexe féminin... — ce qui se passerait lorsqu'ils convergeraient tous ensemble sur le campus, mieux valait ne pas trop y penser). Et tandis que Louis prenait en main ses nouvelles tâches de responsable des services médicaux de l'Université d'Orono, Rachel prenait en main la conduite de la maisonnée.

Gage accumulait consciencieusement les plaies et les bosses qui allaient de pair avec l'apprentissage de son nouvel environnement, et pendant un temps ses réveils nocturnes prirent un rythme fâcheusement anarchique, mais vers le milieu de leur deuxième semaine de vie à Ludlow les choses rentrèrent dans l'ordre et il se remit à dormir normalement toute la nuit. En revanche Ellie, qui devait faire face à la perspective de commencer l'école primaire dans un endroit entièrement nouveau pour elle, vivait dans un état de surexcitation continuelle et avait sans cesse les nerfs à fleur de peau. Elle était prise à tout bout de champ d'accès de fou rire auxquels succédaient des périodes de dépression quasi ménopausales, et faisait des caprices pour un oui pour un non. Rachel était certaine que cela lui passerait dès qu'elle aurait constaté que l'école ne ressemblait en rien à l'affreux croquemitaine assoiffé de sang dont elle s'était construit l'image dans sa tête, et Louis inclinait à lui donner raison. La plupart du temps, d'ailleurs, Ellie restait pareille à ce qu'elle avait toujours été : un vrai petit ange.

Louis avait rapidement pris l'habitude d'aller retrouver Jud chaque soir pour déguster une bière ou deux en sa compagnie. Au moment où Gage se remettait à dormir normalement la nuit, Louis commença à apporter régulièrement avec lui, une fois sur deux peut-être, un pack de six bières. Il avait fait la connaissance de Norma Crandall, une vieille dame douce et affable qui souffrait de polyarthrite chronique évolutive, cette cochonnerie qu'on appelle aussi grand rhumatisme déformant et qui empoisonne tout ce qu'il aurait pu rester de joie dans l'existence de beaucoup de vieilles personnes, au demeurant parfaitement saines. Mais Norma faisait front. Elle ne capitulait pas devant la douleur ; elle ne baissait jamais pavillon ; elle résistait pied à pied. Louis estima qu'elle avait encore devant elle cinq ou sept années de vie productive, quoique pas tellement folichonne.

Contrevenant, une fois n'est pas coutume, aux règles qu'il s'était fixées à lui-même, il examina la vieille dame de sa propre initiative et il éplucha soigneusement les prescriptions de son médecin traitant habituel, auxquelles il ne trouva strictement rien à redire. Il éprouva une déception cuisante de ne pouvoir rien faire de plus pour elle, de n'avoir rien de mieux à lui suggérer, mais son médecin, le Dr Weybridge, avait visiblement fait un tour aussi complet que possible de la situation et prévu toutes les mesures à prendre compte tenu de l'évolution prévisible du mal qui, à moins d'une rémission subite sur laquelle il valait mieux ne pas trop tabler, ne pourrait qu'empirer régulièrement. La seule alternative qui restait à Norma Crandall était d'apprendre à faire bon ménage avec sa douleur ou d'aller passer le restant de ses jours claquemurée dans une petite chambre à gribouiller des lettres à son cher mari avec de gros crayons d'enfant.

Rachel et Norma s'aimaient bien, et elles avaient scellé leur amitié en échangeant de recettes de cuisine à la façon de deux garçonnets qui troquent de ces images de vedettes de base-ball qu'on trouve dans les paquets de céréales précuites ; ça avait d'abord été le bœuf Stroganoff de Rachel contre le pâté de pommes paysanne de Norma, et le reste avait suivi. La vieille dame s'était vite attachée aux deux enfants, surtout à Ellie qui d'après elle allait devenir en grandissant « une vraie beauté à l'ancienne ». Le soir, au lit, Louis déclara qu'il était encore heureux que la vieille dame n'ait pas prédit à Ellie qu'elle serait « une belle vieille peau » et Rachel fut prise d'un fou rire si violent qu'elle en péta ; Louis fit chorus, et ils rirent si longtemps et si bruyamment qu'ils réveillèrent Gage qui dormait dans la chambre voisine.

Le jour de la rentrée des classes Louis, qui estimait s'être suffisamment mis au courant pour assurer sans dommage le bon fonctionnement de l'infirmerie du campus et des locaux de soins annexes, décida de prendre sa journée (d'ailleurs, l'infirmerie était absolument vide pour le moment ; leur unique patiente, une étudiante qui suivait des cours de rattrapage d'été et qui s'était cassé la jambe sur les marches du bâtiment de l'association des étudiants, était repartie une semaine auparavant). Quand le gros autobus scolaire jaune parut au croisement de Middle Drive et de la route 15 et vint s'arrêter lourdement devant chez eux, Louis et Rachel, qui tenait Gage dans ses bras, étaient debout sur la pelouse. Le chauffeur actionna l'ouverture de la porte pliante et il s'en échappa des piaillements excités d'enfants qui se répandirent dans l'air tiède de septembre.

Ellie se retourna brièvement vers ses parents et leur lança un drôle de regard implorant comme pour leur demander s'il n'était pas encore temps d'enrayer cette mécanique impitoyable qui était en train de l'aspirer. Apparemment, ce qu'elle lut sur leurs visages la convainquit qu'il était trop tard et que tout ce qui allait suivre cette journée fatidique était désormais aussi inéluctable que la lente progression de l'arthrite de Norma. Elle tourna la tête et gravit le marchepied de l'autobus, dont la porte se referma sur elle en projetant au-dehors une légère vapeur qui faisait songer à l'haleine d'un dragon. L'autobus s'éloigna et Rachel fondit en larmes.

« Allons, ne pleure pas, voyons, dit Louis qui était lui-même à deux doigts d'éclater en sanglots. Il ne s'agit jamais que d'une demi-journée.

— Une demi-journée, c'est déjà bien trop », rétorqua Rachel

d'une voix pleine de reproche, et ses larmes redoublèrent. Louis la serra contre lui, et Gage passa nonchalamment un bras autour de chacun de leurs deux cous. D'ordinaire, lorsque Rachel pleurait, Gage faisait de même. Mais cette fois-là, non. *Le petit salaud,* se dit Louis. *Il sait qu'il nous a tout à lui à présent.*

Ils attendirent le retour d'Ellie avec pas mal de fébrilité, engloutissant des litres de café, se livrant à des spéculations sans fin sur son sort. Louis alla s'enfermer dans la pièce dont il comptait faire son bureau, à l'arrière de la maison, et il se mit à glandouiller bêtement sans arriver à faire grand-chose de mieux que de remuer des papiers de-ci, de-là. Rachel commença à préparer le déjeuner absurdement tôt.

A dix heures et quart, le téléphone sonna. Rachel se rua dessus, décrocha avant même la seconde sonnerie et articula un « Allô ? » exsangue. Louis était debout dans l'encadrement de la porte qui séparait son bureau de la cuisine. Il s'imaginait déjà que c'était la maîtresse d'Ellie qui appelait pour leur annoncer que c'était râpé, que le grand estomac de l'Instruction publique n'avait pas trouvé Ellie à son goût et avait décidé de la recracher. Mais ce n'était que Normal Crandall qui téléphonait pour leur dire que Jud venait de terminer la récolte du maïs et qu'une douzaine d'épis étaient à leur disposition s'ils les voulaient. Louis se rendit chez les Crandall avec un sac à provisions et il gronda Jud pour ne pas lui avoir demandé de l'aider à la cueillette.

« Bah ! de toute façon la récolte était merdeuse cette année, dit le vieil homme.

— Tu serais gentil d'éviter ce genre de langage quand je suis à portée d'oreille, dit Norma en pénétrant sur la véranda avec un antique plateau Coca-Cola en tôle sur lequel étaient posés trois grands verres de thé glacé.

— Navré, ma chérie, dit Jud.

— Oh, il n'est pas plus navré que ça ! commenta Norma à l'intention de Louis avant de s'asseoir avec une petite grimace de douleur.

— J'ai vu Ellie monter dans l'autobus, dit Jud en allumant une Chesterfield.

— Tout ira bien pour elle, ne vous en faites pas, dit Norma. Ces choses-là finissent presque toujours par s'arranger. »

Presque, songea lugubrement Louis.

Mais à son retour, Ellie se portait effectivement le mieux du monde. Elle rentra sur le coup de midi, souriante et épanouie, sa robe bleue des grands jours s'évasant gracieusement autour de ses tibias zébrés d'égratignures (elle avait même une écorchure toute fraîche à un genou, qu'elle ne se fit pas faute de leur exhiber fièrement). Elle brandissait d'une main un dessin qui représentait peut-être deux enfants, à moins que ce ne fût un couple d'oies, le lacet d'un de ses souliers traînait par terre, elle n'avait plus qu'un seul ruban dans les cheveux et elle braillait : « On a chanté *Old MacDonald !* Maman ! Papa ! On a chanté *Old MacDonald,* comme à l'école de Carstairs Street ! »

Rachel jeta un coup d'œil en direction de Louis qui était assis, Gage sur les genoux, sur la banquette du bow-window. Le bébé dormait à moitié. Rachel détourna très vite son regard, mais Louis y avait lu de la tristesse et l'espace d'un instant une affreuse panique s'empara de lui. *C'est donc vrai que nous allons vieillir,* se dit-il. *Vieillir pour de bon. Personne ne fera d'exception pour nous. Ellie est partie pour grandir... et nous aussi.*

Ellie accourut vers lui et elle essaya de lui montrer simultanément son dessin et son écorchure tout en lui parlant de sa nouvelle maîtresse, Mrs Berryman, et de la chanson qu'ils avaient chantée. Church passait et repassait entre ses jambes en ronronnant et c'était miracle qu'elle ne trébuchât pas sur lui.

« Chut ! » fit Louis en l'embrassant. Ignorant tout ce remue-ménage, Gage s'était endormi. « Laisse-moi juste le temps de mettre le bébé au lit, et après tu me raconteras tout ça. »

Le bébé dans les bras, il gravit l'escalier que baignaient les rayons obliques et brûlants d'un soleil de fin d'été, et lorsqu'il parvint au palier de l'étage, un pressentiment horrible et ténébreux s'abattit sur lui avec tant de force qu'il se pétrifia sur place et regarda autour de lui avec stupeur en se demandant d'où pouvait bien lui venir cette soudaine terreur. Il avait resserré son étreinte sur l'enfant, qui se mit à se débattre faiblement dans son sommeil, et il sentit que de grandes plaques de chair de poule s'étaient formées sur toute la longueur de ses bras et de son dos.

Qu'est-ce qui ne va pas ? se demanda-t-il, épouvanté et confus. Son cœur battait la chamade ; des frissons glacés lui couraient le long du crâne et il lui sembla que son cuir chevelu se recroquevillait brusquement ; il sentit une brusque giclée d'adrénaline en arrière de ses yeux. Louis savait qu'en cas de peur extrême les yeux humains s'exorbitent vraiment : ils ne s'écarquillent pas simplement, ils *grossissent* bel et bien à mesure que la pression sanguine augmente et que la pression hydrostatique du liquide céphalorachidien s'intensifie. *Mais qu'est-ce que ça peut bien être, bon Dieu ? Des fantômes ? Bon sang, on dirait vraiment que quelque chose m'a frôlé en passant près de moi dans le couloir — quelque chose qu'il m'a presque semblé apercevoir.*

Au rez-de-chaussée, la porte à treillis qui doublait celle de l'entrée principale se rabattit sur le chambranle avec un claquement sec.

Louis Creed tressaillit violemment et il réprima un hurlement. Puis il se mit à rire. Il venait tout simplement de tomber dans une espèce de trou psychologique, d'avoir une absence, une de ces brèves pertes de conscience dont les épileptiques ne sont pas les seuls à souffrir : il arrive parfois que des gens parfaitement normaux éprouvent ce genre de défaillance ; elles passent aussitôt, et on n'en parle plus. Que disait le vieil Ebenezer Scrooge au fantôme de Jacob Marley, dans *le Conte de Noël* ? *Il se peut bien que vous ne soyez rien de plus qu'un peu de pomme de terre mal cuite. Vous me faites penser à une sauce trop grasse plutôt qu'à une tombe.* Et c'était encore plus juste (aussi bien du point de vue de la physiologie que du point de la psychologie) que Charles Dickens ne l'avait sans doute soupçonné lui-même. Les fantômes, cela n'existait pas ; en tout cas, pas dans l'expérience de Louis Creed. Il avait constaté une bonne vingtaine de décès au cours de sa carrière, et pas une seule fois il n'avait éprouvé le passage d'une âme.

Il porta Gage jusqu'à sa chambre et il le coucha dans son lit. Mais tandis qu'il remontait la couverture sur son fils, il sentit un frisson convulsif le long de son dos et il eut la brusque vision du « hall d'exposition » de son oncle Carl. Ce hall d'exposition, on n'y présentait ni bagnoles rutilantes, ni téléviseurs nantis de tous les derniers perfectionnements, ni lave-vaisselle dont les portes vitrées permettaient d'admirer le détergent magique en pleine action. Il ne contenait rien d'autre que des boîtes oblongues aux couvercles béants, éclairées chacune d'un spot discret. Carl Creed, l'oncle paternel de Louis, était entrepreneur de pompes funèbres.

Bon Dieu, mais qu'est-ce qui a bien pu t'épouvanter comme ça ? Fais le vide dans ton crâne ! Oublie ces conneries !

Il posa un baiser sur le front de son fils et redescendit pour écouter Ellie lui faire le récit de sa première journée à l'école des grands.

8
———

Le samedi suivant — Ellie venait d'achever sa première semaine d'école et la rentrée universitaire n'était plus qu'à deux jours — Jud Crandall traversa la route et s'approcha des Creed qui étaient réunis sur la pelouse. Louis et Rachel étaient assis sur des chaises pliantes ; Ellie avait momentanément lâché sa bicyclette pour venir boire un verre de thé glacé et Gage rampait dans l'herbe, s'abîmant dans la contemplation de tous les insectes qu'il rencontrait (il devait bien aussi en avaler un de loin en loin, car il n'était pas particulièrement regardant sur l'origine de ses protéines).

« Attendez, Jud, dit Louis en se levant, je vais aller vous chercher une chaise.

— Pas la peine », fit le vieil homme. Il était vêtu d'un blue-jean, d'une chemise d'ouvrier bleue à col ouvert et de bottes en caoutchouc vertes. Il se tourna vers Ellie.

« Ça t'intéresse toujours de savoir où mène ce sentier, Ellie ?

— Oh oui ! s'écria Ellie en se levant d'un bond, les yeux brillants. A l'école, un garçon qui s'appelle George Buck m'a dit qu'il menait au cimetière des animaux, et je l'ai répété à maman, mais elle n'a pas voulu que j'y aille. Elle a dit qu'il valait mieux vous attendre, parce que vous connaissez l'endroit.

— Je le connais, c'est vrai, dit Jud. Et si tes parents sont d'accord, je vais t'y emmener faire un tour. Mais tu ferais mieux de mettre des bottes ; le sol est un peu détrempé par endroits. »

Ellie se précipita à l'intérieur de la maison.

Jud la regarda s'éloigner avec des yeux pleins d'une tendresse amusée.

« Peut-être que ça vous dirait de nous accompagner, Louis ?

— Volontiers », dit Louis. Il se tourna vers Rachel. « Tu veux venir aussi, chérie ?

— Et Gage, alors ? Il paraît que c'est à plus de deux bornes d'ici.

— Je vais le prendre dans le porte-bébé.

— Bon, d'accord ! dit Rachel en riant. Mais tu vas voir ton dos ! »

39

Ils se mirent en route dix minutes plus tard. Gage excepté, ils étaient tous bottés. Gage se hissait debout dans le porte-bébé en prenant appui sur les épaules de Louis et il regardait tout avec des yeux ronds. Ellie passait son temps à courir en avant de leur petit groupe, pourchassant des papillons, cueillant des fleurs.

L'herbe de la prairie montait jusqu'à mi-cuisse et elle était semée de verge d'or, cette plante vivace qui à chaque début d'automne poudre les champs de ses myriades de capitules jaune vif. Et pourtant ce jour-là il n'y avait pas trace d'automne dans l'air ; le mois d'août était terminé depuis près de quinze jours, mais le soleil, oublieux du calendrier, cognait comme en plein été. Le temps qu'ils arrivent au sommet de la première montée, lâchement éparpillés le long du mince ruban du sentier entretenu, de larges auréoles de sueur s'étaient formées sous les aisselles de Louis.

Jud s'était arrêté. Louis pensa d'abord que le vieil homme était essoufflé ; puis il vit le panorama qui s'étalait à présent derrière eux.

« La vue n'est pas mal d'ici », dit Jud en se glissant un brin d'herbe entre les dents, et Louis se dit que cette phrase était sans doute le plus bel exemple d'euphémisme à la mode yankee qu'il lui eût jamais été donné d'entendre.

« Mais c'est *fabuleux*! » haleta Rachel puis, se tournant vers Louis avec un air presque accusateur, elle ajouta : « Comment se fait-il que tu ne m'aies pas parlé de cet endroit?

— Je ne savais même pas qu'il existait », confessa Louis, un peu honteux. Ils étaient encore sur leur propriété, mais jusqu'à présent il n'avait tout bonnement pas trouvé le temps de gravir le coteau dont la pente prenait pourtant juste derrière la maison.

Ellie, qui avait pris pas mal d'avance sur eux, revenait sur ses pas, suivie de Church qui trottinait sur ses talons. Le regard de la fillette trahissait aussi un émerveillement non déguisé.

L'élévation sur laquelle ils se tenaient n'était pas très haute, mais cela suffisait. En avant d'eux, vers l'est, la vue était entièrement bouchée par des bois épais mais dans leur dos, à l'ouest, s'étalait un paysage de rêve, doucement vallonné, figé dans une espèce d'assoupissement tranquille, et que la chaleur de l'été finissant nimbait d'une impalpable brume d'or. La paix était sans mélange : il n'y avait pas même un camion de l'Orinco sur la route pour la troubler.

Cette vallée qui s'étendait à leurs pieds, c'était bien entendu celle de la Penobscot, rivière le long de laquelle les bûcherons du nord-est de l'Etat faisaient jadis descendre de grands trains de flottage à destination de Bangor et de Derry. L'endroit où ils se trouvaient était nettement en aval de Bangor et légèrement en amont de Derry. La rivière, large et paisible, déroulait rêveusement son flot au creux de la vallée. Très loin au nord, Louis discernait vaguement les contours plus sombres des villes de Hampden et de Winterport et le mince ruban noir de la route 15 qui traçait un serpent parallèle à celui de la rivière en direction de Bucksport et de la Baie. Sur l'autre rive de la Penobscot, au-delà d'une longue haie d'arbres au vert éclatant, on voyait des chemins, des champs. La flèche de l'église baptiste de North Ludlow pointait au-dessus d'un dais de très anciens ormes et un peu plus loin à droite Louis apercevait la silhouette trapue d'une bâtisse rectangulaire en brique rouge qui n'était autre que l'école d'Ellie.

Au ciel, des nuages blancs dérivaient lentement vers l'horizon qui était d'un pâle bleu de jean délavé. Et de tous les côtés, glorieusement étalés dans leur fauve splendeur, des champs moissonnés somnolaient au soleil, entamant déjà leur sourd et patient travail de germination hivernale.

« C'est fabuleux, en effet, dit enfin Louis. Il n'y a pas d'autre mot.

— Fut un temps, ici, c'était un lieu-dit », expliqua Jud. Il se ficha une cigarette dans la commissure des lèvres, mais ne l'alluma pas. « On l'appelait Prospect Hill. Il y a bien quelques vieux qui connaissent encore le nom, mais depuis que des gens plus jeunes se sont mis à s'installer dans le coin, il est plus ou moins tombé dans l'oubli. Et il est bien rare que des gens se donnent la peine de monter jusqu'ici. D'en bas, on n'a pas l'impression qu'on pourra voir grand-chose, tellement la colline paraît basse. Et pourtant, on voit... » Il fit un grand geste de la main sans rien dire de plus.

« On voit *tout*! » dit Rachel d'une voix où perçait une espèce de ferveur. Elle se tourna vers Louis : « Chéri, ça nous *appartient*? »

Et avant même que Louis ait eu le temps d'ouvrir la bouche, Jud déclara :

« Ma foi oui, c'est compris dans votre propriété. »

Ce qui, pensa Louis, n'était pas tout à fait la même chose.

Il faisait plus frais dans la forêt ; il devait bien y avoir six ou sept degrés de moins. Le sentier conservait à peu près la même largeur, mais à présent il était tapissé d'une épaisse couche d'aiguilles de pin et jalonné de loin en loin par des pots de fleurs ou de modestes bouquets disposés dans de vieilles boîtes de conserve (les fleurs étaient pour la plupart fanées et cuites). La pente s'était inversée mais, au bout de quatre ou cinq cents mètres, Jud rappela Ellie, qui s'était à nouveau détachée vers l'avant.

« Ce sentier fait une excellente promenade pour une petite fille comme toi, lui dit-il d'une voix bienveillante. Néanmoins, je veux que tu promettes à papa et à maman que lorsque tu viendras vers par ici, tu ne quitteras jamais le chemin.

— Promis ! répondit spontanément Ellie. Mais pourquoi ? »

Jud jeta un coup d'œil en direction de Louis, qui se reposait en attendant qu'ils repartent. Même dans la relative fraîcheur de cette épaisse forêt de conifères, ce n'était pas rien de se coltiner Gage.

« Est-ce que vous savez où vous êtes ? » lui demanda Jud.

Louis passa mentalement en revue toutes les réponses possibles : à Ludlow ? A North Ludlow ? Derrière chez moi ? Entre Middle Drive et la route 15 ? Comme aucune ne le satisfaisait, il secoua la tête en signe de dénégation.

Jud leva un poing, pouce tendu, au-dessus de son épaule.

« Là-bas derrière, il y a du monde : c'est par là qu'est la ville. Mais en avant de nous il n'y a que des bois sur pas loin de cent kilomètres. On appelle ça la forêt de Ludlow ici, mais en fait elle empiète au passage sur le territoire d'Orrington et ensuite elle continue au nord-est jusqu'à Rockford. Après ça, on arrive à ces terrains dont je vous ai parlé, ceux dont les Indiens exigent la restitution. Je sais que ça doit vous faire drôle à entendre, mais c'est un fait : cette belle petite maison dans laquelle vous vivez, au bord d'une route très fréquentée, avec son téléphone, son électricité et sa télé par câble, se trouve à la limite d'une contrée tout ce qu'il y a de sauvage. »

Il se tourna à nouveau vers la fillette, et reprit :

« Ce que je voudrais que tu comprennes, Ellie, c'est simplement qu'il ne vaut mieux pas trop musarder dans ces bois. Si jamais tu quittais le chemin, tu risquerais de t'égarer et Dieu sait où tu te retrouverais.

— Je ferai attention, Mr Crandall. »

Visiblement, les paroles du vieil homme avaient fait forte

impression sur Ellie ; mais elle avait l'air plus captivé qu'effrayé. Par contre, Rachel regardait Jud avec une expression franchement inquiète, et Louis ne se sentait pas tellement à l'aise non plus. Il supposa que c'était dû à la terreur quasi instinctive qu'éprouve tout bon citadin vis-à-vis de la nature sauvage. Louis n'avait pas eu l'occasion une seule fois de manier une boussole depuis son passage chez les scouts, vingt ans auparavant, et il ne se souvenait pas mieux de la manière dont on s'y prend pour se repérer dans les bois par rapport à l'étoile Polaire ou à la mousse des arbres que de l'art de nouer une corde en demi-clef ou en jambe-de-chien.

En voyant la tête qu'ils faisaient, Jud eut un début de sourire.

« Oh, vous savez, on n'a perdu personne dans ces bois depuis 1934, les rassura-t-il. Du moins, personne du pays. Le dernier à s'y être perdu s'appelait Will Jeppson, et ça n'a pas été une bien grande perte. Je crois bien que Stanny Bouchard mis à part Will était le plus grand poivrot qu'on ait jamais vu dans la région de Bucksport.

— Vous avez dit " personne du pays " », fit observer Rachel d'une voix qu'elle ne parvenait pas à rendre aussi désinvolte qu'elle l'aurait voulu, et Louis devina sans peine à quoi elle pensait : *Nous ne sommes pas du pays !* En tout cas, pas encore.

Jud resta un moment silencieux, puis il hocha la tête et dit :

« C'est vrai qu'il y a des touristes qui se perdent. Ça se produit une fois tous les deux ou trois ans. Ils n'arrivent pas à imaginer qu'on puisse se perdre aussi près d'une route à grande circulation. Mais on les a toujours retrouvés, vous savez, M'ame Creed, n'allez pas vous remuer les sangs à cause de ça.

— Est-ce qu'il y a des élans dans cette forêt ? » demanda Rachel d'une voix pleine d'appréhension. Louis eut un sourire. Quand Rachel trouvait une bonne occasion d'angoisser, elle l'exploitait toujours au maximum.

« Il pourrait vous arriver d'en croiser un dans les parages, dit Jud. Mais un élan ne vous fera jamais aucun mal, Rachel. Durant la saison des chaleurs, ils sont parfois un peu nerveux, mais à part ça ils ne font pas grand-chose d'autre que de vous regarder. En dehors des périodes de rut, ils ne s'attaquent jamais à personne, sauf aux habitants du Massachusetts. Je ne sais pas pourquoi ils ont une dent contre eux, mais c'est la vérité vraie. »

Louis se dit que le vieil homme devait être en train de blaguer, mais il n'y avait pas moyen d'en être sûr : Jud était sérieux comme un pape.

« J'ai vu ça bien des fois de mes propres yeux, poursuivit-il. J'ai trouvé plus d'un pauvre diable venu d'une banlieue chic de Boston cramponné à la plus haute branche d'un arbre et jurant ses grands dieux qu'il venait de se faire attaquer par un troupeau d'élans tous aussi gros qu'un autocar. On dirait que les élans sont capables de *flairer* l'odeur du Massachusetts sur quelqu'un, qu'il s'agisse d'un homme ou d'une femme. Ou peut-être que c'est simplement l'odeur des vêtements neufs de chez L. L. Bean qui les excite comme ça — allez savoir ! J'aimerais bien qu'un de ces lascars qui étudient l'éthologie animale à l'université nous ponde un mémoire sur la question, mais je suppose qu'ils s'en fichent pas mal.

— C'est quoi, les périodes de rut ? demanda Ellie.

— T'occupe, dit Rachel. Ellie, je te défends de venir ici sans être accompagnée d'au moins une grande personne », ajouta-t-elle en esquissant un pas dans la direction de Louis.

Une expression peinée se forma sur les traits de Crandall.

« Je n'avais pas l'intention de vous alarmer, Rachel, dit-il. Ni votre petite fille non plus. D'ailleurs, il n'y a aucune raison d'avoir peur. Ce sentier est tout ce qu'il y a de sûr. Au printemps, la pluie y creuse des fondrières, et il a toujours été un peu bourbeux (sauf en 1955, où on a eu une sécheresse exceptionnelle pendant l'été), mais à part ça il n'y a rien de bien méchant dans ces bois, on n'y trouve même pas de sumac vénéneux, alors qu'il y en a tout un buisson au fond de la cour de récréation de l'école de Ludlow. Soit dit en passant, Ellie, tu ferais bien de ne pas t'en approcher si tu ne veux pas être condamnée à prendre un bain d'amidon chaque jour pendant trois semaines entières. »

Ellie se plaqua une main sur la bouche pour étouffer un rire.

« Croyez-moi, ce sentier est parfaitement sûr, insista Jud en s'adressant cette fois à Rachel, qui n'avait toujours pas l'air convaincu. Je parierais que Gage lui-même n'aurait pas de mal à le suivre, et d'ailleurs les autres gosses du pays viennent souvent par ici, comme je vous l'ai dit. Ce sont eux qui l'entretiennent ; personne n'a besoin de leur donner des instructions à ce sujet : ils font ça de leur propre mouvement. Je ne voudrais pas qu'à cause de moi Ellie soit obligée de rester à l'écart de leur petit jeu. »

Il se pencha au-dessus de la fillette et lui fit un clin d'œil.

« Dans la vie, c'est souvent comme ça, tu sais, Ellie. Si tu restes dans le droit chemin, tout ira bien. Mais si jamais tu t'en écartes, à moins d'avoir beaucoup de chance, tu t'égareras fatalement. Et on sera obligés d'organiser une grande battue pour te retrouver. »

Ils reprirent leur marche. Le porte-bébé occasionnait à Louis une peine grandissante ; un début de crampe lui tiraillait les omoplates ; de loin en loin Gage lui empoignait les cheveux à deux mains et tirait dessus avec enthousiasme ou lui décochait gaiement un bon coup de pied dans les reins. Des moustiques tardifs tourbillonnaient autour de sa figure et leur susurration lui mettait des larmes aux yeux.

Le sentier suivait toujours une pente descendante. Après avoir zigzagué entre des sapins aux allures vénérables, il coupait en ligne droite une assez grande étendue de taillis enchevêtrés de ronces. A cet endroit, il y avait bel et bien de la gadoue ; les bottes de Louis s'enfonçaient dans une boue molle parfois couronnée d'eau stagnante. Ils arrivèrent bientôt à une zone carrément marécageuse qu'ils franchirent malaisément en prenant appui sur les grosses mottes de terre herbues qui affleuraient à la surface. Mais après ce passage un peu dur, les choses s'arrangèrent. Le sentier gravissait un raidillon et il était à nouveau bordé de hautes futaies. Louis eut l'impression que Gage avait magiquement doublé de poids et que par l'effet d'une magie concomitante la température s'était subitement élevée de six ou sept degrés. Une sueur abondante lui ruisselait sur le visage.

« Tu es fatigué, chéri ? lui demanda Rachel. Tu veux que je le prenne un moment ?

— Non, non, tout va bien », répondit Louis, et c'était vrai, à part que son cœur cavalait à toute blinde dans sa poitrine. Il se faisait volontiers l'apôtre de l'exercice physique auprès de ses patients, mais il ne le pratiquait guère lui-même.

Jud et Ellie cheminaient côte à côte. Le pantalon jaune citron et le chemisier écarlate de la fillette faisaient des taches vives dans la pénombre un peu glauque du sous-bois.

« Lou, tu crois vraiment qu'il sait où il va ? interrogea Rachel d'une voix chuchotante où perçait une pointe d'anxiété.

— Mais bien sûr, voyons », protesta Louis.

Tout en marchant, le vieil homme tourna brièvement la tête vers eux et, d'une voix pleine de bonne humeur, lança :

« Ce n'est plus très loin, à présent... Vous tenez bon, Louis ? »

45

Mon Dieu ! se dit ce dernier. *Il a plus de quatre-vingt balais, et tout ça ne lui a même pas mis la sueur au front !*

« Ça va, ça va ! » répondit-il avec un soupçon d'agressivité dans la voix. Sa fierté l'aurait sans doute poussé à répondre de cette manière, eût-il même été à deux doigts de la thrombose coronaire. Il s'arracha un sourire, remonta un peu les courroies qui lui meurtrissaient les épaules et reprit sa marche.

Passé le faîte de la deuxième colline, le sentier descendait en pente douce à travers un fouillis de halliers inextricables qui arrivaient à hauteur d'homme et devenait progressivement plus étroit. A quelques pas en avant de lui, Louis vit Jud et Ellie passer sous une espèce d'arcade constituée de vieilles planches abîmées par les intempéries au centre de laquelle une main malhabile avait tracé le mot SIMETIERRE à la peinture noire. Les lettres avaient pâli avec le temps et l'inscription était tout juste lisible.

Louis et Rachel échangèrent un regard amusé et ils passèrent sous l'arcade d'un même mouvement en se prenant instinctivement la main comme deux futurs mariés qui franchissent le porche d'une cathédrale.

Pour la seconde fois ce matin-là, Louis éprouva d'abord de la surprise, ensuite de l'émerveillement.

La clairière dans laquelle ils venaient de pénétrer n'était pas tapissée d'aiguilles de pin. C'était un cercle à peu près parfait de gazon soigneusement entretenu qui devait bien faire dans les quinze mètres de diamètre, bordé sur trois de ses côtés par d'épaisses haies de buissons enchevêtrés et sur le quatrième par un énorme monceau d'arbres morts entassés pêle-mêle dont l'aspect était aussi sinistre que menaçant. *Un homme qui voudrait passer à travers cet amas de vieux troncs ou l'escalader aurait intérêt à se munir d'un protège-couilles en acier,* se dit Louis. Le périmètre de gazon était couvert de petits monuments funéraires visiblement édifiés par des enfants à l'aide de matériaux récupérés au petit bonheur : couvercles de cageots, chutes de contre-plaqué, plaques de ferraille tordues. Mais ces stèles de fortune maladroitement dressées au milieu d'un cercle de buissons mesquins qui disputaient à quelques arbustes rabougris de pauvres restes d'espace et de lumière étaient disposés avec une symétrie que leur modestie même faisait paraître plus remarquable encore. Et en guise de toile de fond, il y avait cette vaste forêt qui conférait à l'endroit une teinte absurdement mystique, plus propre à évoquer de très anciennes coutumes païennes que les rites de la Chrétienté.

« Comme c'est charmant », dit Rachel d'une voix dépourvue de toute conviction tandis qu'Ellie laissait échapper une exclamation de stupeur admirative.

Louis se déharnacha et extirpa Gage du porte-bébé afin qu'il puisse ramper à son aise. Son dos en conçut aussitôt un intense soulagement.

Ellie courait d'une stèle à l'autre en poussant des cris ravis. Abandonnant à Rachel la surveillance du bébé, Louis lui emboîta le pas tandis que Jud s'asseyait en tailleur, le dos calé contre un rocher, et allumait une cigarette.

Louis s'aperçut très vite que la symétrie qui l'avait frappé en pénétrant dans l'enceinte du cimetière n'était pas le fruit du hasard : les tombes avaient été volontairement disposées en cercles à peu près concentriques.

Sur une croix grossière composée avec des lattes de caisse d'emballage, une main d'enfant avait inscrit d'une écriture appliquée : « SMUCKY — LE CHAT LE PLUS GENTTY DU MONDE » et au-dessous : « 1971-1974 ». Un peu plus loin sur le bord extérieur du même cercle, Louis avisa une plaque d'ardoise véritable qui proclamait, en lettres rouges un peu passées : « BIFFER ! » Et sous le nom on avait ajouté une épitaphe qui disait : « BIFFER, BIFFER/TU AVAIS UN FLAIR/QUI ARRANGEAIT BIEN NOS AFFAIRES. »

« Biffer, c'était l'épagneul des Dressler », expliqua Jud. Toujours soigneux, il avait creusé un petit trou dans le sol avec le talon d'une de ses bottes et il s'en servait en guise de cendrier. « Un camion lui est passé dessus l'an dernier. Hein qu'il est beau, ce petit poème ?

— Très beau », reconnut Louis.

Quelques-unes des tombes étaient fleuries. A de rares exceptions près, les fleurs étaient fanées et parfois même complètement pourries. La peinture ou l'encre de la moitié des inscriptions que Louis essaya de déchiffrer était tellement délavée qu'elles étaient difficiles, voire impossibles à lire. Certaines stèles étaient vierges et Louis devina que leurs inscriptions d'origine avaient dû être tracées au fusain ou à la craie.

« Viens voir, maman ! vociféra Ellie. Il y a même un poisson rouge !

— Ça ne me dit rien », répondit Rachel et Louis jeta un rapide coup d'œil dans sa direction. La jeune femme était debout, seule, à l'extérieur du dernier cercle, et elle n'avait pas l'air dans son assiette. *Il lui en faut bien peu pour être bouleversée,* se dit Louis. La plupart des gens éprouvent un malaise plus ou moins prononcé en face des représentations de la mort, mais chez Rachel ce sentiment confinait à la phobie. Cela s'expliquait sans doute par le traumatisme qu'elle avait subi à la mort de sa sœur Zelda. La mort de Zelda était pour Rachel un sujet particulièrement sensible, auquel Louis avait vite appris qu'il valait mieux éviter de faire allusion pendant les premiers temps de leur mariage. Zelda avait été emportée très jeune par une méningite cérébro-spinale ; son agonie avait dû être longue et atroce, et il était naturel que Rachel en eût été marquée à vie : au moment de la mort de sa sœur, elle était encore dans l'âge le plus impressionnable. Et Louis comprenait très bien qu'elle préférât oublier tout cela.

Il lui adressa un petit clin d'œil et Rachel l'en remercia d'un bref sourire.

Louis leva les yeux vers le ciel. La clairière n'était pas une création humaine : le soleil y pénétrait naturellement, et il se dit que c'était sans doute cela qui expliquait que l'herbe y prospérât si bien. Mais pour obtenir un gazon si parfait, il avait encore fallu beaucoup d'arrosages et de soins attentifs. Autrement dit, les gosses avaient dû se farcir tout le chemin en trimbalant sur leurs dos des bidons d'eau ou peut-être de ces grosses outres dont les Indiens se servaient autrefois, et tout ça était encore plus lourd que Gage dans son porte-bébé. Il avait du mal à imaginer que des enfants puissent faire preuve d'autant de persévérance. De sa propre enfance, il avait gardé le souvenir d'enthousiasmes violents mais éphémères, qui brûlaient d'une belle flamme mais se consumaient comme un feu de paille, et c'était bien cela qu'il retrouvait chaque jour en regardant vivre Ellie.

Plus on se rapprochait du pôle de la spirale, plus les tombes devenaient vieilles. Les inscriptions lisibles étaient de plus en plus rares, mais celles que Louis parvenait encore à déchiffrer indiquaient des dates régulièrement décroissantes. Ainsi, un des cercles commençait par « TRIXIE, ÉCRASÉE SUR LA ROUTE LE 15/9/68 » et un peu plus loin Louis trouva une planche large et épaisse, profondément enfoncée dans le sol, déformée et légèrement gauchie par le gel, sur laquelle il eut quelque peine à lire : « EN SOUVENIR DE MARTHA NOTRE LAPINE D.C.D. LE 1er MARS 1965 ». Dans la rangée suivante, ce fut ensuite « GENERAL-PATTON » (dont la stèle proclamait qu'il avait été « UN BON CHIEN ! ! ! », et qu'il avait péri en 1958), puis « POLYNESIA » qui devait être une perruche (puisque c'était le nom du perroquet femelle qui enseigna le langage des animaux au Dr Doolittle, si la mémoire de Louis était bonne) et qui avait émis son dernier « Jacquot ! » pendant l'été de 1953. Après cela, il n'y avait plus rien de lisible le long de deux cercles entiers mais ensuite, alors qu'il était encore à bonne distance du centre, Louis découvrit une plaque de grès sur laquelle on avait maladroitement gravé une phrase qui disait : « HANNAH, LA MEILLEURE CHIENNE DE TOUS LES TEMPS 1929-1939 ». Bien sûr, le grès est une roche relativement tendre (en conséquence de quoi il ne subsistait d'ailleurs de l'inscription qu'un squelette), mais Louis n'en avait pas moins de mal à s'imaginer les trésors de patience qu'il avait fallu à un malheureux gamin pour tracer ces quelques mots dans la pierre. La charge d'amour et de désespoir que cela représentait lui paraissait immense ; c'était un monument comme aucun adulte n'en éléverait jamais à ses propres parents, ni même à un enfant mort en bas âge.

« Il y en a qui ne datent pas d'hier, dites donc ! » s'exclama-t-il à l'adresse de Jud qui s'était levé pour le rejoindre et arrivait justement à sa hauteur.

Le vieil homme hocha la tête.

« Venez avec moi, Louis, dit-il. Je voudrais vous montrer quelque chose. »

Ils continuèrent en direction du centre de la spirale, et s'arrêtèrent dans la troisième rangée. A cet endroit la circularité était si régulièrement ordonnée qu'on ne pouvait pas croire une seconde que les choses s'étaient arrangées ainsi par le plus grand des hasards, comme les anneaux extérieurs en donnaient trompeusement l'impression. Jud s'était arrêté au-dessus d'une petite plaque d'ardoise qui était tombée à plat sur le sol. Avec des gestes précautionneux, il se mit à genoux et la redressa.

« Jadis, il y avait quelque chose d'écrit là-dessus, dit le vieil homme. Des mots que j'avais tracés de mes propres mains à la pointe d'un ciseau ; mais l'usure les a effacés. C'est ici que j'ai enterré mon premier chien. Il s'appelait Spot. Il est mort de sa belle mort en 1914, l'année même de la Grande Guerre. »

Ainsi donc, ce cimetière enfantin comptait des monuments plus anciens encore que ceux de la plupart des cimetières ordinaires.

Louis trouvait cette idée effarante. Il gagna le centre du cercle et examina les stèles qui s'y dressaient. Toutes leurs inscriptions étaient illisibles et pour la plupart elles étaient à demi enfouies dans le sol. Il en redressa une que l'herbe avait presque entièrement recouverte ; elle se décolla de la terre humide avec un petit grincement de protestation ; des cloportes aveugles grouillaient sur le bois pourri de la plaque funéraire. Louis frissonna légèrement. *Cette nécropole pour animaux ne m'enchante pas tant que ça, après tout,* se dit-il.

« Elles datent de quand, ces tombes-là ? demanda-t-il.

— Alors ça, j'en sais fichtre rien, répondit Jud en se fourrant les mains dans les poches de son jean. A la mort de Spot, l'endroit existait déjà, bien entendu. J'avais toute une bande de copains dans ce temps-là, et ils m'ont aidé à creuser sa tombe. Le sol n'est pas commode à remuer par ici, vous savez ; la surface est très dure, et par-dessous c'est bourré de caillasses. Et moi aussi, je leur ai prêté main-forte à l'occasion. »

Il ressortit sa main droite de sa poche et pointa un index calleux en direction de plusieurs tombes successives en expliquant :

« Si je me rappelle bien, c'est là qu'on a enterré le chien de Pete Levasseur, et là-bas, côte à côte, trois chatons d'une même portée de la chatte à Al Groatley. Le vieux père Fritchie élevait des pigeons voyageurs ; il en a un qui s'est fait boulotter par un chien et on l'a enterré là, Al Groatley, Carl Hannah et moi. »

Il s'interrompit et son visage prit une expression méditative.

« Vous savez, ajouta-t-il, je suis le dernier survivant de notre bande. Tous les autres sont morts. Tous, oui, sans exception. »

Louis ne fit aucun commentaire. Les mains dans les poches, il fixait les tombes d'un air absent.

« De toute façon, conclut Jud, le sol de cette clairière est tellement caillouteux qu'on n'aurait jamais pu y planter quoi que ce soit d'autre. »

De faibles vagissements leur parvinrent, venant de l'autre extrémité du cercle. Gage s'était mis à pleurer ; Rachel se le jucha sur la hanche et elle s'approcha d'eux.

« Lou, le petit a faim, dit-elle. Il vaudrait mieux qu'on rentre. »

Tout en disant cela, elle le regardait avec des yeux suppliants.

« D'accord », fit Louis.

Il se passa à nouveau les courroies du porte-bébé autour des épaules et se retourna afin que Rachel puisse y installer l'enfant.

« Ellie ! appela-t-il. Eh, Ellie, où es-tu ?

— La voilà », dit Rachel en montrant du doigt le grand amas d'arbres morts. Ellie avait entrepris de l'escalader comme si c'était une variété sauvage de ces cages à grimper qu'on trouve sur tous les terrains de jeux scolaires. D'une voix où perçait un début d'anxiété, Crandall lui cria :

« Ellie, mon petit lapin, je t'en prie, ne monte pas là-dessus ! Si jamais tu prends appui au mauvais endroit, tout l'assemblage va se démantibuler sous toi, et tu risques de t'en tirer avec une cheville rompue ! »

Ellie sauta à terre, poussa un cri de douleur et s'approcha d'eux en se frottant la hanche. Une branche morte l'avait éraflée au passage ; le tissu de son pantalon était déchiré, mais la peau ne présentait qu'une ecchymose sans gravité.

« Tu vois ce que je voulais dire ? fit Jud en lui ébouriffant les cheveux. Même un forestier aguerri n'essaie pas d'escalader une tombée de vieux arbres comme celle-là, quitte à faire un grand détour. Les arbres, ça n'aime pas être entassés comme ça ; ça les rend méchants, et ils essayent de mordre tout ce qui leur passe dessus.

— Vraiment ? fit Ellie.

— Mais oui. Tu vois, ils sont posés les uns sur les autres comme les bâtonnets d'un jeu de mikado. Et si jamais tu mets le pied sur celui qu'il ne faut pas, tout s'écroule, ça fait comme une avalanche. »

La fillette se tourna vers Louis.

« C'est vrai ce qu'il dit, papa ?

— Oui, je crois.

— Beurk ! » fit la fillette. Elle se campa face au monceau d'arbres morts et glapit : « Sales cochons d'arbres, vous m'avez déchiré mon pantalon ! »

Les trois adultes éclatèrent de rire, mais le tas d'arbres morts continua impassiblement à blanchir au soleil comme il le faisait depuis bien des lustres sans doute. Louis trouvait qu'il évoquait assez bien les ossements de quelque monstre antédiluvien — d'un dragon, peut-être, oui, d'un dragon terrassé jadis par un preux chevalier, et dont le squelette effondré avait constitué cette espèce de monstrueux mausolée.

Et tout à coup, il lui sembla que ces arbres morts étaient tombés là beaucoup trop opportunément : situés comme ils l'étaient, ils interdisaient tout passage entre le cimetière des animaux et les profondeurs de cette forêt que Jud avait distraitement appelée tout à l'heure « la forêt des Indiens ». Leur désordre même avait quelque chose de savant, leur confusion était trop complète pour que ce fût l'œuvre de la seule nature. On aurait dit...

Sur ces entrefaites Gage lui tordit l'oreille en poussant des roucoulements ravis et Louis oublia tout des arbres morts et de la forêt mystérieuse qui s'étendait au-delà du cimetière des animaux. Il était temps de prendre le chemin du retour.

9

Le lendemain, Ellie se présenta avec une figure tragique dans le bureau de Louis alors que ce dernier était occupé à assembler un modèle réduit. En l'occurrence, il s'agissait d'une Rolls-Royce Silver Ghost 1917 qui comportait un total de six cent quatre-vingts pièces, dont une bonne cinquantaine d'éléments articulés. La maquette était pratiquement terminée, et Louis arrivait presque à s'imaginer le chauffeur en livrée, descendant d'une longue lignée d'Anglais qui étaient cochers de père en fils depuis le XVIIIe siècle, trônant raide comme la justice derrière son volant.

Louis avait attrapé le virus des modèles réduits à l'âge de dix ans. Il avait commencé par la maquette d'un Spad, simple monoplace de la Première Guerre mondiale que son oncle Carl lui avait offert pour son anniversaire, puis il avait épuisé à peu près tout le catalogue de modèles réduits d'aéroplanes de la marque Revell avant de passer le cap de la puberté et d'accéder à des choses plus belles et plus complexes. Vers la fin de l'adolescence, il s'était pris d'une passion pour les bateaux en bouteille, puis il avait eu sa phase « machines de guerre » et même une assez longue période au cours de laquelle il avait monté des armes à feu grandeur nature, des Colt, des Winchester, des Luger, d'un réalisme si hallucinant qu'on avait du mal à se résigner à ce que le coup ne parte pas lorsqu'on appuyait sur la gâchette. La trentaine venue, il s'était mis aux paquebots et sa phase « transatlantique » avait duré cinq ans. Un modèle réduit du *Lusitania* et un autre du *Titanic* décoraient la bibliothèque de son bureau à l'université, et un *Andrea Doria* miniature qu'il avait terminé juste avant leur départ de Chicago voguait à présent sur la cheminée du living. Louis venait d'entrer dans une nouvelle phase. Celle des voitures anciennes. Et si le mécanisme dorénavant bien établi fonctionnait à nouveau, il faudrait encore quatre ou cinq ans avant qu'il éprouve le besoin de passer à autre chose. Le modélisme était la seule véritable marotte de Louis, son violon d'Ingres en quelque sorte ; Rachel considérait cela avec l'indulgence bienveillante que toute bonne épouse se doit d'accorder aux petites lubies de son mari, mais Louis soupçonnait que son indulgence avait un fond de mépris et que même au bout de dix années de mariage Rachel continuait à penser qu'il finirait par surmonter cette fixation puérile. L'attitude de Rachel était peut-être en partie le reflet de celle de son père, qui avait toujours soutenu qu'elle avait épousé un parfait débile.

Peut-être que Rachel a raison, se dit-il. *Peut-être que d'ici deux ou trois ans je vais décider un beau matin de remiser mes modèles réduits au grenier et d'aller faire du deltaplane à la place.*

Tandis qu'il se faisait ces réflexions, Ellie le regardait avec un air grave.

Au loin, l'air limpide de la matinée répercuta le carillon des cloches qui convoquaient les fidèles à l'office dominical.

« Bonjour, papa, dit la fillette.

— Salut, ma puce. Eh bien, qu'est-ce qui t'arrive ?

— Oh, rien », soupira Ellie, mais son expression démentait ses paroles ; son expression disait qu'il se passait pas mal de choses, et des choses qui n'avaient rien de particulièrement joyeux. Ses cheveux, qui venaient d'être lavés, lui tombaient librement sur les épaules ; ils avaient tendance à foncer avec l'âge, mais dans cette lumière ils paraissaient plus blonds que nature. Ellie avait mis une robe, comme presque tous les dimanches, et Louis s'en étonna une fois de plus ; pourtant, ils n'avaient jamais fréquenté l'église.

« Qu'est-ce que tu construis ? » demanda la fillette.

Il le lui dit tout en collant soigneusement un garde-boue.

« Regarde, dit-il en lui tendant un minuscule bouchon de radiateur. Tu vois les deux R entrecroisés ? Il n'y manque aucun détail. Si l'avion qu'on prend pour aller à Chicago pour les fêtes du Thanksgiving est un L-1011 de la Lockheed, tu verras exactement les mêmes R sur les moteurs.

— Bah, fit Ellie en lui rendant l'objet, ce n'est qu'un bouchon de radiateur.

— Je t'en prie, Ellie, dit Louis. Quand on est l'heureux propriétaire d'une Rolls-Royce, on appelle ça un " enjoliveur ". Si on est assez riche pour se payer une Rolls, on peut se permettre de crâner un peu. Dès que j'aurai mon deuxième million de dollars en banque, je m'en achèterai une moi-même. Comme ça, quand Gage sera malade en voiture, il pourra dégobiller sur du vrai cuir. » *Et à propos, Ellie, qu'est-ce qui te tarabuste donc ?* Mais avec Ellie, ce n'était pas la bonne méthode. Pas question de l'interroger ainsi de but en blanc. Ellie n'avait pas l'habitude d'étaler aussi facilement ses sentiments, et c'était un trait de caractère que Louis admirait beaucoup chez elle.

« Est-ce qu'on est riches, papa ?

— Non, dit Louis. Mais on n'est pas non plus dans la misère.

— Michael Burns m'a dit que tous les docteurs étaient riches. Il est dans ma classe à l'école.

— Eh bien, tu diras à Michael Burns qu'il se trompe. Beaucoup de médecins deviennent riches, c'est vrai, mais ça leur prend au moins vingt ans... et on ne s'enrichit pas en dirigeant les services médicaux d'une université. Pour se faire du fric, il faut avoir une bonne spécialité. Etre gynécologue, orthopédiste, neurologue. Ceux-là font vite fortune. Mais un malheureux salarié comme moi, ça met rudement longtemps à s'enrichir.

— Mais alors pourquoi tu n'as pas une bonne spécialité, papa ? »

Louis songea à nouveau à ses modèles réduits ; il se remémora le jour où le goût des avions de combat lui avait brusquement passé ; il s'était lassé tout aussi soudainement des tanks et des canons et après avoir mis des bateaux en bouteille pendant des années avec une passion qui paraissait inextinguible, il s'était subitement aperçu que c'était complètement idiot. Ensuite, il essaya de s'imaginer ce qu'on pouvait ressentir quand on était condamné à passer sa vie entière à palper des pieds d'enfants pour s'assurer qu'ils n'étaient pas menacés d'hallux valgus ou à enfiler des gants en latex diaphane avant d'enfoncer un doigt distingué dans le vagin d'une femme pour voir s'il ne présentait pas une grosseur ou une lésion.

« Ça ne me plairait pas, voilà tout », dit-il.

Church entra dans la pièce et resta un moment immobile à les examiner curieusement de ses grands yeux verts comme pour évaluer la situation, puis il sauta sans bruit sur l'appui de la fenêtre et parut s'endormir.

Ellie jeta un rapide coup d'œil en direction de l'animal et elle eut un froncement de sourcils que Louis trouva très étrange. D'habitude, Ellie regardait Church avec des yeux qui débordaient d'une tendresse tellement sirupeuse qu'on en avait presque mal au cœur. Elle se mit à errer çà et là dans la pièce en examinant les modèles réduits disséminés un peu partout. Puis, sur un ton de désinvolture admirablement étudié, elle lança :

« Qu'est-ce qu'il y avait comme tombes dans ce cimetière d'animaux ! Hein, papa ? »

Ah, c'est donc là que les Athéniens s'atteignent, se dit Louis, mais il ne se retourna même pas. Il vérifia son schéma de montage et entreprit de placer les lanternes avant de la Rolls.

« Il y en avait beaucoup, c'est vrai, dit-il. Plus de cent, à mon avis.

— Papa, pourquoi est-ce que les bêtes ne vivent pas aussi longtemps que les gens ?

— Mais il y a des animaux qui ont une durée de vie équivalente à la nôtre, dit Louis. Et il y en a même qui vivent beaucoup plus longtemps que nous. Les éléphants vivent très longtemps, et certaines tortues marines sont tellement vieilles qu'on ne sait plus l'âge qu'elles peuvent avoir... Ou peut-être qu'on le sait mais qu'on n'arrive pas à y croire. »

Ellie écarta tout cela avec beaucoup de simplicité en déclarant :

« Je parlais des animaux *domestiques,* papa. Les éléphants et les tortues marines, ça ne compte pas. Les animaux *domestiques* ne vivent pas longtemps du tout. Michael Burns m'a dit qu'une année de vie d'un chien correspond à neuf ans de notre vie à nous.

— Sept, pas neuf, corrigea Louis. Je vois où tu veux en venir, Ellie, et tu as raison de te poser ces questions. C'est vrai qu'un chien de douze ans est un très vieux chien. Tout ça, tu vois, c'est à cause d'un truc qui s'appelle le *métabolisme.* Le métabolisme, c'est ce qui règle la durée de vie des individus. Oh, ça ne fait pas que ça, bien sûr ; il y a des gens à qui leur métabolisme permet de manger énormément tout en restant minces (comme maman, par exemple) tandis que d'autres se mettent très vite à grossir — c'est mon cas. C'est simplement que nous avons des métabolismes différents, maman et moi. Mais à ce qu'il semble la principale fonction du métabolisme des êtres vivants, c'est de jouer un peu, si tu veux, le rôle d'une horloge interne. Les chiens ont un métabolisme relativement rapide ; celui des humains est beaucoup plus lent. En moyenne, on vit tous à peu près soixante-douze ans. Et soixante-douze ans, c'est drôlement long, tu peux me croire. »

Ellie avait l'air vraiment soucieux, et Louis espérait que ses explications la rassureraient. Elles étaient pourtant loin d'être sincères. Il avait trente-cinq ans, et à dire vrai il lui semblait que toutes ces années étaient passées aussi vite qu'un courant d'air qui s'engouffre brièvement par l'entrebâillement d'une porte.

« Et quant aux tortues marines, reprit-il, leur métabolisme est encore plus lent que...

— Et les chats ? coupa Ellie en jetant à nouveau un coup d'œil en direction de Church.

— Eh bien, les chats vivent à peu près aussi longtemps que les chiens, dit Louis. Enfin, la plupart d'entre eux. »

C'était un mensonge, et il le savait. Les chats ont des vies violentes et bien souvent aussi des morts atroces, mais en général tout cela se produit lorsqu'ils sont loin du regard des humains. Ce même Church qui en cet instant précis somnolait (ou feignait de somnoler) au soleil, ce même Church qui roupillait paisiblement chaque nuit lové aux pieds de sa fille et qui avait été chaton une adorable petite boule de poils, Louis l'avait vu harceler sans trêve un oiseau à l'aile brisée avec dans ses yeux verts une lueur de curiosité et aussi (Louis en aurait juré) une flamme glaciale de pure cruauté. Church achevait rarement les victimes de ses jeux sadiques, mais il y avait eu au moins une exception de taille : un gros rat qu'il avait probablement capturé dans l'étroit passage qui séparait leur immeuble de l'immeuble voisin. Et avec ce rat, Church n'y avait pas été de main morte. Il en avait même fait un tel carnage qu'en voyant ce sang et ces tripes répandus partout, Rachel, qui venait d'entamer son sixième mois de grossesse, s'était précipitée dans la salle de bains pour vomir. Oui, les chats vivent et meurent dans la violence. Un beau jour, un chien qui ne ressemble en rien à ces bouledogues balourds qui s'essoufflent vainement à poursuivre des matous espiègles dans les dessins animés du dimanche après-midi leur plante ses crocs où il faut et les égorge proprement ; ou bien ils se font régler leur compte par un mâle rival, avalent une boulette de viande empoisonnée ou passent sous une voiture. Les chats sont les bandits du règne animal ; ils vivent

— et meurent — comme des outlaws. Et la grosse majorité d'entre eux ne finissent pas leurs jours paisiblement assoupis devant le feu.

Mais ce ne sont pas des choses qu'un père peut dire à sa fillette de cinq ans qui se trouve confrontée pour la première fois à la réalité de la mort.

« Tu n'as qu'à calculer, reprit-il. Church n'a encore que trois ans ; tu en as cinq. Ce qui veut dire qué dans dix ans, il y a des chances qu'il soit toujours vivant alors que toi, tu auras quinze ans ㅜt tu ne seras plus qu'à un an de la fin de tes études secondaires. Tu vois, ça fait un bon bout de temps.

— Ça ne me paraît pas long, à moi, protesta Ellie d'une voix qui à présent tremblait un peu. Pas long *du tout*. »

Renonçant à feindre plus longtemps d'être absorbé dans la confection de sa maquette, Louis lui fit signe de s'approcher et il la fit asseoir sur ses genoux. Une fois de plus, la beauté de la fillette, encore accusée par l'émotion qui la remuait, le frappa en plein cœur. Avec son teint un peu olivâtre, elle avait l'air d'une Levantine. Ce n'était pas pour rien que Tony Benton, un de ses collègues de Chicago, l'avait surnommée « la Princesse indienne ».

« Tu sais chérie, lui dit-il, si ça ne dépendait que de moi, je laisserais Church vivre cent ans. Mais ce n'est pas moi qui édicte les règles.

— Qui est-ce alors ? » interrogea Ellie puis, avec une nuance de suprême dédain dans la voix, elle répondit elle-même à sa propre question : « Ça doit être le Bon Dieu, sûrement. »

Louis manqua éclater de rire, mais il se contint ; c'était trop sérieux.

« Que ça soit le Bon Dieu ou quelqu'un d'autre n'y change rien, dit-il. Les aiguilles tournent, c'est tout ce que je sais. Et personne ne peut y échapper, mon cœur.

— Je ne veux pas que Church soit comme toutes ces bêtes mortes ! » s'écria Ellie avec une soudaine fureur. Elle était au bord des larmes. « Je ne veux pas qu'il meure ! Jamais ! Church est *mon* chat *à moi* ! Il n'est pas le chat du Bon Dieu ! Si le Bon Dieu veut un chat, Il n'a qu'à s'en trouver un autre ! Qu'Il prenne tous les chats qu'Il veut et qu'Il les fasse mourir, je m'en fiche, mais pas Church ! Church est à *moi* ! »

Des talons claquèrent dans la cuisine et Rachel passa une tête étonnée dans l'entrebâillement de la porte. A présent, Ellie sanglotait, le visage niché au creux de la poitrine de Louis.

L'horreur avait été nommée ; formulée ; elle avait une figure désormais, on pouvait la regarder dans le blanc des yeux. Et même si on ne pouvait rien y changer, on pouvait au moins pleurer dessus.

« Ellie, dit-il en la berçant tendrement. Ellie, Ellie, Church n'est pas mort ; il est là, regarde : il dort.

— Mais il *pourrait* être mort, sanglota-t-elle. Il pourrait mourir, n'importe quand. »

Louis la serra sur son cœur et continua de la bercer. Il savait, sans avoir aucun moyen d'en être sûr, ce qui la faisait pleurer ainsi : c'était le caractère irréductible de la mort, qui ne se laisse fléchir par aucun argument, pas même par les larmes d'une fillette, et qui est si cruellement imprévisible ; et c'était aussi cette prodigieuse et funeste faculté qu'ont tous les humains de tirer de purs symboles des conclusions pratiques qui sont quelquefois belles et nobles et d'autres fois d'une noirceur terrifiante. Puisque tous ces animaux étaient morts et enterrés, on était forcé d'en déduire que Church pouvait mourir et être enterré (*n'importe quand !*) à son tour ; et si ça pouvait arriver à Church, pourquoi est-ce que ça n'arriverait pas aussi à son père, à sa mère, à son petit frère — et à Ellie elle-même ? La mort n'était qu'une idée abstraite ; le Simetierre existait bel et bien. Ces inscriptions tombales maladroites recelaient des vérités que même une enfant pouvait pressentir.

Louis n'aurait pu s'en sortir en inventant une fable, comme il l'avait fait un peu plus tôt au sujet des espérances de vie d'un matou. Mais tous les enfants du monde enregistrent les bons et les mauvais points de leurs parents dans une espèce de bulletin scolaire permanent sur lequel ils reviennent un jour pour dresser un bilan global, et un mensonge de cette nature risquait d'alourdir singulièrement le passif de Louis. Jadis, sa propre mère lui avait servi une fable du même tonneau, ce vieux conte suivant lequel les femmes qui désirent un bébé le trouveront avec la rosée du matin dans le carré de choux le plus proche ; le mensonge était bien anodin, mais Louis ne l'avait jamais pardonné à sa mère, et il ne s'était jamais pardonné non plus d'avoir gobé cette histoire à dormir debout.

« Mais ma chérie, tout le monde peut mourir, dit-il. La mort est un des éléments de l'existence.

— Eh bien c'est un élément qui est *mauvais*! s'écria la fillette. C'est *dégoûtant*! »

Cette fois, Louis ne trouva rien à répondre. Ellie pleurait. Au bout d'un moment, ses larmes s'arrêteraient. Elle était forcée d'en passer par là avant de se résigner à vivre tant bien que mal avec une vérité à laquelle il n'y avait désormais plus moyen de se soustraire.

Il serra sa fille contre lui en écoutant les derniers échos des cloches du dimanche qui flottaient encore au-dessus des chaumes ; ses larmes avaient cessé depuis quelque temps déjà lorsqu'il s'aperçut qu'elle avait rejoint son chat dans le sommeil.

Il la porta dans sa chambre, la mit au lit et redescendit dans la cuisine. Rachel remuait une pâte à gâteau avec une vigueur superflue. Louis lui fit part de son étonnement ; ça ne ressemblait guère à Ellie de se mettre dans des états pareils, surtout d'aussi bonne heure.

« Non, fit Rachel en posant son bol sur le plan de travail avec un claquement sec, ça ne lui ressemble pas, mais je crois qu'elle n'a pas fermé l'œil de la nuit. Je l'ai entendue se retourner dans son lit et Church a demandé à sortir sur le coup de trois heures du matin. Il ne fait ça que quand Ellie a du mal à dormir.

— Mais pourquoi est-ce qu'Ellie aurait... ?

— Comme si tu ne le savais pas ! coupa Rachel avec humeur. C'est à cause de ce maudit cimetière d'animaux. Ça l'a vraiment remuée, Louis. C'était la première fois de sa vie qu'elle voyait un cimetière et ça l'a... bouleversée, voilà. Ne compte pas sur moi pour adresser des félicitations à ton ami Jud Crandall pour la petite balade. »

Tiens, voilà que tout à coup c'est mon *ami*, se dit Louis avec un mélange de surprise et d'accablement.

« Ecoute, Rachel...

— Je ne veux pas qu'elle y retourne ! Jamais !

— Rachel, Jud disait vrai en ce qui concerne le sentier, il...

— Tu sais bien que ce n'est pas à cause du *sentier* ! dit Rachel en se saisissant à nouveau du bol et en fouettant la pâte avec une vigueur redoublée. C'est ce fichu cimetière. Moi, je trouve ça malsain, ces gosses qui grimpent jusque là-haut pour entretenir les tombes, qui tiennent le sentier en état... C'est *morbide*, là ! Bon Dieu de merde ! Je ne sais pas quelle maladie ont les mômes dans ce pays, mais je ne veux pas qu'Ellie l'attrape. »

Louis la regarda avec des yeux ronds, complètement désemparé. Leur mariage était solide comme un roc, et pourtant chaque année ils voyaient autour d'eux de nouveaux couples se désagréger, de nouveaux ménages partir à vau-l'eau. Louis soupçonnait fortement que cette stabilité apparente de leur union tenait à leur respect du mystère, de ce secret de Polichinelle que tout le monde a plus ou moins percé sans jamais le dire ouvertement, qui est que, quand on va vraiment au fond des choses, on s'aperçoit que le mariage est une complète fiction, qu'il n'y a pas plus d'union des âmes que de beurre en broche, que chaque âme reste enfermée à jamais dans une gangue impénétrable d'individualité farouche et définitivement fermée à toute espèce de raison. C'était cela, le mystère. Et même quand on croyait connaître son partenaire comme sa poche, il arrivait encore qu'on tombe nez à nez avec une muraille aveugle ou qu'on soit happé dans un trou sans fond. Et parfois même on se trouvait égaré au milieu d'une zone de complète bizarrerie ; ça vous arrivait tout à coup (quoique rarement, Dieu merci) et sans raison apparente, comme il arrive à un avion qui vole au milieu d'un ciel parfaitement serein d'être brusquement secoué par d'invisibles turbulences. Par exemple, on découvrait chez son conjoint une attitude ou une croyance qu'on n'avait jamais soupçonnée, une conviction tellement absurde (à vos yeux en tout cas) qu'elle frisait la psychose. Dans ces cas-là, quand on tenait à préserver la paix du ménage et sa propre tranquillité d'esprit, il valait mieux laisser pisser le mérinos et se répéter que les seuls gens qui perdent patience lorsqu'ils viennent de faire ce genre de découverte sont les insensés qui s'imaginent qu'on peut vraiment connaître l'esprit de quelqu'un d'autre.

« Chérie, ce n'est qu'un cimetière pour animaux, dit-il.

— Après avoir vu la manière dont Ellie pleurait là-dedans tout à l'heure, dit Rachel en agitant sa cuillère dégoulinante de pâte en direction de la porte du bureau de Louis, tu crois vraiment que pour elle ce n'était rien de plus qu'un cimetière d'animaux ? Non, non. Louis ! Ça l'a vraiment *marquée* ! Il ne faut pas qu'elle y retourne. Ce n'est pas à cause du sentier, c'est cet *endroit*. Tu vois : elle s'est déjà mise en tête que Church allait mourir. »

L'espace d'un instant, Louis eut le sentiment absurde qu'il était encore en train de discuter avec Ellie, que la fillette s'était simplement juchée sur des échasses, avait enfilé une des robes de sa mère et s'était caché le visage sous un masque de Rachel extrêmement bien imité. Jusqu'à leur expression qui était la même : tendue, un peu revêche en surface, mais avec une sensibilité à vif pointant dessous.

Louis resta longtemps à chercher ses mots ; il lui semblait soudain que cette discussion portait sur un point fondamental, qu'il n'était plus possible de l'éluder simplement pour laisser intact le mystère, préserver le secret de la solitude des âmes. Il fallait qu'il réagisse, parce qu'il voyait bien que Rachel était complètement à côté de la plaque ; non, il ne pouvait pas la laisser s'aveugler à ce point.

« Rachel, lui dit-il, Church *va* mourir. »

Elle le fixa d'un regard furibond.

« Ce n'est pas de ça qu'il s'agit, répondit-elle en détachant soigneusement chaque syllabe comme si elle était en train d'expliquer une évidence à un enfant attardé. Church ne va pas mourir aujourd'hui, ou demain...

— C'est ce que j'ai essayé de faire comprendre à Ellie, justement...

— Ni la semaine prochaine non plus. Il ne mourra sans doute pas avant *des années*...

— Voyons, chérie, comment veux-tu qu'on en soit sûrs ?

— Evidemment qu'on peut en être sûrs ! s'exclama-t-elle avec indignation. On s'occupe de lui comme il faut, il ne va *pas* mourir, *personne* ici ne va mourir, alors qu'est-ce que tu as à vouloir bouleverser une malheureuse petite fille en remuant des problèmes qu'elle ne pourra comprendre que lorsqu'elle sera beaucoup plus grande ?

— Ecoute, Rachel... »

Mais Rachel n'écoutait plus rien. Les yeux flamboyant de rage, elle continua :

« Quand la mort d'un être aimé — une bête familière, un ami, un parent — vous tombe dessus, c'est déjà assez dur d'y faire face, on n'a pas besoin d'en faire une... une espèce de site touristique, une né-nécropole pour bestioles... ! »

De grosses larmes roulaient sur ses joues.

« Rachel... », dit Louis en essayant de la prendre par les épaules.

D'un geste sec et dur, elle se déroba.

« N'en parlons plus, tiens, dit-elle. De toute façon, tu n'y comprends rien, mon pauvre Louis. »

Il soupira.

« J'ai l'impression d'être tombé dans une trappe et d'avoir été happé par une espèce de moulinette géante », dit-il en espérant que ça lui arracherait un sourire. Mais elle ne desserra pas les lèvres ; elle se contenta de river sur lui un regard noir. Les yeux de Rachel lançaient des éclairs, et Louis comprit qu'elle était furieuse ; son regard n'exprimait pas simplement la colère, mais une fureur sans borne.

« Et toi, Rachel, commença-t-il soudain sans même savoir exactement ce qu'il allait dire, comment as-tu dormi cette nuit ?

— Ah, c'est malin ! » dit-elle avec mépris. Elle détourna les yeux, mais Louis avait eu le temps d'y voir passer une brève flamme de douleur. « C'est drôlement perspicace, Louis. Décidément, tu ne t'améliores pas. Si quelque chose ne tourne pas rond, ça ne peut être que dans la tête de Rachel, hein ? Cette pauvre Rachel qui a encore un de ses accès bizarres d'hyperémotivité.

— Tu es injuste.

— Ah oui ? »

Elle gagna l'autre extrémité du plan de travail et posa son bol de pâte à côté de la cuisinière avec violence, puis elle entreprit de beurrer un moule à manqué, les lèvres serrées.

« C'est normal qu'un enfant se pose des questions au sujet de la mort, Rachel, dit Louis d'une voix patiente. Je dirais même que c'est nécessaire. La réaction d'Ellie, ses larmes, m'ont paru parfaitement naturelles. Elle a... »

Rachel virevolta brusquement et planta à nouveau ses yeux dans les siens.

« Quoi de plus naturel, en effet ! s'écria-t-elle. Quoi de plus naturel que de l'entendre verser des torrents de larmes au sujet d'un chat qui se porte on ne peut mieux...

— Arrête, dit Louis. Tout ça ne tient pas debout.

— Je ne veux plus qu'on parle de ça, dit-elle.

— On en parlera, que ça te plaise ou non, riposta Louis, qui sentait la moutarde lui monter au nez. La balle est dans mon camp à présent, c'est à ton tour de m'écouter.

— Ellie ne retournera pas dans cet endroit, point. Et en ce qui me concerne, la discussion est close.

— Ça fait déjà plus d'un an qu'elle sait d'où viennent les bébés, dit Louis d'une voix posée. On lui a montré le livre de Myers et on lui a tout expliqué, tu te rappelles ? Nous pensions l'un et l'autre que les enfants doivent savoir comment ils sont venus au monde

— Ça n'a aucun rapport avec...

— Si, justement ! coupa-t-il avec brusquerie. Pendant que je parlais de Church avec Ellie tout à l'heure, je me suis mis à penser à ma mère et au baratin qu'elle m'avait sorti au sujet des bébés qui naissent dans les choux. Je ne lui ai jamais pardonné de m'avoir raconté ça. Je crois que les enfants ne pardonnent jamais les mensonges de leurs parents.

— D'où viennent les bébés, c'est une chose, mais ça n'a strictement rien à voir avec ce foutu cimetière d'animaux ! » lui cria Rachel et tandis qu'elle lançait cela, ses yeux disaient : *Tu peux établir tous les parallèles que tu veux, Louis, tu peux y passer tes jours et tes nuits, tu peux argumenter comme ça jusqu'à plus soif, ça ne me convaincra pas.*

Mais il ne désarma pas.

« Ellie sait comment naissent les bébés ; cette petite balade dans les bois lui a simplement donné envie d'en savoir plus sur ce qui les attend à l'autre bout. C'est parfaitement naturel. En fait, je trouve même que c'est la chose la plus naturelle du mon ..

— *Arrête de me bassiner avec ça !* » hurla subitement Rachel. Elle avait hurlé pour de bon et Louis, surpris, eut un mouvement de recul instinctif. Son coude heurta le sac de farine ouvert qui était posé sur le plan de travail ; le sac en papier s'abattit dans le vide et éclata au sol, soulevant un nuage de poussière blanche.

« Oh, merde », fit Louis avec consternation.

Dans une des chambres de l'étage, Gage se mit à pleurer.

« Bravo, fit Rachel qui à présent pleurait aussi. Pour couronner le tout, tu as réveillé le bébé. Merci pour cette matinée du dimanche parfaitement sereine, tranquille et sans heurts. »

Elle se dirigea vers la porte, mais Louis l'arrêta au passage en lui posant une main sur le bras.

« Laisse-moi juste te poser une question, dit-il. Je suis médecin, et donc bien placé pour savoir qu'il peut arriver n'importe quoi aux êtres vivants, absolument *n'importe quoi* Est-ce que c'est toi qui vas expliquer à Ellie ce qui s'est passé si jamais son chat meurt d'un typhus ou d'une leucophénie (c'est une forme de leucémie qui est très courante chez les chats) ou s'il se fait écraser sur la route ? Hein, Rachel, est-ce que c'est toi qui lui expliqueras ?

— Lâche-moi ! » cracha-t-elle avec furie. Mais son regard

trahissait une souffrance et une terreur mille fois plus fortes que la colère qui vibrait dans sa voix ; son regard lui criait : *Je ne veux pas parler de ça, Louis, et tu ne peux pas m'y forcer !* « Lâche-moi, je te dis, reprit-elle. Je veux aller chercher Gage avant qu'il ne tombe de son lit...

— Il vaudrait peut-être mieux que ça soit toi qui t'en charges, dit Louis. Comme ça tu pourras lui expliquer qu'on ne parle pas de ces choses-là, que les gens bien élevés ne parlent pas de ces choses, qu'ils se contentent de les enterrer — oh, pardon : il ne faudra pas dire " enterrer ", ça risquerait de la traumatiser.

— *Salaud !* » sanglota Rachel en s'arrachant à son étreinte.

Louis regrettait déjà ce qu'il venait de dire, mais bien entendu il était trop tard.

« Rachel... »

Elle l'écarta brutalement en sanglotant de plus belle.

« Laisse-moi tranquille, Louis. Tu en as assez fait comme ça. » Arrivée à la porte, elle s'arrêta et se retourna vers lui, le visage inondé de larmes. « Je ne veux plus qu'on parle de ça devant Ellie, dit-elle. Je suis sérieuse, Lou. La mort, ça n'a rien de naturel. *Rien !* C'est *cela* que tu devrais savoir en tant que médecin. »

Elle tourna les talons et s'enfuit, abandonnant Louis au milieu de la cuisine déserte qui résonnait encore de leurs éclats de voix. Au bout d'un long moment, il se décida enfin à aller chercher un balai dans la dépense. Tandis qu'il balayait, il médita ce que Rachel lui avait dit juste avant de s'en aller ; leurs points de vue étaient diamétralement opposés, et pourtant cet antagonisme était resté longtemps secret. Etant médecin, il était logique que Louis considérât la mort comme la chose la plus naturelle du monde, la naissance mise à part. Dans la vie, rien n'est inéluctable ; les impôts, les brouilles familiales, les conflits sociaux, la réussite ou l'échec, rien de tout cela n'est fatal. La seule fatalité, c'est que les aiguilles n'arrêtent pas de tourner et qu'au bout du compte il n'en subsiste rien d'autre que des pierres tombales dont le temps ronge et efface peu à peu les inscriptions. Même les tortues marines et les séquoias géants finissent par y passer un jour.

« Zelda, dit-il tout haut. Bon Dieu, ça a dû lui flanquer un sacré coup. »

La seule question était de savoir s'il valait mieux laisser tomber ou s'obstiner à vouloir y changer quelque chose.

Il vida la pelle à ordures au-dessus de la poubelle ; la farine s'en détacha avec un bruit soyeux et poudra les cartons de lait chiffonnés et les boîtes de conserve vides.

10

« J'espère qu'Ellie n'a pas pris tout ça trop à cœur », dit Jud Crandall. Une fois de plus, Louis se dit que le vieil homme avait le don (un peu malsain, finalement) de mettre immédiatement le doigt sur le point sensible.

Louis, Jud et Norma prenaient le frais sur la véranda des Crandall en sirotant du thé glacé au lieu de leur habituelle bière vespérale. Sur la route, le trafic était nettement plus intense qu'à l'accoutumée à cause des retours de week-end : l'été touchait à sa fin, et les citadins se disaient sans doute que désormais tout week-end un peu ensoleillé avait des chances d'être le dernier. Louis devait prendre son service le lendemain à la tête de l'infirmerie de l'Université d'Orono ; depuis hier, les étudiants affluaient par vagues successives, s'installant dans des immeubles de studios du centre ville ou dans les pavillons de la cité universitaire du campus, renouant de vieilles connaissances, et se lamentant probablement déjà à l'idée qu'ils allaient être obligés pendant une nouvelle année de se lever aux aurores et de partager le piètre ordinaire des restau-U. Rachel lui avait battu froid (un froid polaire) toute la journée et il savait que lorsqu'il retraverserait la route tout à l'heure, il la trouverait déjà endormie, probablement avec Gage dans les bras, tellement recroquevillée contre le bord du lit que le bébé serait en danger de tomber. Sa moitié de lit se serait augmentée d'un bon quart, et elle lui ferait l'effet d'un grand désert aride.

« Je vous disais que j'espérais qu'Ellie...

— Excusez-moi, dit Louis. Je rêvassais. Ça l'a un peu perturbée, en effet. Comment l'avez-vous deviné ?

— Oh, c'est qu'on en a vu passer des gosses, nous autres, dit Jud en prenant la main de sa femme et en lui souriant tendrement. Pas, ma bonne ?

— Ah ça oui, des tripotées, dit Norma. Nous aimons beaucoup les enfants.

— Souvent, ce cimetière d'animaux est leur premier vrai face-à-face avec la mort, expliqua Jud. Bien sûr, ils voient des gens mourir à la télé, mais ils savent bien que c'est de la blague, pareil que dans ces vieux westerns qui autrefois passaient au cinéma chaque samedi après-midi. A la télé et dans les westerns, c'est juste des types qui se cramponnent le ventre ou la poitrine à deux mains avant de s'écrouler. Mais pour la plupart d'entre eux, ce petit cercle de gazon sur la colline est bien plus réel que tous ces films et toutes ces dramatiques de télé mises ensemble, vous pensez bien. »

Louis fit un signe d'assentiment en songeant : *Vous devriez expliquer ça à ma femme.*

« Il y a des enfants qui ne sont pas affectés du tout, en apparence du moins, mais moi je penserais plutôt qu'ils se... qu'ils mettent ça dans leur poche, en quelque sorte, pour l'examiner plus tard bien à leur aise, comme ils le font avec tous les objets curieux qu'ils ramassent. En général, ça ne fait pas de drame, quoique parfois... Tu te rappelles du petit Holloway, Norma ? »

La vieille dame hocha la tête, et les glaçons s'entrechoquèrent dans son verre avec un son cristallin. Ses lunettes pendaient sur le devant de sa robe, et la chaîne qui les retenait étincela brièvement dans la lueur des phares d'une voiture qui passait sur la route.

« Il a eu des cauchemars épouvantables, dit-elle. Il rêvait de trépassés qui revenaient de sous la terre, tout ça. Et là-dessus son chien a crevé. En ville, tout le monde a pensé que cette pauvre bête avait dû manger d'un appât empoisonné, pas, Jud ?

— Ma foi oui, dit Jud en hochant la tête. Quelqu'un avait dû lui refiler une boulette de viande assaisonnée de mort aux rats. Le chien est mort en 1925. Billy Holloway avait dans les dix ans à l'époque. Il a fait du chemin plus tard ; d'abord, il a décroché un siège à la législature d'Etat, et ensuite il s'est présenté aux élections pour la Chambre des Représentants, mais il a été battu. C'était juste avant le début de la guerre de Corée.

— Il a organisé de belles funérailles à son chien avec ses copains, tu te rappelles ? dit Norma. Ce n'était qu'un petit corniaud, mais Billy avait beaucoup d'attachement pour lui. Ses parents n'étaient pas très chauds pour ces obsèques, suite aux cauchemars que Billy avait eus et tout, mais elles se sont très bien passées. Ce sont deux garçons un peu plus âgés qui lui ont fabriqué son petit cercueil, hein, Jud ? »

Jud fit oui de la tête, vida le fond de son verre de thé, et dit : « Oui, ce sont les frères Hall, Dean et Dana, qui ont fait ça, avec l'aide d'un autre copain à Billy — je ne me rappelle plus de son prénom, mais je suis sûr que c'était un des fils Bowie. Tu te rappelles des Bowie, Norma ? Ils habitaient l'ancienne maison des Brochette, sur Middle Drive.

— Mais oui ! s'écria Norma, aussi excitée que si tout cela datait de la veille (et peut-être que dans son esprit, il en allait bien ainsi). C'était un des petits Bowie ! Alan, ou Burt...

— Ou peut-être Kendall, renchérit Jud. En tout cas, ils se sont drôlement disputés au moment où il a fallu décider qui c'est qui porterait les cordons du poêle. Le chien n'était pas bien gros, ce qui fait qu'il n'y avait pas de place pour plus de deux porteurs. Les frères Hall trouvaient que ça leur revenait de droit, vu que c'était eux qui avaient fabriqué le cercueil, et comme en plus ils étaient jumeaux, ça allait bien pour faire une paire. Billy leur a répondu qu'ils n'avaient pas été assez intimes avec Bowser (c'était le nom de son chien) pour pouvoir porter son cercueil. " Tenir les cordons du poêle est un honneur qu'est réservé aux amis intimes du défunt ", qu'il leur disait. " On ne peut pas laisser faire ça au premier charpentier venu. " »

Les Crandall s'esclaffèrent, et Louis s'arracha un sourire.

« L'affaire était à deux doigts de dégénérer en bagarre, continua Jud, mais là-dessus Mandy Holloway, la sœur à Billy, s'est précipitée dans la bibliothèque et elle en a sorti le volume 4 de l'*Encyclopedia Britannica*. Son père, Stephen Holloway, était le seul médecin de toute la région qui va de Bucksport à Bangor dans ce temps-là, et leur famille était la plus riche de Ludlow, la seule qui avait les moyens de s'offrir une encyclopédie.

— Ils ont aussi été les premiers à avoir l'électricité chez eux, nota incidemment Norma.

— Bref, reprit Jud, voilà Mandy qui déboule comme une folle l'escalier du perron, soulevant son jupon d'une main et brandissant de l'autre un livre qui paraissait d'autant plus gros qu'elle n'avait guère plus de huit ans, au moment même où Billy et le petit Bowie (ça devait être Kendall, celui qui s'est écrasé avec son avion de chasse au cours d'un vol d'entraînement dans la baie de Pensacola, en Floride, au début de l'année 1942) étaient sur le point d'en venir aux mains avec les jumeaux Hall pour savoir qui c'est qu'aurait l'insigne privilège de porter ce malheureux corniaud jusqu'à sa dernière demeure. »

Depuis un moment déjà, Louis sentait une sourde hilarité monter en lui ; tout à coup il éclata franchement de rire, et la tension qui était restée incrustée en lui depuis sa désolante altercation avec Rachel s'allégea enfin.

« Mandy se précipite sur eux en gueulant : " Non ! Non ! Attendez ! Regardez ce que j'ai trouvé ! " et les voilà qui s'arrêtent tous pour voir de quoi il s'agit et qui s'écrient : " Oh, putain de Bon Dieu ! ", vu que...

— Jud ! coupa Norma sur le ton de l'avertissement.

— Pardon, chérie ; quand je raconte une histoire, j'ai tendance à me relâcher un peu...

— Ça, je vois bien, bougonna-t-elle.

— Et les voilà qui s'écrient : " Oh, sacré nom d'une pipe ! ", vu que la fillette a ouvert l'encyclopédie de son papa à l'article FUNÉRAILLES, qu'il est illustré d'une grande photo de la reine Victoria en train de partir pour son dernier voyage et qu'au moins quarante-cinq bonshommes se sont placés de chaque côté de son cercueil pour le porter jusqu'au trou, les uns suant sang et eau parce que c'est un vrai sarcophage d'impératrice qui pèse sacrément lourd, les autres poireautant simplement en queue-de-morue, un tuyau de poêle vissé sur le crâne, comme s'ils attendaient le départ du derby d'Epsom. Et Mandy leur fait : " Quand il s'agit de funérailles nationales, on a le droit de mettre autant de gens qu'on veut pour tenir les cordons du poêle ! C'est écrit dans le livre ! "

— Et c'est comme ça que le problème a été réglé ? demanda Louis.

— Oui, du coup tout s'est arrangé. Les gosses se sont mis à vingt pour porter le cercueil de Browser, et l'effet d'ensemble était quasiment le même que sur la photo des obsèques de la reine Victoria, à part qu'il n'y avait ni queues-de-pie ni hauts-de-forme. Mandy s'est chargée d'organiser la cérémonie comme il faut. Elle les a fait tous aligner sur deux rangs, elle leur a distribué à chacun une fleur des champs — dent-de-lion, marguerite ou coucou — et le cortège s'est ébranlé. Soit dit en passant, c'est bien plutôt Mandy Holloway qu'on aurait dû envoyer siéger au Congrès ; le pays se porterait autrement mieux avec des élus de cette trempe. (Jud eut un petit rire et il hocha la tête.) Quoi qu'il en soit, à dater de ce jour Billy Holloway n'a plus jamais fait aucun cauchemar au sujet du cimetière des animaux. Une fois passé le deuil de son chien, il a repris le cours normal de sa vie. C'est ce qu'on fait tous dans ces cas-là, j'imagine. »

Louis repensa à l'état de quasi-hystérie dans lequel Rachel s'était mise.

« Votre petite Ellie s'en remettra, dit Norma en changeant de position dans son siège. Vous devez penser que la mort est notre sujet de conversation favori, Louis. C'est vrai qu'on en parle beaucoup, Jud et moi, on doit vous faire l'effet d'être deux vieux corbeaux amateurs de charogne...

— Mais non voyons, ne dites pas de bêtises, protesta Louis.

— ... mais il vaut peut-être mieux se rappeler qu'elle existe, parce qu'au jour d'aujourd'hui... je ne sais pas, mais... on dirait que plus personne ne veut en entendre parler, ni même seulement y penser. Ils ont banni la mort de la télé sous prétexte que c'est un spectacle malsain pour les enfants, qui risquerait de leur pervertir l'esprit. Et puis maintenant les gens veulent des cercueils fermés pour ne plus contempler les dépouilles mortelles de leurs défunts... on dirait qu'ils veulent l'oublier, la mort, voilà.

— Et cela au moment même où nous arrive la télévision par câble qui passe tous ces films montrant des gens en train de... (Jud lança un coup d'œil en direction de Norma, et il se racla la gorge)... de faire des choses qu'on ne fait habituellement que derrière des rideaux tirés, conclut-il. C'est drôle ce que ça peut changer d'une génération à l'autre, pas vrai ?

— Oui, vous devez avoir raison, dit Louis.

— On est d'une autre époque, nous autres, reprit Jud d'un ton où perçait presque comme de la gêne. D'une époque où on vivait dans la proximité quotidienne de la mort. Nous avons vu la grande épidémie de grippe espagnole aussitôt après la guerre de quatorze ; il était courant alors que les femmes meurent en couches, et les enfants succombaient à des infections ou à des fièvres que les médecins d'à présent savent faire disparaître comme d'un coup de baguette magique. Au temps où nous étions jeunes Norma et moi, si vous attrapiez le cancer, ça équivalait à un arrêt de mort instantané. Dans les années vingt, la radiothérapie, ça n'existait pas. Deux guerres mondiales, des assassinats, des suicides... »

Jud s'interrompit et il resta silencieux un moment.

« Pour nous, la mort était à la fois une amie et une ennemie, reprit-il enfin. Mon frère Pete est mort d'une appendicite aiguë ; c'était en 1912, sous la présidence de Taft. Il venait tout juste de fêter ses quatorze ans, et il était le meilleur batteur de base-ball du pays. En ce temps-là, on n'avait pas besoin d'aller au collège pour étudier la mort, elle venait de son propre chef vous faire une petite visite, et même des fois elle s'incrustait pour le dîner, elle vous collait après comme la merde au soulier. »

Cette fois, au lieu de le reprendre Norma se contenta de hocher la tête sans rien dire.

Louis se leva, s'étira et déclara :

« Bon à présent il faut que je vous quitte. J'ai une journée chargée, demain.

— C'est vrai que c'est demain que le grand branle-bas commence pour vous », dit Jud en se levant aussi. Voyant que Norma s'efforçait de l'imiter, le vieil homme lui tendit la main, et elle se hissa debout avec une grimace.

« Ça vous fait très mal, ce soir ? demanda Louis.

— Oh, pas tellement, répondit-elle.

— Vous devriez mettre une bouillotte cette nuit.

— Bien sûr, dit Norma. Je le fais toujours. Et Louis... ne vous faites pas de mauvais sang au sujet d'Ellie. Cet automne, elle sera bien trop occupée à lier connaissance avec ses nouveaux amis pour se soucier outre mesure de ce vieux cimetière. Peut-être bien qu'un de ces jours ils s'y rendront tous en bande pour repeindre quelques pancartes, arracher les mauvaises herbes ou planter des fleurs. Des fois, l'envie leur en prend, subitement, comme ça. A ce moment-là, elle se sentira mieux ; elle commencera à se familiariser avec l'idée de la mort. »

Si ma femme a son mot à dire, ça ne risque pas d'arriver.

« Passez donc demain soir si vous avez un moment, dit Jud. Vous me raconterez comment les choses se sont arrangées à l'université, et je vous flanquerai une pile au cribbage.

— A moins que je vous saoule d'abord, dit Louis, et qu'ensuite je vous mette capot.

— Doc, dit Jud avec beaucoup de sincérité, le jour où je ferai capot au cribbage, j'aurai tellement besoin de me faire soigner que je n'hésiterai même pas à faire appel à un charlatan comme vous. »

Il les quitta sur un dernier rire et traversa la route pour regagner sa maison assoupie dans les ténèbres épaisses de cette belle soirée de fin d'été.

Rachel dormait à l'extrême bord du lit, recroquevillée en position de fœtus, le bébé dans les bras. Louis se dit que ça finirait bien par lui passer. Ils avaient eu leur lot de disputes et de fâcheries au cours de leur vie conjugale, mais jamais encore elles n'avaient pris une tournure aussi inquiétante. Louis éprouvait un mélange de colère et de tristesse. Il espérait une prompte réconciliation, mais il ne voyait pas très bien comment la provoquer et il n'était même pas certain que ce fût à lui de faire le premier pas. Et puis tout cela était tellement gratuit ; une tempête dans un verre d'eau qui, à la suite d'un incompréhensible tour de passe-passe intellectuel, avait pris les proportions d'un véritable ouragan. Des différends, ils en avaient eus, certes ; mais bien peu avaient donné lieu à des altercations aussi âpres que celle qui avait suivi les interrogations et les larmes d'Ellie. Il suffisait sans doute d'un petit nombre de chocs de cette nature pour qu'un mariage soit ébranlé dans ses fondations mêmes ; et un beau jour, au lieu d'apprendre la triste nouvelle par la lecture des journaux ou en recevant d'un ami un petit mot hâtivement griffonné (« Lou, je préfère te le dire moi-même plutôt que d'attendre que quelqu'un d'autre te l'apprenne : Maggie et moi, nous avons décidé de nous séparer... »), c'était à *vous* que ça arrivait.

Il se déshabilla sans bruit et régla le réveil sur six heures. Ensuite il prit une douche, se lava les cheveux, se rasa et croqua un comprimé d'Acidrine avant de se brosser les dents car il éprouvait une légère sensation de brûlure dans la région épigastrique. Peut-être que le thé glacé de Norma lui avait causé des aigreurs d'estomac — à moins que ce ne fût d'avoir trouvé au retour Rachel recroquevillée sur elle-même à l'autre extrémité du lit. N'avait-il pas appris, lorsqu'il étudiait l'histoire au collège, que le territoire est la base de tout ?

Après s'être méticuleusement acquitté de toutes ses obligations vespérales, Louis se mit au lit, mais il n'arriva pas à trouver le sommeil. Il y avait quelque chose qui le tarabustait. Tout en écoutant Rachel et Gage respirer presque au même rythme, il tournait et retournait dans sa tête les événements des dernières quarante-huit heures. « GÉNÉRAL-PATTON »... « HANNAH, LA MEILLEURE CHIENNE DE TOUS LES TEMPS »... « EN SOUVENIR DE MARTHA NOTRE LAPINE »... La fureur d'Ellie : *Je ne veux pas que Church meure !... Il n'est pas le chat du Bon Dieu ! Si le Bon Dieu veut un chat, Il n'a qu'à s'en trouver un autre !* La fureur de Rachel, tout aussi excessive : *C'est cela que tu devrais savoir en tant que médecin !* Norma Crandall disant : *On dirait que plus personne ne veut en entendre parler.* Et Jud, avec sa voix implacablement ferme, pleine

71

d'une certitude terrifiante, sa voix d'un autre âge : *Et même des fois elle s'incrustait pour le dîner, elle vous collait après comme la merde au soulier.*

La voix de Jud se fondit tout à coup avec celle de la mère de Louis Creed qui avait mis son fils au fait des choses du sexe dès l'âge de quatre ans, mais ne lui avait dit la vérité sur la mort que huit ans plus tard, après que sa cousine Ruthie eut été tuée dans un stupide accident de voiture. Ruthie avait été broyée à bord de la voiture de son père par un adolescent qui avait décidé de s'offrir une petite balade au volant d'un bulldozer de la Direction des travaux publics dont la clé avait été oubliée sur le tableau de bord et s'était aperçu trop tard qu'il ne savait pas comment arrêter l'énorme engin. Le jeune gars s'en était tiré avec quelques coupures et contusions sans gravité, mais la Fairlane de l'oncle Carl était en miettes. La mère de Louis lui avait annoncé la chose sans détour, et il avait réagi en disant : *Mais non, voyons c'est impossible, Ruthie ne peut pas être morte.* Il avait bien entendu ses paroles, mais il n'arrivait pas à leur trouver un sens. *Qu'est-ce que tu entends par « morte »* ? *De quoi parles-tu ?* Et puis, après quelques instants de réflexion, il avait ajouté : *Qui est-ce qui va s'occuper des funérailles ?* L'oncle Carl avait beau être entrepreneur de pompes funèbres, Louis n'arrivait pas à l'imaginer enterrant sa propre fille. Dans l'état de confusion et de terreur croissante dans lequel il se trouvait, cette question lui était apparue comme la plus importante de toutes. C'était une véritable énigme, comme de savoir qui coupe les cheveux de l'unique barbier du village.

Je suppose que c'est Donny Donahue qui va s'en charger, avait répondu sa mère. Le bord de ses paupières était rouge, et elle paraissait extrêmement lasse ; Louis eut l'impression qu'elle était presque malade de fatigue. *De tous ses confrères, c'est celui que ton oncle Carl aime le mieux. Ah, Louis... cette pauvre petite Ruthie... quand je pense à ce qu'elle a dû souffrir... Prie avec moi, Louis, tu veux bien ? Faisons une prière pour Ruthie. J'ai besoin que tu m'aides.*

Louis et sa mère étaient tombés à genoux dans la cuisine, ils s'étaient mis à prier et c'est la prière qui lui avait enfin fait voir la vérité telle qu'elle était : si sa mère priait pour l'*âme* de Ruthie Creed, il fallait bien en conclure qu'elle n'avait plus de *corps*. Devant ses yeux fermés, il avait vu surgir l'image épouvantable de Ruthie venant prendre part à la fête de son treizième anniversaire avec ses yeux décomposés lui pendant sur les joues et une moisissure bleuâtre mangeant ses cheveux roux, et cette vision n'avait pas seulement fait naître en lui un violent dégoût, mais un élan douloureux d'amour sans espoir.

Ravagé par une souffrance spirituelle comme il n'en avait encore jamais connu, il s'était écrié : *Elle ne peut pas être morte !* MAMAN, *ELLE NE PEUT PAS ÊTRE MORTE, JE L'AIME !*

Sa mère lui avait répondu d'une voix sans timbre et pourtant évocatrice de toutes sortes d'images — champs morts écrasés sous un ciel lourd de novembre, pétales de roses éparpillés racornis et virant au brun, bassins vides envahis d'une mousse verdâtre, putréfaction, corruption, poussière :

Si, mon chéri, je suis navrée, mais c'est ainsi. Ruthie nous a quittés.

Louis frissonna et il se répéta : *Quand on est mort, on est mort — que veux-tu que je te dise ?*

Et tout à coup il se rappela ce qu'il avait oublié de faire, comprit ce qui l'avait tenu éveillé à ressasser de vieilles douleurs alors que son premier jour de service commençait le lendemain de bonne heure.

Il se leva, prit la direction de l'escalier mais juste avant de l'atteindre fit un brusque crochet et gagna la chambre d'Ellie, à l'autre bout du corridor. La fillette dormait paisiblement, la bouche ouverte, dans son pyjama d'enfant bleu qui devenait décidément trop court. *Mon Dieu, Ellie,* se dit-il, *qu'est-ce que tu pousses vite.* Church, étalé entre les jambes écartées de la fillette, dormait d'un sommeil tout aussi bienheureux.

Au rez-de-chaussée, près du téléphone mural, se trouvait un panneau de liège auquel étaient punaisés des messages, des pense-bêtes, des factures. Sur la bordure supérieure du panneau, Rachel avait inscrit en grosses capitales bien nettes : CHOSES A REPOUSSER LE PLUS LONGTEMPS POSSIBLE. Louis ouvrit l'annuaire du téléphone, y chercha un numéro et le reporta sur une feuille de bloc-notes vierge. Sous le numéro de téléphone, il nota : *Quentin L. Jolander, vétérinaire. Téléphoner pour RV Church. Si Jolander ne stérilise pas, demander l'adresse d'un confrère.*

Il regarda sa note en se demandant s'il était bien temps de faire cela, et en sachant que oui. Il fallait bien que tout ce malaise aboutisse à quelque chose de concret, et à un certain moment de la journée, Louis avait décidé (sans même le savoir) qu'il ne voulait plus que Church traverse la route s'il pouvait faire quelque chose pour l'en empêcher.

Il sentit se réveiller en lui les sentiments qu'il avait toujours éprouvés à ce sujet, l'idée que la castration diminuerait l'animal, qu'elle le transformerait prématurément en un vieux chat obèse qui se contenterait de roupiller sur le radiateur en attendant qu'on veuille bien lui remplir son plat. Louis ne voulait pas que Church devienne comme cela. Il l'aimait tel qu'il était, svelte et teigneux.

Dehors, dans l'obscurité, un gros semi-remorque passa en grondant sur la route 15, et c'est cela qui le décida. Il punaisa sa note au panneau de liège et monta se coucher.

11

Le lendemain matin, à l'heure du petit déjeuner, Ellie vit le nouveau pense-bête affiché sur le panneau et elle lui demanda ce qu'il signifiait.

« Ça veut dire que Church va subir une petite intervention chirurgicale, lui expliqua Louis. Il faudra probablement qu'il passe une nuit chez le vétérinaire après l'opération. Et à son retour, il restera dans le jardin et il n'aura plus envie de rôdailler autant qu'avant.

— Ou de traverser la route ? » demanda Ellie.

Elle n'a peut-être que cinq ans, songea Louis, *mais on ne peut pas dire qu'elle ait l'esprit lent.*

« Ou de traverser la route, admit-il.

— Chouette ! » fit Ellie et la conversation en resta là.

Louis s'était attendu à des protestations passionnées et même peut-être à une crise de nerfs lorsqu'il annoncerait que Church allait passer une nuit à l'extérieur, et il fut assez déconcerté en voyant qu'Ellie acceptait la chose avec autant de sérénité. Du même coup, il mesura toute l'étendue de l'anxiété qui devait la ronger. Peut-être que Rachel n'avait pas eu entièrement tort quant à l'effet que le Simetierre avait eu sur elle.

Rachel, qui était occupée à faire ingurgiter à Gage son œuf à la coque du matin, venait d'ailleurs de lui adresser un bref coup d'œil à la fois approbateur et reconnaissant, et Louis se sentit soudain le cœur plus léger. Ce regard l'informait que la brouille était passée, que la hache de guerre était enterrée. Pour de bon, espérait-il.

Un peu plus tard, lorsque le gros autobus scolaire jaune eut englouti Ellie pour la matinée, Rachel s'approcha de lui, lui entoura le cou de ses bras et l'embrassa tendrement sur les lèvres. « C'est rudement gentil d'avoir fait ça, lui dit-elle, je m'excuse d'avoir été si garce. »

Louis lui rendit son baiser, mais il éprouvait tout de même un certain malaise. Ce « Je m'excuse d'avoir été si garce » n'était pas, loin s'en fallait, une déclaration typique dans la bouche de Rachel, mais il lui semblait bien tout de même l'avoir déjà entendue quelquefois. En général, c'était quand Rachel venait de faire prévaloir son point de vue.

Pendant ce temps-là, Gage s'était dirigé vers la porte d'entrée de son pas maladroit et un peu titubant, avait collé son nez contre le rebord inférieur de la vitre et à présent il regardait la route déserte. « Tobus, fit-il en remontant nonchalamment d'une main sa couche-culotte avachie, Ellie-tobus.

— Il grandit vite », dit Louis.

Rachel hocha la tête.

« Et même un peu trop vite à mon goût.

— Attends qu'on n'ait plus besoin de le langer, dit Louis. A ce moment-là, il pourra s'arrêter. »

Rachel éclata de rire, et soudain tout se remit en place, tout alla pour le mieux entre eux — le mieux du monde. Elle fit un pas en arrière, rajusta un peu la cravate de Louis et l'examina de haut en bas d'un œil critique.

« Satisfait de votre inspection, mon adjudant ? demanda Louis.

— Tu es très chic.

— Je sais bien, mais est-ce que je ressemble à un cardiologue ? Est-ce que j'ai la dégaine d'un mec qui se fait deux cent mille dollars par an ?

— Non, tu ressembles seulement à ce vieux Lou Creed, dit Rachel en se marrant. La bête du rock and roll. »

Louis jeta un coup d'œil à sa montre.

« Il faut que la bête du rock and roll enfile ses chaussures de concert et qu'il mette les bouts en vitesse, dit-il.

— Tu as le trac ?

— Oui, un peu.

— Tu devrais pas, dit Rachel. On te file soixante mille dollars par an pour poser des bandelettes sur des chevilles foulées, prescrire des remèdes contre le rhume et la gueule de bois, distribuer des pilules anticonceptionnelles à des jeunes filles en fleur...

— N'oublie pas la lotion contre les poux et les morpions », dit Louis en se remettant à sourire. L'une des choses qui l'avaient le plus surpris lors de sa première visite des locaux était le nombre impressionnant des flacons de Quell alignés sur les étagères de la pharmacie ; il lui avait semblé qu'une pareille quantité de lotion insecticide aurait été plus à sa place dans l'infirmerie d'une grande base militaire que dans celle d'un campus de taille relativement modeste.

Miss Charlton, l'infirmière-chef, lui avait expliqué avec un sourire cynique : « Dans le coin, les appartements loués à des étudiants par des propriétaires privés sont plutôt du genre cradingue, vous verrez. »

Louis avait supposé qu'elle disait vrai.

« Bonne journée », lui dit Rachel avant de l'embrasser à nouveau, et beaucoup plus longuement cette fois. Mais lorsqu'elle décolla ses lèvres des siennes, elle prit une expression de feinte sévérité pour ajouter : « Et pour l'amour du ciel, Louis, n'oublie pas que tu n'es plus un petit externe, que tu n'es plus en deuxième année d'internat, mais que tu es chef de service à présent !

— Bien, docteur », fit Louis en prenant un ton humble, et ils rirent à nouveau. L'espace d'un instant il joua avec l'idée de lui demander : *Est-ce que c'était Zelda, chérie ? C'est ça, la mouche qui t'a piquée ? C'est cela, la zone de basse pression — Zelda, et la façon dont elle est morte ?* Mais ce n'était pas le moment de lui poser ce genre de questions. En tant que médecin, il savait *énormément* de choses, et le fait que la naissance et la mort sont aussi naturelles l'une que l'autre était sans doute la plus importante de toutes ; mais il savait aussi qu'il ne faut jamais tripatouiller une plaie qui vient à peine de se refermer et quoique moins primordial, ça n'en avait pas moins son importance.

Si bien qu'il embrassa Rachel sans rien lui demander et sortit.

La journée démarrait bien. L'été du Maine jetait ses derniers feux ; le ciel était bleu, sans nuages, et le thermomètre semblait s'être fixé à la température idéale de 22 degrés. Louis se laissa rouler sans hâte le long de l'allée du jardin et s'arrêta à l'extrémité le temps de s'assurer que la route était libre ; il se disait que jusqu'à présent il n'avait pas vu la moindre trace de ce feuillage d'automne multicolore pour lequel le Maine est si réputé. Mais il avait tout son temps.

Il sortit du garage la Honda Civic qu'ils avaient élue comme voiture d'appoint et s'engagea tranquillement sur la route en direction de l'Université. Rachel téléphonerait au vétérinaire tout à l'heure, ils feraient couper Church et cela mettrait un point final à la paranoïa morbide qui s'était emparée d'eux et à tout ce délire au sujet du Simetierre (curieux comme cette orthographe défectueuse finissait par s'imprimer dans votre esprit au point d'en paraître presque normale). Et pouvait-on remuer des pensées de mort par une belle matinée de septembre comme celle-ci ?

Louis alluma la radio et déplaça l'aiguille de l'indicateur jusqu'à ce qu'il tombe sur les Ramones en train de brailler *Rockaway Beach*. Il augmenta le volume et chanta en chœur avec eux — pas très juste, mais avec jubilation.

12

Dès qu'il eut franchi les limites du campus, il se trouva pris brusquement au milieu d'un vaste tohu-bohu de voitures, de bicyclettes et de coureurs à pied. Deux joggers surgirent soudain à l'angle d'une allée, l'obligeant à stopper net. Il donna un coup de frein si brutal que sa tête aurait heurté le pare-brise sans la ceinture de sécurité qui le retenait à l'épaule. Il klaxonna rageusement ; il avait toujours été exaspéré par cette habitude qu'ont les joggers (tout comme les cyclistes d'ailleurs) d'affecter de décliner toute espèce de responsabilité à partir du moment où ils sont lancés. Après tout, ils font de l'exercice, *eux.* L'un des deux coureurs lui adressa un signe obscène du doigt sans même se retourner. Louis poussa un soupir et il redémarra.

En arrivant en vue du petit parking réservé à l'infirmerie, il constata que l'ambulance n'était pas à sa place habituelle, et il tiqua avec irritation. L'infirmerie était équipée pour traiter à peu près n'importe quelle maladie, et toute espèce d'accident dans le court terme ; au-delà des salles de consultation et de soins qui ouvraient directement sur le hall d'accueil, elle comportait encore trois grandes salles de quinze lits chacune. Par contre, elle ne disposait pas d'une salle d'opération, ni de rien qui puisse en tenir lieu. En cas d'accident grave ou de malaise vraiment sérieux, on ne pouvait compter que sur l'ambulance, qui devait être prête en permanence à véhiculer un malade d'urgence jusqu'au Centre hospitalo-universitaire de Bangor. Steve Masterton, le médecin en second, qui avait guidé Louis lors de sa première visite des installations, lui avait exhibé avec une fierté compréhensible les registres des deux années précédentes : au cours de ce laps de temps, l'ambulance n'était sortie qu'un total de trente-huit fois, ce qui n'était guère excessif dans la mesure où l'université comptait plus de dix mille étudiants inscrits, soit une population totale de presque dix-sept mille personnes.

Et voilà que le matin même où Louis allait pour la première fois faire réellement face à ses obligations, l'ambulance était partie.

Il se gara sur l'emplacement face auquel le mur s'ornait d'un panonceau fraîchement peint qui proclamait : « RÉSERVÉ AU DR CREED », descendit de voiture et pénétra hâtivement à l'intérieur des locaux.

Il s'engouffra dans la salle de soins numéro un et y trouva Miss Charlton, une quinquagénaire encore très fringante en dépit de ses cheveux gris, occupée à prendre la température d'une jeune fille vêtue d'un blue-jean et d'un tee-shirt à dos nu. Louis nota que la fille avait pris un coup de soleil voilà peu ; elle pelait d'abondance. Il salua l'infirmière-chef et lui demanda :

« Où est l'ambulance, Joan ?

— Oh, nous avons eu une vraie tragédie, répondit Miss Charlton en ôtant le thermomètre de la bouche de l'étudiante et en l'examinant. En arrivant ce matin, sur le coup de sept heures, Steve Masterton s'est aperçu qu'il y avait une grosse flaque sous le moteur. Fuite de radiateur. On a dû faire venir une dépanneuse.

— Génial », maugréa Louis. Mais il éprouvait un net soulagement ; au moins, il ne s'agissait pas d'un transport d'urgence, comme il l'avait d'abord craint. « Quand est-ce qu'ils nous la ramènent ? » interrogea-t-il.

Joan Charlton éclata de rire.

« Sachant ce que valent les mécanos de l'université, ils nous la renverront peut-être à la mi-décembre, avec un joli ruban de Noël », dit-elle. Elle jeta un regard en direction de l'étudiante et lui annonça : « Vous avez 37°5. Prenez deux aspirines et évitez les bars et les ruelles obscures. »

La fille redescendit de la table d'examen, jaugea Louis d'un rapide coup d'œil et sortit.

« Notre première cliente du semestre, dit Miss Charlton avec aigreur, tout en secouant énergiquement son thermomètre.

— Ça n'a pas l'air de vous réjouir tant que ça.

— Je connais bien cette espèce-là, dit l'infirmière. Oh, bien sûr, nous en avons aussi de l'autre espèce : les athlètes qui s'obstinent à jouer avec un os fêlé, une tendinite et tout le reste parce qu'ils ne veulent pas sauter un match, parce qu'ils veulent être des mecs, des vrais, parce qu'ils ne veulent pas laisser tomber les copains même si ça risque de leur interdire à tout jamais une carrière de pro par la suite. Et puis, nous avons les patientes du genre de notre petite Miss Trente-sept cinq de fièvre... »

Charlton désigna la fenêtre d'un mouvement du menton, et Louis aperçut la fille au coup de soleil qui s'éloignait dans la direction des bâtiments de la cité universitaire. Dans la salle de soins, elle lui avait donné l'impression d'être quelqu'un qui ne se sentait pas bien du tout mais s'efforçait de ne pas trop le laisser paraître. Mais à présent elle marchait d'un pas alerte, en tortillant des hanches ; les garçons se retournaient sur son passage, et elle leur rendait leurs regards.

« C'est l'hypocondriaque type, modèle universitaire, reprit Charlton en replaçant le thermomètre dans son stérilisateur. Vous la reverrez une bonne vingtaine de fois cette année, et la fréquence de ses visites augmentera juste avant chaque nouvelle série d'examens. Une semaine environ avant les examens de fin d'année, elle se persuadera qu'elle est atteinte d'une pneumonie ou d'une mononucléose infectieuse, et comme les analyses ne le confirmeront pas elle se rabattra sur une bronchite. Ça lui permettra de couper à quatre ou cinq épreuves, celles dont les examinateurs ont la réputation d'être particulièrement " peau de vache ", en espérant que les épreuves de rattrapage seront plus faciles. Les patients de cette sorte-là sont toujours plus malades dans le cas où l'examen est du genre questions-réponses, et moins lorsqu'il s'agit de traiter un sujet d'ordre général sous forme de dissertation.

— Je vous trouve bien cynique ce matin, Charlton », dit Louis qui de fait était un peu interloqué.

Miss Charlton lui fit un clin d'œil qui le dérida instantanément. « Je ne le prends pas trop à cœur, docteur. Vous n'avez qu'à faire comme moi.

— Où est Steve ?

— Dans votre bureau. Il répond au courrier et il se casse la tête à essayer de comprendre quelque chose aux tonnes de paperasse dont les caisses d'assurance maladie nous ont encore inondés ce matin. »

Louis poussa la porte de son bureau. En dépit du cynisme de Miss Charlton, il avait l'agréable impression de bien mener sa barque.

En y resongeant par la suite (dans les rares moments où il pouvait supporter d'évoquer ces événements en pensée) Louis situa le début du cauchemar à l'instant précis où l'on amena à l'infirmerie Victor Pascow, le garçon qui était en train de mourir.

C'était aux alentours de dix heures. Jusque-là, tout s'était déroulé le plus tranquillement du monde. A neuf heures, soit une demi-heure après l'arrivée de Louis, les deux aides soignantes bénévoles qui étaient de service ce jour-là vinrent prendre leur poste. Elles devaient rester jusqu'à quinze heures. Louis leur offrit une tasse de café et un beignet et il leur fit un topo d'un quart d'heure pour leur expliquer ce qu'il attendait d'elles, en insistant plus particulièrement sur la valeur symbolique de leur fonction. Ensuite Miss Charlton prit le relais. Au moment où elle les précédait hors du bureau, Louis l'entendit demander : « Vous n'êtes pas allergiques à la merde ou au dégueulis, au moins ? Parce qu'ici vous en verrez beaucoup... »

Louis murmura « Mon Dieu ! » et il se couvrit les yeux d'une main. Mais il souriait. Charlton avait beau être une vieille dure à cuire, ça ne retirait rien à sa compétence.

Il entreprit de remplir les interminables questionnaires de la caisse d'assurance maladie, ce qui revenait tout bonnement à dresser un inventaire complet des stocks de médicaments et de matériel médical dont disposait l'infirmerie. (« Bon Dieu, lui avait dit Steve Masterton d'une voix plaintive, chaque année ils nous refont ce coup-là ! Vous n'avez qu'à inscrire " *Unité complète pour transplantation cardiaque, valeur approximative : huit millions de dollars* ", Louis ! Ils cafouilleront complètement ! ») Repoussant à la périphérie de son esprit l'idée de boire une seconde tasse de café, il s'immergea totalement dans son travail, mais il en fut soudain arraché par la voix de Steve Masterton qui venait de la salle d'attente et qui hurlait : « *Louis ! Eh Louis, ramenez-vous, vite ! On a un emmerde !* »

Il y avait une trace de panique dans la voix de Masterton, et Louis réagit instantanément. Il jaillit littéralement hors de son fauteuil ; on aurait presque dit qu'une obscure prémonition l'avait averti à l'avance de ce qui se préparait. Venant de la direction d'où lui étaient parvenus les hurlements de Masterton, un cri de femme s'éleva, strident et effilé comme un éclat de verre, suivi par le claquement sec d'une gifle et la voix dure de Miss Charlton qui s'exclamait : « Arrêtez ça, ou je vous sors ! Arrêtez, vous m'entendez ! »

Louis fit irruption dans la salle d'attente, et d'abord il ne vit rien d'autre que le sang : il y en avait partout. L'une des aides soignantes bénévoles avait éclaté en sanglots. L'autre, pâle comme un linge, pressait ses deux poings fermés sur les commissures de ses lèvres, et sa bouche formait un rictus horrifié. Masterton, à genoux, essayait de soulever la tête d'un jeune type étalé de tout son long sur le sol.

Steve leva sur Louis des yeux écarquillés d'horreur et il essaya de parler, mais sans parvenir à former le moindre son.

Une foule était en train de s'amasser de l'autre côté des grandes portes vitrées qui ouvraient sur le hall d'accueil du Centre de médecine universitaire. Les gens s'efforçaient de distinguer ce qui se passait à l'intérieur en disposant leurs mains en visière au-dessus de leurs yeux pour ne pas être aveuglés par le reflet des vitres. La scène fit remonter du fond de la mémoire de Louis une vision qui, hormis l'analogie de situation, était parfaitement saugrenue : il se revit à l'âge de cinq ou six ans, assis devant la télé avec sa mère, le matin, avant qu'elle parte à son travail ; ils regardaient l'émission matinale de la NBC, *Today*, animée par Dave Garroway, et des passants s'agglutinaient devant les fenêtres de leur living pour regarder bouche bée les gesticulations muettes de ce bon vieux Dave. Il se retourna et s'aperçut que d'autres étudiants se pressaient aussi aux fenêtres. Il n'y avait rien à faire pour les portes ; par contre...

« Tirez les rideaux », ordonna-t-il sèchement à l'aide soignante qui venait de crier.

Comme la fille tardait à réagir, Miss Charlton lui assena une claque sur les fesses en disant : « Allez, mon petit, remuez-vous ! »

L'aide soignante se mit en branle et tira hâtivement les rideaux de toile verte. D'instinct, Miss Charlton et Steve Masterton s'étaient placés entre le corps étendu sur le sol et les portes, faisant écran du mieux qu'ils le pouvaient.

« Civière, docteur ? interrogea Charlton.

— Allez la chercher si vous le jugez nécessaire, répondit Louis en s'accroupissant à côté de Masterton. Moi, je n'ai même pas pu le regarder encore.

— Venez avec moi », fit Charlton en s'adressant à la fille qui avait tiré les rideaux. Elle s'était à nouveau collé les poings sur les côtés de la bouche, étirant ses lèvres en un sourire sans joie. Elle se tourna vers l'infirmière-chef et gémit : « Aaah...

— Oui, aaah, vous avez raison. Allez, venez ! »

Miss Charlton tira énergiquement la fille par le bras, et le bas de sa blouse de nylon à rayures rouges lui balaya les mollets avec un bruit soyeux.

Louis se pencha sur son premier patient de l'Université d'O.ono.

C'était un garçon d'une vingtaine d'années, et Louis ne mit pas plus de trois secondes à établir son diagnostic, qui était sans appel : ce garçon allait mourir. Il avait le crâne en bouillie, la nuque brisée et l'extrémité blanchâtre de l'acromion dépassait de son épaule droite enflée et tordue. Un flot de sang mêlé d'un liquide jaunâtre et purulent s'écoulait de son crâne ouvert, imprégnant lentement la moquette. A travers le pariétal éclaté, Louis apercevait la masse grise et palpitante du cerveau. La brèche faisait bien cinq centimètres de large ; s'il avait eu un bébé à l'intérieur du crâne, il aurait pu en accoucher, tel Zeus engendrant par le front. Le plus incroyable était qu'il fût encore en vie. Louis crut entendre résonner au fond de son esprit les paroles de Jud Crandall : *elle vous collait après comme la merde au soulier.* Et celles de sa mère : *quand on est mort, on est mort.* Une envie de rire insensée s'empara de lui. Ça oui, ma foi, quand on est mort on est mort. Tout juste, Auguste.

« Vite, appelez l'ambulance ! ordonna-t-il à Masterton d'une voix brève. Il faut que nous...

— Mais Louis, l'ambulance est...

— *Nom de Dieu !* » s'écria Louis en se frappant le front. Son regard se posa sur Miss Charlton. « Joan, qu'est-ce qu'on est censé faire en pareil cas ? Alerter les services de sécurité du campus, ou appeler directement l'hôpital ? »

Joan Charlton avait l'air bouleversé ; Louis se dit qu'il devait être bien rare de la voir décontenancée comme cela. Pourtant, c'est d'une voix relativement calme qu'elle lui répondit :

« Je ne sais pas, docteur. Depuis que je travaille ici, nous n'avons jamais été dans une situation comme celle-ci. »

Louis réfléchit rapidement.

« Appelez la police du campus, dit-il enfin. On n'a pas le temps d'attendre que l'hôpital nous envoie une ambulance. Au besoin, ils pourront toujours le transporter à Bangor à bord d'une voiture de pompiers. Au moins comme ça ils auront une sirène, un gyrophare. Dépêchez-vous, Joan, allez. »

Avant de sortir, Miss Charlton gratifia Louis d'un long regard compatissant qu'il n'eut aucune peine à interpréter. Ce garçon superbement bronzé et bien musclé (sans doute avait-il passé l'été à travailler à l'air libre, comme cantonnier ou peintre, à moins qu'il n'eût donné des leçons de tennis), qui portait pour tout vêtement un short rouge à bandes blanches, allait mourir en dépit de tout ce qu'ils pourraient tenter. Et il n'y aurait pas eu plus de chances de le sauver si l'ambulance avait été au parking et prête à démarrer au moment où on l'avait amené.

L'agonisant bougeait. Louis avait du mal à y croire, mais c'était un fait. Ses cils battirent et il ouvrit les yeux. Ils étaient bordés de sang, et leur iris bleus fixaient le vide sans voir. Le jeune homme fit mine de remuer la tête mais Louis l'en empêcha en exerçant une légère pression : il avait la nuque brisée, et bien qu'il eût le crâne en marmelade, il n'était pas exclu qu'il puisse encore éprouver de la douleur.

Ah, ce trou dans sa tête, mon Dieu !

« Qu'est-ce qui lui est arrivé ? » demanda-t-il à Steve, en réalisant aussitôt qu'étant donné les circonstances sa question était imbécile et superflue. C'était une question de badaud. Il est vrai que c'est à ce rôle que le réduisait le crâne troué de cet homme ; il n'était guère plus qu'un badaud. « Ce sont les appariteurs qui l'ont amené ?

— Non, dit Steve, des étudiants. Ils l'ont transporté dans une couverture transformée en civière de fortune. J'ignore tout des circonstances de l'accident. »

Mais il fallait que Louis songe avant tout à ce qui allait se passer maintenant. C'était surtout cela qui était de son ressort.

« Allez voir si vous ne pouvez pas les trouver, dit-il. Faites-leur faire le tour du bâtiment, et dites-leur d'attendre derrière. Je veux les avoir sous la main, mais je ne tiens pas à ce qu'ils en voient plus qu'il n'est nécessaire. »

L'air soulagé de pouvoir se soustraire enfin à ce spectacle pénible, Masterton marcha jusqu'à la porte et l'ouvrit. Un brouhaha confus de questions et d'exclamations salua son apparition. Louis entendit aussi le ululement d'une sirène de police qui s'approchait. Les hommes du service de sécurité du campus arrivaient. Louis éprouva un lâche soulagement.

Des gargouillements indistincts s'échappèrent de la gorge du mourant. Il essayait de dire quelque chose. Louis distingua des sons qui ressemblaient à des syllabes, mais les mots ne prenaient pas forme. Il se pencha au-dessus du visage du jeune homme et lui souffla : « Tout va s'arranger, mon petit gars, t'en fais pas. » Au moment où il prononçait ces paroles, l'image de Rachel et d'Ellie se forma dans son esprit, et il sentit son estomac se soulever. Il se couvrit la bouche d'une main et étouffa un renvoi.

« *Rhaa,* fit le mourant. *Rhaaaaaaaa...* »

Louis regarda autour de lui. Ils étaient momentanément seuls dans la pièce. Au loin, il entendit la voix de Joan Charlton qui engueulait les aides soignantes bénévoles : « Mais puisque je vous dis que la civière est dans le placard de la salle de soins numéro deux ! » Louis doutait que les deux filles fussent capables de faire la différence entre la salle de soins numéro deux et les testicules d'une grenouille ; après tout, c'était leur premier jour de boulot. Foutrement joyeux pour une première prise de contact avec l'univers exaltant de la médecine ! A présent, une grande tache violacée s'élargissait peu à peu sur la moquette verte autour du crâne démoli du garçon, mais Dieu merci le liquide céphalo-rachidien ne suintait plus de sa blessure béante.

« Le Simetierre des animaux... », croassa le mourant, et là-dessus ses lèvres s'écartèrent et formèrent un rictus étonnamment semblable à la grimace hystérique de l'aide soignante qui avait tiré les rideaux.

· Louis le fixa d'un regard interdit, et tout d'abord son esprit se refusa à enregistrer les paroles qu'il venait d'entendre. Puis il se dit qu'il avait dû être victime d'une hallucination auditive. *Il a encore émis des sons informes, et mon subconscient les a liés en un tout cohérent en les rapportant à ma propre expérience.* Mais cette explication ne résista qu'un instant au choc de la réalité. Une terreur atroce s'empara de lui, et une chair de poule fourmillante lui couvrit instantanément les avant-bras et le ventre ; il lui semblait sentir sa peau se hérisser par vagues... et pourtant, il refusait toujours de croire qu'il avait bien entendu cela. Oui, il avait vu les lèvres sanglantes du mourant étendu sur la moquette former ces mots au moment même où ses oreilles les percevaient, mais ça voulait simplement dire que son hallucination avait été visuelle autant qu'auditive.

« Qu'avez-vous dit ? » murmura-t-il.

Et cette fois, bien que les paroles du mourant rendissent un son étrange, pareil à celui que peuvent produire un perroquet ou un corbeau auquel on a fendu la langue, Louis les perçut très distinctement. Il avait dit : « Ce n'est pas le vrai cimetière. » Ses yeux étaient vacants, aveugles, bordés de sang ; sa bouche aux lèvres retroussées souriait comme celle d'un poisson mort.

Une épouvante sans nom avait pris possession de Louis ; une terreur glaciale referma sur son cœur ses serres broyeuses. Il se sentit rapetisser, devenir de plus en plus minuscule, jusqu'à ce que l'envie le prenne de détaler sans demander son reste, de fuir à toutes jambes cette tête mutilée qui lui parlait tout en se vidant de son sang sur la moquette de la salle d'attente. Louis n'avait reçu qu'une éducation religieuse très sommaire, et il n'avait jamais eu d'inclination pour la superstition ou l'occulte. Rien ne l'avait préparé à affronter ce genre de... phénomènes.

Il mit tout ce qu'il avait de force à maîtriser sa terreur, et au lieu de s'enfuir il se contraignit à s'approcher encore plus du visage du mourant. « Qu'avez-vous dit ? » interrogea-t-il pour la seconde fois.

Cet horrible rictus !

« Un cœur d'homme a un sol plus rocailleux encore, Louis, articula le mourant d'une voix à peine audible. On y fait pousser ce qu'on peut... et on le soigne. »

Louis, se dit-il. A partir de son nom, sa conscience n'avait plus rien enregistré. *Oh, mon Dieu, il m'a appelé par mon nom.*

« Qui êtes-vous ? demanda Louis d'une voix tremblante et cassée. Qui êtes-vous ?

— Indien pêche poisson.

— Comment savez-vous mon...

— Nous pas s'approcher. Nous savoir...

— Est-ce que vous... ?

— *Rhaa* », fit le garçon et Louis crut sentir dans son haleine la mort, les lésions internes, le cœur désaccordé, la rupture, la chute dans le néant.

« Quoi ? » s'écria-t-il en réprimant une envie absurde de le secouer.

« *Rhaaaaaaaaaaa...* »

Le garçon en short rouge fut agité de frissons spasmodiques, puis soudain il se pétrifia comme si tous ses muscles s'étaient coincés d'un coup. Un court moment, ses yeux perdirent leur expression vacante et ils accrochèrent brièvement le regard de Louis. Ensuite, il se relâcha entièrement. Une odeur nauséabonde s'éleva. Louis attendait qu'il parle encore ; il le fallait ! Mais ses yeux redevinrent vides... puis ils devinrent vitreux. Il était mort.

Louis se redressa, tomba assis. Il sentit vaguement que ses vêtements lui collaient au corps ; il était inondé de sueur. Les ténèbres s'épanouirent en une noire corolle autour de lui, effleurant ses yeux de leur aile immense, et l'univers se mit à tanguer vertigineusement. Réalisant ce qui était en train de lui arriver, Louis se détourna du cadavre, se mit la tête entre les genoux et s'enfonça les ongles du pouce et de l'index de la main gauche dans les gencives jusqu'à ce que le sang lui afflue de nouveau au visage.

Au bout de quelques instants, les objets reprirent leurs contours familiers.

13

Sur ces entrefaites les gens affluèrent de nouveau dans la pièce. On aurait dit qu'il s'agissait d'un mouvement parfaitement réglé, comme s'ils eussent été des acteurs entrant en scène sur un signal donné, et cela ne fit qu'ajouter au sentiment d'irréalité et de désorientation qu'éprouvait Louis. Ces sentiments, qu'il avait étudiés au temps où il suivait des cours de psychologie expérimentale mais jamais éprouvés personnellement, étaient d'une acuité terrifiante. Il supposa que c'était à peu près ce qu'on devait ressentir après avoir bu un café dans lequel on vous avait glissé en douce une dose massive de LSD.

On dirait une mise en scène réglée spécialement à mon intention, se dit-il. *D'abord, la pièce est providentiellement vidée de tous ses occupants afin que l'augure mourant puisse me réciter en tête à tête quelques phrases sibyllines, et dès qu'il a rendu son dernier souffle, tout le monde revient.*

Les deux aides soignantes entrèrent d'un pas mal assuré, cramponnée chacune à un bout de la lourde civière à armature fixe que l'on réservait d'ordinaire aux cas de fracture des vertèbres et du rachis. Joan Charlton parut à leur suite et elle annonça à Louis que les vigiles étaient en route avec la voiture de pompiers et que le jeune type avait été heurté par une auto pendant qu'il faisait du jogging. Louis repensa aux deux coureurs qui avaient surgi brusquement devant lui ce matin-là et il sentit ses tripes se nouer.

Steve Masterton entra derrière Charlton avec deux flics du service de sécurité du campus.

« Louis, les gens qui nous ont amené Pascow sont dans., », commença-t-il, puis il s'interrompit brusquement et interrogea · « Vous vous sentez bien, Louis ?

— Oui, oui, ça va », répondit Louis en se levant. De nouveau, une sensation d'étourdissement l'envahit, puis reflua. « Il s'appelle Pascow ? demanda-t-il d'une voix un peu incertaine.

— Victor Pascow, répondit un des vigiles. C'est la jeune fille avec laquelle il faisait du jogging qui nous l'a appris. »

Louis vérifia l'heure sur son bracelet-montre et en retrancha deux minutes. Une femme sanglotait bruyamment dans la salle où Masterton avait consigné les gens qui avaient transporté Pascow. *Joyeuse rentrée des classes, ma petite dame,* songea-t-il. *J'espère que vous aurez bien du plaisir ce semestre.* « Mr Pascow est décédé à 10 heures 09 », annonça-t-il.

L'un des deux vigiles s'essuya la bouche du revers de la main.

« Vous êtes sûr que ça va bien, Louis ? insista Masterton. Vous avez une tête épouvantable. »

Au moment où Louis ouvrait la bouche pour lui répondre, une des aides soignantes lâcha brusquement les poignées de la civière et se précipita dehors en projetant un jet de vomissure sur le devant de sa blouse. Le téléphone se mit à sonner. La jeune femme qui pleurait dans la salle fermée se mit à hurler le prénom du mort en le répétant sans arrêt : « Vic ! Vic ! Vic ! » La salle d'attente devenait un vrai pandémonium. Un des vigiles réclama une couverture pour en envelopper le corps et Miss Charlton lui répondit qu'elle n'était pas sûre d'avoir le droit de lui en remettre une sans autorisation écrite. Louis eut soudain l'impression qu'il s'était égaré au milieu d'une scène d'*Helzapoppin*.

Il réprima non sans peine le début d'hilarité qui lui chatouillait le gosier. Ce Pascow lui avait-il vraiment parlé du Simetierre ? Avait-il vraiment prononcé son nom ? C'était cela qui avait manqué le faire défaillir, c'était à cause de cela qu'il s'était senti aspiré au fond d'un grand vide intersidéral comme un satellite arraché à son orbite. Mais déjà son esprit tissait autour de ces instants une espèce de pellicule protectrice ; il modifiait les éclairages, remodelait la pâte, corrigeait les angles. Le mourant n'avait pas pu dire cela ; il avait forcément dit quelque chose d'autre (ou peut-être même qu'il n'avait rien dit) et dans le choc et le trouble de ce terrible moment, Louis avait mal interprété ses paroles. Le plus probable était que Pascow n'avait émis que des sons sans suite, comme il l'avait d'abord pensé.

Louis fit un effort pour se ressaisir, tâtonna à la recherche de cette part de lui-même grâce à laquelle il avait su convaincre l'administration de lui confier cet emploi en lui donnant la préférence sur cinquante-trois autres postulants. Il fallait que quelqu'un reprenne la situation en main ; personne ne prenait d'initiative, la pièce était pleine de gens qui tournaient en rond.

« Steve, allez administrer un sédatif à cette jeune femme », dit-il, et aussitôt qu'il eut prononcé ces paroles il se sentit beaucoup mieux. Il lui semblait être aux commandes d'une fusée qui s'élevait rapidement dans l'espace en abandonnant derrière elle une petite lune lugubre. Ladite lune étant bien sûr ce moment de pur délire pendant lequel il avait cru que Pascow lui parlait. On l'avait embauché pour prendre les choses en charge ; eh bien, c'est ce qu'il allait faire.

« Joan ! Donnez une couverture à ce monsieur.

— Docteur, nous n'avons pas encore inventorié...

— Donnez-lui quand même une couverture, et ensuite vous irez voir ce qui se passe avec l'aide soignante. »

Le regard de Louis se posa sur la seconde bénévole ; elle n'avait pas lâché l'autre extrémité de la civière et fixait la dépouille de Victor Pascow d'un œil hypnotisé.

« Mademoiselle ! dit-il sèchement, et les yeux de la fille s'arrachèrent brusquement à la contemplation du cadavre.

— Que... qu-qu-quoi ?

— Comment s'appelle votre amie ?

— Qu-qui ?

— Celle qui a dégueulé, précisa-t-il avec une brutalité délibérée.

— J-Ju-Judy. Judy De Lessio.

— Votre nom ?

— Carla, répondit-elle d'une voix un peu plus assurée.

— Eh bien, Carla, allez voir comment va Judy. Et apportez-nous cette couverture. Vous en trouverez une pile dans la petite armoire murale qui se trouve à côté de la porte de la salle de soins numéro un. Allons-y, tout le monde. Conduisons-nous un peu en professionnels. »

Ils obtempérèrent. L'instant d'après, les hurlements cessèrent dans la pièce voisine. Le téléphone, qui s'était tu, se remit à sonner. Louis enfonça la touche d'attente sans décrocher le combiné.

Le plus âgé des deux vigiles avait l'air moins émotif que son collègue, et Louis s'adressa à lui :

« Qui devons-nous avertir ? Vous avez une liste ? »

Le vigile fit un signe d'acquiescement avant de dire :

« C'est notre premier accident mortel depuis six ans. Voilà une année qui débute mal.

— Ça, vous pouvez le dire », fit Louis. Il déverrouilla la touche d'attente et souleva le combiné.

« Allô ? fit une voix surexcitée. Qui est-ce qui... »

Louis coupa la communication, après quoi il entreprit de passer la longue série de coups de fil obligatoires.

14

La fièvre ne retomba qu'un peu avant seize heures, après que Louis eut présenté une déclaration à la presse en compagnie du directeur des services de sécurité du campus, Richard Irving. La victime, un étudiant du nom de Victor Pascow, était en train de faire son jogging quotidien avec deux camarades (dont sa fiancée) lorsqu'une automobile pilotée par Tremont Withers, 23 ans, résidant à Haven (Maine) avait franchi sans avertissement un carrefour protégé. La voiture de Withers, qui remontait l'allée conduisant du gymnase des femmes au centre du campus, avait heurté Pascow de plein fouet et l'avait précipité la tête la première contre un arbre. Pascow avait été transporté à l'infirmerie dans une couverture par ses amis et deux passants. Il était mort quelques minutes plus tard. Withers avait été écroué sous la triple inculpation d'excès de vitesse, de conduite en état d'ivresse et d'homicide involontaire.

L'envoyé du quotidien des étudiants demanda s'il pouvait écrire que Pascow avait succombé des suites de multiples blessures à la tête. Revoyant en esprit la large brèche ouverte sur le cerveau palpitant, Louis lui répondit qu'il aimait mieux laisser au coroner du comté de Penobscot le soin d'annoncer les causes officielles du décès. Le même journaliste lui demanda alors s'il n'était pas possible que les quatre jeunes gens qui avaient transporté Pascow à l'infirmerie dans une couverture aient provoqué inintentionnellement sa mort.

« Non, répondit Louis. C'est tout à fait exclu. Malheureusement, Mr Pascow a été mortellement blessé sur le coup. En tout cas, c'est mon opinion. »

On lui posa encore quelques questions pour la forme, mais cette dernière déclaration avait virtuellement mis fin à la conférence de presse. A présent, Louis était assis à son bureau (Steve Masterton était rentré chez lui une heure auparavant, aussitôt après le passage des journalistes, avec une hâte suspecte dont Louis avait déduit qu'il espérait se voir au journal télévisé du soir) et il essayait de récupérer un peu du temps perdu pendant la journée — ou peut-être qu'il s'efforçait simplement de masquer la réalité de ce qui lui était arrivé sous un dérisoire glacis de routine. Il classait avec l'aide de Miss Charlton les fiches des « prioritaires », ces étudiants qui se cramponnent désespérément à leurs chères études en dépit de diverses invalidités. Le fichier « priorités » comportait vingt-trois diabétiques, quinze épileptiques, quatorze paraplégiques, et tout un assortiment d'autres cas : leucémies, scléroses en plaque, dystrophies musculaires progressives. Il y avait aussi des aveugles, deux sourds-muets et même un cas d'anémie à hématies falciformes, une affection tellement peu répandue que Louis n'en avait encore jamais rencontré au cours de sa carrière.

A un certain moment de l'après-midi, juste après le départ de Steve, Louis avait vraiment cru toucher le fond. Miss Charlton était entrée dans son bureau et avait posé devant lui une feuille de bloc-notes rose sur laquelle il avait lu : *Bangor-Moquettes nous livrera demain matin à neuf heures.*

« Ils nous livreront quoi ? avait demandé Louis.

— Il faut bien qu'on fasse remplacer la moquette, lui avait expliqué Charlton d'un ton d'excuse. On ne peut pas faire disparaître une tache pareille, docteur. »

Non, évidemment. Là-dessus, Louis s'était rendu dans la pharmacie et il avait avalé un comprimé de Tuinal, un barbiturique d'une efficacité redoutable que le premier compagnon de chambre qu'il avait eu à l'école de médecine désignait sous le sobriquet affectueux de « Train du rêve ». « Monte dans le train du rêve avec moi, Louis, lui disait-il, et je mettrai un disque de Creedence. » La plupart du temps, Louis déclinait poliment, et il avait sans doute bien fait de se montrer circonspect ; son camarade de chambre s'était fait lamentablement recaler à tous ses examens et son « Train du rêve » l'avait finalement débarqué au Vietnam, où on l'avait affecté comme brancardier au Service de Santé. Quelquefois, Louis l'imaginait dans son antenne de campagne, défoncé jusqu'aux oreilles et écoutant Creedence dans *Run Through the Jungle.*

Mais il était bien forcé de prendre quelque chose s'il fallait qu'il supporte de voir ce bout de papier rose glissé sous le pince-notes de sa tablette à écrire chaque fois qu'il lèverait les yeux des fiches étalées devant lui.

Il était gentiment parti quand Mrs Baillings, l'infirmière de nuit, passa le nez dans l'entrebâillement de la porte et lui dit : « Votre femme vous demande sur la ligne un, docteur Creed. »

Louis consulta sa montre. Il était près de cinq heures et demie. Et lui qui avait prévu de quitter son poste à quatre heures !

« Je la prends, dit-il. Merci, Nancy. »

Il souleva le combiné et enfonça la touche numéro un.

« Salut, Rachel. Je suis juste en train de...

— Louis, tu te sens bien ?

— Oui, ça va.

— J'ai appris la nouvelle par la radio, Lou. Je suis vraiment désolée. » Elle marqua un temps avant de poursuivre : « Je t'ai entendu répondre aux questions des journalistes. Tu donnais bonne impression.

— Ah bon ? Tant mieux.

— Tu es vraiment sûr que tu te sens bien ?

— Je te dis que ça va, Rachel.

— Rentre à la maison, dit-elle.

— Oui », fit Louis.

Ce « rentre à la maison » avait quelque chose d'appétissant.

15
———

Quand Rachel vint l'accueillir à la porte, Louis en resta comme deux ronds de flan. Elle portait pour tout vêtement le soutien-gorge en résille qu'il aimait tant et une culotte à moitié transparente.

« Tu me mets l'eau à la bouche, dit-il. Où sont les enfants ?

— Missy Dandridge les a pris. Nous sommes livrés à nous-mêmes jusqu'à huit heures trente... ce qui nous laisse deux heures et demie. Ne les gaspillons pas. »

Elle se serra contre lui. Il huma une senteur délicieuse et subtile — était-ce de l'attar de roses ? Il l'enlaça, lui entoura la taille de ses bras puis ses mains trouvèrent ses fesses tandis qu'elle promenait légèrement sa langue sur ses lèvres avant de la plonger dans sa bouche et de l'embrasser avec avidité.

Quand leurs lèvres se séparèrent enfin, Louis demanda d'une voix un peu rauque :

« Vous êtes le plat de résistance, ce soir ?

— Non, je suis le dessert, répondit Rachel en remuant lascivement des hanches et en se frottant à son bas-ventre. Mais je puis vous promettre que vous ne serez pas forcé de manger d'un plat qui ne vous convient pas. »

Il voulut l'enlacer à nouveau, mais elle se déroba et le prit par la main. « Non, montons d'abord », dit-elle.

Elle lui fit couler un bain brûlant, le déshabilla lentement et le fit asseoir dans la baignoire. Elle enfila le gant de toilette au tissu-éponge un peu rêche qui était toujours accroché au pommeau de la douche mais qu'ils n'utilisaient pour ainsi dire jamais, lui savonna tout le corps avec beaucoup de douceur, puis le rinça. Louis avait l'impression que la journée — son horrible première journée de service — s'écoulait hors de lui avec le savon. Rachel était trempée, et sa culotte adhérait à elle comme une seconde peau.

Louis fit mine de vouloir sortir de la baignoire, mais elle le repoussa doucement en arrière.

« Mais qu'est-ce que... ? »

Le gant de toilette l'empoigna sans brutalité, et se mit à le manier lentement de haut en bas. Son contact rugueux fit aussitôt naître en lui une volupté presque insoutenable.

« Rachel... » Il s'était mis à transpirer à grosses gouttes, et ça n'était pas dû seulement à la chaleur du bain.

« Chut ! »

Il lui sembla que son plaisir se prolongeait indéfiniment ; chaque fois qu'il approchait de l'orgasme, le gant de toilette ralentissait son mouvement, l'arrêtait presque. A la fin, au lieu de freiner, la main de Rachel le serra encore plus, relâcha son étreinte, puis serra à nouveau jusqu'à ce que Louis éjacule avec tant de force qu'il crut que ses tympans allaient éclater.

« Mon Dieu, chevrota-t-il quand il fut à nouveau capable d'articuler. Où as-tu appris à faire ça ?

— Chez les girl-scouts », répondit-elle en prenant un air sainte-nitouche.

Elle avait préparé un bœuf Stroganoff qui avait mijoté à feu doux durant l'épisode de la salle de bains et Louis, qui quatre heures plus tôt aurait juré qu'il avait perdu l'appétit pour au moins deux mois, en reprit deux fois.

Ensuite, elle l'entraîna de nouveau à l'étage.

« A présent, dit-elle, on va voir ce que *tu* peux faire pour *moi*. »

Louis jugea que vu les circonstances il s'en tirait plus qu'honorablement.

Quand ce fut terminé, Rachel enfila son vieux pyjama bleu et Louis mit une chemise de flanelle et un pantalon de velours côtelé informe pour aller chercher les gosses.

Missy Dandridge le pressa de questions au sujet de l'accident, et il lui en brossa un récit très sommaire, beaucoup moins juteux sans doute que le compte rendu qu'en donnerait le *Bangor Daily News* du lendemain. Il faisait cela à contrecœur, avec le sentiment qu'il était en train de colporter des ragots sordides, mais Missy avait refusé qu'il lui payât la garde des enfants et il lui devait bien ça en échange de la soirée qu'il avait passée grâce à elle en tête à tête avec Rachel.

La maison des Dandridge était à moins de deux kilomètres de chez eux. Le temps qu'ils fussent rendus, Gage dormait déjà comme une souche ; de son côté, Ellie avait les yeux un peu vitreux et elle bâillait sans arrêt. Louis changea les couches de Gage, lui passa une grenouillère et le fourra au lit. Après quoi il alla lire une histoire à Ellie. Bercée par les diableries rimées du *Chat au chapeau,* elle s'endormit au bout de cinq minutes et Rachel la borda dans son lit.

Quand Louis regagna le rez-de-chaussée, Rachel était assise sur le canapé du living, un verre de lait à la main, un roman policier de

Dorothy Sayers posé, ouvert et retourné, en travers de sa longue cuisse fuselée.

« Louis, tu es sûr que tu te sens bien ?

— Mais oui, chérie, je vais très bien, dit-il. Et au fait, merci. Merci pour tout.

— Vous plaire, c'est notre devise, dit-elle et un sourire un peu grivois lui retroussa les lèvres. Tu vas boire une bière chez Jud ? »

Louis secoua la tête. « Pas ce soir, dit-il. Je suis trop pompé.

— J'espère que j'y suis pour quelque chose.

— Tu n'y es pas pour rien, c'est sûr.

— Dans ce cas, avalez-vous un verre de lait en vitesse et allons nous pieuter, docteur. »

Louis s'attendait plus ou moins à rester un bon moment sans dormir, passant et repassant dans sa tête le film des événements, comme cela se produisait toujours à la fin d'une journée particulièrement éprouvante au temps où il était interne. Mais il se sentit aussitôt aspiré dans le sommeil et s'y abandonna avec délice. Ce fut une chute longue et douce, comme s'il avait roulé lentement sur une planche lisse, très légèrement inclinée. Il avait lu quelque part qu'il faut en moyenne sept minutes à un être humain pour bloquer tous ses circuits de veille et se déconnecter du monde. Sept minutes pour que le subconscient prenne la relève de la conscience, un peu à la manière d'un mur truqué qui s'escamote en tournant sur lui-même dans la maison hantée d'un luna-park. Ça avait un petit côté surnaturel.

Au moment où il sombrait, il entendit l'écho lointain de la voix de Rachel qui disait : « ... le prendre après-demain.

— Hmmmm ?

— Jolander. Le vétérinaire. Il opère Church après-demain.

— Oh... »

Church. *Profite de tes* cojones *pendant que tu les as encore, mon pauvre vieux.* Et là-dessus il glissa au fond d'un noir abîme, oublia tout et s'endormit d'un sommeil profond et sans rêves.

16

Tard dans la nuit, il fut réveillé par un bruit anormal, un fracas assez sonore pour qu'il se dressât brusquement sur son lit en se demandant si ce n'était pas Ellie qui avait roulé à terre ou le lit-cage du bébé qui s'était effondré. Et puis la lune surgit de derrière un nuage, inondant la chambre d'une lumière froide et blafarde, et il aperçut Victor Pascow debout dans l'encadrement de la porte. Ce fracas, c'était lui qui l'avait produit en ouvrant la porte d'une poussée brutale.

Il était planté sur le seuil avec son crâne en bouillie derrière sa tempe gauche. Sur son visage, le sang séché avait formé de longues traînées violacées qui évoquaient des peintures de guerre indiennes. La pointe blanche de son omoplate luisait au-dessus de son épaule difforme. Il souriait.

« Venez, docteur, dit Pascow. On va faire un petit tour. »

Louis regarda autour de lui. Masse indécise sous la grosse couette jaune, Rachel dormait à poings fermés. Il se retourna vers Pascow. Pascow était mort et, inexplicablement, il vivait. Pourtant Louis n'éprouvait aucune frayeur. Aussitôt qu'il l'eut constaté, il sut pourquoi.

C'est un rêve, se dit-il et son soulagement le força à se rendre compte qu'en réalité il avait eu très peur. *Les morts ne ressuscitent pas ; c'est impossible, du seul point de vue de la physiologie. Ce garçon se trouve actuellement dans un tiroir frigorifique de l'Institut médico-légal, à Bangor, avec un tatouage en forme de Y renversé sur la poitrine, à l'endroit où on l'a incisé pour l'autopsie. Le médecin légiste a probablement fourré son cerveau dans l'ouverture de sa poitrine après y avoir prélevé un échantillon de tissu et colmaté la cavité crânienne avec du papier kraft pour empêcher tout écoulement ; c'est plus simple : replacer un cerveau à l'intérieur d'un crâne est un véritable casse-tête chinois.* C'est son oncle Carl, le père de l'infortunée Ruthie, qui l'avait informé que c'était la procédure usuelle ; il lui avait donné bien d'autres détails sur les pratiques mortuaires, dont le moindre eût sans doute fait pousser à cette pauvre Rachel des cris d'épouvante. Mais quant à Pascow, il ne pouvait pas être là. Rien à faire. Pascow était dans un tiroir frigorifique, avec une étiquette accrochée au gros orteil. *Et on ne lui aurait sûrement pas laissé son short rouge pour le ranger là-dedans.*

Pourtant, une impulsion irrésistible le poussait à obéir, à se lever. Les yeux de Pascow étaient rivés sur lui.

Il rejeta les couvertures et posa les pieds par terre. Il éprouva très distinctement le contact pelucheux et froid des petites boules de laine de la descente de lit au crochet (cadeau de mariage de la grand-mère de Rachel). Son rêve était d'un réalisme hallucinant. A tel point même qu'il attendit que Pascow ait tourné les talons et se soit engagé dans l'escalier avant de lui emboîter le pas. Pour aussi intense que fût la force étrange qui le poussait à le suivre, il ne voulait pas courir le risque d'effleurer, même en rêve, un cadavre ambulant.

Mais il le suivit bel et bien. Le short de Pascow luisait dans la pénombre.

Ils traversèrent le living, la salle à manger, la cuisine. Pascow se dirigea vers la porte de communication entre la cuisine et la remise qui tenait lieu de garage, et Louis s'attendait à ce qu'il tourne le verrou et fasse jouer le pêne, mais non : au lieu d'ouvrir la porte, il passa tout bonnement à travers. Louis le regarda faire avec une stupeur très moyenne. *C'est donc aussi simple que ça ?* se disait-il. *Remarquable ! C'est à la portée du premier venu !*

Il tenta l'expérience, et constata non sans satisfaction que le panneau de bois ne se dissolvait pas devant lui. Apparemment, même en rêve, il demeurait d'un pragmatisme à toute épreuve. Il tourna le bouton du verrou de sûreté, actionna le pêne et s'introduisit dans le garage. La station-wagon et la Civic s'y trouvaient bien, mais Pascow non. Louis se demanda brièvement s'il ne s'était pas tout simplement volatilisé. Les créatures de rêve s'évanouissent facilement. Il en va de même des lieux : à un moment vous êtes à poil au bord d'une piscine avec une trique à tout casser en train de proposer une partie carrée à (par exemple) Roger et Missy Dandridge, et le temps de battre une seule fois des cils vous vous retrouvez en train d'escalader un volcan hawaïen. Peut-être qu'il avait perdu Pascow parce que le deuxième acte allait commencer.

Mais lorsqu'il émergea du garage, Pascow était à nouveau visible, debout dans la lueur pâle de la lune à l'extrémité de la pelouse... Juste devant l'entrée du sentier !

Cette fois, la peur prit Louis pour de bon, s'insinuant en lui, comme une fumée noire, à travers tous les orifices de son corps. Il ne voulait pas aller là-bas. Il se figea sur place.

Pascow se retourna vers lui. Ses yeux jetaient des lueurs d'argent sous la lune. Louis sentit une horreur sans nom lui tordre l'estomac. Cette omoplate à nu, ces caillots de sang durcis ! Mais les yeux de Pascow l'attiraient avec une force irrésistible. Ainsi donc, c'était un rêve de domination et d'hypnose... ou peut-être un rêve sur son impuissance à changer les choses. Cette impuissance qu'il avait éprouvée face au fait brut de la mort de Pascow. Quand on vous amène un gars qui a heurté un arbre avec assez de violence pour avoir une brèche de cinq centimètres dans le crâne, vous avez beau avoir étudié la médecine pendant vingt ans, vous n'y pouvez absolument rien. Autant faire venir un plombier, un faiseur de pluie ou le chevalier blanc d'Ajax.

Et tandis que ces pensées lui traversaient l'esprit, une force mystérieuse le poussa en avant et il s'engagea sur le sentier, suivant le short de jogging qui dans cette lumière avait pris la même teinte vineuse que le sang séché sur la face de Pascow.

Décidément, ce rêve ne lui plaisait pas. Et même il lui déplaisait souverainement. Il était trop réel. Le contact froid des petites protubérances du tapis, son incapacité à passer au travers de la porte de la remise alors que dans tout rêve digne de ce nom on doit pouvoir jouer les passe-murailles à volonté... et à présent le frôlement humide de la rosée du soir sur ses pieds nus, et la caresse légère d'une brise nocturne — guère plus qu'un imperceptible souffle d'air — sur son corps vêtu en tout et pour tout d'un slip Kangourou. Dès qu'ils eurent pénétré dans le sous-bois, des aiguilles de pin lui adhérèrent aux pieds — nouveau détail un petit peu trop réel à son goût.

Peu importe. Ce n'est rien. Je suis chez moi, au lit. Ce n'est qu'un rêve, aussi palpable qu'il paraisse, et comme tous les autres rêves il me semblera ridicule au réveil. Ses incohérences me sauteront aux yeux.

Une branche morte lui érafla brutalement un biceps et il tressaillit de douleur. Loin devant, Pacow n'était plus qu'une ombre indécise et mouvante ; à présent, la terreur de Louis semblait s'être cristallisée dans son esprit avec un relief aveuglant : *Je suis en train de m'enfoncer dans les bois à la suite d'un homme mort, un homme mort qui me conduit au Simetierre des animaux, et ce n'est pas un rêve. Ah, mon Dieu, ce n'est pas un rêve ! Ça m'arrive vraiment !*

Ils passèrent la crête du coteau boisé et amorcèrent la descente. Le sentier serpentait paresseusement entre les arbres, puis il filait tout droit à travers les broussailles. Pas de bottes cette fois. Les pieds nus de Louis s'enfonçaient dans une boue froide et gélatineuse qui les aspirait avec des bruits de succion répugnants et ne les relâchait qu'à contrecœur. La fange molle s'insinuait entre ses orteils, les écartant comme à plaisir.

Il essayait de se cramponner à l'idée que tout cela n'était qu'un rêve avec l'énergie du désespoir.

Mais elle s'entêtait à le fuir.

Lorsqu'ils pénètrèrent dans la clairière, la lune surgit à nouveau de derrière l'épais rideau de nuages qui l'avait masquée jusque-là, baignant les tombes de sa clarté spectrale. Les formes des stèles de fortune — fragments de planches, vieilles boîtes de conserve découpées à l'aide des cisailles paternelles et martelées en forme de rectangle grossier, lames de schiste et d'ardoise mangées d'écaillures — se détachaient avec un relief saisissant, projetant des ombres très noires, aux contours parfaitement nets.

Pascow s'arrêta à la hauteur de la pancarte qui disait : « SMUCKY — LE CHAT LE PLUS GENTTY DU MONDE » et il se retourna vers Louis. Louis sentait l'épouvante, l'horreur s'enfler en lui, lentement, mais avec une force si implacable qu'il lui semblait que leur pression allait le faire éclater comme un ballon. Les lèvres tuméfiées de Pascow étaient retroussées en un sourire hideux, et dans la clarté livide de la lune son corps athlétique et bronzé paraissait aussi blême que celui d'un cadavre enveloppé dans les plis lâches d'un suaire sur le point d'être cousu.

Il leva un bras et le tendit, l'index pointé. Louis regarda dans la direction qu'il indiquait. Un gémissement s'échappa de sa poitrine, ses yeux s'exorbitèrent et il écrasa contre ses lèvres le dos de son poing fermé. Il sentit un froid humide sur ses joues et il comprit que dans l'excès de sa terreur il s'était mis à pleurer.

Le grand amas d'arbres morts, celui-là même qu'Ellie avait voulu escalader et dont Jud Crandall l'avait fait descendre avec une alarme visible, s'était mué en un tas d'ossements. Les ossements remuaient. Ils ondulaient et s'entrechoquaient ; mâchoires et fémurs, cubitus et tibias claquaient les uns contre les autres. Louis distingua des crânes ricanants, humains et animaux. Un squelette de main agitait ses doigts morts ; un pied décharné pliait ses jointure livides.

Ah ! mon Dieu ! cela avançait ; le tas d'ossements *rampait vers lui...*

A présent, Pascow venait dans sa direction, avec son visage barbouillé de sang noir qui paraissait encore plus sinistre dans la clarté lunaire. Louis sentit que ses derniers et maigres restes de lucidité étaient en train de le fuir ; une seule idée lui tournait sans arrêt dans le crâne, comme une litanie plaintive : *Il faut hurler pour*

te réveiller tant pis si tu fais peur à Rachel à Ellie à Gage tant pis si tu
les réveilles tant pis si tu réveilles tout le monde à des kilomètres à la
ronde il faut que tu hurles pour te réveiller hurle réveille-toi hurle hurle
hurle...

Mais il ne parvint à émettre qu'un vague crachotement pareil au
son que peut produire un garçonnet qui s'essaie pour la première
fois à siffler dans ses doigts.

Lorsqu'il fut arrivé à sa hauteur, Pascow se mit à lui parler.

« Il ne faut pas ouvrir le portail », dit-il en abaissant son regard
sur Louis — car ce dernier était tombé à genoux. Son visage avait
une expression étrange, que Louis prit d'abord pour de la pitié.
Mais non, ce regard-là ne trahissait pas le moindre soupçon de
compassion; seulement une espèce d'horrible patience. Pascow
désigna à nouveau le tas d'ossements ondoyants. « Ne franchissez
pas cette barrière, docteur, même quand vous en éprouverez très
vivement la nécessité. C'est la limite à ne jamais dépasser.
Souvenez-vous bien qu'au-delà d'elle réside un pouvoir inimagina
ble. Une *chose* sans âge, mais qui n'est jamais en repos. N'oubliez
jamais cela. »

A nouveau, Louis essaya de hurler. A nouveau, ce fut en vain

« Je viens en ami », reprit Pascow. Mais avait-il réellement
prononcé le mot *ami*? Non, après tout. On aurait dit que Pascow
s'exprimait dans une langue autre, que Louis comprenait par
l'effet de quelque magie de rêve; et le terme « ami » était ce que
l'esprit harassé de Louis pouvait produire de mieux pour restituer
le sens du mot employé par Pascow. « Votre destruction et celle de
tous ceux que vous aimez sont très proches, docteur. » Il était si
près à présent que Louis sentit l'odeur de mort qui émanait de lui

Les mains de Pascow se tendaient vers lui.

Le crépitement lugubre, affolant, des ossements qui s'entrecho
quaient...

Louis eut un mouvement de recul si violent pour échapper aux
mains de Pascow qu'il perdit l'équilibre. Sa main heurta une
plaque funéraire qui s'abattit à plat sur le sol. Le visage de Pascow
se penchait inexorablement vers lui; bientôt, il boucha entièrement le ciel.

« Docteur... *N'oubliez pas!* »

Louis essaya de hurler, l'univers se mit à tourbillonner autour de
lui, et tout s'abolit — excepté la rumeur sourde des ossements qui

s'entrechoquaient sous la lune dont l'éclat illuminait le profond
caveau de la nuit.

17

S'il faut en moyenne sept minutes à l'être humain pour
s'endormir, le *Manuel de physiologie* de Hand précise qu'en
revanche il lui faut entre quinze et vingt minutes pour s'éveiller,
comme si le sommeil était un puits dont on émerge plus
difficilement qu'on ne s'y engloutit. Un dormeur qui s'éveille
remonte du fond du sommeil palier par palier, passant progressivement au sommeil léger puis à ce qu'on appelle parfois le sommeil
paradoxal, un état de semi-conscience qui permet à l'homme (ou à
la femme) endormi de percevoir les sons et même de répondre à
des questions dont il ne gardera aucun souvenir par la suite, sinon
peut-être sous la forme de bribes éparses de rêve.

Louis entendait toujours un bruit d'ossements entrechoqués,
mais graduellement le son augmenta, prenant une tonalité de plus
en plus métallique. Il y eut un choc sourd. Un cri bref. De
nouveau, des sons métalliques. Etait-ce quelque chose qui roulait ?
Tu sais bien, répondit son esprit encore cotonneux, *c'est la samba
des osselets.*

Il entendit la voix de sa fille qui criait : « Vas-y, Gage ! Va
chercher l'auto ! »

Gage répondit à cela par un roucoulement ravi, et c'est à cet
instant précis que Louis ouvrit les yeux et aperçut le plafond de sa
chambre à coucher.

Il se figea dans une immobilité de statue en attendant que la
réalité, la bonne, la bienheureuse réalité, ait repris définitivement
le dessus.

Il avait donc rêvé. Il avait fait un cauchemar affreux, un
cauchemar terriblement réel, mais qui n'était pourtant qu'un rêve.
Un fossile remonté du tréfonds de son subconscient.

Le son métallique lui parvint à nouveau. C'était celui d'une des
petites voitures de Gage qui zinguait le long du corridor de l'étage.

« Va la chercher, Gage !

— *Chercher !* brailla Gage. *Chercher-chercher-chercher !* »

Les petits pieds nus de l'enfant martelèrent avec des chocs

sourds — *clop ! clop ! clop ! clop !* — le tapis ae couloir. Il riait, et Ellie riait en même temps que lui.

Louis tourna la tête. La moitié droite du lit était vide, les couvertures rejetées. Le soleil était déjà haut dans le ciel. Il consulta sa montre et elle lui apprit qu'il n'était pas loin de huit heures. Rachel l'avait laissé dormir bien au-delà de l'heure normale de son réveil. Intentionnellement, sans doute.

En temps ordinaire, il en aurait conçu de l'irritation, mais ce n'était pas un matin comme les autres. Il prit une profonde inspiration et l'exhala avec bonheur ; il n'était que trop heureux d'être étendu là avec le rai de soleil qui pénétrait obliquement par la fenêtre et d'éprouver le poids indubitable de la simple réalité. Des particules de poussière dansaient dans le soleil.

Du rez-de-chaussée, la voix de Rachel cria :

« Ellie, ton casse-croûte est prêt ! Viens le chercher et va-t'en vite, sans quoi tu vas rater ton bus.

— D'accord !, fit Ellie. (Ses talons claquèrent.) Tiens, Gage, prends ton auto. Il faut que j'aille à l'école. »

Gage se mit à pousser des clameurs indignées. Ce n'était qu'une bouillie de sons d'où se détachaient quelques rares mots audibles (« Gage », « auto », « chercher » et « Ellie-bus »), mais le message n'en était pas moins clair : Ellie devait rester, et l'Instruction publique pouvait aller se faire cuire un œuf.

La voix de Rachel résonna à nouveau : « Ellie ! Va donc secouer papa avant de descendre ! »

Ellie entra dans la chambre. Elle avait mis sa robe rouge et noué ses cheveux en queue de cheval.

« Je suis réveillé, poussin, dit Louis. Va donc prendre ton bus.

— D'accord, papa. » Elle s'approcha de lui, déposa un rapide baiser sur sa joue un peu hirsute et se rua vers l'escalier.

Le cauchemar commençait à se dissiper, à perdre peu à peu son sens. Bonne idée, tiens.

« Gage ! cria-t-il. Viens embrasser papa ! »

Mais Gage fit la sourde oreille. Il avait foncé dans l'escalier à la suite d'Ellie et la pourchassait en braillant à pleins poumons : « Chercher l'auto ! CHERCHER L'AUTO ! » Louis eut tout juste le temps d'entrevoir son petit corps trapu et courtaud vêtu simplement de couches et d'une culotte de caoutchouc.

La voix de Rachel s'éleva à nouveau : « C'était toi, Lou ? Tu es réveillé ?

« — Oui, dit-il en se dressant sur son séant.

— Je te l'avais bien dit, maman ! cria Ellie. Bon, salut, je m'en vais ! »

Cette déclaration fut ponctuée par un violent claquement — celui de la porte d'entrée — et par un beuglement scandalisé de Gage.

« Un œuf ou deux ? » cria Rachel.

Louis repoussa les couvertures et posa les pieds sur la descente de lit au crochet ; il était sur le point de répondre qu'il se passerait d'œufs, qu'il avalerait juste un bol de corn-flakes en vitesse — mais ses paroles s'étranglèrent dans sa gorge.

Ses pieds étaient couverts d'une croûte de boue séchée mêlée d'aiguilles de pin.

Son cœur bondit dans sa poitrine comme un diable à ressort désarticulé. Avec des gestes frénétiques, les yeux agrandis par l'horreur, sans même s'apercevoir qu'il se mordait la langue à belles dents, il repoussa la literie à coups de pied. De son côté, tout le bas du lit était jonché d'aiguilles de pin ; les draps étaient souillés, maculés de terre brune et grasse.

« Louis ? »

Il aperçut quelques aiguilles de pin qui étaient restées collées à ses genoux, et tout à coup il examina son bras droit. Il avait une égratignure toute fraîche en travers du biceps, à l'endroit exact où la branche morte l'avait éraflé — en rêve.

Je vais hurler ! Je sens que je vais hurler !

Et il n'en aurait pas fallu beaucoup, en effet, déjà le cri s'enflait dans sa poitrine, porté par une énorme vague de terreur glaciale. La réalité vacillait autour de lui. La réalité *(la vraie réalité),* c'était cela : les aiguilles de pin, la boue qui tachait ses draps, l'égratignure sanglante qui barrait son bras nu.

Je vais hurler, et ensuite je perdrai la raison et je n'aurai plus à me préoccuper de tout ça...

« Louis ? » Rachel gravissait l'escalier. « Louis, tu t'es rendormi ? »

Pendant les deux ou trois secondes qui suivirent, il se démena comme un beau diable pour se ressaisir, il lutta de toutes ses forces pour reprendre le contrôle de ses émotions comme il l'avait fait au cours des instants d'épouvantable confusion qui avaient suivi l'arrivée de Pascow mourant dans les locaux de l'infirmerie. Et il y parvint. L'idée qui avait fait pencher la balance du bon côté était qu'il ne fallait surtout pas que Rachel le voie ainsi, avec ses pieds encroûtés de boue sèche et d'aiguilles de pin et les couvertures retroussées jusqu'au sol révélant le drap du dessous éclaboussé de boue.

« Je suis réveillé ! » lança-t-il d'une voix enjouée. Il s'était coupé en crispant involontairement les mâchoires, et sa langue saignait. Ses pensées tourbillonnaient follement dans sa tête et tout au fond de son esprit, à l'écart de cette agitation, une part de lui-même se demandait s'il avait toujours vécu à l'extrême limite d'un invisible abîme de folie, et si c'était le cas de tout le monde.

« Un œuf ou deux ? » répéta la voix de Rachel. Dieu merci, elle s'était arrêtée au bout de quelques marches.

« Deux, répondit-il en se rendant à peine compte de ce qu'il disait. Brouillés, s'il te plaît.

— Il était temps ! » fit Rachel avant de rebrousser chemin.

Dans son soulagement, Louis ferma brièvement les yeux, mais il les rouvrit aussitôt : dans l'obscurité, il lui avait semblé voir le regard d'argent de Pascow. Il fit le vide dans son esprit et passa rapidement aux actes. Il arracha toute la literie du matelas. Les couvertures étaient intactes. Il sépara les deux draps du reste, les roula en boule, sortit avec dans le couloir et les jeta dans le vide-linge.

Ensuite il se précipita dans la salle de bains, abaissa fébrilement la manette de la douche, et se planta sous le jet d'eau bouillante. Elle lui brûlait la peau, mais il n'en avait cure. Il se frotta les jambes et les pieds pour en faire partir la boue.

Il commençait à se sentir mieux ; il reprenait peu à peu le contrôle de lui-même. Tandis qu'il se séchait, l'idée lui vint que c'était à peu près comme cela que devait se sentir un meurtrier qui vient de se débarrasser de tous les indices susceptibles de l'incriminer. Il éclata de rire. Il continua de se sécher, tout en riant de plus belle. Irrépressiblement.

« Eh, là-haut ! cria la voix de Rachel. Qu'est-ce qu'il y a donc de si drôle ?

— C'est une blague toute personnelle », répondit-il sans s'arrêter de rire. Il était terrifié, mais la peur cédait devant ce rire inextinguible qui s'élevait d'un ventre aussi dur et tendu qu'un mur de briques pleines. Il se dit qu'expédier les draps dans le coffre à linge sale avait vraiment été une idée de génie. Missy Dandridge venait cinq jours par semaine faire le ménage et la lessive. Bien sûr, Missy aurait pu interroger Rachel au sujet de ses draps crottés, mais Louis était persuadé qu'elle n'en ferait rien. Elle se bornerait sans doute à chuchoter à l'oreille de son mari que les Creed se livraient à des jeux sexuels bizarres au cours desquels ils se barbouillaient le corps d'un mélange de boue et d'aiguilles de pin.

A cette idée, il se mit à rire encore plus fort.

Son rire se résorba peu à peu pendant qu'il s'habillait et quand ses derniers gloussements se furent calmés il s'aperçut qu'il se sentait un peu mieux. Il ignorait comment il s'y était pris, mais il s'était remis à peu près d'aplomb. Mis à part le lit dépouillé de ses draps, la chambre avait retrouvé son aspect normal. Il s'était débarrassé du poison. Il aurait sans doute été plus juste de parler de « preuves », mais dans son esprit il percevait plutôt cela comme un poison.

C'est peut-être ce que les gens ont coutume de faire avec l'inexplicable, songea-t-il. *Ce qu'ils font de tout ce qui est irrationnel, de tout ce qui refuse de se plier au déterminisme étroit qui régit le monde occidental.* C'est sans doute ainsi que réagit un individu normal qui aperçoit un beau matin une soucoupe volante suspendue dans l'air au-dessus de son jardin, projetant sur sa pelouse une petite flaque d'ombre bien noire ; qui se trouve pris sous une averse de grenouilles ; ou dont une main surgie de sous le lit vient caresser les pieds au beau milieu de la nuit. On fait une crise de larmes, on est pris d'un fou rire nerveux, et puis comme l'objet de la terreur reste entier et refuse obstinément de s'évanouir en fumée, on finit par l'évacuer d'un bloc, comme un calcul rénal impossible à dissoudre.

Assis dans sa chaise haute, Gage était occupé à en décorer le plateau couvert de vinyle en le frottant vigoureusement d'une pâte informe de petit déjeuner cacaoté.

Rachel sortit de la cuisine avec une assiette d'œufs brouillés et une tasse de café.

« Qu'est-ce qui était si désopilant, Louis ? Tu bramais comme un cerf en rut. Ça m'a fait un peu peur. »

Au moment où il ouvrait la bouche, Louis n'avait pas la moindre idée de ce qu'il allait dire. Il débita machinalement une blague idiote qu'il avait entendue le samedi précédent au supermarché du coin ; il y était question d'un tailleur juif qui faisait l'acquisition d'un perroquet dont tout le vocabulaire se réduisait à : « Ariel Sharon se trripote ! »

Quant il en eut terminé, Rachel riait aux éclats, et Gage, ne voulant pas être de reste, s'empressa de faire chorus.

Excellent. Notre héros a brouillé toutes les pistes. Escamoté les draps boueux et le fou rire suspect dans la salle de bains. A présent, notre héros s'en va lire le journal du matin (ou tout au moins l'ouvrir) afin que la matinée qui s'engage soit bien marquée au coin de la normalité.

Et tout en se disant cela, Louis s'empara du journal et le déplia.

Oui, c'est bien ce qu'il faut faire, songeait-il avec un immense soulagement. *On expulse ça comme un calcul, et on n'en parle plus...* à *moins de se retrouver autour d'un feu de camp avec quelques amis par une nuit de grand vent, et que la conversation s'oriente sur les phénomènes inexplicables. Car, par ces nuits-là, quand la tempête qui couve fait danser les flammes du feu, on devient facilement bavard.*

Louis avala ses œufs, embrassa Rachel et Gage et c'est seulement au moment de passer la porte qu'il jeta un coup d'œil furtif en direction du coffre en bois laqué de blanc auquel aboutissait le conduit du vide-linge. Tout allait on ne peut mieux. Il faisait un temps magnifique. L'été semblait bien parti pour se prolonger indéfiniment, et rien ne clochait, absolument rien. Tandis qu'il sortait du garage en marche arrière, son regard se posa brièvement sur le sentier, mais ça ne lui fit ni chaud ni froid, il n'eut pas même un frémissement de paupière. Ces choses-là s'excrètent d'un coup, comme un calcul.

Tout continua d'aller pour le mieux dans le meilleur des mondes possibles jusqu'à ce qu'il ait parcouru une vingtaine de kilomètres en direction d'Orono, et à ce moment-là il fut pris de tremblements si violents qu'il n'eut d'autre recours que de quitter la route et d'aller se ranger dans le parking désert du *Sing's,* un restaurant chinois qui se trouve dans le voisinage immédiat du Centre hospitalo-universitaire de Bangor. C'est là qu'on avait dû transporter le corps de Pascow. A l'hôpital, pas chez *Sing's.* Jamais plus Vic Pascow ne mangerait une autre portion de moo goo gai pan, ah, ah !

Impuissant et terrorisé, Louis s'abandonna aux tremblements incoercibles qui secouaient tout son corps avec une force déchirante. La peur qui le torturait n'était pas d'essence surnaturelle, le soleil était bien trop resplendissant pour cela, simplement, il était terrifié à l'idée qu'il était peut-être en train de perdre la raison. Il avait l'impression qu'un long et invisible fil de métal lui tournoyait dans la tête.

« Assez, balbutia-t-il. Assez, par pitié ! »

Il alluma la radio à tâtons et tomba sur Joan Baez qui chantait *Diamonds and Rust*. Sa voix de soprano douce et liquide le rasséréna, et lorsque la chanson fut terminée, il se sentit à nouveau capable de conduire.

En arrivant dans les locaux de l'infirmerie, il lança un bonjour rapide à Miss Charlton et se faufila aussitôt dans la salle de bains. Il était persuadé qu'il devait avoir une gueule à faire peur. Mais non : il avait bien un léger creux au-dessous des yeux, mais tellement peu prononcé que Rachel elle-même n'y avait pas pris garde. Il se passa un peu d'eau froide sur le visage, se sécha, se donna un coup de peigne et gagna son bureau.

Steve Masterton s'y trouvait en compagnie de Surrendra Hardu, le médecin hindou qui assurait le service de nuit. Les deux hommes, un gobelet de café à la main, continuaient le classement des fiches des prioritaires que Louis avait commencé la veille.

« Ça va, Lou ? fit Masterton.

— Ça va.

— Espérons que ça ira mieux qu'hier matin, dit Hardu.

— C'est vrai que vous avez loupé un beau remue-ménage.

— Surrendra a eu son lot d'émotions fortes cette nuit, dit Masterton en grimaçant un sourire. Racontez-lui, Surrendra. »

Hardu retira ses lunettes et se mit à les essuyer en souriant.

« Deux garçons m'amènent leur copine aux alentours d'une heure du matin, expliqua-t-il. Elle est ronde comme un... comment dites-vous, déjà ? Ronde comme une bille, voilà. Elle voulait fêter la rentrée, vous comprenez. Et elle s'était ouvert la cuisse en tombant. Une très vilaine coupure. Je lui dis qu'il faudra au moins quatre points de suture, mais que ça ne laissera pas de cicatrice. Elle me dit : Bon, eh bien, vous n'avez qu'à suturer alors, et moi je le fais en me penchant comme ceci... »

Hardu mima la scène, se courbant au-dessus d'une cuisse invisible. Pressentant ce qui allait suivre, Louis esquissa un sourire.

« ... et tandis que je lui recouds sa plaie, elle me vomit sur la tête. »

Masterton s'esclaffa bruyamment, et Louis l'imita. Hardu souriait benoîtement, comme si tout cela lui était déjà arrivé des milliers de fois au cours de milliers d'existences antérieures.

« Surrendra, ça fait combien de temps que vous êtes en service ? demanda Louis une fois que son rire se fut apaisé.

— Depuis minuit, dit Hardu. Je m'en vais maintenant. J'étais seulement resté pour pouvoir vous dire bonjour.

— Eh bien, bonjour, dit Louis en serrant sa main petite et brune. Et à présent rentrez chez vous dormir.

— Le fichier des prioritaires est quasiment prêt, dit Masterton. Vous pouvez crier alleluia, Surrendra.

— Vous m'excuserez, fit Hardu avec un sourire, mais je ne suis pas chrétien.

— Dans ce cas, vous n'avez qu'à chanter le refrain d'*Instant Karma* — vous savez, la chanson de Lennon.

— " *Puissiez vous briller comme le soleil et la lune* " », récita Hardu sans se départir de son sourire, après quoi il se glissa discrètement dehors.

Louis et Steve Masterton restèrent un moment à fixer d'un air interdit la porte qui venait de se refermer sur lui, puis ils se regardèrent et éclatèrent de rire. Jamais un rire n'avait paru si bon à Louis — il était tellement *normal* !

« Ça tombe bien qu'on ait fini de classer ces satanées fiches, dit Steve. C'est aujourd'hui que les trafiquants de drogue débarquent. »

Louis hocha la tête. Le défilé des représentants en produits pharmaceutiques allait commencer à dix heures. Steve Masterton disait en manière de boutade qu'à l'université d'Orono, si le mercredi était le jour où l'on célébrait le culte du Spaghetti-Roi, le mardi était consacré à Saint-Dé. Dé étant l'acronyme de Darvon, le plus populaire de tous les tranquillisants.

« Soyez sur vos gardes, ô Grand Chef, dit Steve. Je ne sais pas comment ces gars-là se comportaient à Chicago, mais ceux d'ici n'hésitent pas à recourir aux arguments les plus vils : ça va de l'expédition de chasse tous frais payés au lac Chamberlain en novembre à l'abonnement annuel gratuit au Club familial de Bowling de Bangor. Un jour, un de ces zèbres-là a même essayé de me corrompre à l'aide d'une poupée gonflable. Moi ! Et je ne suis qu'un simple auxiliaire ! Ils sont prêts à tout pour arracher une vente.

— Vous auriez dû la prendre, cette poupée gonflable.

— Bah, elle était rouquine. Je n'aime pas les rousses.

— Moi, je suis d'accord avec Surrendra, dit Louis. Tout pourvu que ça aille mieux qu'hier matin. »

18

Le représentant des Laboratoires Upjohn avait pris rendez-vous à dix heures ; comme il tardait à se matérialiser, Louis trompa l'attente en appelant le bureau des inscriptions. Il eut une certaine Mrs Stapleton qui lui promit de lui expédier sur-le-champ le dossier de Victor Pascow. Au moment où il raccrochait, le V.R.P. de chez Upjohn fit son entrée. Il ne lui offrit aucun pot-de-vin, mais lui demanda simplement s'il serait éventuellement intéressé par un billet à tarif réduit donnant accès à tous les matches de football des Patriots de Boston au cours de la prochaine saison.

« Non, répondit laconiquement Louis.

— C'est bien ce que je pensais », fit le représentant d'un air morose avant de prendre congé.

A midi, Louis se rendit à la cafétéria à pied, y fit l'acquisition d'un sandwich au thon et d'un maxi-coke et regagna son bureau où il déjeuna en épluchant consciencieusement le dossier de Pascow. Il espérait y dénicher un fil conducteur permettant de relier l'existence de Pascow à la sienne ou à North Ludlow et au Simetierre. Il se figurait — sans trop y croire — que même un phénomène aussi singulier que celui-ci devait avoir ne serait-ce qu'un vague début d'explication rationnelle. Peut-être que ce garçon avait passé son enfance à Ludlow ; peut-être même qu'il avait inhumé un chien, un chat, au Simetierre.

Mais il ne découvrit aucune trace du lien qu'il cherchait. Pascow était originaire de Bergenfield, une petite ville industrielle du New Jersey, et il s'était inscrit à Orono en vue d'y passer un diplôme d'ingénieur électricien. Ces quelques feuillets dactylographiés ne recelaient aucun indice susceptible d'établir le moindre rapport entre Louis et le jeune homme qui était mort dans le hall d'accueil de l'infirmerie — en dehors de sa mort elle-même, bien entendu.

Il vida ce qui lui restait de coca en écoutant le crachotement de la paille qui aspirait les dernières gouttes au fond du gobelet de carton, puis jeta les emballages vides dans la corbeille à papier. C'était un repas plutôt succinct, mais il l'avait mangé de bon appétit. En fait, il se sentait plutôt bien. Ses nerfs semblaient s'être remis en place ; ses tremblements n'avaient pas repris, et il ne subsistait plus de son épouvante du matin que le souvenir d'un cauchemar absurde et violent qui s'effilochait peu à peu dans sa mémoire.

Il tambourina nerveusement des doigts sur le buvard de son sous-main, haussa les épaules et décrocha le téléphone encore une fois. Il fit le numéro du Centre hospitalo-universitaire de Bangor et demanda la morgue.

Lorsqu'il eut au bout du fil l'employé chargé de la tenue du registre mortuaire, il donna son identité et dit :

« Vous avez actuellement chez vous un de nos étudiants, un certain Victor Pascow...

— En effet, nous l'avions, coupa la voix à l'autre bout du fil. Mais il nous a quittés. »

Louis sentit sa gorge se nouer. A la fin, il parvint tout de même à articuler : « Que... Comment ?

— Le corps a été rapatrié dans sa famille hier, en fin de soirée. C'est l'entreprise de pompes funèbres Brookings-Smith qui s'est occupée de régler les détails de l'expédition. On l'a embarqué sur le vol Delta numéro, euh... (il y eut un bruit de pages rapidement tournées). Ah, voilà : vol Delta numéro 109, à destination de Newark. Où est-ce que vous imaginiez qu'il avait pu partir ? Draguer à la discothèque d'à côté ?

— Non, dit Louis. Bien sûr que non, c'est simplement que... » Simplement qué quoi ? Qu'avait-il besoin de s'acharner là-dessus, bon Dieu ? Ça ne rimait à rien de vouloir résoudre ce problème de façon rationnelle. Il fallait laisser tomber, tirer un trait sur tout ça, ne plus y penser. Autrement, il était sûr de se trouver entraîné dans un tas de complications inutiles. « C'est simplement que ça me semblait bien subit, acheva-t-il niaisement.

— Oh, vous savez, le Dr Rynzwyck l'a autopsié hier après-midi à... (à nouveau, bruit de pages tournées)... quinze heures vingt. Entre-temps, son père avait fait toutes les démarches nécessaires. Le corps a dû arriver à Newark aux environs de deux heures du matin.

— Bon, eh bien, dans ce cas...

— A moins qu'un convoyeur se soit gouré et l'ait expédié ailleurs, poursuivit l'employé de la morgue d'un ton jovial. Ça nous est déjà arrivé, vous savez. Pas avec Delta, remarquez. Chez Delta, ils bossent correctement. On a eu un gars qui était mort pendant une expédition de pêche dans un coin perdu du comté d'Aroostook, un de ces bleds tellement minuscules qu'ils n'ont même pas de nom, juste un numéro sur la carte. Il s'était étranglé en avalant la languette d'une boîte de bière, le con. Ses compagnons ont fabriqué un traîneau de fortune, et il leur a fallu deux jours entiers pour le ramener du fin fond de la cambrousse. Dans un cas pareil, on ne peut jamais être sûr que l'embaumement marchera. Mais on lui a tout de même injecté sa ration d'antiseptiques en priant le Bon Dieu que ça veuille bien tenir le coup et on l'a expédié chez lui, à Great Falls, Minnesota, dans la soute à bagages d'un avion régulier. Mais ces abrutis-là, ils se sont mélangé les pédales. D'abord, ils l'ont envoyé à Miami, puis de là à Des Moines ; ensuite il s'est retrouvé à Fargo, dans le Dakota du Nord, et là quelqu'un s'est enfin aperçu que ça ne tournait pas rond, mais entre-temps il s'était écoulé soixante-douze heures. Et la préparation pour embaumement n'avait pas pris du tout ; on aurait tout aussi bien pu lui injecter du Seven-Up à la place du phénol. Le client était noir comme du charbon et il puait si fort la barbaque avariée que six bagagistes se sont trouvés mal. En tout cas, c'est ce qu'on m'a raconté. »

La voix à l'autre bout du fil éclata d'un rire gras.

Louis ferma les yeux et il dit : « Bon, écoutez, merci...

— Si vous voulez, je peux vous donner le numéro personnel du Dr Rynzwyck, docteur Creed. Mais en principe, le matin il va faire son golf à Orono.

— Merci, ça ira comme ça », dit Louis.

Il replaça le combiné sur sa fourche. *Voilà qui règle tout,* se dit-il. *Pendant que tu faisais ce cauchemar insensé, le corps de Pascow reposait selon toutes probabilités dans un salon mortuaire de New Jersey. Ça met un point final à toute l'histoire ; restons-en là.*

L'après-midi, alors qu'il roulait en direction de Ludlow, il trouva enfin une explication plausible à ces traces boueuses au pied de son lit, et un immense soulagement l'envahit.

Il avait été victime d'une petite crise de somnambulisme, d'un épisode aigu mais sans conséquence d'automatisme ambulatoire provoqué par le choc psychologique violent qu'il avait forcément subi en voyant un étudiant mortellement blessé lui claquer dans les bras alors qu'il venait à peine d'entamer son premier jour de service à l'infirmerie.

Cela expliquait tout. Son rêve lui avait paru extrêmement réel, c'est qu'il comportait *effectivement* de larges pans de réalité : le contact de la descente de lit sous ses pieds, celui de la rosée humide et, bien sûr, la branche morte qui l'avait égratigné. C'était aussi pour cela qu'il n'était pas parvenu à passer à travers la porte comme Pascow.

Une image prit lentement corps dans son esprit : celle de Rachel descendant l'escalier la nuit dernière et pénétrant dans la cuisine au moment même où, le regard fixe, les pupilles étroites, il essayait vainement de passer à travers la porte de la remise. Cette idée lui arracha une grimace. Pauvre Rachel, ça lui aurait sûrement flanqué un coup terrible.

L'hypothèse de la crise somnambulique une fois admise, il devenait possible de démonter les ressorts de son rêve, et il se hâta de le faire. S'il avait marché dans son sommeil jusqu'au Simetierre, c'est parce que dans son esprit l'endroit était associé à une situation de stress encore toute fraîche. En fait, il avait même été à l'origine d'une sérieuse dispute entre Rachel et lui... et aussi, se dit-il avec une excitation grandissante, il était associé dans son esprit à la première rencontre de sa fille avec l'idée même de la mort, événement avec lequel son inconscient était sans doute encore aux prises au moment où il s'était mis au lit la veille au soir.

Encore heureux que je sois arrivé à rentrer indemne. Je ne me rappelle même pas du retour. Je suis sans doute revenu en pilotage automatique.

Ça valait mieux, du reste. Il préférait ne pas s'imaginer reprenant conscience ce matin à côté de la tombe de Smucky le chat, désorienté, couvert de rosée et vraisemblablement mort de trouille (quoique sûrement pas autant que Rachel).

Mais à présent, c'était fini.

Quel soulagement, mes aïeux !

Tire un trait là-dessus, Louis, se dit-il. Son intelligence essaya bien de protester *(Et comment expliques-tu les dernières paroles de Pascow, hein ?)* mais il eut vite fait de lui imposer silence.

Le même soir, alors que Rachel était occupée à repasser et que les deux enfants, assis dans le même fauteuil, ingurgitaient béatement un nouvel épisode de la série des Muppets, Louis annonça d'un ton désinvolte qu'il allait peut-être bien sortir faire un petit tour, histoire de prendre un peu l'air.

« Ne reste pas trop longtemps parti, Louis, dit Rachel sans

même lever les yeux de sa planche. J'aimerais mieux que tu sois là pour m'aider à coucher Gage, tu sais qu'il fait toujours moins d'histoires avec toi.

— Entendu, dit Louis.

— Où tu vas, papa ? » interrogea Ellie sans quitter la télé des yeux, car Miss Piggy était sur le point d'expédier un marron à Kermit.

« Je vais faire un tour dans la campagne, c'est tout, ma chérie.

— Ah bon. »

Louis sortit de la maison, et un quart d'heure plus tard il se retrouva au Simetierre, regardant curieusement autour de lui, en butte à un fort sentiment de déjà-vu. Il était venu ici la nuit dernière, ça ne faisait pas le moindre doute : la petite pancarte qui tenait lieu de plaque commémorative au chat Smucky gisait à terre. C'est lui qui l'avait renversée au moment où le visage grimaçant de Pascow s'était approché de lui à la fin de son rêve, ou du moins de la partie de son rêve dont il avait gardé le souvenir. Il la redressa machinalement et se dirigea vers le monceau d'arbres morts.

Ces branches et ces troncs blanchis par les intempéries lui faisaient froid dans le dos ; il les avait vus se muer en un tas d'ossements, et le souvenir de cette vision le glaçait encore d'effroi. Il se força à avancer la main et à toucher une des branches. Elle était en équilibre précaire au sommet de la pile désordonnée de bois mort ; le seul contact des doigts de Louis suffit à l'en déloger, elle roula jusqu'à terre et il dut faire un saut en arrière pour l'éviter.

Il examina les taillis qui flanquaient le tas de bois mort. D'un côté comme de l'autre, ils étaient extraordinairement touffus et tout à fait impénétrables. Et ce n'était pas le genre de broussailles à travers lesquelles on pouvait essayer de se frayer un chemin, à moins d'être cinglé. Le sol était recouvert d'une masse luxuriante et compacte de sumac vénéneux (toute sa vie, Louis avait entendu des gens se vanter d'être insensibles à ce poison, mais il savait qu'il affecte tout le monde à un degré ou à un autre), auquel succédait un inextricable fouillis de ronces énormes aux épines d'aspect redoutable.

Louis revint lentement sur ses pas, et il se campa face à l'endroit où devait se trouver le milieu du tas de bois mort. Il le considéra longuement, les mains enfoncées dans les poches arrière de son jean.

Dis donc, tu vas quand même pas essayer d'escalader ce machin ?

Moi ? Ça va pas la tête, non ? Pourquoi est-ce que j'irais faire une connerie pareille ?

Ah bon, parce que tu vois, Lou, tu commençais à m'inquiéter un peu, là. Evidemment, si t'as envie de te retrouver patient dans ta propre infirmerie avec une cheville pétée, tu peux toujours tenter le coup.

T'as raison. Et d'ailleurs, il commence à faire un peu trop noir.

Certain d'être parfaitement décidé et en complet accord avec lui-même, Louis se mit en devoir d'escalader l'empilement d'arbres morts.

Il était à mi-chemin du sommet lorsqu'il le sentit céder sous son poids avec une espèce de craquement très singulier.

Tu vas tomber sur un os, toubib !

Une autre branche se déroba sous lui, et il se hâta de redescendre avec des gestes que l'affolement rendait maladroits. Les pans de sa chemise étaient sortis de son pantalon.

Il regagna la terre ferme sans anicroches et épousseta les débris d'écorces pulvérulents qui lui maculaient les paumes. Puis il se dirigea vers l'entrée du sentier qui le ramènerait chez lui — à ses enfants qui réclameraient une histoire avant de dormir, à Church dont la carrière de matou certifié et de tombeur de minettes touchait définitivement à sa fin ce soir même, au thé dans la cuisine avec Rachel une fois les enfants au lit.

Avant de se mettre en route, il se retourna une dernière fois pour embrasser la clairière du regard. Il y régnait comme un grand silence vert, et de minces volutes de brume surgies d'on ne sait où s'étaient mises à s'enrouler lentement autour des plaques funéraires. Ces cercles concentriques… On aurait dit qu'inconsciemment des générations successives d'enfants de North Ludlow avaient construit une espèce de Stonehenge miniature.

Tu es sûr qu'il n'y a que ça, Louis ?

Il n'avait eu le temps de jeter qu'un coup d'œil extrêmement bref au-dessus de la pile d'arbres morts avant que la sensation d'un effondrement imminent l'ait dissuadé de s'aventurer plus loin, mais il aurait juré qu'il avait aperçu de l'autre côté un chemin qui s'enfonçait encore plus profondément dans les bois.

C'est pas tes oignons tout ça, Louis. Laisse tomber, va.

Oui, chef.

Louis tourna les talons et il prit le chemin du retour.

Rachel était montée se coucher depuis une heure, mais Louis s'attardait encore, feuilletant une pile de revues de médecine qu'il avait déjà passées au crible et refusant d'admettre que l'idée d'aller au lit — et de s'endormir — le rendait nerveux. Jamais auparavant il n'avait été victime d'une attaque de somnambulisme, et il n'avait aucun moyen d'être sûr qu'il s'agissait d'un épisode isolé ; il fallait d'abord voir s'il se reproduisait ou pas.

Il entendit Rachel se lever, et sa voix étouffée qui, depuis le palier de l'étage, l'appelait :

« Lou ? Tu ne viens pas te coucher, mon chéri ?

— Si, j'allais justement monter », répondit-il en éteignant le plafonnier qui éclairait sa table de travail et en se levant.

Ce soir-là, il lui fallut nettement plus de sept minutes pour désactiver ses circuits. Rachel dormait profondément et le bruit de sa respiration lente et régulière donnait un surcroît de réalité à l'image de Victor Pascow qui le harcelait sans trêve. Chaque fois qu'il fermait les yeux, il voyait la porte s'ouvrir brutalement et Victor Pascow (notre vedette surprise !) apparaissait sur le seuil, vêtu de son short de jogging écarlate, livide sous son bronzage d'athlète, avec la pointe blanchâtre de son omoplate qui lui dépassait de l'épaule.

Quand il glissait dans le sommeil, il se demandait soudain quel effet cela lui ferait de se réveiller grelottant au beau milieu du Simetierre, d'ouvrir les yeux sur ces cercles de tombes éclairés par la lune et d'être obligé de s'en retourner à pied, et réveillé, le long du sentier qui sinuait à travers la forêt. Et ces pensées l'arrachaient brutalement à son assoupissement.

Quelque temps après minuit, le sommeil le prit en traître et s'abattit sur lui. Il ne fit pas de rêves. A sept heures et demie, il fut réveillé brusquement par le son d'une pluie froide d'automne qui battait les carreaux. Il rejeta les couvertures avec une certaine appréhension, mais son drap du dessous était irréprochable. La même épithète aurait bien mal convenu à ses pieds avec leurs talons cerclés de durillons, mais en tout cas ils étaient propres.

Louis se surprit à siffloter gaiement sous la douche.

19

C'est Rachel qui se chargea de conduire Winston Churchill chez le vétérinaire après avoir confié Gage à Missy Dandridge. Ce soir-là, Ellie resta éveillée jusqu'à plus de onze heures en gémissant qu'elle ne pouvait pas dormir sans Church et en réclamant verre d'eau sur verre d'eau. A la fin, Louis refusa de lui en amener plus en alléguant qu'elle allait finir par mouiller son lit. Ce refus déclencha une crise de larmes d'une telle sauvagerie que Louis et Rachel en restèrent médusés. Ils échangèrent un regard interdit, les sourcils en accent circonflexe.

« Elle a peur pour Church, dit Rachel. Laissons-la vider l'abcès, Lou.

— A ce train-là, elle s'épuisera vite, dit Louis. Enfin, j'espère. »

Il ne se trompait pas. Au bout d'un moment, les cris déchirants d'Ellie se muèrent en sanglots brefs, en geignements et en hoquets. Puis ce fut le silence. Louis remonta pour voir ce qui se passait et il la trouva endormie à même le sol, serrant étroitement entre ses bras la corbeille en osier dans laquelle Church ne daignait dormir que très exceptionnellement.

Louis lui ôta la corbeille des bras, la mit au lit, écarta doucement les cheveux qui s'étaient collés à son front humide de sueur et l'embrassa. Mû par une impulsion subite, il gagna la petite pièce qui tenait lieu de bureau à Rachel, et y prit une feuille de papier sur laquelle il griffonna en grosses majuscules « JE RENTRE DEMAIN, GROSSES BISES, CHURCH » et qu'il épingla au coussin de la corbeille à chat. Ensuite il pénétra dans sa chambre à coucher en espérant que Rachel s'y trouverait. Rachel était bien là. Ils firent l'amour et s'endormirent dans les bras l'un de l'autre.

Church regagna ses pénates vendredi ; son retour coïncidait avec la fin de la première semaine de travail de Louis. Ellie s'en fit toute une fête ; elle consacra une bonne partie de son argent de poche à l'achat d'une boîte de croquettes particulièrement délectables et alla même jusqu'à faire mine de gifler Gage parce qu'il se mêlait de vouloir caresser l'animal. Ce geste arracha au garçonnet des larmes plus abondantes qu'il n'en avait jamais versé à la suite d'une réprimande de son père ou de sa mère. Essuyer une rebuffade d'Ellie était comme d'essuyer une rebuffade du Bon Dieu.

Louis ne pouvait pas regarder Church sans éprouver une pointe de tristesse. Il avait perdu toute trace de son ancienne vivacité. Il n'avait plus sa démarche chaloupée de tueur de l'Ouest ; il allait d'un pas lent et précautionneux de convalescent. Il se laissait nourrir à la main par Ellie et ne manifestait pas la moindre velléité de sortir, ne serait-ce que pour aller fureter dans le garage. Il avait changé. En définitive, ce changement ne pourrait sans doute lui faire que du bien.

Apparemment, ni Rachel ni Ellie ne remarquaient la différence.

20

L'été indien arriva, puis repartit. Les arbres se parèrent de flamboyantes couleurs cuivrées dont l'éclat s'estompa vite. Vers la mi-octobre, des cataractes de pluie glaciale s'abattirent du ciel et aussitôt après les feuilles se mirent à tomber. Chaque jour, Ellie rentrait de l'école les bras chargés d'ornements de Halloween qu'elle avait confectionnés en classe ; un soir, elle raconta à Gage l'histoire du cavalier sans tête et Gage passa le reste de la soirée à gazouiller gaiement des phrases sans queue ni tête qui tournaient toutes autour d'un certain Escabeau d' Laine[1]. Rachel fut prise d'un fou rire incoercible. Ce début d'automne fut une période heureuse pour eux tous.

A l'université, le travail de Louis avait pris un rythme de croisière, et en dépit de son aspect routinier il en retirait bien des satisfactions. Il recevait ses patients, assistait aux réunions du Conseil de l'université, et rédigeait consciencieusement les inévitables « tribunes libres » qu'il se devait de faire paraître dans le quotidien des étudiants pour promettre aux jeunes filles que leur anonymat serait soigneusement préservé si elles venaient se faire traiter pour une maladie vénérienne à l'infirmerie du campus et pour exhorter l'ensemble du corps étudiant à se faire vacciner contre la grippe asiatique, dont une épidémie était prévue cet hiver. Il prenait part à des groupes de discussion qu'il lui arrivait

1. Il s'agit de la *Légende de Sleepy Hollow*, une des plus célèbres histoires du *Livre d'esquisses* de Washington Irving, dont le héros se nomme Ichabod Crane. (*N.d.T.*)

de présider. Dans le courant de la deuxième semaine d'octobre, il se rendit à Providence pour y assister à un Congrès régional de médecine universitaire auquel il soumit un exposé consacré aux répercussions légales de certaines thérapeutiques spécifiques au milieu étudiant. Le cas de Victor Pascow y était mentionné à titre d'exemple, mais Louis avait eu soin de le baptiser du nom fictif d' « Henry Montez ». Son exposé fut favorablement accueilli. Il s'attela ensuite à l'élaboration d'un projet de budget pour la prochaine année scolaire.

Le soir, il avait aussi désormais ses petites habitudes bien réglées : après le dîner, il passait un moment avec les gosses, puis il s'en allait boire une ou deux bières avec Jud Crandall. Rachel l'accompagnait parfois quand Missy pouvait venir garder les enfants pendant une heure, et quelquefois aussi Norma venait se joindre à eux, mais la plupart du temps Louis et Jud restaient en tête à tête. Louis éprouvait un confort sans cesse renouvelé dans la compagnie du vieil homme qui lui contait intarissablement toutes les histoires de Ludlow en remontant jusqu'à trois siècles en arrière avec autant d'aisance que s'il les eût intégralement vécues lui-même. Il parlait beaucoup mais ses discours ne se perdaient jamais en digressions oiseuses, et Louis ne se lassait pas de l'écouter. Par contre, il avait remarqué que Rachel se couvrait souvent la bouche d'une main pour dissimuler un bâillement.

En général, il retraversait la route sur le coup de dix heures pour réintégrer ses pénates, et, presque immanquablement, la soirée s'achevait par des ébats amoureux avec Rachel. Ils n'avaient pas fait l'amour avec une telle fréquence depuis la première année de leur mariage, et jamais ils ne l'avaient fait aussi voluptueusement. Rachel était d'avis que c'était dû aux effets bénéfiques de l'eau de leur puits artésien ; Louis inclinait à penser que c'était plutôt le bon air du Maine qui les vivifiait ainsi.

Le souvenir de la mort atroce de Victor Pascow et des perturbations qu'elle avait occasionnées le jour de la rentrée s'effaçait rapidement de la mémoire collective des usagers du campus et de celle de Louis. Sans doute le pleurait-on encore dans sa famille. Le père de Pascow avait appelé Louis au téléphone, et il s'était longuement entretenu avec lui ; l'homme était au bord des larmes, et Louis avait remercié le ciel de ne pas être obligé de supporter la vue de son visage. Il désirait seulement que Louis l'assurât qu'il avait fait tout ce qui était en son pouvoir pour sauver son fils, et Louis lui en donna sa parole et lui certifia que tout le personnel de l'infirmerie avait fait preuve d'un maximum de diligence. Mais il ne mentionna ni le début de panique ni la tache de sang qui les avait obligés à remplacer la moquette et ne lui précisa pas non plus que son fils était déjà cliniquement mort à l'instant où on l'avait amené à l'infirmerie ; pourtant, c'était précisément ces détails-là que Louis était certain de ne jamais pouvoir oublier lui-même. Mais pour ceux à qui le nom de Pascow n'avait jamais rien évoqué d'autre qu'un fait divers sanglant, tout cela se fondait désormais dans des lointains vagues.

Louis n'avait pas oublié son rêve et la crise de somnambulisme qui l'avait accompagné, mais à présent il lui semblait presque que c'était arrivé à quelqu'un d'autre, ou qu'il s'agissait d'une scène d'une dramatique télé déjà vieille. Il avait conservé une impression analogue de son unique visite à une prostituée, qui avait eu lieu à Chicago six ans auparavant ; c'étaient des événements aussi négligeables l'un que l'autre, de brèves escapades hors du cours normal de son existence qui résonnaient artificiellement, comme des sons produits dans une chambre d'échos.

Il ne pensait plus jamais aux paroles que Pascow avait ou n'avait pas prononcées en mourant.

Le soir de Halloween, un tapis de givre recouvrait la campagne. Louis et Ellie commencèrent leur tournée des petits fous par la maison des Crandall. Ellie tournoya à travers la cuisine en chevauchant son balai et en poussant d'affreux ricanements grinçants et sa prestation lui attira les louanges attendues.

« A-t-on jamais vu sorcière plus mignonne ! s'écria Norma. Pas, Jud ? »

Jud dit qu'il était bien de cet avis, puis il alluma une cigarette. « Où est Gage, Louis ? interrogea-t-il. Je croyais que vous l'aviez déguisé aussi. »

Ils avaient effectivement prévu d'emmener Gage faire la tournée des petits fous avec eux ; Rachel s'en était même fait toute une fête à l'avance, puisqu'avec l'aide de Missy Dandridge elle lui avait improvisé une espèce de costume d'insecte avec en guise d'antennes des cintres tordus entourés de papier crépon. Malheureusement, Gage avait contracté un vilain rhume et Louis, constatant d'une part que les poumons de l'enfant produisaient un son un peu catarrheux et d'autre part que le thermomètre fixé à l'extérieur de la fenêtre indiquait à peine trois degrés à six heures, avait prononcé un veto catégorique. Rachel, quoique déçue, s'était rendue sans peine à ses raisons.

Ellie avait solennellement promis à Gage qu'elle lui cèderait une partie de son butin, mais son air peiné avait quelque chose de tellement théâtral que Louis s'était demandé si au fond elle n'était pas plutôt heureuse d'être débarrassée de Gage, qu'il aurait fallu traîner comme un boulet... et qui aurait risqué de lui voler un tant soit peu la vedette.

« Pauvre petit Gage ! » s'était-elle exclamée du ton qu'on emploie plutôt d'habitude pour plaindre quelqu'un qui est atteint d'un mal incurable. Ignorant de ce qu'il était en train de manquer, Gage regardait tranquillement la télé, assis sur le canapé à côté d'un Church sommeilleux.

« Ellie-sorcière », avait répondu Gage sans grand intérêt et il s'était replongé dans la contemplation de la télé.

« Pauvre Gage ! » avait répété Ellie en poussant un gros soupir. Louis, pensant à des larmes de crocodile, avait souri. Elle s'était cramponnée à sa main et s'était mise à le tirer vers la porte en criant : « Allez, papa, on y va ! On-y-va, on-y-va, on-y-va ! »

« Gage a un début de bronchite, disait à présent Louis à Jud Crandall.

— Oh, c'est-y pas malheureux ! s'exclama Normal. Mais il n'en profitera que mieux l'an prochain. Tiens, Ellie, ouvre-moi ton sac... ouïe ! »

La vieille dame avait pris une pomme et une petite tablette de nougatine chocolatée dans le saladier plein de friandises de Halloween qui était posé sur la table, mais elles lui avaient échappé l'une et l'autre. Louis eut un serrement de cœur en voyant à quel point sa main était déformée. Il se baissa pour rattraper la pomme qui roulait sur le sol tandis que Jud ramassait la tablette de nougatine et la glissait dans le sac d'Ellie.

« Je vais te donner une autre pomme, mon petit lapin, dit Norma. Celle-ci sera talée.

— Mais non, voyons, elle n'a rien », dit Louis en faisant mine de fourrer la pomme dans le sac d'Ellie. Mais la fillette fit un pas en arrière en serrant son sac contre sa poitrine.

« Je ne veux pas d'une pomme tachée, papa ! s'écria-t-elle en regardant Louis comme s'il était devenu fou. Des marques brunes... *beurk* !

— Ellie, ne sois pas malpolie, bon sang !

— Ne la grondez pas parce qu'elle dit la vérité, Louis, protesta Norma. Vous savez bien que les enfants disent toujours la vérité. Sans ça, ce ne seraient pas des enfants. C'est vrai que ces taches brunes sont dégoûtantes.

— Merci, Mrs Crandall, dit Ellie en décochant à son père un regard vindicatif.

— Il n'y a pas de quoi, mon petit chou », dit Norma.

Jud les raccompagna jusqu'à la véranda. Deux petits fantômes étaient en train de monter l'allée, et Ellie les reconnut : ils étaient de son école. Elle retourna dans la cuisine avec eux, si bien que Jud et Louis restèrent un moment seuls sur la véranda.

« L'arthrite de Norma a beaucoup empiré », fit observer Louis.

Jud hocha la tête et il éteignit sa cigarette en la pinçant entre le pouce et l'index au-dessus du cendrier.

« C'est vrai, dit-il. Son état s'aggrave toujours en automne et en hiver, mais cette fois-ci ça bat tous les records.

— Qu'est-ce qu'en dit son docteur ?

— Il ne peut rien en dire, vu que Norma n'est pas allée le consulter.

— Comment ? Mais pourquoi ? »

Jud se tourna vers Louis. Dans la lumière des phares de la station-wagon qui attendait les deux petits fantômes, son visage avait une expression de désarroi inaccoutumée.

« Je voulais attendre un moment plus favorable pour vous demander cela, Louis, mais j'imagine que le moment est toujours mal choisi lorsqu'il s'agit d'abuser de l'amitié de quelqu'un. Accepteriez-vous de l'examiner ? »

De la cuisine, les sons de la joyeuse cacophonie d'Halloween parvinrent à Louis. Les deux fantômes poussaient des bouh-ouh caverneux et Ellie avait repris ses ricanements de sorcière (auxquels elle s'était exercée toute la semaine).

« Y a-t-il autre chose qui ne va pas avec Norma ? demanda-t-il. Est-ce qu'elle a peur d'autre chose, Jud ?

— Elle a des douleurs dans la poitrine, admit le vieil homme d'une voix étouffée. Et elle refuse d'aller consulter le Dr Weybridge. Je suis un peu inquiet.

— Et Norma, est-elle inquiète ? »

Jud hésita un moment avant de répondre :

« Je crois qu'elle a la frousse. A mon avis, c'est pour ça qu'elle ne veut pas aller chez le docteur. Une de ses plus vieilles amies, Betty Coslaw, est morte d'un cancer le mois dernier à l'hôpital de Bangor. Norma et elle avaient exactement le même âge. Ça lui a fichu la frousse.

— Je l'examinerai bien volontiers, dit Louis. Sans problème.

— Merci, Louis, dit Jud d'une voix pleine de gratitude. Un de ces soirs, on n'aura qu'à la coincer à nous deux, et... »

Il s'interrompit brusquement et pencha la tête dans une attitude interrogative. Son regard rencontra celui de Louis.

Louis ne parvint jamais à se rappeler précisément par la suite comment il était passé d'une émotion à l'autre. Tout essai d'analyse ne faisait que lui donner le vertige. La seule chose dont il se souvenait avec certitude était que sa curiosité s'était rapidement muée en angoisse : il sentait que quelque chose de terrible venait d'arriver — mais il ignorait où. Ses yeux plongeaient dans le regard de Jud, et n'y lisaient aucune trace de malice. Il fut un long moment sans savoir quelle attitude prendre.

« *Bouh-ouh-ouh-ouh !* » mugissaient les fantômes de Halloween dans la cuisine. « *Bouh-ouh-ouh-ouh !* » Puis tout à coup, le « ouh ! » monta dans les aigus et se transforma en un ululement vraiment terrifiant : « *Ouh-ouh-OUH-OUH-OUH-OUH !...* »

Un des deux fantômes hurlait de terreur.

« *Papa !* » cria Ellie d'une voix stridente, un peu étranglée par l'angoisse ; « *Papa ! Mizzis Crandall est tombée !* »

« Oh, mon Dieu ! » gémit Jud.

Ellie se précipita vers la véranda à toutes jambes, agrippant convulsivement son balai, les pans de sa robe noire flottant derrière elle. Son visage couvert de fard vert, décomposé par l'horreur, lui donnait l'air d'un poivrot pygmée au stade ultime de l'intoxication alcoolique. Les deux petits fantômes parurent à sa suite, en larmes.

Jud se rua à l'intérieur en criant le nom de sa femme. Ses mouvements étaient étonnamment vifs pour un octogénaire. Plus que vifs, même. Presque aussi souples et lestes que ceux d'un adolescent.

Louis se pencha sur Ellie et il la prit aux épaules.

« Attends-moi ici, Ellie. Tu ne bouges pas de la véranda. Compris ?

— J'ai peur, papa ! » balbutia la fillette.

Les deux fantômes les dépassèrent en coup de vent et dévalèrent

121

l'allée à fond de train en glapissant le nom de leur mère. Leurs sacs pleins de friandises craquetaient comme des maracas.

Ignorant les cris d'Ellie qui le suppliait de revenir, Louis traversa le vestibule d'entrée en courant et fit irruption dans la cuisine.

Norma était étalée de tout son long sur le linoléum bosselé au milieu d'un grand fouillis de pommes et de plaquettes de nougatine. Apparemment, elle s'était cramponnée au saladier en s'écroulant et l'avait retourné. Il gisait un peu plus loin, tel un minuscule aéronef de pyrex. Jud frictionnait le poignet de Norma. Il leva vers Louis un visage ravagé par l'angoisse.

« Aidez-moi, Louis, dit-il. Aidez-la. Je crois qu'elle est en train de mourir.

— Poussez-vous un peu », dit Louis. En s'agenouillant, il écrasa une pomme. Il sentit le jus qui traversait le genou usé de son vieux pantalon de velours côtelé, et une odeur aigrelette envahit soudain la cuisine.

Ça y est, c'est le coup de Pascow qui recommence, se dit Louis, puis il chassa cette idée de son esprit à grands coups de pompes dans le train.

Il chercha le pouls de Norma. Il était faible, sautillant, fugace, on aurait plutôt dit des spasmes que des pulsations. Arythmie complète, bien près de provoquer la fibrillation des ventricules et l'arrêt définitif du cœur. *Comme Elvis Presley, Norma,* se dit-il.

Il déboutonna sa robe, découvrant une combinaison en soie d'un jaune crémeux. Bougeant à son propre rythme à présent, Louis tourna la tête de Norma sur le côté et il entreprit de lui administrer un massage cardiaque.

« Jud, écoutez-moi bien », dit-il. Paume de la main gauche à plat sur le sternum, quatre centimètres au-dessus de l'appendice xiphoïde. De la main droite, saisir fermement le poignet gauche, serrer vigoureusement, imprimer une forte pression. *De la fermeté, mais pas de panique — elle est vieille, ses côtes sont fragiles. Et pour l'amour du ciel, fais attention à ne pas lui enfoncer les poumons.*

« Je suis là, fit Jud.

— Allez prendre Ellie, lui dit Louis. Faites-lui traverser la rue. Prudemment — n'allez pas vous faire écraser. Racontez ce qui est arrivé à Rachel, et dites-lui qu'il me faut ma trousse. Pas celle qui est dans mon bureau, l'autre, qui est rangée au sommet de l'étagère de la salle de bains. Rachel comprendra. Dites-lui aussi d'appeler l'hôpital de Bangor et de demander une ambulance.

— Il y en a un à Bucksport, dit Jud. C'est plus près.

— A Bangor, ils sont plus rapides. Allez-y. Ne faites pas le coup de fil vous-même ; laissez Rachel s'en charger. Il me faut absolument cette trousse. » *Et une fois que Rachel saura ce qui se passe,* songea-t-il, *ça m'étonnerait qu'elle soit disposée à me l'apporter.*

Jud sortit. Louis entendit la porte à treillis se refermer en claquant. Il était seul avec Norma Crandall et l'odeur des pommes. Le tic-tac régulier du gros régulateur mural lui parvenait du living.

Tout à coup, Norma émit un long soupir rauque et elle cligna des paupières. Une certitude froide, horrible, envahit brusquement l'esprit de Louis.

Ses yeux vont s'ouvrir... oh bon Dieu ses yeux vont s'ouvrir et elle va se mettre à me parler du Simetierre.

Mais la vieille dame se borna à poser brièvement sur lui un regard où perçait une lueur de conscience un peu trouble avant de refermer les yeux. Louis se sentit confus, et il eut honte de cette peur idiote et qui lui ressemblait si peu. En même temps, il éprouvait un mélange de soulagement et d'espoir. Il avait vu de la souffrance dans les yeux de Norma, mais visiblement elle n'était pas dans les affres de l'agonie. Donc, c'était une attaque sérieuse, mais pas mortelle.

A présent, il avait l'haleine courte et il était en nage. La respiration artificielle, ça paraît simple comme chou quand ce sont des secouristes de télé qui en font la démonstration. Mais en fait un massage de la poitrine exécuté avec la force et la régularité indispensables vous pompe énormément de calories, et demain matin il aurait les épaules courbaturées.

« Je peux faire quelque chose ? »

Louis tourna la tête. Une femme vêtue d'un pantalon coupe sport et d'un gros chandail marron se tenait debout dans l'encadrement de la porte, l'air un peu hésitant, serrant une main crispée contre sa poitrine.

« Non, dit-il, puis, se ravisant : Si. Mouillez un torchon, s'il vous plaît, ensuite tordez-le bien et posez-le lui sur le front. »

La femme s'avança vers l'évier et fit ce qu'il disait. Louis rabaissa son regard sur Norma. Ses yeux s'étaient rouverts.

« Louis, je suis tombée, fit-elle d'une voix exsangue. Je crois bien que je me suis évanouie.

« — Vous avez eu un petit infarctus, dit Louis. Ça n'a pas l'air trop grave. Détendez-vous à présent, et évitez de parler, Norma. »

Il se reposa un instant, puis il lui prit à nouveau le pouls. Les battements étaient trop rapides. Son cœur faisait du morse : il battait régulièrement, produisait soudain une série de pulsations proches de la fibrillation, puis reprenait sa cadence régulière. Toc, Toc, Toc, WHOMPA-WHOMPA-WHOMPA, Toc, Toc, Toc. Pas génial, mais tout de même un poil mieux que l'arythmie complète.

La femme s'approcha avec le torchon mouillé, le plaça sur le front de Norma et s'écarta d'un pas indécis. Jud reparut alors, la trousse de Louis à la main.

« Louis ?

— Ça va s'arranger », fit Louis. Son regard était tourné vers Jud, mais c'est à Norma que cette affirmation s'adressait. « L'ambulance est en route ? interrogea-t-il.

— Votre femme était en train d'appeler l'hôpital quand je suis parti, dit Jud. Je n'ai pas voulu m'attarder.

— Je ne veux pas... aller à l'hôpital, articula Norma.

— Vous irez, que ça vous plaise ou non, dit Louis. On vous gardera cinq jours en observation, et sous médication, et après ça vous rentrerez chez vous en pleine forme, ma bonne Norma. Et maintenant si vous dites un mot de plus, je vous force à avaler toutes ces pommes. Trognons compris. »

La vieille dame esquissa un pâle sourire et ses yeux se refermèrent.

Louis ouvrit sa trousse, farfouilla dedans, trouva le flacon d'Isodil, le retourna ouvert au-dessus de sa paume et en fit tomber une pilule à peine plus grosse qu'une tête d'épingle. Il reboucha le flacon et prit la minuscule pilule entre le pouce et l'index.

« Norma, vous m'entendez ?

— Oui.

— Vous allez ouvrir la bouche. Vous avez fait la petite folle d'Halloween, vous allez recevoir votre friandise. Je vais vous placer sous la langue une toute petite pilule. Je veux que vous la gardiez là jusqu'à dissolution complète. Ça va être un peu amer, mais ne vous en occupez pas. D'accord ? »

Norma ouvrit la bouche, exhalant une bouffée d'haleine fétide qui sentait le vieux dentier, et l'espace d'un instant Louis éprouva une poignante tristesse. Cette vieille femme effondrée sur le linoléum de sa cuisine au milieu d'un désordre de pommes et de

124

confiseries d'Halloween avait été jadis une fille de dix-sept ans avec des seins que guignaient tous les garçons du voisinage, trente-deux dents fermement plantées et sous sa robe à corsage monté un petit cœur gonflé à bloc.

Norma abaissa sa langue sur la pilule et elle eut un début de grimace. C'est vrai que l'Isodil n'est guère agréable au goût. Mais Norma n'était pas comme Victor Pascow, hors d'atteinte et impossible à soulager. *Elle va vivre,* se dit Louis, *elle a encore du ressort.* Elle leva une main tâtonnante et Jud s'en saisit tendrement.

Louis se redressa, récupéra le saladier retourné et entreprit de rassembler son contenu épars. La femme vint lui prêter main-forte en lui annonçant qu'elle se nommait Mrs Buddinger et qu'elle habitait un peu plus bas sur la route. Lorsqu'ils en eurent terminé, elle déclara qu'il valait mieux qu'elle retourne à sa voiture parce que ses deux fils devaient être morts de peur.

« Merci de votre aide, Mrs Buddinger, dit Louis.

— Je n'ai rien fait, répondit-elle avec simplicité. Mais ce soir je remercierai Dieu à genoux pour votre intervention, docteur Creed. »

Louis leva une main avec embarras.

« Eh bien comme ça, nous serons deux », dit Jud. Ses yeux cherchèrent ceux de Louis et il le regarda bien en face, sans ciller. Il avait repris le contrôle de lui-même. Son bref moment de peur et de confusion était passé. « Je vous dois une fière chandelle, Louis.

— Laissez tomber », dit Louis. Il salua d'un geste Mrs Buddinger qui s'apprêtait à sortir. Elle sourit et lui fit un signe de la main en retour. Louis prit une pomme et mordit dedans. Elle était d'une saveur si douceâtre qu'il lui sembla que ses papilles gustatives se hérissaient — mais la sensation n'était pas si désagréable que ça. *Tu as gagné ce soir, Louis!* se dit-il et il entreprit de dévorer la pomme à belles dents. Il avait une faim d'ogre.

« C'est vrai, pourtant, dit Jud. Quand vous aurez besoin d'un service, Louis, venez d'abord me voir.

— Entendu, dit Louis. J'y penserai. »

L'ambulance arriva vingt minutes plus tard. Tandis qu'il regardait les ambulanciers hisser Norma Crandall à l'arrière de leur engin, Louis aperçut Rachel qui observait la scène depuis la fenêtre de leur salle de séjour. Il agita un bras dans sa direction et elle lui fit un signe de la main.

Debout côte à côte, Jud et lui regardèrent l'ambulance s'éloigner. Son gyrophare clignotait, mais sa sirène était muette.

« Je crois bien que je vais m'en aller à l'hôpital à présent, dit Jud.

— Ils ne vous laisseront pas la voir ce soir, Jud. Ils vont lui faire passer un électrocardiogramme, puis ils la mettront dans une unité de soins intensifs, avec interdiction des visites pendant les douze premières heures.

— Est-ce qu'elle va se remettre d'aplomb, Louis ? Vraiment d'aplomb ? »

Louis haussa les épaules.

« Ça, personne ne peut le garantir, dit-il. C'était bien un collapsus cardiaque. Moi, je pense qu'elle va s'en tirer, mais ce n'est jamais qu'une opinion. Peut-être même qu'elle ira mieux que jamais à condition qu'elle suive une thérapeutique adaptée.

— Je vois », fit Jud en allumant une Chesterfield.

Louis sourit et il jeta un coup d'œil à sa montre. Il constata avec stupeur qu'il n'était que huit heures moins dix. Il lui semblait que tout cela avait duré infiniment plus longtemps.

« Jud, il faut que j'aille chercher Ellie pour lui faire terminer sa tournée.

— Oui, bien sûr. Dites-lui d'extorquer le plus de friandises possible, Louis.

— Je lui dirai, c'est promis. »

En rentrant, Louis trouva Ellie toujours costumée en sorcière. Rachel avait essayé de la persuader de mettre sa chemise de nuit, mais la fillette n'avait rien voulu entendre, car il y avait encore une chance pour que la partie de plaisir interrompue par la crise cardiaque puisse reprendre. Quand Louis lui dit de mettre son manteau, Ellie se mit à pousser des cris de joie et à battre des mains.

« Il commence à être bien tard pour elle, Louis.

— On va prendre la voiture, dit Louis. Allez quoi, Rachel. Ça fait un mois qu'elle attend ça.

— Eh bien... », fit Rachel, et elle sourit. En apercevant ce sourire, Ellie poussa de nouveaux cris et elle se rua sur la penderie pour y prendre son manteau.

« Norma va bien ?

— Oui, je crois. » Il se sentait heureux. Fatigué mais heureux. « Ce n'était qu'une attaque bénigne. Il va falloir qu'elle prenne des précautions, mais quand on a soixante-quinze ans, on est bien forcé d'admettre que le temps des cabrioles est passé.

— Quelle chance que tu te sois justement trouvé là. On dirait presque un acte de la Providence.

— Je me contenterai de la chance », dit Louis. Il sourit à Ellie qui revenait. « Tu es prête, petite fée Carabosse ?

— Oui, je suis prête ! s'écria-t-elle. On-y-va, on-y-va, on-y-va ! »

Une heure plus tard, alors qu'ils s'en retournaient avec un sac à moitié plein de friandises (Ellie avait protesté lorsque Louis avait finalement décidé d'y mettre le holà, mais pas trop vigoureusement : elle n'en pouvait plus), la fillette lui posa une question ahurissante.

« Est-ce que c'est moi qui ai fait avoir une crise cardiaque à Mrs Crandall, papa ? demanda-t-elle. En refusant de prendre la pomme tachée ? »

Louis la regarda avec effarement en se demandant où les enfants pouvaient bien aller chercher ces drôles d'idées un peu superstitieuses. Mets ton pied dans un trou, ta mère se casse le cou. Il m'aime un peu, beaucoup, pas du tout. Pleure à midi, papa a peur, ris à minuit, papa meurt. Du coup, il repensa au Simetierre et à ses cercles rudimentaires. Il aurait voulu sourire de sa propre pusillanimité, mais il ne put s'y résoudre.

« Mais non, ma chérie, dit-il. Pendant que tu étais dans la cuisine avec ces deux fantômes...

— Ce n'étaient pas des fantômes ! C'était juste les jumeaux Buddinger !

— Bon, eh bien, pendant que tu étais dans la cuisine avec eux, Jud m'a expliqué que Norma avait des douleurs dans la poitrine. En fait, c'est peut-être grâce à toi qu'elle a eu la vie sauve, ou en tout cas que l'attaque n'a pas pris un tour trop grave. »

Ce fut au tour d'Ellie d'avoir l'air interdit.

Louis hocha vigoureusement la tête.

« Elle avait besoin d'un médecin, chaton. Je suis médecin, mais si je me trouvais là, c'est uniquement parce que je t'accompagnais pour faire la tournée des petits fous. »

Ellie médita là-dessus un long moment avant de faire un signe d'approbation, puis, sur un ton de froide objectivité, elle ajouta :

« De toute façon, elle mourra, sûrement. Les gens qui ont des crises cardiaques finissent toujours par mourir. Même si ça ne les tue pas du premier coup ; ils ne tardent pas à faire une autre crise, puis une autre, et encore une autre jusqu'à ce que... crac !

— Et d'où tires-tu toute cette science, s'il te plaît ? »

Pour toute réponse, Ellie se borna à hausser les épaules. Haussement d'épaules dans lequel Louis reconnut avec amusement un geste dont il était lui-même coutumier.

Ellie l'autorisa à porter son sac de friandises, ce qui représentait une marque de confiance quasi absolue. Mais son attitude avait plongé Louis dans un abîme de réflexions. Imaginer Church mort l'avait menée au bord de l'hystérie. Par contre, elle envisageait la mort éventuelle d'une charmante vieille dame comme Norma Crandall avec le plus grand calme, comme si c'était la chose la plus évidente du monde, comme si cela allait de soi. Comment avait-elle dit cela ? Une autre crise, et encore une autre jusqu'à ce que... *crac !*

La cuisine était déserte, mais Louis entendit Rachel qui allait et venait à l'étage. Il posa le sac de sucreries d'Ellie sur la table et déclara :

« Ce n'est pas forcément comme ça que ça se passe, Ellie. La crise cardiaque de Norma n'était pas grave du tout, et par chance, j'ai pu la traiter sur-le-champ. Je doute que son cœur ait été sérieusement éprouvé. Elle va...

— Oui, oui, je sais, acquiesça Ellie d'une voix presque joyeuse. Mais elle est vieille, alors de toute façon elle mourra bientôt. Mr Crandall aussi. Je peux manger une pomme avant d'aller au lit, papa ?

— Non, dit Louis en la considérant d'un œil pensif. Monte vite te brosser les dents, ma chérie. »

Y a-t-il quelqu'un au monde qui s'imagine vraiment qu'on peut comprendre les enfants ? se demandait-il.

Quand tout fut en ordre dans la maison et qu'ils se retrouvèrent allongés côte à côte, Rachel lui demanda d'une voix douce :

« Ça n'a pas été trop dur pour Ellie, Lou ? Elle n'a pas été trop bouleversée ? »

Oh non, songea-t-il. *Elle sait bien que les vieux claquent à intervalles réguliers, exactement comme elle sait qu'il faut lâcher une sauterelle quand elle crache... que quand on s'emmêle les pieds dans la corde au treizième saut votre meilleur ami va mourir... et que les tombes doivent être disposées concentriquement dans le Simetierre des animaux...*

« Non, fit-il. Elle s'est très bien comportée. Dormons à présent, Rachel, tu veux bien ? »

Cette nuit-là, tandis qu'ils dormaient dans leur maison et que Jud restait allongé sans fermer l'œil dans la sienne, il y eut un nouveau coup de gel. Aux premières lueurs du jour, un vent glacial se leva, arrachant aux arbres la plupart des rares feuilles qui leur restaient (elles étaient d'une insipide couleur brune à présent).

Louis fut réveillé par le vent, et il se dressa sur les coudes, encore tout hébété de sommeil. Il percevait des pas dans l'escalier — des pas lents et traînants. Pascow était de retour. Mais deux mois s'étaient écoulés depuis sa mort. Quand la porte s'ouvrirait, Louis se trouverait en face d'un horrible cadavre décomposé, le short rouge couvert d'une croûte de moisissure verdâtre, des chairs arrachées par pans entiers, le cerveau réduit à l'état d'une bouillie informe. Seuls, les yeux seraient vivants ; ils jetteraient des éclairs maléfiques. Cette fois, Pascow ne parlerait pas ; ses cordes vocales putréfiées seraient incapables d'émettre le moindre son. Mais ses yeux... ses yeux lui feraient signe de se lever et de le suivre.

« Non ! » hoqueta Louis et les pas s'évanouirent.

Il se leva, marcha jusqu'à la porte et l'ouvrit, les lèvres retroussées par un rictus terrifié et résolu à la fois, tous ses muscles comme tétanisés. Pascow serait là, en face de lui, et avec ses deux bras levés il aurait l'air d'un chef d'orchestre zombi sur le point de déchaîner les premières mesures tonitruantes de la *Nuit de Walpurgis.*

Mais il n'y avait pas plus de Pascow que de beurre au bout du nez, comme aurait pu dire Jud. Le palier était désert, silencieux. On n'entendait d'autre bruit que celui du vent. Louis retourna se coucher et il se rendormit.

21

Le lendemain, Louis fit le numéro de l'hôpital de Bangor et demanda le service des soins intensifs. Norma figurait toujours sur la liste des patients dont la condition était jugée critique, conformément à la procédure réglementaire que l'on applique systématiquement dans les vingt-quatre heures qui suivent une attaque cardiaque. Par contre son médecin traitant, le Dr Weybridge, se montra nettement plus optimiste. « Il n'y a pas eu infarctus du myocarde à proprement parler, déclara-t-il. Aucune lésion cicatricielle. Elle a eu une sacrée veine que vous soyez là, docteur Creed. »

Quelques jours plus tard, cédant à une brusque impulsion, Louis se présenta à l'hôpital avec un petit bouquet et s'entendit annoncer que Norma avait quitté le service des soins intensifs pour une chambre semi-privée du rez-de-chaussée. C'était bon signe. Jud était avec elle.

Norma s'extasia sur les fleurs et sonna l'infirmière pour lui réclamer un vase. Ensuite, elle donna des directives très spécifiques à Jud sur la manière de les arranger et les lui fit placer sur la commode d'angle.

« Comme vous voyez, Norma reprend du poil de la bête, dit Jud avec une pointe d'acidité dans la voix après qu'elle l'eut par trois fois obligé à rectifier son arrangement floral.

— Ne sois pas impertinent, Judson.

— Oui, ma bonne. »

Norma se tourna enfin vers Louis.

« Je veux vous remercier de ce que vous avez fait, lui dit-elle avec un embarras d'autant plus touchant qu'il était absolument sincère. A ce que Jud me dit, vous m'avez sauvé la vie.

— Il exagère, fit Louis, gêné.

— Vous savez très bien que je n'exagère pas du tout », dit Jud. Il regardait Louis, les yeux plissés, avec un demi-sourire. « Votre maman ne vous a donc pas enseigné qu'il ne faut jamais faire fi de la gratitude des gens, Louis ? »

Pour autant que Louis puisse s'en souvenir, sa mère ne lui avait jamais rien dit de semblable, mais il lui semblait bien qu'elle lui avait expliqué un jour que la fausse modestie était le début de l'orgueil.

« Norma, quoi que j'aie pu faire pour vous, croyez-moi, j'en suis heureux, dit-il.

— Vous êtes un brave garçon, dit Norma. Emmenez donc mon mari quelque part pour qu'il vous paye une bière. J'ai sommeil, moi, et il n'y a pas moyen de le faire décarrer d'ici. »

Jud ne se le fit pas dire deux fois.

« Sacrebleu ! s'écria-t-il en jaillissant de son siège. Vous savez Louis, moi, je ne demande pas mieux. Filons vite avant qu'elle change d'avis ! »

La première neige survint le jeudi précédant celui du Thanksgiving. Le 22 novembre, il en tomba encore dix bons centimètres ; par contre, la veille du Thanksgiving fut une belle et froide journée, avec un ciel d'azur. Louis emmena tout son petit monde à l'aéroport de Bangor pour les mettre dans un avion à destination de Boston, où ils prendraient une correspondance pour Chicago afin d'y passer les fêtes avec les parents de Rachel.

« Ce n'est pas juste ! répétait Rachel pour la vingtième fois peut-être depuis que les discussions sur ce sujet avaient commencé à prendre un tour vraiment sérieux, un mois auparavant. L'idée que tu vas passer la journée du Thanksgiving à tourner en rond tout seul dans une maison vide me défrise profondément. Enfin, quoi, Louis, le Thanksgiving est censé être une fête familiale ! »

Louis fit passer Gage sur son autre bras. Avec ses yeux écarquillés et son anorak kaki de trois tailles trop grand, il avait l'air d'une gigantesque grenouille. Ellie s'était avancée jusqu'à une des grandes baies vitrées pour assister au décollage d'un hélicoptère de l'Air Force.

« Rien n'indique que je vais rester seul à pleurer sur ma bière, dit Louis. Jud et Norma m'ont invité ; j'aurai droit à une belle grosse dinde garnie comme il faut. Bon sang, ce serait plutôt à moi de me sentir coupable. De toute manière, je n'ai jamais aimé ces grandes réjouissances familiales. A trois heures de l'après-midi, je commence à picoler en regardant un match de foot à la télé, à sept heures je tombe dans les vapes, et le lendemain je me réveille avec l'impression que toute la troupe des Bluebell Girls me danse le french-cancan dans le crâne en poussant la tyrolienne. Et puis ça ne me plaît pas de te laisser te dépatouiller seule avec les deux gosses.

— Tout ira bien, dit Rachel. En première classe, j'aurai l'impression d'être une princesse. Et Gage roupillera sûrement pendant tout le trajet de Boston à Chicago.

— Rêve toujours », dit-il et ils éclatèrent de rire.

Le haut-parleur annonça le vol à destination de Boston et Ellie se précipita vers eux en criant :

« C'est nous, maman ! On-y-va, on-y-va, on-y-va ! L'avion va partir sans nous !

— Mais non, voyons », fit Rachel, qui avait sorti ses trois cartes d'embarquement roses et les serrait précieusement dans son poing. Elle avait mis son manteau de fourrure. C'était une fourrure synthétique d'un beau marron lustré, qui était censée imiter... qu'était-ce déjà ? Le ragondin ? Louis n'en était pas sûr, mais imitation ou pas, Rachel était absolument superbe dedans.

Ses yeux trahissaient sans doute ce qu'il était en train de penser, car mue par une impulsion subite, Rachel l'enlaça et le serra contre elle, écrasant un peu Gage au passage. Gage eut l'air étonné, mais pas spécialement contrarié.

« Je t'aime, Louis Creed, dit Rachel.

— *Maman !* s'écria Ellie d'une voix que l'impatience faisait trembler. On-y-va, on-y-va, on-y...

— Bon, bon, soupira Rachel. Sois sage, Louis.

— Ne t'inquiète pas, dit-il avec un sourire fourbe, j'effacerai toutes les traces. Salue tes parents pour moi, Rachel.

— Toi, alors ! » fit-elle en lui adressant un petit froncement de nez. Rachel n'était pas dupe ; elle était parfaitement au courant des raisons de la défection de Louis. « Quel humour tu as ! »

Il les regarda pénétrer dans la rampe d'embarquement... et disparaître à sa vue jusqu'à la semaine suivante. Ils lui manquaient déjà et, d'avance, la maison lui semblait bien vide. Il se dirigea vers la baie vitrée d'où Ellie avait observé la piste tout à l'heure et, les mains enfoncées dans les poches de son manteau, il regarda les bagagistes charger les soutes de l'avion.

La vérité était toute simple. De prime abord, Mr Irwin Goldman, qui résidait dans la banlieue prospère de Lake Forest, ainsi d'ailleurs que sa digne épouse, avaient pris Louis en grippe. Non seulement il était issu d'un milieu social détestable, mais pis encore il avait le culot d'escompter que leur fille le ferait vivre pendant toute la durée de ses études de médecine, lesquelles ne tarderaient d'ailleurs sans doute pas à tourner lamentablement court.

Louis aurait pu s'accommoder de leur attitude ; du reste c'est ce qu'il avait fait au début. Et puis il s'était passé quelque chose que Rachel ignorait et ignorerait toujours (du moins si cela ne tenait qu'à lui). Irwin Goldman lui avait offert de lui payer l'intégralité de ses études à condition que pour prix de cette « bourse » (c'est le terme même dont il avait usé) il acceptât de rompre sur-le-champ ses fiançailles avec Rachel.

Louis Creed était alors à un âge de la vie où l'on tolère particulièrement mal ce genre d'infamies, mais il est vrai que l'on fait rarement des propositions aussi mélodramatiques (et bassement vénales) à des gens qui ont passé l'âge de s'en formaliser — âge qui pour lui devait se situer aux alentours de quatre-vingt-cinq ans. D'abord, il était fatigué. Il passait dix-huit heures par semaine en cours, vingt autres à potasser ses manuels, et quinze de plus à travailler comme serveur dans une pizzeria du centre ville. Ensuite, il était nerveux. Ce soir-là, Goldman avait fait montre d'un enjouement insolite qui contrastait radicalement avec sa froideur habituelle et lorsqu'il avait entraîné Louis dans son bureau pour y fumer un cigare, ce dernier avait cru surprendre un échange de regards significatif entre lui et sa femme. Plus tard (beaucoup plus tard, quand il fut enfin capable de prendre le recul nécessaire) Louis s'était dit que les chevaux éprouvent sans doute ce genre d'angoisse un peu floue lorsqu'ils flairent la première fumée d'un feu de prairie. Il s'attendait à ce que Goldman lui révèle d'un instant à l'autre qu'il savait que Louis et Rachel avaient couché ensemble.

Mais au lieu de ça, il lui avait fait cette incroyable proposition — allant jusqu'à sortir son chéquier de la poche de sa veste d'intérieur à parements de satin dans un geste qui lui donnait l'air d'un mondain dissolu dans un vaudeville de Noël Coward — et Louis avait explosé. Il avait accusé Goldman de vouloir préserver sa fille sous une cloche de verre comme une pièce de musée, de n'avoir de considération pour personne d'autre que lui-même et d'être un salopard bouffi d'arrogance et dépourvu de sensibilité. Ce n'est que bien longtemps plus tard qu'il finit par s'avouer à lui-même que sa fureur l'avait fortement soulagé.

Toutes ces observations relatives au caractère d'Irwin Goldman n'étaient sans doute pas sans fondement, mais il aurait fallu les assaisonner d'un soupçon de diplomatie pour qu'il puisse les digérer. Tout à coup, Noël Coward fut bien loin, et s'il y eut de l'humour dans la suite de la conversation, il fut d'une espèce nettement moins légère. Goldman somma Louis de déguerpir de chez lui et l'avertit que s'il se représentait jamais à sa porte il l'abattrait comme un chien galeux. Louis rétorqua qu'il pouvait se mettre son chéquier au cul. Goldman déclara qu'il avait vu des clodos à plat ventre dans le caniveau qui avaient plus de potentiel que Louis Creed. Louis dit qu'en plus de son chéquier, il pouvait aussi se fourrer au même endroit son jeu complet de cartes de crédit, à commencer par sa Carte d'or American Express.

Tout cela ne constituait évidemment pas un premier pas prometteur vers des rapports cordiaux entre Louis et ses futurs beaux-parents.

En fin de compte, Rachel les avait ramenés à de meilleures dispositions (entre-temps ils avaient eu tout loisir l'un et l'autre de regretter ces paroles un peu vives, quoiqu'ils n'eussent pas varié d'un pouce pour ce qui était des sentiments qu'ils se portaient mutuellement). Il n'y avait pas eu d'autre éclat mélodramatique, et surtout pas de grande scène théâtrale du genre « dorénavant-je-n'ai-plus-de-fille ». Goldman n'aurait sans doute même pas renié Rachel si elle s'était piquée de vouloir épouser l'Etrange Créature du Lac noir. Néanmoins, le jour de leur mariage, le visage qui surmontait la jaquette gris perle d'Irwin Goldman évoquait fortement ces faces austères qui sont parfois gravées dans la pierre des sarcophages égyptiens. En guise de cadeau de mariage, ils avaient reçu un service de six couverts en porcelaine du Stafford-shire et un four à micro-ondes, mais pas d'argent. Pendant la plus grande partie des études de médecine de Louis (une équipée démentielle de bout en bout), Rachel travailla comme vendeuse dans un magasin de prêt-à-porter pour femmes. Et de ce soir-là à aujourd'hui, elle avait simplement su que les rapports entre ses parents et son mari étaient « tendus » et que la « tension » était spécialement vive entre Louis et son père.

Louis aurait volontiers été faire un petit séjour à Chicago avec les siens, quoique son emploi du temps à l'université l'eût obligé à reprendre l'avion trois jours avant Rachel et les enfants. Ça n'avait rien d'une corvée. En revanche, il ne pouvait pas en imaginer de plus pénible que d'être obligé de se farcir quatre jours durant le pharaon Aménophis et le Sphinx femelle qui lui tenait lieu d'épouse.

Comme cela se produit souvent dans ces cas-là, les enfants avaient considérablement pacifié les beaux-parents, et Louis soupçonnait que pour sceller définitivement leur réconciliation il lui aurait suffi de feindre d'avoir oublié ce qui s'était passé ce soir-là dans le bureau de Goldman. Goldman aurait su qu'il jouait la comédie, mais ça n'y aurait rien changé. A dire vrai (et sur ce point Louis avait au moins le courage de ne pas tricher avec ses propres sentiments) il ne tenait pas vraiment à opérer ce rapprochement. Dix ans, cela fait un sacré bout de temps, mais ça n'avait pas suffi à dissiper tout à fait le goût nauséabond qui lui avait rempli la bouche au moment où, après avoir rempli deux verres de fine, le vieil homme avait glissé une main sous le revers de cette grotesque veste d'intérieur pour en extraire le chéquier qu'elle dissimulait. Bien sûr, il avait été soulagé que les nuits (cinq au total) qu'il avait passées avec Rachel dans le lit à une place au sommier défoncé de son appartement d'étudiant n'eussent pas été découvertes, mais cela n'avait en rien atténué sa surprise et son dégoût, dont la violence n'avait pas varié d'un iota en dépit des années qui s'étaient écoulées depuis.

Il aurait pu aller à Chicago, mais il préférait expédier à son beau-père ses petits-enfants, sa fille et un message.

Le Boeing 727 de la Delta quitta l'aire de décollage, fit demi-tour, et il aperçut Ellie qui lui faisait des signes frénétiques depuis un des hublots de l'avant de l'appareil. Louis répondit à son salut en souriant, et là-dessus quelqu'un (Ellie ou Rachel) hissa Gage jusqu'au hublot. Louis lui fit un signe de la main, et Gage agita la sienne en retour — soit qu'il l'ait effectivement vu, soit qu'il ait simplement voulu singer Ellie.

Louis marmonna une courte prière pour souhaiter aux siens un vol sans encombre, puis il remonta la fermeture Eclair de son anorak et regagna le parking. Il y soufflait un vent si furieux que sa casquette de chasse fut à deux doigts de s'envoler et qu'il fut obligé de la maintenir d'une main tout en déverrouillant sa portière à tâtons. Au moment où il manœuvrait pour quitter son emplacement de parking, il vit le Boeing s'élever au-dessus du bâtiment du terminal dans un grand rugissement de turboréacteurs, le nez dressé vers un ciel uniformément bleu.

Louis agita la main une dernière fois. A présent, il se sentait orphelin — et il était ridiculement proche des larmes.

Ce soir-là, lorsqu'il retraversa la route 15 après avoir éclusé deux petites bières en compagnie de Jud et de Norma, il était encore tout cafardeux. Norma avait bu un verre de vin, car le Dr Weybridge, non content de lui autoriser le vin, l'encourageait à en boire. Eu égard au changement de saison, ils avaient émigré de la véranda dans la cuisine.

Jud avait bourré jusqu'à la gueule le petit poêle à bois, ils s'étaient assis autour avec des bières fraîches et dans la bonne chaleur Jud avait raconté comment les Indiens Micmacs avaient repoussé, deux siècles plus tôt, un débarquement anglais dans la baie de Machias. En ce temps-là, expliqua Jud, les Micmacs étaient assez redoutables. Et, ajouta-t-il, ils devaient le paraître encore aux avocats que l'Etat du Maine et le gouvernement fédéral avaient chargés de négocier avec eux dans cette affaire de revendications territoriales.

La soirée aurait dû être des plus plaisantes, mais Louis avait constamment présente à l'esprit l'idée de cette maison déserte qui l'attendait. Il coupa par la pelouse recouverte d'une mince couche de gel qui craquait sous ses pas. Il l'avait à moitié franchie lorsque le téléphone se mit à sonner dans la maison. Il piqua un sprint, ouvrit la porte à la volée, traversa le living en trombe en renversant un porte-revues au passage et franchit presque toute la longueur de la cuisine d'une seule glissade car ses semelles encroûtées de gel patinaient sur le lino. Il agrippa le téléphone et haleta :

« Allô ?

— Louis ? » La voix de Rachel était un peu lointaine, mais parfaitement égale. « Nous sommes bien arrivés à Chicago, annonça-t-elle. Le voyage s'est passé sans problème.

— Bravo ! » fit-il et il s'assit pour poursuivre la conversation en songeant : *Ah, que j'aimerais vous avoir ici avec moi !*

22

Le repas de Thanksgiving que Jud et Norma avaient confectionné était succulent. Après le déjeuner, Louis retourna chez lui repu et somnolent. Il monta dans sa chambre, resta un instant à savourer le silence et la paix qui y régnaient, puis il ôta ses mocassins et s'étendit. Il était un peu plus de trois heures ; dehors, un pâle soleil d'hiver éclairait la colline.

Je vais juste faire un petit somme, se dit-il et il sombra aussitôt dans un sommeil de plomb.

C'est la sonnerie du téléphone posé sur la table de nuit qui le réveilla. Il chercha le combiné à tâtons en s'efforçant de rassembler ses esprits, désorienté par la pénombre crépusculaire qui à présent s'appesantissait sur la campagne. Il entendait le vent qui tour-noyait en mugissant autour de la maison et le ronflement lointain de la chaudière.

« Allô ? » marmonna-t-il, certain d'avance que c'était Rachel qui le rappelait de Chicago pour lui souhaiter un heureux Thanksgiving. Elle lui passerait Ellie qui lui dirait quelques mots, puis ce serait au tour de Gage qui gazouillerait des paroles indécises... Mais comment diable avait-il fait son compte pour roupiller tout l'après-midi alors qu'il avait prévu de regarder la finale de football à la télé... ?

Seulement ce n'était pas Rachel. C'était Jud.

« Louis ? J'ai bien peur que vous n'ayez un petit embêtement. »

Louis se souleva du lit d'un coup de reins en s'efforçant toujours de chasser les brumes du sommeil qui obscurcissaient ses idées.

« C'est vous, Jud ? Quel embêtement ?

— Ma foi, il y a un chat crevé sur la pelouse, devant chez nous, dit Jud. Et il se pourrait bien que ça soit celui de votre fille.

— Church ? interrogea Louis, en éprouvant une brusque sensation de vide au niveau de l'estomac. Vous en êtes sûr, Jud ?

— Ça, je ne pourrais pas vous jurer que c'est lui, dit Jud. Mais il lui ressemble drôlement.

— Oh. Oh, merde. J'arrive, Jud.

— A tout de suite alors, Louis. »

Louis reposa le combiné et il resta encore une minute assis au bord du lit, puis il alla faire un tour aux toilettes, se rechaussa et descendit au rez-de-chaussée.

Peut-être que ce n'est pas Church, après tout. Jud t'a dit lui-même qu'il ne pouvait pas en jurer. Bon sang, ce sacré chat ne monte même plus l'escalier tout seul à présent, il faut qu'on le porte à l'étage... Pourquoi est-ce qu'il irait traverser la route ?

Mais tout au fond de son cœur, il était certain qu'il s'agissait bien de Church. Qu'allait-il dire à Rachel si elle l'appelait ce soir (et elle l'appellerait sûrement) ? Qu'allait-il dire à Ellie ?

Absurdement, il entendit l'écho de sa propre voix en train de chapitrer Rachel : *En tant que médecin, je sais qu'il peut arriver n'importe quoi aux êtres vivants, absolument n'importe quoi. Est-ce toi qui vas expliquer à Ellie ce qui s'est passé si jamais son chat se fait écraser sur la route ?* En disant cela, est-ce qu'il pensait vraiment que quelque chose pouvait arriver à Church ? Non, sûrement pas.

Il se rappela qu'un jour Wickes Sullivan, un de ses partenaires de poker, lui avait demandé comment il était possible qu'il bande pour sa femme si les nanas à poil qu'il voyait défiler du matin au soir ne lui filaient pas la gaule. Louis avait essayé de lui expliquer que la chose n'avait rien à voir avec l'idée un peu grivoise qu'en ont la plupart des gens, qu'une femme qui venait se faire faire un frottis vaginal ou apprendre à procéder à une auto-palpation du sein ne se découvrait pas d'un coup devant lui pour apparaître dans tout l'éclat de sa nudité telle Vénus surgissant des flots. On voyait un sein, une vulve, une cuisse. Le reste était pudiquement masqué d'un drap, et l'examen avait toujours lieu en présence d'une infirmière qui était plus là pour protéger la réputation du médecin que pour autre chose. Mais Wicky Sullivan était resté sceptique. Un nichon, c'est un nichon, soutenait-il ; un con, c'est un con. Ou bien ils te font tous bander, ou bien tu ne bandes pas du tout. A cet argument écrasant, Louis n'avait su opposer qu'une seule réponse : quand le nichon est celui de ta femme, c'est *différent*

Et pareil quand il s'agit de votre propre famille, se disait-il à présent. *Votre famille, c'est différent.* Church n'était pas supposé mourir parce qu'il faisait partie du cercle magique de leur famille. Ce qu'il n'était pas parvenu à faire comprendre à Wicky, c'était que les médecins règlent leurs existences à partir des mêmes distinguos arbitraires que tout un chacun. Un nichon qui n'est pas celui de votre femme n'est pas un nichon. Dans un cabinet de consultation, un nichon devient un cas. Même quand on passe sa vie à jongler avec les statistiques sur la leucémie infantile de symposiums en colloques, on n'est pas prêt à admettre que son propre enfant puisse être atteint d'un mal incurable. Mon enfant ? (Ou même : le chat de mon enfant ?) Docteur, vous plaisantez ou quoi ?

Oublie tout ça. Tu brûles déjà les étapes.

Mais il avait du mal à garder la tête froide. L'hystérie qui s'était emparée d'Ellie à l'idée que Church allait mourir un jour était encore trop présente dans sa mémoire.

Foutu con de chat ! Qu'est-ce qu'on a eu besoin de s'encombrer de cette foutue bestiole ?

Justement, la foutue bestiole n'était plus capable de foutre elle-même, et c'était censé l'empêcher de se faire tuer.

« Church ? » appela-t-il, mais le seul ronronnement qui lui répondit fut celui de la chaudière qui ronflait gaiement en consumant dollar sur dollar. Le canapé du living, au creux duquel

Church avait passé le plus clair de son temps ces derniers jours, était vide. Il n'était pas non plus vautré sur un radiateur. Louis alla secouer son plat, seule chose qui ne pouvait manquer de le faire débouler ventre à terre s'il était dans les parages, mais cette fois Church n'accourut pas, et Louis craignait bien qu'il n'accourrait plus jamais.

Il enfila son anorak, coiffa sa casquette et se dirigea vers la porte puis, cédant à ce que son cœur lui dictait de faire, il revint sur ses pas, ouvrit le placard de l'évier et s'accroupit devant. Il contenait deux tailles de sacs-poubelle en plastique : de petits sacs blancs qu'ils utilisaient pour les corbeilles à papier et les poubelles disséminées à travers la maison, et des sacs verts grand format dont ils tapissaient leur grosse boîte à ordures. Louis jeta son dévolu sur un des grands sacs verts. Church avait pris de l'embonpoint depuis son opération.

Il fourra le sac-poubelle dans une des poches de son blouson ; le contact du plastique lisse et froid entre ses doigts était des plus déplaisants. Ensuite il sortit par la porte de devant et se dirigea vers la route.

Il pouvait être cinq heures et demie. Le crépuscule s'achevait. Le paysage avait un aspect macabre. Il ne restait du soleil qu'un étrange liseré orange qui soulignait l'horizon de l'autre côté de la rivière. Le vent qui galopait à toute allure le long de la route 15 engourdissait les joues de Louis et éparpillait le nuage blanc de son haleine en petits tourbillons fugaces. Il frissonna, mais ce n'était pas à cause du froid. Ce qui le faisait frissonner ainsi, c'était un sentiment de solitude fort et pénétrant, dont aucune métaphore n'aurait pu rendre l'intensité. C'était un sentiment sans forme ni visage. Louis avait simplement l'impression d'être entièrement clos sur lui-même, intouchable et incapable de toucher.

Il aperçut la silhouette de Jud de l'autre côté de la route. Le vieil homme était emmitouflé dans un gros parka de couleur verte et ses traits étaient noyés dans l'ombre du capuchon bordé de fourrure qu'il avait rabattu sur son front. Il était campé bien droit sur sa pelouse gelée, aussi inerte qu'une statue, et la mort semblait l'avoir effleuré de son aile avec tout le reste de cette campagne crépusculaire que n'égayait aucun chant d'oiseau.

Au moment où Louis posait le pied sur la chaussée, la statue se mit en mouvement. Jud lui fit signe de reculer en lui criant quelque chose qui se perdit dans le mugissement de la tempête.

Louis fit un pas en arrière ; il s'était soudain rendu compte que le hurlement du vent était devenu assourdissant. L'instant d'après, un gros avertisseur barrit et un camion de l'Orinco passa en grondant, si près que son pantalon se plaqua contre ses mollets et que les pans de son blouson se soulevèrent. Il s'en était fallu d'un cheveu que l'énorme engin ne lui passe dessus.

Cette fois, avant de tenter à nouveau la traversée, il inspecta soigneusement la route dans les deux sens, mais il ne vit que les feux arrière du camion-citerne qui diminuaient au loin.

« J'ai bien cru que ce gros cul allait vous rentrer dedans, lui dit Jud. Faites un peu gaffe, Louis. » Même à cette distance, Louis ne parvenait pas à discerner les traits du vieil homme, et il n'arrivait pas à se défaire du sentiment troublant que cette silhouette aurait aussi bien pu être celle de quelqu'un d'autre — d'absolument n'importe qui.

« Où est Norma ? interrogea-t-il en évitant toujours de poser les yeux sur le petit tas de fourrure informe étalé aux pieds de Jud.

— Elle est allée à l'église pour assister à l'office du Thanksgiving, expliqua le vieil homme. Elle restera à dîner, je suppose, mais elle ne mangera probablement rien. Elle est devenue bien pignocheuse. » Une rafale de vent souleva brièvement les bords du capuchon, et Louis fut certain que c'était bien Jud — qui d'autre aurait-ce pu être, du reste ?

« Ces affaires-là, c'est surtout un prétexte pour se retrouver entre dames, dit Jud. Après le gros repas de midi, elles ne mangent guère plus qu'un sandwich. Norma devrait être de retour vers les huit heures. »

Louis s'agenouilla pour examiner la dépouille du chat. *Oh mon Dieu, faites que ça ne soit pas Church*, implora-t-il avec ferveur en lui-même tandis qu'il soulevait doucement la tête de l'animal du bout de ses doigts gantés. *Faites que ça soit le chat de quelqu'un d'autre, faites que Jud se soit trompé.*

Mais bien entendu, c'était Church. Il n'était pas réduit en bouillie, ni méconnaissable ; il n'avait pas été écrasé par un des énormes camions-citernes ou semi-remorques qui circulaient continuellement sur la route 15. (*Au fait, qu'est-ce que ce camion de l'Orinco faisait sur la route le jour du Thanksgiving ?* se demanda-t-il distraitement au passage.) Les yeux entrouverts de l'animal étaient vitreux ; on aurait dit deux agates vertes. Un mince filet de sang avait coulé de sa gueule, qui était également ouverte. Il n'avait pas saigné des masses ; juste assez pour teinter le plastron blanc de sa poitrine.

« Alors, Louis, c'est bien le vôtre ?

— Oui, c'est le mien », reconnut-il.

Il soupira. Pour la première fois, il mesurait à quel point il était attaché à Church ; il ne l'avait peut-être pas idolâtré comme Ellie, mais il l'avait aimé à sa manière, un peu distraite. Au cours des semaines qui avaient suivi sa castration, Church avait changé. Il était devenu gras et indolent, avait restreint ses mouvements à une suite de déplacements machinaux qui le menaient de la chambre d'Ellie au canapé et du canapé à son plat, et ne l'entraînaient que bien rarement hors de la maison. Mais à présent, dans la mort, Louis reconnaissait en lui l'ancien Church. Sa gueule mince et ensanglantée, retroussée sur des crocs effilés, était figée dans un rictus carnassier. Il y avait une sorte de rage dans ses yeux morts. On aurait dit qu'après la brève période de placidité bovine de sa vie d'eunuque, Church avait retrouvé sa véritable nature dans la mort.

« Oui, c'est bien Church, dit-il. Oh, bon Dieu, comment je vais faire pour annoncer ça à Ellie ? »

Il eut une illumination subite : il enterrerait Church dans le Simetierre des animaux ; une sépulture anonyme, sans aucune marque. Ce soir, lorsqu'il aurait Ellie au téléphone, il ne lui dirait rien au sujet de Church ; demain, il lui ferait négligemment remarquer qu'il ne l'avait pas vu de la journée ; et le jour suivant, il lui suggérait que Church avait peut-être fait une fugue. Les chats font cela quelquefois. Ellie en serait toute tourneboulée, bien sûr, mais au moins la chose n'aurait pas ce côté irrévocable, la phobie morbide de Rachel ne causerait pas de nouvelles scènes sanglantes, elles garderaient une lueur d'espoir qui s'étiolerait progressivement...

Froussard ! lui cracha sa conscience avec dégoût.

Je suis lâche, oui... c'est indéniable. Mais à quoi bon aller se fourrer dans ce guêpier ?

« Ellie l'aime beaucoup ce chat-là, hein ? interrogea Jud.

— Oui », répondit distraitement Louis. Il souleva à nouveau la tête de l'animal. La rigidité cadavérique s'était déjà installée, mais la tête bougeait encore facilement. Ainsi, Church avait eu la nuque brisée. A partir de là, il était facile de reconstituer ce qui s'était passé. Pour Dieu sait quelle raison, il avait voulu traverser la route ; une voiture ou un camion l'avait pris en écharpe et l'avait projeté, la nuque brisée, sur la pelouse des Crandall. Ou peut-être qu'il s'était tué en s'écrasant sur le sol durci par le gel. Ça n'avait pas d'importance. Quelque hypothèse que l'on retienne, la conclusion était la même : Church était mort.

Louis leva un œil sur Jud pour lui faire part de ses déductions, mais le vieil homme avait le regard tourné vers le mince trait de lumière orangée qui vacillait encore au-dessus de l'horizon. Son capuchon était à demi relevé, et il avait une expression grave, méditative... et même sévère.

Louis sortit le sac-poubelle vert de sa poche et il le déplia en le maintenant avec force pour que le vent ne le lui arrache pas des mains. Le son du plastique qui claquait au vent sembla ramener subitement Jud à la réalité.

« Oui, elle l'aime beaucoup, c'est sûr », dit-il. Il avait parlé au présent ; ses paroles en prenaient une résonance insolite. Et d'ailleurs, toute la scène, avec le froid, le vent, les derniers feux du soleil qui rougeoyaient encore à l'horizon, avait une aura un peu surnaturelle de roman noir.

Et voici Heathcliff perdu au milieu de la lande immense et désolée, se dit Louis en grimaçant sous une rafale de vent glacée. *Et s'apprêtant à fourrer les restes du chat familial dans un sac-poubelle de cent litres. Oui, mon pote !*

Il empoigna la queue de Church d'une main, écarta l'ouverture du sac en plastique de l'autre et souleva l'animal. En se détachant du sol auquel le gel l'avait fait adhérer, le petit cadavre produisit une espèce d'affreux crissement et Louis eut une moue dégoûtée. Le chat lui parut incroyablement lourd, comme si la mort avait accru en lui l'effet normal de la pesanteur. *Bon Dieu, on croirait presque un sac de sable.*

Jud l'aida à maintenir le sac ouvert, et il y laissa tomber l'animal, heureux d'être débarrassé de ce poids étrange et déplaisant.

« Et à présent qu'est-ce que vous allez faire de lui ? interrogea Jud.

— Je vais le mettre dans le garage, dit Louis. Et demain, j'irai l'enterrer.

— Dans le Simetierre des animaux ? »

Louis eut un haussement d'épaules.

« Oui, j'imagine, fit-il.

— Vous allez le dire à Ellie ?

— Euh... il va falloir que je gamberge un peu là-dessus. »

Jud resta un assez long moment sans rien dire, puis un air de résolution se peignit sur son visage.

« Ne bougez pas Louis, je n'en ai que pour une minute », dit-il et il s'éloigna aussitôt. Apparemment l'idée que Louis n'avait peut-être pas envie de l'attendre ne fût-ce qu'une minute dans cette bise glaciale ne l'avait même pas effleuré. Il avançait à longues foulées aisées, avec cette démarche élastique qui était si étrange pour un homme de son âge. Louis s'aperçut qu'en fait aucune protestation ne lui venait aux lèvres. Il lui semblait tout à coup qu'il n'était plus lui-même. Il resta planté là à regarder le vieil homme s'éloigner avec une sorte de satisfaction béate.

Lorsqu'il eut entendu le cliquetis de la porte qui se refermait derrière Jud, il leva la tête et il fit face au vent. Posé entre ses pieds, le sac qui contenait le cadavre de Church faisait entendre un bruissement feutré.

De la satisfaction.

Oui, c'était bien ce qu'il éprouvait. Pour la première fois depuis son arrivée dans le Maine, il avait la sensation d'être à sa place, d'être chez lui. Seul dans ce crépuscule blafard, à l'extrême bord de l'hiver, il éprouvait une sombre mélancolie, et en même temps une étrange jubilation, un curieux sentiment de plénitude. Jamais depuis son enfance il ne lui avait semblé être en si complète harmonie avec lui-même, ou en tout cas il ne s'en rappelait pas.

Il va se passer quelque chose, mec. Je sens qu'il va t'arriver des trucs, là, et drôlement bizarres en plus.

Il rejeta la tête en arrière et aperçut de froides étoiles d'hiver au milieu d'un ciel qui s'obscurcissait rapidement.

Combien de temps resta-t-il là à contempler la voûte étoilée ? Il n'aurait su le dire, quoique son attente fût sûrement de courte durée si on la mesurait en minutes et en secondes. Ensuite, une lumière vacilla sur la véranda des Crandall, dansa jusqu'à la porte à treillis et descendit l'escalier du perron. C'était celle d'une grosse lanterne électrique que Jud tenait d'une main. Dans l'autre, il portait un objet en forme de croix ; lorsqu'il fut un peu plus près, Louis s'aperçut qu'il s'agissait d'une pelle et d'une pioche.

Le vieil homme tendit la pelle à Louis, qui s'en saisit de sa main libre.

« Bon Dieu, Jud, qu'est-ce que c'est que cette histoire ? On ne peut tout de même pas l'enterrer en pleine nuit.

— Si, on peut. Et c'est ce que nous allons faire. »

Le cercle aveuglant de la lampe-torche interdisait à Louis de distinguer ses traits.

« Il fait noir, Jud. Il est tard. Et en plus il fait froid...

— Allons, venez, dit Jud. Dépêchons-nous. »

Louis secoua négativement la tête, et il voulut parler à nouveau, mais ses lèvres refusaient de former les paroles de raison et de pondération qui se bousculaient dans sa tête. Elles paraissaient tellement dérisoires à côté de ce vent hurleur, de ce semis d'étoiles clignotantes qui germait sur le ciel d'encre.

« Ça peut attendre à demain, quand il fera jour...

— Ellie aime ce chat, n'est-ce pas ?

— Oui, mais... »

D'une voix douce, avec une espèce d'imparable logique, Jud poursuivit :

« Et vous aimez Ellie, non ?

— Bien sûr que j'aime Ellie, puisque c'est ma fi...

— Dans ce cas, suivez-moi. »

Louis le suivit.

Ce soir-là, tandis qu'ils marchaient en direction du Simetierre, Louis essaya par deux fois, et peut-être même trois, d'engager la conversation avec Jud, mais Jud ne lui répondait pas, si bien qu'à la fin il capitula et se tut. Son espèce de béatitude, bien étrange dans de telles circonstances mais incontestablement réelle, ne l'avait pas quitté. Tout contribuait à son bonheur, même la douleur qui lui tiraillait les muscles à cause du poids de Church qu'il portait d'une main et de celui de la lourde pelle qu'il tenait dans l'autre, même la morsure cruelle du vent qui engourdissait toutes les parties exposées de sa peau. Le vent s'enroulait autour des arbres en mugissant continuellement. Lorsqu'ils eurent pénétré dans la forêt, la neige s'espaça sous leurs pas, puis disparut. Louis éprouvait aussi du bonheur à voir la lueur dansante de la lanterne de Jud qui le précédait de quelques mètres. Il avait le pressentiment de quelque obscur secret, d'un mystère dont le poids tangible, magnétique, imprégnait tout.

Les ténèbres s'éclaircirent, et il sentit l'espace s'élargir autour de lui. De la neige luisait pâlement à ses pieds.

« On va faire une petite pause », dit Jud. Louis déposa son sac à terre et il essuya d'un revers de manche son front trempé de sueur. Comment ça, une *pause* ? Mais puisqu'ils étaient arrivés ! Il avait entrevu les plaques funéraires que le faisceau de la lampe électrique avait balayées au passage quand le vieil homme était tombé assis sur la neige mince. Jud s'était caché le visage entre ses bras.

« Ça ne va pas, Jud ?

— Mais si. J'ai besoin de reprendre un peu mon souffle, c'est tout. »

Louis s'assit à côté de lui et il inspira et expira profondément à cinq ou six reprises.

« Vous savez, Jud, dit-il, ça faisait des années que je ne m'étais pas senti aussi bien. Ça paraît fou de dire une chose pareille quand on est sur le point d'enterrer le chat de sa fille, mais c'est la vérité, je vous assure. Je me sens super bien. »

A son tour, Jud respira profondément, puis il répondit :

« Oui, je sais. Ça peut arriver à tout le monde. On ne choisit pas plus ses moments de bonheur que l'inverse. L'endroit y est certainement pour quelque chose, mais ne vous y fiez pas surtout. Quand les drogués s'injectent leur dose d'héroïne dans le bras, ça leur fait du bien, mais en même temps ça les empoisonne. Corporellement et spirituellement. Cet endroit peut produire un effet analogue, Louis. N'oubliez jamais ce que je vous dis là. Dieu veuille que je ne me trompe pas en pensant que je suis en train d'accomplir une bonne action. Je n'arrive pas à en être certain. Parfois, tout s'embrouille dans mon esprit. Ça doit être le début du gâtisme.

— Je ne sais pas de quoi vous parlez, Jud.

— Cet endroit a du pouvoir, Louis. Ici, ce n'est pas tellement perceptible, mais là où nous allons, par contre...

— Jud...

— Allons-y », dit le vieil homme en se redressant brusquement. Le faisceau de la torche électrique illumina le tas d'arbres morts. Jud se dirigeait vers lui. Soudain, Louis se remémora son accès de somnambulisme. Que lui avait donc dit Pascow pendant le rêve qui l'avait accompagné ?

Ne franchissez pas cette barrière, docteur, même quand vous en éprouverez très vivement la nécessité. C'est la limite à ne jamais dépasser.

Mais à présent, ce rêve, ou ce présage, lui semblait bien loin, aussi loin que s'il avait daté de plusieurs années, alors qu'il avait à peine deux mois. Louis se sentait étonnamment dispos, vibrant d'une énergie magique, prêt à affronter n'importe quoi et tout cela l'émerveillait. L'idée lui vint que ce qu'il était en train de vivre ressemblait étrangement à un rêve.

Là-dessus Jud se retourna vers lui et il lui sembla qu'il n'y avait plus rien sous le capuchon de son parka ; l'espace d'un instant, il se figura que c'était Pascow en personne qui était debout devant lui, que la lueur éblouissante de la torche allait se retourner pour révéler un crâne ricanant qui baragouinerait des paroles incompréhensibles, et une peur glaciale l'envahit à nouveau.

« Jud, dit-il, on ne peut pas escalader ce truc. On va se casser chacun une jambe, et nous mourrons probablement de froid en essayant de redescendre.

— Vous n'avez qu'à me suivre, dit Jud. Prenez le même chemin que moi et ne regardez pas vos pieds. N'hésitez pas et ne baissez pas les yeux. Il y a un passage que je connais, mais il faut le franchir vite et d'un pied sûr. »

Louis en vint à penser que c'était peut-être bien un rêve après tout, que son petit somme de l'après-midi durait encore. *Si j'étais réveillé, se dit-il je n'aurais pas plus envie de grimper sur ce tas de branches que de me saouler la gueule et d'aller sauter en parachute. Et pourtant, je vais le faire. Je suis sûr que je vais le faire. C'est donc que je suis en train de rêver… c'est forcé, non ?*

Jud obliqua légèrement vers la gauche, s'écartant du centre de l'amas de bois mort, et le faisceau de sa lampe éclaira directement un enchevêtrement (*d'ossements*) de troncs et de branchages inextricablement enlacés. A mesure qu'ils s'approchaient, le cercle lumineux devenait plus petit en même temps que plus intense. Jud entama son escalade sans la moindre hésitation, sans même vérifier d'un bref mouvement circulaire de sa lanterne qu'il était à la bonne place. Il ne se mit pas à quatre pattes ; il ne prit pas non plus la posture courbée d'un homme qui grimpe un flanc de colline rocailleux ou un escarpement sablonneux. Il montait, simplement, comme on gravit un escalier, et son allure était celle de quelqu'un qui sait exactement où son prochain pas se posera.

Louis monta à sa suite et de la même façon.

Il ne regardait pas ses pieds, il ne cherchait pas de points d'appui. Une certitude étrange, mais absolue, s'était emparée de lui : celle que l'amas de bois mort ne pourrait pas lui faire de mal sans son consentement. C'était monstrueusement con, bien sûr, aussi con que l'assurance idiote d'un conducteur complètement schlass qui se sent en sûreté parce qu'il a sa médaille de Saint-Christophe autour du cou.

Mais ça marcha.

Aucune branche morte ne céda sous lui avec un claquement sec, il ne dégringola pas au fond d'une anfractuosité hérissée de branches brisées, desséchées et blanchies dont les pointes coupantes ne demandaient qu'à lacérer et à transpercer de la chair vive. Les semelles de crêpe de ses moccassins en daim marron (chaussures pas vraiment idéales ˙pour escalader des tas d'arbres) ne glissaient pas sur les vieux lichens secs qui couvraient la plupart des troncs. Il ne penchait ni vers l'avant ni vers l'arrière. Tout autour d'eux, le vent chantait à tue-tête dans les sapins.

L'espace d'un instant, il vit Jud dressé de tout son haut au sommet du tas d'arbres, puis le vieil homme commença à descendre l'autre versant. Ses mollets disparurent sous lui, puis les cuisses, les hanches, le torse. Le faisceau de sa lampe sautillait çà et là sur les branches battantes des arbres alignés de l'autre côté de... de la barrière. Car c'était bien ça, oui, pourquoi se le dissimuler ? Une barrière.

Louis atteignit le sommet à son tour et il s'y arrêta un moment, le pied droit fermement appuyé au tronc d'un vieil arbre qui s'enfonçait par le travers dans l'amas de bois mort et formait avec lui un angle de trente-cinq degrés, le gauche posé sur quelque chose de plus élastique — était-ce de vieilles branches de sapin entremêlées ? Il n'abaissa pas les yeux pour vérifier, mais se contenta d'échanger le pesant fardeau du sac en plastique chargé du cadavre de Church qu'il portait à la main droite contre la pelle plus légère qu'il tenait de la gauche. Il leva le visage, et le souffle régulier du vent lui déferla dessus, soulevant ses cheveux. Le vent était si froid, si pur, et tellement *constant*.

Il entama la descente d'un pas dégagé, presque nonchalant. A un moment, une branche qui devait avoir à peu près l'épaisseur d'un poignet musculeux se brisa sous lui, mais il n'éprouva pas le moindre soupçon d'inquiétude, et son pied fut arrêté dans sa chute par une branche plus grosse au bout d'une dizaine de centimètres. Il avait à peine chancelé. A présent, il comprenait ce qui avait permis à des officiers d'infanterie de la guerre de 14 de se balader le long du pourtour de leurs tranchées au milieu d'un déluge de balles en sifflotant *It's a Long Way to Tipperary*. C'était complètement fou, mais cette folie même avait quelque chose de formidablement exaltant.

Il poursuivit sa descente en regardant, droit devant lui, le petit cercle de lumière éblouissante de la lampe de Jud. Jud l'attendait, debout et immobile. Louis toucha terre et l'allégresse flamba soudain en lui comme des braises arrosées d'un jet de pétrole. « On a réussi ! » cria-t-il. Il lâcha la pelle et assena une claque sur l'épaule de Jud. Il se souvenait du pommier qu'il avait escaladé enfant en se hissant jusqu'à la cime qui oscillait sous le vent comme un mât de navire. Cela faisait vingt ans, et peut-être même plus, qu'il ne s'était pas senti aussi jeune, aussi viscéralement vivant. « Jud, nous avons réussi !

— Pourquoi, vous en doutiez ? » demanda Jud.

Louis ouvrit la bouche pour lui répondre *(Si j'en doutais ? Mais c'est une veine qu'on ne se soit pas tués !)* puis il la referma. A partir du moment où Jud s'était dirigé vers le tas d'arbres morts, il ne s'était plus posé aucune question. Ils auraient à répéter la même opération en sens inverse, mais ça ne le préoccupait pas non plus. « Non, non, fit-il.

— Allons-y, dit Jud. On a encore du chemin à faire. Il y a bien cinq ou six kilomètres. »

Ils se mirent en route. Le sentier continuait bel et bien. Par endroits, il paraissait très large ; la lueur mouvante de la lanterne de Jud ne révélait pas grand-chose, mais Louis éprouvait le sentiment de l'espace, devinait que les arbres étaient plus éloignés. Une fois ou deux, il leva les yeux et vit des étoiles en grappes entre deux lignes d'arbres noirs et touffus. Une autre fois, quelque chose traversa le chemin d'un bond un peu en avant d'eux et la lampe accrocha fugitivement le reflet d'une paire d'yeux qui lançaient des lueurs vertes.

A d'autres moments, le sentier devenait si exigu que les broussailles griffaient de part et d'autre les épaules de parka de Louis. Il faisait souvent passer ses fardeaux inégalement lourds d'une main dans l'autre, mais à présent ses omoplates étaient constamment douloureuses. Ses pas avaient pris une cadence régulière dont l'effet était quasiment hypnotique. Ce lieu avait du pouvoir, oh oui, il le sentait. Vers la fin de sa dernière année de lycée, avec sa petite amie et un autre couple, ils étaient allés se perdre dans la campagne et leur vadrouille les avait menés sur un chemin de terre qui s'achevait en cul-de-sac à proximité d'une centrale électrique. Ils s'étaient mis à se rouler des pelles, mais au bout de quelques minutes la petite amie de Louis avait déclaré qu'elle voulait rentrer, ou du moins faire ça ailleurs, parce que toutes ses dents (en tout cas celles qui étaient plombées, et elles l'étaient pour la plupart) lui faisaient mal. Louis n'était pas mécontent lui-même de quitter cet endroit. L'air autour de la centrale lui mettait les nerfs en pelote et tous les sens à vif. Ce qu'il éprouvait ce soir était de même nature, en beaucoup plus intense. La vibration était puissante, mais nullement désagréable. On aurait dit...

Jud venait de s'arrêter au pied d'une longue montée, et Louis était entré en collision avec lui.

Jud se retourna vers lui.

« Nous sommes presque arrivés à présent, lui annonça-t-il d'une voix tranquille. Pour la dernière portion du chemin, faites comme avec le tas d'arbres morts. Il faut marcher d'un pas régulier et sûr. Contentez-vous de me suivre et ne regardez pas où vous posez vos pieds. Nous venons de descendre une colline, vous l'aviez remarqué, n'est-ce pas ?

— Oui.

— Nous sommes à la limite de ce que les Micmacs appelaient autrefois le Marais du Petit Dieu. Les trappeurs, eux, lui avaient donné le nom de Marécage de l'Homme Mort et ceux d'entre eux qui avaient réussi à le traverser évitaient généralement d'y revenir.

— Il y a des sables mouvants ?

— Oh oui ! Partout. Et des tas de petits ruisseaux qui bouillonnent à travers les alluvions sableuses qui ont été laissées par un ancien glacier. Le sable est siliceux, plein de minuscules éclats de quartz. »

Jud posa son regard sur Louis, et l'espace d'un instant ce dernier crut discerner au fond des prunelles du vieil homme une petite flamme à la lueur un peu trouble.

Mais Jud orienta différemment la lumière de sa lanterne, et cette drôle de lueur s'effaça.

« Il y a pas mal de phénomènes bizarres dans ce coin-là, Louis. L'air y est plus dense, plus électrique... enfin, quelque chose dans ce goût-là. »

Louis réprima un sursaut.

« Qu'est-ce qui ne va pas ? fit Jud.

— Oh, rien », répondit-il. Il songeait à ce qui leur était arrivé cette nuit-là, sur le chemin sans issue.

« Vous verrez peut-être de ces flammeroles que les marins appellent des feux de la Sainte-Elme, poursuivit Jud. Elles prennent parfois des formes étranges, mais n'y faites pas attention. Ce ne sont que des mirages. S'il y en a qui vous importunent trop, vous n'aurez qu'à regarder ailleurs. Peut-être aussi que vous croirez entendre des voix, mais ce sont juste les huards qui chantent là-bas au sud, du côté de Prospect. Le son porte loin, par ici. C'est bizarre.

— Des huards? fit Louis, sceptique. A cette époque de l'année?

— Des huards, oui », dit le vieil homme d'une voix parfaitement impassible, qui ne trahissait aucune espèce d'émotion. Un instant, Louis souhaita désespérément que son visage lui fût à nouveau visible. Cette étrange lueur qu'il avait cru distinguer au fond de ses yeux...

« Où allons-nous, Jud? Qu'est-ce que nous fichons ici, au milieu de nulle part?

— Je vous le dirai quand nous serons arrivés, répondit Jud en tournant les talons. Marchez sur les touffes de laîche. »

Ils se remirent en route en faisant de grandes enjambées pour passer d'un monticule herbu à l'autre. Les pieds de Louis ne les cherchaient pas à tâtons, n'hésitaient pas; ils trouvaient le sol automatiquement, sans aucun effort conscient de sa part. Il ne perdit pied qu'une seule fois lorsque sa chaussure gauche creva une mince croûte de gel et s'enfonça dans une flaque d'eau croupie, froide et bizarrement visqueuse. Il ôta rapidement son pied de la fondrière et continua d'avancer en se guidant sur la lueur dansante de la torche de Jud. Cette lumière qui flottait dans l'épaisseur des bois lui ramena à la mémoire les histoires de pirates dont il s'était délecté dans son enfance. Un groupe de sinistres forbans enterrait des doublons au clair de la lune, et bien entendu l'un d'entre eux était précipité dans la fosse avec le coffre après avoir été tué d'une balle en plein cœur parce que les pirates croyaient (en tout cas c'était ce que soutenaient avec un profond sérieux les auteurs de ces histoires sanguinaires) que le fantôme de leur compagnon mort monterait la garde sur le trésor.

Sauf que ce n'est pas un trésor que nous allons enterrer, mais le chat castré de ma fille.

150

Il réprima le début du fou rire qui lui bouillonnait dans la poitrine.

Il n'entendit pas le son de ces « voix » dont Jud lui avait parlé, et il n'aperçut pas le moindre feu follet, mais au bout d'un certain nombre d'enjambées il abaissa son regard et constata que ses pieds, ses mollets, ses genoux et le bas de ses cuisses étaient entièrement dissimulés par une brume d'un blanc laiteux, de consistance absolument lisse, et rigoureusement opaque. On aurait dit qu'il marchait à travers une neige incroyablement légère.

Les ténèbres étaient moins denses à présent ; l'air semblait doté d'une luminosité propre. Et il faisait moins froid aussi, il l'aurait juré. Il distinguait clairement la silhouette de Jud qui marchait à grandes enjambées régulières en avant de lui, la panne de sa pioche accrochée à l'épaule. Cette pioche ne donnait que plus de relief à l'illusion que c'était un homme qui allait enfouir un trésor.

Louis éprouvait toujours cet absurde sentiment d'exaltation. Tout à coup, il se dit que Rachel était peut-être en train de l'appeler et il imagina le téléphone qui sonnait et resonnait dans la maison vide. Cette sonnerie de téléphone qu'il entendait en esprit était bien rationnelle, bien terre à terre. Si jamais...

Il faillit entrer en collision avec le dos de Jud pour la seconde fois. Le vieil homme s'était arrêté net au milieu du chemin. Il penchait la tête de côté, l'air concentré, les lèvres serrées.

« Jud ? Qu'est-ce que vous..

— Shhh ! »

Louis ravala ses questions et il regarda autour de lui avec un sentiment de malaise. La brume s'était beaucoup éclaircie, mais elle masquait encore entièrement ses chaussures. Tout à coup, il entendit un grand fracas de taillis froissés et de branches brisées. Quelque chose remuait dans les fourrés. Une très grosse bête.

Il ouvrit la bouche pour demander à Jud si ça ne pouvait pas être un élan (en fait c'était plutôt l'idée d'un *ours* qui lui était passée dans l'esprit), mais sa question mourut sur ses lèvres. *Le son porte loin par ici,* avait dit Jud.

A son tour, il pencha la tête de côté sans se rendre compte qu'il mimait inconsciemment la posture de Jud, et il tendit l'oreille. D'abord, il lui sembla que le son venait de loin, puis il lui parut très proche ; il s'éloignait puis, menaçant, revenait dans leur direction. Louis avait le front baigné de sueur, et il sentit la transpiration qui dégouttait sur ses joues gercées. Il fit passer d'une main dans l'autre le sac-poubelle qui contenait le corps de Church. Il avait les mains moites et le plastique vert lui glissait peu à peu entre les doigts comme s'il eût été enduit de vaseline. A présent, la chose qui remuait dans les fourrés paraissait si proche que Louis s'attendait à la voir se matérialiser devant lui d'un instant à l'autre ; il se figurait déjà la silhouette horrible d'une créature velue dressée sur ses pattes de derrière, si immense qu'elle occulterait complètement les étoiles.

Ce n'était déjà plus à un ours qu'il pensait.

Mais à quoi, alors ? Il ne le savait pas au juste

Sur ses entrefaites, le bruit s'éloigna, puis mourut.

A nouveau, Louis ouvrit la bouche, mais au moment où il allait s'écrier *Mais qu'est-ce que c'était ?* — la question était déjà sur ses lèvres — un rire dément résonna soudain dans les ténèbres, un rire strident, hystérique, qui montait et descendait cycliquement, avec d'horribles gloussements grinçants qui vous blessaient l'oreille autant qu'ils vous glaçaient les sangs. Louis eut l'impression que toutes les articulations de son corps s'étaient gelées d'un coup et qu'il était soudain devenu très lourd, tellement même que s'il s'avisait de faire demi-tour et de détaler le sol mouvant du marécage l'engloutirait à coup sûr.

Le rire stridula jusqu'à l'extrême limite de l'aigu, puis il se fragmenta en grincements secs dont le son évoquait la vision d'un rocher extraordinairement friable qui se lézardait de partout ; il monta jusqu'au cri perçant, puis se mua en une série de ricanements gutturaux qui seraient sans doute devenus des sanglots s'ils ne s'étaient subitement tus.

Quelque part, il y avait un bruit d'eau qui goutte et, au-dessus d'eux, la plainte monotone du vent pareille au roulement incessant d'un grand fleuve qui eût coulé dans l'immense lit du ciel. Hormis cela, le Marais du Petit Dieu était muet.

Louis se mit à frissonner de partout, et une chair de poule qui semblait irradier à partir de son abdomen se mit à lui ramper sur toute la peau. *Ramper,* oui, c'était le mot : il lui semblait que son épiderme hérissé se déplaçait pour de bon. Il avait la bouche complètement sèche. On aurait dit qu'elle ne contenait plus une seule goutte de salive. Pourtant, son étrange exaltation ne l'avait pas quitté ; c'était un délire bien dur à secouer.

« Bon Dieu, Jud, qu'est-ce que c'était ? » articula-t-il d'une voix rauque.

Le vieil homme se retourna vers lui et dans le clair-obscur, Louis vit un visage qui paraissait âgé d'au moins cent vingt ans. Il n'y avait plus trace de cette drôle de lueur dansante au fond des prunelles de Jud. Son regard n'exprimait qu'une épouvante nue, et il avait les traits décomposés. Mais lorsqu'il parla, ce fut d'une voix à peu près égale.

« Ce n'était qu'un huard, dit-il. Allons-y. Nous sommes pratiquement rendus. »

Ils se remirent en marche. Bientôt, ils n'eurent plus à sauter d'une touffe d'herbe à l'autre ; ils étaient à nouveau sur de la terre ferme. Louis avait la sensation d'être en rase campagne, mais à présent l'air avait perdu sa sourde luminosité et c'était à peine s'il parvenait à distinguer le dos de Jud à trois pas devant lui. Sous ses pieds, il y avait maintenant une herbe courte et drue, toute raidie de gel, qui craquait comme du verre brisé. Ensuite, il y eut encore de la forêt. Il sentait une odeur prenante de sapins, des aiguilles sèches amortissaient ses pas et de loin en loin des branches ou des brindilles se frottaient à lui.

Louis avait perdu toute notion de la durée et de la direction, mais ils n'avaient pas cheminé longtemps lorsque Jud s'arrêta une nouvelle fois et se retourna vers lui.

« Il y a un escalier ici, dit-il. Taillé à même le roc. Il a quarante-deux marches, ou quarante-quatre, je ne sais plus. Suivez-moi, vous verrez bien. Quand nous serons en haut de cet escalier, nous aurons atteint notre destination. »

Jud commença à monter, et une fois de plus Louis lui emboîta le pas.

Les marches de pierre étaient assez larges, mais la sensation du sol qui s'éloignait lui donnait un peu le vertige. Çà et là, des cailloux épars et des éclats de roc crissaient sous ses semelles.

... douze... treize... quatorze...

Le vent était plus froid, plus cinglant, et il eut vite le visage engourdi. Il se demanda s'ils étaient plus haut que les cimes des arbres. Il leva les yeux et vit des myriades d'étoiles luisant d'un éclat froid sur le ciel ténébreux. Jamais encore il ne s'était senti si petit, si infime, si insignifiant en regardant les étoiles. Il se posa cette question qui vous vient toujours à contempler les galaxies *(Y a-t-il des créatures intelligentes là-haut ?)* mais au lieu d'émerveillement l'idée fit naître en lui une sensation de froid horrible, comme s'il s'était demandé l'effet que ça lui ferait d'avaler une poignée de larves grouillantes.

... vingt-six... vingt-sept... vingt-huit...

Qui a bien pu creuser le roc comme ça, au fait ? Les Indiens ? Est-ce que les Micmacs avaient des outils ? Il faudra que je le demande à Jud. L'idée des Indiens fit surgir dans sa tête des images de nature sauvage, et il repensa à cette chose qui était passée près d'eux dans la forêt. Il fit un faux pas, et il se retint de la main gauche à la paroi rocheuse pour ne pas perdre l'équilibre. Sous ses doigts gantés, il sentit une pierre qui était vieille, un peu poreuse, ravinée, écailleuse. *On dirait une peau très sèche et très usée,* se dit-il.

« Vous vous êtes fait mal, Louis ? lui demanda Jud à voix basse.

— Non, ça va », répondit-il, bien qu'il fût très essoufflé et que le poids du cadavre de Church lui contractât les muscles plus douloureusement que jamais.

... quarante-deux... quarante-trois... quarante-quatre...

« Il y en a quarante-cinq, dit Jud. J'avais oublié. Ça doit bien faire douze ans que je n'étais pas venu par ici. Je n'aurais jamais pensé que j'aurais une autre raison d'y revenir. Tenez, Louis, grimpez donc jusqu'ici... »

Il lui tendit le bras et l'aida à se hisser au sommet de la dernière marche.

« On est arrivés », dit Jud.

Louis regarda autour de lui. La réverbération des étoiles faisait régner une clarté diffuse. Ils se tenaient sur un promontoire parsemé d'éboulis qui jaillissait comme une langue noire de la terre fine d'un plateau volcanique. Louis se retourna et il aperçut les cimes des sapins à travers lesquels ils avaient cheminé avant d'atteindre l'escalier. Apparemment, il les avait amenés au sommet d'une de ces hautes mesas étonnamment plates comme on en voit beaucoup en Arizona ou au Nouveau-Mexique, et qu'un caprice extravagant de la géologie avait fait surgir au beau milieu du Maine. Le faîte de cette mesa (ou bien fallait-il dire colline ? Volcan éteint ? Montagne tronquée ?) était recouvert d'un tapis d'herbes folles, mais par contre il ne comportait pas un seul arbre, si bien que le soleil en avait fait disparaître toute trace de neige. En se retournant à nouveau vers Jud, Louis vit de hautes herbes courbées par le vent glacial qui lui soufflait dans la figure, et il comprit qu'il s'agissait non d'une mesa isolée mais de l'avancée d'une colline. A quelque distance en avant d'eux, le terrain s'élevait à nouveau, et il y avait des arbres. N'empêche que ce terre-plein était bien vaste et bien saillant et qu'il faisait un étrange contraste avec les collines basses et comme rabougries qui composent l'ordinaire du paysage dans toute la Nouvelle-Angleterre. *Les Micmacs* avaient *des outils !* lui souffla soudain sa raison.

« Venez, Louis », lui dit Jud et il le mena vers les arbres, à une trentaine de mètres de là. A cet endroit, le vent était encore plus violent, mais il paraissait aussi plus salubre. Juste à l'extérieur de la poche d'ombres ténébreuses que les arbres projetaient devant eux (c'étaient des sapins, les plus immenses et les plus anciens qu'il eût jamais vus), Louis discerna une multiplicité de silhouettes immobiles. L'effet d'ensemble que produisait ce lieu désertique et élevé était celui d'un grand vide, mais un vide qui vibrait profondément.

Les silhouettes étaient celles de tumulus de pierre en tous points semblables à des cairns celtiques.

« Ce sont les Micmacs qui ont raboté le sommet de la colline, expliqua Jud. Personne ne sait comment ils s'y sont pris, pareil que pour les Mayas avec leurs pyramides. Et les Micmacs l'ont oublié eux-mêmes, tout comme les Mayas.

— Mais pourquoi ? Pourquoi ont-ils fait ça ?

— C'est ici qu'ils enterraient leurs morts, dit Jud. C'est pour ça que je vous ai fait trimbaler le chat d'Ellie jusqu'ici. Pour lui faire une sépulture. Les Micmacs ne faisaient aucune discrimination, vous savez. Ils enterraient les animaux aux côtés de leurs maîtres. »

En entendant cela, Louis pensa aussitôt aux Egyptiens, qui avaient même fait mieux dans le genre : quand un de leurs souverains mourait, ils immolaient toutes ses bêtes afin qu'elles suivent l'âme de leur maître dans l'au-delà. Il se rappelait avoir lu qu'à la suite du décès d'une fille de pharaon on avait massacré plus de dix mille animaux, dont six cents porcs et deux mille paons. Avant d'égorger les porcs, on les avait aspergés avec de l'attar de rose, car c'était le parfum préféré de la défunte princesse.

Et les Egyptiens ont construit des pyramides, eux aussi. Personne ne sait exactement à quoi servaient les pyramides des Mayas (certains soutiennent que, tout comme les mégalithes de Stonehenge, elles étaient utilisées à des fins de navigation astronautique), mais par contre nous savons très bien quelle était la destination de celles des anciens Egyptiens. C'étaient d'immenses monuments funéraires, les plus grands tombeaux du monde. Ci-gît Ramsès II, le Pharaon le Plus Gentty du Monde...

155

En imaginant cette épitaphe, Louis ne put se retenir de glousser bêtement.

Jud le considéra d'un œil impassible.

« Enterrez votre bête, Louis, lui dit-il. Pendant ce temps-là, moi, je vais en griller une. Je vous aiderais bien, mais il faut que vous fassiez ça seul. Chacun enterre ses propres morts. C'était la règle dans ce temps-là.

— Jud, à quoi ça rime, tout ça ? Pourquoi m'avez-vous amené ici ?

— Parce que vous avez sauvé la vie de Norma », répondit le vieil homme. Cette réponse avait un accent de sincérité sans équivoque, et Louis eut la certitude que Jud lui-même croyait à ce qu'il disait. Mais en même temps, une intuition subite, d'une évidence aveuglante, l'avertit qu'il mentait... ou qu'on lui mentait et qu'il se faisait l'écho de ce mensonge auprès de Louis. Il se souvint de la lueur bizarre qu'il lui avait semblé apercevoir dans ses yeux.

Mais à présent, tout cela lui paraissait dénué d'importance. C'était bien moins important que le vent, ce grand fleuve d'air dont le flot déchaîné l'environnait de toutes parts, lui hérissant les cheveux au-dessus du front et des oreilles.

Jud s'installa au pied d'un arbre, le dos appuyé au tronc, et alluma une Chesterfield dans le creux de ses mains disposées en coupe.

« Vous voulez vous reposer un peu avant de commencer ? interrogea-t-il.

— Non, non, ça va », dit Louis. Il aurait pu continuer à le presser de questions, mais au fond il n'avait pas vraiment envie d'insister. Il n'arrivait pas à décider si c'était une bonne ou une mauvaise chose, et en fin de compte il jugea préférable d'en rester là, en tout cas pour l'instant. Mais il y avait une question qu'il lui fallait tout de même poser, à des fins purement utilitaires.

« Vous croyez vraiment que je vais arriver à creuser une tombe ici ? La couche de terre a l'air bien mince. »

Il fit un signe de tête en direction du terre-plein, au sommet des marches, où le roc affleurait par places. Jud hocha lentement la sienne :

« C'est vrai qu'il n'y a pas beaucoup de terre, dit-il. Mais généralement, quand le sol est assez profond pour que l'herbe s'y enracine, c'est qu'il y en a assez pour enfouir quelque chose. Et puis cet endroit existe depuis des temps immémoriaux, et on y a toujours creusé des sépultures. Mais ça ne va pas être de la petite bière, je vous préviens. »

Et ça ne fut pas commode, en effet. Le sol était dur et rocailleux, et Louis comprit vite qu'il n'arriverait pas à creuser une tombe assez profonde pour y enfouir Church s'il n'usait pas de la pioche. Il se mit donc à alterner ; d'abord il cassait les mottes de terre dure et les rochers à coups de pioche, puis il dégageait les débris à la pelle. Ses mains ne tardèrent pas à lui faire mal. Son corps engourdi par le froid se réchauffait rapidement, et un besoin impérieux de faire de la belle ouvrage s'était emparé de lui. Il se mit à fredonner entre ses dents, comme il le faisait quelquefois en recousant une plaie. Parfois, la pioche frappait le roc avec tant de force que des étincelles jaillissaient et qu'une onde de choc remontait le long du manche et lui vibrait dans les mains. Il sentait que des ampoules étaient en train de se former sur ses paumes, et cela lui était égal ; pourtant, en temps ordinaire, il était, comme beaucoup de médecins, excessivement soucieux de l'état de ses mains. Au-dessus de sa tête et tout autour de lui, le vent chantait sans trêve la même chanson d'arbres.

En contrepoint de la rumeur déferlante du vent, Louis perçut un bruit léger de pierres entrechoquées. Il regarda par-dessus son épaule et vit Jud qui, à croupetons, sélectionnait dans le déblai les caillasses les plus grosses et en faisait un tas à part. Voyant que Louis le regardait, il expliqua :

« C'est pour votre cairn.

— Ah ! » dit Louis, et il se remit au travail.

Sa fosse faisait à peu près soixante centimètres de large sur un mètre de long (*Ce satané chat aura une tombe de roi,* se dit-il) et lorsqu'il eut atteint une profondeur d'environ cinquante centimètres, à laquelle il soulevait des gerbes d'étincelles à chaque coup de pioche, il jeta ses outils au loin et demanda à Jud si ça pouvait aller.

Jud s'approcha et procéda à un rapide examen.

« Moi, ça me paraît très acceptable, dit-il. Mais là-dessus c'est votre point de vue à vous qui doit primer.

— Allez-vous me dire pourquoi vous me faites faire tout cela à présent ? »

Jud esquissa un sourire.

« Les Micmacs croyaient que cette colline était magique, dit-il. Ils croyaient que toute la forêt qui s'étend au nord-est du marécage était magique. Ils ont bâti cette espèce de tertre pour y ensevelir leurs morts, loin de tout. Les Indiens des autres tribus évitaient cet endroit comme la peste. Les Penobscots racontaient que la forêt était hantée. Par la suite, les trappeurs qui s'étaient aventurés jusqu'ici ont répandu des bruits analogues. J'imagine que certains d'entre eux avaient vu des feux follets dans le Marais du Petit Dieu et qu'ils les avaient pris pour des fantômes. »

Le vieil homme eut un sourire, et Louis se dit : *Jud, Jud ! Ce n'est pas du tout cela que vous pensez !*

« Avec le temps, continua le vieil homme, les Micmacs eux-mêmes ont cessé de traîner dans les parages. Un membre de leur propre tribu leur avait juré qu'il avait aperçu un Wendigo par ici ; il disait aussi que la terre s'était gâtée, qu'elle avait tourné à l'aigre. Les Micmacs ont tenu un grand conciliabule à ce sujet... du moins c'est ce que j'ai entendu dire quand j'étais gamin, Louis. Evidemment, c'est ce vieux Stanny Bee qui m'a raconté ça, alors... Son vrai nom était Stanley Bouchard, mais tout le monde l'appelait Stanny Bee [1] rapport à l'araignée qu'il avait au plafond. Et Stanny n'était jamais le dernier à vous débiter un bobard... »

Louis, qui savait seulement que le Wendigo est une espèce de démon dans le folklore des Indiens du Nord, demanda :

« Vous croyez que la terre a tourné à l'aigre ? »

Jud sourit, ou du moins ses lèvres s'écartèrent.

« Je crois que c'est un endroit dangereux, dit-il d'une voix douce, mais pas pour les chats, les chiens ou les hamsters. Allez, Louis, enterrez-la, votre bête. »

Louis déposa le sac-poubelle au fond du trou puis il se saisit de la pelle et le recouvrit de terre avec des gestes lents. A présent, il sentait le froid et la fatigue. Le crépitement de la terre qui s'abattait en pluie sur le plastique le déprimait, son sentiment d'exaltation se dissipait et il commençait à avoir envie que cette aventure s'achève. Il leur restait encore une sacrée trotte pour retourner.

Le crépitement se fit plus étouffé, puis il cessa et il n'y eut plus que le frottement sourd de la terre contre la terre. Il racla le peu qui restait et le poussa dans le trou du bout de sa pelle (une phrase

---

1. Bee (B.) est l'acronyme de Bouchard. « Bee » (« *Abeille* ») est familièrement employé pour désigner une marotte, une douce lubie, comme dans l'expression *To have a bee in one's bonnet.* (N.d.T.)

de son oncle le croque-mort, qui lui paraissait dater d'au moins mille ans, lui revint à l'esprit : *Il n'y a jamais assez de terre pour reboucher une fosse qu'on vient de creuser*), puis il se tourna vers Jud.

« Votre cairn, dit Jud.

— Ecoutez, Jud, j'en ai vraiment plein le dos, moi...

— C'est le chat d'Ellie, dit Jud avec une douceur implacable. Elle voudrait que vous fassiez les choses comme il faut. »

Louis soupira.

« Vous avez sûrement raison », dit-il.

Il passa dix minutes de plus à empiler l'une sur l'autre les grosses pierres que Jud lui passait. A la fin, un tumulus modeste, de forme conique, surmontait la tombe de Church, et Louis, malgré sa lassitude, en éprouva une pointe d'euphorie. La vue de ce tumulus dressé parmi les autres dans la clarté des étoiles lui donnait un sentiment d'accomplissement. Ellie ne le verrait sans doute jamais (s'il avait annoncé qu'il emmenait leur fille dans un marécage plein de sables mouvants, les cheveux de Rachel en seraient devenus blancs), mais Louis, par contre, l'avait vu et c'était une bonne chose.

Jud s'était redressé et il brossait de la main ses genoux terreux.

« Mais ils sont presque tous écroulés », lui dit Louis.

Il y voyait un peu plus clair à présent, et il distinguait nettement par endroits de petits éboulis formés par des cairns affaissés. Jud aurait pu puiser parmi ces ruines, mais il avait soigneusement veillé à ce que Louis n'use pour son propre tumulus que de pierres qu'il avait déterrées lui-même.

« Eh oui, fit Jud. Je vous l'ai dit : tout ça est très ancien.

— Est-ce qu'on en a terminé, cette fois ?

— Oui, dit Jud en lui tapant sur l'épaule. Vous avez fait du bon travail, Louis. Comme je m'y attendais. Rentrons maintenant.

— Jud... », commença Louis, mais déjà le vieil homme avait empoigné la pioche et il se dirigeait vers l'escalier. Louis s'empara de la pelle et il démarra au trot pour le rattraper, puis il se ravisa : il fallait qu'il économise son souffle pour la longue marche. Il se retourna une dernière fois, mais le cairn qui marquait l'emplacement de la tombe du chat Winston Churchill était noyé au milieu d'une masse indistincte d'autres tumulus, et il n'arriva pas à le repérer.

Un moment plus tard, ils émergèrent de la forêt et pénétrèrent dans la prairie qui surplombait la maison de Louis. *On a juste repassé le film à l'envers,* se dit Louis, moulu. Il ne savait pas au juste combien de temps ils avaient mis ; cet après-midi, avant de s'allonger sur son lit, il avait ôté sa montre-bracelet et l'avait posée sur l'appui de la fenêtre, où elle se trouvait sans doute encore. Il savait seulement qu'il était crevé, vidé, rétamé. Le dernier coup de pompe aussi terrassant qu'il avait éprouvé remontait à seize ou dix-sept ans : c'était à la fin de sa première journée au sein des services de la voirie de Chicago, qui embauchaient des lycéens comme éboueurs pendant l'été.

Au retour, ils s'étaient comportés sensiblement comme à l'aller, mais les détails du trajet s'étaient comme estompés dans sa mémoire. Il se souvenait seulement qu'il avait perdu l'équilibre en franchissant le tas d'arbres morts ; il s'était senti précipité dans le vide et, absurdement, il avait pensé à *Peter Pan (Oh, Jésus, j'ai perdu mes pensées heureuses et voilà que je tombe !)* mais Jud l'avait retenu d'une main ferme et sûre, et quelques instants plus tard ils étaient passés devant les dernières demeures du chat Smucky, de la chienne Hannah et de Martha la lapine et ils s'étaient engagés sur le sentier le long duquel ils avaient cheminé un jour en compagnie de toute la famille de Louis.

Il se souvenait vaguement aussi d'y avoir suivi l'ombre de Victor Pascow au cours d'un rêve doublé d'un accès de somnambulisme, mais son esprit fatigué se refusait à établir le moindre lien entre cette marche nocturne et celle de ce soir. Une autre idée lui passa par la tête : celle que cette équipée lui avait fait courir des dangers bien réels, même si elle semblait droit sortie d'un roman-feuilleton frénétique de Wilkie Collins. Qu'il se soit mis des ampoules plein les mains après être tombé dans une espèce de transe qui était bien proche du somnambulisme, ce n'était pas le plus grave. Mais il aurait suffi d'un rien pour qu'il se tue en escaladant le tas d'arbres morts. Ils auraient pu se tuer tous les deux. Comment avait-il pu se laisser entraîner à des divagations pareilles ? Dans l'état d'épuisement où il se trouvait, il était prêt à attribuer ce comportement aberrant à un désordre mental momentané consécutif à la perte d'un animal familier que toute sa famille chérissait.

Il en était arrivé là de ses réflexions lorsque la silhouette de sa maison se profila devant eux.

Ils se dirigèrent vers elle en silence et s'arrêtèrent au sommet de l'allée du jardin. Le vent gémissait plaintivement. Sans un mot, Louis tendit la pioche à Jud.

« Vaut mieux que j'y aille, dit enfin le vieil homme. Une des dames de la congrégation ne va pas tarder à ramener Norma, et elle risque de se demander où je suis passé.

— Vous avez l'heure ? » demanda Louis. Il était étonné que Norma ne fût pas encore rentrée ; à en juger par ce que ses muscles lui disaient, il lui semblait qu'il devait être plus de minuit.

« Bien sûr, dit Jud. J'ai toujours ma tocante sur moi, du moins tant que je suis habillé. »

Il pêcha une montre à double boîtier dans la poche de son pantalon et en fit lever d'une pichenette le couvercle guilloché.

« Il est huit heures trente, annonça-t-il avant de refermer le boîtier.

— Comment ? fit Louis avec stupeur. Huit heures trente, c'est tout ?

— Quelle heure vous pensiez qu'il était ? demanda Jud.

— Je pensais qu'il était plus tard que ça, dit Louis.

— Bon allez, Louis, à demain, dit Jud en tournant les talons.

— Jud ? »

Le vieil homme pivota sur lui-même et il regarda Louis d'un air interrogateur.

« Jud, qu'avons-nous fait ce soir ?

— Nous avons enterré le chat de votre fille.

— C'est *tout* ce que nous avons fait, Jud ?

— Et quoi d'autre ? fit Jud. Vous êtes un brave garçon, Louis, mais vous posez trop de questions. Quelquefois, on doit faire certaines choses parce que ça paraît juste de les faire. Parce qu'au fond de son cœur, on *sait* qu'il le faut. Mais si après les avoir faites on ne se sent pas bien, si on se pose des tas de questions au point d'en avoir comme une indigestion, à part que c'est dans la tête et pas dans les boyaux, on commence à se dire qu'on a mal agi. Vous voyez ce que je veux dire ?

— Oui, dit Louis, en songeant que Jud avait dû lire dans ses pensées tandis qu'ils traversaient la prairie en direction de la maison.

— Dans ces cas-là, il vaut peut-être mieux douter des incertitudes qui vous rongent que de votre propre cœur, poursuivit Jud en posant sur le visage de Louis un regard scrutateur. Qu'est-ce que vous en pensez, Louis ?

— Je pense que vous devez avoir raison, répondit Louis d'une voix lente.

— Et quand un homme a des choses comme celles-là sur le cœur, ça ne lui sert pas à grand-chose d'en parler, n'est-ce pas ?

— Eh bien...

— Non, reprit Jud, comme si Louis avait simplement opiné, ça ne lui sert à rien. » Et de cette voix pleine d'une assurance implacable qui faisait immanquablement passer un frisson dans le dos de Louis, il ajouta : « Il y a des choses qui doivent rester secrètes. On dit que les femmes sont très fortes lorsqu'il s'agit de garder un secret, et je crois que c'est souvent vrai, mais une femme qui connaît un peu la vie vous dira toujours qu'elle n'est jamais vraiment arrivée à lire dans le cœur d'un homme. Un cœur d'homme a un sol plus rocailleux, Louis. Un sol pareil à celui de l'ancien cimetière des Micmacs, avec du roc à fleur de terre. On y fait pousser ce qu'on peut... et on le soigne.

— Jud...

— Ne doutez pas, Louis. Acceptez ce qui est fait, et n'écoutez que votre cœur.

— Mais...

— Il n'y a pas de mais. *Acceptez ce qui est fait, Louis, et n'écoutez que votre cœur.* Nous avons fait ce que nous devions faire. En tout cas, je l'espère de toute mon âme. A un autre moment, ça aurait pu être une erreur grave. Néfaste, même.

— Répondrez-vous au moins à une question ?

— Posez-la toujours, et nous verrons.

— Comment avez-vous appris l'existence de cet endroit ? »

Cette question, Louis se l'était également posée sur le chemin du retour, et simultanément le soupçon lui était venu que Jud avait peut-être lui-même du sang indien. (Mais si tel était le cas, il devait être bien dilué ; tout en lui portait la marque d'une hérédité à cent pour cent anglo-saxonne.)

« Ben, c'est Stanny Bee qui m'en a parlé, répondit le vieil homme d'un air surpris.

— Il vous en a parlé, c'est tout ?

— Non, admit Jud. Ce n'est pas le genre d'endroit qu'on mentionne simplement comme ça au détour d'une conversation. A l'âge de dix ans, j'y ai enterré Spot, mon chien. Il s'était égratigné à du vieux barbelé rouillé en pourchassant un lapin. Les plaies se sont infectées et ça l'a tué. »

Il y avait quelque chose qui ne collait pas là-dedans, quelque chose qui était en contradiction avec ce que Louis en avait précédemment entendu dire, mais il était trop las pour mettre le doigt sur ce qui clochait. Jud n'ajouta rien ; il se contentait de poser sur Louis son regard insondable de vieil homme

« Bonne nuit, Jud, dit Louis.

— Bonne nuit. »

Jud Crandall traversa la route avec sa pelle et sa pioche. Impulsivement, Louis lui cria : « Merci ! »

Le vieil homme ne se retourna pas. Il se borna à lever une main pour lui signifier qu'il avait entendu.

Et tout à coup le téléphone se mit à sonner dans la maison.

Louis partit au galop — en serrant les dents, car le haut de ses cuisses et le bas de son dos l'élançaient violemment — mais lorsqu'il parvint dans la chaleur de la cuisine, le téléphone en était déjà à sa sixième ou sa septième sonnerie. Il s'arrêta de sonner au moment précis où il posait la main dessus. Il décrocha tout de même le combiné et fit « Allô ? » mais il n'y avait plus que le bourdonnement de la tonalité.

C'était sûrement Rachel, se dit-il. *Je vais la rappeler.*

Mais tout à coup, il eut le sentiment que la tâche était au-dessus de ses forces. Après avois formé le numéro sur le cadran, il lui faudrait encore échanger quelques platitudes gênées avec bonne maman (ou pis encore, avec le dégaineur de chéquiers le plus rapide du Nord-Est) avant d'avoir enfin Rachel... qui lui passerait Ellie. La fillette serait certainement encore debout ; à Chicago, il était une heure de moins. Et Ellie lui demanderait des nouvelles de Church.

Church ? Oh, il va très bien. Un camion de l'Orinco lui est rentré dedans. Je ne sais pas pourquoi, mais je suis absolument certain qu'il s'agissait d'un camion de l'Orinco. Sans doute histoire de garder à cette triste affaire toute sa cohésion dramatique, tu vois ce que je veux dire ? Non, tu ne vois pas ? Tant pis, ce n'est pas grave. Church a été tué sur le coup mais il n'a quasiment pas de marques. J'ai été l'enfouir à l'endroit où les Micmacs enterraient leurs morts jadis ; c'est une espèce d'annexe du Simetierre des animaux, tu vois ce que je veux dire ? Tu sais, lapin, ça fait une balade rudement chouette. Je t'y emmènerai un de ces jours et on mettra des fleurs au pied de sa tombe... pardon, de son cairn. Enfin, on attendra que les sables mouvants aient gelé et que les ours soient entrés en hibernation.

Il reposa le combiné, traversa la cuisine et remplit l'évier d'eau très chaude. Puis il ôta sa chemise et il se lava. Il avait sué comme un cochon malgré le froid, et il répandait une âcre senteur de bauge.

Il découvrit un reste de rôti de viande hachée dans le réfrigérateur et le débita en carrés qu'il disposa artistiquement sur une tranche de pain complet prédécoupé, puis il coiffa le tout de deux épaisses rondelles d'oignon et resta un moment à admirer son œuvre avant de l'inonder de ketchup et de plaquer par-dessus une deuxième tranche de pain spongieux. Si Rachel et Ellie avaient été là, elles auraient eu toutes deux le même froncement de nez dégoûté. Beurk, atroce !

Eh bien, c'est raté, mesdames, se dit Louis avec une indéniable satisfaction avant de bâfrer son sandwich. Dieu, que c'était bon ! *Confucius dire : lui qui sentir cochon, bouffer comme porc,* philosopha-t-il et sa maxime pidgin lui arracha un sourire. Il fit descendre le sandwich à l'aide de plusieurs grandes gorgées de lait qu'il but à même le carton (autre vilaine habitude qui lui attirait régulièrement les foudres de Rachel), après quoi il monta dans sa chambre, se déshabilla et se mit au lit sans même s'être brossé les dents. Ses douleurs et ses crampes s'étaient fondues en une seule palpitation sourde qui était presque réconfortante.

Sa montre était toujours à l'endroit où il l'avait laissée. Il la consulta. Neuf heures moins dix. Il avait du mal à en croire ses yeux.

Il éteignit la lumière, se retourna sur le flanc et s'endormit.

Il se réveilla un peu après trois heures du matin et se dirigea d'un pas traînant vers les toilettes. Tandis qu'il urinait, debout, en papillotant comme un hibou dans la lumière crue du tube fluorescent, la contradiction lui apparut soudain, grosse comme une maison, et ses yeux s'écarquillèrent. C'était un peu comme si deux pièces de machine qui auraient normalement dû s'articuler s'étaient heurtées et avaient rebondi au loin.

Tout à l'heure, Jud lui avait raconté que son chien était mort lorsqu'il avait dix ans — d'une infection consécutive à des blessures qu'il s'était faites en s'accrochant dans de vieux barbelés rouillés. Mais à la fin de l'été, le jour où ils étaient tous montés ensemble jusqu'au Simetierre des animaux, Jud lui avait dit que son chien était mort de sa belle mort et qu'il était enterré là ; il lui avait même désigné l'écriteau qui marquait l'emplacement de sa tombe, dont le passage des ans avait complètement effacé l'inscription.

Louis tira la chasse, éteignit la lumière et retourna se coucher. Il y avait autre chose qui ne collait pas, et il mit très vite le doigt dessus. Jud était né en 1900, et ce jour-là, au Simetierre, il avait expliqué à Louis que son chien était mort l'année de la Grande Guerre. Si c'était à l'année où la guerre avait éclaté en Europe qu'il pensait, il aurait donc eu quatorze ans, ou bien dix-sept s'il faisait allusion à l'entrée en guerre des Etats-Unis.

Mais tout à l'heure, il avait bien dit qu'il était âgé de dix ans à la mort de Spot.

Bon, mais il est vieux et les vieux ont souvent la mémoire qui flanche, se dit-il avec embarras. *Il admet lui-même qu'il a des trous de mémoire de plus en plus fréquents, qu'il doit se creuser la tête pour retrouver des noms et des adresses qu'il savait par cœur autrefois, et qu'il lui arrive de se lever le matin en ayant perdu tout souvenir des besognes qu'il s'était fixées la veille en s'endormant. Pour un homme de son âge, il s'en tire encore rudement bien... Il serait bien excessif de parler de sénilité dans un cas pareil ; Jud est sujet à des pertes de mémoire occasionnelles, voilà tout. Rien d'étonnant à ce qu'un homme comme lui oublie la date exacte de la mort d'un chien alors que c'est un événement qui remonte peut-être à plus de soixante-dix ans. Et à ce que les circonstances exactes de sa mort se soient brouillées dans sa tête. Ne te mets pas martel en tête pour ça, Louis.*

Mais il ne se rendormit pas sur-le-champ ; il resta longtemps éveillé, trop conscient de cette maison vide et du vent qui hurlait dehors en s'engouffrant dans les chéneaux du toit.

Puis, insensiblement, le sommeil le prit. Il ne se rendit même pas compte qu'il était passé de l'autre côté ; il devina seulement qu'il devait bien en être ainsi car, au moment où il sombrait dans le néant, il lui sembla entendre un bruit de pas étouffé dans l'escalier. Il pensa : *Laisse-moi, Pascow, va-t'en, ce qui est fait est fait, ce qui est mort est mort.*

Le bruit de pas s'évanouit et, dans la suite de cette funeste année pourtant fertile en événements inexplicables, le spectre de Victor Pascow ne revint plus jamais importuner Louis, que ce soit dans le sommeil ou dans la veille.

23

A son réveil, il était neuf heures. Un soleil éclatant entrait à flots dans la chambre par les fenêtres orientées à l'est. Le téléphone sonnait. Louis étendit un bras et s'en saisit.

« Allô ?

— Salut ! fit la voix de Rachel. Je te réveille ? J'espère que oui.

— Oui, tu m'as réveillé, sale garce, grogna-t-il en souriant.

— Ooooh, ce n'est pas beau de parler comme ça, espèce d'ours mal léché, dit-elle. J'ai essayé de t'appeler hier au soir. Tu étais chez les Crandall ? »

Louis hésita, mais pas plus d'une fraction de seconde.

« Oui, dit-il. J'ai bu quelques bières avec Jud. Norma était allée à un dîner de Thanksgiving. J'ai bien pensé à te passer un coup de fil, mais... tu sais bien. »

Ils échangèrent de menus propos. Rachel lui donna des nouvelles fraîches de ses parents, chose dont il se serait volontiers passé, mais il éprouva tout de même une joie mesquine en apprenant que la calvitie d'Irwin Goldman semblait s'étendre à une allure accélérée.

« Tu veux parler à Gage ? lui demanda Rachel.

— Je veux bien, dit-il, mais tâche de t'arranger pour qu'il ne me raccroche pas au nez comme la dernière fois. »

Il y eut une succession de bruits confus à l'autre bout de la ligne. Au loin, il entendit la voix de Rachel qui cajolait l'enfant pour le persuader de dire : « Bonjour, papa. »

A la fifi, Gage lui cria : « 'jour, wa-wa !

— Salut, Gage, répondit-il d'une voix enjouée. Comment vas-tu ? Comment va ta vie ? Est-ce que tu as encore fichu par terre le porte-pipe de ton grand-père ? Je l'espère bien. Cette fois, pour faire bonne mesure, tu pourrais peut-être aussi lui saccager sa collection de timbres... »

Pendant une demi-minute environ, Gage lui déversa dans l'oreille un flot de borborygmes et de glouglous joyeux entrecoupés d'un certain nombre de mots distincts, tels que *maman, Ellie, mammy, papy, auto, camion* et *caca*. Son vocabulaire s'enrichissait sans cesse.

Sur ce, Rachel lui arracha le téléphone des mains et il émit un geignement indigné. Louis en fut relativement soulagé. Il adorait son fils, et Gage lui manquait terriblement, mais une conversation avec un enfant de cet âge est aussi éprouvante pour les nerfs que pourrait l'être une partie de cartes avec un fou : vous échafaudez des combinaisons savantes pendant que. votre adversaire étale n'importe quoi n'importe comment, et au bout d'un moment vous perdez la tête à votre tour.

« Tout va bien là-bas ? lui demanda Rachel.

— Tout à fait bien », répondit Louis, sans l'ombre d'une hésitation cette fois. Mais il savait qu'il avait franchi une limite invisible tout à l'heure, quand il avait affirmé à Rachel qu'il avait passé la soirée de la veille chez Jud. En esprit, il entendit soudain la voix de Jud Crandall disant : *Un cœur d'homme a un sol plus rocailleux, Louis... On y fait pousser ce qu'on peut, et on le soigne.* « Enfin, pour être franc, je m'ennuie un peu, ajouta-t-il. Vous me manquez.

— Quoi, tu n'es donc pas heureux d'avoir échappé à tout ce cirque ?

— Oh, la paix et le silence sont bien agréables, admit Louis. Mais au bout de vingt-quatre heures, ça commence à me faire tout drôle.

— Je peux parler à papa ? fit la voix d'Ellie en arrière-plan.

— Louis, Ellie te demande.

— Bon, passe-la-moi. »

Il bavarda avec Ellie pendant près de cinq minutes. Elle lui raconta en pépiant gaiement que sa grand-mère lui avait donné une poupée, que son grand-père l'avait emmenée visiter les abattoirs (« Qu'est-ce qu'il sentent *mauvais,* papa ! » s'exclama-t-elle et Louis songea : *Ton papy ne sent pas la rose non plus, ma chérie),* qu'elle avait aidé à faire le pain et que Gage s'était sauvé pendant que Rachel était en train de le changer. Il avait couru jusqu'à l'autre bout du couloir et avait fait un gros caca sur le seuil du bureau de papy. (*Bien joué, mon petit Gage !* se dit Louis en souriant jusqu'aux oreilles.)

Il pensait qu'il avait tiré son épingle du jeu (du moins pour ce matin-là), mais alors qu'il s'apprêtait déjà à prier Ellie de lui repasser Rachel pour qu'il puisse lui dire au revoir, la fillette lui demanda :

« Comment va Church, papa ? Est-ce que je lui manque ? »

Le sourire de Louis s'effaça mais il répondit aussitôt, d'une voix parfaitement dégagée :

« Church va bien. Enfin, je suppose. Je l'ai fait sortir hier soir après lui avoir donné le reste du ragoût, et je ne l'ai pas encore vu ce matin, mais je viens à peine de me lever. »

Ah, dis donc, tu aurais fait un parfait meurtrier. Quel sang-froid ! Docteur Creed, quand avez-vous vu le défunt pour la dernière fois ? Il a mangé ici hier soir. Une belle portion de bœuf-carottes, pour être précis. Je ne l'ai pas revu depuis.

« Tu l'embrasseras pour moi, hein ?

— Pouah ! C'est ton chat, tu n'as qu'à l'embrasser toi-même », se récria Louis et Ellie éclata de rire.

« Tu veux encore dire quelque chose à maman ?

— Oui, passe-la-moi. »

Tout avait marché comme sur des roulettes. Louis et Rachel se parlèrent encore deux minutes, mais il ne fut pas question de Church. Ils échangèrent d'ultimes « je t'aime » et Louis raccrocha.

« Et voilà ! » déclara-t-il à la chambre vide et ensoleillée. Le plus moche dans tout cela, c'était qu'il n'éprouvait aucun remords, qu'il avait le cœur parfaitement léger.

24

Vers neuf heures et demie, Steve Masterton appela pour proposer à Louis de venir faire une partie de squash à l'université. Les courts étaient déserts, annonça-t-il avec allégresse, et ils pourraient jouer toute la sainte journée si ça leur chantait.

Louis comprenait la jubilation de Steve : en temps normal, la liste d'attente était si longue qu'il fallait souvent s'inscrire quarante-huit heures à l'avance pour obtenir un court pendant une maigre demi-heure. Mais il déclina tout de même l'invitation en expliquant à Masterton qu'il voulait travailler à l'article qu'il préparait pour la *Revue de médecine universitaire.*

« Vous en êtes sûr ? dit Steve. Ça vous ferait du bien de vous détendre un peu.

— Rappelez-moi tout à l'heure, dit Louis. Peut-être que je me sentirai plus d'attaque. »

Steve dit que c'était entendu et il raccrocha. Cette fois, Louis n'avait menti qu'à moitié : il avait bel et bien conçu le projet de travailler à son article, qui avait pour thème le traitement de certaines maladies infectieuses comme la varicelle et la mononucléose dans le cadre d'une infirmerie de campus. Mais la véritable raison de son refus était tout autre : c'était qu'il était perclus de douleurs et de courbatures. Il s'en était aperçu sitôt finie la conversation avec Rachel, lorsqu'il s'était rendu à la salle de bains pour se laver les dents. Il avait les muscles du dos complètement noués, ses épaules moulues d'avoir trop longtemps supporté le poids de ce maudit sac-poubelle le torturaient et ses jarrets étaient aussi tendus que des cordes de guitare accordées trois octaves trop haut. *Bon Dieu*, se dit-il, *et tu avais la bêtise de t'imaginer que tu étais en forme.* Il aurait eu l'air fin s'il avait essayé de jouer au squash avec Steve. Il se serait traîné comme un vieux podagre.

En parlant de podagre, cette virée dans la forêt d'hier soir, il ne l'avait pas faite seul, mais en compagnie d'un individu âgé de près de quatre-vingt-cinq ans. Il se demanda si Jud s'était réveillé ce matin avec d'aussi méchantes courbatures que lui.

Il passa une heure et demie sur son article, mais il n'avança guère. Le silence et le vide l'énervaient trop. A la fin, il rangea ses blocs-notes et ses tirés à part sur une étagère, juste au-dessus de la machine à écrire, puis il enfila son parka et sortit.

Il alla tout droit chez les Crandall, Jud et Norma étaient absents, mais il y avait une enveloppe à son nom punaisée à la porte d'entrée. Louis s'en empara et la décacheta du pouce.

Louis,
La bourgeoise et moi on est allés à Bucksport faire quelques emplettes et jeter un œil à une petite commode de style rustique qui est en vente à l'Emporium et que Norma guigne depuis des siècles. On cassera sans doute une graine chez McLeod's, ce qui fait qu'on ne sera de retour qu'en fin de journée. Mais venez donc boire une bière ce soir si le cœur vous en dit.

Votre famille est votre famille. Je ne veux pas fourrer mon nez dans des affaires qui ne me regardent pas, mais si Ellie était ma fille j'attendrais un peu avant de lui dire que son chat s'est fait écraser sur la route. Autant la laisser profiter de ses vacances, non ?

Et soit dit en passant, Louis, si j'étais vous je n'irais pas non plus crier sur les toits ce qui s'est passé hier au soir. A North Ludlow, il y a d'autres gens qui connaissent l'ancien cimetière des Micmacs ; il y en a même quelques-uns qui y ont personnellement enterré des bêtes… bref, si vous voulez, c'est un peu comme un complément du Simetierre des enfants. Croyez-le ou non, on y a même enseveli un... taureau ! Le père Zack McGovern, qui habitait sur Stackpole Road, y a creusé une sépulture à son taureau en 1967 (ou 68). Un animal primé qui s'appelait Hanratty. Ha, la bonne blague ! Quand il m'a raconté qu'il s'était colliné ce taureau jusqu'à là-bas avec l'aide de ses deux fils, j'ai tellement rigolé que j'ai bien cru que j'allais m'en faire péter la rate. Mais les habitants d'ici n'aiment pas parler de ça, et ils n'aiment pas non plus que des gens qu'ils considèrent comme des « étrangers » soient au courant. Bien sûr, ce ne sont que de sombres superstitions vieilles de trois siècles ; n'empêche que les gens du pays y croient plus ou moins. Et ils s'imaginent qu'un « étranger » qui s'en apercevrait les prendrait pour des zozos. Est-ce que c'est clair ? J'ai l'impression que non, mais en tout cas c'est comme ça. Alors soyez gentil, motus et bouche cousue sur tout ça, d'accord ?

Nous en reparlerons (dès ce soir, peut-être) et ça vous deviendra plus clair. En attendant, toutes mes félicitations. Vous vous êtes montré à la hauteur. J'en étais sûr, d'ailleurs.

Jud

P.S. — Norma ignore tout de ce que je vous dis dans ce mot (je lui ai servi une explication de mon cru) et j'aimerais autant qu'elle continue à l'ignorer si ça ne vous fait rien. En cinquante-huit ans de mariage, j'ai dit plus d'un mensonge à Norma. Je suis sûr que tous les maris racontent des tas de fariboles à leurs femmes, mais vous savez, ce sont des mensonges que pour la plupart ils pourront confesser au Bon Dieu le jour du Jugement sans avoir à baisser les yeux devant Lui.

Faites donc un saut chez moi ce soir, qu'on s'humecte un peu la glotte.

J.

Quand Louis acheva de lire ce billet, debout sur la dernière marche de l'escalier de la véranda des Crandall (vide à présent : ils avaient remisé les meubles de rotin jusqu'au prochain printemps), il avait les sourcils froncés. Ne pas informer Ellie du triste sort de son chat ? Il ne lui en avait rien dit. Mais qu'est-ce que c'était que cette histoire d'animaux qu'on avait déjà enterrés là, de superstitions vieilles de trois siècles ?

... et ça vous deviendra plus clair.

Il effleura cette phrase du bout d'un doigt et pour la première fois il s'autorisa à revenir volontairement en esprit sur ce qu'ils

170

avaient fait la veille. Les événements étaient flous dans sa mémoire ; ils avaient l'imprécision floconneuse du rêve ou des actions que l'on a commises dans une brume d'alcool ou de drogue Il se rappelait de l'escalade du tas de bois mort, de l'étrange lumière assourdie qui baignait le marécage, du subit accroissement de la température qu'il avait cru y déceler ; mais tout cela était un peu flottant, comme l'écho des dernières paroles échangées avec un anesthésiste juste avant qu'il vous colle son masque sur le nez.

… je suis sûr que tous les maris racontent des tas de fariboles à leurs femmes.

Sans parler de leurs filles, se dit Louis. Jud paraissait avoir eu une prescience quasi surnaturelle de ce qui allait se passer dans la tête de Louis — et au téléphone — ce matin.

Il replia lentement le mot que Jud avait écrit sur une feuille de papier dont la réglure rappelait celle d'un cahier d'écolier, et il le replaça à l'intérieur de l'enveloppe. Puis il fourra l'enveloppe dans sa poche revolver et il retraversa la route.

25

Le même jour, aux alentours d'une heure de l'après-midi, Church, tel le chat du Cheshire, reparut comme par enchantement. Louis' était dans le garage, où il s'était lancé cinq ou six semaines auparavant dans un grandiose projet auquel il travaillait à ses moments perdus : il s'agissait de bâtir des étagères suffisamment hautes pour mettre hors de la portée de Gage tous les matériaux dangereux ou toxiques — bouteilles de lubrifiant pour essuie-glaces, bidons d'antigel, outils acérés. Il était en train d'enfoncer un clou quand Church pénétra dans le garage, la queue en point d'exclamation. Louis ne lâcha pas le marteau ; il ne se l'abattit pas non plus sur le pouce. Son cœur s'accéléra, mais sans à-coups trop brusques ; il eut la sensation d'une violente brûlure au creux de l'estomac, mais elle s'effaça aussitôt, comme la chaleur intense mais éphémère du filament d'une ampoule qui saute. En y réfléchissant par la suite, il se dit qu'on aurait pu croire qu'il avait passé toute la matinée à attendre le retour de Church, comme si quelque atavisme immémorial enfoui dans le tréfonds de son subconscient l'avait averti dès le début de la signification véritable de l'expédition de la veille.

Il reposa son marteau avec précaution, et après avoir recraché dans sa paume les clous qu'il s'était fichés entre les lèvres il les glissa dans la poche du gros tablier de coutil qu'il mettait pour bricoler. Ensuite il s'approcha de Church, le prit dans ses bras et le souleva.

Il pèse son poids vif, se dit-il avec une espèce d'excitation morbide. *Le même qu'avant de se faire tuer. C'est du poids vif, j'en suis sûr. Il pesait plus lourd dans le sac. Il pesait plus lourd mort.*

Les battements de son cœur redoublèrent brusquement, et l'espace d'un instant il lui sembla que le garage tournoyait autour de lui.

Church, les oreilles couchées, se laissait manipuler sans protester. Louis sortit du garage, le chat dans les bras, et s'assit au soleil sur les marches de la porte de derrière. Church fit mine de vouloir lui fausser compagnie, mais Louis le maintint sur ses genoux tout en le caressant.

D'une main douce, il fouilla dans le collier de fourrure épaisse qui entourait le cou de l'animal en se remémorant cette tête molle qui pendait lamentablement sur sa nuque brisée le soir précédent. A présent, ses doigts ne trouvaient plus à cet endroit que du muscle solide, du tendon bien dur. Il souleva l'animal et il examina son museau avec soin. Aussitôt, il laissa tomber Church sur le gazon, ferma les yeux et se plaqua une main dessus. Un vertige brutal faisait tourner, danser l'univers entier devant lui. C'était une sensation qu'il lui était déjà arrivé d'éprouver à la fin de longues beuveries, juste avant de se mettre à rendre tripes et boyaux.

Il avait vu une croûte de sang séché sur le museau de Church et, pris dans ses longues moustaches, deux minuscules lambeaux de plastique vert sombre. Des petits bouts de sac poubelle.

Nous en reparlerons, et ça vous deviendra plus clair.

Bon sang, ça ne l'était déjà que trop !

Et si ça continue comme ça, se dit-il, *ça risque même de devenir tellement lumineux que ça me conduira tout droit à l'hôpital psychiatrique le plus proche.*

Il fit entrer Church dans la cuisine, posa son plat en plastique bleu sur la table et ouvrit une boîte de pâtée thon et foie. Tandis qu'il transvasait la matière grisâtre et glutineuse à l'aide d'une cuillère, Church se frotta à ses chevilles en faisant entendre un ronronnement intermittent. Au contact de l'animal, Louis sentit sa peau se hérisser de partout et il dut serrer les dents pour se forcer à ne pas le chasser à coups de pied. Le pelage abondant et lisse de ses flancs lui paraissait soudain trop doux, trop velouté — d'une douceur répugnante. Louis comprit que plus jamais il n'aurait envie de toucher Church.

Lorsqu'il se pencha pour poser le plat à terre, Church se précipita en avant et une âcre odeur de terre pourrie monta jusqu'aux narines de Louis. On aurait dit que sa fourrure s'en était imprégnée.

Il fit un pas de côté et observa le chat tandis qu'il mangeait. Il avalait gloutonnement, avec des lapements bruyants. Church avait-il toujours émis ces bruits de succion en mangeant ? Ce n'était pas impossible ; peut-être que Louis n'y avait tout simplement jamais fait attention. Mais quoi qu'il en soit, ils étaient écœurants. *Beurk,* aurait dit Ellie.

Subitement, Louis tourna les talons et il se dirigea vers l'escalier. Au début il marchait normalement, mais lorsqu'il arriva au palier de l'étage il courait presque. Il se déshabilla, fit un paquet de ses vêtements et les jeta dans le vide-linge bien qu'il se fût changé de pied en cap le matin même. Ensuite, il se fit couler un bain brûlant, le plus brûlant possible et il s'immergea dedans.

Des nuages de vapeur s'élevaient autour de lui, et il sentit que ses muscles se décontractaient peu à peu sous l'effet de l'eau très chaude. En même temps que le corps, le bain lui relaxait l'esprit, si bien que lorsque l'eau commença à tiédir une douce torpeur l'avait pris et ses idées s'étaient à peu près remises en place.

Le chat était revenu comme par enchantement, d'accord. Et alors ? La belle affaire !

Tout ça n'avait été qu'une affreuse méprise. D'ailleurs, ne s'était-il pas fait la réflexion hier soir que Church paraissait extraordinairement peu abîmé pour un chat qui s'était fait heurter par une auto ?

Rappelle-toi de toutes les bestioles écrabouillées que tu as vues sur la route, se dit-il. *Des chiens, des chats, des marmottes aplatis, éclatés, leurs tripes éparpillées partout.* Y en a plein la chaussée, *comme le nasille Loudon Wainwright dans cette drôle de chanson qu'il a consacrée à un skunks écrasé,* en technicolor...

Oui, à présent, c'était l'évidence même : Church avait été heurté violemment, et le choc l'avait assommé. Le chat qu'il avait transporté jusqu'au cimetière des Micmacs était inconscient, mais pas mort. On dit bien que les chats ont neuf vies, non ? Heureusement qu'il n'avait rien dit à Ellie ! Ainsi, elle n'aurait jamais besoin de savoir que Church en avait réchappé de justesse.

Le sang sur son museau et sa poitrine... son cou désarticulé...

Mais Louis était médecin, pas vétérinaire. Il avait fait une erreur de diagnostic, voilà tout. Il n'était pas dans une posture idéale pour se livrer à un examen approfondi, puisqu'il avait fait cela à croupetons sur la pelouse des Crandall, par moins six degrés, sous un ciel presque entièrement noir. Et en plus, il portait des gants. Dans ces conditions, il aurait...

Une ombre s'enfla soudain sur les carreaux de faïence qui recouvraient le mur de la salle de bains jusqu'à mi-hauteur, difforme, boursouflée, telle la tête d'un petit dragon ou d'un serpent gigantesque, et quelque chose effleura légèrement son épaule nue. Louis se redressa sur son séant avec autant de violence que s'il avait reçu une décharge électrique, soulevant une gerbe d'eau qui éclaboussa le tapis de bain. Il se retourna lentement, la tête rentrée dans les épaules, et ses yeux se posèrent sur le regard glauque pailleté de lueurs jaunes du chat de sa fille, qui s'était juché sur le couvercle baissé de la cuvette des toilettes.

Church oscillait lentement d'avant en arrière. On aurait pu croire qu'il était ivre. Louis l'observa, des fourmillements de dégoût sur tout le corps, ses mâchoires serrées contenant d'extrême justesse le cri qui lui montait aux lèvres. Jamais Church ne s'était comporté ainsi ; jamais il ne s'était mis à onduler imperceptiblement sur lui-même comme un serpent en train d'hypnotiser sa proie, ni avant sa castration, ni après. Pour la première fois (et la dernière), l'idée vint à Louis que ce chat n'était peut-être pas celui d'Ellie, mais un autre qui lui ressemblait beaucoup et qui était entré par hasard dans le garage où il bricolait, et que le véritable Church reposait toujours au pied de son cairn sur ce promontoire rocheux perdu au fond des bois. Mais les marques étaient les mêmes, c'était la même oreille irrégulièrement découpée, et il avait aussi cette espèce de morsure bizarre à une patte, celle sur laquelle Ellie avait refermé la porte de derrière de leur pavillon de banlieue au temps où Church n'était encore qu'un chaton.

C'était bien Church, il n'y avait pas à tortiller.

« Fiche-moi le camp d'ici », grommela Louis d'une voix rauque.

Un instant encore, les yeux de Church restèrent fixés sur lui (ces yeux ! Ils avaient changé, Dieu sait comment, ce n'étaient plus les mêmes qu'avant), puis il sauta à terre. Son mouvement était entièrement dépourvu de grâce féline. Il atterrit lourdement, chancela, donna bruyamment de l'arrière-train contre le bas de la baignoire ; ensuite, il s'éclipsa.

Louis sortit du bain et il se sécha rapidement, avec des gestes saccadés. Il était rasé et plus qu'à moitié vêtu lorsque le téléphone sonna. La sonnerie se réverbérait avec une étrange stridence à travers les pièces désertes. En l'entendant, Louis pirouetta brusquement sur lui-même, les yeux écarquillés, en levant les mains dans un geste instinctif de défense. Il abaissa lentement sa garde. Son cœur cognait à toute allure. Il lui semblait que tous ses muscles étaient bourrés d'adrénaline.

C'était Steve Masterton qui rappelait pour voir s'il avait changé d'avis au sujet de la partie de squash. Louis lui annonça qu'il le retrouverait à la porte du gymnase dans une heure. Il allait perdre un temps précieux, et taper sur une balle avec une raquette était bien la dernière chose dont il avait envie en ce moment, mais il fallait absolument qu'il sorte. Il voulait échapper à cet animal étrange, ce chat saugrenu qui n'avait rien à faire là.

Prenant soudain le mors aux dents, il rentra hâtivement sa chemise dans son pantalon, se saisit d'un sac de sport, y fourra son short, un maillot de corps et une serviette éponge et débdéboula l'escalier.

Church était couché de tout son long en travers de la quatrième marche. Louis trébucha sur l'animal, et il perdit l'équilibre. Il se rattrapa à la rampe d'extrême justesse, échappant de très près à une mauvaise chute.

Il s'arrêta au bas de l'escalier, le souffle court, le cœur battant la chamade, des flots acides d'adrénaline lui giclant dans tout le corps.

Church se releva, s'étira. On aurait dit qu'il ricanait.

Louis ouvrit la porte et s'en alla. Il savait qu'il aurait dû faire sortir le chat, mais il s'en abstint. Il sentait bien qu'il n'aurait pas pu se résoudre à le toucher.

26

Jud alluma une cigarette à l'aide d'une grosse allumette de cuisine qu'ensuite il secoua et dont il jeta le bout noirci dans un cendrier de fer-blanc cabossé au fond duquel subsistaient encore, illisibles, les vestiges d'un slogan à la gloire du whisky Jim Beam.

« Oui ma foi, c'est Stanley Bouchard qui m'a parlé de cet endroit... »

Il s'interrompit et s'abîma dans ses réflexions. Deux verres de bière à peine entamés étaient posés devant eux sur la toile cirée à carreaux rouge et blanc de la table de cuisine. Dans leur dos, le réservoir de la cuisinière à pétrole, solidement arrimé au mur par de gros boulons de serrage, émit trois longs gargouillis, puis se tut. Louis avait dîné en vitesse d'un sandwich géant en compagnie de Steve Masterton à la cafétéria du campus, où ils étaient pratiquement les seuls clients. Dès qu'il avait eu l'estomac plein, il avait senti son angoisse diminuer et il lui avait semblé qu'il serait capable d'affronter le retour de Church avec un peu plus de sang-froid. Malgré cela, il n'était pas particulièrement ravi à l'idée qu'il lui faudrait regagner sous peu cette maison vide et obscure où ce satané chat était tapi quelque part à l'attendre.

Norma était restée un long moment avec eux, regardant la télé d'un œil tout en travaillant à une broderie sur canevas qui représentait un petit temple campagnard dont la croix faîtière se détachait en noir sur un soleil couchant orange. Elle avait expliqué à Louis qu'elle comptait la vendre durant la fête paroissiale qui avait lieu chaque année une semaine avant Noël, et qui était en quelque sorte le clou de la saison à Ludlow. Les doigts de Norma maniaient avec agilité la grosse aiguille qu'elle faisait passer et repasser à travers le tissu tendu dans le cercle d'acier du tambour. Son arthrite n'était guère visible ce soir. Louis se dit que cela venait peut-être du temps : il était froid, mais extrêmement sec. Norma s'était parfaitement remise de son attaque cardiaque et Louis, à qui rien ne pouvait laisser soupçonner qu'une congestion cérébrale l'emporterait d'ici quelques semaines, lui trouvait un air moins hâve et même, dans l'ensemble, une physionomie plus juvénile. Ce soir, il n'avait pas de mal à l'imaginer telle qu'elle avait été dans sa jeunesse.

Elle s'était retirée à dix heures moins le quart après leur avoir dit bonne nuit, et à présent Louis était seul en compagnie de Jud, qui avait soudainement cessé de parler et s'abîmait dans la contemplation de la fumée de sa cigarette qui montait en volutes paresseuses vers le plafond avec l'air un peu hébété d'un enfant qui fixe une enseigne de coiffeur en essayant de comprendre où vont les stries.

« Stanny Bee », lui rappela Louis d'une voix douce.

Jud cligna des paupières et il parut revenir à lui.

« Ah oui, dit-il. C'est comme ça que tout le monde l'appelait à Ludlow, et je suppose que c'est aussi sous ce nom-là qu'on le connaissait à Bucksport, à Prospect et à Orrington. En 1910, l'année où mon chien Spot est mort (l'année où il est mort pour la première fois, plus exactement), Stanny était déjà un vieil homme et il était aussi plus qu'à moitié timbré. D'autres habitants du coin étaient au courant de l'existence du cimetière des Micmacs, mais c'est Stanny Bee qui m'en a parlé. Lui-même tenait cela de son père, qui avait été initié par le sien. Les Bouchard étaient d'une vieille lignée de Canadiens français, vous savez, ces fameux Canucks à tête de pioche. »

Jud s'esclaffa et il but une gorgée de bière.

« Il me semble encore l'entendre baragouiner dans son mauvais anglais. Il m'avait trouvé assis dans la cour de derrière de l'écurie de louage qui se trouvait alors à l'emplacement approximatif de l'usine Orinco, en bordure de la route 15 (sauf qu'à l'époque on disait simplement « la route qui va de Bangor à Bucksport »). Spot n'était pas encore mort, mais il n'en avait plus pour longtemps. Papa m'avait envoyé à l'écurie voir si le père Yorky ne pourrait pas nous vendre un peu de grain pour nos poules. Mais nous n'avions pas plus besoin de grain qu'une vache n'a besoin d'un tableau noir, et je me doutais bien de la raison pour laquelle il m'avait chargé de cette mission.

— Il allait abattre votre chien ?

— Et comme il savait la tendresse que je portais à Spot, il avait trouvé un prétexte pour m'éloigner. J'ai demandé au père Yorky de me donner ce grain, et tandis qu'il me remplissait mon sac, je suis allé faire un tour dans son arrière-cour. Il y avait là une grosse meule de moulin abandonnée ; je me suis assis dessus et je me suis mis à pleurer comme un veau. »

Jud souriait encore, mais moins largement. Il secoua la tête lentement, avec douceur.

« Et là-dessus, voilà ce vieux Stanny Bee qui entre dans la cour, poursuivit-il. Les gens d'ici étaient très partagés à son sujet ; la moitié pensaient que ce n'était qu'un pauvre idiot, les autres lui attribuaient un pouvoir malfaisant. Son grand-père avait été un grand trappeur et un négociant fameux au début du siècle dernier. Le grand-père de Stanny parcourait d'incroyables distances, depuis les provinces maritimes du Canada jusqu'à Bangor et parfois même encore plus au sud, vers Skowhegan et Fairfield, pour acheter des fourrures, du moins c'est ce qu'on racontait. Il se déplaçait à bord d'un grand chariot bâché couvert de peaux écrues tout pareil à ceux de ces charlatans qui autrefois allaient de bourg en bourg avec leur troupe de bateleurs pour vendre de l'huile de serpent et des poudres de perlimpinpin. Son chariot était aussi hérissé de croix, car le vieux Bouchard était un chrétien dévot qui se lançait dans de grands prêches sur la Résurrection dès qu'il en avait un coup dans le nez (ça, c'est Stanny qui me l'a raconté, il aimait beaucoup parler de son grand-père). Mais à côté des croix, il avait aussi des tas d'amulettes et de gris-gris indiens, car il avait la conviction que tous les Peaux-Rouges, à quelque peuplade qu'ils appartiennent, étaient issus d'une seule et même tribu qui n'était autre que la tribu perdue d'Israël dont il est question dans la Bible. Les Indiens étaient des païens, disait-il, qui rôtiraient tous en enfer ; mais en même temps il était persuadé que leur magie était efficace parce qu'ils étaient aussi, sans le savoir, des chrétiens dévoyés à la suite d'un bizarre maléfice.

« Le grand-père de Stanny faisait du troc avec les Micmacs et il continua à faire d'excellentes affaires avec eux longtemps après que les autres marchands blancs qui n'avaient pas pris la route de l'Ouest y eurent renoncé. D'après Stanny, c'était parce qu'il ne les estampait pas, et aussi parce qu'il connaissait la Bible par cœur et que les Indiens aimaient bien l'entendre prêcher la bonne parole comme les hommes en robe noire qui les avaient visités longtemps avant l'arrivée des trappeurs et des coureurs de bois. »

Jud resta un moment silencieux, et Louis attendit sans rien dire.

« Les Micmacs avaient parlé au grand-père de Stanny Bee de ce cimetière qu'ils n'utilisaient plus à cause du Wendigo qui en avait aigri le sol. Ils lui avaient aussi parlé du Marais du Petit Dieu, de l'escalier taillé dans le roc et de tout le reste.

« Cette histoire de Wendigo circulait à travers tout le grand Nord dans ce temps-là. C'était une légende qui était aussi nécessaire aux Indiens que peuvent l'être pour nous tant de légendes chrétiennes. Si Norma m'entendait dire cela, elle crierait au blasphème, mais c'est la vérité, Louis. Parfois, quand l'hiver n'en finissait pas de durer et que la disette s'aggravait, certaines tribus d'Indiens du Nord se retrouvaient acculées à une situation où la seule alternative qui leur restait était soit de mourir de faim, soit... d'avoir recours à des moyens extrêmes.

— Du cannibalisme ? » fit Louis.

Jud eut un haussement d'épaules.

« Peut-être bien, dit-il. Peut-être qu'ils prenaient quelqu'un qui était bien vieux et irrécupérable, et qu'ils avaient de quoi faire bouillir la marmite pendant quelque temps. Et qu'ensuite ils inventaient une histoire comme quoi le Wendigo aurait visité leur village ou leur camp pendant leur sommeil et les aurait touchés. Car le Wendigo était censé donner le goût de la chair humaine à ceux qu'il touchait. »

Louis hocha la tête.

« En somme, ils prétendaient que c'était le diable qui les avait poussés à le faire.

— Exactement, dit Jud. A mon avis, les Micmacs du coin ont été contraints de recourir à cet expédient à un certain moment, et ils ont enfoui les restes des gens qu'ils avaient mangés (un ou deux vieillards sans doute, une douzaine au grand maximum) dans ce cimetière, là-haut, sur la colline.

— Et là-dessus ils ont décidé que la terre avait tourné à l'aigre, murmura Louis.

— Donc, voilà Stanny Bee qui s'amène dans l'arrière-cour de l'écurie de Yorky, reprit Jud. C'était sans doute pour y prendre sa chopine d'alcool de grain. D'ailleurs, il était déjà pas mal imbibé. Son grand-père avait laissé à sa mort une fortune de près d'un million de dollars (du moins c'était ce que prétendait la rumeur publique), mais Stanny n'était qu'un pauvre hère qui en était réduit à crocheter dans les poubelles. Il m'a demandé ce qui n'allait pas, et je le lui ai dit. Voyant que j'avais pleuré, il m'a pris en pitié et il m'a dit qu'il y avait peut-être moyen d'arranger la chose, à condition que je sois brave et que j'y tienne vraiment.

« Je me suis écrié que je donnerais n'importe quoi pour que Spot guérisse, et je lui ai demandé s'il connaissait un vétérinaire capable de le soigner. " Ça non, je n' connaissions point d' vétérinaire, a fait Stanny. Mais je sais moyen de réparer ton chien, petit. Va-t'en rentrer maintenant, et dis à papa de ranger le chien dans un sac à grain, mais l'enterre pas, hein ! Tu le portes au Simetierre des animaux et là tu le mets caché dans l'ombre du tas d'arbres morts. Après tu retournes et tu dis qu'il est sépulturé. "

« Je lui ai demandé à quoi ça m'avancerait, et il m'a simplement dit de rester éveillé ce soir-là et d'attendre qu'il m'appelle en jetant un caillou dans la fenêtre de ma chambre. " Et ça sera minuit, petit, alors si t'oublies Stanny Bee et tu roupilles, Stanny Bee t'oublie pareil et adieu chien, chien s'en va tout droit en enfer ! " »

Jud leva les yeux sur Louis et il alluma une nouvelle cigarette.

« J'ai suivi les instructions de Stanny à la lettre. Quand je suis rentré à la maison, mon père m'a dit qu'il avait tiré une balle dans la tête de Spot pour abréger ses souffrances. Je n'ai même pas eu besoin de mentionner moi-même le Simetierre des animaux : mon père m'a immédiatement demandé si je ne pensais pas que Spot aurait été heureux que je l'y enterre. J'ai répondu qu'il avait sûrement raison, et j'y suis parti en traînant derrière moi mon chien mort emballé dans un sac de jute. Mon père avait offert de m'aider, mais j'avais refusé à cause de ce que Stanny m'avait dit de faire.

« Ce soir-là, tandis que je restais éveillé dans mon lit il me semblait qu'une éternité s'écoulait. Vous savez comment un enfant perçoit le passage du temps. J'avais l'impression que ça faisait si longtemps que je me forçais à ne pas dormir que le matin ne devait plus être loin, et là-dessus l'horloge sonnait dix heures, onze heures. Deux ou trois fois j'ai manqué m'assoupir, mais je me réveillais en sursaut à la dernière seconde. On aurait presque dit que quelqu'un m'avait secoué en me disant " Réveille-toi, Jud ! Réveille-toi ! " Comme si *quelque chose* voulait être sûr que je ne m'endorme pas. »

Lorsque Louis entendit cela, ses sourcils se soulevèrent. Jud haussa les épaules et continua :

« Quand l'horloge du vestibule a sonné les douze coups de minuit, je me suis dressé d'un bond sur mon séant et j'ai attendu, assis sur mon lit, face à la lune qui illuminait ma fenêtre. Et voilà que l'horloge sonne la demie, puis la voilà qui sonne une heure, et toujours pas de Stanny Bee. Je me dis : Il m'a oublié, cet abruti de Français, et au moment où je m'apprêtais à me déshabiller et à me remettre au lit, deux pierres s'abattent sur mes carreaux avec une force telle qu'il s'en est fallu de peu que les vitres ne volent en éclats. D'ailleurs, l'une d'elles avait bel et bien fêlé un carreau, mais je ne m'en suis aperçu que le lendemain et ma mère n'a remarqué la fêlure que l'hiver suivant, en sorte qu'elle a cru que c'était le gel qui l'avait causée.

« Je me suis rué sur la fenêtre et je l'ai aussitôt levée. Le châssis a grincé bruyamment contre le chambranle, chose qui apparemment ne peut pas manquer de vous arriver quand vous êtes gosse et que vous voulez sortir en douce après minuit... »

Louis, qui ne se souvenait pas d'avoir jamais tenté de se glisser hors de la maison la nuit à l'âge de dix ans, ne s'en esclaffa pas moins. Il était sûr que s'il avait voulu faire cela, sa fenêtre aurait émis des craquements sinistres alors même qu'elle était parfaitement silencieuse durant le jour.

« Je me suis dit que mes parents allaient croire que des voleurs étaient en train de s'introduire chez nous, mais quand les battements de mon cœur se sont calmés, les ronflements de mon père, qui dormait au premier étage, étaient toujours aussi sonores. J'ai passé la tête au-dehors, et j'ai vu Stanny Bee debout au milieu de l'allée et qui se balançait sur lui-même comme un homme pris dans une tempête alors qu'il y avait à peine un souffle de brise. Je suis sûr qu'il n'aurait jamais eu le courage de venir me chercher s'il n'avait pas ingurgité assez d'alcool pour en arriver au stade où on est aussi réveillé qu'un hibou atteint de diarrhée et où on se fiche complètement de tout. Et il se met à vociférer (tout en étant sans doute persuadé qu'il murmurait) : " Alors petit, tu descends, ou faut-y que j' monte te chercher ? "

« Je lui réponds : " Chut ! Tais-toi ! ", mort de frousse à l'idée que mon père allait se réveiller et me flanquer la plus belle raclée de ma vie. " Qu'est-ce que tu dis ? " braille Stanny avec sa voix de rogomme. Si la chambre de mes parents avait été en façade, Louis, ce coup-ci j'étais bon comme la romaine. Mais par bonheur, ils dormaient dans la même chambre que Norma et moi à présent, celle dont les fenêtres donnent sur la rivière.

— Vous avez dû dégringoler l'escalier rudement vite, dit Louis. Vous n'auriez pas une autre bière, Jud ? » Il en avait déjà bu deux, soit une de plus que d'habitude, mais ce soir ça lui paraissait raisonnable. Et même nécessaire.

« Si, j'en ai d'autres et vous savez où on les met », dit Jud avant d'allumer une nouvelle cigarette. Il attendit que Louis ait regagné sa place avant de reprendre :

« Oh non, je n'aurais pas osé tenter de prendre par l'escalier, car alors j'aurais dû passer devant la chambre de mes vieux. Je suis sorti par la fenêtre et j'ai dégringolé aussi vite que je pouvais le long du lierre de la façade. Je n'en menais pas large, je vous promets ; mais je crois que dans cet instant-là j'avais cent fois plus peur de me faire pincer par mon père que de monter au Simetierre en compagnie de Stanny Bee. »

Il écrasa la cigarette qu'il venait d'entamer.

« Nous avons pris le sentier et tandis que nous grimpions Stanny s'est cassé la figure une bonne douzaine de fois. Il était vraiment très parti, et vu l'odeur qu'il répandait on aurait pu croire qu'il était tombé dans une cuve de moût. Une fois même, il a bien failli se transpercer la gorge avec une branche pointue. Il avait amené une pelle et une pioche, et je m'attendais plus ou moins à ce qu'il me les passe en arrivant au Simetierre et à ce qu'il tourne de l'œil pendant que je creusais mon trou.

« Au lieu de ça, il a eu l'air subitement un peu dégrisé, et il m'a annoncé qu'on allait continuer, escalader le tas d'arbres morts et prendre un chemin qui menait à un autre cimetière, tout au fond de la forêt. J'ai regardé Stanny, tellement ivre qu'il tenait à peine sur ses pieds, puis mes yeux se sont posés sur ce gros tas de bois mort et j'ai dit : " Tu ne peux pas grimper là-dessus, Stanny, tu vas te rompre le cou. "

« Il m'a répondu : " Non, je vais pas rompre mon cou, ni toi non plus. Je marche avant, et toi tu portes le chien. " Et il avait raison. Il a escaladé ce tas d'arbres les doigts dans le nez ; on aurait dit qu'il lui avait poussé des ailes. Et moi, j'ai grimpé derrière lui en trimbalant Spot, qui devait pourtant bien faire ses quinze kilos alors que je n'en pesais moi-même guère plus de quarante. Faut dire aussi qu'en me réveillant le lendemain j'avais tous les muscles en compote — au fait, Louis, comment est-ce que vous vous sentez aujourd'hui ? »

Louis ne répondit pas ; il se borna à hocher la tête.

« On a marché, marché tant et plus, poursuivit Jud. Il me semblait qu'on marcherait jusqu'à la fin des temps. A l'époque, la forêt était encore bien plus fantasmagorique qu'aujourd'hui. Les arbres étaient pleins d'oiseaux qui lançaient des cris tous plus bizarroïdes les uns que les autres, et on entendait des bêtes remuer dans l'obscurité. Probable que c'était juste des cerfs, mais dans ce temps-là il y avait encore beaucoup d'élans, sans parler des ours et des pumas. Je traînais le corps de Spot derrière moi, et au bout d'un moment, une idée bizarre m'est venue : celle que Stanny Bee n'était plus là et qu'à présent c'était un Indien que je suivais ; lequel Indien, lorsque nous aurions cheminé encore un certain temps, se retournerait vers moi, avec des yeux noirs comme du charbon et un visage grimaçant barbouillé de ces peintures malodorantes qu'ils confectionnent avec de la graisse d'ours ; il aurait un tomahawk fait d'un fragment d'ardoise tranchant attaché à un manche de frêne par des lanières de cuir grossier, il m'empoignerait par la nuque et il me scalperait d'un seul coup de hache en m'arrachant toute la peau du crâne en même temps que les cheveux. Stanny ne titubait plus et il ne trébuchait plus ; il marchait bien droit, à grandes enjambées, la tête haute, et ça alimentait ces idées fantastiques qui me remuaient sous le crâne. Mais quand nous sommes arrivés au bord du Marais du Petit Dieu, il s'est retourné vers moi pour me parler, et j'ai vu que c'était bien Stanny et que c'était la terreur qui l'empêchait de tituber et de tomber. La terreur l'avait complètement dessaoulé.

« Il m'a dit toutes ces choses que je vous ai dites hier au soir ; il m'a parlé des huards, il m'a parlé des feux follets, et il m'a bien recommandé de ne faire attention à rien de ce que je verrais ou entendrais. Et surtout, surtout, m'a-t-il dit, si tu entends une voix qui te parle, ne lui réponds pas. Après ça, nous avons traversé le marécage, et j'ai bel et bien vu quelque chose. Je ne vous dirai pas quoi, Louis. Sachez seulement que depuis cette première visite au cimetière des Micmacs, au temps de mes dix ans, je suis retourné sur les lieux une petite demi-douzaine de fois et que je n'y ai plus jamais rien vu de semblable. Et ça ne risque plus de m'arriver, vu que le voyage d'hier soir était le dernier que je ferai jamais au cimetière des Micmacs. »

Est-il possible que je sois vraiment assis là en train de gober tout ça ? se demanda Louis. Cette question, il se la posait avec une certaine insouciance, et sans doute les trois bières qu'il s'était enfilées l'incitaient à la légèreté, du moins pour ce qui était de converser avec lui-même. *Est-ce que je suis vraiment en train de croire à cette folle histoire de vieux Canucks, de cimetière indien, de Wendigo et d'animaux qui ressuscitent ? Bon Dieu, ce chat était simplement sonné ; une bagnole l'a heurté, et le choc l'a assommé. Pas besoin d'en faire toute une affaire. Ce ne sont que des divagations de vieux sénile.*

Mais il n'en était rien, Louis en était parfaitement conscient et trois bières (ou même trente-trois) ne suffiraient jamais à noyer cette certitude.

Primo, Church avait réellement été tué ; deuxio, il était revenu à la vie ; tertio, il avait changé, changé du tout au tout, et à présent il y avait en lui quelque chose de foncièrement *maléfique*. Que s'était-il donc passé ? Jud avait fait cela pour régler une dette qu'il estimait avoir envers Louis, mais la magie qui opérait dans l'ancien cimetière des Micmacs n'était peut-être pas entièrement blanche, et quelque chose dans le regard de Jud lui disait que le vieil homme ne l'ignorait pas. Louis repensa à la lueur qu'il avait vue, ou cru voir dans ses yeux le soir précédent. Cette espèce de flamme jubilante qui dansait dans ses prunelles. Et il se souvint d'avoir eu le pressentiment que Jud n'avait peut-être pas pris entièrement de son propre chef la décision d'entraîner Louis — et Church — dans cette expédition nocturne.

Mais qui lui a soufflé cette idée, alors ? interrogea sa raison. Et comme il était incapable d'y répondre, Louis chassa de son esprit cette question gênante.

« J'ai enseveli Spot et je lui ai édifié un cairn, continua Jud d'une voix sans timbre. Quand j'en ai eu terminé, Stanny Bee ronflait comme un sonneur, et il a fallu que je le secoue de toutes mes forces pour le réveiller, mais le temps qu'on ait descendu ces quarante-quatre marches...

— Quarante-cinq », marmotta Louis.

Jud hocha la tête.

« Oui, ma foi, quarante-cinq, vous avez raison. Le temps, donc, qu'on ait descendu ces quarante-cinq marches il marchait bien droit et il semblait à nouveau tout à fait dégrisé. On a repassé par le marécage, repris le chemin qui coupe à travers la forêt, escaladé le tas d'arbres morts en sens inverse, puis on a retraversé la route et on s'est retrouvés devant chez moi. J'avais l'impression qu'il s'était bien écoulé une dizaine d'heures depuis notre départ, et pourtant il faisait encore nuit noire.

« " Qu'est-ce qui va se passer maintenant ? " je demande à Stanny Bee, et il répond : " T'as qu'à attendre, et tu verras. " Là-dessus, il tourne les talons et il s'éloigne d'un pas qui était redevenu aussi lourd et titubant qu'au début. Je suppose qu'il a passé le reste de la nuit sur un ballot de paille au fond de l'écurie au père Yorky. En fin de compte, Stanny Bee a vécu deux ans de moins que Spot. Son foie, qui était très abîmé, a fini par le lâcher et deux gamins l'ont trouvé étalé de tout son long au milieu de la route, raide comme un passe-lacet, le 4 juillet 1912. Il s'était tout de même arrangé pour claquer le jour de la fête nationale...

« Et quant à moi, cette nuit-là, j'ai regrimpé le long du lierre, je me suis mis au lit et à peine ma tête avait-elle frôlé l'oreiller, je me suis endormi profondément.

« Le lendemain, j'ai dormi jusqu'à neuf heures et j'aurai sans doute dormi encore si ma mère ne m'avait appelé. A cette époque, papa travaillait au chemin de fer, comme poseur de rails, si bien qu'il partait sur le coup de six heures... »

Jud s'interrompit un moment, et parut réfléchir.

« Ma mère ne m'appelait pas simplement comme ça, Louis. Elle *hurlait* mon nom. »

Jud se leva, marcha jusqu'au frigidaire et en sortit une bouteille de bière Miller's qu'il décapsula en s'aidant de la poignée d'un des tiroirs du petit buffet sur lequel étaient posés la boîte à pain en tôle émaillée et le gros toasteur en acier chromé. Dans la lueur de la suspension en opaline festonnée, son visage était de la même teinte ocrée qu'un doigt taché de nicotine. Il vida d'un trait la moitié de sa bière, lâcha un rot sonore, puis il laissa dériver son regard en direction du corridor qui menait à la chambre où il dormait avec Norma avant de le reposer sur Louis.

« Ça m'est difficile de parler de cette histoire, dit-il. Je l'ai ressassé dans ma tête pendant des années et des années, mais je n'en ai jamais rien dit à personne. D'autres savaient ce qui s'était passé, mais ils ne m'en ont jamais parlé non plus. C'est un peu comme les choses du sexe, si vous voulez. Mais à vous, Louis, il faut bien que je vous le dise parce qu'à partir de dorénavant vous avez un chat qui n'est plus pareil. Pas forcément dangereux, mais *différent*. Peut-être l'avez-vous déjà remarqué ? »

Louis songea à la maladresse de Church lorsqu'il avait sauté du siège des toilettes en heurtant de l'arrière-train le flanc de la baignoire ; il revit ce regard glauque, trouble, un peu stupide, qui s'était planté dans le sien.

Et il fit un signe d'assentiment.

« En descendant, reprit Jud, j'ai trouvé ma mère rencognée tout au fond de la dépense, entre la glacière et une étagère. A ses pieds, il y avait une espèce de masse blanche informe — des rideaux qu'elle était sur le point de poser — et mon chien Spot était là, debout sur le seuil. Il était couvert de terre, il avait les pattes toutes boueuses et le pelage de son ventre était crasseux, raide et emmêlé. Il se tenait là, simplement, sans rien faire, il ne grondait pas ni rien, mais de toute évidence il avait acculé ma mère dans un coin, même si c'était involontaire. Elle était terrorisée. J'ignore ce que vous éprouviez pour vos parents, Louis, mais moi, les miens, je les aimais énormément. Et l'idée que j'avais fait quelque chose qui était susceptible de terroriser ma pauvre mère m'a gâché toute la joie que j'aurais pu ressentir en constatant que Spot était de retour. Et en l'apercevant, je n'ai même pas été surpris.

— Je connais ce sentiment, dit Louis. En voyant Church ce matin, j'ai juste... il m'a semblé que c'était... » Il s'interrompit brièvement. *La chose la plus naturelle du monde ?* C'étaient les mots qui s'étaient spontanément formés dans son esprit, mais ils ne le satisfaisaient pas. « ... que ça devait *fatalement* se produire, acheva-t-il.

— Oui », dit Jud. Il alluma une autre cigarette. Ses mains tremblaient imperceptiblement. « Et dès qu'elle m'a vu là, encore en caleçon et en tricot de corps, ma mère s'est mise à hurler : " Donne à manger à ton chien, Jud ! Tu vois bien qu'il a faim ! Fais-le sortir d'ici sans quoi il va me cochonner mes rideaux ! "

« J'ai ramassé quelques rogatons, j'y ai mis dans sa gamelle et je l'ai appelé. D'abord il n'a eu aucune réaction, on aurait dit qu'il ne reconnaissait pas son nom, et l'idée m'a traversé l'esprit que ce n'était peut-être pas Spot, mais un chien errant qui lui *ressemblait* simplement...

— *Oui !* » s'écria Louis, et Jud hocha la tête.

« Au deuxième ou au troisième appel, il s'est tout de même mis en branle et il est venu vers moi, mais avec des gestes tellement saccadés qu'en sortant à ma suite sur la véranda il a buté contre le chambranle de la porte et il est tombé les quatre fers en l'air. Malgré tout, il avait une sacrée fringale ; ces rogatons, il n'en a fait qu'une bouchée. Moi, entre-temps, je m'étais remis de ma frayeur initiale et je commençais à saisir ce qui s'était passé. Je suis tombé à genoux et j'ai serré mon chien contre mon cœur. J'étais si heureux de le revoir ! Là-dessus, il s'est mis à me lécher la figure et... »

Jud frissonna et il avala son reste de bière.

« Il avait la langue toute froide, Louis. Il me léchait, et moi j'avais la même impression que si on m'avait frotté la joue avec un poisson crevé. »

Un moment, ils restèrent tous deux silencieux. A la fin, Louis dit :

« Continuez, Jud.

— Quand il a eu fini de manger, je suis allé chercher le vieux baquet qu'on gardait à cet usage sous l'escalier de la porte de derrière, et je lui ai fait prendre un bain. Spot détestait qu'on le baigne, et en temps normal il fallait qu'on s'y mette à deux, papa et moi, et c'était une si rude affaire qu'on s'en sortait tout débraillés et trempés jusqu'aux cuisses, avec mon père abreuvant d'insultes ce pauvre Spot qui nous regardait de cet air penaud qu'ont fréquemment les chiens. Et plus souvent qu'à son tour, aussitôt qu'on avait fini de l'étriller il courait se rouler dans la boue, il allait se secouer près de la corde à linge où ma mère venait juste d'étendre sa lessive et en voyant ses draps tout maculés ma mère se mettait dans tous ses états et elle nous gueulait qu'un de ces jours elle finirait par l'abattre, ce satané cabot.

« Mais ce jour-là, Spot est resté assis bien tranquillement dans son baquet et il s'est laissé laver stoïquement, sans même un mouvement de recul. Moi, ça ne m'a pas plu du tout. J'avais l'impression de savonner un quartier de viande. Après l'avoir baigné, je l'ai séché en le frottant avec une vieille serviette éponge. A l'endroit où les barbelés l'avaient blessé, tout le poil était parti, et il n'y avait pas la moindre croûte ; les cicatrices n'étaient plus que de petits sillons bien nets, semblables à ceux qui peuvent rester de plaies qui se sont refermées depuis au moins cinq ans. »

Louis hocha la tête. Dans son métier, il lui arrivait parfois de rencontrer de vieilles blessures comme celles-là, des plaies dont les bords ne se sont jamais complètement rejoints, et elles le faisaient régulièrement songer aux fosses qu'il creusait lorsqu'il était apprenti croque-mort ; la terre qu'on en retirait ne suffisait jamais à les combler tout à fait ensuite.

« Et puis, poursuivit Jud, j'ai remarqué qu'il avait une autre de ces fossettes sur la tête, juste derrière l'oreille, sauf qu'à cet endroit le poil avait repoussé en formant un petit cercle blanc.

— La marque qu'avait laissée la balle de votre père, dit Louis et Jud acquiesça de la tête. Vous savez Jud, une balle dans la tête, ce n'est pas aussi infaillible que ça en a l'air, qu'il s'agisse d'un humain ou d'un animal. Il y a des candidats au suicide qui se retrouvent à l'hôpital dans un stade de coma avancé, ou même parfois s'en sortent absolument indemnes parce qu'ils ignoraient qu'une balle peut ricocher sur la paroi du crâne et ressortir de l'autre côté sans même avoir effleuré le cerveau. J'ai personnellement vu un gars qui avait voulu se brûler la cervelle en s'appuyant le canon de son revolver juste au-dessus de l'oreille droite et qui n'était mort que parce que la balle lui avait perforé la jugulaire interne après avoir fait un demi-tour complet autour de son crâne. Le tracé du trajet parcouru par la balle ressemblait à celui d'un sentier chevrier sur une carte d'état-major. »

Jud eut un sourire et il hocha la tête.

« Il me semble avoir lu quelque chose de la même eau dans une de ces feuilles de chou auxquelles Norma est abonnée — le *Star,* ou l'*Enquirer.* Mais si mon père avait dit que Spot était mort, c'est que ça ne faisait pas l'ombre d'un doute, Louis.

— Soit, dit Louis. Je ne peux pas vous contredire sur ce point.

— Est-ce que le chat de votre fille était bien mort ?

— Il en avait l'air, c'est sûr.

— Vous devriez avoir une opinion plus définitive là-dessus, Louis. Vous êtes médecin.

— La médecine n'est ni omnisciente, ni infaillible, rétorqua Louis. Il faisait nuit...

— Il faisait nuit, d'accord, mais la tête de cet animal pivotait autour de son cou comme si elle avait été montée sur roulements à bille ; et puis, Louis, quand vous l'avez soulevé, vous l'avez *arraché* du sol et ça a fait le même bruit qu'un ruban de scotch qui se décolle d'une enveloppe. S'il était pris dans le gel, c'est qu'il était mort ; aussi longtemps qu'on est vivant, on dégage assez de chaleur pour faire fondre le givre à l'endroit où on est couché. »

L'horloge de la salle de séjour sonna la demie de dix heures.

« Qu'a dit votre père lorsqu'il a vu le chien en revenant du travail ? interrogea Louis.

— Je m'étais installé sur l'allée et je jouais aux billes en l'attendant, dit Jud. Je me sentais coupable, étant sûr d'avoir mal agi, et je supposais que j'allais être bon pour une fessée. Vers huit heures, il a poussé la grille du jardin et il est entré. Il portait sa salopette bleue et une de ces casquettes rondes taillées dans de la toile à matelas comme on en faisait dans ce temps-là... vous en avez déjà vu, Louis ? »

Louis fit signe que oui tout en étouffant un bâillement avec le dos d'une main.

« C'est vrai qu'il se fait tard, dit Jud. Faut que je me dépêche d'en finir.

— Oh, il n'est pas si tard que ça, protesta Louis. C'est juste que j'ai nettement dépassé ma ration de bière habituelle. Continuez, Jud. Tout ça m'intéresse beaucoup.

— Papa emportait toujours son casse-croûte dans une gamelle de fer-blanc, continua Jud, et quand il est entré dans le jardin, il tenait sa gamelle vide au bout d'un bras et il la balançait en sifflotant. La nuit était déjà tombée, mais il m'a aperçu dans la pénombre et il s'est exclamé : " Hé, Judkins ! Salut, bonhomme ! " comme il le faisait toujours, puis il a ajouté : " Où est ta... ? " mais avant qu'il ait eu le temps de terminer sa phrase, voilà Spot qui émerge tout à coup de l'obscurité et qui s'avance vers lui. Spot ne se précipitait pas vers mon père, il ne bondissait pas sur lui pour lui faire fête comme à l'accoutumée ; non, il s'approchait de lui à pas lents, en frétillant de la queue, et en le voyant mon père a laissé tomber sa gamelle et il s'est mis à reculer. Je crois bien qu'il aurait tourné les talons et qu'il se serait enfui à toutes jambes si son dos n'était pas entré en contact avec un des piquets de la clôture. Il est resté là à regarder le chien s'approcher et quand Spot a fait mine de bondir sur lui il lui a attrapé les pattes et l'a maintenu debout, comme s'il tenait les mains d'une dame en attendant que l'orchestre attaque une valse. Il a examiné mon chien pendant un bon moment, puis il s'est tourné vers moi et il m'a dit : " Jud, ce chien a besoin d'être lavé. Il a gardé l'odeur de la terre dans laquelle tu l'as enseveli. " Après quoi il est entré dans la maison.

— Et qu'avez-vous fait ? demanda Louis.

— Je lui ai fait prendre un deuxième bain. Il s'est laissé faire aussi passivement que la première fois. Quand j'ai regagné la maison, ma mère était déjà montée se coucher ; pourtant, il n'était même pas encore neuf heures. Mon père m'a dit : " Faut qu'on parle, Judkins. " Je me suis assis en face de lui et il m'a parlé d'homme à homme pour la première fois de ma vie ; je me rappelle que la pièce embaumait à cause de l'odeur du chèvrefeuille qui, venant jusqu'à nous depuis la maison d'en face — celle où vous vivez à présent — se mêlait à celle des églantines de notre propre jardin. »

Jud Crandall lâcha un long soupir.

« J'avais toujours espéré qu'un jour il se déciderait à me parler comme cela, mais ça n'a pas été un plaisir. Vraiment pas. Et ce qu'il m'a dit, je suis en train de vous le redire ce soir, Louis. J'ai l'impression de regarder dans un miroir et d'y trouver le reflet d'un autre miroir placé juste en face, dans lequel se reflète un troisième miroir et ainsi de suite jusqu'à former un dédale sans fin. Je me demande combien de fois cette histoire a été ainsi répercutée — une histoire qui ne varie jamais, hormis pour ce qui est des noms et des dates ? Je vous ai dit que c'était un peu comme les secrets du sexe ; c'est juste, non ?

— Votre père était au courant.

— Ma foi oui. Il m'a demandé : " Qui c'est qui t'a conduit là-haut, Judkins ? " Je lui ai dit qui c'était et il a hoché de la tête comme s'il s'y était attendu. Je suppose qu'il avait deviné, d'ailleurs. Plus tard, j'ai appris qu'il y avait sept ou huit personnes à Ludlow qui connaissaient l'endroit dans ce temps-là et auraient pu m'y conduire, mais mon père s'était sans doute dit que Stanny Bee était le seul qui fût assez cinglé pour tenter vraiment l'aventure.

— Vous ne lui avez pas demandé pourquoi il ne vous y avait pas conduit lui-même, Jud ?

— Si, dit Jud. A un certain moment de la conversation — qui fut très longue — je lui ai posé la question. Il m'a répondu qu'il n'aurait pas fait ça parce que l'endroit était plutôt néfaste qu'autre chose et qu'en général son action n'était bénéfique ni sur les gens qui avaient perdu des bêtes ni sur les bêtes elles-mêmes. Il m'a demandé și j'aimais Spot autant qu'avant et je dois vous dire que j'ai eu beaucoup de mal à lui répondre, Louis... Il faut que je vous explique mes sentiments à ce sujet, parce que je sais que tôt ou tard vous me demanderez pourquoi je vous ai mené là-haut avec le chat de votre fille si je savais d'avance que le résultat ne serait pas bon. Et vous vous le demandez déjà, n'est-ce pas ? »

Louis fit oui de la tête. Qu'est-ce qu'Ellie penserait de Church à son retour ? Tout au long de la partie de squash avec Steve Masterton, cette question n'avait pas cessé de le tarabuster.

« Peut-être que j'ai fait ça parce qu'il vaut parfois mieux faire comprendre aux enfants qu'il y a des états pires que la mort, expliqua Jud d'une voix soudain moins assurée. C'est une chose que votre Ellie ne sait pas, et à mon avis si elle ne le sait pas, c'est peut-être parce que votre femme préfère l'ignorer. Si je suis dans l'erreur, vous n'avez qu'à me le dire, et nous en resterons là. »

Louis ouvrit la bouche, puis il la referma.

Jud continua. A présent, il parlait avec une extrême lenteur ; on aurait dit qu'il passait d'un mot à l'autre comme ils étaient passés d'un monticule herbeux à l'autre en traversant le Marais du Petit Dieu la veille au soir.

« Au fil des ans, j'ai vu bien des fois la même histoire se reproduire, commença-t-il. Je crois que je vous ai raconté que Zack McGovern avait enterré son taureau là-haut. Un taureau d'Angus à la robe entièrement noire qui s'appelait Hanratty. Pas que c'est un nom ridicule pour un taureau ? Il avait crevé d'un genre d'ulcère aux intestins, et Zack et ses deux fils ont trimbalé le cadavre de leur taureau jusqu'à là-haut après l'avoir attaché à un traîneau. Comment ils s'y sont pris, comment ils ont fait pour lui faire franchir le tas d'arbres morts, ça j'en sais fichtre rien, mais le fait est qu'ils y sont arrivés. On dit que la foi soulève les montagnes, et c'est sûrement vrai aussi du désir d'aller enfouir quelque chose dans ce cimetière-là.

« Ce qui fait qu'Hanratty est revenu parmi nous. Sauf que Zack l'a de nouveau expédié ad patres deux semaines plus tard, d'un coup de fusil. Le taureau était devenu quinteux, et même méchant. Mais à ma connaissance c'est la seule fois où ça c'est produit avec un animal revenu de là-haut. Pour la plupart, ils paraissent juste un peu... hébétés... un peu ralentis, un peu...

— Un peu morts ? suggéra Louis.

— Oui, dit Jud. Un peu morts, comme s'ils étaient revenus, mais seulement partiellement, de... de l'endroit où ils avaient été. Evidemment, votre fillette ne saura rien de tout cela, Louis. Elle ne saura pas que son chat a été heurté par une auto, qu'il a été tué et qu'il est revenu. Donc, vous pourriez m'objecter qu'on ne peut pas apprendre une leçon à un enfant qui ne sait même pas qu'il se trouve en face de quelque chose dont il y a un enseignement à tirer. Sauf que...

— Sauf que quelquefois, on peut apprendre sans en avoir l'air, dit Louis en s'adressant plus à lui-même qu'à Jud.

— Oui, acquiesça le vieil homme. Quelquefois c'est possible. Peut-être que ça lui apprendra quelque chose au sujet de la mort, quelque chose dont la plupart des gens ne sont pas conscients, et qui est que la mort n'est pas seulement la fin de la vie, mais aussi le lieu où la souffrance cesse et où les bons souvenirs prennent racine.

Ce sont des choses que vous ne pourrez jamais lui expliquer ; il faudra qu'elle les comprenne par ses propres moyens.

« Et si votre Ellie est un tant soit peu comme je l'étais moi-même, elle continuera d'aimer son chat malgré tout. Il ne sera pas devenu méchant, il ne mordra pas, ni rien de ce genre, alors elle continuera à l'aimer... mais elle tirera ses propres conclusions... et quand il se décidera enfin à mourir, elle se sentira bien soulagée.

— C'est donc pour cela que vous m'avez conduit là-haut », dit Louis. Il se sentait le cœur plus léger tout à coup. Il avait enfin une explication. Bien confuse sans doute et étayée par une logique plus intuitive que rationnelle, mais eu égard aux circonstances il lui semblait qu'il pourrait s'en accommoder. Et du même coup, il pourrait oublier cette flamme de joie mauvaise qu'il avait cru voir danser dans le regard de Jud le soir précédent. « Bon, reprit-il, ça me... »

Avec une soudaineté presque brutale, les bras de Jud se levèrent et il enfouit son visage dans ses mains. L'espace d'un instant, Louis crut que le vieil homme avait été saisi d'une douleur brusque ; il se dressa à demi sur sa chaise, plein d'une sollicitude inquiète, et il s'aperçut alors que la poitrine de Jud était soulevée de spasmes convulsifs : il luttait simplement pour retenir ses larmes.

« Oui, c'est pour cela, mais ça n'explique pas tout, articula-t-il d'une voix étranglée. Ce qui m'a incité à vous conduire là-haut, c'est ce qui avait poussé Stanny Bee à m'y conduire ; c'est ce qui a incité Zack McGovern à y emmener Linda Levesque quand son chien s'est fait écraser sur la route. Son taureau avait été pris d'une espèce de rage, il se lançait aux trousses de tous les enfants qui avaient le malheur de s'aventurer dans le pré où il paissait, si bien qu'en définitive Zack avait été contraint de l'abattre, et malgré ça, il a conduit Mrs Levesque là-haut. Il *savait,* et il l'a fait quand même, comment est-ce qu'on peut expliquer une chose pareille, bon Dieu ? »

La voix de Jud s'était faite plaintive, presque gémissante.

« Où voulez-vous en venir, Jud ? demanda Louis, un peu alarmé.

— Stanny et Zack ont fait ça pour la même raison que moi, Louis. On fait cela parce que l'endroit prend possession de vous. Parce que ce cimetière est un lieu secret, parce que vous êtes rongé par l'envie de transmettre ce secret à quelqu'un, et dès que vous trouvez une raison qui paraît un tant soit peu valable, vous êtes… »

Jud ôta ses mains de devant son visage et il posa sur Louis un regard qui était incroyablement vieux, incroyablement hagard.

« Eh bien, il ne vous reste plus qu'à vous lancer là-dedans une fois de plus. Vous inventez des raisons qui paraissent valables, mais ce qui vous pousse vraiment à faire ça, c'est que vous en avez *envie*. Ou que quelque chose vous y *oblige*. Mon père ne m'a pas conduit au cimetière ; il savait qu'il existait, mais il n'y était jamais *allé* lui-même. Stanny Bee y avait été, lui… et il m'y a emmené… et voilà qu'à mon tour, au bout de soixante-dix ans… voilà que ça m'a pris aussi, tout à coup… »

Jud secoua la tête. Une toux sèche le prit brièvement, et il se couvrit la bouche d'une main.

« Ecoutez, Louis, reprit-il. A ma connaissance, le taureau de Zack McGovern est le seul animal qui soit vraiment devenu méchant après son retour de là-haut. Je crois que le chow-chow de Linda Levesque a mordu le facteur après, mais rien qu'une seule fois, et j'ai entendu dire que d'autres bêtes étaient devenues un peu cabochardes, avec des pointes de méchanceté, mais Spot, lui, est toujours resté un bon chien. On avait beau le laver et le relaver, il répandait toujours la même puanteur de terre aigre, mais c'était une brave bête. Ma mère n'a plus jamais voulu le toucher, mais ça ne l'a pas rendu moins gentil. Cela dit, Louis, si vous jugez préférable d'abattre votre chat dès ce soir, ce n'est pas moi qui essaierai de vous en dissuader.

« Cet endroit… aussitôt que vous y avez mis le pied, il prend possession de vous… et vous vous inventez les intentions les plus louables du monde afin d'avoir un prétexte pour y retourner… J'ai peut-être eu tort, Louis. Zack McGovern a peut-être eu tort, et Stanny Bee aussi. Je ne suis pas infaillible, ça non. Je ne suis pas le Bon Dieu. Mais tout de même, ressusciter les morts… l'homme qui peut faire cela se sent bien près d'être un dieu lui-même, vous ne croyez pas ? »

Une fois de plus, Louis ouvrit la bouche pour dire quelque chose et il la referma aussitôt. La phrase qu'il avait failli prononcer lui avait soudain paru injuste et cruelle, il avait failli dire : *Jud, après tout ce que vous m'avez fait subir, je ne vais tout de même pas aller retuer ce satané chat.*

Jud but les dernières gouttes de bière qui restaient encore au fond de sa bouteille, puis il la plaça soigneusement à côté des autres bouteilles vides.

« Bon, cette fois, j'ai fini, dit-il. Je vous ai dit tout ce que j'avais à vous dire.

— Je peux vous poser encore une question ? demanda Louis.

— Allez-y, dit Jud.

— Est-ce qu'on a jamais enterré *un être humain* là-haut ? »

Jud sursauta avec tant de violence que son coude heurta le bord de la table et que les bouteilles de bière vides s'écroulèrent comme une rangée de quilles. Deux d'entre elles roulèrent au sol, et l'une des deux se brisa.

« Miséricorde ! s'écria-t-il. Qu'allez-vous chercher là, Louis ? *Non !* Qui c'est qui s'en irait faire une horreur pareille ! Comment pouvez-vous seulement me poser la question ?

— Simple curiosité, dit Louis, mal à l'aise.

— Eh bien, il y a des choses au sujet desquelles la curiosité est toujours malvenue », dit Jud, et pour la première fois depuis qu'il le connaissait, Louis Creed lui trouva l'air vieux et décrépit, lui trouva l'air d'un homme qui sait que le bord de la tombe n'est plus qu'à quelques pas.

Un peu plus tard, chez lui, il réalisa que dans cet instant-là l'expression égarée de Jud avait trahi plus que cela.

Il avait eu l'air, aussi, d'un homme qui sait qu'il est en train de mentir.

27

Louis ne s'aperçut vraiment qu'il était ivre que lorsqu'il eut pénétré à l'intérieur du garage.

Dehors, les étoiles et un frileux halo de lune adoucissaient les ténèbres. La lumière était trop diffuse pour que Louis projette une ombre en marchant, mais il y voyait à peu près clair. Aussitôt entré dans le garage, il fut aveugle. Il y avait bien un commutateur quelque part, mais il n'était pas fichu de se rappeler où. Il avança lentement dans le noir, en tâtant prudemment le sol du pied. La tête lui tournait et il s'attendait à tout instant à heurter un objet dur du genou ou à trébucher sur un jouet — la bicyclette d'Ellie avec son stabilisateur formé de deux petites roulettes rouges, le tricycle de Gage avec son museau d'alligator en plastique ; il était sûr que le choc le terrifierait et qu'il se retrouverait à plat ventre sur le ciment.

Où était Church ? Est-ce qu'il l'avait laissé dans la maison ? Il s'arrangea pour s'égarer et entra en collision avec une cloison. Une écharde se planta dans sa paume et il lâcha un « Merde ! » sonore à l'intention des ténèbres traîtresses. Dès que le juron eut franchi ses lèvres, il se rendit compte qu'il exprimait plus de peur que de colère. Il lui semblait que le garage était sens dessus dessous, qu'il avait sournoisement pivoté sur lui-même. A présent, il ne s'agissait plus simplement du commutateur : il n'arrivait à *rien* repérer, à commencer par la porte de la cuisine.

Il se remit en mouvement, très précautionneusement. Sa paume lui cuisait. Il songea : *Voilà donc ce que ça serait d'être aveugle,* et cela lui ramena à la mémoire un concert de Stevie Wonder auquel il avait assisté avec Rachel. A quand cela remontait-il ? Six ans ? Oui, ça faisait forcément six ans, aussi invraisemblable que cela paraisse, puisqu'à l'époque Rachel était encore enceinte d'Ellie. Deux roadies avaient piloté Stevie Wonder jusqu'à son synthétiseur en le soulevant pour qu'il ne s'empêtre pas dans les câbles qui sillonnaient la scène en tous sens. Ensuite, lorsqu'il s'était levé pour danser avec une de ses choristes, elle lui avait pris la main et l'avait guidé avec précaution jusqu'à un endroit où le plancher était bien dégagé. Louis se souvenait d'avoir été frappé par l'agilité de Wonder. C'était un danseur époustouflant, mais il avait d'abord fallu qu'une main secourable le guide jusqu'à un endroit où il pourrait s'éclater sans dommages.

Moi aussi, j'aurais bien besoin qu'une main secourable me guide jusqu'à la porte de ma cuisine, se dit Louis... et tout à coup, il frissonna.

Si une main secourable avait surgi de l'obscurité pour prendre la sienne à cet instant précis, il se serait mis à hurler et il aurait été incapable de s'arrêter.

Il se figea sur place, le cœur cognant à grands coups. *Allons, Louis,* se morigéna-t-il. *Arrête de déconner, tu veux ?*

Mais où était ce foutu chat de merde ?

Et là-dessus, il rentra bel et bien dans quelque chose. C'était le pare-choc arrière de la station-wagon, dont le métal coupant lui racla le tibia. Une onde de douleur lui remonta dans tout le corps, si brutale qu'il en eut les larmes aux yeux. Il leva sa jambe endolorie et la frotta en se tenant en équilibre sur l'autre, dans la posture d'un héron endormi. Mais comme ça au moins, il avait repéré sa position et la topographie du garage lui apparaissait à nouveau clairement. D'ailleurs, ses yeux commençaient à s'habituer à l'obscurité, et les formes des objets se dessinaient peu à peu devant lui avec ces contours violets caractéristiques de la vision nocturne. Il se souvint enfin qu'il avait laissé le chat à l'intérieur de la maison parce qu'il aurait fallu qu'il le prenne dans ses bras pour le mettre dehors et qu'il n'avait pas eu le courage de le toucher.

A ce moment précis, il eut la sensation qu'une flaque d'huile visqueuse lui léchait les pieds et le corps chaud et velu de Church se frotta à ses chevilles, puis sa queue répugnante s'enroula autour de ses mollets comme les anneaux d'un boa. La bouche de Louis s'ouvrit toute grande et un cri perçant s'échappa de sa gorge.

28

« *Papa !* » vociféra Ellie.

Elle se précipita vers lui le long du couloir des arrivées, en louvoyant parmi les passagers fraîchement débarqués comme un demi d'ouverture qui tente une percée avec le ballon à travers les lignes adverses. Les gens s'écartaient sur son passage avec des sourires indulgents. Louis était un peu embarrassé par ce déploiement d'exubérance, mais il sentit qu'en dépit de sa gêne un sourire niais s'étalait largement sur sa propre figure.

Gage était dans les bras de Rachel et en entendant le cri d'Ellie il leva les yeux et aperçut Louis. A son tour, il se mit à piailler « *Wawa !* » d'un air exultant en se tortillant dans les bras de sa mère. Rachel eut un sourire (dans lequel Louis distingua une pointe de lassitude) et elle déposa l'enfant à terre. Il se mit à courir dans le sillage d'Ellie en pédalant vaillamment sur ses petites jambes : « *Wawaaa ! Wawaaa !* »

Louis eut tout juste le temps de remarquer que Gage arborait une salopette inconnue de lui — et de subodorer que le grand-père avait encore fait des siennes. Puis Ellie se jeta sur lui et l'escalada comme un arbre.

« Bonjour, papa ! beugla-t-elle en lui déposant un baiser retentissant sur la joue.

— Bonjour, lapin », répondit Louis en se baissant pour attraper

Gage. Il prit le garçonnet au creux de son bras et il les serra tous les deux sur son cœur. « Que je suis content de vous revoir ! »

Rachel parvint à leur hauteur. Elle avait un sac de voyage et son sac à main accrochés à une épaule, et à l'autre la sacoche en skaï qui contenait les couches de Gage, et dont le flanc rebondi était barré d'une inscription qui disait : « BIENTÔT JE SERAI GRAND », et visait sans doute plus à consoler les malheureux parents qu'à stimuler le zèle de l'enfant à qui étaient destinées les couches. Rachel avait l'air d'une photographe qui vient d'achever un reportage particulièrement éprouvant.

Louis avança la tête entre celles des deux gosses et lui effleura les lèvres d'un baiser.

« Salut, vous.

— Salut, Doc, fit Rachel et elle sourit.

— T'as l'air claquée, dis donc.

— Je *suis* claquée. On est arrivés sans problème à Boston. On a eu notre correspondance sans problème. L'avion a décollé sans problème. Mais au moment où il virait sur l'aile au-dessus de la ville, Gage s'est penché par le hublot pour regarder le panorama, il a dit " Joli ! Joli " et il s'est vomi dessus.

— Oh ! purée !

— J'ai dû l'emmener aux toilettes pour le changer, dit Rachel. Mais je ne crois pas qu'il ait attrapé un virus ni rien. C'était juste le mal de l'air.

— Rentrons à la maison, dit Louis. J'ai mis du chili à mijoter.

— *Du chili ! Du chili !* lui hurla dans l'oreille une Ellie au comble de l'allégresse et de l'excitation.

— *Du chiwi ! Du chiwi !* lui hurla Gage dans l'autre, en sorte qu'elles tintèrent également toutes les deux.

— En route, dit Louis. Allons récupérer vos valises et tirons-nous d'ici.

— Comment va Church, papa ? » lui demanda Ellie au moment où il la reposait à terre.

Louis avait anticipé cette question, mais pas l'expression inquiète qui s'était peinte sur le visage de la fillette ni le gros pli soucieux qui s'était formé entre ses yeux d'un bleu sombre. Louis fronça les sourcils et son regard chercha celui de Rachel.

« Ellie s'est réveillée en hurlant dans la nuit de samedi à dimanche, lui expliqua-t-elle calmement. Elle avait eu un cauchemar.

— J'ai rêvé que Church s'était fait écraser, dit Ellie.

— A mon avis, elle s'est un peu trop goinfrée de sandwiches confectionnés avec les restes de la dinde de la veille, dit Rachel. Elle a eu la colique en plus. Tranquillise-la, Louis, et fichons le camp de cet aéroport. J'ai vu assez d'aéroports en une semaine pour au moins cinq ans.

— Church va bien, poussin », déclara Louis d'une voix lente et douce.

Oui, il va très bien. Il reste alangui toute la journée à me fixer de son drôle de regard trouble. On dirait qu'il a vu quelque chose qui a anéanti en lui toute espèce d'intelligence (si tant est que les chats en sont doués). Il se porte incroyablement bien. Le soir, je le fais sortir à l'aide d'un balai parce que je ne supporte pas de le toucher. J'esquisse un geste dans sa direction avec mon balai, et il décampe. Et tu sais quoi, Ellie? L'autre jour quand je lui ai ouvert la porte, il avait une souris dans la gueule. Enfin, le peu qui en restait. Il lui avait arraché les tripes et il les avait réduites en compote. Il y en avait partout. Ce matin-là, je me suis passé de petit déjeuner. A part ça...

« Vraiment bien, renchérit-il.

— Ah? fit Ellie, et le pli qui s'était creusé entre ses sourcils s'effaça. J'aime mieux ça. Après ce rêve que j'ai eu, j'étais sûre qu'il était mort.

— C'est vrai? dit Louis en souriant. C'est bizarre, les rêves, tu ne trouves pas?

— *Les wêves!* » brailla Gage, qui apparemment avait accédé à ce stade du perroquet que Louis avait déjà pu observer chez Ellie vers le même âge. « *Wêêêêves!* » fit-il encore en attrapant les cheveux de Louis à pleine poigne et en les tirant gaiement.

« Allez, on y va », dit Louis et il entraîna sa petite troupe vers l'escalator qui menait à la réception des bagages.

Ils étaient arrivés au parking et s'approchaient de la station-wagon lorsque Gage se mit soudain à gazouiller « Zoli, zoli » d'une voix bizarrement hoquetante. Et ce coup-ci il lâcha tout sur le pantalon neuf que Louis avait décidé d'étrenner à l'occasion de ces retrouvailles à l'aéroport. Apparemment, pour Gage, « joli » était un mot de code qui voulait dire : *désolé, faut que je dégueule, alors garez-vous vite.*

En fin de compte, il s'avéra que c'était bien un virus.

Le temps qu'ils aient parcouru les vingt-sept kilomètres qui séparaient l'aéroport de leur maison de Ludlow, Gage manifestait déjà les premiers symptômes d'une forte poussée de fièvre et il était tombé dans un engourdissement torpide. Pendant que Louis opérait sa marche arrière pour rentrer dans le garage, il entrevit du coin de l'œil Church qui se faufilait le long d'un mur, la queue levée, son étrange regard fixé sur la voiture. La bête disparut dans les derniers feux du jour mourant, et l'instant d'après, Louis aperçut une souris étripée qui gisait au pied des pneus empilés près de la porte (il avait remplacé ses pneus ordinaires par des pneus antidérapants pendant l'absence de Rachel et des enfants). Les boyaux de la malheureuse bestiole jetaient des lueurs roses et crues dans la pénombre du garage.

Louis descendit de voiture à la hâte et il heurta délibérément les pneus superposés comme des pions de dames. Les deux pneus qui étaient au sommet de la pile glissèrent à terre, masquant le cadavre de la souris, et Louis fit :

« Oh, zut !

— T'es pas un peu toctoc, papa ? demanda Ellie d'un ton plus bienveillant que caustique.

— Si ! Je déraille complètement », répondit Louis avec un entrain forcé. Il n'en aurait pas fallu beaucoup pour qu'il s'écrie : « *Joli, joli !* » et qu'il asperge tout autour de lui. Pour aussi loin qu'il puisse se souvenir, Church n'avait jamais tué qu'un rat avant son extravagante résurrection ; il lui arrivait bien parfois de capturer une souris et de s'en amuser avec ce sadisme gradué dont font montre les chats dans ces cas-là, et qui aurait peut-être abouti à des meurtres si lui-même, Rachel ou Ellie n'étaient chaque fois intervenus avant qu'il soit trop tard. Et il savait qu'une fois stérilisé, un matou se borne généralement à lever un œil vaguement intrigué en apercevant une souris, du moins aussi longtemps qu'il est convenablement nourri.

« Quand tu auras fini de rêvasser, tu pourras peut-être m'aider à sortir cet enfant de là, dit Rachel. Redescendez de la planète Mongo, docteur Creed ! On a besoin de vous, nous autres terriens ! »

A en juger par le ton de sa voix, elle devait être à bout de nerfs.

« Oh, pardon, chérie », dit Louis. Il contourna la station-wagon et il lui prit Gage des bras. Le garçonnet était tout brûlant à présent.

Si bien qu'ils ne furent que trois à déguster le mirifique chili con carne à la mode de Chicago qu'avait préparé Louis ; Gage, étendu sur le canapé du living, apathique et fiévreux, suçotait un biberon de bouillon de poule tiède en regardant une émission de dessins animés.

Après le dîner, Ellie alla jusqu'à la porte du garage et elle appela Church. Louis, qui s'était attelé à la vaisselle tandis que Rachel montait défaire les bagages, priait intérieurement pour que le chat ne vienne pas, mais il parut presque aussitôt et s'avança vers la fillette de son pas lourd et clopinant, comme s'il avait été aux aguets dans les ténèbres.

« Salut, Church ! » s'exclama Ellie, sur quoi elle prit la bête dans ses bras et la serra contre elle. Louis observait la scène du coin de l'œil et ses mains, qui tâtonnaient au fond de l'évier à la recherche d'un éventuel couvert oublié, s'immobilisèrent. L'expression joyeuse d'Ellie se mua progressivement en perplexité. Le chat restait absolument inerte dans ses bras, les oreilles couchées, les yeux rivés sur ceux de la fillette.

Au bout d'un long moment (en tout cas, il parut *très* long à Louis), Ellie reposa Church à terre. L'animal se dirigea gauchement vers la salle à manger sans même jeter un regard en arrière. *L'éventreur de petites souris regagne son repaire,* se dit Louis. *Oh, mon Dieu, qu'avons-nous fait ce soir-là ?*

Il avait beau s'escrimer à essayer de reconstituer le film des événements, tout cela était aussi lointain et flou dans sa mémoire que la mort horrible de Victor Pascow sur la moquette du hall d'accueil du Centre de médecine universaire. Il ne se rappelait clairement que du grand fleuve de vent charrié par le ciel et de la neige qui scintillait faiblement sur le pré derrière la maison.

« Papa ? fit Ellie d'une toute petite voix.

— Qu'est-ce qu'il y a, Ellie ?

— Church a une drôle d'odeur...

— Ah bon ? dit Louis en se forçant à prendre un ton détaché.

— Je t'assure ! s'écria Ellie avec consternation. Il sent mauvais ! Jamais il n'a senti mauvais comme ça. Il sent le... il sent le *caca* !

— Bon, eh bien c'est qu'il a dû se rouler dans quelque chose de malpropre, ma chérie, dit Louis. Mais d'où que puisse venir cette mauvaise odeur, il finira par la perdre.

— Espérons-le », soupira comiquement Ellie avant de s'éloigner.

Louis ramena une ultime fourchette du fond de l'évier. Après l'avoir lavée, il retira la bonde et il resta là à contempler la nuit de l'autre côté de la fenêtre tandis que l'eau grasse et savonneuse s'engloutissait dans le trou d'écoulement avec des gargouillis bruyants.

Quand les gargouillis cessèrent, il perçut le sifflement assourdi du vent qui hululait dehors — une bise aigre qui rabattait vers eux l'hiver glacial du Grand Nord —, et il comprit qu'il avait peur, et que sa peur était de la même nature viscérale et un peu simplette que celle qui vous envahit lorsqu'un nuage masque brusquement le soleil et qu'on entend rouler au loin une série de sons graves et sourds.

« *Trente-neuf trois ?* s'exclama Rachel. Oh, mon Dieu, Lou ! Tu es *sûr* ?

— C'est un virus », déclara Louis en se contenant du mieux qu'il pouvait. La voix de Rachel avait un accent presque accusateur qui lui écorchait les oreilles. Mais Rachel était fatiguée. Elle avait eu une longue et dure journée ; elle venait de traverser la moitié du pays avec ses deux marmots et bien qu'il fût onze heures passées, la journée ne se décidait toujours pas à finir. Ellie était dans sa chambre, profondément endormie. Gage était couché sur leur lit, dans un état plus ou moins comateux. Louis lui avait injecté une ampoule de Liquiprine depuis déjà une heure.

« L'aspirine fera tomber sa fièvre d'ici demain matin, Rachel.

— Tu ne pourrais pas lui injecter aussi de l'ampicilline ou un truc du même genre ?

— Je le ferais s'il s'agissait d'une angine ou d'une autre infection à streptocoques, expliqua Louis d'une voix patiente. Mais ce n'est pas le cas. Gage a attrapé un virus, et l'ampicilline n'a aucune espèce d'action sur les virus. Ça lui donnerait simplement la diarrhée, et il est déjà bien assez déshydraté comme ça.

— Tu es *sûr* que c'est un virus ?

— Si tu doutes de mon diagnostic, tu n'as qu'à en établir un toi-même ! aboya Louis.

— Ce n'est pas la peine de gueuler ! gueula Rachel.

— Je ne gueule pas ! répondit Louis sur le même ton.

— Si, tu gueules ! Tu n'arrêtes pas de m'engu-gu-gueuler... », commença Rachel, et là-dessus ses lèvres se mirent à trembler spasmodiquement et elle se couvrit la bouche d'une main. Louis s'aperçut qu'elle avait de grands cernes brunâtres sous les yeux et il se sentit soudain tout honteux.

« Je suis désolé, dit-il en s'asseyant à côté d'elle sur le lit. Bon Dieu, je ne sais pas ce qui m'a pris. Je te demande pardon, chérie.

— A quoi bon récriminer et épiloguer sans fin sur nos états d'âme ? dit Rachel en esquissant un pâle sourire. Tu te souviens ? C'est la leçon que tu m'as faite toi-même un jour. Le voyage a été très dur. Et depuis que nous sommes rentrés, je n'ai pas cessé d'avoir peur que tu ouvres les tiroirs de la commode de Gage et que tu piques une crise. Il vaut sans doute mieux que je t'en parle maintenant, pendant que tu compatis à mes misères.

— Pourquoi est-ce que je piquerais une crise ? »

A nouveau, une ombre de sourire passa sur les lèvres de Rachel.

« Mes parents lui ont acheté dix tenues neuves. Des combinaisons et des salopettes comme celle qu'il portait aujourd'hui.

— J'avais remarqué qu'elle était toute neuve, dit Louis d'une voix brève.

— Et moi j'avais remarqué que tu l'avais remarqué, rétorqua Rachel avec une grimace facétieuse qui fit sourire Louis bien qu'il ne se sentît guère d'humeur à plaisanter. Ils ont aussi offert six robes neuves à Ellie, ajouta-t-elle.

— *Six* robes ! » s'exclama Louis en refrénant à grand-peine une envie de hurler. Il éprouvait soudain une fureur noire, nauséeuse, accompagnée d'un sentiment d'humiliation qu'il avait du mal à s'expliquer. « Mais *pourquoi*, Rachel ? Pourquoi as-tu laissé ton père faire ça ? On n'a pas besoin... nous avons les moyens de... »

Il se tut brusquement. Il était tellement furieux qu'il n'arrivait plus à former ses mots. Brièvement, il se revit en train de cheminer pesamment à travers la forêt en faisant passer d'une main dans l'autre le lourd sac en plastique qui contenait le cadavre du chat... et pendant ce temps-là, cette espèce de vieille crapule de bourgeois puant d'Irwin Goldman s'efforçait sournoisement d'acheter l'affection de sa fille en dégainant une fois de plus son célèbre chéquier en lézard et son célèbre Parker en or.

Il fut à deux doigts de se mettre à vociférer : *Il lui a peut-être acheté six robes neuves, mais moi je lui ai ressuscité son foutu chat ! Alors qui est-ce qui l'aime le plus, hein ?*

Mais il ravala ses paroles. Jamais il ne dirait une chose pareille. *Jamais.*

Rachel lui caressa doucement la nuque du bout des doigts.

« Ce n'était pas seulement mon père, Louis. Ils ont fait cela à tous les deux. Essaie de comprendre. Je t'en prie, Louis. Ils adorent les enfants, et ils les voient si rarement. Et puis, ils deviennent *vieux*. Je t'assure, Louis, tu aurais du mal à reconnaître mon père.

— Oh si, je le reconnaîtrais, bougonna Louis.

— Je t'en prie, chéri. Essaie de comprendre. Sois un peu généreux. Quel mal est-ce que ça peut te faire ? »

Il la dévisagea longuement avant de répondre.

« Ça me fait du mal, c'est tout, dit-il à la fin. Peut-être que j'ai tort, mais c'est comme ça. »

Au moment où Rachel ouvrait la bouche pour lui répondre, Ellie les appela de sa chambre.

« *Papa ! Maman ! Venez vite !* »

Rachel fit mine de se lever, mais Louis la retint.

« Reste avec Gage, dit-il. J'y vais. » Il pensait savoir le genre d'ennuis qu'avait Ellie. Pourtant, il avait bien fait sortir le chat, bon Dieu. Après qu'Ellie fut allée se coucher, il l'avait trouvé en train de fureter autour de son plat dans la cuisine, et il l'avait fichu dehors. Il ne voulait pas que Church continue à dormir avec Ellie. Plus jamais. Chaque fois que l'image du chat entortillé dans les jambes de la fillette se formait dans son esprit, il pensait à des infections bizarres et il revoyait le salon mortuaire de l'oncle Carl.

Ellie va se rendre compte qu'il y a quelque chose qui ne va pas, que Church n'est plus aussi gentil qu'avant.

Il avait mis le chat dehors, mais lorsqu'il entra dans la chambre d'Ellie, il trouva la fillette dressée sur son séant, encore plus qu'à moitié endormie, et Church étalé de tout son long sur le couvre-lit en piqué. Sa silhouette évoquait vaguement l'ombre d'une chauve-souris en vol et ses yeux mi-clos brillaient d'un éclat stupide dans la lumière qui filtrait du couloir.

« Fais-le sortir, papa ! dit Ellie d'une voix geignarde. Il sent tellement *mauvais* !

— Chut, Ellie. Rendors-toi », dit Louis, d'une voix si calme qu'il en fut lui-même stupéfait. Il repensa soudain à ce qui lui était arrivé le matin qui avait suivi son accès de somnambulisme, le lendemain de la mort de Pascow. Il se revit entrant dans les locaux de l'infirmerie et se glissant subrepticement aux toilettes pour se regarder dans la glace, sûr d'avance qu'il verrait une figure à faire peur. Mais il s'était trouvé une mine plutôt normale. De quoi se demander si on n'était pas environné de gens qui dissimulaient tout au fond d'eux-mêmes d'affreux secrets.

Mais bon Dieu, il n'y a pas de secret ! Il n'y a que ce chat !
Ellie avait raison, en tout cas. Qu'est-ce qu'il puait !

Louis sortit de la chambre avec la bête et il la porta au rez-de-chaussée en s'efforçant de ne respirer que par la bouche. Il y avait des puanteurs pire que celle-ci ; par exemple, et pour appeler les choses par leur nom, la *merde* puait plus. Un mois plus tôt, leur fosse septique s'était mise à leur jouer des tours, et ils avaient dû faire curer le bac de prélèvement. Jud était venu observer les ouvriers pendant qu'ils installaient leur pompe et il avait lancé : « Ça ne sent pas le Numéro Cinq de Chanel, hein, Louis ? » Une plaie gangreneuse (en tout cas lorsqu'il s'agit de gangrène humide) répand aussi une odeur bien plus infecte que ça. Et même l'odeur qui se dégageait du convertisseur catalytique de la Civic lorsqu'il laissait tourner le moteur au ralenti dans le garage était plus nauséabonde.

N'empêche que ce chat cocottait drôlement. Et puis comment avait-il fait pour rentrer dans la maison ? Louis l'avait poussé dehors en s'aidant du balai un bon moment plus tôt, dès que toute sa petite troupe avait évacué le rez-de-chaussée. C'était la première fois qu'il prenait Church dans ses bras depuis le jour de sa résurrection, une semaine auparavant. L'animal produisait une chaleur intense ; on aurait dit qu'il couvait une maladie. *Par quel interstice t'es-tu glissée, sale bête ?*

Soudain, il pensa à son cauchemar de l'autre fois, et il revit Pascow passant à travers la porte qui menait de la cuisine au garage.

Peut-être qu'il n'avait pas eu besoin d'un interstice. Peut-être qu'il était passé à travers un mur, comme un spectre.

« Déconne pas, Louis », se dit-il tout haut, d'une voix un peu étranglée.

Tout à coup, il eut le pressentiment que le chat allait se débattre, essayer de lui échapper, lui griffer la figure. Mais Church resta absolument inerte, exhalant sa chaleur stupide et ses effluves nauséabonds et fixant le visage de Louis comme s'il était capable de lire ses pensées à mesure qu'elles défilaient dans son crâne.

Il ouvrit la porte et il jeta le chat dans le garage, un poil trop brutalement, en lui lançant :

« Casse-toi. Va-t'en étriper une souris ou Dieu sait quoi. »

Church entra lourdement en contact avec le sol, ses pattes arrière s'affaissèrent sous lui et il s'affala brièvement sur l'arrière-train. Il coula un regard en direction de Louis, qui crut entrevoir une flamme meurtrière au fond de ses yeux verts, puis il s'éloigna de son pas titubant et disparut.

Bon Dieu, Jud, se dit Louis, *vous auriez mieux fait de la boucler.*

Il se dirigea vers l'évier, ouvrit le robinet et se savonna les mains et les poignets avec autant de vigueur qu'un chirurgien qui se prépare à opérer. *On fait ça parce que ce lieu prend possession de vous... vous vous inventez des raisons... qui paraissent solides... mais ce qui vous pousse vraiment à faire ça, c'est qu'une fois que vous avez été là-haut, vous vous appropriez l'endroit et vous devenez sa chose du même coup... vous vous trouvez les meilleures raisons du monde...*

Non, ce n'était pas la faute de Jud. Il était allé là-bas de son plein gré, personne ne l'y avait forcé. Il n'y avait pas de raison qu'il fasse porter le chapeau au vieil homme.

Il ferma le robinet, prit un torchon sur le porte-serviettes et entreprit de se sécher. Tout à coup, il interrompit son mouvement et il fixa d'un œil hypnotisé le petit rectangle de ténèbres qui se découpait en face de lui dans le panneau supérieur de la fenêtre à guillotine.

Est-ce que ça signifie que je me suis approprié l'endroit, moi aussi ? Que je suis devenu sa chose à mon tour ?

Non. Il faudrait encore que je le décide.

Il raccrocha le torchon sur sa barre et il remonta à l'étage.

Rachel était au lit, les couvertures remontées jusqu'au menton, et elle tenait Gage pelotonné contre elle. Elle regarda Louis avec un air d'excuse.

« Ça ne t'ennuie pas, chéri ? Rien que cette nuit ? Je me sentirai mieux si je le garde près de moi — il est *brûlant.*

— Ça ira, va, dit Louis. Je dormirai en bas sur le canapé-lit.

— Sûr ? Tu n'es pas fâché ?

— Non. Ça ne peut pas faire de mal à Gage, et toi ça te fera du bien. » Il s'interrompit, sourit et poursuivit : « Evidemment, il y a des chances qu'il te refile son virus. C'est même quasiment garanti. Mais je suppose que ça ne te fera pas changer d'avis, n'est-ce pas ? »

Rachel lui rendit son sourire et elle secoua négativement la tête.

« De quoi est-ce qu'Ellie se plaignait, Lou ?

— De Church. Elle voulait que je le vire de chez elle.

— *Ellie* voulait que tu vires *Church ?* Mais c'est le monde à l'envers !

— Ça, tout à fait, approuva Louis, puis il ajouta : Elle prétendait qu'il sentait mauvais, et à vrai dire il m'a bien semblé qu'il avait une drôle d'odeur. Il s'est probablement roulé dans un tas de fumier, ou quelque chose.

— Pauvre Ellie, dit Rachel en se retournant sur le côté. Tu ne peux pas savoir à quel point Church lui a manqué. Autant que toi, à mon avis.

— Tiens donc », dit Louis.

Il se pencha sur sa femme et lui effleura la bouche d'un baiser. « Dors à présent, Rachel.

— Je t'aime, Lou. Je suis si heureuse d'être rentrée. Excuse-moi pour le canapé.

— Ça ne fait rien », fit Louis en éteignant la lumière.

Il ôta les coussins du canapé, les empila par terre et tira le lit pliant en essayant de se préparer mentalement à l'idée que la barre transversale du sommier lui briserait les reins toute la nuit à travers le mince matelas en mousse. Le lit était muni d'une housse et d'un drap, c'était toujours ça de gagné. Il alla prendre deux couvertures sur l'étagère du haut de la penderie de l'entrée et il les disposa sur le lit. Il commença à se déshabiller, mais il s'interrompit presque aussitôt.

Quelque chose te dit que Church est de nouveau dans la maison, hein ? Bon, eh bien, tu n'as qu'à faire une petite tournée d'inspection. Ça ne mange pas de pain, même si c'est idiot. Tu seras rassuré, comme Rachel. Et toi, au moins tu ne risques pas de choper un virus en vérifiant que les portes sont bien fermées.

Il fit un tour complet du rez-de-chaussée en vérifiant soigneusement toutes les portes et toutes les fenêtres. La maison était hermétiquement bouclée, et il n'y avait pas trace de Church.

« Et voilà ! fit-il tout haut. Ça me ferait mal que t'arrives à t'introduire ici cette nuit, crétin de chat. » Après quoi il souhaita *in petto* à Church de bien se geler les couilles. Façon de parler, bien sûr, puisqu'il n'en avait plus, de couilles.

Il éteignit les lumières et se mit au lit. La barre d'acier lui pénétra instantanément dans les reins ; il se dit qu'il n'allait sûrement pas fermer l'œil de la nuit et la seconde d'après il sombra comme une pierre. Au moment de s'endormir, il était recroquevillé sur le flanc au bord du lit pliant, dans une position très précaire, et à son réveil il se retrouva...

... dans l'ancienne nécropole des Micmacs, par-delà le Simetierre des animaux. Cette fois, il était seul. Il avait tué Church de ses propres mains, et pour une raison ou une autre il avait décidé de le ramener à la vie une seconde fois. Qu'est-ce qui pouvait bien l'inciter à faire une chose pareille ? Alors, là, mystère et boule de gomme ! Seulement, ce coup-ci, il l'avait enfoui plus profondément, et le chat ne pouvait pas se frayer un passage à travers la couche de terre trop épaisse. Louis l'entendait crier quelque part sous le sol. Ses cris ressemblaient à des pleurs d'enfant. Le son montait par tous les pores de la terre, il traversait sa chair caillouteuse — d'où s'exhalait aussi l'odeur de Church, cette puanteur doucereuse et fade de viande putréfiée. Rien qu'à humer ces miasmes écœurants, Louis se sentait oppressé, comme s'il avait un poids sur la poitrine.

Ces cris... ces pleurs...

... les pleurs continuaient...

... et il avait toujours ce poids sur la poitrine.

« *Louis !* »

C'était la voix de Rachel, tremblante d'angoisse.

« *Louis, viens vite !* »

C'était même plus que de l'angoisse : une véritable terreur. Et ces cris étranglés, désespérés... Gage !

Les paupières de Louis se soulevèrent et il vit deux yeux verts pailletés de mouchetures jaunes qui le fixaient. Ils étaient à moins de dix centimètres des siens. Church était couché sur sa poitrine, ramassé sur lui-même comme un de ces démons suceurs d'haleine des contes de bonnes femmes. Il dégageait des effluves putrides qui s'élevaient en lentes vagues jusqu'aux narines de Louis. Et il ronronnait.

Louis laissa échapper un cri d'horreur et de surprise mêlées. Automatiquement, il leva les deux bras et mit ses mains ouvertes devant lui dans une attitude défensive. Church sauta du lit, atterrit pesamment sur le flanc et s'éloigna de son pas trébuchant.

Ah, mon Dieu, la Bête était sur moi ! La Bête était vautrée sur moi !

Il n'aurait pas éprouvé un dégoût plus intense s'il s'était réveillé avec une araignée dans la bouche. L'espace d'un instant, il crut qu'il allait vomir.

« *Louis !* »

Il rejeta les couvertures et il tituba jusqu'à l'escalier. Dans le rai de lumière qui s'échappait de la porte entrebâillée de leur chambre, il distingua la silhouette de Rachel debout, en chemise de nuit, au sommet des marches.

« Louis, Gage a recommencé à vomir... je crois qu'il est en train de s'étouffer... j'ai peur.

— J'arrive », dit Louis et il gravit l'escalier pour la rejoindre en se disant : *Il est entré dans la maison. Je ne sais pas comment, mais il est entré. Par la cave, probablement. Il doit y avoir un carreau cassé à la cave. Oui, forcément, c'est la fenêtre du soupirail. J'irai vérifier demain en rentrant du boulot. Ou même avant de partir, tiens ! Je...*

Les pleurs de Gage cessèrent brusquement et une série d'affreux gargouillis étranglés leur succéda.

« *Louis !* » hurla Rachel.

Louis se rua à l'intérieur de la chambre. Gage était allongé sur le flanc, et un filet de vomissure s'écoulait de sa bouche sur la vieille serviette de toilette que Rachel avait étalée sous lui. Il vomissait, mais beaucoup trop peu. Apparemment, le plus gros était resté coincé au fond de son gosier, et son visage était en train de virer à l'écarlate. Il suffoquait.

Louis prit l'enfant sous les bras et il le souleva en notant distraitement au passage que ses aisselles dégageaient une chaleur de four sous le tissu-éponge de sa grenouillère. Il le posa sur le ventre en travers de son épaule comme pour lui faire faire son rot, puis il se projeta brusquement vers l'arrière, en entraînant l'enfant dans son mouvement. Le cou de Gage fut violemment secoué, il émit une espèce d'aboiement et cracha d'un coup une énorme masse de vomissure agglutinée qui s'éparpilla dans l'air, aspergeant copieusement le plancher et la coiffeuse. Gage se remit aussitôt à pousser des braillements déchirants qui résonnèrent comme une musique suave aux oreilles de Louis. Pour brailler aussi fort que ça, il fallait avoir des poumons débordant d'oxygène.

Les genoux de Rachel fléchirent sous elle et elle s'écroula sur le lit, la tête dans les mains. Elle tremblait de tous ses membres.

« Il a failli mourir, hein, Louis ? Il a failli s'étouff... oh, *mon Dieu !* »

Louis se mit à aller et venir à travers la pièce, son fils dans les bras. Les pleurs de Gage se muèrent progressivement en geignements assourdis, puis ils s'apaisèrent. Il s'était pratiquement rendormi.

« Il y avait neuf chances sur dix pour qu'il évacue ça tout seul, Rachel. Je lui ai juste prêté main-forte.

— Mais il s'en est fallu de peu quand même », dit Rachel. Elle leva la tête et regarda Louis. Ses yeux soulignés de cernes livides étaient pleins d'une stupeur incrédule. « Il s'en est fallu d'un cheveu, Louis ! »

Il la revit soudain dans la cuisine inondée de soleil, en train de lui crier : *Il ne va* pas *mourir ! Personne* ici *ne va mourir !*

« Chérie, dit-il, notre existence à tous ne tient qu'à un cheveu. En permanence. »

C'est le lait qui avait déclenché les vomissements de Gage ; Louis en était quasiment certain. Vers minuit, une heure après que Louis se fut couché, Gage s'était réveillé en pleurs. Rachel en avait déduit qu'il avait faim, et elle lui avait préparé un biberon. Elle s'était rendormie avant qu'il ait fini de le boire. Une heure après, l'enfant avait commencé à suffoquer.

Louis émit l'avis qu'il valait mieux éviter de lui donner du lait jusqu'à nouvel ordre, et Rachel acquiesça d'un air presque penaud.

Quand Louis regagna le rez-de-chaussée, il était deux heures moins le quart, mais il passa encore quinze bonnes minutes à fureter partout en quête du chat. Comme il le soupçonnait, la porte qui faisait communiquer la cuisine avec la cave était entrouverte. Jadis, sa mère lui avait parlé d'un chat qui avait attrapé le coup pour ouvrir les portes munies de loquets à l'ancienne mode semblables à celui qui commandait l'ouverture de la porte de la cave. Le chat en question se hissait tout bêtement le long du battant et il donnait des coups de patte à la clenche jusqu'à ce qu'elle se soulève du mentonnet. Louis trouvait ce tour d'adresse bien sympathique, mais il n'avait nullement l'intention de laisser Church s'y exercer trop souvent. Après tout, si la porte de la cave comportait également un verrou, ce n'était pas pour rien. Ayant découvert Church sous la cuisinière, où il somnolait, il l'empoigna par la peau du cou et le porta jusqu'à l'entrée de devant, d'où il le jeta dehors sans ménagement. Avant de regagner le canapé-lit, il alla refermer la porte de la cave.

Et cette fois, il eut soin de pousser le verrou.

29

Le lendemain matin, la température de Gage était redevenue presque normale. Ses joues étaient rouges et gercées, mais à part cela il avait l'œil vif et une pêche d'acier. En l'espace d'une semaine, la parole lui était subitement venue ; à la place du tissu de borborygmes et d'onomatopées dont se composaient jusque-là toutes ses conversations, il débitait à présent des flopées de mots. Et il répétait pratiquement chaque parole que l'on proférait devant lui. Mais tout ce qu'Ellie voulait l'entendre dire, c'était « merde ».

« Dis merde, Gage, lui suggéra-t-elle entre deux bouchées de porridge.

— Merde, Gage », déclara obligeamment l'enfant qui était installé quant à lui devant un bol de Cocoa Bears, ces petites boulettes de céréales chocolatées qu'il affectionnait. Louis avait autorisé le porridge, à condition que Gage veuille bien se contenter d'une quantité de sucre très minime. Et, pour ne pas changer, Gage préférait nettement tartiner la table de sa bouillie que de la manger.

Ellie se tordait comme une petite folle.

« Dis prout, Gage, fit-elle encore.

« Prout-Gage », dit Gage et un sourire radieux s'étala sur son visage barbouillé de bouillie brunâtre. « Prout-merde ! » ajouta-t-il.

Louis et Ellie n'y tenaient plus. Ils éclatèrent de rire simultanément.

Mais Rachel n'avait pas l'air si amusée que ça.

« Bon maintenant, ça suffit, dit-elle en tendant une assiettée d'œufs à Louis. Vous avez dit assez de gros mots pour aujourd'hui.

— Prout-merde, prout-merde, prout-merde ! » psalmodia Gage avec entrain et Ellie dissimula son rire en se couvrant la bouche d'une main. Un tic de contrariété retroussa brièvement la lèvre supérieure de Rachel. Louis lui trouvait bien meilleure mine en dépit de la nuit mouvementée qu'elle venait de passer. C'est sans doute le soulagement qui lui avait redonné du tonus. Gage paraissait guéri, et elle avait retrouvé le cocon familial.

« Change de disque, Gage, tu veux ? » fit-elle.

Histoire de rompre la monotonie, Gage s'écria : « Joli ! » et il rendit toute la bouillie qu'il avait avalée dans son bol.

« Mweuark ! Dé-goû-tant ! » cria Ellie en se levant d'un bond et en s'enfuyant.

Louis fut pris d'un fou rire irrépressible. Il rit aux larmes, et ses larmes furent si abondantes qu'il se remit à rire encore plus fort. Rachel et Gage le regardaient avec effarement, comme s'il avait perdu la raison.

Non, je ne suis plus fou ! aurait-il pu leur dire. *Je l'ai été, mais je suis à nouveau sain d'esprit. Je crois que ça va aller à présent.*

Est-ce que c'était vraiment terminé ? Il n'en savait rien, mais il lui semblait qu'il suffirait qu'il ait le *sentiment* que tout était rentré dans l'ordre pour que les choses aillent bien.

Et les événements lui donnèrent raison — du moins pour un temps.

30

Le virus de Gage resta en suspens une semaine encore — avec des hauts et des bas — puis il s'éclipsa. Une semaine plus tard, il contracta une bronchite qui n'était pas trop méchante, à part qu'elle se communiqua à Ellie. Rachel l'attrapa à son tour et ils passèrent toute la première quinzaine de décembre à graillonner et à expectorer comme trois vieux asthmatiques en prenant des airs de chien battu. La contagion épargna Louis, et Rachel semblait le prendre comme une espèce d'affront personnel.

A l'université, la dernière semaine de cours fut particulièrement épique, non seulement pour Louis, mais aussi pour Steve, Surrendra et Charlton. La grippe n'avait pas encore frappé, mais par contre la bronchite faisait des ravages et ils se retrouvèrent aussi avec plusieurs cas de mononucléose et quelques pneumonies bénignes. Et l'avant-veille des vacances de Noël, six garçons qui appartenaient tous à la même fraternité leur furent amenés d'un coup par des copains compatissants. Ils étaient tous les six lamentablement ivres, et ils chialaient à qui mieux mieux. Ils s'étaient entassés à six sur un toboggan canadien (à cinq en fait, le sixième s'étant juché sur les épaules du dernier, d'après ce que Louis avait cru comprendre) et ils s'étaient lancés du haut de la colline au-dessus de la centrale thermique. Drôlement fendard, comme idée. Seulement voilà, le toboggan avait pris beaucoup trop de vitesse, une violente embardée l'avait expulsé hors de la piste et il était allé s'écraser contre un des canons de la Guerre de Sécession qui montent la garde au pied de la colline. Bilan : deux bras cassés, un poignet démis, un total de sept côtes fêlées, une fracture du crâne et d'innombrables contusions. Seul de toute la bande, le garçon qui s'était juché sur les épaules du lugeur de queue s'en était tiré indemne. Au moment où le toboggan avait percuté le canon, le petit veinard était parti en vol plané et il avait atterri la tête la première dans un gros monticule de neige. Soigner les rescapés de ce naufrage imbécile n'avait rien eu de drôle, et Louis les avait copieusement vitupérés, tandis qu'il recousait leurs plaies, bandait leurs membres démis et examinait leurs pupilles. Mais plus tard, en racontant toute l'histoire à Rachel, il avait à nouveau été pris d'un fou rire inextinguible. Rachel l'avait regardé d'un drôle d'air ; visiblement, elle ne comprenait pas ce que ça avait de comique, et Louis ne pouvait pas lui dire. L'accident avait été spectaculaire mais personne n'y avait laissé sa peau. Son rire était dû pour une part au soulagement, et pour une part aussi à un sentiment de triomphe — Louis, tu as fait des étincelles aujourd'hui ! Personne ne t'a claqué dans les bras !

La bronchite à répétition qui semait la zizanie au sein de la famille Creed se calma enfin à l'approche des vacances scolaires (l'école d'Ellie fermait ses portes le 16 décembre), si bien qu'ils abordèrent tous les quatre avec une égale bonne humeur la période des fêtes de Noël, qu'ils entendaient bien fêter joyeusement et à l'ancienne mode campagnarde. La maison de North Ludlow leur avait paru un peu étrange lorsqu'ils y avaient pour la première fois pénétré au mois d'août (étrange et même hostile puisqu'à peine arrivés Ellie et Gage s'étaient fait simultanément l'une ouvrir un genou par une pierre coupante, l'autre piquer par une abeille), mais à présent ils s'y sentaient vraiment chez eux.

Le soir de Noël, quand les enfants furent enfin endormis, Louis et Rachel se faufilèrent au grenier comme des voleurs et ils en descendirent en tapinois, les bras chargés de paquets multicolores qui contenaient toutes sortes de cadeaux : des voitures de course format boîte d'allumettes pour Gage (qui venait de découvrir les joies des autos miniatures), des poupées Barbie et Ken pour Ellie, un tricycle Batman, des habits de poupée, une petite cuisinièrejouet avec une minuscule ampoule qui s'allumait quand on ouvrait la porte du four, et diverses autres babioles.

Louis était en robe de chambre, et Rachel arborait un pyjama d'intérieur en soie. Ils s'assirent côte à côte dans la lueur clignotante des guirlandes de l'arbre de Noël, et ils se mirent en devoir de disposer tout cela en bon ordre. Il y avait bien longtemps que Louis n'avait pas passé une aussi délicieuse soirée. Un feu crépitait dans la cheminée et de temps à autre, l'un d'eux se levait pour aller y jeter une autre bûche de bois de bouleau.

A un moment, Winston Churchill fit mine de vouloir se frotter contre Louis, mais celui-ci le repoussa d'un pied négligent en fronçant machinalement le nez — cette odeur ! Quelques instants plus tard, Church tenta de se lover contre la jambe de Rachel, mais elle l'écarta d'une légère tape assortie d'un « Kss ! » impatient, sur quoi elle se frotta distraitement la paume contre la cuisse de son pyjama de soie, comme on peut le faire lorsqu'on a l'impression d'avoir touché quelque chose de sale ou d'infecté. Louis eut le net sentiment que Rachel ne se rendait même pas compte de ce qu'elle était en train de faire.

Church se dirigea sans hâte vers la cheminée et il s'affala lourdement sur les dalles de protection en brique. Le chat paraissait avoir perdu toute son ancienne grâce depuis cette nuit fatidique à laquelle Louis s'interdisait de penser trop souvent. Et il n'avait pas perdu que cela. Dès le début, Louis avait perçu ce subtil changement, mais il lui avait fallu un bon mois pour le repérer précisément. Church ne ronronnait plus jamais ; jadis, pourtant, et surtout en dormant, il émettait un vrombissement incroyablement sonore. A tel point même que Louis était parfois obligé de se lever et d'aller fermer la porte de la chambre d'Ellie parce que ce bruit de moteur l'empêchait de dormir.

A présent, le chat dormait dans un silence de pierre. Comme un mort.

Non, s'objecta Louis à lui-même, il y avait eu une exception. La nuit où il s'était réveillé sur le canapé-lit et avait trouvé Church pelotonné sur sa poitrine comme un édredon puant, le chat ronronnait, ou en tout cas il émettait un son qui ressemblait à un ronronnement.

Mais ainsi que Jud Crandall l'avait prophétisé, la transformation de Church n'avait pas eu que des effets purement négatifs. Grâce à lui, Louis avait découvert un carreau cassé dans la cave ; il avait dû faire venir un vitrier pour le remplacer, mais cela leur avait tout de même fait économiser un joli paquet de dollars en leur épargnant de brûler inutilement une quantité de fuel appréciable. Le soupirail se trouvant derrière la chaudière, il n'aurait sans doute pas décelé cette vitre brisée avant des semaines (des mois peut-être) si Church n'avait pas attiré son attention dessus. On pouvait donc dire qu'il lui devait une certaine reconnaissance.

Ellie ne laissait plus Church dormir dans sa chambre, d'accord, mais il lui arrivait parfois, lorsqu'elle était devant la télé, de laisser le chat s'assoupir dans son giron. Quoique la plupart du temps, se dit Louis en farfouillant dans le sachet qui renfermait les bidules en plastique avec lesquels il était censé fixer le carénage du tricycle d'Ellie, elle le fît descendre au bout de quelques minutes en lui disant : « Va-t'en, Church, tu pues. » Mais elle le nourrissait avec autant de régularité et d'affection qu'avant, et Gage lui-même ne répugnait pas à tirer occasionnellement la queue de ce brave vieux chat — Louis y voyait plutôt une marque d'amitié que de la cruauté délibérée, et il trouvait que Gage avait l'air d'un minuscule sonneur de cloches arc-bouté sur une corde bizarrement poilue. Dans ces cas-là, Church, avec des gestes lents et gourds, allait se réfugier sous un radiateur, hors de la portée de l'enfant.

Le changement aurait peut-être été plus frappant s'il s'était agi d'un chien, songea Louis. *Mais les chats sont des animaux si indépendants. Ils sont fantasques, imprévisibles. Ils ont même un petit côté spirite, tiens.* Au fond, il n'y avait rien d'étonnant à ce que les anciens pharaons eussent tenu à faire momifier leurs chats familiers et à les faire placer auprès d'eux dans leurs mausolées triangulaires afin qu'ils leur servent de guides pour passer dans l'autre monde. Ce sont des animaux tellement bizarres...

« Comment tu t'en tires avec ce tricycle, mon grand ? »

Louis exhiba fièrement l'objet, dont il avait enfin achevé l'assemblage, et lança le cri de triomphe de Super Dingo : « Ta-da-da ! »

Rachel tendit le doigt en direction du sachet, qui contenait encore trois ou quatre schmilblicks en plastique.

« Et ça, c'est quoi ? demanda-t-elle.

— Des pièces de rechange ? suggéra Louis avec un sourire coupable.

— Espérons-le, dit Rachel, sans quoi notre petite morveuse bien-aimée va se casser la margoulette.

— Non, ça, c'est programmé pour plus tard, dit Louis avec une grimace. Pour ses douze ans, quand elle voudra faire de l'épate avec sa planche à roulettes neuve.

— Doc, tu n'es qu'un sale vieux babouin ! » s'exclama Rachel avec une feinte indignation.

Louis se mit debout, plaça ses deux poings sur ses reins et s'étira le torse. Ses vertèbres craquèrent. « Voilà, tous les jouets sont en place, dit-il.

— Et ils sont entiers. Tu te rappelles l'année dernière ? » interrogea Rachel en riant, et Louis eut un sourire. L'année précédente, ils s'étaient débrouillés pour n'acheter pratiquement que des jouets en kit, et ils avaient dû ramer jusqu'à près de quatre heures du matin pour les assembler tous. Ils étaient montés se coucher en ronchonnant, ils s'étaient levés de mauvais poil et Ellie n'avait même pas attendu que la journée de Noël soit terminée pour décider que tout compte fait elle s'amusait mieux avec les emballages qu'avec ce qu'ils contenaient.

« Mweuark, dé-goû-tant ! gémit Louis en parodiant sa fille.

— Viens, dit Rachel, allons au lit que je te fasse un petit cadeau prématuré.

— Femme, fit Louis en se rengorgeant, ce n'est pas un cadeau, puisque je suis ton seigneur et maître et que tu me le *dois*.

— Cause toujours, fit Rachel, tu m'intéresses. » Puis elle se mit à rigoler dans sa barbe, une main sur la bouche. Dans cet instant-là, elle ressemblait étonnamment à Ellie — et à Gage.

« Attends une minute, dit Louis. J'ai encore un truc à faire. »

Il courut jusqu'à l'entrée, ouvrit la penderie et en sortit une de ses bottes. Ensuite, il se dirigea vers la cheminée et ôta le pare-feu grillagé qui protégeait l'âtre.

« Louis, qu'est-ce que tu tra...

— Tu vas voir. »

Du côté gauche du foyer, le feu était éteint et il ne restait plus qu'un tapis épais de cendres grises et floconneuses. Louis enfonça la semelle de sa botte dans la cendre, laissant une empreinte profonde. Puis il marqua de la même manière le dallage de briques, en maniant sa botte comme un tampon de caoutchouc géant.

« Et voilà, dit-il après avoir rangé la botte dans la placard. Tu aimes ? »

Rachel s'était remise à rire.

« Oh Louis, Ellie va sauter au plafond en voyant ça ! »

Durant la première quinzaine de classe, une rumeur alarmante s'était répandue à travers toute la maternelle : le Père Noël n'existait pas ! Le Père Noël n'était en réalité que papa-maman ! Et la foi ébranlée d'Ellie en avait encore pris un sérieux coup lorsqu'elle avait aperçu, quelques jours plus tôt, un Père Noël maigre et hâve qui dégustait un cheeseburger au comptoir d'un marchand de glaces du Centre commercial de Bangor. Le Père Noël avait tiré sa fausse barbe sur le côté afin de pouvoir manger plus confortablement, mais ce n'était pas ça qui avait le plus troublé Ellie — c'était le cheeseburger lui-même. Rachel s'était évertuée à lui expliquer que les Pères Noël des grands magasins, tout comme ceux de l'Armée du Salut, n'étaient que des remplaçants que le véritable Père Noël était obligé d'embaucher parce qu'il était bien trop occupé lui-même à dresser son inventaire final et à lire les missives de dernière minute pour pouvoir cavaler d'un bout de l'univers à l'autre et faire toute sa promotion seul, mais ce cheeseburger avait laissé Ellie bien dubitative.

Louis remit le pare-feu en place avec soin. A présent, il y avait deux empreintes de pas bien nettes dans la cheminée, l'une dans les cendres et l'autre sur les briques de l'âtre. Elles étaient pointées toutes les deux en direction de l'arbre de Noël ; ainsi, on avait l'impression que le Père Noël avait agilement atterri sur un pied et qu'il s'était immédiatement avancé pour déposer le lot de joujoux destiné à la famille Creed. L'illusion était parfaite aussi longtemps qu'on ne remarquait pas qu'il s'agissait de deux pieds gauches ; et Ellie avait beau être fine mouche, elle n'était tout de même pas aussi perspicace que ça.

« Je t'aime, Louis Creed, dit Rachel en l'embrassant.

— En m'épousant, tu as décroché le gros lot, baby, fit Louis avec un sourire parfaitement sincère. Reste avec moi, et je ferai de toi une star. »

Ils se dirigèrent vers l'escalier. Louis désigna du doigt la table de bridge qu'Ellie avait placée devant la télé, et sur laquelle elle avait disposé une poignée de biscuits aux flocons d'avoine, deux bouchées au chocolat fourrées crème et une boîte de bière Micheloeb, le tout accompagné d'une petite carte sur laquelle elle avait inscrit en grosse capitales appliquées : BON APPETIT, PAPA NOËL.

« Qu'est-ce que tu préfères ? demanda-t-il. Biscuit ou bouchée au chocolat ?

— Bouchée au chocolat », dit Rachel et elle l'enfourna aussitôt, tandis que Louis retirait la languette de la boîte de bière.

« Si je bois une bière à cette heure-ci, ça va me flanquer des aigreurs d'estomac.

— Foutaises, fit Rachel avec bonne humeur. Allez, Doc, quoi... »

Louis reposa la bière et tout à coup il porta une main à la poche de sa robe de chambre comme s'il venait brusquement de se rappeler quelque chose (en fait, il n'avait pas oublié une seconde le petit paquet qu'elle contenait, et il en avait senti le poids toute la soirée).

« Tiens, dit-il. C'est pour toi. Tu peux l'ouvrir tout de suite, il est plus de minuit. Joyeux Noël, ma chérie. »

Rachel retourna entre ses mains le petit paquet enveloppé de papier argenté et entouré d'un ruban de satin bleu.

« Qu'est-ce qu'il y a là-dedans, Louis ?

— Sais pas, dit-il en haussant les épaules. J'ai oublié. Une savonnette ? Un échantillon de shampooing ? »

Rachel dénoua le ruban tout en marchant, et elle ouvrit le paquet au moment où elle posait le pied sur la première marche de l'escalier. En voyant l'écrin de chez Tiffany, elle ne put retenir un cri. Elle retira le petit bourrelet d'ouate qui protégeait son contenu, puis elle resta pétrifiée, la bouche un peu pendante.

« Alors ? » interrogea Louis avec une pointe d'inquiétude dans la voix. C'était la première fois de sa vie qu'il lui offrait un bijou, et il avait un peu le trac. « Il te plaît ? »

Elle sortit le pendentif de son écrin, enroula la fine chaîne d'or autour de ses doigts et leva le minuscule saphir vers le plafonnier de l'entrée. Il oscilla paresseusement dans l'air, jetant autour de lui de froides lueurs bleues.

« Oh, Louis, il est tellement merveilleux... »

Sa voix se brisa, et Louis fut à la fois alarmé et touché en constatant qu'elle avait les larmes aux yeux.

« Ah non, tu ne vas pas chialer, dis ! protesta-t-il. Allez, mets-le.

— Mais Louis, nous n'avons pas de quoi... tu n'as pas les moyens de...

— Chut ! fit-il. Depuis la Noël de l'an dernier, je me suis fait un

217

bas de laine — en grappillant un dollar par-ci, un dollar par-là. Et puis ce n'était pas aussi cher que tu crois.

— Combien tu l'as payé ?

— Ça, Rachel, je ne te l'avouerai jamais ! s'écria Louis. Tout un régiment de tortionnaires chinois n'arriverait pas à me le faire dire... Deux mille dollars.

— *Deux mille dollars !* » Elle se jeta dans ses bras avec impétuosité et le serra contre elle avec tant de force qu'il fut à deux doigts de dégringoler jusqu'au bas de l'escalier. « Oh ! Louis, tu es complètement cinglé !

— Mets-le », dit-il à nouveau.

Cette fois, elle obtempéra. Il l'aida à boucler le fermoir puis elle se retourna vers lui et déclara : « Je vais monter dans la chambre pour me regarder. J'ai envie de me pavaner un peu.

— Pavane-toi tant que tu veux, dit Louis. Moi, pendant ce temps-là, je vais faire sortir le chat et éteindre les lumières.

— Je le garderai pour faire l'amour, dit Rachel en plantant son regard dans le sien. Ce saphir sera l'unique rempart de ma nudité.

— Dans ce cas, abrège la pavane », dit Louis en riant.

Il prit Church dans ses bras. Depuis quelque temps, il n'avait plus guère recours au balai, et il en concluait qu'une certaine familiarité s'était à nouveau créée, vaille que vaille, entre le chat et lui. Il se dirigea vers le fond du vestibule d'entrée en éteignant les lumières au passage. Lorsqu'il ouvrit la porte qui séparait la cuisine du garage, un courant d'air froid lui lécha les chevilles.

« Allez, Church, et joyeux No... »

Sa voix s'étrangla dans sa gorge. Le cadavre d'un corbeau gisait sur le paillasson de crin. L'oiseau avait le crâne en marmelade et une de ses ailes, arrachée, était recroquevillée derrière lui comme une feuille de papier calcinée. Instantanément, Church s'était mis à gigoter dans les bras de Louis et dès qu'il l'eut lâché, il s'approcha du cadavre de l'oiseau et le flaira avidement en frémissant du museau. Tout à coup, ses oreilles se couchèrent, sa gueule se détendit brusquement vers l'avant et il arracha l'œil gauche du corbeau, qui était vitreux et d'un blanc lactescent. Son mouvement avait été si vif que Louis n'eut même pas le temps de se détourner.

Church a encore frappé, se dit-il avec un léger haut-le-cœur. Il tourna la tête, mais il n'avait pu s'empêcher de voir l'orbite gougée, sanguinolente, du malheureux volatile. *Ne te laisse pas*

218

troubler, Louis, tu as déjà vu pire. Pascow, par exemple. Oh oui !
Pascow était cent fois pire.

N'empêche que ça le troublait bel et bien. Il avait l'estomac
soulevé, et sa légère excitation sexuelle était retombée d'un coup.
*Bon Dieu, cet oiseau est pratiquement aussi gros que lui. Il a vraiment
fallu qu'il le prenne en traître, parce que sinon...*

Il ne lui restait plus qu'à nettoyer ça. C'est un genre de présent
que personne n'a envie de trouver devant sa porte le matin de
Noël. Et puis il fallait bien qu'il assume ses responsabilités. C'était
son affaire, et la sienne seule. Il l'avait implicitement admis (ou en
tout cas son subconscient le lui avait fait admettre) lorsqu'il avait
délibérément fait tomber les pneus sur le cadavre de la souris que
Church avait massacrée le jour où Rachel et les enfant étaient
rentrés de Chicago.

Un cœur d'homme a un sol plus rocailleux, Louis.

La voix de Jud résonnait si clairement dans son esprit, elle avait
une densité si palpable qu'il sursauta imperceptiblement, comme
si le vieil homme s'était soudain matérialisé à côté de lui.

On y fait pousser ce qu'on peut... et on le soigne.

Church était toujours penché au-dessus de l'oiseau mort, les
hanches arrondies, et à présent il déchiquetait l'autre aile avec
voracité. Il se mit à la tirer d'avant en arrière pour l'arracher, et elle
frotta le paillasson avec un bruit sinistre de soie froissée. *Jamais on
n'arrivera à le faire décoller, Orville. Tu as raison, Wilbur, cet
oiseau-là est bon pour la ferraille, rétamé, kapout, on pourrait tout
aussi bien le balancer au chat...*

Tout à coup, Louis expédia un coup de pied à Church. Un solide
coup de pied, même : l'arrière-train du chat se souleva et il s'étala à
terre, les pattes écartées. Il se redressa et s'éloigna lentement, en
décochant à Louis un autre de ses regards haineux. « C'est ça,
bouffe-moi ! » siffla Louis entre ses dents, félin lui-même à
présent.

L'écho lointain de la voix de Rachel lui parvint depuis leur
chambre.

« Louis ? appelait-elle. Tu ne viens pas te coucher ?

— Si, si ! J'arrive ! » cria-t-il. *Il faut d'abord que je fasse disparaître
ces immondices, tu comprends, Rachel ? Car ce sont* mes *immondices.* Il
chercha le commutateur à tâtons et alluma dans le garage. Puis il se
hâta jusqu'au placard de l'évier, se prit un des grands sacs-
poubelle en plastique vert, regagna le garage et décrocha la pelle

de son clou. Il ramassa le cadavre du corbeau, plaça la pelle au-dessus du sac ouvert et le laissa glisser à l'intérieur. Il procéda de même avec l'aile arrachée, ensuite il tordit la partie supérieure du sac, le noua solidement et contourna la Honda Civic pour aller le déposer dans la grande boîte à ordures placée près de l'entrée. Quand il eut achevé sa besogne, il s'aperçut qu'il avait les chevilles tout engourdies de froid.

Church était debout devant la porte du garage. Louis esquissa un geste menaçant dans sa direction avec sa pelle, et il s'évapora comme une fumée.

Il trouva Rachel étendue sur le lit. Comme promis, elle ne portait rien d'autre que le saphir pendu au bout de sa chaîne. Elle lui adressa un sourire langoureux.

« Qu'est-ce qui t'a retenu si longtemps, Doc ?

— L'applique au-dessus de l'évier était nase, expliqua-t-il. J'ai mis une ampoule neuve.

— Viens là », fit Rachel en l'attirant doucement à elle. Mais ce n'était pas par la main qu'elle l'avait pris. « *Petit Papa Noël*, chantonna-t-elle, les lèvres retroussées par un drôle de petit sourire, *quand tu descendras du ciel...* oh mon Dieu, Louis, qu'est-ce que c'est que ça ?

— Popaul vient de se réveiller en sursaut, dit-il en se débarrassant de sa robe de chambre. Peut-être qu'on ferait mieux de le persuader de se rendormir avant l'arrivée du Père Noël, qu'est-ce que tu en dis ? »

Rachel se souleva sur un coude et il sentit son haleine tiède et douce.

« *N'oublie pas mon petit soulier...* Bon, mais le soulier n'est rempli que si le petit garçon a été bien sage... Tu as été sage, Louis ?

— Sage comme une image, dit-il d'une voix un peu tremblante.

— Voyons si tu es aussi succulent que tu en as l'air », dit Rachel.

Ils firent délicieusement l'amour. Dans ces cas-là, d'habitude, Louis, heureux de lui-même, de sa femme, de sa vie, glissait instantanément dans un sommeil repu. Mais cette nuit-là le sommeil le fuyait. Il resta allongé sans dormir dans la grisaille ténébreuse d'une aube de Noël indécise, à écouter la respiration lente et régulière de Rachel tout en songeant à l'oiseau mort que Church lui avait déposé sur le paillasson en guise de cadeau de Noël.

Pensez à moi, docteur Creed. J'étais vivant, je suis mort et à présent je revis. J'ai bouclé la grande boucle, et je m'en suis retourné pour vous dire qu'on revient de l'autre rive avec le ronronnement en moins et le goût du meurtre en plus, et pour vous dire aussi qu'un homme doit soigner ce qu'il a fait germer sur le sol raboteux de son cœur. Ne l'oubliez pas, docteur Creed. Vous m'avez planté dans votre cœur, je vais y croître et y grandir auprès de votre femme, de votre fille et de votre petit garçon. N'oubliez pas notre secret et entretenez bien votre jardin.

Et tandis qu'il remâchait tout cela dans sa tête, Louis s'endormit sans s'en apercevoir.

31

Après cela, l'hiver continua son petit bonhomme de chemin. Les empreintes dans la cheminée firent renaître — du moins pour un temps — la foi d'Ellie dans le Père Noël. Gage déballa ses cadeaux avec toute la solennité requise, en s'interrompant de loin en loin pour mâchouiller un morceau de papier d'emballage particulièrement appétissant. Et cette année-là, les enfants furent *deux* à décider au bout de quelques heures que tout compte fait les cartons et les boîtes étaient nettement plus amusants que les jouets qu'ils avaient contenus.

Le soir du jour de l'An, les Crandall vinrent déguster avec eux l'*eggnog* confectionné par Rachel. Louis, intrigué par l'aspect de Norma, l'examina à la dérobée. Cette pâleur, cette peau diaphane lui rappelaient de sombres souvenirs. Sa grand-mère aurait dit que Norma « déclinait », et elle n'aurait sans doute pas eu tort. Ses mains déformées par l'arthrite étaient à présent constellées de taches hépatiques qui semblaient avoir fait leur apparition du jour au lendemain, et ses cheveux paraissaient avoir perdu de leur volume. Les Crandall se retirèrent sur le coup de dix heures, et la famille Creed passa le reste du réveillon devant la télé. Ils ne devaient plus jamais revoir Norma chez eux.

Il fit un temps pluvieux et morose pendant presque toute la durée du congé semestriel de Louis. Le dégel précoce avait un bon côté, puisqu'il leur faisait faire de substantielles économies de chauffage, mais cette grisaille continuelle n'en était pas moins démoralisante. Louis tua le temps en bricolant dans la maison ; il posa des étagères et des placards de cuisine pour Rachel, et monta une maquette de Porsche pour son propre compte. Le 23 janvier, jour de la rentrée, c'est avec plaisir qu'il reprit le chemin de l'université.

Une semaine après la reprise des cours, la grippe arriva enfin sur le campus. L'alerte fut même passablement chaude ; Louis était tellement débordé qu'il lui arrivait fréquemment de travailler des dix ou douze heures d'affilée. Il rentrait chez lui exténué, mais pas vraiment malheureux.

Le 29 janvier, la vague de temps doux s'acheva et l'hiver reprit brutalement ses droits. Une tourmente de neige s'abattit, et une semaine durant la température oscilla aux alentours de moins vingt. Louis était en train d'examiner un bras cassé dont le propriétaire, un étudiant, s'obstinait en dépit de toute raison à espérer qu'il pourrait tout de même participer aux championnats de base-ball du printemps, lorsqu'une des infirmières bénévoles entrebâilla sa porte pour lui annoncer que sa femme le demandait au téléphone.

Louis alla prendre l'appel dans son bureau. Rachel pleurait à l'autre bout du fil, et aussitôt une inquiétude affreuse lui poigna le cœur. *C'est Ellie,* se dit-il. *Elle est tombée de sa luge et elle s'est cassé le bras. Peut-être même qu'elle a une fracture du crâne.* L'image des six trompe-la-mort ivres sur leur toboggan lui traversa l'esprit, et son inquiétude monta encore d'un cran.

« Est-ce qu'il est arrivé quelque chose à un des petits ? interrogea-t-il. Rachel ? !

— Non, non, répondit-elle en sanglotant de plus belle. Les enfants n'ont rien, Lou. C'est Norma. Norma Crandall. Elle est morte ce matin, vers huit heures. Elle venait à peine de terminer son petit déjeuner, d'après Jud. Il est venu voir si tu étais encore là, mais tu étais parti depuis une demi-heure. Il était complètement sonné, tu sais, et... oh, Lou, il avait l'air tellement *vieux...* Heureusement qu'Ellie était déjà partie et que Gage est encore trop jeune pour comprendre. »

Louis fronça les sourcils, et il s'aperçut qu'en dépit de la terrible nouvelle, c'était avant tout à Rachel qu'il pensait ; il essayait d'évaluer l'étendue de la fêlure émotionnelle qu'il devinait en elle.

Parce que sa phobie était là de nouveau, diffuse mais perceptible. Il était malaisé de la situer très précisément, car elle teintait toutes les émotions de Rachel, par l'effet d'une espèce de subtile imprégnation. La mort était un secret, un affreux tabou dont il fallait à tout prix protéger les enfants, et accessoirement aussi les adultes ; sur ce plan l'attitude de Rachel évoquait fortement celle que les bourgeois victoriens avaient adoptée vis-à-vis des relations sexuelles et des mystérieux égouts de la libido.

« Seigneur ! soupira-t-il. C'est son cœur qui a flanché ?

— Je n'en sais rien », dit Rachel. Elle avait cessé de pleurer, mais sa voix était rauque et étranglée. « Louis, tu ne pourrais pas rentrer ? Jud et toi, vous êtes si amis. Je crois qu'il a besoin de toi. »

Vous êtes si amis.

C'est vrai au fond, se dit Louis avec un léger pincement de surprise. *Je n'aurais jamais cru qu'un jour j'aurais un octogénaire comme meilleur copain, et pourtant c'est bien le cas.* L'idée lui vint alors qu'ils avaient tout intérêt à être amis étant donné ce qui s'était passé entre eux. Compte tenu de ça, Jud avait certainement pris conscience de leur amitié bien plus tôt que Louis lui-même. Jud l'avait épaulé dans des circonstances difficiles, et en dépit de tout ce qui était arrivé depuis, malgré les souris, malgré les oiseaux, Louis persistait à penser que le vieil homme avait eu raison d'agir ainsi... ou du moins qu'il avait pris la décision la plus charitable. A présent, il était bien décidé à faire tout ce qui était en son pouvoir pour soulager Jud dans son malheur, même s'il fallait pour cela qu'il jouât le rôle de meneur de deuil à l'occasion de la mort de sa femme.

32

Norma n'avait pas succombé à une crise cardiaque, mais à une hémorragie cérébrale. L'attaque avait été subite et vraisemblablement indolore. Louis appela Steve Masterton dans l'après-midi pour le mettre au courant, et Steve lui déclara qu'il ne serait pas fâché de mourir de cette façon.

« Des fois le Bon Dieu n'en finit pas de tourner autour du pot, dit-il. D'autres fois, il pointe carrément son doigt sur toi en disant : allez, bonhomme, c'est l'heure de fermer ton pébroque. »

Rachel refusait de parler de la mort de Norma et elle ne voulait pas non plus que Louis abordât ce sujet devant elle.

Ellie en fut plutôt étonnée que choquée, et aussi pas mal intriguée — réaction que Louis jugeait parfaitement normale et saine de la part d'une enfant de six ans. Elle lui demanda si Mrs Crandall était morte avec les yeux ouverts ou fermés, et il répondit qu'il n'en savait rien.

Jud affronta la situation avec un sang-froid remarquable. Louis le trouva attablé dans la cuisine, seul, une Chesterfield au bec, une bouteille de bière à la main, fixant d'un œil vacant la salle de séjour vide. Pour une fois, il avait vraiment l'air d'un vieillard de quatre-vingt-trois ans.

A l'entrée de Louis, le vieil homme leva les yeux et il dit simplement : « Eh bien, voilà, Louis, Norma nous a quittés. » Sa voix était si claire, si posée, que Louis crut d'abord qu'il n'avait pas encore pleinement réalisé, que la connexion ne s'était pas faite dans son cerveau anesthésié. Et puis sa bouche se mit à trembler et il se cacha le visage dans les mains. Louis s'approcha de lui et il lui entoura les épaules d'un bras. La connexion s'était faite. Jud saisissait parfaitement. Sa femme était morte.

« C'est bien, dit Louis. C'est bien, Jud. Je suis sûr que Norma aurait voulu que vous pleuriez. Peut-être même bien qu'elle se serait vexée si vous ne l'aviez pas fait. »

A présent, il avait les larmes aux yeux lui aussi. Jud l'étreignit avec force et il lui rendit son étreinte.

Au bout d'environ dix minutes, les sanglots du vieil homme s'apaisèrent et un grand flot de paroles leur succéda. Louis les écouta avec beaucoup d'attention. Il écoutait en médecin autant qu'en ami, à l'affût de la moindre incohérence, et plus spéciale-ment de confusions d'ordre chronologique (il n'y avait guère de chances que le vieil homme mélangeât les lieux : pour lui, l'univers s'était toujours rigoureusement circonscrit à Ludlow, Maine). Par exemple, s'il avait parlé de Norma au présent, ç'aurait été un assez mauvais signe. Mais Louis ne décela rien de ce genre dans les propos de Jud ; il sautait bien parfois un peu du coq à l'âne, mais son esprit ne battait visiblement pas la campagne. Louis savait que quand deux individus vivent ensemble depuis si longtemps, il n'est pas rare qu'ils s'éteignent presque simultané-ment ; lorsque l'un des deux meurt, l'autre le suit au bout d'un mois, d'une semaine, parfois même au bout de vingt-quatre heures. Ou bien le choc est trop violent, ou bien un instinct profond les pousse à se précipiter dans la mort à la suite de leur conjoint (c'était une idée qui ne lui serait jamais venue avant la résurrection de Church : mais apparemment, il avait acquis depuis, à son insu, des notions radicalement nouvelles pour tout ce qui concernait le surnaturel et les perceptions extra-sensorielles). Bref, l'affliction de Jud était manifestement très profonde, mais il avait toute sa tête, et Louis ne percevait en lui aucun signe de cette fragilité un peu diaphane qui avait paru émaner de Norma durant la soirée du réveillon chez les Creed.

Jud, qui avait le visage encore rouge et mâchuré de larmes, alla prendre une bière dans le frigidaire et la tendit à Louis.

« Il est encore bien tôt, je sais, dit-il. Mais en ce moment même le soleil doit s'être couché de l'autre côté du monde, et vu les circonstances ...

— Vous fatiguez pas, j'ai compris », lui dit Louis en décapsulant sa bière. Ses yeux se posèrent sur Jud. « Vous voulez qu'on boive à sa santé ?

— C'est bien le moins, dit Jud. Ah, si vous l'aviez vu à seize ans, Louis, quand elle revenait de l'église avec son caraco déboutonné... Vous auriez fait des yeux comme des soucoupes. Pour quelqu'un comme elle, le Diable se serait fait moine. Dieu merci, elle ne m'a jamais rien demandé de tel. Elle n'a même pas exigé que je renonce à la boisson. »

Louis hocha la tête et il leva sa bouteille : « A Norma », fit-il.

Jud choqua sa bouteille contre celle de Louis. De nouvelles larmes ruisselaient le long de ses joues, mais il souriait en même temps. A son tour, il hocha la tête et dit :

« Qu'elle repose en paix, et Dieu fasse que là où elle s'en est allée cette vacherie d'arthrite soit inconnue.

— Amen », conclut Louis, et ils burent.

Ce fut la première fois que Louis vit Jud franchement éméché, mais son ivresse ne parut pas entamer le moins du monde ses facultés intellectuelles. Il se mit à débiter un flot ininterrompu de souvenirs et d'anecdotes ; ils étaient clairs, vibrants de couleur et de vie, captivants même. Et entre deux évocations du passé, le vieil homme affrontait le présent avec une énergie que Louis trouvait admirable. Il était sûr que si Rachel était tombée raide morte aussitôt après avoir avalé son demi-pamplemousse et son bol de corn-flakes, il aurait été incapable d'en faire le dixième.

Jud appela les pompes funèbres Brookings-Smith à Bangor, régla tout ce qui pouvait être réglé par téléphone et prit rendez-vous pour le lendemain afin d'effectuer les démarches qui nécessitaient sa présence. Oui, il désirait que Norma soit embaumée ; il désirait qu'on l'habille, mais il fournirait la robe lui-même ; il leur laissait le soin de s'occuper des sous-vêtements, mais il tenait à les choisir personnellement ; non, il ne souhaitait pas qu'on lui mette de ces chaussures montantes qui se laçaient par-derrière. Est-ce qu'ils avaient quelqu'un qui pourrait s'occuper de lui laver les cheveux ? Son dernier shampooing remontait au lundi précédent, si bien qu'elle était morte avec des cheveux pas très propres. Son interlocuteur lui servit alors une assez longue explication, dont Louis devina sans peine la teneur ; ayant eu un oncle croque-mort, il savait que la toilette complète du défunt fait partie des prestations normalement fournies par toutes les entreprises de pompes funèbres. A la fin, Jud hocha la tête, dit merci, puis l'homme lui posa une nouvelle question et il répondit qu'il n'était pas opposé au maquillage, à condition qu'il soit discret. « Elle est morte et tout le monde le sait, expliqua-t-il en allumant une Chesterfield. Alors, inutile d'en faire trop. » Il annonça avec une tranquille autorité que le cercueil devrait être fermé le jour des obsèques proprement dites, mais qu'il pourrait rester ouvert la veille pendant les heures de visite. Norma serait ensevelie au cimetière de Mount Hope, où ils avaient acquis une concession en 1951. Il avait préparé les documents, et il communiqua les numéros de leurs parcelles à l'employé de Brooking-Smith afin que les préparatifs puissent aussitôt démarrer sur place. Celle de Norma se trouvait dans la division H, au numéro 101. (Lui-même reposerait au H 102, précisa-t-il ensuite à Louis.)

Après avoir raccroché, le vieil homme se retourna vers Louis.

« A Bangor, nous avons le plus joli cimetière du monde, vous savez, dit-il. Enfin, je trouve. Vous n'avez qu'à vous prendre une autre bière, Louis. Je risque de rester pendu au téléphone encore un bon moment. »

Louis allait refuser — il était déjà légèrement pompette — lorsque soudain une vision extravagante lui traversa l'esprit : celle de Jud tirant derrière lui, sur une litière indienne, le cadavre de

Norma à travers la forêt qui mène à la nécropole des Micmacs, par-delà le Simetierre des animaux.

Cela lui fit l'effet d'une gifle. Sans un mot, il se leva, marcha jusqu'au frigidaire et en sortit une bière. Jud lui adressa un hochement de tête avant de composer un nouveau numéro. A trois heures de l'après-midi, Louis rentra chez lui pour avaler un déjeuner tardif qui se composa d'un sandwich et d'un bol de soupe. Entre-temps, Jud avait considérablement avancé dans l'organisation de la cérémonie ; il n'oubliait aucun détail et procédait point par point, avec méthode, comme s'il était en train de préparer un dîner de gala. Il appela le temple méthodiste de North Ludlow, où la cérémonie funèbre devait avoir lieu, ainsi que les services administratifs du cimetière de Mount Hope ; dans les deux cas, il s'agissait de démarches que l'entreprise de pompes funèbres aurait effectuées de toute façon, mais Jud tenait à prendre les devants. Il était bien rare que des gens qui venaient de perdre un proche songent à accomplir ce genre de formalités ; ou s'ils y songeaient, ils avaient du mal à s'y résoudre. L'admiration que Louis éprouvait pour Jud s'en accrut encore. Après cela, le vieil homme appela les rares parents survivants de Norma et les membres de sa propre famille en cherchant les numéros dans un vieux carnet d'adresses au cuir tout râpé. Entre deux coups de fil, il évoquait de nouveaux souvenirs et buvait de nouvelles bières.

Louis se sentait porté vers lui par un grand élan d'admiration et de... était-ce de l'amour ?

Oui, incontestablement, c'était bien de l'amour.

Ce soir-là, lorsqu'elle descendit en pyjama pour embrasser son père, Ellie lui demanda si Mrs Crandall irait au paradis. Elle lui posa la question à voix basse, presque en chuchotant, comme si elle avait deviné que la discrétion s'imposait. Rachel était dans la cuisine, occupée à préparer un pâté au poulet qu'elle comptait porter à Jud le lendemain.

Dans la maison des Crandall, de l'autre côté de la route, toutes les lumières brillaient. Une double file de voitures était garée le long de l'allée, d'autres s'étaient rangées sur le bas-côté de la route et s'alignaient sur une bonne trentaine de mètres dans les deux sens. Ces visiteurs n'étaient pas venus rendre un dernier hommage à la dépouille mortelle de Norma, rite qui n'aurait lieu que le lendemain dans un des salons mortuaires de l'entreprise Brookings-Smith. S'ils s'étaient réunis ce soir, c'était pour consoler Jud du mieux qu'ils pouvaient, évoquer d'anciens souvenirs avec lui et célébrer dignement la disparition de la vieille dame. Dans l'intervalle entre les deux maisons, il soufflait un vent glacial de février et la route était parsemée de plaques de neige durcie. Ils étaient entrés dans la période la plus rude de l'hiver éprouvant du Maine.

« A vrai dire, je n'en sais rien, chaton », dit Louis en faisant asseoir la fillette sur ses genoux. A la télé, une fusillade battait son plein. Un de ses protagonistes tourbillonna sur lui-même et s'écroula mais Louis et Ellie n'y firent pas plus attention l'un que l'autre. Louis se rendait compte — avec un certain embarras — que la fillette savait à n'en pas douter énormément plus de choses sur le compte de Spiderman, de Ronald McDonald et des Quatre Fantastiques que sur celui de Moïse, Jésus ou saint Paul. Etant la fille d'une juive non pratiquante et d'un méthodiste qui avait abjuré sa foi au sortir de l'enfance, elle ne pouvait avoir que des notions très rudimentaires pour tout ce qui concernait la vie spirituelle : dans son univers, on ignorait les mythes et les rêves, sinon sous la forme de succédanés très frelatés. *Il est trop tard pour ça*, se dit-il. *Elle n'a que cinq ans, et il est déjà trop tard. Bon Dieu, qu'est-ce que ça se perd vite !*

En attendant, les yeux d'Ellie étaient rivés sur lui. Il fallait absolument qu'il lui dise quelque chose.

« Les gens ont toute une variété d'idées sur ce qui se passe après la mort, commença-t-il. Certains pensent qu'on va au paradis ou en enfer, d'autres qu'on renaît à nouveau sous la forme de petits enfants...

— Ça s'appelle la " carnation " ! coupa Ellie. C'est ce qui arrivait à Audrey Rose dans ce film, à la télé.

— Mais tu ne l'as pas vu ! » objecta Louis. (Si le bruit qu'Ellie avait vu *Audrey Rose* était venu aux oreilles de Rachel, elle aurait probablement eu une congestion cérébrale elle aussi.)

« C'est Marie qui m'en a parlé, à l'école », expliqua Ellie. Marie, qui s'était attribué à elle-même le titre de « meilleure amie d'Ellie », était une petite fille dont le teint chlorotique et l'aspect malpropre faisaient toujours soupçonner qu'elle était à deux doigts de contracter l'impétigo, la teigne, voire le scorbut. Louis et Rachel ne faisaient rien pour contrecarrer l'amitié des deux fillettes, et même ils l'encourageaient de leur mieux. Toutefois, Rachel avait avoué à Louis un jour qu'après chaque visite de Marie une impulsion irrépressible la poussait à vérifier si la tête d'Ellie ne dissimulait pas des poux ou des lentes. Louis avait hoché la tête en riant.

« La mère de Marie la laisse regarder *toutes* les émissions qu'elle veut », précisa Ellie. Louis perçut le reproche sous-jacent dans cette observation, mais il évita prudemment de le relever.

« C'est de *ré*incarnation qu'il s'agit, mais apparemment tu as saisi de quoi il retournait. Les catholiques croient que les âmes des morts vont au ciel ou en enfer, et qu'en plus il y a deux endroits intermédiaires, les limbes et le purgatoire. Les hindouistes et les bouddhistes ont un truc du même genre, qu'ils appellent le nirvana... »

Du coin de l'œil, il vit une ombre sur le mur de la salle à manger : Rachel les écoutait.

Il continua, mais en prenant bien garde à ce qu'il disait.

« Et il y en a encore beaucoup d'autres comme ça, mais tu vois, Ellie, quand on regarde vraiment les choses en face, on est obligé de reconnaître que personne n'en sait rien. Il y a des gens qui affirment que c'est ça d'une manière très péremptoire, mais ça veut simplement dire qu'ils ont la foi. Tu sais ce que c'est, la foi ?

— Beuh...

— Tiens, un exemple, dit Louis. Nous sommes assis sur une chaise en ce moment. Est-ce que tu crois que cette chaise sera toujours là demain ?

— Oui, bien sûr.

— Eh bien, c'est cela, la foi. Tu as foi dans cette chaise. Moi aussi, d'ailleurs. La foi, c'est quand on croit qu'une chose se produira, ou qu'une chose existe même quand on ne la voit pas. Tu saisis ?

— Oui, dit Ellie en hochant vigoureusement la tête.

— Et pourtant, *rien* ne nous prouve que cette chaise sera vraiment là demain, dit Louis. Après tout, il se pourrait qu'un voleur de chaises vienne nous la chiper cette nuit. »

Ellie éclata de rire.

« Mais la foi que nous avons dans cette chaise nous interdit d'envisager une éventualité pareille, poursuivit Louis en souriant. La foi, c'est bien beau, et les gens qui ont des convictions religieuses fortes prétendent qu'elle vaut toutes les vérités prati-ques, mais moi je ne suis pas de cet avis ; il y a beaucoup trop d'opinions divergentes à ce sujet. Tout ce qu'on *sait* avec certitude peut se résumer de la façon suivante : quand on meurt, il n'y a qu'une alternative possible, soit que notre âme et nos pensées survivent d'une manière ou d'une autre après notre destruction physique, soit qu'elles ne survivent pas. Dans le cas où elles survivent, on peut envisager une immense gamme de transformations possibles ; autrement, il n'y a plus rien, c'est le noir, le zéro, la fin.

— Comme quand on s'endort ? »

Louis réfléchit un instant avant de répondre :

« J'imagine que ça doit plutôt ressembler à une anesthésie générale.

— Dans laquelle des deux possibilités tu as foi, toi, papa ? »

L'ombre sur le mur de la salle à manger se déplaça imperceptiblement.

Louis avait été élevé dans la religion, mais depuis qu'il avait accédé à l'âge de raison (ou plus exactement depuis son passage à l'université), il avait cessé de croire à l'au-delà. Dans l'exercice de son métier, il avait vu bien des gens mourir et jamais, au grand jamais, il n'avait éprouvé le passage d'une âme s'arrachant au corps d'un agonisant pour s'en aller... Dieu sait où. N'était-ce pas d'ailleurs ce qu'il avait pensé — une fois de plus — au moment où Victor Pascow avait rendu son dernier souffle dans ses bras ? Il avait fait sien le point de vue de son professeur de psychologie, d'après qui les expériences de métempsycose décrites avec un grand luxe de détails dans les revues scientifiques et vulgarisées ensuite par la presse à sensation n'étaient qu'une espèce d'hallucination collective, de construction mentale paranoïaque élaborée par l'esprit humain poussé jusqu'aux limites extrêmes de la déraison par sa terreur de la mort. Il était également tombé d'accord avec un étudiant qui faisait partie de son cercle d'amis dans le foyer où il résidait au cours de sa deuxième année d'études à l'université de Chicago. Durant une de leurs interminables discussions de groupe (elles duraient parfois des nuits entières), ce garçon avait émis l'avis que les miracles dont la Bible regorge étaient d'autant plus sujets à caution qu'on n'en avait pratiquement plus relevé depuis le début de l'époque moderne (il avait d'abord dit que les miracles avaient « totalement cessé », mais cette affirmation avait été violemment contestée par plusieurs de ses camarades qui lui avaient fait observer, à juste titre d'ailleurs, qu'il y avait encore des phénomènes bizarres et que ce monde moderne brillamment illuminé par les flambeaux de la Science et de la Raison recelait encore çà et là de petites poches de ténèbres irréductibles — par exemple, le Suaire de Turin, qui avait opiniâtrement résisté à tous les efforts d'une longue succession de démystificateurs acharnés). « Donc, le Christ aurait ressuscité Lazare ? disait ce bouillant garçon (qui, depuis, était devenu un gynécologue réputé et exerçait à Dearborn, dans le Michigan). Bon, d'accord, je veux bien. Disons que ça reste du domaine du possible. Après tout, j'ai été obligé d'admettre des choses qui sont au moins aussi peu plausibles à priori — par exemple qu'un fœtus pouvait bouffer son jumeau *in utero* et que la preuve de cet acte de cannibalisme prénatal pouvait être retrouvée vingt ou trente ans plus tard, lorsque le jumeau survivant avait brusquement des dents qui lui poussaient dans le scrotum ou les poumons. Si je peux avaler une couleuvre pareille, je suppose que je peux avaler à peu près n'importe quoi. Mais avant d'admettre la résurrection de Lazare, je veux voir l'acte de décès, vous saisissez ? Je ne dis pas que c'est impossible, mais je veux qu'on me montre d'abord un document prouvant qu'il était bien mort avant de sortir de la tombe. Je suis comme Thomas lorsqu'il disait qu'il ne croirait à la résurrection de Jésus que lorsqu'il aurait vu de ses propres yeux la marque des clous dans ses mains et aurait mis son doigt dessus. Pour moi, c'était *lui* le vrai médecin de la bande, pas Luc. »

Non, Louis n'avait jamais vraiment cru à la survie de l'âme. En tout cas, pas avant Church.

« Je pense que nous continuons d'exister après la mort, dit-il d'une voix lente. Mais sous quelle forme, ça je n'en sais rien. Peut-être que ça varie d'une personne à l'autre. Peut-être que chacun se transforme conformément à la foi qu'il avait observée de son vivant. Mais je pense qu'on continue d'exister, et je crois que Norma est probablement allée quelque part où elle pourra être heureuse.

— Tu as foi là-dedans », dit Ellie. Ce n'était pas une question, mais une constatation, qu'elle avait proférée avec une espèce de crainte révérentielle dans la voix.

Louis eut un sourire à la fois amusé et embarrassé.

« Oui, je suppose qu'on peut le dire. J'ai aussi foi dans autre chose, qui est que c'est l'heure que tu ailles faire dodo à présent. »

Il l'embrassa rapidement à deux reprises, une fois sur les lèvres, une fois sur le bout du nez.

« Papa, est-ce que les bêtes continuent d'exister après leur mort ?

— Oui », répondit Louis sans hésitation et il fut à deux doigts d'ajouter : *Surtout les chats.* Les mots avaient bel et bien flotté sur ses lèvres l'espace d'une seconde, et ils lui laissèrent un goût de cendres dans la bouche.

« Bon, fit Ellie en se laissant glisser au sol, maintenant faut que j'aille embrasser maman.

— Vas-y vite. »

Ellie se dirigea vers la porte de la salle à manger, mais au moment d'en franchir le seuil elle se retourna vers Louis et dit :

« J'ai été vraiment bête l'autre jour quand j'ai pleuré comme ça à cause de Church, hein ?

— Mais non, ma puce, tu n'as pas été bête du tout.

— S'il mourait maintenant, je le supporterais mieux », déclarat-elle. Elle parut méditer les paroles qu'elle venait de prononcer avec un air un peu stupéfait puis, comme se répondant à ellemême, elle ajouta : « Sûrement », sur quoi elle courut se jeter dans les bras de Rachel.

« J'ai entendu de quoi vous parliez, toi et Ellie, dit Rachel à Louis lorsqu'ils se retrouvèrent au lit.

— Et alors ? dit Louis. Tu trouves que j'ai mal fait de lui parler de ça ? »

Finalement, il valait peut-être mieux crever l'abcès une bonne fois pour toutes, si c'était ce que Rachel désirait.

« Non, fit Rachel avec une voix un peu indécise, ce qui ne lui ressemblait guère. Non, Louis, ce n'est pas que je sois contre, c'est seulement que… ça me fait peur. Et comme tu sais, la peur me rend agressive. »

Louis ne se rappelait pas d'avoir jamais entendu Rachel faire autant de circonlocutions, et tout à coup il sentit qu'il allait falloir se montrer encore plus circonspect avec elle qu'avec Ellie. Son intuition lui disait qu'il était sur un terrain miné.

« Mais de quoi as-tu peur ? De mourir ?

— Ce n'est pas ma propre mort que je redoute, dit Rachel. Ça ne me tourmente guère… ou plutôt ça ne me tourmente plus. Par contre, enfant, j'y pensais souvent. Ça m'a causé bien des nuits blanches. Je rêvais que des monstres venaient me dévorer dans mon lit, des monstres qui ressemblaient tous à ma sœur Zelda. »

Enfin ! se dit Louis. *Au bout de toutes ces années de mariage, elle se décide enfin à me parler de cette histoire.*

« Tu ne parles pas souvent d'elle », dit-il.

Rachel sourit et elle lui effleura la joue du bout des doigts.

« Oh, Louis, tu es gentil. Je ne parle *jamais* de Zelda. Je m'interdis de seulement penser à elle.

— J'ai toujours supposé que tu avais de bonnes raisons pour cela.

— En effet. Et je les ai toujours. »

Rachel se tut et son visage prit une expression songeuse.

« Je sais qu'elle a succombé à une méningite cérébro-spinale, dit Louis.

— Une méningite cérébro-spinale, oui, dit Rachel. Et il n'y a plus une seule photo d'elle dans la maison.

— Ton père a la photo d'une fillette sur son...

— Sur son bureau. C'est vrai, je l'avais oubliée. Et je crois que ma mère en a toujours une sur elle, dans son portefeuille. Zelda avait deux ans de plus que moi. Elle a attrapé cette méningite... et on l'a reléguée dans la chambre du fond... on l'a séquestrée dans cette chambre tout au fond de la maison, comme un secret honteux. Oh, Louis, ma sœur était en train de mourir dans cette chambre où on la tenait à l'écart, elle y est morte — et elle était vraiment devenue un secret honteux, horrible, qu'il fallait dissimuler à tout prix ! »

Tout à coup, Rachel éclata en sanglots. Elle pleurait bruyamment, avec des hoquets déchirants qui firent craindre à Louis que cet accès de larmes ne tourne à la crise de nerfs. Il avança une main et sentit sous ses doigts l'arrondi d'une épaule qui se déroba brusquement dès qu'il l'eut effleuré ; sa main se referma sur un coin du tissu soyeux de la chemise de nuit.

« Rachel, je t'en prie, chérie, ne...

— Louis, s'il te plaît, ne m'interromps pas. J'ai tout juste la force de te raconter ça une fois, et ensuite je ne veux plus jamais en entendre parler de ma vie. Je ne fermerai probablement pas l'œil de la nuit au point où j'en suis arrivée.

— Ça a donc été si affreux que ça ? » interrogea Louis, mais il connaissait d'avance la réponse. Ça expliquait beaucoup de choses, et tout à coup le lien se fit dans son esprit entre un certain nombre d'incidents dont il n'avait jamais soupçonné jusqu'alors (sinon très vaguement) qu'ils pussent avoir un dénominateur commun. Il s'aperçut que Rachel n'avait jamais assisté à un enterrement avec lui ; elle n'était même pas venue à celui d'Al Locke, un de ses camarades d'études qui s'était tué à moto en heurtant de plein fouet un autobus de la Régie municipale. Al était un ami très proche ; il venait souvent chez eux ; Rachel avait toujours eu beaucoup de sympathie pour lui. Et malgré tout, elle n'avait pas daigné assister à ses obsèques. Mais comment est-ce que... ? Tout à coup, Louis se rappela :

Rachel est tombée malade le jour de l'enterrement. Une grippe, ou une angine, je ne sais plus. Ça paraissait sérieux, mais le lendemain elle était sur pied.

Non, elle n'a même pas attendu le lendemain. Aussitôt après l'enterrement, sa grippe s'est dissipée comme par enchantement. Sur le moment, tu avais même pensé que c'était un trouble purement psychosomatique, rappelle-toi.

« Ah, Louis, tu ne peux pas t'imaginer à quel point ça a été affreux ! Jour après jour, Zelda se détériorait devant nos yeux, et personne, absolument personne ne pouvait rien y faire. Elle souffrait tout le temps. Son corps se tassait sur lui-même, on aurait dit qu'elle rapetissait, elle était devenue bossue, et sa figure s'était tellement ratatinée qu'on aurait cru un masque. Ses mains étaient crochues comme des serres d'oiseau. Quelquefois, c'était moi qui devais lui donner à manger. J'avais horreur de ça mais je le faisais quand même, sans jamais regimber. Quand ses douleurs sont devenues vraiment sérieuses, on s'est mis à lui donner des drogues ; d'abord, des antalgiques relativement anodins, puis de la morphine, à doses de plus en plus élevées, qui auraient sans doute fait d'elle une junkie si elle avait survécu. Mais bien sûr tout le monde savait qu'elle ne survivrait pas. Ça doit être pour ça que toute cette histoire est restée tellement... secrète pour mes parents et pour moi. Parce que nous *voulions* qu'elle meure, Louis, nous *souhaitions* sa mort de toutes nos forces, et ce n'était pas seulement pour abréger ses souffrances, mais surtout pour abréger les *nôtres,* parce que non seulement elle prenait peu à peu l'apparence d'un monstre, mais elle *devenait* un monstre... Oh, mon Dieu ! Je sais que ça doit te paraître épouvantable de m'entendre dire une chose pareille... »

Elle se cacha le visage dans ses mains.

Louis lui caressa doucement l'épaule.

« Non, Rachel, je ne trouve pas ça épouvantable du tout.

— Pourtant, c'est horrible ! s'écria-t-elle.

— Je t'assure que non, dit Louis. Tu es sincère, c'est tout. La plupart du temps, les victimes de longues maladies deviennent bel et bien des monstres acariâtres, pleins d'exigences insupportables. L'image du malade vertueux qui endure stoïquement ses interminables souffrances, c'est du roman. Quand les premières escarres apparaissent sur les fesses d'un (ou d'une) malade cloué au lit depuis des mois, il (ou elle) commence à mordre, à griffer et à distiller son fiel comme une bête venimeuse. Bien sûr, ce sont des réflexes purement animaux, mais ça n'empêche pas leur entourage d'en prendre plein la gueule. »

Rachel le regarda bouche bée et une lueur d'espoir s'alluma brièvement dans ses yeux. Puis une expression méfiante se peignit sur ses traits.

« Tu as inventé ça de toutes pièces, dit-elle.

— Tu veux que je te montre ce qui est écrit à ce sujet dans mon *Manuel de pathologie médicale* ? demanda Louis avec un sourire lugubre. Ou peut-être que tu voudrais voir les statistiques sur le suicide ? Elles t'apprendraient que dans les familles où un individu atteint d'une affection mortelle a été soigné à domicile, le taux de suicides s'élève d'une manière extraordinaire dans les six mois qui suivent le décès du malade.

— *Des suicides ?*

— Ils avalent des barbituriques, ils ouvrent le gaz, ils se tirent une balle dans la tête, oui... La haine... la fatigue... le dégoût... le chagrin... » Il haussa les épaules et appuya doucement l'un contre l'autre ses deux poings serrés. « Les survivants ont le sentiment d'avoir commis un meurtre ; et ce meurtre, ils veulent l'expier, alors ils se flinguent. »

A présent, le regard de Rachel exprimait une espèce de soulagement un peu indécis qui flottait bizarrement au-dessus de son visage gonflé et douloureux.

« Zelda était méchante, dit-elle. Odieuse. Des fois, elle faisait exprès de pisser au lit. Maman lui demandait si elle voulait qu'elle l'emmène aux toilettes... ou plus tard, quand elle n'était déjà plus capable de se lever, si elle n'avait pas besoin du bassin... Zelda répondait que non... et aussitôt après elle pissait au lit, si bien qu'il ne nous restait plus qu'à lui changer ses draps, à maman et à moi... elle s'excusait, elle disait que c'était un accident, mais tu sais, Louis, on voyait bien que ses yeux riaient, il n'y avait pas moyen de ne pas le voir. La chambre baignait toujours dans une affreuse odeur d'urine et de médicaments... elle avait des flacons de je ne sais quel remède qui avait exactement la même odeur que le sirop au laurier-cerise Smith Brothers et cette odeur ne s'en allait jamais... il m'arrive de me réveiller la nuit... oui, encore maintenant, je me réveille en pleine nuit et j'ai l'impression de sentir cette odeur de sirop pour la toux... cette odeur de sirop au laurier-cerise... et je me dis... quand je suis encore dans un demi-sommeil, je me dis : Quand Zelda va-t-elle enfin se décider à mourir ? Oh, mon Dieu, *quand* ?... je me dis... »

Rachel reprit son souffle. Louis lui saisit une main et elle lui pressa les doigts avec une force sauvage.

« Quand on la changeait, on voyait son dos tout tordu et noué. Et dans ses derniers moments... Oh, Louis, dans ses derniers moments on aurait cru que... que ses fesses lui étaient remontées jusqu'au milieu du dos. »

A présent, ses yeux humides étaient un peu vitreux, comme ceux d'un enfant terrifié racontant l'effroyable cauchemar qui l'assaille nuit après nuit.

« Et des fois elle me touchait avec ses... ses mains... ses mains d'oiseau... et moi j'avais du mal à me retenir de hurler et je lui demandais de ne pas faire ça. Un jour, elle m'a effleuré le visage pendant que je la nourrissais, je me suis renversé du potage brûlant sur le bras et là je n'ai pas pu me retenir de hurler... et tandis que je hurlais je voyais bien, là aussi, qu'elle avait les yeux qui riaient.

« Vers la fin, les drogues ont cessé de lui faire de l'effet. A ce moment-là, elle s'est mise à hurler elle-même, et nous n'arrivions plus à nous rappeler de ce qu'elle était *avant* — personne n'y arrivait plus, même pas ma mère. Elle n'était plus que cette *chose* immonde, écumante de rage et de haine que nous cachions dans la chambre du fond... notre secret honteux. »

Rachel déglutit avec peine, et son gosier gargouilla.

« Mes parents étaient sortis lorsqu'elle a finalement... quand elle... enfin, quand elle est... »

Avec un effort terrible, elle s'arracha l'affreuse vérité :

« Quand elle est *morte,* mes parents étaient sortis. Ils m'avaient laissée seule avec elle. C'était la Pâque, et ils étaient allés voir des amis à eux. Ils n'étaient partis que pour un court moment. J'étais dans la cuisine, en train de lire un magazine. Enfin, de le feuilleter, plutôt. Zelda n'arrêtait pas de hurler, et je guettais le moment où il serait temps de lui donner une nouvelle dose de sédatifs. Elle s'était mise à hurler aussitôt après le départ de mes parents, et elle n'avait pas arrêté une seconde depuis. Ses hurlements m'empêchaient de lire. Et puis... et là-dessus, tu vois... eh bien... tout à coup, les cris de Zelda ont cessé. Je n'avais que huit ans, Louis... chaque nuit, je faisais des cauchemars... et je m'étais mis dans la tête que Zelda me haïssait parce que je n'avais pas le dos tout tordu, parce que je ne souffrais pas en permanence, parce que je pouvais me déplacer, parce que j'allais vivre... et peu à peu, la conviction m'était venue qu'elle voulait me tuer. Je ne crois pas que c'était une crainte purement imaginaire, Louis, aujourd'hui encore je suis sûre que Zelda me haïssait vraiment. Peut-être pas au point de me tuer, mais par contre si elle avait pu prendre possession de mon corps... si elle avait pu m'en chasser et s'en emparer, comme dans les contes de fées... je crois qu'elle l'aurait fait. Quand ses cris ont cessé, je suis allée voir si tout allait bien... voir si elle n'avait pas roulé sur le flanc, si ses oreillers n'avaient pas glissé. Je suis entrée dans sa chambre, je l'ai regardée et j'ai vu qu'elle avait avalé sa langue et qu'elle était en train de s'étouffer. Oh, Louis...! »

La voix hoquetante de Rachel était brusquement montée dans les aigus, et à présent elle ressemblait d'une façon hallucinante à celle d'une petite fille ; on aurait dit qu'elle régressait en revivant l'horrible scène.

« Je n'avais que *huit ans*, Louis ! Je ne savais pas quoi faire !

— Non, bien sûr que tu ne savais pas », dit Louis.

Il se retourna vers elle, la prit dans ses bras et elle se cramponna à lui avec la force désespérée de quelqu'un qui ne sait pas nager et dont la barque s'est subitement retournée au milieu d'un lac immense. « On n'a tout de même pas pu te faire des remontrances à cause de ça, hein, chérie ?

— Non, dit Rachel, personne ne m'a fait le moindre reproche. Mais personne n'aurait pu me consoler non plus, Louis. Personne ne pouvait plus rien changer à ce qui s'était passé. Zelda n'avait pas avalé sa langue. Elle s'est mise à faire une espèce de son, une espèce de... je ne sais pas comment te dire, elle faisait *Rhaaaaaaaa*, comme ça, *Rhaaaaaaaa*... »

Le souvenir de cette atroce journée était encore tellement vivant dans sa mémoire qu'elle imitait les râles de sa sœur Zelda avec une véracité criante, et l'image de Victor Pascow se forma brièvement dans la tête de Louis. Il serra Rachel contre lui encore plus étroitement.

« ... et elle bavait, la bave lui coulait le long du menton...

— Rachel, ça suffit comme ça, dit Louis d'une voix un peu tremblante. Je connais les symptômes...

— Mais c'est pour t'*expliquer,* s'obstina-t-elle. Comme ça tu comprendras pourquoi je m'abstiendrai d'assister aux obsèques de cette pauvre Norma, et tu verras ce qui a provoqué cette scène de ménage idiote l'autre jour...

— Chut, dit Louis, c'est oublié, tout ça.

— Peut-être que tu l'as oubliée, mais pas moi, dit Rachel. Je m'en souviens très bien, Louis. Je m'en souviens aussi clairement que je me rappelle cette journée du 14 avril 1965, au cours de laquelle ma sœur Zelda est morte étouffée dans son lit. »

Un long moment, ils restèrent silencieux. Puis Rachel reprit son récit :

« Je l'ai retournée sur le ventre et je me suis mise à lui taper dans le dos, expliqua-t-elle. C'est tout ce que j'avais trouvé à faire. Ses pieds battaient l'air... elle avait les jambes tordues, déformées... j'ai entendu un bruit de pets, je me souviens... j'ai cru que c'était Zelda qui pétait, ou que c'était peut-être moi qui faisais ça sans m'en rendre compte, mais ce n'étaient pas des pets... c'étaient les coutures de mon chemisier qui avaient craqué quand j'avais retourné Zelda. Elle a été prise de... de convulsions, et je me suis aperçue qu'elle avait le visage enfoui dans l'oreiller... je me suis dit : Oh, mon Dieu ! Elle s'étouffe ! Zelda s'étouffe, et quand mes parents vont revenir, ils vont dire que c'est moi qui l'ai tuée en l'étouffant sous l'oreiller, ils vont dire : *Tu la haïssais, Rachel,* ce qui était parfaitement vrai, ils vont dire : *Tu souhaitais sa mort,* et ça aussi, c'était la vérité. Tu comprends, Louis, la première idée qui m'est passée par la tête quand elle a commencé à se secouer comme cela sur le lit, je m'en rappelle, la première idée a été : *Ah, enfin, Zelda s'étouffe, heureusement, comme ça tout sera fini.*
Alors, je l'ai retournée à nouveau, et... oh, Louis ! Sa figure était toute *noire,* elle avait le cou tout gonflé et les yeux exorbités. Et là-dessus, elle est morte. Je me suis éloignée du lit à reculons. Je suppose que je voulais sortir de la chambre à reculons, mais au lieu de franchir la porte je me suis heurtée au mur et j'ai fait tomber un tableau, c'était une image du *Magicien d'Oz* (Zelda avait été une vraie fanatique de la série des *Oz* avant sa méningite, au temps où

elle était encore une petite fille normale) et elle représentait le Magicien lui-même avec une légende qui disait " le grand, le terrible Oz ", mais Zelda, qui avait un léger défaut d'élocution, avalait toujours ses *r* à la façon d'Elmer Fudd, et elle prononçait : " Le gwand, le tewwible Oz. " Ma mère avait fait encadrer cette image parce que c'était... de toutes, c'était celle que Zelda préférait... Le gwand, le tewwible Oz... Le tableau s'est décroché du mur, la vitre du cadre a éclaté en s'abattant au sol et je me suis mise à hurler parce que je savais que Zelda était morte et j'ai pensé... j'ai pensé... j'ai dû penser que c'était son fantôme qui revenait me chercher ; j'étais persuadée que son fantôme me haïrait comme elle m'avait haïe, mais je savais que contrairement à elle il ne serait pas impotent et cloué au lit, alors je me suis mise à hurler... et je me suis ruée hors de la maison en braillant : " *Zelda est morte ! Zelda est morte !* " Les voisins... les voisins sont sortis pour voir ce qui se passait... et ils m'ont vue qui m'enfuyais à toutes jambes le long de la rue avec mon chemisier qui bâillait sous mes aisselles... Je criais : " *Zelda est morte* ", Louis, et ils ont probablement pensé que je pleurais, mais je crois... je crois qu'en réalité je riais. Oh, Louis, je crois que je riais...

— Si tu riais, je te tire mon chapeau, dit Louis.

— Tu ne le penses pas vraiment », dit Rachel avec l'assurance péremptoire de quelqu'un qui a examiné un problème sous tous les angles possibles avant de se former une opinion. Louis ne la contredit pas. Rachel parviendrait peut-être à se débarrasser l'esprit de ces souvenirs nauséabonds qui la hantaient depuis si longtemps, mais ce dernier détail la poursuivrait toujours. Il ne s'effacerait jamais complètement de sa mémoire. Louis Creed n'était guère ferré en matière de psychiatrie, mais il n'ignorait pas que le sol de chaque existence recèle de ces objets enfouis et rouillés auxquels une force mystérieuse pousse les humains à retourner sans cesse pour s'efforcer encore et encore de les extirper de leur gangue d'humus, même s'ils se blessent à leurs arêtes coupantes. Ce soir, Rachel en avait presque entièrement exhumé un, et elle l'avait ramené au jour comme une dent pourrie, malodorante et difforme, à la couronne noircie, aux nerfs infectés, à la racine putride. Il ne restait plus que cette ultime cellule dégénérée ; mais peut-être que son action délétère ne se ferait plus sentir que dans les profondes ténèbres des rêves. Il fallait laisser cela à la grâce de Dieu. Qu'elle eût été capable d'en faire sortir autant que cela tenait déjà quasiment du prodige ; cela révélait — et même proclamait — un courage si formidable que Louis en était subjugué. Il avait envie d'applaudir.

Il se dressa sur son séant et alluma la lampe de chevet.

« Si, Rachel, je te tire mon chapeau, dit-il. Et si j'avais besoin d'un motif supplémentaire de... d'exécrer vraiment tes parents, tu viens de me le fournir. Jamais ils n'auraient dû te laisser seule avec elle, Rachel. Jamais !

— C'était la Pâque, Lou..., protesta Rachel du ton d'un enfant qui se défend d'une réprimande, du ton qu'aurait pu employer la fillette de huit ans qu'elle était lorsqu'elle avait subi cette épreuve ignoble et dégradante.

— Même si les trompettes du Jugement avaient sonné ce jour-là, je penserais la même chose ! » s'écria Louis avec une soudaine rage qui provoqua de la part de Rachel un léger mouvement de recul. Il se souvenait des deux infirmières stagiaires qui avaient eu la malchance d'être de service le jour de la mort de Pascow. L'une des deux, une petite jeune fille du nom de Carla Shavers, était revenue prendre son poste le lendemain, et elle avait fait preuve de tant de vitalité et de ressort que la cynique Charlton elle-même en avait été toute remuée. Mais ils n'avaient plus jamais revu sa copine. Louis n'avait pas été étonné de sa défection et il ne lui en avait nullement tenu rigueur.

Où était l'infirmière, hein ? Pourquoi n'avaient-ils pas fait venir une infirmière à domicile ? Ils sont partis faire un petit tour, en laissant une gosse de huit ans s'occuper seule de sa sœur mourante, qui était sans doute déjà cliniquement en état de démence. Pourquoi ? Parce que c'était la Pâque. Et parce que Dory Goldman, qui est très bon chic, bon genre, n'en pouvait plus de ces odeurs nauséabondes et avait eu absolument besoin de prendre un peu le large. Et c'est Rachel qui avait écopé de la corvée ce matin-là. Car qui d'autre aurait-on pu charger d'une telle besogne, hein ? A qui aurait-elle pu convenir mieux qu'à cette chère petite Rachel. Huit ans, queue de cheval, petit chemisier à col marin. C'est Rachel qui avait écopé. Rachel pouvait bien rester là et s'accommoder de la puanteur. Chaque été, ses parents lui payaient un séjour de six semaines dans un luxueux camp de vacances du Vermont, alors c'était bien le moins qu'en retour elle endure les mauvaises odeurs de sa sœur agonisante et folle. Dix tenues neuves pour Gage, six robes neuves pour Ellie, une allocation d'études substantielle si Louis acceptait de rompre ses fiançailles avec leur fille... mais où était-il, ton

compte en banque plein à ras bord quand ta fille aînée mourait d'une
méningite et que tu chargeais sa petite sœur de monter la garde sur elle,
espèce de sagouin ? Pourquoi tu n'avais pas pris une infirmière, bordel
de merde ?

Louis se redressa et il se leva du lit.

« Où vas-tu, Louis ? interrogea Rachel d'un air inquiet.

— Je vais te chercher un Valium.

— Mais tu sais bien que je ne prends jamais de...

— Ce soir, tu en prends », dit-il d'un ton sans réplique.

Rachel avala le comprimé de Valium, puis elle acheva son récit.
A présent, elle parlait d'une voix calme et posée. Le tranquillisant
agissait.

La voisine d'à côté avait retrouvé la petite Rachel tapie derrière
un arbre. Elle se tenait à croupetons et continuait à crier
inlassablement : « Zelda est morte, Zelda est morte ! » Son nez
s'était mis à pisser le sang, et elle en était couverte. La voisine avait
appelé une ambulance puis, après avoir stoppé l'hémorragie nasale
de Rachel et l'avoir calmée à l'aide d'une tasse de thé brûlant et de
deux aspirines, elle avait réussi à lui soutirer l'adresse que ses
parents lui avaient laissée et elle leur avait téléphoné. Les Goldman
se trouvaient en visite chez des amis, les Cabron, qui habitaient à
l'autre bout de la ville. Peter Cabron était le chef comptable de son
père.

Le soir-même, la maison Goldman avait subi des modifications
considérables. Zelda n'était plus là. Sa chambre avait été lavée,
désinfectée, et on y avait fait place nette. Ce n'était plus qu'un
cube vide. Plus tard — des années plus tard — Dory Goldman
l'avait transformée en salle de couture.

Rachel avait fait son premier cauchemar cette nuit-là, et
lorsqu'elle s'était réveillée sur le coup de deux heures du matin en
hurlant le nom de sa mère, elle avait découvert avec horreur qu'elle
pouvait à peine remuer. Son dos la faisait atrocement souffrir. Elle
s'était fait un tour de reins en manipulant Zelda. Ce n'était pas
tellement étonnant, après tous les efforts qu'elle avait fournis,
jusqu'à faire éclater les coutures de sa marinière.

Que Rachel se soit froissé un muscle en essayant de sauver Zelda
de l'étouffement, cela allait de soi pour tout le monde, c'était
simple, évident, élémentaire-mon-cher-Watson. Pour tout le
monde, sauf Rachel elle-même. Rachel s'était persuadée que Zelda

se vengeait par-delà la tombe. Zelda savait que Rachel se réjouissait de sa mort ; Zelda savait que lorsque Rachel s'était précipitée hors de la maison en braillant à pleins poumons *Zelda est morte ! Zelda est morte !* ses cris n'avaient servi qu'à masquer un énorme éclat de rire ; Zelda savait que Rachel l'avait assassinée, et pour la punir elle lui avait repassé sa méningite ; d'ici peu, Rachel deviendrait bossue puis elle serait clouée au lit à son tour, et se muerait lentement mais inexorablement en un horrible monstre aux mains griffues.

Au bout d'un certain temps, elle se mettrait à hurler de douleur, comme Zelda, puis elle mouillerait le lit à son tour et à la fin elle s'étoufferait en avalant sa langue. La vengeance de Zelda était sur elle.

Personne ne put la détourner de cette idée fixe, ni son père, ni sa mère, ni leur médecin de famille, le docteur Murray qui, après avoir diagnostiqué un lumbago bénin, lui avait enjoint avec brusquerie (d'aucuns — dont Louis — eussent dit : avec sadisme) d'arrêter son cinéma. Le docteur Murray avait rappelé à Rachel que sa sœur venait de mourir et que ses parents étaient accablés de chagrin ; ce n'était pas le moment de leur monter cette comédie puérile pour essayer de se rendre intéressante. Seule la disparition graduelle de ses douleurs parvint à persuader Rachel qu'elle n'était pas victime d'une vengeance surnaturelle de sa sœur morte ou d'une malédiction divine. Des mois durant (du moins c'est ce qu'elle dit à Louis : en fait elle avait vécu huit longues années au bord de la psychose), elle fut réveillée nuit après nuit par des cauchemars au cours desquels elle revivait sans cesse les derniers moments de Zelda. Dans le noir, les mains de Rachel se portaient automatiquement à son dos pour vérifier qu'il était intact et bien souvent, dans les instants de terreur extrême qui suivaient son réveil, elle s'imaginait que la porte du placard de sa chambre allait brusquement s'ouvrir et que Zelda allait en sortir, silhouette difforme et titubante à la figure grotesquement bleuie, aux yeux révulsés, dardant un bout de langue noircie entre ses lèvres exsangues, ses mains crochues tendues vers la gorge de la petite meurtrière blottie au creux de son lit, les deux poings crispés sur ses reins...

Rachel n'avait pas assisté aux obsèques de Zelda, et elle ne s'était rendue à aucun enterrement depuis.

« Si tu m'avais raconté cette histoire plus tôt, lui dit Louis, ça m'aurait fait comprendre énormément de choses.

— Je ne pouvais pas, Lou, expliqua Rachel avec simplicité — et d'une voix à présent très sommeilleuse. Depuis, j'ai toujours éprouvé à ce sujet une sorte de... je suppose qu'on peut parler de phobie. »

Oh, ça oui, songea Louis, *on* peut *parler de phobie.*

« Je ne... je ne peux pas m'en empêcher. Tout au fond de moi, je sais bien que tu as raison, que la mort est une chose parfaitement naturelle — et même une bonne chose — mais entre ce que je saisis intellectuellement et ce qui me... ce qui remue en moi...

— Je comprends, dit Louis.

— Ce jour-là, quand je me suis mise à t'engueuler, poursuivit-elle, je savais bien qu'Ellie ne faisait que pleurer sur cette idée... que c'était une manière de s'y habituer... mais c'était plus fort que moi. Je te demande pardon, Louis.

— Je n'ai pas besoin de tes excuses, dit Louis en lui caressant les cheveux. Mais quoi, bon Dieu, je les accepte quand même, si ça peut te soulager.

— Ça me soulage, tu sais, dit Rachel en souriant. Je me sens mieux. J'ai l'impression d'avoir recraché quelque chose qui empoisonnait toute une partie de mon être depuis des années.

— Peut-être que ce n'est pas qu'une impression », dit Louis.

Les paupières de Rachel se fermèrent, et elle les rouvrit très lentement.

« Je t'en prie, Louis, il ne faut pas rejeter la responsabilité de tout ce qui s'est passé sur mon père. Mes parents avaient du mal à s'en sortir. La maladie de Zelda engloutissait des sommes astronomiques. Papa a été forcé de renoncer à ouvrir des succursales en banlieue, le chiffre d'affaires du magasin de Chicago était tombé en flèche, et pour couronner le tout, ma mère était plus ou moins en train de perdre la raison.

« Après la mort de Zelda, tout s'est arrangé. On aurait dit qu'elle avait donné le signal d'une nouvelle phase de prospérité. La situation économique, qui était précaire pour tout le monde, s'est brusquement améliorée, papa a enfin obtenu le prêt bancaire qu'il sollicitait en vain depuis des années, et à partir de là ses affaires n'ont pas cessé de prendre de l'expansion. Mais ça doit être pour cela qu'ils se sont toujours montrés aussi possessifs envers moi ;

243

pas seulement parce que j'étais la seule enfant qui leur restait, mais...

— Parce qu'ils se sentaient coupables, dit Louis.

— Probablement, dit Rachel. Tu ne m'en voudras pas si je suis indisposée le jour des obsèques de Norma, Louis ?

— Non, ma chérie, je ne t'en voudrai pas, répondit Louis en lui prenant la main. Par contre, si ça ne t'ennuie pas, j'aimerais bien y emmener Ellie. »

Il sentit la main de Rachel se crisper dans la sienne.

« Oh, Louis, je ne sais pas, dit-elle. Elle est si jeune...

— Ça fait déjà plus d'un an qu'elle sait d'où viennent les bébés », lui rappela-t-il une fois de plus.

Rachel resta silencieuse un long moment ; elle se mordillait les lèvres, les yeux tournés vers le plafond.

« Bon, dit-elle à la fin, si tu crois vraiment que c'est nécessaire. Si tu es sûre que ça ne la... que ça ne lui fera pas de mal.

— Viens là, Rachel », dit Louis. Cette nuit-là ils dormirent étroitement imbriqués, le dos de Rachel serré contre l'estomac de Louis, et aux alentours de minuit, lorsque l'effet du Valium se fut dissipé et que Rachel se réveilla tremblante dans ses bras, Louis la calma en la caressant doucement et en lui murmurant à l'oreille des paroles rassurantes et elle se rendormit.

33

« *Car les jours de l'homme — et de la femme — sont comme l'herbe. Ils fleurissent comme la fleur des champs : lorsqu'un vent passe sur elle, elle n'est plus, et le lieu qu'elle occupait ne la reconnaît plus.* Prions à présent, mes frères. »

Ellie, superbe dans la robe bleu marine qu'on lui avait achetée spécialement pour l'occasion, baissa la tête avec tant de brusquerie que Louis, assis à côté d'elle sur le banc, entendit distinctement ses vertèbres craquer. La fillette n'avait guère l'habitude des lieux de culte, et bien entendu c'était la première fois de sa vie qu'elle assistait à des obsèques ; les deux choses avaient concouru à la plonger dans un mutisme révérencieux qui était bien inaccoutumé chez elle.

Louis était en train de vivre avec sa fille des instants privilégiés. En temps ordinaire, il était tellement obnubilé par l'amour qu'il lui portait qu'il n'avait guère le loisir de l'observer d'un œil objectif, et il en allait de même avec Gage. Mais ce jour-là, il se trouvait en face d'une enfant qui approchait de la conclusion de son premier grand stade de développement, et dont toutes les réactions étaient une illustration quasiment parfaite de la description théorique qu'en donnent les manuels de psychologie infantile : un organisme dont la curiosité semblait être devenue l'unique moteur, avec pour seule fonction d'emmagasiner un maximum d'information. Même quand Jud, qui était d'une élégance insolite dans son costume noir et ses souliers lacés (c'était la première fois que Louis le voyait chaussé d'autre chose que de bottes de caoutchouc vert ou de mocassins en gros cuir) s'était penché pour l'embrasser en lui disant : « Je suis ravi que tu sois là, mon petit chou, et je suis sûr que Norma l'est encore plus », Ellie était restée muette. Elle s'était contentée de le regarder avec de grands yeux.

A présent, le pasteur méthodiste, le révérend Laughlin, en était arrivé à la bénédiction. Après avoir prié Dieu de faire lever sur eux la lumière de Sa face et de leur accorder la paix, il demanda aux personnes qui devaient tenir les cordons du poêle de bien vouloir s'avancer.

Louis fit mine de se lever, mais Ellie le retint en le tirant nerveusement par la manche. Elle avait l'air affolé.

« Papa ! chuchota-t-elle théâtralement. Où tu vas ? »

Louis se laissa retomber sur le banc et lui entoura les épaules d'un bras.

« Je suis un des porteurs du poêle, chaton, lui expliqua-t-il. Ça veut dire que je vais aider à porter le cercueil de Norma dehors. Nous allons faire cela à quatre : moi, deux des neveux de Jud et le frère cadet de Norma.

— Où est-ce que je te retrouverai ? »

Louis jeta un coup d'œil en direction de la table de communion. Jud et les trois autres porteurs de poêle étaient rassemblés autour du cercueil. Les autres fidèles se dirigeaient vers la sortie ; certains pleuraient.

« Tu n'auras qu'à m'attendre sur les marches du parvis, dit-il. Je reviendrai te chercher, d'accord ?

— D'accord, dit-elle. Mais ne m'oublie pas, hein.

— Mais non, je ne t'oublierai pas. »

Louis se dressa à nouveau, et derechef Ellie le tira par la manche.

« Papa ?

— Quoi, ma puce ?

— Ne la laisse pas tomber », lui souffla-t-elle.

Louis se joignit aux autres porteurs et Jud lui présenta ses neveux, qui n'étaient en fait que des cousins issus de germains ou d'arrière-petits-cousins descendant du frère de son père. C'étaient de grands garçons à la carrure épaisse, qui paraissaient âgés de vingt à vingt-cinq ans et dont la ressemblance faciale était nettement accusée. Le frère de Norma avait une soixantaine d'années ; il avait l'air un peu défait, ce qui est bien normal lorsqu'on vient de perdre un proche, mais il faisait bonne contenance.

« Ravi de vous connaître », leur dit Louis. Il éprouvait un soupçon de gêne : après tout, il n'était qu'un intrus qui s'était introduit dans le cercle familial par une porte dérobée.

Les trois hommes lui répondirent par des hochements de tête.

« Ellie va bien ? » interrogea Jud en esquissant un mouvement du menton en direction de la fillette qui s'était arrêtée dans le vestibule et les observait.

Oh oui, elle veut juste s'assurer que je ne vais pas m'évanouir en fumée, songea Louis et il esquissa un sourire. Mais cette idée fit aussitôt surgir dans sa tête l'image du magicien d'Oz *(le gwand, le tewwible Oz)* et son sourire mourut sur ses lèvres.

« Oui, je crois », répondit-il en adressant un petit signe de la main à sa fille. Elle leva la sienne en retour, pivota sur elle-même et disparut dans un tourbillon de jupes bleu marine. L'espace d'un instant, Louis fut frappé par l'air de maturité qui émanait d'elle. Ce n'était qu'une impression fugace, bien sûr, mais c'est le genre d'illusion qui est de nature à susciter des songeries sans fin.

« On y va ? » suggéra un des neveux.

Louis hocha la tête en signe d'approbation, et le frère de Norma l'imita.

« Maniez-la avec précaution », dit Jud d'une voix soudain âpre, après quoi il tourna les talons et remonta lentement l'allée centrale, la tête basse.

Louis se plaça sur le côté gauche, à l'arrière du cercueil (Jud avait jeté son dévolu sur un cercueil en acier gris de la marque *American Eternal*), et il empoigna sa barre. Les quatre hommes soulevèrent le cercueil de Norma et ils le portèrent à pas lents vers la porte ouverte à deux battants sur la clarté frileuse d'un premier février immobile et glacial. Quelqu'un — sans doute le sacristain — avait répandu des cendres sur la neige piétinée qui eût été sinon dangereusement glissante. Un fourgon mortuaire Cadillac était garé le long du trottoir et son tuyau d'échappement lâchait dans l'air glacial un léger panache de fumée blanche. Le directeur de l'entreprise de pompes funèbres et son fils, un grand costaud, étaient debout à côté du corbillard, surveillant avec attention les mouvements des porteurs, prêts à venir à la rescousse si l'un d'eux (le frère de Norma par exemple) flanchait ou dérapait.

Jud vint se placer à leur côté et il les regarda faire glisser le cercueil à l'intérieur du fourgon.

« Adieu, Norma, fit-il en allumant une cigarette. Nous nous reverrons bientôt, ma bonne. »

Louis passa un bras autour des épaules de Jud, et le frère de Norma vint se coller tout contre lui de l'autre côté, repoussant à l'arrière-plan l'ordonnateur et son fils. Les deux robustes neveux (ou cousins issus de germains) s'étaient éclipsés, jugeant sans doute que lever et porter le cercueil avait été une corvée bien suffisante comme cela. Ces garçons avaient dû perdre graduellement contact avec cette branche de leur famille ; ils n'avaient probablement connu Norma que sur des photos, ou peut-être l'avaient-ils vue deux ou trois fois lors de visites de politesse — d'interminables après-midi au cours desquels ils dégustaient les biscuits de Norma et sirotaient la bière de Jud en écoutant d'une oreille distraite des récits des temps anciens peuplés de personnages inconnus d'eux en songeant à tout ce qu'ils auraient pu faire si l'obligation familiale ne les eût contraints à gâcher ainsi de précieuses heures de loisir (laver et polir une voiture, s'entraîner au bowling en prévision d'un tournoi proche, ou tout simplement glander devant la télé en regardant un match de boxe avec des copains), avant de s'échapper enfin, leur corvée accomplie.

Cette partie de leur famille dont Jud était peut-être l'ultime survivant appartenait, en ce qui les concernait, à un passé révolu : elle avait les dehors d'un astéroïde rongé par l'érosion qui s'éloigne de la planète principale et disparaît à vue d'œil, au point d'être à peine plus visible qu'un grain de poussière. Le passé. De vieilles photos dans un album. D'anciennes histoires qu'on avait remuées devant eux dans des pièces sans doute trop chauffées à leur goût, car ils n'étaient pas arthritiques, *eux, leur* sang était encore riche.

Le passé, c'était deux barres qu'on empoignait, qu'on soulevait, puis qu'on lâchait. Après tout, si le corps humain n'est que le réceptacle de l'âme — missive de Dieu à l'univers — ainsi que l'enseignent la plupart des religions, le cercueil *American Eternal* n'était donc que le réceptacle d'un réceptacle et, pour ces jeunes cousins vigoureux, le passé équivalait à une lettre dont le destinataire n'existait pas, qui ne comportait pas d'adresse d'expéditeur, et qu'il ne restait donc plus qu'à classer sans suite.

Vive le passé, se dit Louis, et il frissonna à l'idée qu'un jour il paraîtrait lui-même aussi étrange et lointain à ses propres descendants — à ses petits-enfants peut-être, si Ellie et Gage avaient une progéniture et s'il vivait assez longtemps pour la voir grandir et prospérer. Les lignes de force se déplaçaient. Les souches familiales se dégradaient. Il n'en subsistait plus que des visages juvéniles sur de vieilles photos jaunies.

Vive le passé, se dit-il encore une fois en resserrant l'étreinte de son bras autour des épaules du vieil homme.

Les croque-morts disposèrent les fleurs et les couronnes à l'arrière du fourgon mortuaire, puis la vitre se souleva électriquement et s'encastra dans sa rainure avec un choc léger. Louis alla retrouver sa fille et ils marchèrent ensemble jusqu'à la station-wagon ; Louis tenait Ellie par un bras afin qu'elle ne glisse pas sur la neige dans ses escarpins vernis, qui avaient des semelles de cuir. Autour d'eux, des moteurs démarraient en crachotant.

« Pourquoi est-ce qu'ils allument tous leurs phares, papa ? demanda Ellie avec effarement. Pourquoi est-ce qu'ils allument leurs phares en plein jour ?

— On fait ça pour honorer les morts, Ellie », dit Louis d'une voix légèrement étranglée, tout en actionnant la commande qui allumait les phares de la grosse familiale. « Allez, monte », ajouta-t-il.

Ils avaient enfin repris la route de chez eux, après la cérémonie du cimetière (qui avait eu lieu en fait dans la petite chapelle de Mount Hope, car la fosse de Norma ne serait creusée qu'au printemps), lorsque soudain Ellie éclata en sanglots.

Louis lui jeta un coup d'œil étonné, mais pas vraiment inquiet.

« Qu'est-ce qu'il y a, Ellie ? interrogea-t-il.

— On n'aura plus de biscuits, hoqueta la fillette. Elle faisait les meilleurs biscuits aux flocons d'avoine que j'ai jamais mangés.

Mais à présent elle n'en fera plus parce qu'elle est *morte*. Pourquoi faut-il que les gens meurent, papa ?

— A vrai dire, je n'en sais rien, répondit Louis. Peut-être que c'est pour faire de la place aux nouveaux arrivés, à de petites personnes comme toi ou Gage.

— Jamais je ne me marierai ! s'écria Ellie en pleurant de plus belle. Comme ça, je n'aurai pas de rapports sexuels, ni d'enfants, et ça n'aura pas besoin de m'arriver. C'est *horrible*! C'est *d-d-dégoûtant*!

— Mais c'est aussi la fin de la souffrance, dit Louis d'une voix très calme. En tant que médecin, je vois beaucoup de gens qui souffrent. C'est en partie à cause de ça que je tenais tant à obtenir ce poste à l'université : j'en avais ras le bol de supporter le spectacle de toutes ces douleurs étalées devant moi jour après jour. Les gens jeunes ont parfois mal, très mal même, mais ce n'est pas tout à fait la même chose que ces souffrances prolongées. »

Il marqua un temps avant de poursuivre :

« Crois-moi, ma chérie, quand on est très vieux la mort n'a pas toujours l'air aussi mauvaise et effrayante qu'elle te le paraît à toi. Et tu as encore de très, très longues années devant toi. »

Ellie pleura encore un moment, puis ses sanglots se muèrent en reniflements et à la fin ils cessèrent. Elle demanda à Louis si elle pouvait mettre la radio, et il lui dit qu'il n'y voyait pas d'inconvénient. Elle capta un poste de rock local, sur lequel Shakin' Stevens était en train d'interpréter *This Ole House,* et elle se mit à chanter en chœur. Lorsqu'ils furent arrivés à la maison, elle se précipita sur sa mère et lui raconta d'une voix volubile et excitée tout ce qui s'était passé aux obsèques. Rachel fit bravement front à la tempête, et elle écouta son récit calmement, avec une patience angélique... mais Louis lui trouva tout de même un air un peu pâle et soucieux.

Puis Ellie lui demanda si elle savait faire les biscuits aux flocons d'avoine et instantanément, comme si elle s'était préparée à cette question ou à une autre du même tonneau, Rachel reposa son tricot et se leva en disant :

« Oui, bien sûr. Tu veux qu'on en prépare une fournée tout de suite ?

— Youpi ! s'écria Ellie. C'est vrai, maman, on peut ?

— A condition que ton père veuille bien surveiller Gage pendant une heure.

— Ça sera de bon cœur », dit Louis.

Louis passa la soirée à lire et à annoter un long article du *Duquesne Medical Digest* dont l'auteur s'efforçait de relancer la vieille controverse sur la dissolution des sutures. Dans le petit monde de la poignée d'êtres humains pour qui le rapetassage des plaies présente un intérêt vital, ce très ancien débat suscite des empoignades périodiques assez semblables à celles qui divisent les psychologues autour de l'inné et de l'acquis.

Il comptait rédiger le soir même une lettre bien sanglante dans laquelle il prouverait que les arguments de l'auteur de l'article étaient spécieux, que les cas qu'il présentait à l'appui de sa thèse avaient été arbitrairement montés en épingle et que son travail de recherches manifestait un laisser-aller presque criminel. Bref, il se réjouissait d'avance à l'idée qu'il allait river son clou à ce connard et compromettre définitivement sa réputation scientifique. Il était occupé à explorer les rayonnages de son bureau pour tâcher de mettre la main sur son exemplaire du *Manuel de pathologie clinique* de Troutman lorsque Rachel parut dans l'escalier. Elle s'arrêta à mi-chemin, une main sur la rampe et interrogea :

« Tu ne montes pas te coucher, Lou ?

— Pas avant un petit moment, répondit-il en posant les yeux sur elle. Pourquoi, il y a quelque chose qui cloche ?

— Les petits dorment sur leurs deux oreilles tous les deux. »

Louis l'examina plus attentivement.

« Ils dorment, d'accord, mais toi ?

— Moi, ça va. Je lisais.

— Tout va bien ? Tu en es sûre ?

— Mais oui, dit-elle en souriant. Je t'aime, Louis.

— Moi aussi, je t'aime, chérie. »

Les yeux de Louis se posèrent à nouveau sur la bibliothèque, et ils tombèrent aussitôt sur le Troutman, qui se trouvait à sa place habituelle. Louis tendit la main vers le gros livre, mais au moment où il allait s'en saisir Rachel reprit :

« Church a rapporté un rat pendant que vous étiez partis, Ellie et toi. Une vraie dégoûtation, ajouta-t-elle en esquissant un pâle sourire.

— Oh, mon Dieu, Rachel, je suis navré ! s'écria Louis en espérant que la culpabilité qu'il éprouvait ne perçait pas dans sa voix. Ça n'a pas été trop dur ? »

Rachel s'assit sur l'escalier. Avec sa chemise de nuit en pilou rose, son visage vierge de tout maquillage, son front lisse et luisant, et ses cheveux retenus en queue de cheval par un simple élastique, elle avait l'air d'une petite fille.

« J'ai tout nettoyé, dit-elle. Mais tu sais, j'ai été obligée de flanquer cet idiot de chat dehors en le frappant avec une rallonge d'aspirateur. Il montait la garde devant le... le cadavre ? Et quand j'ai fait mine de m'en approcher, il s'est mis à *gronder*. Un grondement de bête fauve. Jamais Church ne s'était comporté comme cela avec moi. Il est un peu bizarre ces temps-ci. Est-ce qu'il se pourrait qu'il couve un virus, ou un truc de ce genre, Louis ?

— Ça m'étonnerait, dit Louis d'une voix lente. Mais si tu veux, je l'emmènerai chez le véto.

— Oh non, ce n'est pas la peine, dit Rachel. Mais ça ne t'ennuierait pas de venir me rejoindre là-haut ? ajouta-t-elle en lui jetant un pauvre regard. Je sais bien que tu travailles, mais...

— Bien sûr que ça ne m'ennuie pas », dit Louis en se levant aussitôt, comme si ledit travail n'avait aucune espèce d'importance. A vrai dire, il n'était pas si important que ça — mais à présent cette lettre ne serait jamais écrite, parce que d'ici le lendemain il aurait encore coulé de l'eau sous les ponts et quelque chose d'autre surgirait. Mais ce rat, il l'avait mérité, n'est-ce pas ? Ce rat que Church avait ramené, déchiqueté sans doute, les boyaux à l'air, décapité peut-être. Oui. Ce rat, il l'avait voulu, il l'avait eu. C'était *son* rat.

« Allons nous coucher », dit-il en éteignant.

Ils montèrent l'escalier bras dessus, bras dessous. Une fois dans le lit, Louis entoura Rachel de ses bras et il lui fit l'amour du mieux qu'il put. Mais tandis que son sexe érigé et durci la pénétrait, il tendait l'oreille à la bise qui ululait sourdement de l'autre côté des fenêtres voilées de givre et il songeait à Church, le chat qui jadis avait été celui de sa fille et qui était à lui désormais, en se demandant où il se trouvait en ce moment précis, quelle proie il était en train de traquer. *Un cœur d'homme a un sol plus rocailleux,* se dit-il. Le vent chantait sa complainte amère et noire, et à quelques lieues de là Norma Crandall, qui jadis avait tricoté des bonnets de laine jumeaux pour Ellie et pour Gage, reposait dans son cercueil d'acier gris posé sur une grande dalle de pierre de la crypte du cimetière de Mount Hope. Les boules d'ouate blanche dont l'embaumeur avait dû lui farcir les joues avaient sans doute déjà viré au noir.

34

Le jour de son sixième anniversaire, Ellie rentra de l'école avec un chapeau en papier posé de guingois sur le crâne, plusieurs portraits que ses camarades avaient faits d'elle pour l'occasion (les meilleurs lui donnaient l'allure d'un épouvantail très gentil) et un lot d'histoires inquiétantes sur les jeux téméraires auxquels se livraient les gamins dans la cour de récréation. L'épidémie de grippe fut finalement enrayée, mais ils avaient été obligés de dépêcher d'urgence deux malades au Centre hospitalo-universitaire de Bangor et Surrendra Hardu avait sans doute sauvé la vie d'un étudiant de première année très sérieusement atteint qui avait été pris de convulsions aussitôt après son admission à l'infirmerie. Rachel s'était entichée d'un adolescent blond qui était préposé aux emballages à l'A & P de Brewer et un soir elle en fit une description lyrique et enflammée à Louis en insistant tout particulièrement sur la bosse impressionnante qui gonflait la braguette de son jean. « Je suis sûre qu'il le bourre de papier hygiénique », conclut-elle. « Tu n'as qu'à lui tordre son paquet », suggéra Louis. « S'il se met à hurler, c'est qu'il ne s'agit pas d'un postiche. » Rachel fut prise d'un fou rire qui la mena jusqu'aux larmes. La brève saison polaire de février, avec ses cieux éternellement bleus et son gel perpétuel fit place aux giboulées de mars, les averses de pluie et de grêlons alternées creusèrent des nids-de-poule et firent fleurir au bord des routes ces signaux orange amovibles qui annoncent que la chaussée est momentanément défoncée. La douleur de Jud Crandall s'estompa, du moins cette douleur immédiate et profonde qui, d'après les psychologues, débute à peu près trois jours après la perte d'un être aimé et reste solidement accrochée dans le cœur de la victime du deuil pendant une période qui dure généralement de quatre à six semaines — exactement comme cette phase de l'hiver de la Nouvelle-Angleterre que les naturels de la région appellent « l'hiver profond ». Mais le temps passe, le temps opère la lente fusion des états d'âme jusqu'à ce qu'ils prennent l'aspect diapré d'un arc-en-ciel. La douleur nue s'allège, perd de son mordant, se transforme en une peine plus sourde, plus douce, qui aboutit

252

finalement à une rumination presque béatifique des bonheurs d'autrefois. C'est un processus parfois très long, qui peut prendre de six mois à trois ans sans verser pour autant dans la morbidité. Le jour vint aussi où Gage dut subir la première coupe de cheveux de sa vie, et lorsque Louis s'aperçut que les cheveux de son fils repoussaient plus foncés, il affecta d'en plaisanter, mais au fond de son coeur il en éprouvait une peine poignante.

Le printemps vint, et il s'attarda quelque temps.

35

C'est le 24 mars 1984 que Louis Creed connut sa dernière journée de véritable bonheur. Sept semaines séparaient encore les Creed des événements tragiques que le destin tenait suspendus au-dessus de leurs têtes comme la lame d'une gigantesque guillotine mais par la suite, lorsqu'il revint en esprit sur ce qui s'était passé durant ce laps de temps, Louis n'y trouva rien d'aussi saillant ni d'aussi coloré que cette journée-là. Même si cette tragédie n'était pas survenue, il en eût sans doute conservé un souvenir ému jusqu'à la fin de ses jours. Mais il est vrai aussi que les journées authentiquement bonnes, bonnes de bout en bout, sont bien exceptionnelles. Dans le meilleur des cas, l'existence d'un individu ordinaire ne doit guère en comporter plus d'une trentaine au total. Louis Creed en concluait que Dieu, dans son infinie sagesse, se montrait infiniment moins parcimonieux lorsqu'il s'agissait de prodiguer aux pauvres humains leur ration de plaies et de calamités.

C'était un samedi, et il était resté à la maison pour surveiller Gage tandis que Rachel et Ellie s'en allaient passer l'après-midi à Bangor pour y faire les provisions de la semaine. Elles étaient parties avec Jud à bord de son vieux tacot, un petit camion à plate-forme International Harvester de 1959 tout bringuebalant. Elles auraient pu prendre la station-wagon, mais le vieil homme était ravi d'avoir un peu de compagnie. Rachel se faisait scrupule de laisser Gage sur les bras de Louis, mais ce dernier l'avait assurée que tout irait le mieux du monde. Il était content que Rachel sorte un peu ; elle avait passé presque tout le long hiver du Maine claquemurée à Ludlow, et il estimait qu'elle avait le plus grand besoin de se changer les idées. Rachel avait enduré tout cela avec un stoïcisme indéfectible, mais Louis sentait bien qu'elle commençait à en avoir par-dessus la tête d'être cloîtrée ainsi.

Sur le coup de deux heures, Gage avait émergé de sa sieste tout bougon et rouscailleux. Il avait franchi le seuil délicat de la deuxième année, et il ne s'était pas fait faute de tomber dans tous les travers de cet âge notoirement épineux. Louis eut recours à une série de petits stratagèmes pour essayer de le dérider, mais ses efforts restèrent vains, et pour couronner le tout, ce sale mioche évacua une formidable quantité d'excréments dont Louis apprécia d'autant moins la sculpturale beauté qu'il trouva une bille bleue trônant en plein milieu. C'était une des billes d'Ellie. Gage aurait pu s'étouffer en l'avalant. Louis décida à part lui que les billes seraient dorénavant proscrites (Gage ne pouvait pas poser la main sur un objet sans le porter automatiquement à sa bouche), mais cette décision, pour aussi louable qu'elle pût être, n'allait rien faire pour ranimer la gaieté du gniard en attendant le retour de sa mère.

Louis tendit l'oreille : une bourrasque de printemps précoce brassait l'air autour de la maison, chassant de grandes vagues d'ombre et de lumière qui défilaient en rapide succession sur le pré de leur voisine, Mrs Vinton. Et tout à coup il se souvint du cerf-volant Vautour qu'il avait acheté sur un coup de tête en revenant de l'université un peu plus d'un mois auparavant. Avait-il pris de la ficelle par la même occasion ? Mais oui, bon Dieu !

« Gage ! » s'écria-t-il. Le garçonnet avait ramassé un vieux morceau de crayon vert qui traînait sous le canapé et s'appliquait à couvrir de gribouillis innommables un des livres favoris d'Ellie. *Voilà encore de quoi alimenter les flammes de la dissension fratricide,* se dit Louis. Il sourit. Si jamais Ellie rouspétait trop à cause de l'acte de vandalisme auquel Gage s'était livré sur son livre bien-aimé avant que Louis ait eu le temps d'intervenir, il la renverrait simplement au joyau qu'il avait exhumé dans les Pampers du moutard.

« Quoi ! » répondit Gage avec vivacité. Il se débrouillait déjà bien avec le langage, et Louis en avait déduit qu'il n'était pas impossible qu'il eût quelque chose dans la cervelle.

« T'as envie de sortir un peu ?

— J'as envie de sortir, oui ! piailla-t-il avec excitation. J'as envie ! Sont où mes nisses, papa ? »

Transcrite phonétiquement, cette phrase aurait à peu près donné : *son-ou-m'nisse-ouaha ?* En bon anglais, elle pouvait se traduire par : *Où sont mes tennis, mon cher père ?* Louis s'émerveil-lait souvent du babil de Gage, non parce qu'il le trouvait charmant, mais parce que pour lui tous les très jeunes enfants s'exprimaient comme des immigrants qui apprennent une langue étrangère d'une manière désordonnée, mais sympathique. Il savait que les enfants en bas âge émettent spontanément la *totalité* des sons que l'appareil phonateur humain est capable de produire : le R roulé qui donne tant de fil à retordre aux étudiants en première année de français, les grognements et les occlusives bizarres que les aborigènes australiens produisent par contraction de la glotte, les consonnes gutturales et abruptes de l'allemand. Ils perdent cette faculté à mesure qu'ils apprennent l'anglais, et une fois de plus Louis se demanda si l'enfance n'était pas plutôt l'âge de l'amnésie graduelle que celui de l'acquisition des connaissances.

Ils dénichèrent enfin les *nisses* de Gage — sous le canapé, bien entendu. Louis avait aussi la conviction que dans les familles nanties d'enfants en bas âge, le périmètre de plancher situé sous le canapé du salon finit par acquérir une force électromagnétique puissante et mystérieuse qui aspire l'un après l'autre toutes sortes de débris et d'épaves qui vont du biberon et de l'épingle à nourrice jusqu'aux crayons gras de couleur verte en passant par de vieux numéros de magazines enfantins aux pages collées par des restes de nourriture moisis.

Par contre, le blouson de Gage n'était pas sous le canapé. Ils le découvrirent sur l'escalier, à peu près à mi-hauteur. Mais ce fut la casquette de base-ball rouge (sans laquelle il n'était pas question que Gage acceptât de mettre le nez dehors) qui leur coûta les plus longues recherches, car elle se trouvait à sa place habituelle — dans la penderie de l'entrée — et naturellement ils ne se décidèrent à y jeter un œil que par acquit de conscience, après avoir fait chou blanc partout ailleurs.

« Va où, papa ? interrogea Gage avec beaucoup de cordialité, tout en empoignant la main de son père.

— On va dans le champ de Mrs Vinton, dit Louis. On va s'amuser un peu avec un cerf-volant, gars.

— Cervlan ? fit Gage d'une voix dubitative.

— Tu aimeras, dit Louis. Bouge pas, loupiot. »

Ils étaient dans le garage à présent. Louis sortit son trousseau de clés, fit jouer la serrure de la petite resserre à outils et alluma la lumière à l'intérieur. Après avoir déplacé quelques objets, il découvrit le Vautour, qui était encore dans son emballage d'origine, avec le ticket de caisse agrafé au paquet. Il l'avait acheté à la mi-février, au plus profond de l'hiver, parce qu'il avait une folle soif d'espérance.

« Ça ? » fit Gage, ce qui en langage gagesque voulait à peu près dire : « Mais qu'avez-vous donc là-dedans, ô Père ? »

« C'est le cerf-volant », dit Louis en déballant l'objet. D'un œil intéressé, Gage le regarda déployer les ailes du Vautour, qui était en plastique fort et faisait environ un mètre cinquante d'envergure. Il avait, au-dessus d'un long cou décharné et rose, une tête minuscule d'où saillaient deux yeux globuleux et injectés de sang.

« Zoziau ! glapit Gage. Ç'un zoziau, papa !

— Eh oui, c'est un oiseau », admit Louis en fourrant les baguettes dans la poche disposée à cet effet à l'arrière du cerf-volant. Ensuite il farfouilla à nouveau dans la resserre pour y trouver la bobine de cent cinquante mètres de ficelle extra-forte qu'il avait achetée le même jour que le Vautour, et tandis qu'il furetait il se retourna brièvement pour lancer à Gage par-dessus son épaule : « Tu verras, bonhomme, ça te plaira. »

Ça lui plut beaucoup, en effet.

Ils allèrent se poster sur le pré de Mrs Vinton. Louis lança le Vautour et il partit aussitôt à la dérive dans le ciel tempétueux de la fin mars. Il n'avait pas perdu la main, quoiqu'il n'eût pas eu l'occasion de faire voler un cerf-volant depuis... Depuis quand, au fait ? Sa douzième année peut-être ? Vingt ans déjà ? Ah, mon Dieu, quelle horreur !

Mrs Vinton était sensiblement du même âge que Jud, mais c'était une vieille dame frêle et souffreteuse qui ne sortait plus guère de chez elle. Elle habitait une maison en brique rouge, à la limite du pré, juste en avant des bois qu'il fallait traverser pour arriver au Simetierre des animaux et à l'ancienne nécropole des Micmacs.

« Il vole, papa ! vociféra Gage.

— Oui, dis donc, qu'est-ce qu'il file vite ! » s'écria Louis en riant, d'une voix tremblante d'excitation. La ficelle se déroulait si rapidement qu'elle lui mordait un peu la paume au passage. « Regarde-moi ce Vautour, Gage ! Il se démerde comme un chef !

— *Merde-chef !* » pépia Gage en éclatant d'un rire joyeux et strident. Le soleil surgit soudain de derrière un gros nuage gris et la température parut s'élever de cinq bons degrés d'un coup. Ils étaient debout dans la chaleur indécise de cette journée de mars qui s'échinait à se parer des éclatantes couleurs d'avril, parmi les hautes herbes jaunies et couchées du pré de Mrs Vinton ; au-dessus d'eux le Vautour s'élançait vers l'azur, toujours plus haut, ses larges ailes de plastique tendues au maximum sous le vent impétueux et comme au temps de son enfance, Louis eut la sensation qu'il s'élevait vers lui, fusionnait avec lui et regardait la terre prendre en contrebas sa forme authentique, celle dont la vision doit hanter les rêves de tous les cartographes. Les gros yeux ronds et injectés de sang du Vautour voyaient tout : le pré de Mrs Vinton, immobile et strié de blanc comme une toile d'araignée pétrifiée par la neige, qui n'était plus un pré à présent, mais un grand parallélogramme bordé sur deux côtés par des murs de pierre ; la ligne noire de la route qui le soulignait comme un ourlet bien rectiligne, et la Penobscot qui serpentait au creux de sa vallée, ruban d'acier gris et froid charriant encore çà et là des blocs de glace à la dérive. Par-delà la rivière, ils distinguaient encore Hampden, Newburgh, Winterport, où un unique navire était à quai, et peut-être aussi l'usine de pâte à papier de Bucksport à demi dissimulée par des nuées de vapeur blanchâtre, ou même l'extrême avancée de la côte, où le ressac de l'Atlantique déferlait sur les rocs nus.

« Regarde comme il zingue, Gage ! » s'écria Louis en riant.

Gage avait la tête tellement penchée en arrière qu'il menaçait de basculer. Il faisait des signes en direction du cerf-volant, un grand sourire épanoui sur sa face.

Louis donna du mou, et il pria Gage de lui tendre une main. L'enfant s'exécuta sans même se retourner. Il ne pouvait détacher son regard du cerf-volant qui ondulait et dansait sous le vent, en projetant des ombres zigzagantes sur l'herbe du pré. Louis enroula une double longueur de ficelle autour du poignet de l'enfant. Sentant de brusques secousses lui saccader la main, Gage abaissa sur elle un regard comiquement interloqué.

« Quoi ! fit-il.

— C'est toi qui le fais voler, dit Louis. C'est toi qui tiens le dévidoir, bonhomme. C'est ton cerf-volant à présent.

— Gage fait voler ? » dit Gage, interrogation qui s'adressait plus à lui-même qu'à son père. A titre expérimental, il tira un petit coup sur la ficelle : le cerf-volant s'inclina dans le ciel agité. Gage tira un peu plus fort, et le Vautour piqua du nez. Louis et son fils éclatèrent de rire simultanément. Gage leva sa main libre à tâtons et Louis la prit. Ils restèrent debout, la main dans la main, au milieu du pré de Mrs Vinton, les yeux levés vers le Vautour qui voguait au ciel.

Pour Louis, ce furent des instants inoubliables de communion avec son fils. Il eut le sentiment qu'il se fondait en Gage comme il avait fusionné enfant avec son cerf-volant pour monter tout en haut du ciel avec lui. Il se sentit rétrécir jusqu'à ce qu'il fût devenu assez petit pour pénétrer dans la minuscule enveloppe corporelle de Gage, et il lui sembla qu'il voyait le monde par les yeux de l'enfant. C'était un monde gigantesque, d'une splendeur aveuglante, où le pré de Mrs Vinton avait les dimensions du grand désert de sel de l'Utah ; le Vautour flottait à une énorme distance au-dessus de sa tête, la ficelle s'agitait dans son poing comme une bestiole affolée et le vent qui soufflait en tornade autour de lui ébouriffait follement ses cheveux légers et fins.

« Il vole ! » lui hurla Gage.

Louis entoura de son bras les épaules de l'enfant et il déposa un baiser sur sa joue que le vent teintait d'un bel incarnat.

« Je t'aime, Gage », s'exclama-t-il, sachant que ces débordements de sentimentalité resteraient entre eux.

Et Gage, qui n'avait plus qu'à peine deux mois à vivre, éclata de son rire perçant et joyeux.

« *Cervlan ! Il vole, papa, il vole !* »

Au retour de Rachel et d'Ellie, ils étaient encore occupés à faire voler le cerf-volant. Ils l'avaient fait monter si haut qu'il ne restait pratiquement plus de ficelle sur le dévidoir ; le Vautour n'était plus qu'une petite silhouette indistincte, à la physionomie indécise, qui se détachait en noir sur le ciel bleu.

Louis les accueillit avec plaisir et il se tordit de rire lorsque Ellie lâcha malencontreusement le dévidoir et le poursuivit dans l'herbe, le rattrapant au moment précis où la bobine qui tournoyait follement sur elle-même allait lâcher le peu de ficelle restante. Mais leur survenue avait subtilement modifié l'atmosphère et il ne fut pas vraiment dépité d'abandonner la partie lorsque Rachel déclara, au bout de vingt minutes, que Gage avait été suffisamment exposé au vent comme cela et qu'elle avait peur qu'il prenne froid.

Louis entreprit de ramener le Vautour ; à chaque tour de ficelle, le cerf-volant luttait pour rester accroché au ciel, mais au bout d'un moment il finit par céder. Louis fourra sous son bras la bête aux ailes noires et aux gros yeux injectés de sang, et il lui fit réintégrer son cachot au fond du garage. Ce soir-là, Gage engloutit une énorme plâtrée de saucisses aux haricots et pendant que Rachel lui faisait enfiler sa grenouillère en tissu éponge pour le mettre au lit, Louis prit Ellie à part et la morigéna au sujet de ces billes qu'elle laissait traîner partout. Dans d'autres circonstances, leur discussion aurait pu tourner à l'aigre, car Ellie adoptait souvent une attitude hautaine et même parfois franchement arrogante lorsqu'on lui faisait des reproches. C'était sa manière naturelle de faire face à la critique, mais Louis avait beau en être conscient, il ne pouvait s'empêcher de piquer de violentes colères dès que la fillette en rajoutait un peu trop ou lorsqu'il était lui-même à bout de fatigue. Mais ce soir-là, il n'en fut rien ; la partie de cerf-volant l'avait mis d'excellente humeur et Ellie fit preuve d'une retenue inaccoutumée. Après lui avoir promis d'être plus consciencieuse à l'avenir, elle descendit dans le living ; le samedi soir, on l'autorisait à rester devant la télé jusqu'à huit heures trente, passe-droit qu'elle savourait infiniment. *Bon*, se dit Louis, *l'affaire est réglée, et il se pourrait même que mon intervention porte ses fruits.* Il ignorait encore que le danger ne venait pas des billes d'Ellie, ni d'un refroidissement dû à la bise coupante, mais qu'il prendrait la forme d'un gros camion-citerne de l'Orinco. Le véritable danger venait de cette maudite route... ainsi que Jud Crandall les en avait avertis au mois d'août, le jour même de leur arrivée à Ludlow.

Quand Louis monta à l'étage ce soir-là, Gage était au lit depuis un quart d'heure. L'enfant se tenait parfaitement coi, mais il ne dormait pas ; il contemplait placidement le plafond en suçotant un biberon qui contenait encore quelques gouttes de lait.

Louis prit les pieds de Gage d'une main, les souleva, posa un baiser dessus et les reposa.

« Dors bien, Gage, dit-il.

— Cervlan vole, papa, fit Gage.

— Il a drôlement bien volé, hein ? dit Louis et soudain, sans raison, des larmes lui montèrent aux yeux. Il a filé droit au ciel, bonhomme.

— L'a volé, dit Gage. Dra au ciel. »

Là-dessus il se retourna sur le flanc, ferma les yeux et s'endormit.

Au moment où il mettait le pied dans le couloir, Louis jeta un coup d'œil en arrière et il aperçut une paire d'yeux vert-jaune qui luisaient dans l'obscurité du placard de Gage, dont la porte était entrebâillée. Sa gorge se noua et un rictus machinal lui retroussa les lèvres.

Il s'approcha de la porte et la tira, l'esprit agité de visions *(Zelda c'est Zelda qui est dans le placard avec sa langue noire pointant entre ses dents)* confuses et floues, mais bien entendu ce n'était que Church, tapi au milieu des jouets. En apercevant Louis, il cambra le dos et se hérissa à la façon des chats qui accompagnent les sorcières sur les images de Halloween, et il se mit à cracher, sa gueule entrouverte découvrant une double rangée de dents pointues comme des aiguilles.

« Fiche le camp d'ici », murmura Louis.

Church cracha à nouveau, sans bouger d'un pouce.

« Fous le camp, je te dis ! » Il prit le premier objet que sa main rencontra dans l'amas de jouets épars à ses pieds. C'était une petite locomotive en plastique qui dans la pénombre avait la couleur violâtre du sang séché. Il en menaça Chruch ; non seulement le chat ne fit pas mine de décamper, mais il se mit à cracher de plus belle.

Tout à coup, sans même réfléchir à ce qu'il faisait, Louis jeta le jouet sur l'animal ; il ne s'agissait ni d'une plaisanterie ni d'une feinte : il lança le projectile de toutes ses forces, mû par le mélange de fureur et de crainte que lui inspirait l'attitude de ce chat qui restait tapi au fond du placard de son fils et refusait d'en bouger, comme si l'endroit lui appartenait.

Le jouet heurta Church de plein fouet. Il émit un gémissement étranglé et déguerpit, avec des mouvements si disgracieux qu'il heurta le battant de la porte au passage et manqua s'étaler.

Gage remua dans son sommeil, marmonna des paroles indistinctes, se retourna et s'immobilisa à nouveau. Louis avait le cœur au bord des lèvres. Des perles de sueur s'étaient formées à la racine de ses cheveux. Rachel le héla du rez-de-chaussée :

« Louis ? fit-elle d'une voix où perçait une pointe d'anxiété. Est-ce que Gage est tombé de son lit ?

— Non, Gage n'a rien, chérie. C'est Church qui a renversé quelques jouets.

— Ah bon. »

Louis éprouvait à peu près la sensation qu'il eût éprouvée en découvrant un serpent rampant sur le corps endormi de son fils ou un rat énorme perché sur l'étagère qui surplombait son lit. C'était irrationnel, bien sûr. Mais quand la bête tapie dans l'obscurité du placard s'était mise à lui cracher dessus comme cela...

(Zelda c'est à Zelda que tu as pensé, hein ? Le gwand, le tewwible Oz !)

Il ferma la porte du placard de Gage en repoussant avec le battant les jouets amoncelés derrière. Il ne cessa d'appuyer que lorsqu'il eut clairement perçu le petit déclic du pêne qui glissait dans la gâche. Puis, après un bref instant d'hésitation, il fit jouer aussi la targette de sûreté.

Il s'approcha à nouveau du lit d'enfant. En se retournant, Gage s'était entortillé ses deux couvertures autour des genoux. Louis dégagea les couvertures, les remonta. Ensuite, il resta planté là un long moment, à regarder son fils dormir.

Deuxième partie

Le cimetière des Micmacs

Jésus, étant arrivé à Béthanie, trouva que Lazare était déjà depuis quatre jours dans le sépulcre.

Lorsque Marthe apprit que Jésus arrivait, elle alla au-devant de lui.

« Seigneur, lui dit-elle, si tu eusses été ici, mon frère ne serait pas mort. Mais, maintenant, je sais que tout ce que tu demanderas à Dieu, il te l'accordera. »

Jésus lui répondit : « Ton frère ressuscitera. »

— ÉVANGILE SELON JEAN (paraphrase)

« Hey-ho, let's go. »

— The Ramones

36

On a probablement tort de penser qu'il peut y avoir une limite à l'horreur que peut éprouver l'esprit humain. Au contraire, il semble qu'à mesure que l'on s'enfonce plus profondément dans les ténèbres de l'épouvante, une espèce d'effet exponentiel entre en jeu. Pour aussi déplaisant qu'il soit de le constater, l'expérience humaine tendrait plutôt à valider l'idée suivant laquelle l'horreur suscite l'horreur, une calamité accidentelle engendrant d'autres calamités — parfois voulues celles-là — jusqu'à ce que les ténèbres finissent par tout recouvrir à la façon d'une tache d'encre qui s'étale progressivement sur un buvard. Et de toutes les questions que l'on peut se poser à ce sujet, la plus terrifiante est sans doute celle de savoir la quantité d'horreur qu'un esprit humain peut endurer en demeurant intégralement lucide. Il va sans dire que les événements de cette nature ont une sorte de logique saugrenue qui évoque un peu celle des machines complexes et absurdes de Rube Goldberg. A partir d'un certain point, ils prennent un caractère bizarrement cocasse. C'est probablement à partir du même point que votre raison n'a plus d'autre choix que de se protéger derrière l'ultime rempart de l'humour pour ne pas défaillir et crouler définitivement.

C'est à peu près le genre de réflexions que Louis Creed aurait pu se faire le 17 mai durant les heures qui suivirent l'enterrement de son fils, Gage William Creed. Mais il aurait fallu pour cela qu'il fût capable de penser rationnellement ; or, il avait perdu toute faculté de raisonner (ou tout désir de faire usage du peu qui pouvait lui en rester) pendant la visite au salon mortuaire, où le pugilat qui l'avait opposé à son beau-père (événement déjà peu reluisant en soi) avait déclenché un incident encore plus horrible, ultime touche de mélo frénétique et noir qui avait eu raison du peu de sang-froid que Rachel était miraculeusement parvenue à rassembler. Cette journée fertile en péripéties grand-guignolesques atteignit son apogée lorsqu'on dut la traîner de force, hurlante et écumante, hors du salon mortuaire Est de l'entreprise de pompes funèbres Brookings-Smith où Gage reposait dans un cercueil fermé et que Surrenda Hardu lui injecta une forte dose de sédatif sur une banquette du hall d'entrée.

Si l'échange de coups de poing qui avait opposé Louis Creed à Mr Irwin Goldman, de Lake Forest, s'était produit le matin, Rachel n'eût pas assisté à cette ultime péripétie, qui atteignait dans l'horreur et le grotesque à un summum indépassable. Mais l'ironie du sort avait voulu qu'elle se présentât dans la chambre mortuaire de son fils durant l'après-midi. Il lui avait été impossible de se rendre à l'exposition matinale, qui avait lieu entre dix heures et onze heures trente, car la force lui en avait tout simplement manqué. Elle était restée à la maison avec Jud Crandall et Steve Masterton. Sans Jud et Steve, Louis ne voyait vraiment pas comment il aurait fait pour s'en sortir durant les dernières quarante-huit heures.

Steve Masterton s'était précipité chez eux dès qu'il avait appris la nouvelle, et son intervention avait été salutaire pour les trois membres survivants de la famille Creed, car Louis était provisoirement incapable de prendre la moindre décision ; il n'avait même pas eu l'idée de faire une piqûre calmante à Rachel, qui était en état de choc. Il n'avait pas remarqué non plus qu'elle avait apparemment décidé de se rendre à l'exposition du matin vêtue d'une robe d'intérieur boutonnée de travers. Rachel avait les cheveux sales, hirsutes et emmêlés. Des prunelles énormes, inexpressives, mangeaient ses yeux globuleux qui saillaient sur des orbites tellement creuses que son visage aux joues flasques et bouffies évoquait celui d'un squelette vivant. C'était l'heure du petit déjeuner et elle était attablée dans la cuisine, mastiquant distraitement un toast qu'elle avait oublié de beurrer en dévidant des phrases sans suite, totalement dépourvues de sens. Elle s'écria soudain : « Dis, Lou ! Tu sais, cette Winnebago que tu veux acheter... » La Winnebago en question était une autocaravane sur laquelle Louis avait eu des visées — bien velléitaires — au printemps 1981.

Louis se contenta de hocher la tête et il continua à manger. Ce matin-là, son petit déjeuner consistait en un bol de Cocoa Bears. Les petites boulettes de cacao phosphaté étaient parfaitement abjectes au goût, mais Louis avait tenu à en manger car Gage avait toujours eu un faible pour elles. Il s'était mis sur son trente et un, arborant son plus beau costume, lequel n'était pas noir (il ne possédait pas de costume noir) mais tout de même d'un gris anthracite très soutenu. Il était rasé, douché, peigné, et il avait fière allure en dépit de l'état de semi-hébétude qui ne l'avait pas quitté depuis l'avant-veille.

Ellie était vêtue d'une paire de jeans et d'un chemisier jaune. Elle était venue s'asseoir à la table du petit déjeuner avec une photo à la main. C'était un agrandissement d'un cliché pris par Rachel avec le Polaroïd couleur que Louis et les enfants lui avaient offert l'automne précédent à l'occasion de son anniversaire. Il représentait Gage assis sur la luge d'Ellie, le visage à demi enfoui sous le capuchon de son anorak de nylon, et souriant jusqu'aux oreilles. Ellie figurait également sur la photo ; elle était en train de haler la luge, et Rachel l'avait saisie à l'instant précis où elle se retournait pour sourire à Gage, qui lui rendait son sourire.

La fillette se cramponnait à la photo, mais elle n'était guère loquace.

Louis était totalement insensible à l'état de sa femme et de sa fille. Il mangeait placidement son infecte bouillie grumeleuse en repassant inlassablement le film des événements dans sa tête. Toutefois, le film qui se déroulait dans son esprit avait un dénouement différent ; dans ce film-là, Louis était plus rapide à la course et Gage recevait simplement une bonne fessée pour n'avoir pas obéi aux injonctions de ses parents lorsqu'ils lui avaient crié de s'arrêter.

C'est Steve qui s'aperçut de ce qui se passait vraiment avec Rachel et Ellie. Il défendit formellement à Rachel de se rendre à l'exposition du matin (exposition n'était d'ailleurs pas le terme qui convenait, puisque le cercueil serait hermétiquement clos ; si on l'avait laissé ouvert, songeait Louis, tout le monde — moi compris

— aurait reflué en hurlant hors du salon mortuaire), et il interdit à Ellie de s'y rendre tout court. Rachel protesta, mais Ellie ne dit rien ; elle resta prostrée sur sa chaise, silencieuse et grave, en serrant dans sa main la photo sur laquelle elle apparaissait avec Gage.

C'est également Steve qui injecta à Rachel le sédatif dont elle avait besoin et fit avaler à Ellie une cuillerée à café d'un liquide incolore. Habituellement, Ellie faisait toute une sérénade chaque fois qu'on voulait lui faire ingurgiter un médicament ou une potion quelconque, mais elle absorba celui-ci passivement, sans même une grimace. A dix heures, elle était au lit, endormie (la photo de Gage toujours serrée dans son poing), et Rachel, écroulée devant la télé, regardait une émission de jeux idiote. Elle répondait à retardement aux questions que Steve lui posait. Elle était raide défoncée, mais son visage avait perdu cette expression hallucinée qui avait suscité l'inquiétude — et même la crainte — du jeune médecin auxiliaire lorsqu'il s'était présenté chez les Creed peu après huit heures ce matin-là.

C'est bien entendu Jud qui s'était chargé de régler toutes les formalités. Il avait fait montre d'une aisance tranquille en tous points pareille à celle qu'il avait manifestée à l'occasion du décès de sa femme trois mois auparavant.

Mais c'est encore Steve Masterton qui prit Louis à part au moment où il s'apprêtait à partir pour le salon mortuaire.

« Je veillerai à ce que Rachel soit là cet après-midi, lui dit-il. A condition qu'elle me paraisse capable de tenir le coup.

— Très bien, dit Louis.

— D'ici là, l'effet du sédatif se sera dissipé. Votre ami Crandall a proposé de tenir compagnie à Ellie pendant les heures d'exposition de l'après-midi.

— Parfait.

— Il a dit qu'il jouerait au Monopoly avec elle, ou un truc de ce genre.

— Oui, oui...

— Toutefois...

— D'accord. »

Masterton s'interrompit. Ils étaient dans le garage — le repaire de Church, l'endroit où il ramenait ses oiseaux déchiquetés et ses rats étripés. Les oiseaux et les rats de Louis. Dehors, un radieux soleil de mai éclairait la campagne ; un rouge-gorge à l'air affairé traversa l'allée du jardin en sautillant. On aurait dit qu'il avait une affaire très urgente à régler.

« Il faut vous ressaisir, Louis », dit Steve.

Louis le regarda avec une expression poliment interrogative. Il n'avait pratiquement rien entendu de ce que le jeune homme lui disait (il était bien trop occupé à ressasser interminablement dans sa tête l'idée que son fils serait encore en vie s'il avait couru plus vite) ; seul le sens de cette dernière phrase avait partiellement pénétré.

« Vous n'avez pas l'air de vous en être aperçu, dit Steve, mais Ellie ne parle plus, et Rachel a été si violemment secouée que sa perception du temps est complètement distordue.

— Oui ! » s'exclama Louis avec force. Quelque chose (il ne savait pas quoi au juste) lui disait que cette fois-ci il fallait injecter un minimum d'insistance dans sa réponse.

Steve lui posa une main sur l'épaule.

« Lou, dit-il, elles n'ont jamais eu et elles n'auront sans doute jamais plus autant besoin de vous qu'en ce moment. Je vous en prie, mon vieux... je peux faire une piqûre à votre femme, bien sûr, mais... vous comprenez Louis, c'est à vous de... oh, Louis, tout ce qui vous arrive est si lamentablement *con,* bordel de Dieu ! »

Avec une légère pointe d'inquiétude, Louis constata que Steve Masterton s'était mis à pleurer, et il se hâta de marmonner : « Oui, vous avez raison. » En esprit, il voyait toujours Gage qui traversait la pelouse à toutes jambes en direction de la route. Ils lui criaient de s'arrêter, de revenir, mais il ne voulait rien entendre : depuis quelque temps, échapper à papa-maman était devenu son nouveau jeu. Ils se lançaient à sa poursuite ; Louis distançait Rachel très rapidement, mais le garçonnet avait une solide avance, il s'enfuyait encore plus vite en voyant que son papa lui courait après et il éclatait de rire tout en courant (c'était le jeu) ; Louis gagnait (trop lentement) du terrain, mais déjà Gage dévalait l'ultime talus de gazon qui aboutissait à la route, et Louis priait de toutes ses forces pour que l'enfant tombe — lorsqu'ils sont lancés à toute vitesse, les mioches se cassent presque toujours la figure parce qu'ils n'apprennent vraiment à contrôler les mouvements de leurs jambes que vers l'âge de sept ou huit ans. Louis priait pour que Gage se casse la figure, même quitte à faire une chute brutale, même s'il saignait du nez, se fendait le crâne, même si ça se soldait par des points de

suture, parce qu'à présent il entendait distinctement le grondement d'un camion qui venait dans leur direction, un de ces
énormes semi-remorques à dix roues qui vont et viennent sans
relâche entre Bangor et l'usine Orinco de Bucksport ; il avait hurlé
le nom de Gage, et il était sûr que Gage l'avait entendu et qu'il
avait essayé de s'arrêter. Gage avait paru se rendre subitement
compte que ce n'était plus du jeu, que vos parents ne *hurlent* pas
comme ça lorsqu'il ne s'agit que de s'amuser, et il avait fait mine de
vouloir freiner, mais déjà le bruit du camion était assourdissant, il
remplissait l'univers entier d'un formidable grondement de tonnerre. Louis s'était lancé en avant dans un élan désespéré pour
tenter un impossible plaquage au sol, il avait vu son ombre qui
courait à toute allure sous lui, le long du gazon, comme celle du
Vautour avait couru le long de l'herbe enrubannée de neige du pré
de Mrs Vinton par ce beau jour de mars, il lui avait semblé que
l'extrémité de ses doigts frôlait le dos du léger blouson de Gage, et
là-dessus l'élan de Gage l'avait précipité sur la chaussée, il n'y avait
plus eu que le tonnerre du camion, l'éblouissant reflet du soleil sur
ses chromes, le barrissement perçant d'un gros avertisseur pneu-
matique, et tout cela s'était produit samedi, c'est à dire trois jours
plus tôt.

« Ça ira, ne vous en faites pas, dit-il à Steve. Bon, il faut que je
file à présent.

— Si vous arriviez à vous remettre un peu d'aplomb et à les
aider, dit Steve en s'essuyant les yeux avec la manche de son
veston, ça vous ferait du bien aussi. Il faut que vous affrontiez cette
épreuve tous ensemble, Louis. Autrement, vous ne vous en
sortirez pas. Il n'y a pas moyen de faire autrement.

— C'est juste », approuva Louis et une fois de plus il revit toute
la scène en pensée, à la différence près que, ce coup-ci, son vol
plané l'entraînait cinquante centimètres plus loin, que son poing se
refermait à l'ultime seconde sur le dos du blouson de Gage et que
tout ce qu'il était en train de vivre n'existait plus.

Au moment où l'obscène querelle éclatait dans le salon mortuaire, Ellie faisait une partie de Monopoly avec Jud Crandall. La
fillette lançait les dés d'une main tout en agrippant de l'autre la
photo sur laquelle elle tirait Gage assis sur sa luge, ensuite elle
avançait son pion au hasard, sans décrocher un mot.

Steve Masterton avait décidé que tout compte fait Rachel

pourrait se rendre sans dommage à l'exposition de l'après-midi — décision que les événements allaient lui faire amèrement regretter.

Les époux Goldman avaient débarqué à l'aéroport de Bangor aux premières heures de la matinée et ils avaient pris une chambre à l'Holiday Inn. Le père de Rachel avait téléphoné à quatre reprises entre dix heures et midi, et Steve Masterton avait été contraint de se montrer de plus en plus ferme avec lui ; au quatrième coup de fil, il avait même adopté envers le vieil homme un ton franchement comminatoire. Irwin Goldman avait l'intention de faire un saut à Ludlow ; il s'écria que sa fille avait besoin de lui et qu'aucun chien de garde ne l'empêcherait de venir la voir. Steve lui rétorqua que Rachel avait surtout besoin d'être seule avant de se rendre au salon mortuaire afin de récupérer un tant soit peu, car elle avait subi un choc terrible. Steve conclut en disant qu'il ne demandait pas mieux que Rachel soit prise en charge par sa famille, mais seulement après l'exposition de l'après-midi. En attendant, il valait mieux la laisser seule.

Le vieil homme lui lança un flot d'imprécations en yiddish, puis il lui raccrocha au nez. Masterton s'apprêtait à le recevoir de pied ferme, mais comme il s'était écoulé un certain temps depuis le coup téléphone et qu'il ne se passait toujours rien, il supposa que Goldman s'était finalement ravisé. A midi, Rachel parut s'être ressaisie un peu. En tout cas, son sens du déroulement temporel était redevenu normal. Elle alla vérifier dans la cuisine s'ils avaient de quoi préparer des sandwiches pour après la cérémonie. Elle avait demandé à Steve s'il ne pensait pas que leurs amis voudraient les raccompagner chez eux ensuite, et Steve avait hoché la tête en signe d'approbation.

Ils n'avaient plus de viande froide ni de jambon ; par contre, elle découvrit dans le tiroir supérieur du congélateur une dinde qu'elle mit à dégeler sur l'égouttoir de l'évier. Quelques minutes plus tard, Steve passa le nez dans la cuisine et aperçut Rachel debout devant l'évier, les yeux rivés sur la dinde posée en travers de l'égouttoir et le visage ruisselant de larmes.

« Rachel ? appela-t-il.

— Gage adorait la dinde, dit-elle en se tournant vers lui. Surtout le blanc. J'étais en train de me dire que jamais plus il n'aurait l'occasion d'en manger. »

Steve lui suggéra de monter s'habiller (épreuve cruciale qui lui permettrait de juger si elle était ou non capable de faire face) et lorsqu'elle redescendit vêtue d'une robe noire toute simple serrée à la taille par une ceinture rapportée, une petite pochette de cuir sous le bras (qui était en fait un sac du soir), il décida qu'elle était en état de sortir et Jud se déclara du même avis.

Steve conduisit Rachel jusqu'à Bangor. Il resta dans l'antichambre du salon mortuaire Est en compagnie de Surrenda Hardu et il la regarda remonter l'allée en direction du cercueil qui disparaissait sous une énorme masse de fleurs. Rachel avait la démarche flottante d'un spectre.

« Comment ça va, Steve ? interrogea Surrenda d'une voix douce.

— Foutrement mal, répondit Steve d'une voix basse et âpre. Comment est-ce que vous imaginiez que ça pouvait aller ?

— Foutrement mal », dit Surrenda en soupirant.

En réalité, la zizanie avait commencé dès l'exposition du matin, lorsque Irwin Goldman avait refusé de serrer la main de son gendre.

La vue de la foule de parents et d'amis qui se pressait dehors avait obligé Louis à émerger de l'hébétude dans laquelle il nageait, l'avait forcé à faire attention à ce qui se passait autour de lui, à aller un peu vers les autres. Il avait atteint ce stade de grande malléabilité par lequel passent tous les affligés, état que les entrepreneurs de pompes funèbres connaissent bien et dont ils savent tirer profit. Louis se laissait piloter aveuglément ; il suffisait de le pousser d'une case à l'autre, comme un pion sur un damier.

Le salon mortuaire Est était précédé d'une modeste antichambre qui tenait lieu de fumoir et de salle d'attente. Elle était meublée de gros fauteuils pansus qui faisaient l'effet d'avoir été rachetés à vil prix à un club britannique pour gentlemen qu'un cruel revers de fortune avait contraint à brader son mobilier. A côté de l'entrée du salon d'exposition, se trouvait un petit chevalet avec un cadre en métal noir doré à petits filets sur lequel on avait apposé un panonceau qui annonçait laconiquement : GAGE WILLIAM CREED. Il suffisait de traverser le bâtiment spacieux et clair qui avait l'aspect trompeur d'une vieille demeure confortable pour tomber sur une antichambre rigoureusement identique qui donnait sur le salon mortuaire Ouest, à l'entrée duquel un deuxième petit chevalet annonçait : ALBERTA BURNHAM NEDEAU. Un troisième salon mortuaire donnait sur la façade arrière de la bâtisse centrale, mais celui-là chômait en ce mardi matin, et le chevalet dressé à gauche de la porte qui menait de l'antichambre au salon était vide. Au sous-sol, il y avait encore une grande salle où étaient exposés des cercueils de différents modèles, éclairés chacun par un spot discret incrusté dans le faux plafond. Quand on levait les yeux (Louis l'avait fait, ce qui lui avait valu un froncement de sourcils sévère du directeur), on avait l'impression qu'une masse informe d'animaux fabuleux y étaient suspendus la tête en bas.

Dimanche, le lendemain de la mort de Gage, Louis était venu choisir un cercueil en compagnie de Jud Crandall. Ils avaient descendu l'escalier du sous-sol, mais au lieu de bifurquer à droite vers la salle des cercueils Louis, complètement hébété, avait continué tout droit vers l'extrémité du corridor, où se trouvait une porte blanche dépourvue de tout signe distinctif. C'était une porte battante comme on en voit souvent dans les restaurants, entre la salle et les cuisines. Le directeur de l'entreprise de pompes funèbres et Jud s'étant écriés d'une même voix : « Non, pas par là ! », Louis était revenu sur ses pas et les avait suivis docilement. Mais il savait bien où menait cette porte battante. Ce n'était pas pour rien qu'il avait eu un oncle croque-mort.

Le salon mortuaire Est était meublé de chaises pliantes impeccablement alignées, des chaises pliantes de modèle grand luxe, avec des sièges et des dossiers en peluche. Le cercueil de Gage se trouvait à l'avant de la salle sur une estrade basse, semi-circulaire, dont la disposition évoquait vaguement celle d'un chœur d'église. Louis avait jeté son dévolu sur un cercueil fabriqué à Storyville, dans l'Ohio (un bled où Gage n'était jamais allé et où il n'aurait sans doute jamais mis les pieds) par une firme nommée l'American Casket Company. C'était un modèle en bois de rose qui portait le nom peu imaginatif de « Repos Eternel » et qui était matelassé d'un épais satin de couleur rose. L'entrepreneur de pompes funèbres s'était exclamé que c'était un cercueil vraiment magnifique et excusé de ne pouvoir lui en fournir un avec une doublure bleue. Louis avait rétorqué que Rachel et lui n'avaient jamais fait ce genre de distinctions, et l'homme avait hoché la tête, après quoi il lui avait demandé s'il disposait d'une somme suffisante pour régler intégralement les dépenses occasionnées par les funérailles de son fils. Si tel n'était pas le cas, Louis n'avait qu'à le suivre dans son bureau afin qu'il lui soumette les formules de crédit que la maison tenait à la disposition de ses clients.

Dans la tête de Louis, la voix joviale d'un annonceur publicitaire s'était soudain mise à bramer : *Oui ! Grâce aux coupons offerts par les cigarettes Raleigh j'ai gagné un cercueil gratuit pour mon petit garçon !*

« Je réglerai tout avec ma Carte Bleue », avait-il dit.

Il avait l'impression bizarre d'être une créature de fumée flottant au pays des rêves.

« Parfait », avait dit l'entrepreneur.

Le cercueil ne faisait guère plus d'un mètre vingt de long, ce n'était qu'un cercueil nain. Il n'en avait pas moins coûté six cents dollars et des poussières. Louis supposait qu'il était monté sur des tréteaux, mais l'amas de fleurs l'empêchait de discerner quoi que ce soit et il avait jugé préférable de ne pas trop s'approcher. Ces brassées de fleurs dégageaient une odeur entêtante qui lui soulevait le cœur.

Au fond de l'allée centrale, juste devant la porte qui conduisait dans l'antichambre, un livre était posé ouvert sur un pupitre auquel un stylo à bille était fixé par une chaînette. Le directeur du salon mortuaire avait posté Louis à côté de ce pupitre afin qu'il puisse « accueillir ses parents et amis ».

Les parents et amis étaient censés signer ce livre et y mentionner leurs noms et adresses. Louis n'avait jamais eu la moindre idée de l'utilité que pouvait bien avoir cette coutume grotesque, mais il ne demanda pas au croque-mort d'éclairer sa lanterne sur ce point. Il supposait que, les funérailles une fois terminées, Rachel et lui récupéreraient l'épais volume. Bien sûr, les Américains ont le goût des commémorations, mais là on touchait vraiment au fond de l'insanité. Il possédait déjà, enfouis quelque part dans un tiroir, un album de classe terminale, un album de fin d'études préparatoires, un album de fin d'études médicales, tous ornés des trombines de ses condisciples du moment, sous lesquelles s'étalaient leurs paraphes quelquefois assortis de remarques plus ou moins spirituelles ; sans parler de son album de mariage, un gros volume dont la reliure en similicuir portait le titre MES NOCES en lettres imitation or ; il s'ouvrait sur une photo de Rachel en train d'essayer son voile devant un miroir avec l'aide de sa chère maman le matin du grand jour, et s'achevait sur celle de deux paires de chaussures posées devant la porte fermée d'une chambre d'hôtel. Et aussi un album « bébé » acheté à la naissance d'Ellie ; celui-là, ils n'avaient jamais achevé de le remplir, car il était d'une miévrerie franchement horripilante : il comportait des pages prêtes-à-remplir du genre MA PREMIÈRE COUPE DE CHEVEUX (coller ici une mèche des cheveux de bébé) et ZUT ALORS ! (coller ici une photo de bébé tombant sur le derrière).

Et à présent, une nouvelle perle allait s'ajouter à leur collection d'albums. Comment est-ce qu'on pourrait l'appeler ? se demanda Louis tandis qu'il poireautait à côté de son pupitre, dans un état plus ou moins cataleptique, en attendant que les festivités démarrent. MON OBITUAIRE ? SOUVENIRS FUNÉRAIRES ? LE JOUR OÙ ON A CREUSÉ LE TROU DE GAGE ? Ou peut-être quelque chose de plus littéraire, comme UNE MORT DANS LA FAMILLE ?

Il referma le livre : il était relié en similicuir, comme leur album de mariage.

Mais contrairement à lui, il n'avait pas de titre

Assez logiquement, la première personne à pénétrer dans la chambre mortuaire fut Missy Dandridge, cette brave Missy qui avait tant de fois gardé Ellie et Gage. Louis se souvint que c'était elle qui avait pris les enfants le soir du jour où Victor Pascow était mort. Et tandis que Missy gardait les gosses chez elle, Rachel et lui avaient fait l'amour, dans la baignoire d'abord, au lit ensuite.

Missy avait beaucoup pleuré, et à la vue du visage impassible de Louis, elle fondit à nouveau en larmes et lui tendit ses bras avec des gestes tâtonnants, mal assurés. Louis l'étreignit et il sentit que c'était ainsi que la chose était censée fonctionner — une espèce de peine brûlante qui allait et venait entre eux comme un courant électrique, ramollissant la gangue durcie de désespoir qui lui paralysait le cœur, dégageant son cerveau de l'amas de sédiments pierreux que le choc y avait laissé.

Je suis tellement navrée, disait Missy en écartant les mèches de cheveux blond foncé qui retombaient sur son visage livide. C'était un enfant si adorable, je l'aimais tant, oh, Louis, je suis tellement désolée, ah ! cette horrible route, j'espère que le chauffeur du camion restera en prison jusqu'à la fin de ses jours, il conduisait beaucoup trop vite, Gage était si gentil, si mignon, si vif, pourquoi a-t-il fallu que le Bon Dieu nous l'arrache, je ne sais pas, on ne peut pas comprendre ces choses-là, n'est-ce pas ? mais je suis tellement, tellement désolée, Louis !

Louis la réconforta et tandis qu'il la serrait entre ses bras, il sentit ses larmes qui lui mouillaient le col, ses seins qui se pressaient sur sa poitrine. Missy lui demanda où était Rachel, et il lui dit qu'elle se reposait ; la brave femme lui promit qu'elle viendrait la voir et elle ajouta qu'elle garderait Ellie chaque fois que cela serait nécessaire, et aussi longtemps qu'ils voudraient. Louis la remercia et elle s'éloigna en reniflant, les yeux plus rouges que jamais au-dessus de son mouchoir noir.

Elle avait déjà avancé de quelques pas en direction du catafalque quand Louis la rappela. Le directeur du salon mortuaire (dont il n'avait même pas été fichu de retenir le nom) lui avait demandé de leur faire signer le livre, et il n'allait pas faire les choses à moitié.

« Missy, voulez-vous signer le livre ? » lui demanda-t-il et, comme il lui semblait nécessaire d'avancer ne fût-ce qu'un semblant de justification, il ajouta : « Pour Rachel...

— Mais naturellement, dit Missy. Ah, pauvre Louis, pauvre Rachel ! » Tout à coup, Louis sut d'avance ce qu'elle allait proférer ensuite et, pour une raison ou une autre, il en conçut une peur panique. Mais il sentait que cette phrase allait le frapper directement au cœur, ainsi qu'une balle de fort calibre tirée par un tueur expert, il devinait que d'autres balles le frapperaient à intervalles réguliers tout au long de cet interminable rituel et que la fusillade reprendrait durant l'exposition de l'après-midi, alors que ses blessures du matin saigneraient encore :

« Dieu merci, il n'a pas souffert, Louis. Au moins tout s'est passé très vite. »

Une envie sournoise de lui dire la vérité, de la lui cracher à la figure, s'empara de Louis. Ah, comme son visage éploré se serait convulsé s'il avait dit tout haut ce qu'il pensait : *Oh oui, tout s'est passé très vite, excessivement vite, pas de doute, c'est d'ailleurs pour cela que le cercueil est fermé : on n'aurait rien pu faire pour rendre Gage présentable, même si Rachel et moi nous n'avions pas été contre cette coutume qui consiste à affubler les chers disparus de leurs plus beaux atours comme des mannequins de grands magasins et à leur peinturlurer la face avec du fond de teint et du rouge à lèvres. Oui, Missy très chère, tout s'est passé incroyablement vite : à un certain moment, Gage était sur la route, et la minute d'après il était étendu par terre, une centaine de mètres plus loin, près de la maison des Ringer. Cent mètres, cent dix à tout casser, la longueur d'un terrain de football. Le camion l'a heurté, l'a tué, et ensuite il l'a traîné avec lui et pour être rapide ça a été rapide, ça, vous pouvez me croire. J'ai couru derrière en hurlant sans arrêt son nom, comme si j'avais pu espérer qu'il soit encore vivant — moi, un médecin ! Au bout de dix mètres, j'ai aperçu sa casquette de base-ball, au bout de vingt mètres, une de ses chaussures de tennis bleues, au bout de quarante mètres j'ai dû bifurquer car le camion avait quitté la route et il était allé se plier en deux dans le champ qui se trouve derrière la grange des Ringer. Autour de moi, les gens se précipitaient hors de leurs maisons, et moi j'ai continué à courir en hurlant le nom de Gage. Dix mètres plus loin, j'ai vu son blouson, retourné ; j'ai parcouru encore vingt mètres et j'ai croisé sa deuxième chaussure, et tout au bout il y avait Gage.*

Tout à coup, l'univers entier devint d'un gris très doux, comme le plumage d'une tourterelle. Louis ne distinguait plus rien. Il sentait juste — très vaguement — l'angle du pupitre sur lequel était posé le livre qui lui pénétrait dans la paume.

« Louis ? » fit la voix de Missy, très, très loin. Un mystérieux bruit d'ailes lui remplissait les oreilles. Les tourterelles avaient tout envahi.

« Louis ? » répéta Missy, plus près cette fois. Alarmée.

Il émergea du gris. Le monde reprit ses formes et ses couleurs.

« Vous vous sentez mal ?

— Non, dit Louis en souriant. Non, Missy, ça va très bien. »

D'une écriture appliquée, Missy inscrivit dans le livre : « *Mr et Mrs David Dandridge* », puis elle calligraphia soigneusement leur adresse, en belles lettres rondes : « *67, Old Bucksport Road* ». Lorsqu'elle releva la tête, ses yeux rencontrèrent ceux de Louis et elle les baissa aussitôt, comme si elle avait honte d'être domiciliée sur la route où Gage avait été tué.

« Courage, Louis », murmura-t-elle.

David Dandridge lui serra la main en bredouillant des paroles incompréhensibles ; sa pomme d'Adam proéminente et pointue montait et descendait. Ensuite il se hâta d'emboîter le pas à sa femme qui se dirigeait vers le catafalque, afin de s'abîmer avec elle dans la contemplation rituelle du cercueil.

Les autres entrèrent un par un derrière les Dandridge, et défilèrent tour à tour devant Louis qui les recevait poliment, et recevait par la même occasion leurs poignées de main, leurs accolades et leurs larmes. Le col de sa chemise et l'épaule de son costume anthracite ne tardèrent pas à s'humecter. L'odeur des fleurs s'insinuait à présent jusqu'au fond de la salle et imprégnait l'atmosphère de ses funèbres effluves. Ce parfum douceâtre et prenant de couronnes mortuaires, Louis se rappelait l'avoir humé bien des fois dans son enfance. Il fit mentalement le compte des phrases de condoléances qu'on lui servait. On lui avait répété un total de trente-deux fois qu'il était heureux que Gage n'eût pas eu le temps de souffrir. Vingt-cinq fois que les voies du Seigneur étaient impénétrables. La lanterne rouge allait à *Il est avec les anges à présent*, que l'on ne lui avait récité qu'une petite douzaine de fois.

Ces lieux communs indéfiniment répétés eussent logiquement dû sonner de plus en plus creux, au point de perdre toute espèce de sens, un peu comme on finit par oublier qui on est quand on répète inlassablement son propre nom. Mais au lieu de ça, Louis éprouvait leur inanité avec une force sans cesse croissante, et à chaque fois, le choc se répercutait un peu plus profondément, si bien que lorsque ses beaux-parents firent leur apparition, il se sentait un peu comme un boxeur qui vient de prendre une terrible dégelée de coups de poing.

La première idée qui lui vint en les apercevant fut que Rachel n'avait pas exagéré. Irwin Goldman avait vieilli — terriblement vieilli. Louis ignorait son âge exact ; il savait simplement qu'il n'avait pas encore atteint la soixantaine. Mais ce jour-là, son visage figé dans un rictus de vieille momie le faisait paraître plus que septuagénaire. Avec son crâne chauve et ses épaisses lunettes, il ressemblait absurdement à l'ancien premier ministre d'Israël, Menahem Begin. Quand Rachel, lui avait annoncé, à son retour de Chicago, que son père avait pris un coup de vieux, Louis avait été loin d'imaginer un naufrage aussi complet. Mais peut-être qu'au Thanksgiving le vieil homme ne s'était pas encore décati à ce point. Il est vrai qu'à ce moment-là son petit-fils était encore en vie.

Dory marchait au bras de son mari, le visage entièrement dissimulé par un double voile de crêpe à travers lequel Louis parvint tout juste à distinguer des larmes qui miroitaient. Elle arborait une de ces permanentes à reflets bleuâtres que les femmes mûres de la bonne bourgeoisie américaine semblent considérer comme le summum du chic et de la distinction.

Soudain, Louis décida qu'il était temps d'enterrer le passé. Il n'allait pas remâcher indéfiniment cette vieille rancune, qui lui paraissait tout à coup bien pesante. La pluie de platitudes qu'il venait d'essuyer était sans doute pour beaucoup dans ce sentiment de trop-plein qu'il éprouvait.

« Irwin..., balbutia-t-il. Dory... Merci d'être venus. »

Il tendit maladroitement ses deux mains devant lui, comme s'il voulait simultanément serrer la main du père de Rachel et étreindre sa mère, ou peut-être même les embrasser tous les deux. Quoi qu'il en soit, il sentit ses propres larmes jaillir pour la première fois, et l'espace d'un instant il espéra qu'ils allaient vraiment se rabibocher, que la mort de Gage aurait au moins cela de bon, comme dans ces romans sentimentaux féminins où le trépas de la jeune fille au cœur pur déclenche immanquablement une poignante scène de réconciliation générale, où la perte d'un être cher a tout de même des conséquences plus positives que cette douleur écrasante et idiote qui vous lamine à n'en plus finir.

Dory fit un pas dans sa direction, ébaucha un geste — celui de lui ouvrir ses bras peut-être ; elle lâcha : « Oh, Louis... », marmonna quelques paroles indistinctes, et là-dessus Goldman la tira en arrière. Un moment, ils restèrent pétrifiés tous les trois, formant une espèce de tableau vivant que personne d'autre qu'eux ne remarqua (à la possible exception du directeur du salon mortuaire, qui se tenait discrètement en retrait dans l'angle opposé de la salle — Louis était sûr qu'à sa place l'oncle Carl n'en eût pas manqué une miette), Louis avec ses bras à demi tendus, Irwin et Dory Goldman aussi immobiles et raides que deux petits mariés plantés au sommet d'une pièce montée.

Louis constata qu'il n'y avait pas trace de larmes dans les yeux de son beau-père ; ils étaient étincelants de haine (*Est-ce qu'il s'imagine que j'ai tué Gage pour le faire enrager ?* se demanda-t-il brièvement). Le regard hostile de Goldman se posa sur Louis, le mesura et, comme s'apercevant qu'il était toujours ce personnage minable et falot qui lui avait ravi sa fille et l'avait entraînée dans ce désastre, glissa sur lui avec dédain. Ses yeux se déplacèrent vers la gauche, en direction du cercueil de Gage, et c'est seulement alors qu'ils perdirent leur éclat farouche.

Louis fit une ultime tentative.

« Irwin, dit-il. Dory... Je vous en prie. Il faudrait que nous puissions nous serrer les coudes...

— Louis... », dit Dory Goldman (d'une voix où il crut discerner une sorte de douceur), puis ils le dépassèrent, Goldman traînant sa femme dans son sillage sans regarder ni à droite ni à gauche et surtout pas vers Louis Creed. Ils avancèrent jusqu'au catafalque et Goldman sortit une petite calotte noire de la poche de son veston.

Vous n'avez pas signé le registre, songea Louis, et un renvoi silencieux lui remonta de l'estomac, tellement bilieux et aigre que son visage se tordit comme sous l'effet d'une douleur fulgurante.

Quand la cérémonie du matin fut enfin terminée, Louis téléphona chez lui. C'est Jud qui décrocha ; le vieil homme lui demanda comment les choses s'étaient passées, et Louis lui répondit que tout s'était déroulé très normalement. Ensuite, il pria Jud de lui passer Steve Masterton.

« Puisque Rachel est capable de s'habiller toute seule, je ne vois pas d'inconvénient à ce qu'elle se rende à l'exposition de l'après-midi, déclara Steve. Vous êtes d'accord ?

— Oui, dit Louis.

— Comment allez-vous, Louis ? Tout baratin mis à part — comment ça va ?

— Ça peut aller, dit Louis d'une voix brève. Je tiens le coup. » *Je leur ai fait signer le registre. Tout le monde l'a signé, sauf les Goldman. Les Goldman n'ont pas voulu.*

« Bon, dit Steve. Vous voulez qu'on se retrouve quelque part pour déjeuner ? »

Déjeuner. Se retrouver pour déjeuner. L'idée était tellement irréelle, tellement peu de ce monde que Louis se souvint des romans de science-fiction qu'il lisait dans son adolescence — ces histoires de colonisation galactique dont les spécialistes étaient Robert Heinlein, Murray Leinster, Gordon R. Dickson. *Les indigènes de la planète Quark ont une coutume étrange, lieutenant Abelson : quand un de leurs enfants meurt, ils se « retrouvent pour déjeuner ». J'imagine que ça doit vous paraître bien grotesque et bien barbare, mais vous savez, cette planète n'a pas encore été terraformée.*

« Bien sûr, dit Louis. Vous connaissez un endroit spécialisé dans l'accueil des familles éplorées qui ont envie de casser une petite graine entre deux visites à leur cher défunt ?

— Doucement, Lou, ne vous emballez pas », dit Steve, mais il n'avait pas l'air tellement contrarié. Dans l'état de calme quasi ataraxique où il était, Louis avait l'impression d'être capable de percer tout le monde à jour. Il se faisait peut-être des illusions, mais en ce moment précis il pressentait que Steve était en train de se dire qu'il aimait encore mieux l'entendre lui balancer à brûle-pourpoint un torrent de sarcasmes venimeux que de le voir sonné comme ce matin-là.

« N'y faites pas attention, lui dit-il. Qu'est-ce que vous diriez de Benjamin's ?

— Va pour Benjamin's, dit Steve. Ça me convient parfaitement. »

Louis avait téléphoné depuis le bureau du directeur de l'entreprise de pompes funèbres. Pour gagner la sortie, il dut repasser devant le salon mortuaire où reposait son fils. La salle était pratiquement déserte à présent, mais Irwin et Dory Goldman étaient encore assis au premier rang, la tête baissée, dans une attitude de recueillement. Louis eut le sentiment qu'ils allaient rester là éternellement.

Il avait bien fait de choisir Benjamin's. Bangor est une ville où l'on déjeune tôt et lorsqu'ils se présentèrent au restaurant, sur le coup de une heure, il était pratiquement vide. Jud était venu avec Rachel et Steve et ils commandèrent tous du poulet frit. A un moment, Rachel se rendit aux toilettes et y resta tellement longtemps que Masterton commença à s'énerver. Il était sur le point de prier une serveuse d'aller voir ce qui se passait lorsque Rachel revint à sa place, les yeux rouges.

Louis toucha à peine à son poulet ; par contre, il but énormément de bière. Jud, qui n'était guère communicatif, descendit exactement le même nombre de bouteilles de Schlitz.

Leurs quatre plats repartirent à peu près intacts. Avec son espèce de clairvoyance surnaturelle, Louis vit que la serveuse, une jeune fille boulotte au visage avenant, était l'objet d'un débat intérieur : fallait-il ou non leur demander s'ils avaient trouvé à redire à leurs poulets ? Son regard effleura les yeux de Rachel, vit ses paupières bordées de rouge, et elle décida que la question ne s'imposait vraiment pas. Ils en étaient au café lorsque Rachel leur fit une déclaration si brusque et si choquante qu'ils en demeurèrent tous confondus, surtout Louis que l'assoupissement de la bière commençait tout juste à gagner.

« Je vais donner ses vêtements à l'Armée du Salut, affirma-t-elle.

— Vraiment ? fit Steve au bout d'un moment.

— Oui, dit Rachel. Ils peuvent encore faire de l'usage. Ses

salopettes... ses pantalons de velours côtelé... ses chemises. Il y a des gens qui seront contents de les avoir. Ils sont tous en très bon état. A part ceux qu'il portait, bien entendu. Ceux-là sont... fichus. »

Elle avait articulé ce dernier mot d'une pauvre voix tout étranglée. Elle avala un peu de café, mais ça ne marcha pas. L'instant d'après, elle sanglotait éperdument, le visage enfoui dans ses mains.

Il y eut alors un moment très singulier. L'espèce de don de double vue qui avait habité Louis toute la journée prit un relief plus aigu que jamais. Il sentit très clairement que toutes les lignes de tension jusque-là entrecroisées fusionnaient en une seule et convergeaient sur lui. La serveuse elle-même perçut ce déplacement d'ondes mentales. Elle était occupée à dresser des tables à l'autre bout de la salle, et Louis la vit se figer brusquement, des couverts à la main. Un moment, il resta perplexe, et tout à coup il comprit : ils attendaient qu'il réconforte sa femme.

Mais il en était incapable. Il voulait le faire. Il savait que c'était à lui de le faire. Malgré ça, il ne pouvait pas. C'était le chat qui interférait. Subitement, sans rime ni raison, l'image de ce foutu chat s'interposait entre lui et Rachel. Church, avec ses souris lacérées et ses oiseaux démembrés. A chaque fois que Louis découvrait une nouvelle bestiole massacrée, il s'empressait de faire disparaître les traces du carnage. Il ne récriminait pas. Il ne faisait aucun commentaire. Il ne pouvait pas protester, car après tout, il l'avait bien cherché. Mais avait-il mérité ce qui lui arrivait à présent ?

Il vit ses doigts. Ses propres doigts à lui, Louis. L'extrémité de ses doigts avait effleuré le dos du blouson de Gage. Et puis le blouson de Gage s'était volatilisé. Et Gage s'était volatilisé aussi.

Il s'abîma dans la contemplation du café qui fumait dans sa tasse et il laissa sa femme pleurer à côté de lui — inconsolée.

Au bout d'un moment (qui fut sans doute très bref en durée réelle mais que Louis perçut comme atrocement long aussi bien sur le coup qu'en y resongeant par la suite), Steve passa un bras autour des épaules de Rachel et il l'étreignit tendrement, tout en posant sur Louis des yeux pleins de colère et de reproche. Louis se tourna vers Jud, mais le vieil homme gardait le nez obstinément baissé, comme s'il avait honte. Il ne pouvait lui être d'aucun secours.

37

« Je savais bien qu'il finirait par arriver un malheur ! » disait Irwin Goldman. C'est comme cela que l'esclandre avait débuté. « Dès que Rachel vous a épousé, j'ai su que ça allait mal tourner. Je lui ai dit : " Ma fille, tu souffriras plus qu'à ton tour avec ce zèbre-là. " Et regardez-moi ça ! Regardez-moi cette... ce *gâchis*. »

Louis leva lentement les yeux vers son beau-père, qui avait inopinément surgi devant lui tel un affreux petit diable à ressort au crâne surmonté d'une calotte noire puis, instinctivement, il se tourna en direction du registre de l'entrée auprès duquel Rachel était restée seule à monter la garde après qu'il eut déclaré forfait pour le reste de l'après-midi, mais Rachel n'était plus là.

L'affluence était bien moindre qu'à l'exposition du matin, et au bout d'une demi-heure Louis avait abandonné son poste pour aller s'asseoir sur une chaise du premier rang, à l'extrême bord de l'allée. Il était resté là, affalé, inerte, insensible à tout sauf à la fatigue écrasante qui l'engourdissait (et marginalement aussi à l'odeur écœurante des couronnes mortuaires). Sa torpeur n'était pas uniquement due à la bière. Il sentait bien que son esprit était enfin prêt à tirer le rideau. Cela valait sans doute mieux. Au bout de douze ou seize heures de sommeil, il serait peut-être capable de réconforter un tant soit peu Rachel.

Au bout d'un moment, sa tête était tombée sur sa poitrine et il n'avait plus rien vu d'autre que ses mains jointes qui pendaient entre ses genoux. Un sourd brouhaha de voix lui parvenait de l'entrée de la salle, le berçant doucement. Il avait été soulagé en constatant que les Goldman n'étaient plus là à leur retour du restaurant, mais il aurait dû se douter que leur absence ne durerait pas ; c'était trop beau pour être vrai.

« Où est Rachel ? demanda-t-il.

— Rachel est avec sa mère, comme il se doit », dit Goldman. Sa voix avait des accents de fatuité mal retenue, comme celle d'un businessman qui vient de conclure un marché avantageux. Son haleine empestait le scotch. A plein nez. Dressé sur ses courtes pattes, tel un procureur nabot pour qui la culpabilité du triste individu effondré sur le banc des accusés ne fait aucun doute, il titubait imperceptiblement.

« Que lui avez-vous dit ? » interrogea Louis avec une pointe d'anxiété. Goldman avait entrepris Rachel, il le savait. C'était écrit sur son visage.

« Je ne lui ai dit que la vérité, dit Goldman. Que c'était tout ce qu'on avait à gagner quand on épousait quelqu'un contre le gré de ses parents. Je lui ai dit que...

— Vous lui avez dit ça ? coupa Louis, incrédule. Vous n'avez tout de même pas osé lui dire une chose pareille ?

— Si, je lui ai dit ça, répondit Irwin Goldman. Et bien d'autres choses encore. J'ai toujours su que ça se terminerait par un malheur. La première fois que je vous ai vu, j'ai su quel genre d'homme vous étiez vraiment. »

Il avança son visage, exhalant d'aigres relents de scotch.

« Vous ne m'avez jamais abusé. Votre diplôme de médecin, c'est de la frime. Vous n'êtes qu'un vulgaire filou, vous avez circonvenu ma fille pour qu'elle consente à ce mariage inepte et après avoir fait d'elle une souillon, vous avez laissé son petit garçon se faire écraser sur la route comme un... une musaraigne. »

La plus grande partie de ce que Goldman venait de dire était passé par-dessus la tête de Louis. Il se débattait encore avec l'idée que ce stupide avorton avait pu...

« Vous avez *osé* lui dire ça ? répéta-t-il. Vous avez *osé* ?

— J'espère que vous rôtirez en enfer ! » s'écria Goldman et des têtes se tournèrent brusquement vers eux. Un flot de larmes jaillit des petits yeux bruns d'Irwin Goldman, dont la cornée était striée de lignes sanglantes. Son crâne chauve luisait dans la lumière tamisée des tubes fluorescents. « Ma fille était une enfant radieuse, et vous en avez fait une triste souillon... vous lui avez volé son avenir... vous nous l'avez volée... et vous avez laissé mon petit-fils mourir ignominieusement sur une route de campagne. »

Sa voix s'enflait peu à peu, et c'est en glapissant à tue-tête qu'il continua :

« *Où étiez-vous, hein ? Où est-ce que vous traîniez pendant que cet enfant s'amusait sur la route ? Est-ce que vous étiez tranquillement assis à écrire vos foutus articles à la noix ? Qu'est-ce que vous foutiez, sale con ? Sale petit trou du cul ! Assassin d'enfants ! As... !* »

Ils étaient là, face à face, juste devant le catafalque, au premier rang des fauteuils du salon mortuaire Est. Ils étaient là, et tout à coup, Louis vit son bras se soulever. Il vit la manche de son veston gris anthracite qui se relevait au-dessus du poignet de sa chemise blanche. Il vit la lueur fugace d'un bouton de manchette en or. Il portait les boutons de manchettes que Rachel lui avait offerts à l'occasion de leur troisième anniversaire de mariage, sans soupçonner qu'un jour son mari les mettrait pour se rendre aux funérailles de leur fils encore à naître. Au bout de son bras, il y avait un poing fermé, et ce poing entra en contact avec la bouche d'Irwin Goldman. Il sentit les lèvres du vieil homme s'aplatir sous ses jointures. La sensation était franchement répugnante — s'était à peu près celle qu'on devait éprouver en écrasant une limace avec le poing. Il n'en tira aucune espèce de plaisir. Sous la chair des lèvres de son beau-père, il sentit la forme dure, résistante et régulière d'un râtelier de fausses dents.

Goldman recula en chancelant. Son bras heurta le flanc du cercueil de Gage, qui s'inclina dangereusement sur un côté. Un vase débordant de fleurs s'écrasa au sol avec fracas. Quelqu'un hurla.

C'était Rachel. Elle luttait pour échapper à l'étreinte de sa mère, qui s'efforçait de la retenir. Les personnes présentes — une quinzaine en tout — paraissaient pétrifiées par un mélange de peur et d'embarras. Par bonheur, Steve avait reconduit Jud Crandall à Ludlow. Louis en conçut un vague soulagement. Il n'aurait pas aimé que Jud assiste à cette scène. Elle était tellement sordide.

« Ne lui fais pas de mal ! hurla Rachel. Louis, ne fais pas de mal à mon père !

— Parce qu'en plus tu frappes les vieillards ! » grinça Irwin Goldman, l'homme au chéquier volubile. Un large sourire écartait ses lèvres sanguinolentes. « Tu aimes ça, hein ? Ça ne m'étonne pas, espèce d'ignoble crapule. Ça ne me surprend pas du tout. »

Louis se tourna vers lui, et Goldman le frappa à la gorge. C'était un coup maladroit, imprécis, porté avec le côté de la main plutôt qu'avec le poing, mais il prit Louis au dépourvu. Une douleur terrible lui paralysa le cou, et il sut instantanément qu'il aurait le plus grand mal à avaler sa salive pendant au moins deux heures. Sa tête fut projetée en arrière et il tomba à genoux sur le tapis rouge qui courait le long de l'allée centrale.

D'abord les fleurs, et moi ensuite, pensa-t-il. *Que dit la chanson des Ramones ? « En avant, allez go ! Tirons-leur dans le dos ! »* Il essaya de rire, mais sa gorge en capilotade n'émit qu'un vague gargouillement.

Irwin Goldman, la bouche toute dégouttante de sang, se précipita sur son beau-fils et lui expédia un violent coup de pied dans les reins. Louis éprouva une douleur fulgurante, et il posa ses deux mains à plat sur le tapis pour ne pas s'effondrer sur le ventre.

« Même contre un vieillard comme moi, tu ne fais pas le poids, petit ! » s'écria Goldman d'une voix haletante d'excitation. Il décocha un second coup de pied à Louis, mais cette fois il manqua le rein et le bout arrondi de sa chaussure noire de vieux monsieur cueillit Louis au sommet de la fesse gauche. Louis poussa un grognement de douleur, et cette fois il s'étala sur le tapis. Son menton heurta le sol avec un craquement audible, et il se mordit la langue.

« Et voilà ! cria Goldman. Voilà le coup de pied au cul que j'aurais dû t'envoyer la première fois que tu es venu nous faire des ronds de jambe. Tiens ! »

Il flanqua un troisième coup de pied à Louis, et celui-ci atterrit sur la fesse droite. Goldman pleurait à chaudes larmes, et un rictus lui tordait la bouche. C'est seulement alors que Louis s'aperçut que le visage du vieil homme était piqueté de poils hirsutes : il ne s'était pas rasé ce matin-là, en signe de deuil. Le directeur du salon mortuaire accourait dans leur direction. Rachel, qui avait échappé à l'étreinte de sa mère, se précipita en hurlant vers l'avant de la salle.

Louis se retourna maladroitement sur le flanc, puis il se dressa sur son séant. Son beau-père lui décocha un nouveau coup de pied, mais il bloqua l'extrémité de sa chaussure à deux mains, comme un ballon de rugby, et il lui imprima une forte poussée en y mettant toute son énergie.

Goldman poussa un beuglement et il partit en arrière en faisant de grands moulinets des bras pour essayer de retrouver son équilibre. Il s'écrasa sur le cercueil de Gage — ce cercueil en bois de rose fabriqué à Storyville, Ohio, qui avait coûté un joli paquet de dollars.

Le gwand, le tewwible Oz vient de tomber sur le cercueil de mon fils, songea brumeusement Louis. Le cercueil glissa sur ses tréteaux et s'abattit avec fracas. L'extrémité gauche toucha d'abord le sol, puis la droite. A travers les cris et les sanglots, à travers même les braiments furieux d'Irwin Goldman (braiment était le mot, puisque ce puéril matamore était précisément occupé à vouloir donner le coup de pied de l'âne), Louis perçut distinctement le petit cliquettement de la serrure qui cédait.

Par bonheur, le spectacle des tristes restes de Gage étalé sur le plancher du catafalque leur fut épargné. Mais à l'idée de ce qui serait arrivé si le cercueil avait chu sur le flanc au lieu de tomber à plat, Louis fut pris d'un début de nausée. Le couvercle s'était soulevé de quelques millimètres avant de retomber avec un claquement sec sur sa serrure brisée, et il avait eu le temps d'entrevoir une tache grise (couleur du petit costume qu'ils avaient acheté tout spécialement pour l'occasion) et une minuscule pointe de rose — la main de l'enfant, sans doute.

Louis Creed, toujours assis au milieu de l'allée, se couvrit le visage de ses mains et se mit à pleurer. Son beau-père, les missiles MX, la controverse opposant les tenants des sutures fixes à ceux des sutures autodissolvantes, la fin de l'univers par combustion vive, rien de tout cela n'avait plus le moindre intérêt pour lui. Dans cet instant-là, il aurait voulu être mort. Et soudain, une image très saugrenue se forma dans sa tête : celle de Gage coiffé d'un petit chapeau à grandes oreilles de Mickey Mouse, qui secouait en riant la main d'un gigantesque Dingo au milieu de la Grand-Rue de Disney World. La vision était d'une parfaite clarté.

L'un des tréteaux s'était écroulé, l'autre avait été retenu dans sa chute par la petite estrade sur laquelle le prêtre se juchait pour déclamer son oraison durant les obsèques religieuses. Etalé au milieu des fleurs, Goldman pleurait aussi. L'eau gouttait des vases renversés, et les couronnes écrasées dégageaient des miasmes encore plus écœurants.

Rachel n'arrêtait pas de hurler.

Louis ne parvenait pas à réagir à ses cris. La vision de Gage déguisé en Mickey s'estompait, mais avant qu'elle eût complètement disparu il entendit un haut-parleur annoncer qu'un feu d'artifice serait tiré un peu plus tard dans la soirée. Il se cachait le visage dans les mains. Il ne voulait pas qu'on le voie. Il ne voulait pas leur exhiber son visage barbouillé de larmes, sa détresse, son remords, sa honte, sa souffrance. Et surtout, il ne voulait laisser deviner à personne son lâche désir d'être mort pour échapper à cet étalage de noirceur.

Le directeur du salon mortuaire aida Dory Goldman à entraîner Rachel hors de la salle. Rachel hurlait toujours. Plus tard, dans la petite pièce où on l'avait emmenée (Louis supposait que ce local était expressément réservé aux parents et amis que la douleur faisait craquer — un Salon des Hystériques, en quelque sorte), elle se mura dans un mutisme complet. Louis exigea qu'on les laisse seuls et cette fois il se chargea personnellement de lui injecter un sédatif. En dépit de son abrutissement, il avait la tête claire et il se dominait bien.

Dès leur arrivée à la maison, il mit Rachel au lit et lui fit une seconde piqûre. Ensuite, il lui remonta les couvertures jusqu'au menton et scruta longuement son visage d'une blancheur cireuse.

« Rachel, je suis navré, dit-il. Je donnerais n'importe quoi pour que tout ça ne soit pas arrivé.

— Ça ne fait rien », dit-elle d'une drôle de voix sans timbre, sur quoi elle se retourna sur le flanc, et Louis ne vit plus que sa nuque.

Louis ne prononça pas la question banale et éculée (Ça va bien ?) qui lui était montée spontanément aux lèvres. Dans ces circonstances, elle eût été d'une redondance flagrante.

« Ça ne va pas trop mal ? interrogea-t-il enfin.

— Je ne suis pas brillante, Louis, répondit Rachel en exhalant un son qui ressemblait à un rire étouffé. En fait, je me sens horriblement mal. »

Il eût sans doute fallu ajouter quelque chose, mais Louis était à bout de ressources. Tout à coup, une vague de ressentiment l'envahit. Il en voulait à Rachel, à Steve Masterton, à Missy Dandridge et à son grand benêt de mari avec sa pomme d'Adam pointue. Ils lui sortaient tous par les trous de nez. Pourquoi fallait-il que ce soit toujours lui qui leur tende l'épaule ? Qu'est-ce que c'était que ce merdier ?

Il éteignit l'électricité et sortit.

Il constata qu'il ne pouvait pas non plus grand-chose pour sa fille.

Il s'arrêta pour la regarder sur le seuil de sa chambre. La pièce était plongée dans une demi-obscurité ; l'espace d'un bref moment de délire, il la prit pour Gage, et son esprit las joua fugacement avec l'idée que toute cette histoire n'avait été qu'un épouvantable cauchemar pareil à celui au cours duquel il s'était enfoncé dans les bois à la suite de Victor Pascow. La pénombre ajoutait à l'illusion ; la chambre d'Ellie n'était éclairée que par la lueur vacillante du petit poste de télé portatif que Jud lui avait monté du rez-de-chaussée pour l'aider à tromper l'attente. Les longues, longues heures d'attente.

Mais bien sûr, ce n'était pas Gage. C'était Ellie qui, non contente d'être toujours agrippée à la photo qui la montrait tirant Gage sur sa luge, était à présent assise sur la chaise de Gage, qu'elle avait transportée dans sa chambre. C'était une mini-chaise pliante de metteur en scène avec un siège et un dossier de grosse toile. Le nom de Gage, tracé au pochoir, barrait l'arrière du dossier. Rachel avait commandé quatre chaises semblables à une firme de vente par correspondance. Chacun des membres de la famille avait la sienne, avec son nom inscrit au dos.

La chaise de Gage était trop petite pour Ellie. Elle avait dû se ratatiner sur elle-même pour s'y asseoir, et la toile du siège penchait dangereusement vers le sol. Elle serrait l'agrandissement du Polaroïd sur son cœur et regardait sans les voir les images d'un vague film.

Louis s'approcha de la télé et l'éteignit.

« C'est l'heure de dormir, Ellie », annonça-t-il.

La fillette s'extirpa de la chaise, puis elle la plia. Apparemment, elle avait l'intention de dormir avec.

Louis hésita. Il avait envie de faire une remarque sur cette chaise, mais finalement il se borna à interroger :

« Tu veux que je te borde dans ton lit ?

— Oui, dit Ellie. S'il te plaît.

— Tu veux... peut-être que tu préférerais dormir avec maman cette nuit ?

— Non merci.

— Tu es sûre ?

— Oui, dit Ellie en esquissant un sourire. Elle prend toujours toutes les couvertures. »

Louis lui rendit son sourire.

« Amène-toi, alors. »

Au lieu de fourrer la chaise dans son lit, Ellie la déplia à nouveau et la plaça à son chevet. Louis eut l'absurde impression de se trouver dans le cabinet de consultation du plus petit psychiatre du monde.

La fillette se dévêtit après avoir soigneusement posé la photo de Gage et d'elle sur son oreiller. Elle enfila son pyjama de pilou à fleurettes, récupéra la photo et se rendit dans la salle de bains où elle la posa à nouveau le temps de se laver la figure, de se brosser les dents, de faire usage du fil dentaire et d'avaler son comprimé de fluor. Après quoi elle reprit la photo et se glissa dans le lit sans la lâcher.

Louis s'assit à côté d'elle et il lui dit :

« Ellie, il faut que tu le saches : si nous continuons à nous aimer, nous arriverons à nous en sortir. »

Chaque mot lui coûtait à peu près autant d'efforts qu'il aurait dû en déployer pour actionner le levier d'une draisine chargée de balles de coton imbibées d'eau, et quand il arriva enfin au bout de sa phrase, il était complètement exténué.

« Je vais prier Dieu de toutes mes forces, dit Ellie d'une voix tranquille. Comme ça, il fera revenir Gage.

— Ellie...

— Dieu peut revenir sur ce qu'Il a fait, dit Ellie. Il peut faire tout ce qu'Il veut.

— Ellie, Dieu ne réalise pas ce genre de souhaits », dit Louis d'une voix embarrassée, et une image lui passa brièvement dans la tête : celle de Church accroupi sur le siège des toilettes qui le fixait de son regard trouble tandis qu'il macérait dans la baignoire.

« Si, dit Ellie. A l'école du dimanche, le maître nous a parlé de Lazare. C'est un bonhomme qui était mort, et Jésus l'a ressuscité. Il lui a crié : Lazare, sors ! Le maître nous a même dit que s'il avait seulement dit : Sors ! tous les morts de ce cimetière seraient sortis de leurs tombes. Mais Jésus ne voulait que Lazare. »

Une parfaite ineptie jaillit spontanément de la bouche de Louis (mais il est vrai que la journée avait été fertile en calembredaines et autres coquecigrues) :

« Ça s'est passé il y a bien longtemps, dit-il.

— Je vais tout préparer pour son retour, dit la fillette. J'ai sa photo, je vais me servir de sa chaise...

— Ellie, la chaise de Gage est trop petite pour toi, objecta Louis en prenant dans la sienne sa main brûlante de fièvre. Tu vas la casser.

— Dieu m'aidera à ne pas la casser », dit Ellie. Sa voix avait des accents de grande sérénité, mais Louis vit que deux cernes bistres se dessinaient autour de ses yeux. Il se détourna : c'était trop douloureux de la regarder. Si la chaise de Gage cédait sous elle, elle comprendrait peut-être un peu mieux ce qui s'était passé.

« Je vais garder sa photo avec moi, dit Ellie. Je me servirai de sa chaise, et je mangerai de son porridge tous les matins. » Gage et

Ellie avaient toujours eu chacun leur marque de céréales au petit déjeuner. Ellie détestait les Cocoa Bears de Gage ; elle s'était même écriée un jour qu'ils avaient le même goût que des vieilles punaises mortes. Lorsqu'il ne restait plus d'autres céréales à la maison, Ellie se contentait d'un œuf à la coque, ou elle partait pour l'école l'estomac vide.

« Je mangerai aussi des haricots secs. Je n'aime pas du tout ça, mais tant pis. Je lirai tous les livres d'images de Gage et je... je lui... tu sais... je tiendrai tout prêt pour son retour... si jamais il... »

Elle pleurait à présent. Louis ne la prit pas dans ses bras pour la réconforter ; il se borna à écarter doucement les cheveux qui lui retombaient sur le front. Tout ce délire avait quelque chose de logique, au fond. Rester en ligne. Ne pas décrocher. Maintenir la présence de Gage, lui garder sa place au hit-parade, refuser de le laisser glisser dans l'oubli, se remémorer tous ses faits et gestes... Et tu te rappelles ce qu'il avait fait à tel moment... ou à tel autre... ? Ah oui, c'était fumant ! Ah, ce Gage, qu'est-ce qu'il était chouette ! Sacré petit bonhomme, tiens ! Dès que ça ne ferait plus mal, ça commencerait à ne plus avoir tellement d'importance. Elle sait sûrement combien ça serait plus facile d'admettre que Gage est mort, se dit Louis.

« Ne pleure plus Ellie, dit-il. On n'a pas toute la nuit. »

Mais rien n'aurait pu l'arrêter. Elle pleura encore pendant un bon quart d'heure. En fait même, des larmes roulaient encore sur ses joues lorsqu'elle tomba endormie. Puis le sommeil la prit, et quand l'horloge du rez-de-chaussée sonna dix heures la maison baignait dans un complet silence.

Vis avec le souvenir de Gage si ça te chante, Ellie, songea Louis en déposant un baiser sur le front de sa fille. *Un psy serait sûrement d'avis que c'est pervers comme tout, mais pour moi c'est O.K. Je sais qu'un de ces jours (peut-être même avant la fin de la semaine) tu finiras par oublier d'emporter cette photo. Je la trouverai abandonnée sur le lit, dans ta chambre vide, pendant que tu seras en train de faire du vélo dans l'allée ou que tu seras partie chez Kathy McGowan pour coudre des vêtements de poupée avec sa machine miniature. Ce jour-là, Gage ne sera plus avec toi et à partir de ce moment-là son nom disparaîtra définitivement du hit-parade (si tant est que les petites filles en dressent un dans leur cœur) et il ne sera plus qu'un des « événements qui ont marqué l'année 1984 ». De l'histoire ancienne.*

Louis sortit de la chambre d'Ellie et il resta un moment debout au sommet de l'escalier en se disant (sans conviction) qu'il vaudrait peut-être mieux aller au lit.

Il savait de quoi il avait besoin.

Et il descendit le chercher.

Louis Albert Creed entreprit de se bourrer méthodiquement la gueule. La cave abritait six caisses de Schlitz Light. Louis était un buveur de bière impénitent. Jud Crandall et Steve Masterton aussi. A l'occasion, Missy Dandridge en buvait une ou deux les soirs où elle gardait les enfants (*l'enfant*, rectifia mentalement Louis tandis qu'il descendait l'escalier de la cave). Même Charlton, lors de ses rares visites, optait invariablement pour une bière (légère) de préférence à un verre de vin. Si bien que l'hiver dernier, lorsque l'A & P de Brewer avait mis la Schiltz Light en promotion, Rachel en avait acheté dix caisses d'un coup. *Comme ça, tu n'auras plus besoin de te précipiter chez l'épicier d'Orrington à chaque fois qu'on reçoit du monde*, avait-elle dit à Louis. *Et c'est toi qui me cites toujours l'adage de Spenser dans les romans de Robert Parker : « Toute bière trouvée au réfrigérateur après l'heure de la fermeture des magasins ne peut être que bonne. » Tu te rappelles, chéri ? Alors, tu n'as qu'à boire de la Schlitz Light en pensant à tout le fric que ça te fait économiser.* L'hiver dernier. Quand les choses allaient encore bien. *Quand les choses allaient encore bien.* C'est drôle comme ces distinctions s'opèrent d'elles-mêmes dans votre tête.

Louis remonta une caisse de bières dans la cuisine et il entassa les boîtes dans le frigo. Il en sortit une, referma la porte du frigidaire et arracha la languette. En entendant la porte du frigo se refermer, Church émergea de la dépense, s'avança vers Louis avec des mouvements lents et ondulants et leva sur lui un regard intéressé. Le chat restait à une distance respectueuse ; Louis lui avait balancé suffisamment de coups de pied pour l'inciter à se montrer circonspect.

« Toi, je ne te donne rien, lui annonça-t-il. Tu as eu ta boîte de ronron quotidienne. Si tu as encore faim, tu n'as qu'à aller tuer un oiseau. »

Church demeura à la même place, la tête levée vers Louis, qui porta la boîte de bière à sa bouche et en vida la moitié d'un trait. La bière lui monta à la tête quasi instantanément.

« Tu ne les bouffes même pas, hein ? questionna-t-il. Les bousiller, ça te suffit. »

Ayant apparemment conclu qu'il ne recevrait aucune nourriture, le chat se dirigea sans hâte vers le living, et au bout de quelques instants Louis lui emboîta le pas.

Les paroles de la chanson des Ramones lui passèrent à nouveau dans la tête : *En avant, allez go ! Tirons-leur dans le dos !*

Il s'affala dans son fauteuil et ses yeux se posèrent sur Church. Le chat était couché sur le tapis, au pied de la table basse qui soutenait le téléviseur, et il observait Louis avec attention, se préparant sans doute à détaler au cas où il deviendrait soudain agressif et déciderait de jouer de la savate.

Mais Louis se borna à lever sa boîte de bière en disant :

« A Gage. A mon fils, qui serait peut-être devenu artiste, champion olympique de natation ou président des Etats-Unis. Oui, président, putain de Dieu ! Qu'est-ce que tu en penses, petit con ? »

Church le dévisageait de ses drôles d'yeux inexpressifs.

Louis avala le reste de sa bière à grandes goulées avides qui râpaient son gosier endolori. Ensuite il se leva, retourna à la cuisine et en prit une autre boîte dans le frigidaire.

En achevant sa troisième bière, Louis sentit que pour la première fois depuis le début de la journée il avait accédé à un état de relative égalité d'âme. Lorsqu'il parvint au bout de son premier pack de six boîtes, il se dit qu'il arriverait peut-être à dormir d'ici une heure ou deux. En revenant de la cuisine avec sa huitième boîte (ou bien était-ce la neuvième ? Il en avait perdu le compte, et il ne marchait plus très droit), il posa les yeux sur Church. Le chat était toujours couché sur le tapis, mais à présent il dormait — ou feignait de dormir. L'idée se cristallisa dans l'esprit de Louis avec une telle facilité qu'il en conclut qu'elle devait être tapie quelque part au fond de son crâne, à l'affût du moment propice, depuis déjà un bon moment :

Quand est-ce que tu vas le faire ? Quand est-ce que tu vas aller enterrer Gage dans l'annexe du Simetierre des animaux ?

Et la seconde d'après, il songea :

Lazare, sors !

Et il entendit la voix d'Ellie, pâteuse et endormie, qui disait :

Le maître nous a même dit que s'il avait seulement crié : « Sors ! »,
tous les morts de ce cimetière seraient sortis de leurs tombes.

Le frisson qui lui remonta le long du dos fut d'une violence si convulsive que tous les muscles de son corps se raidirent. Tout à coup, il se remémora ce qui s'était passé à la fin de la première journée d'école d'Ellie, l'automne dernier : Gage s'était endormi sur ses genoux pendant qu'Ellie lui faisait le récit excité de ses aventures, il avait dit : *Laisse-moi juste le temps de mettre le bébé au lit,* et en arrivant à l'étage avec Gage dans les bras un pressentiment affreux s'était emparé de lui ; ce pressentiment, il le comprenait à présent : au mois de septembre, tout au fond de lui-même, il savait obscurément que Gage allait mourir. Quelque chose l'avait averti que le Gwand, le Tewwible Oz était tout près. C'était absurde, c'était con, c'était de la pure superstition, de la totale foutaise... et c'était vrai. Il avait eu un éclair de prescience. Louis renversa une partie de sa bière sur le devant de sa chemise et Church souleva une paupière lasse pour s'assurer qu'il ne s'agissait pas d'un signal annonçant qu'une pluie de coups de pompes était sur le point de s'abattre.

Louis se souvint ensuite, avec la même soudaineté, de la question qu'il avait posée à Jud et de la manière dont le vieil homme avait sursauté, envoyant rouler à terre deux bouteilles de bière vides, dont l'une avait éclaté. *Comment pouvez-vous seulement me poser une question pareille, Louis ?*

Mais à présent, Louis désirait plus que jamais une réponse à sa question. En tout cas, elle méritait réflexion. Le Simetierre des animaux, et ce territoire étrange qui s'étendait au-delà. L'idée était mortellement attirante. Il y avait des parallélismes qu'il était impossible de ne pas établir. Church avait été tué sur la route, et Gage aussi avait été tué sur la route. Or à présent, Church était là. Différent sans doute, odieux sous plusieurs aspects, mais vivant. Ellie, Gage, Rachel avaient chacun de leur côté continué d'entretenir des rapports privilégiés avec lui. Il tuait des oiseaux, d'accord, et il avait transformé un certain nombre de petits rongeurs en chair à pâté, mais après tout les chats sont naturellement doués d'instincts carnassiers. Church n'était tout de même pas devenu un chat de Frankenstein. Grosso modo, il était resté le même.

Tu fais de la rationalisation, murmura une voix tout au fond de lui. *Tu sais bien que Church n'est plus le même. C'est un monstre. Le corbeau, Louis... tu te souviens du corbeau ?*

« Oh, mon Dieu », dit Louis tout haut, d'une voix si tremblante de désarroi qu'il lui sembla que c'était celle de quelqu'un d'autre.

Dieu ? Mais oui, tiens, au fait. C'était le moment ou jamais de faire appel à lui ; il n'y a que dans les romans de vampires et de fantômes qu'on peut trouver des instants plus propices à ce genre d'invocations. Et à quoi pensait Louis ? Il caressait l'idée de commettre un acte impie, un noir sacrilège, et il ne savait même pas au fond de quel gouffre obscur de son subconscient il était allé la pêcher. Plus grave encore, il se mentait. Il ne s'agissait pas seulement de rationalisation, mais de mensonges de la plus belle eau.

Alors, où est la vérité ? Où est-elle, hein, cette foutue vérité que tu tiens tant que ça à respecter ?

D'abord, Church n'était plus un chat ; c'est par là qu'il fallait commencer. Il avait *l'air* d'un chat, il se *comportait* comme un chat, mais en réalité il n'était plus qu'une grossière contrefaçon. Cette contrefaçon, on la *pressentait,* même si elle n'était pas physiquement évidente. Il se souvint d'une des rares visites de Charlton, qui était venue dîner chez eux un peu avant Noël. Le repas achevé, ils s'étaient assis dans le living pour converser, et Church avait sauté sur les genoux de l'infirmière-chef. Charlton l'avait instantanément chassé, avec une grimace de dégoût purement machinale.

Ce n'était qu'un incident très minime, sur lequel personne n'avait de raisons de s'attarder. Mais il s'était produit. Charlton avait eu l'intuition que ce chat n'en était pas *vraiment* un. Si Gage revenait transformé de la même manière, ce serait totalement obscène. Louis vida sa bière, et il alla s'en prendre une autre. Il arracha la languette, porta la boîte à ses lèvres et but une généreuse lampée. Il était ivre à présent, raide bourré, et le lendemain il se réveillerait avec une tête grosse comme une citrouille. *Comment je suis allé aux funérailles de mon gamin avec la gueule de bois,* par Louis Creed, auteur de *Comment je l'ai loupé à l'instant crucial* et de nombreux autres best-sellers.

Ivre. Ben tiens. Le soupçon lui vint qu'il ne s'était saoulé que pour être capable d'envisager cette idée démente avec sérénité.

En dépit de tout, elle était mortellement attirante, cette idée. Belle, noire, avec un beau lustre morbide. Entêtante, ensorcelante. Oui, il y avait du sortilège là-dessous.

L'écho des paroles de Jud résonna dans son esprit :

On fait cela parce que l'endroit prend possession de vous. Parce que ce cimetière est un lieu secret, parce que vous êtes rongé par l'envie de transmettre ce secret à quelqu'un... vous inventez des raisons qui paraissent valables, mais ce qui vous pousse vraiment à faire ça, c'est que vous en avez envie... ou que quelque chose vous y oblige.

La voix de Jud, très basse, avec son accent yankee traînant... Cette voix lui glaçait les sangs, lui donnait la chair de poule, lui hérissait tous les poils de la nuque.

Ces choses-là sont secrètes, Louis... Un cœur d'homme a un sol plus rocailleux... aussi rocailleux que celui du cimetière des Micmacs. On y fait pousser ce qu'on peut... et on le soigne.

Louis entreprit de repasser dans sa tête tout ce que le vieil homme lui avait appris au sujet du cimetière des Micmacs. Il rassembla toutes les informations possibles, opéra un tri et ne conserva que l'essentiel, en se livrant à une opération mentale qu'il avait effectuée bien des fois à l'approche d'un examen important.

Le chien. Spot.

A l'endroit où les barbelés l'avaient blessé, tout le poil était parti et les cicatrices ressemblaient aux petits sillons bien nets laissés par de très vieilles plaies.

Le taureau. Une autre fiche à verser au dossier.

Zack McGovern y a enterré son taureau, un taureau d'Angus noir qui s'appelait Hanratty... Zack et ses fils l'ont trimbalé jusqu'à là-haut sur un traîneau... Zack l'a de nouveau expédié ad patres deux semaines plus tard, d'un coup de fusil. Le taureau était devenu quinteux, et même méchant. Mais à ma connaissance c'est la seule fois où ça s'est produit avec un animal revenu de là-haut.

Il était devenu quinteux.

Un cœur d'homme a un sol plus rocailleux.

Quinteux, et même méchant.

La seule fois où ça s'est produit avec un animal revenu de là-haut.

On fait cela parce que l'endroit prend possession de vous.

Les cicatrices ressemblaient aux sillons laissés par de très vieilles plaies.

Hanratty — pas que c'est un nom ridicule pour un taureau ?

On y fait pousser ce qu'on peut... et on le soigne.

Ce sont mes rats. Mes oiseaux. Je les ai bien mérités, putain.

C'est un lieu secret, c'est votre lieu, vous vous appropriez l'endroit, et il prend possession de vous.

Il était devenu méchant, mais c'est la seule fois où ça s'est produit avec un animal revenu de là-haut.

Qu'est-ce que tu veux encore aller chercher là-haut, Louis ? Tu veux remonter ce sentier dans la lueur pâle de la lune, sous un vent

impétueux ? Tu veux gravir à nouveau ces degrés de pierre ? Quand on
projette un film d'horreur, les spectateurs savent bien que le héros ou
l'héroïne sont complètement cons de monter cet escalier, mais dans la
vraie vie ils adoptent exactement le même comportement : ils fument, ils
n'attachent pas leur ceinture de sécurité, ils emménagent avec leur petite
famille dans une maison située au bord d'une route sur laquelle
d'énormes mastodontes d'acier défilent nuit et jour en grondant. Alors,
Louis, qu'est-ce que tu en dis ? Tu veux le gravir, cet escalier ? Tu veux
laisser ton fils reposer en paix, ou tu aimes mieux aller voir ce qui se
passe de l'autre côté des Portes Un, Deux ou Trois ?

En avant, allez go.

Quinteux, et même méchant... Le seul animal qui... Les cicatrices
avaient l'air de... un cœur d'homme... votre lieu... il prend possession
de vous...

Louis vida dans l'évier ce qui restait de bière au fond de sa boîte.
Tout à coup, il lui sembla qu'il allait vomir. La pièce tanguait et
roulait autour de lui.

Et là-dessus on frappa à la porte.

L'espace d'un long moment (ou en tout cas d'un moment qui lui
parut long), Louis se figura que ce n'était qu'un son imaginaire,
que sa tête lui jouait des tours. Mais le cognement reprit, et cette
fois se prolongea. Patient. Fatidique. Subitement, Louis se rappela
de la fameuse histoire de la patte du singe, et une terreur glaciale
s'insinua en lui. Il avait l'impression qu'une main s'était glissée
sous sa chemise et lui enfonçait ses ongles dans la chair, juste au-
dessus du cœur. Une main coupée qu'il eût conservée au réfrigérateur et qui se fût soudain animée d'une vie fantomatique pour
venir lui serrer le cœur dans son poing gelé. La métaphore était
idiote, boursouflée, tirée par les cheveux, mais la sensation qu'il
éprouvait ne l'était pas. Oh non.

Louis s'approcha de la porte. Il ne sentait plus ses pieds. Il leva
la clenche avec des doigts gourds et il tira le battant en songeant :
Pascow. C'est Pascow que je vais voir. Revenu d'entre les morts et plus
grand que jamais, comme les disc-jockeys l'annoncent rituellement
avant de mettre un disque de Jim Morrison. Pascow sera debout sur le
perron, en short de jogging, grandeur nature, et couvert de moisissure
verdâtre comme un vieux quignon oublié au fond d'un placard.
Pascow, avec son crâne en bouillie, venu me mettre en garde une
seconde fois : N'allez pas là-haut, docteur Creed.

Il tira le battant à lui, et c'est Jud Crandall qu'il aperçut. Jud

Crandall, debout dans les ténèbres venteuses de cette nuit qui séparait l'exposition du corps de son fils au salon mortuaire de ses funérailles proprement dites. Il était exactement minuit, et le vent glacial ébouriffait les fins cheveux blancs du vieillard.

Louis aurait voulu avoir la force de rire. Le temps lui avait joué un tour de cochon. Le Thanksgiving était de retour. Dans quelques minutes, ils allaient fourrer le cadavre anormalement raide et pesant de Winston Churchill dans un sac-poubelle en plastique et prendre le chemin qui menait au Simetierre.

« Je peux entrer ? demanda Jud en tirant un paquet de Chesterfield de la poche de sa chemise et en se fichant une cigarette entre les lèvres.

— Ecoutez, il est bien tard, objecta Louis. Et pour tout vous dire, j'ai un peu trop forcé sur la bière.

— Ça, je l'avais senti à votre haleine », dit Jud.

Il gratta une allumette, mais le vent la souffla. Jud disposa ses mains en coupe et il en gratta une seconde, mais le vent s'insinua entre ses doigts tremblants et l'éteignit aussi. Il sortit une troisième allumette et au moment où il l'approchait du grattoir il leva les yeux sur Louis qui se tenait dans l'encadrement de la porte.

« Je n'arriverai jamais à l'allumer, cette cigarette, dit-il. Alors Louis, vous voulez bien me laisser entrer ou pas ? »

Louis s'effaça pour le laisser passer.

38

———

Ils s'attablèrent dans la cuisine avec des bières. *C'est la première fois qu'on boit un verre chez moi,* se dit Louis, un peu étonné. Pendant qu'ils traversaient le living, Ellie avait crié dans son sommeil et ils s'étaient pétrifiés tous les deux comme des gosses qui jouent au jeu des statues. Mais le cri ne s'était pas répété.

« Bon, dit Louis. A présent, expliquez-moi ce qui vous a pris de venir frapper à ma porte à minuit passé le jour de l'enterrement de mon fils ? Vous êtes un ami, Jud, d'accord ; mais là, je trouve que vous charriez un peu, tout de même. »

Jud but une gorgée de bière, s'essuya les lèvres avec le dos de la main et regarda Louis bien en face. Son regard était si ferme, si direct, que Louis ne tarda pas à baisser les yeux.

« Vous savez très bien ce qui m'amène, dit Jud. Vous pensez à

298

des choses défendues, Louis. Pis encore, je crois que vous envisagez d'aller au-delà de la simple pensée.

— Je ne pensais qu'à une chose : aller me coucher, dit Louis. Il faut que je me lève de bonne heure demain matin. J'ai un enterrement qui m'attend.

— Je suis responsable d'une bonne partie de la peine que vous éprouvez en ce moment, dit Jud d'une voix très douce. Et pour autant que je puisse savoir, c'est peut-être moi qui ai été cause de la mort de votre petit garçon. »

Louis le regarda d'un air stupéfait.

« Quoi ? Qu'est-ce que c'est que ces insanités, Jud ?

— Vous envisagiez d'aller l'ensevelir là-haut, dit le vieil homme. Ne protestez pas, Louis. Je sais que l'idée vous est passée par la tête. »

Louis garda le silence.

« Jusqu'où l'influence de l'endroit se fait-elle sentir ? dit Jud. Est-ce que vous en avez une idée ? Non, n'est-ce pas ? Eh bien, moi non plus je ne suis pas capable de répondre à cette question, et pourtant j'ai vécu dans ce pays toute ma vie. Je connais beaucoup de choses sur les Micmacs, et cet endroit était considéré comme un de leurs lieux magiques... mais c'était une magie qu'ils redoutaient plus qu'autre chose. J'ai appris cela de Stanny Bee. Et mon père me l'a également raconté, mais plus tard, quand Spot est mort pour la seconde fois. Maintenant, les Micmacs, l'Etat du Maine et le gouvernement fédéral se sont tous embringués dans un procès monstre et le tribunal est censé décider de l'attribution définitive des terres où se trouve ce cimetière, mais à qui appartiennent-elles vraiment ? Personne ne le sait au juste, Louis. Ou si on l'a su un jour, on ne le sait plus. A différentes époques, elles ont été revendiquées par toute une ribambelle de gens, mais jamais aucune revendication n'a abouti. Par exemple, Anton Ludlow, l'arrière-petit-fils du fondateur de la localité, a fait des pieds et des mains pour se les faire attribuer. C'était probablement lui qui était le mieux placé pour cela, en tout cas parmi les Blancs. Son bisaïeul, Joseph Ludlow l'aîné, s'était vu octroyer la propriété de tout le territoire qui s'étend à l'est et au nord de la ville par le bon roi George II au temps où le Maine n'était encore qu'une province de la colonie anglaise du Massachusetts. Mais là aussi, ça aurait fini par une grande empoignade juridique, vu qu'un certain nombre d'autres Ludlow revendiquaient également la propriété de ces terres, de même qu'un zèbre du nom de Peter Dimmart qui soutenait qu'il avait la preuve qu'il descendait lui aussi du vieux Ludlow, qui d'après lui avait fait un mariage de la main gauche sur le tard. En plus, le vieux Joseph Ludlow s'était retrouvé pauvre en liquidités mais riche en terres vers la fin de sa vie, et de temps en temps, quand il en avait un coup dans le nez, il faisait cadeau de cinquante hectares par-ci, cent hectares par-là.

— Mais n'a-t-on pas retrouvé les actes de donation et de cession ? interrogea Louis, qui était fasciné malgré lui.

— Oh ça, ils étaient drôlement à la redresse pour ce qui est de la paperasse, nos grands-pères, dit Jud en allumant une nouvelle cigarette au mégot de la précédente. L'acte de cession d'origine de votre terrain disait quelque chose comme... (Jud ferma les yeux et récita :) " Le lopin de terre qui s'étend du grand érable de la Butte aux Cognassiers jusqu'à la berge du ruisseau d'Orrington "... »

Le vieil homme eut un sourire sans joie.

« L'ennui, reprit-il, c'est que l'érable en question s'est effondré aux alentours de 1882, si bien qu'en 1900 il n'en restait plus qu'un petit tas de mousse brunâtre. Quant au ruisseau d'Orrington, il s'est entièrement envasé au cours des dix années qui se sont écoulées entre la fin de la Grande Guerre et le grand krach boursier, et il n'en est resté qu'un vague bourbier. Tout ça faisait un sacré pastis ! Mais ce vieil Anton a bien été obligé d'en rabattre avant que ça prenne trop mauvaise tournure, vu qu'il a été tué par la foudre en 1921 dans les parages immédiats du cimetière indien. »

Louis regardait le vieil homme avec de grands yeux. Jud sirota un peu de bière.

« Ça n'a pas d'importance. Il y a des tas d'endroits où les histoires d'indivis et de propriété sont tellement embrouillées qu'on n'arrive plus jamais à rien démêler. En fin de compte, les seuls à y gagner quelque chose sont les avocats. Et ça, Dickens le savait déjà. J'imagine que ce sont les Indiens qui finiront par obtenir gain de cause, et d'après moi ça ne sera que justice. Mais tout ça n'est que de la roupie de sansonnet, Louis. Si je suis venu vous voir ce soir, c'est pour vous raconter l'histoire de Timmy Baterman et de son père.

— Timmy Baterman ? Qui est-ce ?

— Il faisait partie du groupe de garçons du pays — une vingtaine en tout — qu'on a envoyés en Europe pour se battre contre Hitler. Timmy Baterman a été expédié outre-Atlantique en 1942, et il en est revenu en 1943 dans une boîte enveloppée d'un drapeau étoilé. Il avait été tué en Italie. Son père, Bill Baterman, avait vécu à Ludlow toute sa vie. Lorsque ce télégramme est arrivé, il a été à deux doigts de perdre la raison... et puis, brusquement, il s'est rasséréné. Il connaissait le cimetière des Micmacs, vous comprenez. Et il avait pris sa résolution sur-le-champ. »

De nouveau, Louis sentit de longs frissons lui courir le long du dos. Il fixa Jud intensément, en s'efforçant de discerner au fond de ses yeux l'imperceptible vacillement qui eût trahi un mensonge. Le regard de Jud était absolument clair. Mais tout de même, cette anecdote tombait tellement à point nommé que ça en paraissait louche.

« Pourquoi est-ce que vous ne m'avez pas parlé de ça l'autre fois ? interrogea-t-il finalement. Le soir où nous avons... où nous nous sommes occupés du chat. Je vous ai demandé si on avait jamais enterré un être humain là-haut, et vous m'avez affirmé que non.

— A ce moment-là, vous n'aviez pas besoin de le savoir, expliqua Jud. Maintenant, si.

— Est-ce que ça a été le seul cas ? demanda Louis au bout d'un assez long silence.

— Le seul dont je puisse témoigner personnellement, répondit Jud d'une voix grave. Mais est-ce qu'il y a eu d'autres tentatives du même genre ? Le contraire m'étonnerait, Louis. M'étonnerait beaucoup. Je suis assez d'accord avec l'Ecclésiaste, vous savez. Moi aussi, je crois qu'il n'y a rien de nouveau sous le soleil. Oh, bien sûr, la pilule est enrobée de diverses sortes de dorure, mais le fond reste le même. On n'a jamais rien tenté qui n'ait déjà été tenté auparavant... et qui jadis aussi... et naguère déjà... »

Jud abaissa son regard sur ses mains constellées de taches de son. L'horloge du living sonna doucement la demie de minuit.

« Je me suis dit que vu le métier que vous exercez vous devez avoir l'habitude d'identifier le mal qui couve en observant certains symptômes... et j'ai décidé qu'il fallait que je vous parle à cœur ouvert lorsque Mortonson, le directeur du salon mortuaire, m'a appris que vous aviez opté pour une simple dalle au lieu d'un caisson hermétique. »

Louis fixa longuement le vieil homme sans mot dire. Jud piqua un fard, mais il ne détourna pas les yeux.

« On dirait que vous avez fait votre petite enquête, Jud, déclara finalement Louis. Ça me choque beaucoup, vous savez.

— Je ne l'ai pas interrogé sur votre choix.

— Pas directement, je m'en doute bien. »

Jud ne dit rien. Sa rougeur s'était étendue, et à présent tout son visage avait pris une teinte cramoisie, mais son regard ne vacillait toujours pas.

Louis finit par pousser un grand soupir. Il éprouvait une fatigue indicible.

« Oh, et puis merde, dit-il. Qu'est-ce que j'en ai à foutre ? Vous avez peut-être raison. Peut-être que j'y ai pensé. Mais dans ce cas, ça m'est vite sorti de la tête. Au moment de passer cette commande, je ne réfléchissais guère. Je ne pensais à rien d'autre qu'à Gage.

— Je sais bien que c'est à Gage que vous pensiez. N'empêche, vous connaissez la différence. Votre oncle était entrepreneur de pompes funèbres. »

Louis connaissait la différence, en effet. Le caisson hermétique est une construction solide, massive, conçue pour durer très longtemps. D'abord, on coule du béton sur un coffrage renforcé par des tiges d'acier puis, la cérémonie funèbre une fois terminée, on met en place à l'aide d'une grue un couvercle en béton de forme légèrement convexe. Le couvercle est scellé avec une matière bitumineuse semblable à celle qu'on utilise pour boucher les nids-de-poule sur les chaussées. L'oncle Carl avait expliqué à Louis qu'avec le poids énorme du lourd rectangle de béton appliqué par-dessus, le siccatif en question acquérait un pouvoir adhésif vraiment redoutable.

L'oncle Carl se montrait facilement prolixe (en tout cas lorsqu'il avait affaire à des gens de la profession et Louis, qui avait travaillé pour lui plusieurs étés de suite, pouvait passer pour une sorte de croque-mort en herbe), et il avait raconté à son neveu l'histoire d'une exhumation à laquelle il avait dû procéder sur ordre du district attorney du comté de Cook. L'oncle Carl s'était rendu personnellement au cimetière de Chicago pour superviser l'opération. Une exhumation, ce n'était pas de la petite bière, expliquait-il. Les gens qui s'imaginent que les déterrements de cadavres sont aussi simples que dans les films d'horreur où Boris Karloff joue le rôle de l'Abominable Créature se mettent le doigt dans l'œil. Ce n'est pas avec deux bonshommes armés d'une pelle et d'une pioche qu'on arrivera à forcer un caisson hermétique, à moins de les laisser s'escrimer dessus un bon mois. Après qu'on eut retiré la pierre tombale, l'énorme grappin articulé de la grue se referma sur le couvercle du caisson. Seulement, voilà, le couvercle ne se décolla pas comme prévu. Au lieu de ça, le caisson tout entier se mit à monter du fond de la fosse ; on voyait déjà ses flancs de béton humides et décolorés qui affleuraient du sol. L'oncle Carl cria au grutier de faire machine arrière. Il voulait retourner au salon mortuaire pour y prendre un solvant susceptible de dessouder un tant soit peu le scellement.

Mais le conducteur de la grue ne l'entendit pas, ou alors il s'était mis en tête de ramener tout son butin, comme si sa machine n'avait été qu'un de ces crampons articulés à l'aide desquels les gosses essayent de récupérer des trophées de quatre sous dans les baraques foraines. D'après l'oncle Carl, cet abruti de chauffeur avait bien failli arracher le morceau. Le caisson était aux trois quarts dehors, et l'oncle Carl et son assistant entendaient le bruit des paquets d'eau qui se détachaient de ses flancs et cascadaient jusqu'au fond de la fosse (Chicago avait enregistré des précipitations d'un volume inusité cette semaine-là), lorsque tout à coup la grue piqua du nez et s'abattit avec fracas sur la tombe. Cette petite plaisanterie avait coûté plus de trois mille dollars aux autorités du comté, soit deux mille de plus que le prix de revient normal de ce genre de festivités. Le chauffeur de la grue était passé à travers son pare-brise, et il s'en était tiré avec le nez cassé. Pour l'oncle Carl, c'était cet homme-là qui était le pivot de toute cette anecdote, et qui permettait d'en tirer une morale, car six ans plus tard il avait été élu président de la section chicagoine du Syndicat des camionneurs.

La dalle funéraire classique était quelque chose d'infiniment plus simple : un humble rectangle de béton dépourvu de toute armature que l'on déposait dans la fosse le matin des funérailles. On y faisait descendre le cercueil à la fin de la cérémonie, après quoi les fossoyeurs mettaient en place la dalle supérieure, habituellement composée de deux sections. Ils posaient verticalement les deux moitiés de la plaque sur les bords opposés de la tombe, comme deux serre-livres, ils faisaient passer un câble dans les anneaux métalliques disposés à l'extrémité supérieure de chaque section et ils les abaissaient avec précaution jusqu'à ce qu'elles joignent. Chaque demi-plaque pesait une trentaine de kilos — quarante, à tout casser. Et il n'y avait pas de siccatif.

Même pour un homme seul, l'ouverture d'une tombe de ce genre est une opération relativement aisée ; c'était à cela que Jud faisait allusion.

Avec une simple dalle, un homme n'aurait pas trop de peine à exhumer le cadavre de son fils pour aller l'ensevelir ailleurs.

Chut ! Chut, voyons ! Il ne faut pas parler de ces choses-là. Elles sont secrètes.

« Oui, je connais la différence entre un caisson hermétique et une simple dalle, admit Louis. Mais je ne pensais pas à... à ce que vous imaginez.

— Ecoutez, Louis...

— Il est tard, dit Louis. Il est tard, je suis ivre, et j'ai le cœur bien lourd. Si vous jugez absolument nécessaire de me raconter cette histoire, allez-y et finissons-en. » *J'aurais mieux fait de débuter la séance par quelques cocktails, se dit-il. Comme ça, je serais tranquillement tombé dans les pommes en l'entendant frapper.*

« D'accord, Louis. Je vous remercie.

— Allez-y, racontez. »

Jud se tut un moment, le temps de rassembler ses idées, puis il commença son récit

39

« Dans ce temps-là — les années quarante, je veux dire — le train s'arrêtait encore à Orrington, et Bill Baterman est venu avec un corbillard de louage pour récupérer le cercueil de son fils Timmy à la gare de marchandises. Le cercueil a été descendu du wagon par quatre cheminots. J'étais du nombre. Un troufion du Service des sépultures — les pompes funèbres de l'Armée — était à bord du train, mais il n'a même pas mis pied à terre. Il est resté écroulé au fond de son wagon, qui contenait douze autres cercueils. Il tenait une sacrée biture.

« On a fourré Timmy à l'arrière du fourgon mortuaire Cadillac (à l'époque, on appelait encore les corbillards des « chars-express » parce que dans l'ancien temps on se préoccupait avant tout de mettre les morts en terre avant qu'ils commencent à se décomposer). Bill Baterman était au garde-à-vous à côté du fourgon, le visage complètement... comment dire... marmoréen, voilà. Impassible, glacial, les yeux même pas humides. Ce jour-là, le chef de train était Huey Garber. Il nous a expliqué que ce type de l'armée avait toute une tournée à faire. Un énorme chargement de cercueils venait d'être débarqué à l'aérodrome de Presque Isle. De là, on les transportait en camion jusqu'au triage de Limestone, et ensuite on les embarquait avec un convoyeur sur des trains qui s'en allaient vers le sud.

« Le planton qui avait été affecté au convoi de Huey s'approche de la locomotive, il sort une bouteille de rye de la poche de sa vareuse, et de sa voix traînante de Sudiste, le voilà qui fait : " Salut, chef ! Tu savais que le train que tu conduis aujourd'hui était un train du mystère ? "

« Huey fait non de la tête.

« " Eh bien, c'en est un pourtant. En tout cas, c'est comme ça qu'on appelle les convois funéraires chez moi, en Alabama. " Sur quoi, continue Huey, le troufion sort une liste de sa poche et il l'examine en plissant des yeux. " Bon, il fait, on va d'abord larguer deux de ces cercueils à Houlton, et ensuite j'en ai un pour Passadumkeag, deux pour Bangor, un pour Derry, un pour Ludlow, et ainsi de suite. J'ai l'impression d'être un laitier, bordel. Tu veux boire un coup ? "

« Huey a décliné son offre en expliquant que la Société des chemins de fer du Maine n'était pas tendre avec les chefs de train dont l'haleine fleurait un peu trop l'alambic, et le gars du Service des sépultures ne lui en a pas voulu pour ça, pas plus que Huey ne lui en voulait de s'être cuité. Ils ont même échangé une poignée de main.

« Et les voilà en route, semant des cercueils qui avaient des drapeaux en guise de draps mortuaires pratiquement à chaque arrêt. Ils en avaient une bonne vingtaine. Ils sont descendus jusqu'à Boston, et tout au long du chemin il y avait des familles qui les attendaient en gémissant et en pleurant, sauf à Ludlow... A Ludlow, Huey n'a aperçu que Bill Baterman qui d'après lui avait l'air d'un gars qui est mort à l'intérieur de lui-même et dont l'âme est en train de pourrir sur pied. Une fois arrivé au terminus, il a sauté à bas de sa locomotive, il a secoué le troufion qui roupillait comme un sonneur au fond de son wagon, et ils sont allés faire la tournée des grands ducs. Huey s'est payé la plus épouvantable muffée de toute sa vie, il a même été avec une putain pour la première fois de son existence, et il s'est réveillé le lendemain matin avec une tripatouillée de morpions tellement voraces qu'ils lui ont collé une fièvre. Il disait que si c'était ça, un train du mystère, il ne voulait jamais plus en conduire un.

« On a transporté la dépouille de Timmy au salon mortuaire Greenspan qui se trouvait sur Fern Street, juste en face de l'endroit où il y a maintenant cette nouvelle laverie automatique, et deux jours plus tard on l'a inhumé en grande pompe au cimetière de Pleasantview, avec salve d'honneur et tout.

« A ce point, Louis, il faut que je vous précise que la femme de Bill Baterman était morte dix ans plus tôt en même temps que le bébé qu'elle essayait de mettre au monde, car c'est un détail qui aide à comprendre l'attitude de Bill. Car voyez-vous, s'il avait eu un autre enfant, il n'aurait peut-être pas souffert aussi affreusement. Un second enfant lui aurait peut-être fait voir qu'il n'était pas le seul à souffrir et à avoir besoin d'être consolé. Je suppose que, de ce côté-là, vous avez plus de chance que lui. Je veux dire du fait que vous avez un autre enfant, et tout. Une petite fille et une femme qui sont toutes deux vivantes et bien portantes.

« D'après la lettre que Bill avait reçue du lieutenant qui commandait la section d'infanterie de son fils, Timmy avait été abattu sur la route de Rome le 15 juillet 1943. Son corps avait été rapatrié deux jours après, il était arrivé à la gare de Limestone le 19 et on l'avait embarqué à bord du convoi de Huey Garber dès le lendemain. En règle générale, les G.I. tués en Europe étaient inhumés sur place, mais tous les garçons qui retournaient chez eux à bord de ce train s'étaient particulièrement distingués. Timmy était mort en chargeant un nid de mitrailleuses boches, et on lui avait décerné la Silver Star à titre posthume.

« Timmy avait été enterré le 22 juillet, si mes souvenirs sont exacts. Quatre ou cinq jours plus tard, Marjorie Washburn, qui occupait les fonctions de facteur rural, l'a croisé sur la route pendant qu'elle faisait sa tournée. Timmy était à pied, et il se dirigeait vers l'écurie de Yorky. Margie a perdu le contrôle de sa camionnette et elle a bien failli valser dans le décor. Vous comprenez pourquoi, j'imagine. Elle est retournée incontinent au bureau de poste, elle a lancé sa sacoche en cuir encore pleine de courrier sur le bureau de George Anderson et elle lui a annoncé qu'elle rentrait chez elle et qu'elle allait se mettre au lit.

« " Vous ne vous sentez pas bien, Margie ? a demandé George. Vous êtes blanche comme un lavabo. "

« " Je viens d'avoir la plus grande frousse de toute ma vie, mais je ne vous en parlerai pas, lui a dit Margie Washburn. Je n'en parlerai pas non plus à Brian, ni à maman ni à personne. En arrivant au paradis, si Jésus m'interroge là-dessus, je lui en parlerai peut-être, et encore. Parce que pour ça, faudrait d'abord que j'y croie. " Et là-dessus elle tourne les talons et s'en va.

« Tout le monde savait que Timmy Baterman était mort. On avait vu sa photo encadrée de noir dans la rubrique nécrologique du *Bangor Daily News* et dans celles de tous les autres journaux des environs, et la moitié des habitants du pays s'étaient déplacés jusqu'en ville pour assister à ses obsèques. Et voilà que Margie l'avait aperçu cheminant le long de la route. *Titubant*, plutôt, comme elle a fini par le dire à George Anderson, vingt ans plus tard, sur son lit de mort. George m'a dit qu'il lui avait semblé que Margie éprouvait un besoin irrépressible de parler de ça à quelqu'un avant de s'éteindre, comme si ça n'avait pas cessé de la ronger pendant toutes ces années.

« Margie lui a raconté que Timmy était livide, et qu'il portait une vieille paire de pantalons de treillis et une chemise en laine délavée, quoique ce jour-là la chaleur devait avoisiner trente-cinq degrés à l'ombre. Il avait les cheveux qui se redressaient tout droit à l'arrière de sa tête, lui dit-elle encore. " Et ses yeux, George ! s'écria-t-elle. On aurait dit deux raisins secs dans de la pâte à pain. Ce jour-là, c'est un spectre que j'ai vu, George. C'est pour ça que j'ai eu une telle frousse. Jamais je n'aurais pensé que je verrais un jour une abomination pareille, mais elle était là, sous mes yeux. "

« Le bruit du retour de Timmy n'a pas tardé à se répandre. D'autres gens l'ont aperçu à leur tour. Mrs Stratton, par exemple. On l'appelait *Mrs* Stratton, mais personne ne savait au juste ce qu'elle était — vieille fille, divorcée ou épouse délaissée ? En tout cas, elle vivait seule dans une petite maison de deux pièces à l'intersection de Pedersen Road et de Hancock Road, elle avait toute une collection de disques de jazz et quand un homme avait un billet de dix dollars dont il ne savait que faire, elle était toujours prête à lui organiser une petite sauterie. Mrs Stratton a aperçu Timmy du haut de sa véranda. En la voyant, il s'est approché et il s'est arrêté sur le bord de la route, le dos à la maison.

« Il est resté planté là, racontait Mrs Stratton, les bras ballants, la tête en avant, dans l'attitude d'un boxeur sur le point de s'écraser le nez en avant sur le tapis. Et elle, elle s'est pétrifiée sur place, le cœur battant à toute vitesse, paralysée par la terreur. Là-dessus, Timmy s'est retourné, et d'après Mrs Stratton c'était comme de regarder un homme saoul essayant de virevolter sur lui-même. Une de ses jambes s'est détendue vers l'avant, son autre pied s'est tourné dans l'autre sens, et il a manqué s'écrouler. Mrs Stratton a raconté que Timmy l'avait regardée droit dans les yeux. Elle a senti ses forces l'abandonner et elle a lâché le panier de linge fraîchement lavé qu'elle tenait appuyé à sa hanche. Son linge est tombé dans la poussière, et elle a été obligée de refaire toute sa lessive.

« Elle disait que les yeux de Timmy... que ses yeux étaient morts, qu'ils avaient l'air de deux billes d'agate poussiéreuses. Mais ça ne l'empêchait pas de la regarder... Il s'est mis à sourire, et Mrs Stratton soutenait qu'il lui avait parlé, qu'il lui avait demandé si elle avait toujours ses disques de jazz, vu que ça ne lui déplairait pas d'en suer une avec elle, peut-être dès ce soir, tiens. Mrs Stratton s'est précipitée à l'intérieur de la maison, elle n'a plus mis le nez dehors pendant presque une semaine, et entre-temps toute l'histoire s'était terminée.

« Beaucoup d'autres personnes ont aperçu Timmy Baterman. Elles sont mortes pour la plupart — comme Mrs Stratton — d'autres ont changé de crémerie, mais il reste encore dans ie coin une poignée de vieux débris dans mon genre qui vous raconteront la même chose... si vous êtes capable de leur tirer les vers du nez.

« Nous l'avons tous vu aller et venir sur Pedersen Road. Il parcourait à peu près deux kilomètres vers l'est en partant de la maison de son père, puis il revenait sur ses pas, parcourait la même distance dans l'autre sens, et s'en retournait. Il arpentait cette route sans arrêt, du matin au soir, et sans doute qu'il continuait aussi toute la nuit. Il était tout débraillé, blême, les cheveux dressés sur la tête, parfois même il avait la braguette béante, et il avait un air... cette *expression*... »

Jud s'interrompit et alluma une cigarette. Ensuite il secoua l'allumette et il fixa Louis à travers la fine volute de fumée bleuâtre qui s'en élevait. Il avait beau être en train de raconter une histoire totalement folle, son regard était d'une absolue transparence.

« Vous avez sans doute déjà lu des livres, ou vu des films, qui parlent de ces zombies haïtiens, poursuivit le vieil homme. Je ne sais pas si les zombies existent vraiment, mais dans les films on les voit marcher d'un pas pesant, en regardant droit devant eux, les yeux vitreux, avec des gestes très lents et gauches. Timmy Baterman avait exactement cette allure-là, Louis. Celle d'un zombie de cinéma. Mais il n'était *pas* un zombie. Il avait quelque chose *en plus*. Il y avait *quelque chose* dans son regard. Tantôt on le voyait, tantôt on ne le voyait plus, suivant les moments. *Mais quelque chose passait dans ses yeux, Louis.* Je n'irais pas jusqu'à appeler ça de la pensée. Je ne sais pas quel nom donner à ce... cette *chose*, mais en tout cas elle était bien là.

« Et il y avait une espèce de rouerie là-dedans, en plus. Comme quand il proposait à Mrs Stratton d'en " suer une " avec elle. Il se passait quelque chose dans le crâne de cette créature, Louis, mais je ne crois pas que c'était de la pensée, ni du sentiment ; je crois aussi que ça n'avait pas grand-chose à voir avec Timmy Baterman, et peut-être même rien du tout. Ça ressemblait plutôt à... à une sorte de signal radio émis de très loin, qui passait à travers lui. Vos yeux se posaient sur lui et aussitôt, vous pensiez : " S'il me touche, je vais me mettre à hurler. " Instantanément.

« Donc, Timmy n'arrêtait pas d'arpenter cette route de bas en haut et de haut en bas, et un soir, en revenant du travail — ça devait être aux alentours du 30 juillet, par là — voilà-t-y pas que je tombe sur George Anderson, notre receveur des postes, installé sur mon porche de derrière et buvant du thé glacé en compagnie d'Hannibal Benson, l'adjoint au maire, et d'Alan Purinton, le capitaine des pompiers. Norma était là aussi, mais elle n'est pas intervenue une seule fois dans la conversation.

« George Anderson n'arrêtait pas de frotter le moignon de sa jambe droite. Il avait perdu sa jambe du temps qu'il était encore poseur de rails, et son moignon le démangeait toujours férocement par ces grandes chaleurs moites de la canicule. Mais il était venu jusqu'à chez nous en dépit de sa jambe qui le torturait.

« " Ça commence à faire bien, cette histoire, qu'il me dit. Déjà que j'ai ma préposée qui refuse de porter leur courrier aux habitants de Pedersen Road, et voilà le gouvernement qui se met à faire du tintouin à présent. "

« " Comment ça, le gouvernement se met à faire du tintouin ? " je demande.

« Hannibal avait reçu un coup de fil du ministère de la Guerre. D'un certain lieutenant Kinsman, qui était chargé des plaintes et réclamations, et dont le boulot consistait à faire le tri entre les affaires sérieuses et les racontars à la noix. " Le ministère de la Guerre a reçu des lettres anonymes de cinq ou six plumes différentes, m'explique Hannibal, et ce Kinsman commence à se faire des cheveux. S'ils n'avaient reçu qu'une lettre d'un seul correspondant, ils auraient jugé qu'il s'agissait d'une bêtise. S'ils avaient reçu une flopée de lettres venant du même individu, Kinsman aurait mis l'affaire entre les mains de la police d'Etat, en les avertissant qu'apparemment il y avait un habitant de Ludlow qui nourrissait une haine pathologique envers la famille Baterman. Mais ces lettres-là viennent toutes de personnes différentes, il l'a tout de suite vu en comparant les écritures, même si elles ne sont pas signées, et elles disent toutes à peu près la même chose : que Timmy Baterman est peut-être bien mort mais que son cadavre a l'air de se porter comme un charme, vu qu'il arpente Pedersen Road du matin au soir en exhibant son visage à tous venants. "

« " Si cette rumeur persiste, continue Hannibal, ce Kinsman va nous envoyer un enquêteur ou peut-être même venir en personne. Ils veulent savoir si Timmy est mort ou bien s'il faut le porter déserteur ou quoi, parce qu'ils n'aiment pas du tout avoir des trous dans leurs dossiers. Et si ce n'est pas Timmy qu'on a enterré à Pleasantview, ils voudront savoir qui on a pu mettre en terre à sa place. "

« Comme vous pouvez voir, Louis, on était dans de sales draps. On est resté une petite heure à examiner la chose sous toutes les coutures tout en buvant du thé glacé. Norma a proposé de nous préparer des sandwiches, mais personne n'avait d'appétit.

« Après avoir palabré jusqu'à plus soif, on a fini par décider que le mieux était de rendre visite à Baterman sur-le-champ. Jamais je n'oublierai cette soirée, même si je vis encore le double de mon âge. Il faisait une chaleur d'enfer, et le soleil couchant s'engloutissait lentement derrière un nuage en traçant au ciel des sillons sanglants. Aucun d'entre nous n'était très chaud pour aller là-bas, mais il n'y avait pas moyen d'y couper. C'est Norma qui l'avait saisi la première. Elle m'a fait venir à l'intérieur de la maison sous un prétexte quelconque, et elle m'a dit : " Judson, ne les laisse pas flancher surtout. Pas question de remettre cette expédition à plus tard. Il faut régler cette affaire. Mettre fin à cette abomination. " »

Jud dévisagea Louis d'un œil placide.

« C'est le mot que Norma a employé, Louis. Abomination. Ce

n'est pas moi qui lui fais dire. Et après, elle a approché son visage du mien et elle m'a chuchoté dans l'oreille : " Si jamais ça tourne mal, Jud, tu n'as qu'à prendre tes jambes à ton cou. Ne t'occupe pas des autres, ils se débrouilleront comme ils pourront. Souviens-toi de ce que je te dis : au moindre signe de grabuge, tu prends la poudre d'escampette. "

« On est montés tous les quatre dans la voiture d'Hannibal Benson. Je ne sais pas comment il s'arrangeait, ce fils de garce, mais il avait toujours autant de bons d'essence qu'il lui en fallait. Tandis qu'on roulait en direction de la propriété des Baterman, un grand mutisme s'est emparé de nous, mais par contre on fumait tous comme des sapeurs. Alan Purinton a été le seul à ouvrir la bouche, encore qu'il n'ait prononcé qu'une seule phrase. Il s'est tourné vers George et il lui a dit : " Bill Baterman a été trafiquer dans ces bois là-haut, au nord de la route 15, j'en mettrais ma main à couper. " Personne ne lui a rien répondu, et George a simplement hoché la tête.

« Nous sommes arrivés chez Baterman. Alan a frappé à la porte, mais personne n'est venu ouvrir. Alors, on a fait le tour de la maison et on les a trouvés là tous les deux. Bill Baterman était assis sur son porche de derrière avec un pichet de bière, et Timmy, debout au fond du jardin, contemplait ce coucher de soleil sanguinolent. Il regardait fixement le ciel, et son visage était d'une violente couleur rouge-orange. On aurait cru la face d'un écorché vif. Quant à Bill... il avait l'air du gars que le diable est venu chercher au bout de ses sept années de folle bringue. Il nageait dans ses vêtements. A vue de nez, j'ai jugé qu'il avait dû perdre au moins quinze kilos. Ses yeux étaient enfoncés si profondément dans leurs orbites qu'on aurait dit deux minuscules animaux blottis au fond de grottes jumelles, et il avait un tic nerveux qui lui relevait sans arrêt le côté gauche de la bouche. »

Jud marqua un temps d'arrêt, comme pour peser ce qu'il allait dire, puis avec un hochement de tête imperceptible, il continua :

« Il avait l'air d'un *damné*, Louis.

« Timmy s'est retourné vers nous et il a souri. Rien qu'à le voir sourire, on avait envie de hurler. Ensuite, il s'est replongé dans la contemplation du soleil couchant. Bill nous dit : " Je vous ai pas entendus frapper, les gars. " C'était un mensonge fieffé, car Alan avait tambouriné sur cette porte assez longtemps pour réveiller les.. pour réveiller un sourd.

311

« Comme personne n'avait l'air de se décider à prendre la parole, je me suis dévoué.

« " Bill, je croyais que ton gars avait été tué en Italie ", je dis.

« " Une méprise ", qu'il fait, en me regardant droit dans les yeux.

« " Tiens donc ", je dis.

« " Tu vois bien qu'il est là, non ? " il continue.

« " Dans ce cas, qui c'est-y qu'on avait mis dans le cercueil que tu as fait enterrer à Pleasantview ? " lui demande Alan Purinton.

« " Ça, j'en sais foutre rien, dit Bill. Et je m'en contrefiche. "

« Il va pour se prendre une cigarette, renverse tout le contenu de son paquet sur le plancher, et en casse trois en essayant de les ramasser.

« " Il va probablement y avoir une exhumation, dit Hannibal. Tu ne t'en doutais pas, peut-être ? On m'a téléphoné du ministère de la Guerre, Bill. Ils vont vouloir vérifier s'ils ont pas enterré le fils à quelqu'un d'autre au lieu de Timmy. "

« " Et alors, qu'est-ce que vous voulez que ça me foute ! crie Baterman. Tout ça m'est bien égal. Le principal, c'est que j'ai retrouvé mon garçon. Timmy est revenu il y a trois jours. Un obus a explosé tout près de lui, et ça l'a sonné. Il est un peu bizarre, mais ça lui passera. "

« Moi, tout d'un coup, la moutarde m'est montée au nez.

« " Arrêtons ce petit jeu, Bill, je lui dis. Si jamais l'Armée fait déterrer ce cercueil, ils vont le trouver tout ce qu'il y a de plus vide, à moins que tu aies pris la peine de le remplir de caillasses après en avoir ôté le corps de ton gars, et ça m'étonnerait. Je sais ce qui s'est passé. Hannibal, George et Alan le savent aussi, et toi aussi tu le sais. Tu es allé fricoter là-haut dans les bois, tu t'es mis dans un fier pétrin, et ça rejaillit sur toute la ville. "

« " Vous connaissez le chemin, les gars, qu'il dit, c'est pas la peine que je vous raccompagne, hein ? J'ai pas à m'expliquer, ni à me justifier, ni rien. Quand j'ai reçu ce télégramme, j'ai senti la vie s'enfuir hors de moi, tout d'un coup ; on aurait dit que ma vessie se vidait brusquement et que la pisse me coulait le long de la jambe. A présent, j'ai retrouvé mon garçon. Ils n'avaient pas le droit de me le prendre. Il n'avait que dix-sept ans, et il était tout ce qui me restait de sa pauvre chère maman. C'était une iniquité, un foutu déni de justice. Alors l'Armée n'a qu'à aller se faire foutre, le ministère de la Guerre n'a qu'à aller se faire foutre, les Etats-Unis d'Amérique n'ont qu'à aller se faire foutre et vous aussi, les gars. Allez vous faire foutre. J'ai retrouvé mon Timmy. Il guérira. Et je n'ai rien d'autre à vous dire. Prenez vos cliques et vos claques et débinez-vous. "

« Son tic nerveux lui tordait la bouche sans arrêt et il avait le front couvert de grosses gouttes de sueur. C'est à ce moment-là que j'ai compris qu'il avait perdu la raison. Moi aussi, je serais devenu fou si j'avais été obligé de vivre avec ce... cette créature. »

Louis sentait son estomac se soulever. Il avait bu trop de bière, trop vite. Il n'allait pas tarder à tout restituer. Cette sensation de lourdeur, de pesanteur dans l'estomac l'en avertissait.

« Comme on ne pouvait pas faire grand-chose de plus, continua Jud, on s'est préparés à partir. Hannibal a dit : " Que Dieu te vienne en aide, Bill. "

« Bill lui a répondu : " Dieu ne m'a jamais aidé. Je me suis aidé moi-même. "

« Et là-dessus, Timmy est venu vers nous. Même sa manière de marcher n'allait pas, Louis. On aurait dit un très vieil homme. Il levait un pied en l'air, le reposait et le poussait lentement devant lui avant de soulever l'autre. Il avait une démarche de crabe. Ses bras pendaient mollement le long de ses cuisses. Et quand il s'est suffisamment approché, on a vu les marques rouges qui lui barraient tout le travers de la figure, comme des cicatrices d'acné ou une série de petites brûlures. C'était sûrement là que la mitrailleuse boche l'avait atteint. Elle avait dû lui arracher la moitié de la figure.

« En plus, il répandait une odeur de charnier. Une vraie pestilence, comme s'il était tout putréfié à l'intérieur. J'ai vu Alan Purinton se couvrir le nez et la bouche d'une main. La puanteur était abominable. On se serait presque attendu à voir des asticots lui grouiller dans les cheveux...

— Arrêtez, protesta Louis d'une voix étranglée. J'en ai assez entendu comme ça.

— Oh non ! s'écria Jud avec une détermination farouche. Vous n'en avez pas entendu moitié autant qu'il faudrait. Je ne puis vous dire à quel point c'était affreux. Pour l'éprouver vraiment, il aurait fallu que vous soyez là. Il était *mort,* Louis, et pourtant il vivait. Et en plus il... il... il *savait.*

— Il savait ? fit Louis en se penchant vers l'avant.

— Oui, dit Jud, il savait *tout.* Il a dévisagé Alan pendant un bon moments avec une espèce de sourire — en tout cas, on voyait ses dents — et ensuite il s'est mis à parler. Il parlait si bas qu'il fallait faire effort pour l'entendre. On aurait dit qu'il avait le larynx plein de cailloux. " Ta femme baise avec le patron de la droguerie où elle travaille, Purinton. Qu'est-ce que tu dis de ça ? Elle pousse des hurlements quand elle jouit. Qu'est-ce que tu en dis, hein ? "

« Alan a eu une espèce de hoquet. Pas de doute, le coup avait porté. La dernière fois que j'ai eu de ses nouvelles, Alan Purinton était dans un hospice, à Gardiner. Il doit avoir pas loin de quatre-vingt-dix ans à présent. A l'époque, il avait largement passé la quarantaine, et on murmurait des choses sur le compte de sa deuxième femme. C'était une de ses petites-cousines qui était venue habiter avec Alan et Lucy, sa première femme, au début de la guerre. Lucy est morte, et dix-huit mois plus tard, Alan a épousé cette fille. Elle s'appelait Laurine, et quand ils se sont mariés elle n'avait guère plus de vingt-quatre ans. C'est vrai qu'on jasait à son sujet, vous savez. Un homme se serait borné à dire qu'elle avait des manières un peu libres. Mais les femmes la considéraient plutôt comme une traînée. Et Alan avait peut-être bien aussi sa petite idée là-dessus, vu qu'il s'est écrié : " Ta gueule ! Ferme-la, sinon je te cogne, quoi que tu puisses être ! "

« " Tais-toi, Timmy ", fait Bill, l'air plus malade que jamais, comme s'il allait rendre tripes et boyaux, tomber évanoui, ou peut-être même les deux. " Tais-toi, Timmy, je t'en prie. "

« Mais Timmy n'a pas fait attention à lui. Il s'est tourné vers George Anderson, et il lui a dit : " Et toi, le vieux, ton petit-fils dont tu fais si grand cas n'espère qu'une chose : que tu claques. Tout ce qui l'intéresse, c'est ton fric. Ce fric qu'il s'imagine que tu as entassé dans ton coffre à l'Eastern Bank de Bangor. C'est pour ça qu'il te passe de la pommade, mais dès que tu as le dos tourné il se paie ta fiole. Lui et sa sœur, ils te surnomment vieille quille-en-bois. " Et au moment où Timmy disait ça, Louis, sa voix a *changé*. Elle a pris une intonation haineuse, mesquine, exactement celle qu'aurait eu la voix du petit-fils de George si... enfin, si ce que Timmy venait de dire était vrai.

« " Vieille quille-en-bois, répète Timmy. Et qu'est-ce qu'ils vont râler quand ils s'apercevront qu'en réalité tu es fauché comme les blés vu que t'as tout perdu en 1938 ! Hein, George ? Ils vont en chier des ronds de chapeau, ces deux cons ! "

« George s'est mis à reculer, sa jambe de bois a cédé sous lui, il est tombé en arrière sur le rebord du perron et il a renversé le pichet de bière de Bill Baterman.

« George était pâle comme un linceul, Louis.

« Bill est arrivé Dieu sait comment à le remettre debout, et il s'est mis à rugir après son gars. " Timmy, vas-tu t'arrêter ! Timmy ! Suffit ! " qu'il gueulait, mais Timmy ne l'écoutait pas. Il a dit une saleté sur le compte d'Hannibal, puis une autre sur mon compte et ensuite il s'est mis à... il est devenu fou furieux. Il poussait des hurlements de rage. On s'est éloignés à reculons, et puis on a piqué un galop en tenant George par les bras parce que les lanières de sa jambe de bois étaient tout emmêlées. Elle était à l'envers, sa chaussure pointait dans le mauvais sens et elle traînait derrière lui dans l'herbe.

« C'est là que j'ai eu ma dernière vision de Timmy Baterman. Il était debout sur la pelouse de derrière, à côté de la corde à linge, et le soleil couchant qui lui colorait la figure en rouge faisait ressortir les petites boursouflures de ses cicatrices. Il avait les cheveux hérissés et comme poussiéreux, et il riait d'un affreux rire grinçant en criant sans arrêt d'une voix stridente : " Vieille quille-en-bois ! Vieille quille-en-bois ! Et le cocu ! Et le coureur de putes ! Adieu, braves gens ! Adieu, adieu ! " Et il repartait d'un grand rire, mais qui ressemblait plutôt à un hurlement de loup qu'à un rire.. ; il y avait quelque chose en dedans de lui qui hurlait... hurlait... hurlait. »

Jud s'interrompit. Sa respiration était précipitée.

« Est-ce que c'était vrai, Jud ? interrogea Louis. Ce que Timmy Baterman vous a dit, c'était la vérité ?

— Oui, c'était la vérité, marmonna le vieil homme entre ses dents. C'était vrai, bon Dieu ! Dans le temps, j'avais été client occasionnel d'une maison close de Bangor. Je ne suis sûrement pas le seul homme à être tombé dans ce genre de travers, même s'il y en a qui ne s'écartent jamais du droit chemin. De temps à autre, l'envie me prenait — est-ce que c'était une perversion ? Je ne sais pas — de me l'enfoncer dans de la chair autre. Ou de payer une femme pour qu'elle fasse ces choses qu'un mari n'a pas le cœur d'exiger de sa légitime. Les hommes aussi ont leur jardin secret, Louis. Les péchés que j'avais commis étaient des plus véniels, et cela faisait huit ou neuf ans que je n'avais plus succombé à la tentation. Norma ne m'aurait pas quitté si elle l'avait appris. Mais quelque chose serait mort en elle. J'aurais perdu à tout jamais une part de sa tendresse, à laquelle j'étais énormément attaché. »

Jud avait les yeux rouges, gonflés, larmoyants. *Les pleurs des vieillards sont singulièrement disgracieux,* se dit Louis. Mais quand Jud tendit vers lui une main tâtonnante, il la prit dans la sienne et la serra.

« Timmy ne nous a parlé que du mauvais, dit le vieil homme au bout d'un moment. Et le mauvais, il y en a déjà plus qu'assez dans la vie de n'importe qui, non ? Deux ou trois jours plus tard, Laurine Purinton quittait Ludlow sans espoir de retour. Les gens du pays qui l'ont aperçue juste avant qu'elle prenne le train ont raconté qu'elle avait un coquard à chaque œil et les narines bouchées de coton. Alan n'a jamais rien voulu en dire à personne. George Anderson est mort en 1950. A-t-il légué quelque chose à son petit-fils et sa petite-fille ? Pas à ma connaissance en tout cas. Hannibal s'est fait éjecter de son poste d'adjoint au maire à cause d'une histoire qui ressemblait beaucoup aux accusations que Timmy Baterman avait proférées contre lui. Je ne vous dirai pas exactement de quoi il s'agissait (ça ne vous avancerait à rien de le savoir), mais disons que ça tournait autour d'une affaire de détournement de deniers publics. Il a vaguement été question d'engager des poursuites contre Hannibal, mais ça a tourné court. De toute façon, la perte de son poste était déjà un assez grand châtiment comme cela, car pour Hannibal jouer les gros bonnets était la chose la plus importante du monde.

« Toutefois, ces hommes-là avaient aussi du bon. Et c'est cela que les gens oublient toujours le plus vite. C'est Hannibal Benson qui a eu l'idée d'établir une fondation en vue de la création d'un hôpital général à Bangor, juste avant la guerre. Alan Purinton était un homme extraordinairement généreux et bon. Et le vieux George Anderson n'avait pas d'autre ambition que d'assurer la bonne marche de son bureau de poste.

« Pourtant, cette *créature* ne nous a parlé que du mauvais. Elle voulait que nous ne nous rappelions de rien d'autre, parce qu'elle était mauvaise elle-même, et parce qu'elle savait que nous étions dangereux pour elle. Le Timmy Baterman qui était parti faire la guerre à Hitler était un brave gosse de l'espèce la plus ordinaire, Louis. Ce n'était peut-être pas une lumière, mais il avait bon cœur. Tandis que la *chose* que nous avons vue ce soir-là, le visage levé vers le soleil rouge... eh bien, c'était un monstre. Je ne sais pas comment on peut appeler ça. Zombie ? Dibbouk ? Démon ? Peut-être qu'il n'existe pas de nom pour désigner une créature pareille dans notre langage. Les Micmacs, eux, auraient immédiatement vu de quoi il s'agissait.

— Qu'est-ce qu'ils auraient vu ? interrogea Louis d'une voix blanche.

— Qu'il avait été touché par le Wendigo », répondit Jud d'un ton parfaitement égal. Ensuite il prit une profonde inspiration, garda son souffle un moment avant de le relâcher, et consulta sa montre.

« Sapristi, mais c'est qu'il est tard, Louis. Je me suis laissé entraîner à parler bien plus longtemps que je n'aurais voulu.

— J'en doute, dit Louis. Vous avez été très éloquent. Racontez-moi le dénouement.

— Le surlendemain, un feu a éclaté chez les Baterman pendant la soirée, expliqua Jud. La maison a été entièrement calcinée. Aux dires d'Alan Purinton, il s'agissait d'un incendie volontaire. Ça crevait les yeux, même, vu qu'on avait entièrement arrosé la baraque de pétrole avant d'y mettre le feu. Trois jours après l'incendie, les décombres empestaient encore le naphte.

— Donc, ils ont fini brûlés vifs tous les deux.

— Oh, pour ce qui est de brûler, ils ont brûlé, dit Jud. Mais il étaient déjà morts avant. Timmy avait été tué de deux balles dans la poitrine, et les balles provenaient d'un vieux Colt de l'armée que Bill Baterman avait gardé par-devers lui. On a retrouvé le pistolet dans la main de Bill. Apparemment, il avait abattu son fils, après quoi il l'avait allongé sur son lit et il avait arrosé la maison de pétrole. Ensuite il s'était assis dans son fauteuil, à côté de la radio, il avait gratté une allumette et il s'était fourré le canon du Colt 45 dans la bouche.

— Oh, mon Dieu, dit Louis.

— Les corps étaient pas mal carbonisés, mais le médecin légiste a déclaré qu'à son avis Timmy Baterman était mort depuis au moins quinze jours. »

Il y eut un silence, long et pesant, et à la fin Jud se leva.

« Je n'exagérais pas en disant que j'avais peut-être une part de responsabilité dans la mort de votre fils, Louis. Les Micmacs connaissaient cet endroit, mais ça ne veut pas forcément dire que ce sont eux qui l'ont maléficié comme cela. Quand ils sont arrivés ici, venant du Canada, ou peut-être de Russie ou des steppes de l'Asie centrale, ce territoire existait déjà. Ils l'ont occupé pendant mille ans, deux mille peut-être, c'est difficile à dire parce que les civilisations comme la leur ne laissent pas d'empreintes profondes. A présent, ils en sont partis, comme nous en partirons sans doute un jour nous-mêmes, quoique les traces de notre passage seront sûrement plus visibles. Mais quels que soient les occupants du territoire, l'endroit restera le même, Louis. Il n'appartient à personne ; personne ne pourra jamais s'en aller ailleurs en emportant son secret dans ses bagages. Le maléfice est fixé là, tenace, comme soudé. Jamais je n'aurais dû me mêler de vous emmener là-haut pour y enterrer ce chat. Je le sais à présent. L'endroit a du pouvoir, et vous feriez bien de vous en défier ; je vous dis cela dans votre propre intérêt et dans celui de votre famille. Moi, je n'ai pas su lui résister. Vous aviez sauvé la vie de Norma, je voulais faire quelque chose pour vous en échange, et l'endroit a fait dévier mes bonnes intentions de façon à ce qu'elles se prêtent à ses abominables desseins. Je vous dis qu'il a du pouvoir... un pouvoir qui passe par des variations cycliques, un peu comme les phases de la lune. Je crains qu'il ne soit dans une phase ascendante et qu'il n'atteigne bientôt au summum de sa force. Je crains qu'il ne m'ait utilisé pour vous atteindre à travers votre fils, Louis. Vous voyez où je veux en venir ? »

Le vieil homme regardait Louis avec une anxiété visible.

« D'après vous, l'endroit savait que Gage allait mourir, c'est ça ? demanda Louis.

— Non, ce que je dis, moi, c'est que l'endroit a *fait mourir* Gage parce que je vous avais mis en communication avec son pouvoir. Que j'ai peut-être causé la mort de votre fils à partir d'excellentes intentions, Louis.

— Je n'y crois pas », dit Louis d'une voix tremblante au bout d'un silence assez long. Non, impossible, il ne voulait pas croire une chose pareille. C'était inimaginable. Il prit la main de Jud et il la serra avec force.

« Nous enterrons Gage demain, à Bangor. Et il n'en bougera plus. Plus jamais je ne monterai au Simetierre des animaux, et encore moins au-delà.

— C'est bien sûr, Louis ? fit Jud d'une voix âpre. Vous seriez prêt à le jurer ?

— Je vous le jure », dit Louis.

Mais tout au fond de son esprit, il y songeait encore. Ce n'était

318

qu'un fantôme d'idée, une minuscule et vacillante flamme, mais qui refusait obstinément de s'éteindre.

40

En réalité, tous ces événements n'avaient jamais eu lieu.

Le formidable rugissement du camion de l'Orinco, ses doigts qui frôlaient le dos du blouson de Gage, Rachel se préparant à partir pour le salon mortuaire en robe de chambre, Ellie serrant la photo de Gage sur son cœur et dépliant sa chaise à côté de son lit, les larmes de Steve Masterton, le pugilat avec Goldman, Jud Crandall lui narrant l'horrible histoire de Timmy Baterman — tout cela ne s'était produit que dans l'imagination de Louis Creed durant les quelques secondes qui s'étaient écoulées entre le moment où il s'était lancé à la poursuite de son fils qui courait en riant vers la route et celui où il l'avait rattrapé. Rachel avait crié une seconde fois : *Gage, reviens ! Ne* COURS *pas !*, mais Louis savait qu'il aurait besoin de tout son souffle. Que ça ne tenait qu'à un cheveu. Si, tout de même, une des choses qu'il avait imaginées se produisit bel et bien : venant d'un peu plus haut sur la route, il entendit le grondement du semi-remorque qui se rapprochait. Tout au fond de son crâne, un mécanisme mnémonique joua et il entendit la voix de Jud Crandall disant à Rachel, le jour même de leur arrivée à Ludlow : *Faudra pas trop les laisser s'approcher de la route, m'ame Creed. Il y passe beaucoup de gros camions.*

Gage dévalait à présent le dernier talus de gazon qui descendait en pente douce jusqu'au bas-côté de la route. Ses petites jambes robustes battaient l'air avec une telle rapidité qu'en bonne justice il aurait dû se flanquer le nez par terre, mais il poursuivait sa course et le grondement du camion devenait de plus en plus tonitruant. Le son évoquait pour Louis l'espèce de bourdonnement qui lui emplissait parfois les oreilles, au moment où il sombrait dans le sommeil. Le soir, au lit, ce vrombissement étouffé le berçait. Mais celui que produisait le camion était épouvantable.

Oh, mon Dieu, oh, doux Jésus, faites que je le rattrape, ne le laissez pas arriver jusqu'à la route.

D'un ultime élan, dans lequel il mit tout ce qu'il lui restait d'énergie, Louis se lança en avant, les bras tendus devant lui, le corps parallèle au sol, comme un footballeur qui tente un

319

plaquage. Il entrevit son ombre qui s'allongeait au-dessous de lui sur le gazon, eut la brève vision de celle du cerf-volant zigzaguant en travers du pré de Mrs Vinton, et à l'instant précis où Gage posait le pied sur la chaussée, les doigts de Louis frôlèrent le dos de son blouson... et l'agrippèrent.

Il tira brutalement l'enfant en arrière et dans le même mouvement il atterrit avec fracas sur les gravillons de l'accotement. Son nez se mit instantanément à pisser le sang et une douleur terrible lui vrilla le bas-ventre (*Bon Dieu si j'avais su que j'allais jouer au foot j'aurais mis ma coquille*). Mais une grande vague de soulagement s'enfla en lui aussitôt, lui faisant oublier son nez qui saignait et ses roubignoles en compote, car il entendait à présent Gage qui braillait de douleur et de dépit. L'enfant était tombé assis et il avait heurté de la nuque le rebord du talus. La seconde d'après, ses hurlements furent couverts par le grondement assourdissant du camion qui les dépassa avec un coup de trompe rageur.

Louis réussit à se lever malgré l'énorme boule de plomb qui lui pesait sur le bas-ventre. Il prit son fils dans ses bras et il le berça tendrement contre lui. Rachel parvint à leur hauteur, le visage ruisselant de larmes, et elle se mit à vociférer : « Il ne faut jamais courir sur la route, Gage ! Jamais, jamais, jamais ! C'est défendu, tu m'entends ! *Défendu !* » Gage fut tellement stupéfait par ce prêche entrecoupé de sanglots qu'il en oublia lui-même de pleurer pour regarder sa mère avec des yeux ronds.

« Louis, tu saignes du nez », dit Rachel, sur quoi elle se jeta dans ses bras et l'étreignit avec tant de force qu'il en eu le souffle coupé.

« Ça n'est pas le plus grave, dit-il. Je crois que je suis stérile, Rachel. Oh, purée, qu'est-ce que j'ai mal. »

Rachel fut prise d'un fou rire tellement hystérique que Louis eut peur pour elle l'espace d'un instant. *Mon Dieu*, se dit-il, *si Gage avait été tué, je crois qu'elle en aurait perdu la raison.*

Mais Gage n'était pas mort, et tout cela n'avait été qu'une espèce de rêve éveillé monstrueusement détaillé qui s'était déroulé dans la tête de Louis avec la rapidité de l'éclair tandis qu'il pourchassait son fils à travers une pelouse d'un vert éclatant, par un bel après-midi ensoleillé de mai, et l'arrachait in extremis à la mort.

Gage fréquenta l'école primaire, et à l'âge de sept ans fit son premier séjour estival dans un camp de vacances, où il surprit tout le monde par son extraordinaire aptitude à la natation. Il fit aussi une autre surprise à ses parents, nettement plus saumâtre celle-là, en leur prouvant qu'il pouvait parfaitement supporter d'être séparé d'eux pendant un mois entier sans subir le moindre début de trauma. Dès l'âge de dix ans, il prit le pli de passer la totalité de ses vacances d'été au Camp Agawam, à Raymond, une localité riveraine du lac Sebago, dans le sud-est du Maine. L'année de ses onze ans, il remporta deux premiers prix et un second lors du grand championnat de natation inter-camps qui clôtura les activités d'été. Il devint un garçon de forte stature, solidement charpenté, mais c'était toujours le même Gage, qui recevait tout ce que le monde lui offrait avec une douceur un peu effarée. Pour Gage, les fruits de l'arbre de la vie n'étaient jamais amers ni véreux.

Il fit de brillantes études secondaires et fut membre de l'équipe de natation de Saint-Jean-Baptiste, une école catholique à laquelle il avait exigé d'être inscrit parce qu'elle disposait d'installations sportives hors de pair. A dix-sept ans, Gage annonça à ses parents son intention de se convertir au catholicisme. Louis n'en fut pas surpris outre mesure, mais Rachel soutenait que tout ça était la faute de la petite amie de Gage ; elle augurait de cette conversion un mariage précipité (« si cette petite garce à la médaille de Saint-Christophe ne s'envoie pas en l'air avec lui, je veux bien être pendue, Louis ! » s'exclamait-elle), la ruine de tous ses projets universitaires et de tous ses espoirs olympiques, et prophétisait que Gage se retrouverait avec une dizaine de mouflets bien catholiques sur les bras avant d'avoir atteint la quarantaine. Entre-temps (toujours selon Rachel) il serait devenu un chauffeur de camion ventripotent, gros buveur de bière et mâchouilleur de cigares, qui glisserait peu à peu vers l'infarctus et le néant en égrenant des Pater et des Ave.

Louis soupçonnait pour sa part que la décision de son fils avait des mobiles moins terre à terre. Gage embrassa effectivement la foi catholique (le jour de sa conversion, Louis expédia à Irwin Goldman une petite carte franchement venimeuse, qui disait : *Peut-être que pour couronner le tout vous aurez un petit-fils jésuite. Votre gendre goy, Louis*). En revanche, il n'épousa pas la jeune fille (pas garce pour deux sous au demeurant) qu'il avait fréquentée au cours de sa dernière année de collège.

L'année de son entrée à l'université Johns Hopkins, il fut enrôlé dans l'équipe olympique de natation. Seize ans après que Louis eut livré une course désespérée à un camion de l'Orinco pour sauver la vie de son fils, à la fin d'un long et palpitant après-midi de retransmission télévisée, lui et Rachel (qui à présent avait les cheveux presque entièrement gris, mais le dissimulait à l'aide d'un shampooing teintant) virent leur garçon remporter une médaille d'or pour les Etats-Unis. Lorsque les caméras de la NBC zoomèrent pour montrer de plus près Gage debout sur le podium et qu'il apparut en gros plan, le visage encore dégouttant d'eau, la tête rejetée en arrière, le regard sereinement fixé sur le drapeau, la médaille d'or scintillant sur la peau lisse de sa poitrine, tandis que l'orchestre entonnait l'hymne américain, Louis fondit en larmes, et Rachel ne tarda pas à l'imiter.

« Ce coup-ci, on peut vraiment dire qu'il a décroché le pompon », dit-il d'une voix étranglée en se tournant vers sa femme pour l'embrasser. Mais une expression d'horreur s'était peinte sur le visage de Rachel et Louis la vit subitement vieillir devant lui comme si des mois et des années de malheur retenu s'étaient abattus sur elle d'un seul coup. Les derniers échos de l'hymne national s'estompaient déjà et quand Louis se tourna à nouveau vers l'écran de la télé, il y vit le visage d'un autre garçon, un Noir avec des cheveux crépus et laineux dans lesquels des gouttelettes d'eau scintillaient comme autant de minuscules diamants.

Il a décroché le pompon.
Sa casquette !
Sa casquette est...
.. oh mon Dieu, sa casquette est pleine de sang.

Quand Louis s'éveilla, il était sept heures et la chambre baignait dans la clarté froide et morose d'un petit matin pluvieux. Il tenait son oreiller étroitement serré et une migraine monstrueuse lui battait aux tempes. La douleur s'enflait et s'amenuisait, s'enflait et s'amenuisait. Il eut un renvoi aigre qui avait des relents de vieille bière, et son estomac se souleva cruellement. Il avait pleuré. L'oreiller était humide de larmes, comme s'il avait passé la moitié de la nuit à rêver à des goualantes de Hank Williams. Il se dit que même dans son sommeil une part de lui n'avait pas cessé d'être consciente de la vérité que son rêve s'efforçait pitoyablement d'occulter — d'où ces larmes.

Il se leva et se dirigea en titubant vers la salle de bains. Les battements de son cœur étaient excessivement rapides, quoique ténus, et sa gueule de bois était d'une telle férocité qu'il en avait la conscience comme lacérée en mille petits fragments. Il atteignit la cuvette des toilettes à l'ultime seconde et restitua le trop-plein de la bière de la veille.

Il resta un moment à genoux sur le carrelage, les yeux fermés. Lorsqu'il fut certain qu'il aurait la force de se remettre debout, il chercha à tâtons la manette de la chasse d'eau et l'actionna. Il voulut s'inspecter dans le miroir, mais il le trouva masqué d'un carré de tissu noir. Il se rappela alors que Rachel, puisant machinalement aux sources d'un héritage dont elle prétendait n'avoir rien conservé, avait couvert tous les miroirs de la maison et qu'elle se déchaussait avant d'entrer.

Pas d'équipe olympique de natation, songea brumeusement Louis en réintégrant la chambre. Il s'assit au bord du lit. Un aigre arrière-goût de bière lui empuantissait la bouche et le gosier, et il se jura (ce n'était pas la première fois, et ce ne serait pas la dernière), qu'il ne toucherait jamais plus à ce poison. Pas d'équipe olympique de natation, pas d'études brillantes au collège, pas de petite amie catholique, pas de Camp Agawam, rien. Gage avait perdu ses chaussures ; son blouson avait été arraché et retourné ; son délicieux petit corps de garçonnet, robuste et ramassé, avait été plus ou moins broyé. Sa casquette était pleine de sang.

Tandis que Louis était assis au bord du lit, engourdi par sa gueule de bois abrutissante, à quelques pas de la fenêtre sur laquelle la pluie déroulait de paresseux serpentins d'argent, sa peine s'abattit sur lui de tout son poids, telle une grise gardienne montée du fond du purgatoire. elle s'abattit sur lui, l'anéantit, lui ôta toute sa vigueur d'homme, fit tomber ses dernières défenses. Il s'enfouit le visage dans les mains et il pleura en se balançant d'avant en arrière sur le lit. Il aurait fait n'importe quoi pour qu'on lui laisse une seconde chance, absolument n'importe quoi.

41

On porta Gage en terre à deux heures de l'après-midi. Entre-temps, la pluie avait cessé, mais de grosses nuées d'orage roulaient encore au ciel et la majorité des membres du cortège étaient équipés de grands parapluies noirs que l'ordonnateur leur avait distribués.

A la demande de Rachel, le directeur du salon mortuaire, qui officia au cours de la brève cérémonie laïque, lut le passage de l'Evangile selon saint Matthieu qui commence par : « Laissez venir à moi les petits enfants. » Louis fixait son beau-père, debout en face de lui sur le bord opposé de la fosse. Goldman soutint son regard un moment, ensuite il baissa les yeux. Il semblait avoir perdu toute pugnacité. Il avait de grosses poches sous les yeux, et ses fins cheveux blancs, aussi ténus que des fils d'araignée, s'agitaient follement sous le vent autour de sa petite calotte de satin noir. Avec ses joues piquetées de poils poivre et sel, il avait plus que jamais l'air d'un clochard. Louis eut la nette impression que le vieil homme ne savait pas vraiment où il était. Mais il avait beau se fouiller le cœur, il n'arrivait pas à éprouver envers lui la moindre pitié.

Le petit cercueil blanc de Gage, vraisemblablement nanti d'une serrure neuve, était posé en équilibre sur deux traverses chromées au-dessus de la tombe, dont on avait tapissé les bords de bandes de gazon synthétique d'un vert tellement criard que Louis en avait mal aux yeux. Quelques corbeilles de fleurs ajoutaient encore à l'insolite gaieté de cette prairie factice. Par-dessus l'épaule du croque-mort, Louis distinguait un flanc de coteau en pente douce, hérissé de tombes et de caveaux. Ses yeux s'attardèrent sur un mausolée de style néo-roman, au fronton duquel le nom PHIPPS était gravé en lettres d'or. Au sommet de la coupole du mausolée pointait un objet de couleur jaune. Louis le fixa intensément des yeux en essayant de deviner ce que ça pouvait bien être. Il poursuivit son examen même lorsque le directeur du salon mortuaire eut demandé une minute de silence et que les personnes présentes baissèrent la tête pour se recueillir. Au bout de quelques minutes, il finit par comprendre. C'était un de ces gros camions à palan comme on en voit sur les chantiers. On l'avait garé à l'abri du coteau, hors de la vie du cortège funèbre. Aussitôt la cérémonie terminée, Oz écraserait sa cigarette sur la semelle de sa tewwible chaussure de chantier à armature renforcée, fourrerait son mégot dans un récipient quelconque (les fossoyeurs surpris à jeter leurs mégots sur les allées d'un cimetière étaient quelquefois licenciés sans autre forme de procès ; ça la fichait mal, étant donné que bon nombre de leurs clients avaient succombé à un cancer du poumon), puis il sauterait à bord de son engin, démarrerait en trombe et viendrait plonger son fils dans une obscurité qui durerait jusqu'à la fin des temps... ou du moins jusqu'au jour de la résurrection.

Résurrection... ah, voilà un mot
(auquel tu devrais t'interdire de songer et tu le sais bien, bordel).

A peine l'ordonnateur des pompes funèbres eut-il prononcé le mot « amen », Louis prit Rachel par le bras et l'entraîna en direction du parking. Rachel marmonna de vagues protestations *(Je t'en prie, Louis, restons encore une minute)* mais il ne se laissa pas fléchir. Le directeur du salon mortuaire, posté au bord de l'allée, récupérait au passage les parapluies sur le manche desquels le nom de son entreprise était discrètement imprimé. Il les passait à un assistant qui les rangeait au fur et à mesure dans un porte-parapluie surréalistement dressé au milieu de la pelouse emperlée de gouttes de pluie. Louis tenait le bras de Rachel de la main droite, et de la gauche la menotte gantée de blanc d'Ellie. La fillette arborait la robe bleue qu'elle avait étrennée lors des obsèques de Norma Crandall.

Jud s'approcha tandis que Louis faisait monter ces dames à bord de la voiture. Le vieil homme avait lui aussi la mine de quelqu'un qui vient de passer une mauvaise nuit.

« Ça va-t-y, Louis ? »

Louis hocha affirmativement la tête.

Jud se pencha pour regarder à l'intérieur de la voiture. « Comment allez-vous, Rachel ? interrogea-t-il.

— Ça va, Jud », répondit Rachel du bout des lèvres.

Jud lui effleura l'épaule avec douceur. Ensuite ses yeux se posèrent sur Ellie : « Et toi, mon petit chou ?

— Je vais très bien, répondit Ellie et sa bouche se fendit pour former un rictus hideux à titre de démonstration.

— Qu'est-ce qu'il y a sur cette photo ? » demanda Jud.

Louis crut d'abord que la fillette allait se cramponner à sa photo, refuser de la montrer, mais elle finit par la tendre au vieil homme avec une timidité poignante. Jud prit la photographie entre ses doigts épais et spatulés, ces gros doigts d'aspect malhabile qui semblaient faits pour manipuler les leviers de commande d'un bulldozer ou fixer des étriers d'attelage entre des wagons de chemin de fer, mais qui avaient retiré un dard d'abeille du cou de Gage avec une dextérité d'escamoteur — ou de chirurgien.

« Comme c'est mignon, fit-il. Gage devait être rudement content que tu le tires sur cette luge, hein, Ellie ? »

Ellie fit oui de la tête, et deux grosses larmes lui roulèrent sur les joues.

Rachel ouvrit la bouche pour protester mais Louis la fit taire d'une pression sur le bras.

« Je le traînais derrière moi pendant des heures, raconta Ellie d'une voix entrecoupée de sanglots, et il n'arrêtait pas de rire. Après on rentrait à la maison et maman nous préparait du cacao. Elle nous disait : " Retirez vos bottes " et Gage les ramassait en criant " Bottes ! Bottes ! " d'une voix si perçante qu'on en avait mal aux oreilles. Tu te souviens, maman ? »

Rachel fit signe qu'elle se souvenait.

« Sûr que vous avez passé de bons moments ensemble, dit Jud en lui rendant la photo. Et même s'il est mort à présent, il te restera toujours son souvenir à chérir.

— Et je le chérirai, dit Ellie en essuyant ses larmes. Je l'adorais, Mr Crandall.

— Je sais bien, ma chérie. »

Jud passa la tête à l'intérieur de la voiture pour embrasser la fillette. Lorsqu'il se retira, ses yeux s'attardèrent brièvement sur Rachel et sur Louis. Ils étaient d'une dureté minérale. Lorsque son regard rencontra celui de Rachel, le visage de la jeune femme prit une expression perplexe et un peu douloureuse. Elle ne comprenait pas. Mais Louis saisit sans peine ce que disaient les yeux de Jud : *Que faites-vous pour Ellie ?* interrogeaient-ils. *Votre petit garçon est mort, mais votre fille est bien vivante. Que faites-vous pour elle ?*

Louis se détourna. Il ne pouvait rien faire pour Ellie, pas pour l'instant du moins. Il faudrait qu'elle se débatte toute seule avec son chagrin, car quant à lui il avait l'esprit trop obnubilé par la pensée de son fils.

42

Le soir, de nouveaux bancs de nuages moutonnaient au ciel, poussés par un vent d'ouest impétueux. Louis enfila son blouson de toile, en remonta la fermeture Eclair et décrocha les clés de la Civic du panneau mural où elles étaient pendues.

« Où tu vas, Lou ? » demanda Rachel sans grand intérêt. A la fin du dîner elle avait été prise d'une nouvelle crise de larmes ; elle pleurait doucement, sans bruit, mais intarissablement. Louis l'avait persuadée de prendre un Valium, et à présent elle était assise à la table de la salle à manger, le journal ouvert devant elle à la page des mots croisés, qu'elle avait à peine commencés. Dans la pièce voisine, Ellie regardait *La Petite Maison de la prairie* à la télé, la photo de Gage sur ses genoux. La fillette n'avait pas décroché un n.ot de toute la soirée.

« Je me suis dit comme ça que j'irais peut-être m'acheter une pizza.

— Tu n'as pas assez mangé tout à l'heure ?

— A ce moment-là, je n'avais pas d'appétit », expliqua-t-il, ce qui était vrai. Puis il ajouta : « Maintenant, si » — et cette fois, il mentait.

L'après-midi, entre quinze et dix-huit heures, ils avaient conclu les funérailles de Gage par un rite ultime : le rite de la boustifaille. Ils s'étaient tous retrouvés dans la maison des Creed. Steve Masterton et sa femme avaient amené du hachis Parmentier. Charlton avait confectionné une énorme quiche. « Si jamais il en reste, vous pourrez toujours la garder, dit-elle à Rachel. La quiche, c'est très bon réchauffé. » Les Danniker, qui habitaient un peu plus haut sur la route, apportèrent un jambon rôti. Les Goldman se présentèrent avec un assortiment de viandes froides et de fromages. Ils n'adressèrent pas la parole à Louis, et ils l'évitèrent soigneusement, ce qui n'était pas pour lui déplaire. Jud amena également du fromage — une belle grosse tranche de son cheddar bien-aimé. Missy Dandridge avait préparé une tourte à la lime des Keys. Et même Surrendra Hardu avait apporté des pommes. Apparemment, le rite de la boustifaille transcendait les différences religieuses.

C'était une fête de funérailles, et elle fut donc d'une animation toute relative, quoique tout le monde n'y fît pas preuve d'une retenue sans faille. Les libations y furent moins copieuses sans doute que lors d'une réception ordinaire, mais tout de même, on y but. Après avoir descendu quelques bières (il s'était juré le matin même de ne plus jamais boire, mais dans la lueur froide de cet après-midi lugubre il lui semblait que tout cela s'était passé il y avait des siècles), Louis se sentit en verve, et l'envie lui vint de débiter quelques-unes des nombreuses anecdotes macabres dont son oncle Carl lui avait fait part autrefois. Il aurait pu leur raconter que lorsqu'on enterrait un Sicilien, il n'était pas rare que les femmes découpent en douce un petit morceau du linceul qui enveloppait le défunt, car chez les Siciliens on raconte qu'une femme qui dort avec un fragment de suaire sous son oreiller aura de la chance en amour ; que, lors des funérailles irlandaises, on doublait parfois la cérémonie d'une parodie de mariage et qu'on ligotait les doigts de pied des morts à cause d'une ancienne croyance celtique suivant laquelle ça empêchait leurs fantômes de marcher. L'oncle Carl prétendait que la coutume d'attacher une étiquette au gros orteil des cadavres était née à New York, où autrefois les morgues n'employaient que des Irlandais, et d'après lui ça devait être une survivance de cette vieille superstition. Mais en voyant la tête qu'ils faisaient tous, il s'était dit que les récits de cette espèce risquaient d'être mal pris.

Rachel n'avait craqué qu'une fois, et sa mère était là pour la réconforter. Rachel s'était cramponnée à Dory Goldman, elle avait niché sa figure au creux de son épaule et elle avait pleuré et sangloté tout son soûl, avec un abandon auquel elle n'avait pas pu se laisser aller avec Louis, soit qu'elle considérât qu'ils étaient collectivement responsables de la mort de Gage, soit que l'attitude de Louis, cette espèce de demi-rêverie dans laquelle il flottait sans cesse, eût découragé toutes ses velléités d'épanchement. Quoi qu'il en soit, c'est auprès de Dory qu'elle était allée chercher un réconfort, et sa mère l'avait prise sous son aile, mêlant ses larmes à celles de sa fille. Debout derrière elles, une main posée sur l'épaule de Rachel, Irwin Goldman lançait en direction de son gendre des regards qui débordaient d'une joie malsaine.

Ellie allait d'un invité à l'autre avec un plateau chargé de minuscules canapés percés de pique-saucisses enrubannés. La photo de Gage était sous son bras, et elle la serrait fermement.

Louis accepta distraitement les condoléances et les marques de sympathie, remerciant ceux qui les exprimaient par un hochement de tête ou de vagues bredouillements. Son air lointain, ses manières froides laissaient supposer qu'il remâchait le passé, revivait l'accident, songeait à ce que serait désormais sa vie sans Gage. Aucun des présents (pas même Jud) n'aurait pu soupçonner qu'en réalité il s'était mis à ourdir dans sa tête des plans de profanation de sépulture. Oh, bien sûr, tout cela était purement spéculatif. Il n'avait aucune intention de les réaliser, ces plans. S'il les concoctait, c'était juste histoire de s'occuper l'esprit.

Oui, tout cela était purement spéculatif.

Louis s'arrêta à l'épicerie-bazar d'Orrington, y fit l'acquisition de deux packs de bière fraîche et passa un coup de fil chez Napoli's pour commander une pizza champignons-poivrons.

« Votre nom s'il vous plaît, monsieur ? »

Le gwand, le tewwible Oz, pensa-t-il.

« Lou Creed.

— Bon écoutez, Lou, on est un peu débordés en ce moment, il faudra compter trois quarts d'heure. Ça ne sera pas trop long ?

— Ça ira très bien », dit Louis avant de raccrocher. Il remonta à bord de la Civic et au moment où il démarrait il s'aperçut que, bien qu'il y eût une bonne vingtaine de pizzerias à Bangor, il avait fallu qu'il jette son dévolu sur la seule d'entre elles qui se trouvait dans les parages immédiats du cimetière de Pleasantview. *Bah, et alors ?* se dit-il en refoulant un vague malaise. *Chez Napoli's, la pizza est très bonne. Ils n'utilisent pas de la pâte surgelée. Ils lancent la pizza en l'air et ils la rattrapent sur leurs poings tendus, Gage se bidonnait toujours en les reg—*

Il coupa volontairement le fil de ses pensées.

Il passa devant la pizzeria sans s'arrêter et continua jusqu'au cimetière. D'accord, il avait plus ou moins prévu à l'avance qu'il le ferait ; mais quel mal y avait-il à ça, après tout ? On peut toujours regarder, non ?

Il se rangea le long du trottoir en face de l'entrée du cimetière et traversa la rue en direction du portail en fer forgé dont les grilles luisaient obscurément dans le crépuscule mourant. Les grilles étaient couronnées d'un arceau découpé, en fer forgé également, qui formait le mot PLEASANTVIEW. En dépit de ce nom, Louis ne trouvait pas la vue particulièrement plaisante, ni non plus franchement déplaisante. Les tombes étaient harmonieusement réparties sur une série de petits coteaux doucement mamelonnés où l'on devinait la patte d'un paysagiste. Des rangées d'arbres bien rectilignes dessinaient des promenades (dans les ultimes lueurs du jour, les ombres des arbres étaient très noires et leurs formes évoquaient désagréablement celles de ces flaques d'eau profondes et saumâtres qui subsistent parfois au creux d'une carrière), et quelques saules pleureurs isolés émaillaient çà et là les pelouses.

L'atmosphère n'était pas précisément sereine, puisque la brise froide et continuelle amenait jusqu'au cimetière le grondement incessant de l'autoroute voisine. Les lumières qui illuminaient d'un sourd éclat le ciel nocturne étaient celles de l'aéroport international de Bangor.

Louis avança une main en direction du portail en pensant : *Il doit être verrouillé*, mais il ne l'était pas. Sans doute n'était-ce pas encore l'heure de la fermeture, ou peut-être même que le portail n'était jamais bouclé. Après tout, un cimetière n'a plus à se protéger que d'hypothétiques vandales, de poivrots égarés ou de couples de teenagers en quête d'un coin sombre pour se peloter à l'aise. On n'était plus au temps de Dickens, et les médecins n'avaient plus besoin d'embaucher des profanateurs de sépultures pour se procurer des cadavres à disséquer.

Le vantail droit s'ouvrit avec un imperceptible grincement. Louis jeta un regard en arrière pour s'assurer que personne ne l'observait, puis il fit un pas à l'intérieur. Il referma le portail derrière lui et il entendit le cliquetis du pêne qui glissait dans la gâche.

Debout dans cette nécropole aux allures de banlieue proprette, il jeta autour de lui un regard circulaire.

Car la tombe est un lieu de paix enchanteresse, songea-t-il, *mais qui sied mal aux brûlantes caresses.* De qui était-ce ? D'Andrew Marvel ? Et qu'est-ce qui peut bien pousser l'esprit humain à s'encombrer d'un invraisemblable bric-à-brac de citations poussiéreuses ?

Tout à coup, la voix de Jud lui résonna dans le crâne. Elle avait des accents inquiets, et même... terrifiés ? Oui. Terrifiés.

Mais qu'est-ce que vous faites là, Louis ? Cette voie qui s'ouvre devant vous, il ne faut pas l'emprunter, vous m'entendez !

Louis chassa cette voix de son esprit. S'il infligeait de la souffrance à quiconque, ce ne pouvait être qu'à lui-même. Personne n'avait besoin de savoir qu'il avait pénétré dans ce lieu en catimini, entre chien et loup.

Il s'engagea dans un sentier sinueux et il se mit en quête de la tombe de Gage. Après avoir marché un moment, il déboucha dans une allée bordée d'arbres dont les jeunes frondaisons bruissaient mystérieusement au-dessus de sa tête. Son cœur cognait à grand bruit dans sa poitrine. Les tombes et les caveaux formaient des rangées à peu près régulières. Il devait bien y avoir quelque part un poste de garde, dans lequel il trouverait un plan de Pleasantview, un plan où les dix hectares du cimetière seraient découpés en sections méticuleusement égales, chacune laissant apparaître la répartition des tombes occupées et des concessions encore disponibles. Cèderais place dans lotissement. Studios pour une personne. Avec couchette.

Ça ne ressemble pas tellement au Simetierre des animaux, se dit Louis. Cette idée le frappa, et il s'arrêta pour là méditer un peu. Non, vraiment, ça n'avait rien à voir. Le Simetierre lui avait donné l'impression d'un ordre qui naissait du chaos comme par l'effet d'une subtile magie. Ces cercles concentriques grossiers qui s'enroulaient autour du centre, ces plaques d'ardoise mal dégrossies, ces croix formées de deux bouts de planche... Comme si les enfants qui enterraient leurs animaux à cet endroit avaient été poussés par leur inconscient collectif à adopter cette disposition, comme si...

Et tout à coup, Louis perçut le Simetierre des animaux comme une espèce de réclame... une espèce d'exhibition publicitaire semblable à celles qu'organisent les bonimenteurs de foire pour rameuter des clients. On fait sortir le cracheur de feu, et vous avez droit à un petit tour de parade gratuit, parce que le patron de la baraque où se produisent les phénomènes et les saltimbanques sait bien qu'il ne verra pas la couleur de votre argent tant qu'il ne vous aura pas jeté d'abord un peu de poudre aux yeux, que vous ne lui payerez pas sa marchandise sans en avoir eu un avant-goût...

Ces tombes, ces tombes avec leurs cercles presque druidiques.

Les tombes du Simetierre des animaux dessinaient le motif du plus ancien de tous les symboles religieux du monde : elles traçaient la ligne d'une spirale qui s'enroule sur elle-même, dont le mouvement ne se ramène pas à un point originel, mais se prolonge à l'infini. La spirale représente tout à la fois une involution — passage de l'ordre au chaos — et une évolution — du chaos à l'ordre — et sa signification change suivant le point de vue que l'on adopte au départ. Ce symbole, les Egyptiens l'avaient ciselé sur les tombes de leurs pharaons, les Phéniciens l'avaient grave sur les stèles de leurs défunts rois ; on en avait retrouvé des représentations dans les catacombes de l'antique cité de Mycènes ; les chefs de clans celtiques de Stonehenge en avaient fait une horloge qui leur servait à mesurer le mouvement de l'univers ; elle apparaissait dans la Bible judéo-chrétienne sous la forme du cyclone du milieu duquel Dieu s'adresse à Job.

La spirale était le plus ancien de tous les symboles magiques, la plus vieille représentation humaine du pont en forme de colimaçon qui relie peut-être le monde au Grand Vide.

Louis dénicha enfin la tombe de Gage. Le gros camion à palan n'était plus là, et l'odieux tapis d'herbe artificielle avait été roulé et rangé au fond d'une quelconque remise par un ouvrier pressé d'en finir qui sifflotait en songeant à la bière qu'il allait s'envoyer au bar du coin aussitôt sa besogne achevée. L'endroit où reposait Gage était marqué par un rectangle de terre nue soigneusement râtissé, qui devait faire à peu près un mètre sur un mètre cinquante. La pierre tombale n'avait pas encore été mise en place.

Louis tomba à genoux. Le vent lui soulevait les cheveux, les agitant en tous sens. Le ciel, presque entièrement noir à présent, était plein de nuages qui couraient.

Personne ne m'a braqué une torche dans la figure en me demandant ce que je fichais là. Aucun chien de garde n'a aboyé. La grille n'était même pas verrouillée. L'époque des détrousseurs de tombeaux est bien finie. Si j'étais venu avec une pelle et une pioche...

Il se ressaisit avec un sursaut. L'idée que le cimetière n'était pas surveillé la nuit était absurde. Il jouait au plus fin avec lui-même, et c'était un petit jeu périlleux. Et s'il était découvert enfoncé jusqu'à mi-cuisse dans la tombe fraîchement creusée de son fils par un gardien ou un vigile ? Est-ce que c'était le genre de fait divers dont les journaux font leurs choux gras ? Probablement pas, mais ce n'était tout de même pas à exclure. Et on risquait de le poursuivre. Sous quel chef d'accusation ? Profanation de sépulture ? Il n'y avait guère de chance que ce délit figurât au code pénal. Mais il restait la dégradation de monuments, ou la tentative d'effraction. Et que les journaux en parlent ou non, la rumeur publique aurait vite fait de s'emparer de l'incident. L'histoire se répandrait comme une traînée de poudre ; elle serait assez croustillante pour qu'on ne se retienne pas de la faire circuler. *Tu connais la dernière ? Paraît qu'on a surpris le médecin-chef de l'université d'Orono en train de déterrer le corps de son fils, un gosse de deux ans qui venait d'être écrasé par un camion.* Et même si ces racontars ne lui coûtaient pas son poste, ils arriveraient sans doute aux oreilles de Rachel, qui en tinteraient méchamment, sans parler d'Ellie qui risquait de se retrouver en butte aux quolibets de meutes de mioches déchaînés qui transformeraient sa vie quotidienne à l'école en un véritable enfer. Que l'affaire ait ou non des suites légales, sa famille risquerait d'avoir à affronter d'humiliantes atteintes à son intégrité mentale.

Mais je pourrais ramener Gage à la vie ! Gage revivrait !

Y croyait-il vraiment ? Le jugeait-il réellement possible ?

A bien y regarder, oui. Il s'était maintes fois répété, avant et après la mort de Gage, que Church n'avait pas vraiment été tué, mais simplement étourdi, qu'il avait creusé une galerie pour s'extirper de sa tombe et qu'il était tranquillement rentré à la maison. Bref, il en avait fait une espèce de légende pour enfants, un conte de fées plein de sous-entendus macabres. Le Chat botté, version Edgar Poe. Une bête est ensevelie sous un tumulus de pierres par suite d'une malheureuse boulette de son maître. Le fidèle animal se débat héroïquement, parvient à s'extraire de sa tombe et rentre chez lui. Belle histoire — mais complète fiction. Church était tout ce qu'il y a de plus mort, et le cimetière des Micmacs l'avait fait revenir à la vie.

Louis s'assit par terre à côté de la tombe de Gage et il s'efforça de classer les indices dont il disposait dans un ordre aussi logique et rationnel que cette magie noire le lui permettait.

Timmy Baterman, pour commencer. Primo : est-ce qu'il croyait à cette histoire ? Et deuxio : qu'est-ce que ça pouvait changer qu'il y croie ou non ?

Le récit de Jud était arrivé un peu trop opportunément, mais malgré ça, sa véracité ne faisait guère de doute à ses yeux. Dès lors qu'il existait un endroit comme le cimetière des Micmacs (et indiscutablement, il existait) et que des gens étaient au courant de son existence (cas de certains des plus vieux habitants de Ludlow) il était inévitable qu'un jour ou l'autre quelqu'un en vienne à tenter une expérience comme celle-là. Si l'idée que Louis se faisait de la nature humaine était correcte, il était difficile de croire qu'on n'ait pas tenté de faire revivre plus que quelques animaux familiers ou que des bovidés de prix.

Bon, mais est-ce qu'il croyait aussi que Timmy Baterman avait réellement été métamorphosé en une sorte de génie maléfique et omniscient ?

La question était nettement plus épineuse, et Louis la retourna dans sa tête avec beaucoup de précaution. Il savait qu'il n'avait pas *envie* d'y croire, mais il savait aussi qu'une opinion fondée sur des idées préconçues peut aboutir à des bévues tragiques.

Il n'avait pas envie de croire que Timmy Baterman avait pu

devenir une créature diabolique, mais il ne pouvait pas permettre qu'un sentiment purement subjectif obscurcisse son jugement. Ce n'était pas le moment de céder à des présupposés irrationnels.

Il repensa au taureau Hanratty. D'après Jud, Hanratty était devenu méchant. Timmy Baterman aussi, à sa manière. Hanratty avait été abattu par son propre maître, l'homme qui s'était donné la peine de traîner son cadavre jusqu'au cimetière des Micmacs. Timmy Baterman avait été supprimé par son propre père.

Hanratty était devenu méchant, d'accord, mais est-ce que cela signifiait que tous les animaux revenus à la vie tournaient mal ? Non. Du cas d'Hanratty le taureau, on ne pouvait tirer une règle ; au contraire, c'était l'exception qui confirmait la règle. Il n'y avait qu'à voir ce qui s'était passé avec tous les autres : Spot, le chien de Jud, le perroquet de la vieille dame, Church lui-même. A leur retour, ils n'étaient plus tout à fait pareils, et la transformation sautait toujours aux yeux. Mais elle n'avait pas pris de proportions bien tragiques, si peu même dans le cas de Spot que Jud ne s'était pas privé pour autant de recommander l'usage de ce procédé spécial de... de...

(résurrection)

Oui, de recommander ce procédé de *résurrection* à un ami proche bien des années plus tard. Evidemment, le vieil homme s'était mis ensuite à battre sa coulpe, à s'emmêler les pinceaux et à lui faire de grandes tirades prophétiques et ampoulées teintées d'une philosophie de bazar.

Comment pouvait-il hésiter à saisir la chance unique et inespérée qui s'offrait à lui pour la seule raison que la résurrection de Timmy Baterman s'était soldée par un fiasco sanglant ? Une hirondelle fait-elle le printemps ?

Tu déformes volontairement les faits pour aboutir à la conclusion que tu souhaites, lui objecta sa raison. *Bon sang, tu pourrais au moins t'avouer la vérité en ce qui concerne la métamorphose de Church. Même si tu refuses de laisser entrer en ligne de compte les oiseaux démembrés et les souris étripées, que penses-tu de son état ? Ce chat n'a plus la moindre étincelle d'intelligence. Il est constamment hébété. Rappelle-toi du jour où vous avez fait voler le cerf-volant. Tu te souviens comme Gage était vibrant, plein de vie, comme il réagissait à tous les stimuli ? Tu ne crois pas qu'il vaudrait mieux t'en souvenir tel qu'il était ce jour-là ? Tu as vraiment envie de le ressusciter sous la forme d'un zombie de film d'horreur de seconde zone ? Ou même sous celle, plus prosaïque, d'un môme attardé ? D'un garçonnet qui mangera avec ses doigts, regardera sans rien y comprendre les images qui défilent sur l'écran de la télé, et ne sera jamais capable d'écrire son propre nom ? Qu'est-ce que disait Jud au sujet de son chien ? « J'avais l'impression de savonner un quartier de viande. » Est-ce que c'est cela que tu souhaites ? Un quartier de viande qui respire ? Et même à supposer que tu puisses t'en contenter, comment expliqueras-tu la résurrection de ton fils à ta femme ? A ta fille ? A Steve Masterton ? Et au reste du monde ? Que se passera-t-il le jour où Missy Dandridge s'engagera dans votre allée et apercevra Gage en train de s'amuser avec son tricycle dans le jardin ? Tu imagines ses hurlements de terreur, Louis ? Tu ne la vois pas se griffer la figure de ses ongles ? Et que répondras-tu aux questions des journalistes ? Que diras-tu quand les cameramen de l'émission « Vous êtes formidables » viendront frapper à ta porte en demandant s'ils peuvent filmer l'enfant revenu d'entre les morts ?*

Ces objections avaient-elles réellement du poids, ou bien était-ce seulement la lâcheté qui le poussait à les formuler ? Pensait-il sincèrement qu'il s'agissait d'obstacles impossibles à surmonter ? Que si Rachel pleurait en voyant revenir son fils mort, ce ne serait pas de joie ?

Oui, sans doute, il était impossible d'écarter l'éventualité que Gage ne leur revienne, euh... diminué. Mais est-ce que la qualité de l'amour que Louis lui portait en serait changée ? L'amour des parents pour leurs enfants persiste même lorsqu'il s'agit d'enfants nés aveugles, de frères siamois, d'enfants nés avec les intestins à l'envers. On voit des parents dont les enfants sont devenus en grandissant des violeurs, des assassins et des tortionnaires et qui n'en implorent pas moins la clémence des juges ou la grâce du Président.

Croyait-il vraiment qu'il lui serait impossible d'aimer Gage sous prétexte qu'il faudrait le langer jusqu'à l'âge de huit ans, qu'il ne viendrait à bout de son premier livre de lecture qu'à l'âge de douze ans ? Ou même qu'il n'apprendrait jamais à lire ni à écrire ? Pouvait-il tout bonnement renoncer à son fils, accepter comme définitif l'avortement à retardement que le destin lui avait infligé, alors qu'il disposait d'un ultime recours ?

Enfin quoi, Louis, bon Dieu, tu ne vis tout de même pas dans une tour de verre. Les gens vont dire...

Il expulsa brutalement cette idée de son esprit. L'opinion

publique était la dernière chose au monde dont il lui fallait se préoccuper.

Louis abaissa les yeux sur la terre fraîchement râtissée qui surmontait la tombe de Gage, et une grande vague d'horreur et de terreur mystique déferla en lui. A son insu, comme animés d'un mouvement indépendant, ses doigts avaient dessiné une forme dans la terre. La forme d'une spirale.

Il remua la terre à deux mains, effaçant la trace du motif qu'il avait esquissé. Après quoi il se dirigea en hâte vers le portail, honteux de son intrusion à présent, persuadé à chaque détour du chemin qu'on allait l'apercevoir, l'arrêter, l'assaillir de questions.

Quand il arriva chez Napoli's, sa pizza était prête depuis belle lurette. On l'avait laissée au sommet d'un des grands fours à bois, mais elle était refroidie, graisseuse et avait à peu près autant de saveur qu'une rondelle de terre cuite. Louis n'en mangea qu'une bouchée et balança le reste, carton inclus, par la fenêtre de la Civic tandis qu'il roulait en direction de Ludlow. Il n'était pas du genre semeur de détritus par nature, mais il ne tenait pas à ce que Rachel découvre une pizza à peine entamée dans leur boîte à ordures. Elle en aurait peut-être déduit qu'il avait une tout autre idée en tête en se rendant à Bangor.

Louis s'était mis à réfléchir au temps et aux circonstances.

Le facteur temps était très important, peut-être même d'une importance cruciale. Timmy Baterman était mort depuis un bon moment quand son père avait enfin pu transporter son corps au cimetière des Micmacs. *Le corps de Timmy était arrivé à la gare de Limestone le 19 juillet... On l'avait enterré le 22, si mes souvenirs sont exacts... Quatre ou cinq jours plus tard, Margie Washburn l'a croisé sur la route pendant qu'elle faisait sa tournée.*

Bon. Disons que Bill Baterman avait fait cela quatre jours après l'inhumation officielle de son fils... Non. S'il fallait se livrer à des conjectures hasardeuses, autant rester dans les limites les plus raisonnables possibles. Trois jours. Partons de l'hypothèse que Timmy Baterman était revenu à la vie le 25 juillet. Cela donnait un délai de six jours entre la mort de ce garçon et son retour, en prenant la base d'évaluation la plus optimiste. En fait, l'écart avait pu être d'une bonne dizaine de jours. Gage était mort depuis quatre jours à présent. Il avait déjà perdu pas mal de temps, mais il avait encore une bonne longueur d'avance sur le délai dont Bill

336

Baterman avait disposé dans la meilleure hypothèse possible. Si seulement...

S'il avait seulement pu recréer des circonstances analogues à celles qui avaient rendu possible la résurrection de Church. Car ce sacré chat avait on ne peut mieux choisi son moment pour mourir, pas vrai ? Louis était seul à la maison quand Church s'était fait estourbir. Sa mort n'avait pas eu d'autre témoin que Jud et lui.

Rachel et les enfants étaient à Chicago.

La dernière pièce de sa belle petite mécanique venait de se mettre en place.

« Tu veux que nous fassions *quoi* ? » s'écria Rachel en le regardant d'un air interdit.

Il était dix heures quinze. Ellie était allée se coucher. Rachel avait pris un autre Valium après avoir débarrassé le living des reliefs du repas de funérailles (« repas de funérailles », « visite du défunt », « levée du corps », toutes ces expressions consacrées étaient d'autant plus sinistres qu'elles évoquaient des festivités paradoxales) et depuis son retour de Bangor elle était restée muette et prostrée. Mais la suggestion de Louis l'avait brusquement arrachée à sa torpeur.

« Je veux que vous preniez l'avion pour Chicago avec tes parents, répéta-t-il d'une voix patiente. Ils repartent demain matin. Si tu les appelles tout de suite, et si tu appelles la Delta aussitôt après, tu pourras peut-être t'arranger pour avoir des places sur le même vol qu'eux.

— Mais enfin Louis, tu déménages ou quoi ? Après ce pugilat avec mon père... »

Louis se prit à aligner les arguments avec une faconde qui n'était guère dans son style. Cette facilité de parole toute nouvelle l'emplissait d'une sorte de griserie mesquine. Il avait l'impression d'être un ailier remplaçant qui se retrouve soudain avec le ballon et réalise une percée spectaculaire, louvoyant à travers les lignes adverses, déjouant toutes les tentatives de plaquage avec une aisance inexplicable. Il n'avait jamais été un menteur habile, et il n'avait pas peaufiné à l'avance les détails de cette discussion, mais à présent il débitait un chapelet de mensonges plausibles, de demi-vérités et de prétextes convaincants avec une facilité souveraine.

« Ce pugilat est justement une des raisons pour lesquelles j'aimerais que tu les accompagnes à Chicago avec Ellie. Il est grand

337

temps que nous recousions cette plaie, Rachel. Je l'ai compris... pressenti plutôt, au salon mortuaire. J'étais en train de faire une tentative de réconciliation quand cette querelle a éclaté.

— Mais ce voyage, Louis... Je trouve que ce n'est vraiment pas une bonne idée. Nous avons besoin de toi, et réciproquement. » Elle le dévisagea d'un air soupçonneux.

« Enfin, *j'espère* que la réciproque est vraie. En outre, ni Ellie ni moi ne sommes en état de...

— Ni Ellie ni toi n'êtes en état de rester ici, coupa Louis avec un tel emportement qu'il se demanda soudain s'il ne couvait pas une fièvre. Je suis heureux que vous ayez besoin de moi, et j'ai besoin de vous aussi, crois-moi. Mais actuellement, il n'y a pas de pire endroit pour vous au monde que cette maison. Elle est imprégnée du souvenir de Gage. Gage est présent partout, jusque dans les moindres recoins de chaque pièce. C'est déjà pénible pour toi ou pour moi, mais je crois que c'est carrément insupportable pour Ellie. »

Une flamme douloureuse vacilla brièvement dans le regard de Rachel, et il comprit qu'il l'avait touchée au vif. Tout au fond de lui-même, il avait honte de cette victoire à bas prix. Ses manuels lui avaient tous appris la même chose sur ce sujet : la première impulsion des victimes de la perte d'un être cher consiste à vouloir fuir les lieux qui ont été le théâtre du triste événement, mais s'ils y cèdent, cela peut avoir des conséquences néfastes, car c'est une manière de nier la réalité, une espèce de fuite en avant, un luxe qu'il vaut mieux ne pas se permettre. Tous les psychologues s'accordent pour dire que le mieux est de rester sur place, de lutter avec sa peine sur son propre terrain jusqu'à ce qu'elle s'atténue et passe au stade de la remémoration douce. Mais Louis n'avait nullement l'intention de mettre cette théorie en pratique avec sa femme et sa fille. Il fallait absolument qu'il les éloigne. pendant au moins un temps.

« Je sais bien, dit Rachel. C'est... ça vous tombe dessus à tout propos. Pendant que tu étais à Bangor, j'ai déplacé le canapé J'avais décidé de passer un coup d'aspirateur, histoire de... de me changer les idées... et je suis tombée sur quatre de ses petites autos miniatures... on aurait dit qu'elles attendaient qu'il revienne pour... pour s'amuser avec elles, tu vois... »

Sa voix, déjà bien chevrotante, s'étrangla brusquement et de grosses larmes jaillirent de ses yeux.

« C'est à ce moment-là que j'ai pris mon deuxième Valium,

parce que je m'étais remise à pleurer, exactement comme maintenant... oh, j'en ai marre de ce mélo ringard qui n'en finit pas...
Louis, prends-moi dans tes bras, tu veux ? Et serre-moi bien
fort... »

Il fit ce qu'elle disait, et il l'étreignit avec force, mais il avait le
sentiment d'être un imposteur. Il ne pensait qu'à une chose :
utiliser les larmes de Rachel à son profit. *Quel brave type, quand
même, ce Creed. Allons-y, allez go !*

« Jusqu'à quand ça va durer ? reprit Rachel en sanglotant. Est-ce
que ça finira jamais ? Oh, Louis, si Gage revenait, je te jure que je
le surveillerais mieux, que ça ne pourrait plus arriver. Le chauffeur
de camion roulait trop vite, d'accord, mais ça ne nous absout pas
complètement. Jamais je n'aurais cru qu'on puisse souffrir autant.
C'est vrai, je t'assure. La douleur ne s'arrête jamais, elle ne me
laisse pas une seconde de répit, et j'ai si *mal*, Louis, je souffre
même dans mon sommeil, dès que je m'endors je me mets à en
rêver, je le revois sans cesse en train de courir vers la route... et je
m'entends lui hurler de...

— Chut, murmura Louis. Chut, Rachel, tais-toi. »

Elle leva sur lui son visage bouffi par les larmes.

« On ne peut même pas dire que Gage essayait vraiment de nous
faire enrager, Louis... Pour lui, ce n'était qu'un petit jeu innocent.
Le camion est arrivé au mauvais moment, voilà tout... Tout à
l'heure, au beau milieu de ma crise de larmes, Missy Dandridge a
téléphoné... Elle a lu dans le journal de ce soir que le chauffeur du
camion avait tenté de mettre fin à ses jours.

— Quoi ?

— Il a essayé de se pendre dans son garage. D'après le journal,
il a subi un choc terrible et il est complètement déprimé...

— C'est foutrement dommage qu'il se soit raté », s'exclama
Louis avec férocité, mais le son de sa propre voix lui parut très
lointain. Un obscur frisson montait en lui. *Cet endroit a du pouvoir,
Louis... Je crains qu'il ne soit dans une phase ascendante et qu'il
n'atteigne bientôt au summum de sa force.* « Mon fils est mort, et lui
on l'a libéré après lui avoir fait verser une caution de mille dollars.
Il continuera d'être déprimé et suicidaire jusqu'au jour où un juge
lui infligera une suspension de permis de trois mois et une amende
symbolique.

— Missy m'a dit que sa femme l'avait plaqué en emmenant les
enfants avec elle, dit Rachel d'une voix étouffée. Ce détail-là n'était

pas dans le journal. Elle le tenait de la bouche de quelqu'un qui connaît du monde à Ellsworth. Il n'était ni ivre, ni drogué. Il n'a jamais été condamné pour excès de vitesse. Il a raconté qu'en arrivant à Ludlow, une envie subite d'écraser l'accélérateur lui est venue. Il ne sait pas ce qui l'a pris. Ce sont les bruits qui courent, en tout cas. »

Une envie subite d'écraser l'accélérateur.

Cet endroit a du pouvoir...

Louis chassa ces pensées. Il prit le bras de Rachel et le serra doucement, mais fermement.

« Appelle tes parents, Rachel. Sur-le-champ. Il ne faut pas que vous restiez un jour de plus dans cette maison, toi et Ellie. C'est superflu.

— Je ne veux pas partir sans toi, protesta-t-elle. Louis, je veux que nous restions ensemble. Il le *faut.*

— Je viendrai vous rejoindre dans trois jours, quatre au plus. (Si tout se passait bien, Rachel et Ellie pourraient revenir d'ici quarante-huit heures.) Il faut que je trouve quelqu'un pour me remplacer, au moins une partie du temps, à l'université. Bien sûr, je pourrais prendre un congé maladie, ou des vacances anticipées, mais je ne veux pas laisser Surrendra Hardu en trop mauvaise posture. Jud pourra avoir l'œil sur la maison en notre absence, mais il faut tout de même que je m'occupe de faire suspendre l'électricité et de remiser nos provisions dans le congélateur des Dandridge.

— L'école d'Ellie va...

— Qu'ils aillent se faire voir. De toute façon, on n'est qu'à trois semaines des vacances. Et puis, étant donné les circonstances, ils se montreront compréhensifs. Ils lui accorderont une dispense spéciale. Tout s'arrangera très bien, tu v...

— Louis ? »

Il laissa sa phrase en suspens.

« Quoi ?

— Qu'est-ce que tu me caches ?

— Ce que je te cache ? fit-il en la regardant droit dans les yeux. Je ne vois pas de quoi tu veux parler.

— Tu en es bien sûr ?

— Certain.

— Bon, n'y pense plus alors. Je vais appeler mes parents... si c'est vraiment ce que tu veux.

340

— C'est vraiment ce que je veux », dit Louis. Il lui sembla que cette phrase lui résonnait dans la tête avec des échos métalliques.

« C'est peut-être le mieux, après tout... pour Ellie. »

Elle le dévisagea avec attention. Elle avait les yeux rouges, et encore légèrement vitreux à cause du Valium.

« Tu as l'air fiévreux, Louis. On dirait que tu couves quelque chose. »

Avant qu'il ait eu le temps de lui répondre, elle s'approcha du téléphone et forma le numéro du motel où les Goldman étaient descendus.

La proposition de Rachel mit les Goldman au comble de la joie. Ils furent nettement moins ravis de s'entendre annoncer que Louis viendrait les retrouver quelques jours plus tard. Bien entendu, ils avaient tort de se faire du souci à ce sujet ; Louis n'avait pas la moindre intention de se rendre à Chicago. Le seul écueil qui menaçait le bon déroulement de son plan était la difficulté éventuelle à obtenir des réservations fermes si peu de temps avant le départ de l'avion. Mais là aussi, la chance lui sourit. Il y avait encore de la place sur le vol de la Delta jusqu'à Cincinnati, et une vérification rapide leur apprit qu'il y avait eu deux annulations de dernière minute sur un vol Cincinnati-Chicago de l'United. Cela voulait dire qu'Ellie et Rachel devraient quitter les Goldman à Cincinnati ; mais elles arriveraient à Chicago moins d'une heure après eux.

On dirait de la magie, songea Louis en raccrochant et aussitôt, la voix de Jud reprit sa sombre litanie dans sa tête : *Je crains qu'il n'atteigne bientôt au summum de sa force...*

Oh ! toi la voix, va te faire foutre ! rétorqua-t-il grossièrement en lui-même. *Ces derniers neuf mois, j'ai été forcé d'avaler pas mal de couleuvres, mon cher vieil ami. Mais vous ne me ferez pas croire qu'un lopin de terre hanté peut tripatouiller à distance l'ordinateur d'une compagnie aérienne.*

Pouvoir occulte, je veux bien, mais il y a quand même des limites.

« Il faut que j'aille faire les bagages, dit Rachel en déchiffrant les renseignements que Louis avait griffonnés sur le bloc-notes accroché au mur à côté du téléphone.

— Ne prends que la grande valise, ça suffira », dit Louis.

Elle le regarda avec des yeux ronds, l'air effaré.

« Pour Ellie et moi ? Tu plaisantes, ou quoi ?

— Bon, tu n'as qu'à prendre deux petits sacs en plus. Mais ne te

341

casse pas trop la tête, hein. Ce n'est pas la peine d'emporter des vêtements pour un mois. (*Surtout que vous serez de retour à Ludlow beaucoup plus tôt que tu ne penses,* songea-t-il.) Prends-en pour une semaine, dix jours au plus. Si jamais tu manques de quelque chose, tu n'auras qu'à l'acheter. Tu as le chéquier et les cartes de crédit.

— Mais nous n'avons pas de quoi... », commença Rachel d'une voix dubitative. A présent, elle semblait avoir des doutes sur tout. Elle était devenue molle, indécise, mal assurée. Louis se souvint de la remarque absurde qu'elle avait inopinément lâchée la veille au sujet de la Winnebago dont il avait vaguement envisagé l'achat plusieurs années auparavant.

« Nous avons de l'argent en banque, dit-il.

— Oui, mais... J'imagine qu'au besoin on pourra puiser sur le pécule qu'on avait mis de côté pour payer les études de Gage. Evidemment, il faudra compter un jour ou deux pour transférer le livret d'épargne, et une semaine pour convertir les bons du Trésor... »

Une fois de plus, ses traits se convulsèrent et elle fondit en larmes. Louis la prit dans ses bras. *Elle a raison,* se dit-il. *Ça vous tombe dessus à tout propos.* « Non, Rachel, je t'en prie, dit-il. Ne pleure pas... »

Mais elle pleura, bien entendu. Que pouvait-elle faire d'autre ?

Tandis que Rachel faisait les bagages au premier, le téléphone sonna. Louis se rua sur l'appareil, persuadé que c'était les réservations de la Delta qui rappelaient pour dire qu'il y avait eu erreur, et qu'en fait l'avion était complet. *J'aurais dû m'en douter. Ce n'était pas possible qu'il n'y ait pas un accroc quelque part.*

Mais ce n'était pas la Delta. C'était Irwin Goldman.

« Je vais vous chercher Rachel, dit Louis.

— Non ! » s'écria Goldman, après quoi il resta un long moment sans rien dire. *Il est probablement en train de se demander par quelle épithète malsonnante il pourrait bien commencer.*

Quand Goldman se remit à parler, ce fut d'une voix contrainte, embarrassée. On aurait dit qu'il s'arrachait chaque mot au prix d'un effort terrible. « C'est à vous que je veux parler, dit-il. Dory tenait à ce que je vous appelle pour me... pour vous demander pardon de m'être comporté ainsi. Et à vrai dire, je... Louis, moi aussi, je tenais à vous faire mes excuses. »

Ma foi, Irwin, que vous êtes magnanime ! Bon sang, pour un peu j'en mouillerais mon froc !

« Inutile de vous excuser, dit Louis d'une voix brève et machinale.

— Je me suis conduit comme un moins que rien ! » fit Goldman. Non content de s'arracher les mots, on aurait dit à présent qu'il les expectorait comme des glaires. « En apprenant que c'est vous qui aviez eu l'idée de faire venir Rachel et Ellie à Chicago, je me suis rendu compte à quel point vous étiez généreux... et à quel point ma conduite avait été abjecte. »

Ce petit laïus avait comme un air de revenez-y ; Louis lui trouvait des consonances bizarrement familières...

Tout à coup, il saisit, et une grimace lui retroussa les lèvres, comme s'il venait de mordre à pleine bouche dans un citron acide. C'était exactement l'attitude que Rachel adoptait (inconsciemment, cela allait sans dire) lorsqu'elle avait obtenu ce qu'elle voulait de Louis en lui faisant une scène. Cette manière de dire : *Pardon d'avoir été si garce, Louis* avec un petit air contrit. La voix de Goldman avait pris les mêmes accents (mis à part qu'elle n'avait pas la fraîcheur et la gaieté de celle de Rachel, bien sûr) pour lui dire : *Pardon d'avoir été si salaud, Louis.*

Le vieux récupérait sa fille et sa petite-fille. Elles allaient voler du Maine dans les bras de bon-papa par le truchement de la Delta Airlines, rentrer au bercail, conformément aux vœux de Goldman. Si bien qu'à présent il pouvait se permettre de faire étalage de magnanimité. Il avait gagné, ce vieil Irwin. Il avait eu ce qu'il voulait. *Alors, oublions que je vous ai balancé un gnon à deux pas du cadavre de votre fils, Louis, que je vous ai frappé pendant que vous étiez à terre, que j'ai fait sauter la serrure du cercueil en le renversant, si bien que vous avez entrevu — ou cru entrevoir — la main de votre enfant mort. Oublions tout cela. Enterrons le passé.*

Ça va vous sembler terrible, Irwin, espèce de vieille crapule, mais je vous souhaiterais volontiers de tomber raide mort sur-le-champ si ça ne risquait pas de foutre mon plan par terre.

« Mais non voyons, Mr Goldman, dit-il d'une voix neutre. Votre conduite n'a pas été abjecte. C'est simplement que ce jour-là nous étions tous un peu... à cran.

— Si, ma conduite a été abjecte », insista le vieil homme et Louis fut bien forcé de s'avouer qu'il ne s'agissait pas d'une simple manœuvre, qu'il ne se contentait pas d'exprimer un repentir

343

factice parce qu'il était sûr d'avoir obtenu ce qu'il désirait. Goldman était au bord des larmes, et sa voix lente et tremblante avait pris des accents de ferveur. « Ce jour-là, nous avons tous *affreusement* souffert — par ma faute. Parce que je ne suis qu'un vieil idiot entêté. J'ai fait souffrir ma fille au moment où elle avait besoin de mon aide... Et vous aussi, je vous ai fait souffrir, alors que j'aurais peut-être pu vous aider, Louis. Et en vous voyant vous comporter comme cela, après la manière dont je me suis conduit, moi, j'ai vraiment l'impression d'être une ordure. Et je suppose que ça me pendait au nez. »

Oh, mon Dieu, faites qu'il arrête sinon je vais me mettre à l'engueuler et tout mon plan sera à l'eau.

« Rachel vous a peut-être dit que nous avions une autre fille, Louis...

— Zelda, dit Louis. Oui, Rachel m'en a parlé.

— Nous avons subi une terrible épreuve, dit Goldman de sa voix tremblante. Ça a été très dur pour nous tous. Pour Rachel surtout, qui a assisté à la mort de Zelda, mais pour Dory et moi également. Dory a frôlé la dépression nerveuse... »

Et Rachel, alors, vous ne croyez pas qu'elle a frôlé l'abîme aussi ? aurait voulu lui crier Louis. *Vous vous figurez peut-être qu'une enfant ne peut pas faire de la dépression ? Vingt ans après, elle saute encore au plafond dès qu'elle voit se profiler l'ombre de la mort. Et à présent, voilà qu'il nous arrive cet épouvantable coup du sort. C'est un véritable miracle que Rachel ne soit pas à l'hôpital en ce moment même, bordel, et sous perfusion encore ! Alors ne me parlez pas de ce que vous et votre femme avez enduré, salaud.*

« Depuis la mort de Zelda, nous avons toujours... je suppose que nous nous sommes accrochés à Rachel... toujours à vouloir la protéger... à essayer de nous racheter. En compensation des problèmes qu'elle avait eus avec... avec son dos... pendant tant d'années. Dans une volonté d'expier notre défection le jour de la mort de Zelda... »

Voilà que Goldman pleurait pour de bon, à présent. Pourquoi fallait-il donc qu'il pleure ? Du coup, Louis avait du mal à éprouver envers lui cette haine absolue, sans mélange. Il fallait faire quelque chose pour la raviver. Délibérément, il évoqua l'image de Goldman glissant une main sous sa veste d'intérieur pour en tirer son chéquier inépuisable... et tout à coup, à l'arrière-plan, il distingua la silhouette de Zelda Goldman, fantôme jamais en repos sur son lit souillé d'excréments, son visage nécrosé tordu par la douleur et la rancœur, ses horribles mains griffues. Le spectre des Goldman. Le gwand, le tewwible Oz.

« Je vous en prie, dit-il. Je vous en prie, Mr Goldman. Irwin. Arrêtez. C'est déjà assez moche comme ça, vous ne trouvez pas ?

— Ah Louis, je suis sûr à présent que vous êtes un brave homme et que je vous avais mal jugé. Oh, je sais bien ce que vous êtes en train de penser. Vous croyez que je suis idiot à ce point ? Oh non. Je suis idiot, mais pas complètement. Vous vous dites que tout ce que je vous raconte est de la frime, que maintenant je peux me le permettre. Vous vous dites : ouais, à présent il a eu ce qu'il voulait, et déjà dans le temps il a tenté de me corrompre, mais... mais je vous jure, Louis...

— Ça suffit, dit Louis d'une voix douce. Je ne peux pas... Je n'en peux plus, je n'y tiens plus. Vous arrêtez, Irwin ? »

A présent, sa voix tremblait aussi.

« Très bien, dit Goldman avec un soupir où Louis perçut plus de soulagement que de regret. Mais encore une fois, je tiens à vous faire mes excuses. Vous n'êtes pas obligé de les accepter, bien sûr. Mais c'est uniquement pour cela que je vous ai appelé, Louis. Pour vous faire mes excuses.

— D'accord », dit Louis. Il ferma les yeux. Son crâne palpitait sourdement. « Merci, Irwin. J'accepte vos excuses.

— C'est à moi de vous remercier, dit Goldman. Et merci également... de nous envoyer Rachel et Ellie. Peut-être que c'est de ça qu'elles ont besoin. Nous viendrons les chercher à l'aéroport.

— Parfait », dit Louis et tout à coup il eut une idée. Une idée qui par son bon sens même avait quelque chose de follement séduisant. Il oublierait ces vieilles rancœurs... et il laisserait Gage dormir dans sa tombe du cimetière de Pleasantview. Au lieu d'essayer de rouvrir de force la porte que le destin lui avait claquée au nez, il la munirait d'une serrure, fermerait la serrure à double tour et jetterait la clé. Il ferait exactement ce qu'il avait annoncé à Rachel. Il mettrait toutes leurs affaires en ordre, et il prendrait l'avion pour Chicago. Et s'ils y passaient tout l'été, tiens ? Lui, sa femme, et leur tendre petite Ellie. Ils iraient au zoo, au planétarium. Ils iraient faire du canotage sur le lac Michigan. Il emmènerait Ellie au sommet de la Sears Tower et il lui montrerait les immensités plates du Middle-West étalées à leurs pieds comme un grand échiquier fertile et rêveur. Ensuite, vers la mi-août, ils reprendraient le chemin de cette maison qui leur paraissait à présent si lugubre et ombreuse, et peut-être que ça serait comme un nouveau départ. Peut-être qu'ils reprendraient la trame de leurs jours à partir d'un fil neuf; il faudrait bien, car celui qui tissait l'existence présente de la famille Creed était tout effiloché et sanglant.

Mais est-ce que ça ne reviendrait pas à assassiner son fils ? A le faire mourir une seconde fois ?

Tout au fond de lui, une voix voulut protester, crier qu'il n'en était rien, mais Louis refusait d'entendre ses objurgations. Il se hâta de la bâillonner.

« Il va falloir que je vous quitte, à présent, Irwin. Il faut que je monte voir si Rachel a fini de faire ses bagages, et ensuite que je la mette au lit.

— Bon, eh bien au revoir, Louis. Et encore une fois... »

S'il s'excuse une fois de plus, je hurle, nom de Dieu.

« Au revoir, Irwin », coupa-t-il et il raccrocha.

Il alla rejoindre Rachel dans leur chambre et la trouva au milieu d'un vaste fouillis de vêtements. Des chemisiers étalés sur le lit, des soutiens-gorge en travers des dossiers des fauteuils, des pantalons accrochés à des cintres pendus les uns au-dessus des autres sur la poignée de la porte. Elle avait aligné ses chaussures dans un ordre militaire au pied de la fenêtre. Elle emballait ses affaires avec lenteur, mais non sans méthode. Louis vit immédiatement qu'il allait lui falloir au moins trois valises — quatre peut-être — pour caser tout cela, mais il aurait été futile de lui faire une scène à ce sujet. Au lieu de l'accabler de reproches, il lui prêta main-forte. Au moment où ils bouclaient la dernière valise (sur laquelle Louis avait dû s'asseoir pour que Rachel puisse faire jouer les fermoirs), elle demanda :

« Tu es bien sûr que tu n'as rien à me dire, Louis ?

— Bon sang, chérie, mais de quoi parles-tu ?

— Justement, je n'en sais rien, répondit-elle d'une voix égale. C'est pour ça que je te pose la question.

— Enfin, qu'est-ce que tu t'imagines ? Tu crois que je vais profiter de votre absence pour aller faire un tour au bordel ? Me faire embaucher comme clown dans un cirque itinérant ? A quoi tu penses, hein ?

— A rien de précis. Mais j'ai l'impression qu'il y a anguille sous roche. On dirait que tu essayes de te débarrasser de nous.

— Rachel, tout ça est *ridicule*! » s'écria Louis avec une véhémence dans laquelle il entrait une bonne part d'agacement. Même dans une situation aussi délicate que celle-là, il enrageait d'être percé à jour aussi facilement.

Rachel eut un pâle sourire.

« Tu n'as jamais été doué pour le mensonge, Louis. »

Il voulut protester encore, mais elle lui coupa la parole.

« La nuit dernière, Ellie a rêvé que tu étais mort, dit-elle. Elle s'est réveillée en pleurs et je suis allée voir ce qui se passait. J'ai dormi deux ou trois heures avec elle, ensuite je suis revenue me mettre au lit avec toi. Elle m'a raconté que dans son rêve tu étais assis à la table de la cuisine. Tu avais les yeux ouverts, mais elle savait que tu étais mort. Elle entendait aussi Steve Masterton hurler. »

Louis la dévisagea longuement d'un air accablé.

« Ecoute, Rachel, lui dit-il enfin, son petit frère vient de mourir. Il est assez normal qu'elle fasse des cauchemars dans lesquels d'autres membres de la famille...

— Oui, c'est ce que je me suis dit aussi. Mais sa manière de raconter ce rêve... la précision des détails... il m'a semblé qu'il avait un côté prophétique. »

Rachel eut un petit rire dépourvu de toute gaieté.

« Mais peut-être qu'elle ne pouvait simplement pas rêver de toi autrement, dit-elle.

— Probablement », dit Louis.

Il m'a semblé qu'il avait un côté prophétique.

« Viens, Louis, allons nous coucher, dit Rachel. L'effet du Valium s'est dissipé, et je ne veux pas en reprendre. Mais j'ai peur. Moi aussi, j'ai rêvé, tu sais...

— A quoi?

— A Zelda, répondit-elle sans détour. Toutes les nuits, depuis que Gage est mort, Zelda m'apparaît aussitôt que je m'endors. Elle me dit qu'elle va venir me chercher, et que cette fois-ci, elle m'aura. Qu'ils m'auront, elle et Gage. Pour me punir de les avoir laissés mourir.

— Rachel, ce n'est que...

— Oui, je sais. Ce n'est qu'un rêve. Et il n'y a rien de surprenant à ce que je le fasse en ce moment. Mais viens dormir avec moi, Louis, et serre-moi bien fort, peut-être que ça tiendra les cauchemars à distance. »

Ils gisaient dans l'obscurité, pelotonnés l'un contre l'autre
« Rachel ? Tu es réveillée ?
— Oui.
— Je voudrais te demander quelque chose.
— Vas-y. »
Il hésita. Il n'avait pas envie de lui infliger un surcroît de
souffrance. Mais il fallait absolument qu'il la sonde à ce sujet.
« Tu te souviens de la peur que Gage nous a faite à l'âge de neuf
mois ? interrogea-t-il enfin.
— Oui, bien sûr que je m'en souviens. Pourquoi ? »
Quand Gage avait eu neuf mois, Louis avait conçu de sérieuses
inquiétudes au sujet de la dimension de son crâne. Elle ne
correspondait absolument pas aux formats typiques donnés par
son graphique de Berterier, qui indique l'évolution normale
d'une tête de nouveau-né d'un mois sur l'autre. Dès le quatrième
mois, le crâne de Gage avait pris des proportions qui le situaient
vers le sommet de la courbe, et par la suite la disparité n'avait fait
que s'accentuer. Il ne semblait pas avoir de difficultés spéciales à
garder la tête levée, ce qui eût été l'indice incontestable d'un
problème grave, mais Louis avait néanmoins décidé de le faire
examiner par George Tardiff, qui passait pour être le meilleur
neurologue de tout le Middle West. Rachel lui avait demandé ce
qui clochait, et Louis lui avait dit la vérité : il craignait que Gage
ne fût hydrocéphale. Le visage de la jeune femme était devenu très
blanc, mais elle avait gardé son sang-froid.
« Moi, il me paraît normal, avait-elle dit.
— Moi aussi, avait dit Louis en hochant la tête. Mais c'est une
possibilité que je ne veux pas exclure, chérie.
— Tu as raison, avait dit Rachel. On ne sait jamais. »
Après avoir mesuré le crâne de Gage, Tardiff avait froncé les
sourcils. Il avait esquissé le geste de lui enfoncer brusquement ses
doigts dans les orbites, façon Three Stooges. Gage s'était nettement contracté. Tardiff avait souri, et Louis avait senti l'étau qui
lui broyait le cœur se desserrer légèrement. Tardiff avait placé une
balle en caoutchouc entre les mains de Gage. L'enfant avait tenu
la balle un moment, puis il l'avait lâchée. Tardiff avait ramassé la
balle, et il l'avait fait rebondir tout en observant les yeux de Gage.
L'enfant suivait du regard les déplacements de la balle.

Plus tard, dans son bureau, Tardiff avait fait part de son diagnostic à Louis :

« Je dirais qu'il y a cinquante chances sur cent qu'il soit hydrocéphale. Ou peut-être même un peu plus. Mais même si tel est bien le cas, c'est bénin. Il est très vif. Cette nouvelle technique de dérivation du liquide céphalo-rachidien devrait suffire à régler le problème... si toutefois il y en a un.

— Une dérivation du LCR ? Mais pour cela il faut qu'on lui ouvre le cerveau, non ?

— C'est une intervention mineure. »

Louis avait étudié les procédés chirurgicaux utilisés dans le traitement de l'hydrocéphalie aussitôt que ses premiers doutes l'avaient pris. Cette technique de dérivation, qui visait à dévier l'excès de liquide accumulé sous la dure-mère, était du nombre, et il lui avait semblé qu'il s'agissait d'une intervention délicate, voire dangereuse. Toutefois, il n'avait pas essayé d'argumenter. Il se disait qu'en tout état de cause il valait mieux se réjouir de la simple possibilité d'une telle intervention.

« Bien entendu, avait continué Tardiff, il y a encore de fortes chances que votre fils ait simplement une très grosse tête pour son âge. A mon avis, le mieux est de commencer par un examen au scanner. Vous êtes d'accord ? »

Louis avait donné son accord et, après avoir passé la nuit à l'hôpital des Sœurs de la Charité, Gage avait été soumis à une anesthésie générale et on avait fourré sa tête endormie dans un bidule qui ressemblait à un sèche-linge géant. Rachel et Louis patientaient dans une des salles d'attente du rez-de-chaussée de l'hôpital. Ellie avait passé la journée chez ses grands-parents, où elle était restée plantée devant la télé à regarder une longue enfilade d'épisodes de *La Rue Sésame* que Goldman avait enregistrés pour elle sur son magnétoscope neuf. Pour Louis, l'attente avait été interminable et franchement morose. Il n'avait pu s'empêcher d'additionner une variété d'hypothèses toutes plus sinistres les unes que les autres et de comparer les résultats. Oh, les possibilités ne manquaient pas, ça non : arrêt du cœur provoqué par l'anesthésie générale, mort au cours d'une opération au cerveau, débilité légère par suite d'hydrocéphalie, arriération mentale catastrophique pour la même cause, épilepsie, cécité, et tutti quanti. Il se souvenait de s'être dit : *Pour un relevé complet de toutes les calamités, consultez votre médecin habituel.*

Tardiff avait fait son entrée dans la salle d'attente sur le coup de cinq heures. Il tenait trois cigares à la main. Il en avait planté un entre les lèvres de Louis, un autre dans la bouche de Rachel (trop abasourdie pour protester) et il avait gardé le troisième pour lui.

« Votre gamin n'a rien. Il n'est pas hydrocéphale.

— Allumez-moi ce truc ! s'était écriée Rachel, riant et pleurant tout à la fois. Je vais tirer dessus jusqu'à ce que j'en dégueule. »

Tardiff leur avait donné du feu. Il souriait jusqu'aux oreilles.

Le bon Dieu se le gardait pour la route 15, docteur Tardiff, songeait Louis à présent.

« Rachel, à supposer que Gage ait vraiment été hydrocéphale, et qu'on l'ait opéré sans résultat... est-ce que tu l'aurais aimé comme avant ?

— En voilà une drôle de question !

— Réponds-moi.

— Evidemment. J'aurais aimé Gage de toute façon.

— Même s'il avait été débile mental ?

— Oui.

— Est-ce que tu aurais voulu le faire interner ?

— Non, je ne crois pas, dit Rachel d'une voix lente. J'imagine qu'avec ton salaire actuel, nous aurions eu de quoi... je veux dire qu'on aurait pu le confier à un établissement de soins d'excellente qualité... mais j'aurais sans doute préféré qu'il reste avec nous, à moins que... Louis, pourquoi est-ce que tu me poses des questions pareilles ?

— Oh, je pensais toujours à ta sœur Zelda, j'imagine, répondit-il en s'émerveillant encore une fois de cette singulière faconde qui lui permettait d'improviser n'importe quel boniment avec un parfait naturel. Je me demandais comment tu te serais tirée d'une autre épreuve du même genre.

— Oh, mais ça n'aurait pas été du tout la même chose, protesta Rachel avec presque de l'amusement dans la voix. Gage était... enfin, c'était Gage, quoi. Notre fils, Louis. C'est un détail qui change tout. Bien sûr, j'aurais souffert, mais... Et toi, est-ce que tu aurais voulu qu'on le fasse interner ? Dans un de ces asiles pour riches qu'on appelle maison de repos par euphémisme, peut-être ?

— Non.

— Dormons, Louis.

— Bonne idée.

— Je sens que je vais pouvoir dormir à présent, dit Rachel. J'ai tellement envie d'en finir avec cette journée.

— Ainsi soit-il », dit Louis.

Un long moment plus tard, d'une voix tout ensommeillée, Rachel murmura : « Tu avais raison, Louis... ce ne sont que des rêves, des phantasmes...

— Bien sûr, dit-il en lui embrassant délicatement le lobe de l'oreille. Dors, à présent. »

Il m'a semblé qu'il avait un côté prophétique.

Louis fut très long à trouver le sommeil. Un mince croissant de lune, squelettique et blême, le contemplait de la fenêtre.

43

Le lendemain, malgré le ciel couvert, il faisait une telle chaleur que Louis revint trempé de sueur de son expédition au comptoir où il avait fait enregistrer les bagages de Rachel et d'Ellie et récupéré leurs billets. Néanmoins, c'était un vrai bonheur pour lui que de pouvoir s'occuper, et il avait refoulé sans peine la pointe douloureuse qu'avait fait naître en lui l'inévitable comparaison avec leur dernière visite à l'aéroport — celle du Thanksgiving

Ellie paraissait lointaine, un peu étrange. A plusieurs reprises depuis le début de la matinée, Louis l'avait surprise à l'observer avec une expression bizarrement intense.

Il s'était dit qu'il devait faire de la manie de la persécution. *C'est le complexe du conspirateur, mon petit Louis. Tu es parano, quoi.*

La fillette n'avait pas dit un mot en s'entendant annoncer qu'ils allaient tous à Chicago, qu'elle et sa mère y partaient d'abord sans Louis, et qu'ils y resteraient peut-être tout l'été. Elle s'était contentée d'avaler une nouvelle cuillerée de porridge (à base de Cocoa Bears, bien entendu). Son petit déjeuner terminé, elle était montée dans sa chambre en silence et elle avait enfilé la robe et les chaussures que Rachel lui avait sorties. Elle avait amené à l'aéroport la photographie où on la voyait tirer Gage sur sa luge, et elle était restée sagement assise sur une banquette en plastique moulé du hall inférieur tandis que Louis faisait la queue pour récupérer leurs billets et que les haut-parleurs vomissaient un flot continu d'informations sur les arrivées et les départs.

Les époux Goldman avaient fait leur apparition quarante

minutes avant l'heure du décollage. Irwin Goldman, qui arborait un pardessus en cachemire en dépit de la température printanière, était impeccablement net et apparemment même pas moite. Il s'était rendu au comptoir Avis pour restituer les clés de sa voiture de location tandis que Dory allait s'asseoir avec Rachel et Ellie.

Louis et Goldman les rejoignirent en même temps. Louis craignait un peu que le vieil homme ne se remette à lui jouer la grande scène du trois en bramant : *Mon fils ! Mon fils !*, mais Goldman lui épargna ces débordements et se borna à échanger avec lui une poignée de mains plutôt flasque en marmonnant un vague bonjour. Tout en faisant cela, le vieil homme coula vers lui un regard rapide et gêné qui lui confirma les soupçons avec lesquels il s'était réveillé ce matin-là : le soir précédent, Goldman tenait probablement une solide biture.

Ils gagnèrent le niveau supérieur par l'escalator et s'installèrent dans une salle d'attente. La conversation était carrément languissante. Dory Goldman tripotait nerveusement, sans l'ouvrir, une édition de poche d'un roman d'Erica Jong et elle lançait sans arrêt des coups d'œil un peu anxieux à la photo qu'Ellie serrait précieusement contre elle. Louis proposa à sa fille de venir avec lui jusqu'au stand de librairie pour s'acheter de quoi lire pendant le voyage. Ellie s'était remise à le regarder de son drôle d'air méditatif, et il n'aimait pas ça. Ça le mettait mal à l'aise. Tandis qu'ils se dirigeaient vers la librairie, il lui demanda :

« Tu seras sage chez tes grands-parents, hein, Ellie ?

— Oui, répondit la fillette. Papa, est-ce que la police va m'arrêter ? Andy Pasioca m'a dit qu'il y avait une police spéciale pour les enfants qui font l'école buissonnière.

— Ne t'occupe pas de la police, dit Louis. Je vais tout arranger avec l'école, et tu pourras reprendre normalement à la rentrée d'automne.

— J'espère que tout ira bien à l'automne, dit Ellie. Je n'ai encore jamais été dans une vraie classe. Juste au jardin d'enfants. Qu'est-ce qu'on fait dans une vraie classe ? On a des devoirs à faire à la maison, je suppose.

— Tu t'en tireras très bien, j'en suis sûr.

— Papa, est-ce que Papy te fait toujours autant chier ? »

Louis la regarda bouche bée.

« Mais enfin Ellie, qu'est-ce qui te fait croire que je... que j'ai quelque chose contre ton grand-père ? »

Ellie haussa les épaules, comme pour bien marquer que le problème ne l'intéressait que très modérément.

« Chaque fois que tu parles de lui, ça a l'air de drôlement te faire chier.

— Ne parle pas comme ça, tu veux. C'est vulgaire.

— Excuse-moi. »

Elle posa sur Louis son drôle de regard aux prunelles dilatées d'extra-lucide en transe, puis elle lui tourna le dos et s'approcha des présentoirs réservés à la littérature enfantine, sur lesquels étaient alignés des brochettes d'ouvrages de Maurice Sendak et de Mercer Meyer, de Richard Scarry et de Beatrix Potter, sans oublier bien sûr l'indétrônable Dr Seuss. *Comment est-ce qu'ils se débrouillent pour déceler ces choses-là ? Ou est-ce qu'ils les devinent, tout simplement ? Jusqu'à quel point Ellie est-elle au courant ? Est-ce que ça l'affecte et si oui, de quelle façon ? Ellie, que caches-tu derrière ton pâle petit visage ? Est-ce que Papy te fait chier — non mais tu te rends compte !*

« Je peux avoir ces deux-là, papa ? » demanda-t-elle en lui tendant un volume des aventures du chat au chapeau, par le Dr Seuss, et un autre que Louis n'avait pas revu depuis sa propre enfance : l'histoire de *Little Black Sambo,* ce petit négrillon dont le papa s'appelle Black Jumbo et la maman Black Mumbo et dont les tigres ont boulotté un beau jour tous les vêtements.

Je croyais que ce livre-là avait été définitivement mis à l'index, se dit-il, un peu éberlué.

« Bien sûr », répondit-il et ils allèrent prendre place dans la courte file des clients qui attendaient de passer à la caisse. « On s'aime bien, ton Papy et moi, Ellie », expliqua-t-il et brusquement il se rappela l'histoire des bébés trouvés dans les choux que sa propre mère lui avait racontée et la promesse qu'il s'était faite jadis — bien étourdiment — de ne jamais mentir à ses enfants. Ces derniers jours, il avait accompli des progrès méritoires dans l'art de la duplicité, mais c'était une idée sur laquelle il aimait mieux ne pas s'attarder.

« Ah bon », fit Ellie et elle n'ajouta rien. Son silence embarrassait Louis. Il s'efforça de le briser en demandant : « Alors Ellie, tu crois que tu vas prendre du bon temps à Chicago ?

— Non.

— Non ? Pourquoi non ? »

Elle leva vers lui son regard étrangement pénétrant. « Parce que j'ai peur », dit-elle.

Louis lui posa une main sur la tête. « Tu as peur ? Mais de quoi, voyons, ma chérie ? Tu n'as pas peur de l'avion, tout de même ?

— Non, dit Ellie. J'ai peur, mais je ne sais pas de quoi, papa. J'ai rêvé qu'on était à l'enterrement de Gage et que quand le croque-mort ouvrait son cercueil, le cercueil était vide. Après j'ai rêvé que j'étais à la maison et que je regardais dans le lit de Gage. Il était vide aussi, mais il y avait de la terre dedans. »

Lazare, sors.

Pour la première fois depuis bien des mois, Louis se rappela le cauchemar qu'il avait fait consécutivement à la mort de Pascow. Il se souvint du rêve ; il se souvint aussi de s'être réveillé le lendemain avec les pieds couverts d'une croûte de terre sèche et le fond de son lit souillé d'un mélange de boue et d'aiguilles de pin.

Un petit frisson lui chatouilla le creux de la nuque.

« Ce ne sont que des rêves, dit-il à la fillette d'une voix parfaitement normale (du moins à ses propres oreilles). Ils finiront bien par te passer.

— J'aimerais mieux que tu viennes à Chicago avec nous, dit Ellie. Ou alors qu'on reste ici. On peut rester, papa ? S'il te plaît, dis ? Je n'ai pas envie d'aller chez Papy et Mamy... Je veux juste retourner à l'école. D'accord ?

— Ça ne sera pas long, Ellie, dit Louis. J'ai quelques... (il déglutit) quelques affaires à régler ici, après ça je viendrai vous rejoindre, et là on pourra décider de ce qu'on va faire ensuite. »

Il s'attendait à des protestations, voire à un de ces caprices dévastateurs dont Ellie avait le secret. Il les aurait peut-être même accueillis avec une certaine joie, car il se fût trouvé en terrain connu, tandis que cet air qu'elle avait... Mais la fillette resta murée dans un silence impénétrable ; son visage était pâle et grave. Louis aurait pu l'interroger encore, mais il s'aperçut qu'il n'en avait pas le courage ; elle ne lui en avait déjà que trop dit.

Ils regagnèrent la salle d'attente, et au bout de quelques minutes le haut-parleur les informa du prochain départ de leur vol. Les Goldman, Ellie et Rachel allèrent prendre place dans la file d'attente, leurs cartes d'embarquement à la main. Louis prit sa femme dans ses bras et il l'embrassa longuement. Elle le garda encore un moment serré contre elle, puis elle le lâcha afin qu'il puisse dire adieu à Ellie. Louis souleva la fillette de terre, et il lui picora la joue de baisers. Ellie fixa sur lui son regard grave de pythonisse et d'une voix si basse qu'elle n'était audible que de Louis au milieu du brouhaha des passagers qui avançaient vers la rampe d'embarquement, elle lui répéta une fois de plus :

« Je ne veux pas aller à Chicago, papa. Je ne veux pas que maman y aille non plus.

— Allons donc, Ellie, dit Louis. Tout ira bien pour toi, tu verras.

— Pour moi, oui, dit Ellie. Mais toi, papa ? Est-ce que tout ira bien pour toi aussi ? »

La queue avançait rapidement à présent. Les passagers s'engouffraient l'un après l'autre dans la rampe couverte qui menait au 727. Rachel prit la main d'Ellie, mais la fillette résista, provoquant un début d'embouteillage dans la file d'attente. Ses yeux étaient rivés sur son père, et Louis se rappela soudain son impatience de l'autre fois, la revit trépigner en criant : *On-y-va, on-y-va, on-y-va !*

« Papa ?

— Avance, Ellie, je t'en prie. »

Rachel abaissa les yeux sur la fillette et pour la première fois elle remarqua l'expression grave et rêveuse dont son visage était empreint. « Ellie ? fit-elle, un peu étonnée (Louis crut percevoir aussi une ombre d'angoisse dans ses yeux). Tu bloques le passage, ma chérie... »

Les lèvres de la fillette tremblèrent, blanchirent, puis elle se laissa entraîner vers la rampe. Elle se retourna vers Louis : à présent, son visage exprimait une terreur sans nom. Il lui adressa un salut de la main faussement jovial, mais elle n'y répondit pas.

44

Au moment où Louis sortait du bâtiment de l'aéroport de Bangor, une chape de glace se referma sur son esprit. Il venait de comprendre qu'il avait réellement l'intention de réaliser ce projet insensé. Son intelligence — cette intelligence acérée qui lui avait permis de venir à bout de sa médecine en se contentant pour vivre d'une allocation d'études des plus modiques et du peu que Rachel arrivait à gratter en servant à mi-temps dans une cafétéria du quartier — avait pris le problème à bras-le-corps et en avait soigneusement analysé toutes les données comme s'il s'était agi simplement de préparer un nouvel examen — le plus important de sa vie. Et il était bien décidé à le passer haut la main, avec félicitations du jury.

Il traversa la Penobscot et il roula jusqu'à Brewer, une petite ville qui se trouve en amont de Bangor, sur la route d'Orono. Il se gara le long du trottoir de l'artère principale de Brewer, juste en face de la quincaillerie Watson.

« Puis-je vous aider, monsieur ? lui demanda le vendeur.

— Je l'espère, dit Louis. J'aurais besoin d'une grosse lampe électrique, vous savez, une de ces lanternes carrées, avec une poignée, et de quelque chose pour la masquer. »

Le vendeur était un homme de petite taille, mince, avec un front large et bombé et des yeux perçants. Il eut un sourire qui n'avait rien de particulièrement affable.

« Monsieur fait dans le gibier à poil, sans doute ?

— Pardon ?

— Auriez-vous l'intention d'aller braconner quelques cerfs à la lanterne ?

— Jamais de la vie, protesta Louis, sérieux comme un pape. Je n'ai pas mon permis de braconnage. »

Le vendeur battit un instant des paupières, puis il se résolut à rire.

« Autrement dit, je n'ai qu'à me mêler de mes oignons, c'est ça ? fit-il. Ecoutez, on ne vend pas de cache pour les lampes de ce modèle, mais vous n'aurez qu'à prendre un carré de feutre et à y percer un trou. Comme ça, le faisceau de votre lampe sera réduit à un simple trait.

— Très ingénieux, dit Louis. Merci beaucoup.

— Pas de quoi. Je peux faire autre chose pour vous ?

— Certainement, dit Louis. Il me faut une pioche, une pelle et une bêche. Manche court pour la pelle, long pour la bêche. De la corde, bien résistante, trois mètres environ. Une paire de gants de protection, et de la toile goudronnée, à peu près deux mètres sur deux.

— Je peux vous fournir le tout, dit le vendeur.

— C'est pour creuser une fosse septique, expliqua Louis. Je suis obligé de contrevenir un tant soit peu aux règlements municipaux, et j'ai des voisins qui fourrent tout le temps leur nez partout. J'ignore si j'arriverai à passer inaperçu en travaillant de nuit avec une lanterne sourde, mais je me suis dit que j'allais tenter le coup quand même. Au pire, je m'en tirerai avec une grosse amende.

— Voyez-vous ça, fit le vendeur. Tant qu'à faire, vous devriez vous payer aussi une épingle à linge pour vous boucher le nez. »

Louis s'esclaffa poliment. Le montant de ses achats s'élevait à un total de cinquante-huit dollars soixante. Il régla en liquide.

Vu l'augmentation continuelle du prix de l'essence, ils ne se servaient plus que très sporadiquement de la grosse station-wagon. Cela faisait déjà un moment qu'une tête de bielle menaçait ruine, mais Louis n'avait pu se résoudre à la porter à réparer. D'abord parce que l'idée qu'il allait devoir se fendre de deux cents dollars lui faisait mal au cœur, et surtout parce que c'était une corvée barbante. A présent, ce gros pachyderme aurait pu lui rendre un fier service, mais il n'avait pas osé courir le risque. La Civic avait un coffre à hayon, et Louis se voyait mal retournant à Ludlow avec une pioche, une pelle et une bêche entassées là-dedans. Jud Crandall n'avait pas ses yeux dans sa poche, et il n'était pas né non plus de la dernière pluie. Il devinerait sans peine ce que Louis tramait.

Il s'aperçut alors que rien ne l'obligeait en fait à retourner à Ludlow. Il regagna Bangor par le pont Chamberlain et prit une chambre dans le Howard Johnson's d'Odlin Road, à proximité de l'aéroport — et du cimetière de Pleasantview par la même occasion. Il s'inscrivit sous le nom de Dee Dee Ramone et régla d'avance et en espèces.

Il se dit qu'il valait mieux prendre un peu de repos en prévision de la nuit épuisante qui l'attendait. Une nuit tout entière consacrée à des activités que certains romans d'épouvante victoriens désignaient sous le nom de « noir labeur ». Du noir labeur, il allait en avoir par-dessus la tête d'ici le lendemain matin.

Il essaya de s'endormir, mais son cerveau fébrile ne lui laissait aucun répit.

Il avait posé son portefeuille, sa monnaie et ses clés sur la table de chevet, et il était allongé tout habillé (à l'exception de ses chaussures), les mains sous la nuque, sur un lit de motel anonyme, au-dessous d'une reproduction de tableau d'une affligeante banalité qui représentait un pittoresque vieux port de la Nouvelle-

Angleterre avec de pittoresques voiliers amarrés le long d'un pittoresque débarcadère en bois. Son étrange sensation de froid ne l'avait pas quitté ; il lui semblait être à des années-lumière de sa famille, de son travail, de son environnement familier. Cette chambre aurait pu se trouver dans n'importe quel Howard Johnson's du monde : à San Diego ou à Duluth, à Bangkok ou aux Iles Vierges. Il était nulle part, et à intervalles réguliers une pensée extrêmement singulière revenait s'imposer à lui, effaçant toutes les autres : celle que d'ici à ce que ses yeux se posent à nouveau sur ces lieux et ces visages familiers, il aurait revu son fils.

Son plan passait et repassait sans cesse dans son esprit. Il l'examinait sous toutes les coutures, éprouvait sa solidité, cherchait les failles et les défauts d'armure. Il voyait bien qu'en fait il avançait le long d'une planche étroite jetée en travers d'un abîme de folie. La folie l'environnait de toutes parts, avec un bruissement étouffé semblable à celui des ailes d'une multitude de chats-huants en quête d'une proie, leurs grands yeux dorés perçant les ténèbres. Il risquait à tout moment de choir dedans.

La folie le cernait, le traquait sans répit, et son étreinte se resserrait sans cesse autour de lui.

Avançant comme un funambule le long du mince ruban de raison qui subsistait en lui, il ourdissait son plan, l'étudiait point par point.

Ce soir, aux alentours de onze heures, il déterrerait le cercueil de son fils, envelopperait le cadavre de Gage dans le carré de toile goudronnée et le placerait dans le coffre de la Civic. Ensuite, il remettrait le cercueil en place et reboucherait le trou, puis il foncerait jusqu'à Ludlow, sortirait le corps de Gage du coffre et... il s'en irait faire un tour dans les bois. Une longue promenade à pied.

A partir du retour éventuel de Gage, il y avait le choix entre deux possibilités. La première était que Gage revienne sous la forme d'un enfant aux facultés émoussées, peut-être même franchement débile, mais qui n'en serait pas moins son fils, le fils de Rachel, le frère d'Ellie (il avait repoussé au fond des replis les plus obscurs de sa conscience le fol espoir que Gage puisse revenir intact, exactement pareil à lui-même, mais quoique l'hypothèse en fût hautement improbable, elle restait tout de même du domaine du possible).

La seconde était que ce soit une sorte de monstre qui émerge des bois qui s'étendaient derrière la maison. Louis avait déjà accepté tant de choses qu'il ne pouvait pas se refuser à envisager l'idée que des monstres, des créatures diaboliques revenus de l'au-delà puissent prendre possession d'un corps dont l'âme d'origine avait fui et continuer à l'habiter après son retour à la vie.

Dans un cas comme dans l'autre, il serait seul avec son fils, en sorte qu'il pourrait...

Je ferai un diagnostic.

Oui. C'était la seule issue possible.

J'établirai un diagnostic, non seulement sur son état physique, mais sur son état mental. Je ferai la part du traumatisme dû à l'accident proprement dit, qu'il en ait ou non conservé un souvenir conscient. En me fondant sur le précédent de Church, il faudra que je m'attende à ce qu'il présente des symptômes d'arriération mentale, légère ou profonde. A partir des observations que j'aurai faites sur une période qui pourra aller de vingt-quatre à soixante-douze heures, je déciderai s'il est possible ou non de réintégrer Gage au sein de notre famille. Et s'il s'avère que la déperdition mentale est trop importante, ou qu'il est devenu, à l'instar de Timmy Baterman, une créature maléfique, je le tuerai.

En tant que médecin, il sentait bien qu'il n'aurait aucune peine à tuer Gage si le corps de son fils n'était plus que l'enveloppe d'un autre être. Il ne se laisserait pas fléchir par ses supplications ni abuser par ses subterfuges. Il le tuerait comme s'il s'agissait d'un rat porteur de la peste bubonique. Il n'y aurait pas besoin d'en faire un drame. Une pilule en solution, plusieurs s'il fallait. Ou peut-être une injection. Il avait de la morphine dans sa trousse. La nuit suivante, il ramènerait la dépouille mortelle de Gage à Pleasantview et lui ferait réintégrer sa dernière demeure en espérant que la chance lui sourirait une seconde fois (*tu ne sais même pas si elle te sourira la première fois*, se rappela-t-il). Il avait envisagé un moment la solution plus commode et moins périlleuse qui aurait consisté à l'enfouir dans le Simetierre des animaux, mais il l'avait écartée. D'abord parce qu'un enfant creusant le sol pour y ensevelir une bête risquait de découvrir le squelette par le plus grand des hasards dans cinq, dix ou même vingt ans. Il y avait aussi une autre raison, plus simple et radicalement incontournable : le Simetierre des animaux était peut-être... trop près.

Sa besogne une fois terminée, il sauterait dans le premier avion pour Chicago et irait y retrouver les siens. Bien entendu, il n'aurait nul besoin d'informer Rachel et Ellie de cette tentative avortée.

Dans l'hypothèse où son diagnostic serait favorable (hypothèse envers laquelle son cœur débordant d'amour paternel nourrissait une foi aveugle), la marche à suivre serait toute différente. La période d'observation terminée, Gage et lui s'enfuiraient de la maison à la faveur de la nuit. Il faudrait qu'il emporte un certain nombre de documents, car tout retour à Ludlow serait définitivement exclu. Ils iraient dormir dans un motel (celui-ci ferait l'affaire aussi bien qu'un autre). Le lendemain matin, Louis convertirait tout ce qu'il avait en banque en chèques de voyage de l'American Express et en argent liquide. Gage et lui prendraient l'avion pour une destination lointaine. La Floride, par exemple. Et là, il téléphonerait à Rachel et lui demanderait de venir le rejoindre avec Ellie par le premier avion sans informer ses parents de leur destination. Louis était sûr qu'il arriverait à la convaincre. *Ne me pose pas de questions, Rachel. Viens me retrouver, c'est tout. Immédiatement.*

Il lui donnerait l'adresse du motel où il était descendu (*ils* étaient descendus). Elle arriverait en compagnie d'Ellie, au volant d'une voiture de louage. Elles frapperaient à la porte de leur chambre, et il viendrait leur ouvrir avec Gage. Gage qui peut-être serait en maillot de bain.

Et à ce moment-là...

Mais il n'osait pas imaginer ce qui se passerait ensuite. Arrivé à ce point, il reprenait son plan au début et le fignolait encore un peu plus. Si ça marchait comme prévu, il faudrait sans doute qu'ils se forgent de toutes pièces une nouvelle identité, de façon qu'Irwin Goldman ne puisse pas user de son inépuisable chéquier pour retrouver leur piste. Ces choses-là pouvaient sûrement s'arranger.

Confusément, un souvenir émergea du brouillard de sa mémoire. Le jour où il était arrivé à Ludlow, épuisé, nerveux, et plein d'appréhension, il avait brièvement caressé la folle idée de s'enfuir en Floride et de se faire embaucher comme secouriste à Disney World. Et voilà qu'à présent ce fantasme reprenait corps. Il s'imagina vêtu d'une blouse blanche, pratiquant la respiration artificielle sur une femme enceinte qui avait eu la mauvaise idée d'aller faire un petit tour de montagnes russes et avait perdu connaissance. Il s'entendait crier : *Reculez, reculez, donnez-lui de l'air,* et là-dessus la femme ouvrait les yeux et lui souriait avec gratitude.

Tandis que son esprit tissait ces agréables chimères, Louis

sombra dans le sommeil. Il dormait lorsque sa fille s'éveilla en hurlant d'un cauchemar peuplé de créatures aux mains crochues qui la fixaient de leurs yeux vides et impitoyables dans un avion qui survolait la région des chutes du Niagara ; il dormait lorsque l'hôtesse de l'air se précipita le long de l'allée pour voir ce qui n'allait pas ; il dormait lorsque Rachel, complètement affolée, s'efforça de calmer la fillette qui lui répétait sans arrêt : *C'est Gage ! Maman, c'est Gage ! Gage est revenu ! Il est vivant ! Il a pris le couteau dans la trousse de papa ! Empêche-le de me tuer ! Empêche-le de tuer papa !*

Il dormait lorsque Ellie s'apaisa enfin et se blottit en tremblant contre la poitrine de sa mère, les yeux secs et écarquillés, tandis que Dory Goldman songeait que tout cela avait dû être absolument affreux pour cette pauvre Eileen, dont les réactions lui rappelaient d'une manière hallucinante celles que Rachel avait eues après la mort de Zelda.

Il dormait et lorsqu'il s'éveilla enfin, il était cinq heures quinze et la lumière de l'après-midi avait déjà commencé son lent déclin vers la nuit.

Le noir labeur m'attend, se dit-il brumeusement, et il se leva.

45

Lorsque le vol 419 de l'United Airlines atterrit à l'aéroport d'O'Hare et que ses passagers en débarquèrent à dix heures trois, heure locale, Ellie Creed était dans un état voisin de l'hystérie, et Rachel était au bord de la panique.

Il suffisait qu'on effleure l'épaule de la fillette pour qu'elle sursaute violemment et se retourne pour vous fixer de ses yeux démesurément agrandis. De longs frissons lui parcouraient tout le corps sans interruption. On aurait dit qu'elle était bourrée d'électricité. Le cauchemar qu'elle avait eu dans l'avion avait déjà été franchement pénible, mais cet état... Rachel ne savait plus à quel saint se vouer.

Dans le couloir vitré qui menait au bâtiment du terminal, Ellie trébucha et s'affala. Elle resta allongée sans réaction sur le tapis tandis que les autres passagers la contournaient (certains abaissaient leur regard sur elle avec la sympathie un peu distraite de gens qui sont trop pressés d'attraper leur correspondance pour pouvoir s'arrêter à de pareilles vétilles) jusqu'à ce que Rachel parvienne à sa hauteur et l'aide à se relever.

« Qu'est-ce que tu as, Ellie ? » lui demanda-t-elle, mais la fillette resta muette. Elles traversèrent le hall en direction des tourniquets à bagages, et Rachel aperçut ses parents qui les attendaient là. Elle agita sa main libre pour attirer leur attention, et ils vinrent à leur rencontre.

« On nous a empêchés de venir vous attendre à la porte de débarquement, expliqua Dory. Alors, nous nous sommes dit que... Rachel ? Comment va Eileen ?

— Pas bien.

— Maman, où sont les toilettes ? J'ai envie de vomir.

— Oh, mon Dieu ! » s'écria Rachel avec désespoir. Elle prit la fillette par la main et l'entraîna rapidement en direction des toilettes, qui se trouvaient à l'autre extrémité du hall.

« Rachel, tu veux que je vous accompagne ? lui lança Dory.

— Non, non ! Récupère nos valises plutôt, tu sais à quoi elles ressemblent. On se débrouillera bien toutes seules. »

Par bonheur, les toilettes des dames étaient désertes. Rachel entraîna Ellie vers les stalles tout en farfouillant dans son sac à main. Il ne contenait pas une seule pièce de dix cents, mais Dieu merci, trois des serrures avaient été forcées. Au-dessus d'une des serrures pétées, on avait inscrit à l'aide d'un crayon à paupières : LES FEMMES AUSSI VEULENT PISSER À L'ŒIL, COCHONS SEXISTES. Rachel tira la porte d'une main fébrile. A présent, Ellie se cramponnait le ventre à deux mains en gémissant sourdement. Elle se campa au-dessus de la cuvette et hoqueta bruyamment à deux reprises, mais rien ne vint. Les spasmes qui lui soulevaient l'estomac étaient uniquement dus à l'épuisement nerveux.

Lorsqu'elle fut certaine que ses nausées s'étaient calmées, Rachel dirigea sa fille vers un lavabo et elle lui passa un peu d'eau froide sur la figure. Ellie était d'une pâleur effroyable, et elle avait des cernes bleuâtres sous les yeux.

« Ellie, qu'est-ce qui t'arrive ? Tu ne peux pas m'expliquer ?

— Je ne sais pas ce qui m'arrive, répondit la fillette. Mais dès que papa m'a dit qu'on partait en voyage, j'ai senti que *quelque chose* allait arriver. C'est à cause de papa. Il y a quelque chose qui ne va pas avec lui. »

Louis, qu'est-ce que tu nous caches ? Tu ne disais pas la vérité. J'en étais sûre. Même Ellie l'a deviné.

En se faisant cette réflexion, Rachel se rendit soudain compte qu'elle avait eu les nerfs à fleur de peau toute la journée, elle aussi. Elle était dans le même état irritable et tendu que dans les deux ou trois jours qui précédaient ses règles, prête à éclater de rire ou à fondre en larmes à la moindre sollicitation, sous la menace constante d'une migraine foudroyante qui lui vrillerait le crâne avec la force terrassante d'un train express fonçant à travers la campagne et se dissiperait comme par enchantement au bout d'une heure ou deux.

« Qu'est-ce que tu dis, Ellie ? s'écria-t-elle en s'adressant au reflet de la fillette dans le miroir du lavabo. Mais voyons, ma chérie, qu'est-ce qui pourrait ne pas aller avec papa ?

— J'en sais rien, dit Ellie. C'était dans mon rêve. Ça avait quelque chose à voir avec Gage. Ou avec Church, peut-être. Je ne m'en rappelle plus. Je ne sais pas.

— A quoi as-tu rêvé, Ellie ?

— J'ai rêvé que j'étais dans le Simetierre des animaux, dit la fillette. C'était Paxcow qui m'y avait conduite. Il m'a conduite au Simetierre des animaux, et puis il m'a dit que papa allait y venir aussi et qu'il arriverait quelque chose d'épouvantable.

— Paxcow ? » fit Rachel. Une terreur aiguë, quoique de nature imprécise, fulgura brièvement en elle. D'où venait ce nom ? Pourquoi avait-il des résonances si familières ? Il lui semblait l'avoir entendu jadis — ou en avoir entendu un autre qui lui ressemblait beaucoup — mais où ? Pas moyen de se le rappeler. « Tu as rêvé qu'un homme du nom de Paxcow t'avait conduite au Simetierre des animaux ?

— Oui, en tout cas c'est le nom qu'il m'a donné. Et puis... (les yeux de la fillette s'agrandirent).

— Quoi, Ellie ? Est-ce qu'il t'a dit autre chose ?

— Il m'a dit qu'on l'avait envoyé nous *mettre en garde,* mais qu'il ne pouvait pas *intervenir.* Il m'a dit aussi que... qu'il était... je ne sais plus... qu'il était près de papa parce qu'ils étaient ensemble au moment où son âme s'est *dé... désin... dés... je ne me souviens pas du mot !* gémit-elle.

— Chérie, dit Rachel, je crois que tu as rêvé du Simetierre des animaux parce que tu penses toujours à Gage. Je suis sûre que papa va très bien. Tu te sens mieux, à présent ?

— Non, murmura Ellie. J'ai peur, maman. Tu n'as pas peur, toi ?

— Mais non », protesta Rachel en soulignant sa dénégation d'un hochement de tête énergique et d'un sourire rassurant. Mais à vrai dire elle avait peur, très peur même, et ce nom était d'une familiarité obsédante qui la rongeait. Paxcow. Elle était sûre de l'avoir entendu prononcer dans des circonstances extrêmement pénibles, des mois ou peut-être même des années plus tôt. Mais quelles circonstances ? Elle n'arrivait pas à mettre le doigt dessus, et cela l'affolait. Elle sentait que quelque chose se préparait. Il lui semblait que quelque chose pesait au-dessus de sa tête, comme une grosse nuée d'orage gonflée à en éclater. Un événement terrible allait se produire et il fallait à tout prix l'empêcher. Mais quoi ? *Quel* événement ?

« Je suis sûre que tout va bien, chérie, dit-elle à Ellie. Tu veux qu'on aille retrouver Papy et Mamy à présent ?

— Je veux bien », répondit Ellie d'un air amorphe.

La porte des toilettes s'ouvrit, et une Portoricaine fit son entrée, traînant dans son sillage un très petit garçon qu'elle accablait de remontrances. Une large auréole humide s'était formée sur le devant du bermuda de l'enfant. L'espace d'un instant, la vision du garçonnet rappela Gage à Rachel avec une intensité poignante. Cette brusque injection de chagrin frais agit sur elle comme de la novocaïne, anesthésiant ses nerfs à vif.

« Viens, Ellie, dit-elle. On passera un coup de fil à papa dès qu'on sera arrivés chez Papy et Mamy. »

Au moment où elles sortaient des toilettes, Ellie se retourna vers le petit garçon.

« Il était en short, dit-elle soudain.

— Qui ça, ma chérie ?

— Paxcow. Dans mon rêve, il portait un short rouge. »

Cette remarque donnait un relief supplémentaire à ce nom dont la signification échappait toujours à Rachel, et elle éprouva un nouvel et bref élan de crainte vertigineuse — qui, presque aussitôt, s'estompa.

Une foule compacte leur barrait le chemin des tourniquets à bagages. Rachel entrevit tout juste le feutre tyrolien à plume de son père qui s'agitait dans la mêlée. Dory Goldman, assise sur la banquette du fond, leur faisait signe. Elle avait gardé deux places. Rachel se dirigea vers elle, tirant Ellie par la main.

« Tu te sens mieux, mon petit chou ? interrogea Dory.

— Un peu, répondit Ellie. Maman m'a... »

Elle se tourna vers Rachel et s'interrompit brusquement. Rachel était assise au bord de la banquette, raide comme un piquet, une main plaquée sur la bouche, le visage d'une pâleur livide. Elle avait saisi. L'explication s'était abattue sur elle avec un fracas terrible. Elle aurait dû comprendre aussitôt, mais bien sûr, elle s'était efforcée inconsciemment de se dérober à l'atroce vérité. C'était logique.

« *Maman ?* »

Rachel se tourna lentement vers sa fille. Elle était tellement contractée qu'Ellie entendit ses vertèbres craquer. Elle ôta sa main de devant sa bouche et demanda :

« Est-ce que l'homme de ton rêve t'a dit son prénom, Ellie ?

— Maman, tu ne te sens pas... ?

— *Est-ce qu'il t'a dit son prénom, Ellie ?* »

Dory Goldman regardait sa fille et sa petite-fille comme si elles avaient soudain et simultanément perdu la raison.

« Oui, mais je ne m'en souviens pas... Maman, tu me fais *maaaaal !* »

Rachel baissa les yeux et elle s'aperçut que son autre main s'était refermée comme un crampon sur le poignet de la fillette.

« Est-ce qu'il s'appelait Victor ? »

Ellie eut un hoquet de surprise.

« Oui, Victor ! s'écria-t-elle. Il m'a dit qu'il s'appelait Victor ! Tu as rêvé de lui aussi, maman ?

— Mais son nom n'est pas Paxcow, dit Rachel. C'est *Pascow*

— Oui, c'est ce que je t'ai dit : Paxcow.

— Qu'est-ce qui se passe, Rachel ? » demanda Dory Goldman en prenant la main de sa fille. Elle était si froide qu'elle en tressaillit. « Qu'est-ce qui ne va pas avec Eileen ?

— Ce n'est pas Eileen qui ne va pas, dit Rachel. C'est Louis, je crois. Quelque chose ne va pas avec Louis. Il a des ennuis, ou il ne va pas tarder à en avoir. Reste avec Ellie, maman. Je vais téléphoner à Ludlow. »

Elle se leva et se dirigea vers les cabines de téléphone, de l'autre côté du hall, en cherchant machinalement dans son sac une pièce de vingt-cinq *cents*. Elle glissa sa pièce dans la fente, forma le zéro et demanda un P.C.V. Mais il n'y avait personne pour accepter l'appel. Le téléphone sonnait, sonnait.

« Vous pourriez peut-être essayer de rappeler un peu plus tard, lui suggéra l'opératrice.

— Oui », dit Rachel.

Elle raccrocha et resta plantée dans la cabine à contempler le téléphone d'un œil vide.

Il m'a dit qu'on l'avait envoyé nous mettre en garde, mais qu'il ne pouvait pas intervenir. Il m'a dit qu'il était près de papa parce qu'ils étaient ensemble au moment où son âme s'est dé... désinc... je ne me souviens pas du mot !

« Désincarnée », murmura Rachel, et ses doigts se crispèrent avec violence sur la toile de son sac à main. « Oh, mon Dieu, était-ce le mot ? »

Elle s'efforça de rassembler ses idées, de les ordonner. Est-ce qu'il se passait quelque chose, quelque chose qui allait bien au-delà des émotions qu'avaient nécessairement fait naître en Ellie et en Rachel elle-même la mort subite de Gage et ce départ en voyage précipité qui avait bizarrement des allures de fuite ? Qu'est-ce qu'Ellie pouvait savoir sur le compte de ce garçon qui était mort dans les locaux de l'infirmerie le jour où Louis avait pris son service à l'université ?

Rien, lui répondit inexorablement son esprit. *Tu as soigneusement veillé à ce qu'Ellie n'en entende pas parler, comme tu as toujours veillé à ce qu'elle n'entende pas parler de tout ce qui touchait de près ou de loin à la mort, même quand il s'agissait de la mort éventuelle de son chat — tu te souviens de cette dispute idiote que ça a déclenchée avec Louis dans la cuisine ce jour-là ? Tu as soigneusement caché cet événement à Ellie parce qu'il te faisait peur, comme tu as peur en ce moment. Il s'appelait Pascow. Victor Pascow. Il se passe quelque chose de grave, Rachel. Y a-t-il encore de l'espoir ? Est-ce qu'il est déjà trop tard ? Oh, mon Dieu, si seulement je savais de quoi il s'agit !*

Ses mains tremblaient tellement qu'elle dut s'y reprendre à deux fois pour introduire à nouveau sa pièce dans la fente. Cette fois, elle demanda le numéro des services de santé de l'université d'Orono, et le P.C.V. fut accepté par une Joan Charlton un peu perplexe. Non, Charlton n'avait pas vu Louis ce matin et à son avis il n'y avait guère de chance qu'il vînt prendre son poste aujourd'hui. Après avoir formulé cette opinion, elle offrit à nouveau toutes ses condoléances à Rachel, qui l'en remercia et la pria de demander à Louis de l'appeler d'urgence chez ses parents si par hasard il se présentait tout de même à son bureau. Oui, il avait le numéro, répondit-elle à la question de Charlton, peu désireuse d'informer l'infirmière-chef (qui était sans doute au courant d'ailleurs : Rachel avait le net sentiment que Joan Charlton n'était pas du genre à laisser passer les détails de cette nature) que ses parents habitaient à plus de deux mille kilomètres de là.

Elle raccrocha. Elle se sentait moite et fébrile.

Elle a entendu le nom de Pascow quelque part, voilà tout. Bon Dieu, on ne peut pas élever un enfant dans une cage de verre comme... comme un hamster. Peut-être que la radio en a parlé. Ou alors, un gosse l'a mentionné devant elle à l'école, et il s'est inscrit automatiquement dans ses circuits mémoriels. Et même ce mot qu'elle n'arrivait pas à prononcer — « désincarné », « désincorporé » ou un autre terme casse-gueule du même genre — ne prouve absolument rien, sinon que le subconscient attrape tout au vol à la façon d'un rouleau de papier tue-mouche, pour user du genre d'images que l'on trouve couramment dans les articles de vulgarisation des journaux du dimanche.

Elle se rappela ce qu'avait expliqué à ce sujet un de ses enseignants en psychologie au collège. D'après lui, une fois placé dans les conditions idoines, le cerveau d'un être humain ordinaire devrait être capable de dresser la liste nominale de toutes les personnes auxquelles son propriétaire avait été présenté au cours de sa vie, de reconstituer le menu détaillé de tous les repas qu'il avait mangés, et de préciser les conditions atmosphériques exactes de chaque journée qu'il avait vécue depuis sa naissance. Il avait développé une argumentation convaincante à l'appui de cette thèse sidérante, en leur affirmant que le cerveau humain était un ordinateur disposant d'une quantité invraisemblable de « puces » mémorielles, qu'il n'en comptait pas seize mille, ni trente-deux mille, ni soixante-quatre mille, mais mille *milliards,* et que personne n'était capable d'évaluer avec précision la quantité d'information exacte que chacune de ces « puces » organiques était susceptible d'engranger. En tout cas, il y en avait un tel nombre qu'il n'était jamais nécessaire d'en effacer une pour inscrire de nouvelles informations. En fait même, l'esprit humain conscient était obligé d'en laisser un certain nombre à l'état de sommeil afin de se protéger contre un éventuel trop-plein d'informations qui aurait mis sa santé mentale en péril. « Peut-être que vous ne seriez pas fichus de vous rappeler où vous avez fourré vos chaussettes si les cellules mémorielles voisines de celles qui ont fonction de retenir ce genre de détails contenaient l'intégralité des articles de l'*Encyclopedia Britannica* », avait expliqué le prof de psycho.

Comme de juste, toute la classe s'était esclaffée.

Mais tu n'es pas en cours de psycho, dans une salle de classe éclairée au néon, face à un tableau noir couvert de termes techniques rassurants devant lequel un maître assistant facétieux se lance dans de grandes théories ahurissantes pour meubler agréablement les quinze dernières minutes de cours. Il se passe quelque chose de terrible en ce moment et tu le sais, Rachel, tu le sens. Je ne sais pas ce que Pascow, Gage ou Church viennent faire là-dedans, mais en tout cas Louis est directement concerné. De quoi est-ce qu'il peut s'agir ? Est-ce que...

L'idée qui venait soudain de la frapper lui glaçait les sangs. Elle redécrocha le combiné du téléphone et elle récupéra sa pièce dans la sébile de restitution. Est-ce que Louis avait projeté de mettre fin à ses jours ? Etait-ce pour cela qu'il s'était débarrassé d'elles, qu'il les avait quasiment jetées dehors ? Est-ce qu'Ellie avait eu un... une... oh, et puis merde pour la psychologie, tiens ! Est-ce qu'elle avait eu un éclair de lucidité extra-sensorielle ?

Cette fois, elle demanda en P.C.V. le numéro de Jud Crandall. Le téléphone sonna cinq... six... sept fois. Elle était sur le point de raccrocher lorsque tout à coup la voix essoufflée du vieillard se fit entendre à l'autre bout de la ligne.

« Allô ? haleta-t-il.

— Jud ! Jud, c'est moi, Ra...

— Un instant, madame, je vous prie, coupa l'opératrice. Est-ce que vous acceptez un appel en P.C.V. de Mrs Louis Creed ?

— Pardi, fit Jud.

— Excusez-moi, monsieur, mais est-ce que ça veut dire « oui » ou « non » ?

— Ma foi, j' pense bien », dit Jud.

Il y eut un silence dubitatif, le temps que l'opératrice transcrive mentalement les idiotismes yankees en américain ordinaire, puis elle dit :

« Merci. Parlez, madame.

— Jud, est-ce que vous avez aperçu Louis aujourd'hui ?

— Ma foi, non, je ne l'ai pas vu, Rachel. Faut dire que ce matin je suis allé faire mes courses à Brewer et que depuis mon retour je suis resté à travailler dans mon potager, derrière la maison. Pourquoi ?

— Oh, ce n'est probablement qu'une bêtise. Ellie a fait un cauchemar dans l'avion, et je voulais juste prendre des nouvelles, histoire de la tranquilliser un peu.

— L'avion ? fit Jud d'une voix où perçait une pointe subite de dureté. D'où est-ce que vous m'appelez, Rachel ?

— De Chicago, dit-elle. Ellie et moi venons d'y arriver. Nous allons rester quelque temps chez mes parents.

— Louis ne vous a pas accompagnées ?

— Il doit nous rejoindre à la fin de la semaine », expliqua Rachel, qui à présent devait lutter pour empêcher sa voix de trembler. Il y avait quelque chose qui la chiffonnait profondément dans le ton de Jud.

« C'est lui qui a suggéré que vous partiez là-bas ?

— A vrai dire... oui. Jud, qu'est-ce qui se passe ? Quelque chose ne va pas, n'est-ce pas ? Et vous êtes au courant, j'en suis certaine.

— Peut-être que vous feriez mieux de me raconter le rêve de la petite, dit Jud au bout d'un long silence. Vous voulez bien, Rachel ? »

46

Une fois terminé son entretien téléphonique avec Rachel, Jud enfila sa gabardine (le ciel s'était bien assombri et le vent était en train de se lever) et il sortit. Avant d'entamer la traversée de la route, il inspecta soigneusement la chaussée dans les deux sens pour s'assurer qu'il n'y avait pas de camion en vue. C'étaient ces satanés camions qui avaient causé ce désastre. Bon Dieu de machines.

Non, ce n'étaient pas les camions.

Jud entendait le Simetierre des animaux (et la chose qui se cachait derrière) qui lui parlait à l'oreille. Jadis, la voix lui avait doucement susurré des paroles câlines et berceuses où pointait une sorte de rêveuse magie, mais à présent elle était basse, rauque, sombrement menaçante. *Ne te mêle pas de ça, le vieux,* grondait-elle.

Mais il était bien décidé à s'en mêler. Après tout, c'était lui qui avait mis tout ce processus en branle.

Il constata que la Civic de Louis n'était pas là. Le garage ne renfermait que la grosse familiale Ford, qui était couverte de poussière et semblait n'avoir pas servi depuis longtemps. Il essaya à tout hasard d'actionner la poignée de la porte arrière. Elle n'était pas fermée à clé.

« Louis ? » appela-t-il. Il était certain d'avance que Louis ne lui répondrait pas, mais il fallait bien qu'il rompe un tant soit peu l'épais silence qui pesait sur la maison. La vieillesse commençait à être un sérieux handicap pour Jud : il se sentait presque toujours les membres lourds et gourds, son dos le torturait atrocement au bout de deux petites heures de jardinage et il avait l'impression d'avoir une vrille d'acier vissée dans la hanche gauche.

Il entreprit d'explorer méthodiquement la maison, à la recherche d'indices révélateurs. *Le plus vieux cambrioleur du monde,* songea-t-il sans vraie gaieté en commençant sa fouille. Il ne trouva aucun des signes qu'il redoutait : pas de cartons de jouets récupérés en douce sur le lot d'effets que Rachel avait préparé à l'intention de l'Armée du Salut, pas de vêtements d'enfants planqués au fond d'une armoire ou sous un lit. La chambre de Gage était nue ; elle ne contenait pas de petit lit d'enfant soigneusement remonté et refait, découverte qui eût plus qu'aucune autre bouleversé le vieil homme. La maison ne recelait nul indice concluant, mais Jud avait la désagréable sensation d'évoluer à l'intérieur d'une coquille vide qui aspirait obscurément à être remplie par... eh bien, quelque chose, quoi.

Je devrais peut-être aller faire un petit tour à Bangor, voir si des fois il ne régnerait pas une animation inaccoutumée au cimetière de Pleasantview. Il se pourrait même que j'y tombe sur ce bon vieux Louis Creed. Je pourrais l'inviter à dîner, ou quelque chose comme ça.

Mais le danger n'était pas au cimetière de Pleasantview. C'était ici qu'il rôdait, dans cette maison et autour d'elle.

Jud ressortit de la maison, retraversa la route et rentra chez lui. Il prit un pack de six boîtes de bière dans le frigo et l'emporta dans la salle de séjour. Il s'assit face au bow-window de la façade, qui donnait sur la maison des Creed, ouvrit une boîte de bière et alluma une Chesterfield. Le jour déclinait peu à peu, et son esprit entama une lente descente en vrille vers les profondeurs de sa mémoire. Depuis quelques années, il se laissait aller de plus en plus fréquemment à ces vertigineux retours en arrière. S'il avait su quelles pensées Rachel Creed avait remuées quelques heures plus tôt, il aurait pu lui dire que la théorie de son prof de psycho n'était sans doute pas fausse, mais qu'avec l'âge ce processus de refoulement de la mémoire cesse progressivement d'opérer, que le cerveau se détériore graduellement en même temps que les autres organes du corps et qu'on en vient à se rappeler des événements et des visages avec une netteté surnaturelle. Des images fanées et brouillées retrouvent leurs contours et leurs couleurs, des voix rendues diffuses et grêles par la lente érosion du temps reprennent leur timbre. Mais pour Jud, cette rupture des digues naturelles du cerveau n'était pas due à une surcharge d'information. Dans son vocabulaire à lui, ça s'appelait tout bonnement du gâtisme.

Jud revit Hanratty, le taureau de Zack McGovern. Dès que ses yeux cerclés de filaments sanglants percevaient le moindre mouvement, il chargeait. Il chargeait les arbres dont la brise faisait frémir les feuilles. Le temps que Zack se décide enfin à jeter l'éponge, Hanratty avait sauvagement mutilé les troncs de tous les arbres que contenait son enclos, il avait les cornes fendues et le crâne en sang. C'est en tremblant que Zack avait abattu le taureau enragé, car Zack était malade d'angoisse. Tout comme Jud en ce moment.

Il fumait, avalant de temps à autre une gorgée de bière. L'obscurité gagnait, mais il n'alluma pas la lumière. Bientôt, le bout de sa cigarette ne fut plus qu'un minuscule point rouge dans les ténèbres. Jud sirotait sa bière en se balançant imperceptiblement dans son fauteuil à bascule. Son regard ne quittait pas l'allée de devant des Creed. Où que Louis se trouvât, il finirait bien par rentrer, et à ce moment-là Jud retraverserait la route pour aller lui faire un brin de causette. Il voulait être sûr que Louis ne nourrissait pas d'inavouables desseins.

Cependant, il éprouvait toujours la force sournoise de la chose innommable qui hantait cet endroit maléfique. Elle déroulait vers lui comme un long tentacule invisible depuis son escarpement de roc putride hérissé de cairns de pierre. Le tentacule s'insinuait dans son crâne, et une voix menaçante lui répétait sans cesse :

Ne te mêle pas de ça, le vieux. Ne t'en mêle pas, sinon tu t'en mordras les doigts.

Jud faisait de son mieux pour l'ignorer. Il fumait. Il buvait. Et il patientait.

47

Tandis que Jud Crandall, assis dans son rocking-chair, guettait patiemment son retour, Louis se gavait consciencieusement dans la salle à manger du Howard Johnson's.

La nourriture était copieuse et insipide, et apparemment c'était exactement ce que son corps réclamait. Dehors, la nuit était tombée. Les phares des autos qui passaient fouillaient l'obscurité comme des doigts. Louis engloutissait ses aliments. Un steak. Une pomme de terre au four. Des haricots dont le beau vert éclatant ne devait rien à la nature. Une tranche de tarte aux pommes tiède surmontée d'une boule de glace à la vanille coulante et visqueuse. Il était assis à une table d'angle, et il observait les allées et venues des clients, cherchant machinalement un visage de connaissance. Il éprouvait confusément le désir de faire une rencontre. Une rencontre aurait entraîné d'inévitables questions *(Tiens, que faites-vous donc là ? Comment allez-vous ? Où est Rachel ?)*, et les questions auraient risqué de lui causer des complications, mais au fond c'était peut-être cela qu'il souhaitait. Un imprévu de dernière minute, qui l'obligerait à renoncer à son plan. Une échappatoire, en somme.

Et justement, au moment où il terminait sa tarte aux pommes et s'apprêtait à vider sa seconde tasse de café, un couple qu'il connaissait pénétra dans le restaurant : Rob Grinnell, un médecin de Bangor, et sa charmante femme, Barbara. Ils l'auraient sûrement aperçu, car il était seul à une table individuelle dans un coin de salle désert, mais l'hôtesse d'accueil les guida jusqu'aux boxes du fond et Louis les perdit entièrement de vue. Il ne distinguait plus que par intermittences les cheveux prématurément blancs de Grinnell.

La serveuse lui amena son addition. Il la signa, griffonna le numéro de sa chambre sous la signature et sortit du restaurant par la porte latérale.

Dehors, le vent soufflait avec rage, emplissant tout de son bourdon continuel, tirant des fils électriques d'étranges vibrations de harpe. Louis leva les yeux au ciel. Il n'y avait pas une seule étoile, mais il sentit la présence invisible de gros nuages qui galopaient follement. Il resta un moment debout sur le trottoir, la tête rentrée dans les épaules, avec le vent qui lui hurlait dans les oreilles, puis il tourna les talons et réintégra l'intérieur du motel. Une fois arrivé dans sa chambre, il alluma la télévision. Il était trop tôt pour agir, et cette bourrasque nocturne qui semblait grosse d'obscurs présages lui sciait les nerfs.

Il resta devant la télé pendant quatre heures, et ingurgita coup sur coup huit épisodes de feuilletons découpés en tranches d'une demi-heure. Cela faisait bien longtemps qu'il ne s'était pas farci une aussi grosse dose de télé. Les actrices principales de ces séries avaient toutes la même dégaine, celle de ces filles que ses copains de lycée et lui appelaient des « bêcheuses » : bandantes, mais imbaisables.

A Chicago, Dory Goldman geignait : « Retourner à Ludlow ? Mais enfin, Rachel, pourquoi veux-tu retourner à Ludlow ? Tu viens tout juste de débarquer ! »

A Ludlow, Jud Crandall était assis, immobile, derrière son bow-window, tirant sur sa cigarette, sirotant sa bière, tournant mentalement les pages de son album de souvenirs et guettant le retour de Louis. Louis rentrerait tôt ou tard, il le savait. Il ne pouvait pas faire autrement. Il existait d'autres chemins pour gagner le Simetierre des animaux et le bois qui s'étend derrière, mais il ne les connaissait pas. S'il voulait mettre son dessein à exécution, il faudrait qu'il parte de son propre jardin.

Inconscient de tout ce qui se tramait, insensible à ces ondes qui convergeaient lentement non pas vers lui mais, comme le tir soigneusement calculé d'un canon à longue distance, vers l'endroit où il se trouverait sous peu, Louis regardait les images qui défilaient sur l'écran de la télé couleur de sa chambre de motel. Il n'avait jamais vu aucun épisode de ces séries, mais il en avait vaguement entendu parler. Elles jouaient de toute la gamme des situations familiales possibles : une famille noire, une famille blanche, un couple de bourgeois qui avaient adopté un mioche beaucoup plus malin qu'eux, une femme seule, une femme mariée, une divorcée. Affalé dans son fauteuil en peluche acrylique, Louis se goinfrait d'images, jetait de loin en loin un bref regard en direction des ténèbres venteuses.

Lorsque la face du speaker qui présentait les informations de onze heures apparut sur l'écran, il éteignit la télévision et il sortit pour mettre à exécution le plan qui avait sans doute germé dans sa tête à l'instant même où il avait aperçu la casquette ensanglantée de

Gage sur le bitume de la route 15. A nouveau, son étrange froideur l'avait envahi, mais il sentait couver dessous un brasier mal éteint. Peu lui importait que ces braises fussent celles de la témérité, de la passion déréglée ou de la convoitise sans frein. L'essentiel était qu'elles lui tiennent chaud, que grâce à elles ni le vent ni le froid ne fassent fléchir sa résolution. Il monta à bord de la Honda, et tandis qu'il démarrait il songea que Jud avait vu juste. Le pouvoir de cet endroit était bel et bien dans une phase ascendante. Il le sentait autour de lui qui le pressait, l'aiguillonnait, le poussait inexorablement en avant, et il se dit :

Est-ce que je pourrais lui résister ? Aurais-je encore la force de m'arrêter si je le décidais ?

48

« Tu veux faire *quoi* ? répéta Dory Goldman. Rachel, tu es toute retournée... peut-être qu'une nuit de sommeil... »

Rachel se borna à secouer la tête. Elle ne pouvait pas fournir d'explication cohérente à sa mère, mais il fallait absolument qu'elle retourne à Ludlow. Le sentiment s'était enflé en elle comme un vent qui se lève : au début, ce n'est qu'un imperceptible frémissement dans l'herbe, puis l'air se met à remuer, de plus en plus fort, l'agitation envahit toute la campagne, des bourrasques brutales font ululer les chéneaux du toit, et à la fin la maison tout entière se met à trembler et vous vous apercevez qu'en fait il s'agit d'un véritable ouragan et que si le vent continue à monter il va bientôt tout abattre sur son passage.

A Chicago, il était six heures. A Bangor, Louis venait tout juste d'entrer dans ce restaurant du motel. Rachel et Ellie avaient à peine touché à leur repas. Rachel levait sans cesse les yeux de son assiette, et à chaque fois elle trouvait le regard sombre d'Ellie braqué sur elle. Les yeux de la fillette lui demandaient : *Qu'est-ce que tu vas faire pour aider papa ? Quand vas-tu te décider à aller à son secours ?*

Rachel était à l'affût du téléphone. Elle espérait que Jud l'appellerait pour lui annoncer le retour de Louis. A un moment, le téléphone s'était mis à sonner. Rachel avait eu un haut-le-corps et Ellie avait manqué renverser son verre de lait, mais ce n'était qu'une dame du club de bridge de Dory qui voulait savoir si les Goldman étaient bien rentrés.

Ils en étaient au café lorsque tout à coup Rachel avait jeté sa serviette sur la table en s'écriant :

« Maman... Papa... Je suis navrée, mais il faut que je rentre à Ludlow. Dès ce soir, si je peux trouver une place d'avion. »

Ses parents l'avaient regardée d'un air effaré mais Ellie avait fermé les yeux et une expression de soulagement s'était peinte sur son visage ; c'était une expression d'adulte, tellement inattendue de la part d'une si petite fille qu'elle aurait sans doute paru cocasse, n'eût été sa pâleur cireuse et ses traits tirés.

Les Goldman ne comprenaient pas, mais Rachel ne pouvait pas leur expliquer sa décision, pas plus qu'elle n'aurait pu leur expliquer comment une brise qui fait courir à peine un frisson dans l'herbe peut se muer graduellement en un cyclone monstrueux capable de flanquer des buildings par terre. Elle était certaine à présent que sa fille n'avait pas gravé dans son subconscient le nom de Victor Pascow après avoir entendu par hasard le récit de sa mort à la radio.

« Rachel, ma chérie, voyons... », commença son père. Il parlait d'une voix lente et douce, sur le ton qu'on peut employer pour apaiser la victime d'une crise d'hystérie passagère, mais dangereuse. « Ce n'est que le contrecoup de la mort de ton fils. Ellie et toi, vous avez éprouvé un choc violent, c'est tout à fait compréhensible. Mais tu risques de t'effondrer si tu essaies de... »

Sans lui répondre, Rachel se leva et se dirigea vers le téléphone de l'entrée. Elle ouvrit l'annuaire aux pages jaunes, chercha le numéro de la Delta sous la rubrique TRANSPORTS AÉRIENS et le composa. Dory, qui l'avait suivie, lui disait qu'elle devrait réfléchir, qu'ils devraient peut-être en discuter avant, examiner tout cela un peu plus rationnellement... Ellie s'était approchée aussi. Elle se tenait un peu en arrière de sa grand-mère, le visage encore grave, mais avec dans ses yeux une lueur d'espoir qui ne pouvait que raffermir la résolution de Rachel.

« Delta Airlines, annonça une voix enjouée à l'autre bout de la ligne. Je m'appelle Kim, puis-je vous être utile ?

— Je l'espère, dit Rachel. Il faut absolument que je me rende de Chicago à Bangor ce soir même. C'est... c'est une question de vie ou de mort, vous comprenez. Est-ce que vous pouvez m'arranger ça ?

— Il y a plusieurs changements, fit la voix, un peu dubitative à présent. Alors comme ça, à l'improviste, je ne sais pas si...

— Faites tout votre possible, je vous en supplie ! dit Rachel d'une voix cassée. Mettez-moi en stand-by, n'importe quoi.

— Bon, écoutez, je vais voir ce que je peux faire. Ne quittez pas, madame. »

Le silence s'établit sur la ligne. Rachel ferma les yeux, et au bout de quelques instants elle sentit une main froide se poser sur son bras. Elle rouvrit les yeux. Ellie était debout à côté d'elle à présent. Irwin et Dory conféraient entre eux à voix basse en lançant des coups d'œil dans leur direction. *Ils nous regardent comme on regarde des gens qu'on soupçonne d'être cinglés,* se dit Rachel avec lassitude. Elle parvint à s'arracher un sourire à l'intention d'Ellie.

« Ne les laisse pas t'arrêter, maman, lui souffla la fillette. S'il te plaît.

— Ne t'en fais pas, grande sœur », dit Rachel. Elle eut une petite grimace. Grande sœur. Louis et elle s'étaient mis à appeler Ellie ainsi à la naissance de Gage. Mais elle n'était plus la grande sœur de personne désormais...

« Merci, maman, dit Ellie.

— C'est très important, n'est-ce pas ? »

La fillette hocha affirmativement la tête.

« Je le pense aussi, ma chérie. Mais ça m'aiderait beaucoup si tu pouvais m'en dire un peu plus. Est-ce que c'est seulement à cause de ton rêve ?

— Non, dit Ellie. C'est... c'est dans tout maintenant. Je le sens remuer à l'intérieur de moi. Tu ne le sens pas, toi, maman ? On dirait un...

— Un vent ? »

Ellie lâcha un soupir et elle frissonna.

« Mais tu ne sais toujours pas de quoi il s'agit ? Tu ne te rappelles pas d'autres détails de ton rêve ? »

Le visage de la fillette prit une expression d'intense concentration. A la fin, avec une répugnance visible, elle fit non de la tête et dit :

« Papa, Church, et Gage. Je ne me souviens que de ça. Mais comment ils se sont retrouvés ensemble ? Je ne m'en rappelle pas, maman ! »

Rachel l'attira à elle et elle l'étreignit avec force. « Tout va s'arranger, ne t'en fais pas », lui dit-elle, mais l'étau qui lui broyait le cœur ne se desserra pas.

« Allô ? Vous êtes là, madame ? fit la voix de l'employée des réservations.

— Allô ? dit Rachel en resserrant son étreinte sur le combiné et sur les épaules d'Ellie.

— Je crois que j'ai trouvé un moyen pour que vous soyez ce soir même à Bangor. Mais vous n'y arriverez qu'extrêmement tard.

— Ça ne fait rien, dit Rachel.

— Vous avez de quoi écrire ? C'est assez compliqué.

— Oui, j'ai tout ce qu'il faut », dit Rachel en sortant du tiroir de la table du téléphone un vieux bout de crayon. Elle écouta attentivement les instructions de la jeune femme, et nota tous les renseignements indispensables au dos d'une enveloppe. Quand l'employée des réservations arriva au bout de ses explications, Rachel forma un O avec le pouce et l'index pour faire signe à Ellie que ça marchait. Mais à vrai dire, ce n'était pas encore dans la poche. Elle ne disposerait que d'un temps extrêmement réduit pour attraper certaines de ses correspondances. Celle de Boston, en particulier.

« Réservez-moi une place sur chacun de ces vols, dit Rachel. Merci, Kim. »

Kim nota le nom de Rachel et son numéro de carte de crédit et Rachel raccrocha enfin, lessivée mais heureuse. Elle se tourna aussitôt vers son père.

« Papa, tu peux m'emmener à l'aéroport ?

— Je devrais peut-être dire non, répondit Goldman. Je crois qu'il serait de mon devoir de faire barrage à cette folie.

— *Comment oses-tu !* glapit Ellie d'une voix perçante. Maman n'est pas folle, tu entends ! »

Déconcerté par ce subit éclat de fureur, Goldman battit des cils et il fit un pas en arrière. Un pesant silence tomba, qui fut rompu par la voix calme de Dory.

« Emmène-la, Irwin, dit-elle. Moi aussi, je commence à être inquiète. Je me sentirais mieux si j'étais sûre que tout va bien pour Louis. »

Goldman dévisagea sa femme d'un air ébahi, puis il se tourna vers Rachel.

« Bon, je vais te conduire à l'aéroport, si tu y tiens tant que ça, lui dit-il. Et je... Rachel, tu veux que je t'accompagne ? »

Rachel secoua la tête.

« Merci papa, mais ce n'est pas possible. Dans chaque avion, il ne restait plus qu'une seule place. Comme si Dieu les avait fait mettre de côté spécialement pour moi. »

Irwin Goldman poussa un soupir. A cet instant, il paraissait très vieux. Tout à coup, Rachel trouva qu'il y avait une certaine ressemblance entre son père et Jud Crandall.

« Tu as encore le temps de mettre quelques affaires dans un sac, lui dit-il. Si je conduis aussi vite qu'au temps où ta mère et moi étions encore jeunes mariés, nous serons à l'aéroport en quarante minutes. Donne-lui donc un sac, Dory.

— Maman », dit Ellie. Rachel se retourna vers elle. Un mince film de sueur luisait à présent sur le visage de la fillette.

« Quoi, ma chérie ?

— Sois prudente, maman », dit Ellie.

49

Les arbres dessinaient des formes mouvantes contre un ciel nuageux illuminé par la réverbération sourde des lumières de l'aéroport proche. Louis gara la Honda le long du trottoir sur Mason Street, une rue qui bordait l'extrémité sud du cimetière de Pleasantview. A cet endroit, le vent soufflait avec une telle force qu'il lui arracha littéralement la portière des mains et qu'il eut un mal de chien à la refermer. Faisant le gros dos pour résister aux rafales qui soulevaient les pans de son anorak, il ouvrit le coffre de la Honda et en sortit ses outils, qu'il avait enroulés dans le carré de toile goudronnée.

Il était au milieu d'une poche de ténèbres entre deux réverbères, debout au bord du trottoir, tenant entre ses bras son paquet enveloppé de toile qui avait l'air d'un poupon démesurément long. Il inspecta soigneusement les deux côtés de la rue avant de traverser la chaussée pour gagner la grille de fer forgé qui marquait la limite du cimetière. Il ne voulait pas être vu. Il ne voulait même pas courir le risque d'être entr'aperçu par un automobiliste distrait qui l'oublierait la seconde d'après. Non loin de lui, les branches d'un vieil orme craquaient lugubrement au vent, faisant surgir dans sa tête d'absurdes visions d'arbres transformés en gibets improvisés par des foules lyncheuses. Bon dieu, quelle trouille il avait. Labeur noir, tu parles. C'était de la pure démence.

Pas trace de trafic, ni dans un sens ni dans l'autre. Du côté de la rue où il se tenait, les réverbères projetaient à intervalles réguliers des cercles de lumière parfaitement ronds sur le trottoir où, durant la journée, l'école élémentaire voisine devait lâcher à chaque sortie des classes un flot d'enfants turbulents, garçonnets à vélo, fillettes sautant à la corde ou jouant à la marelle sans jamais prêter la moindre attention au cimetière d'en face, sauf peut-être à l'époque de Halloween, car l'endroit se parait sans doute alors à leurs yeux d'un charme énigmatique. Etaient-ils assez braves pour passer de l'autre côté de leur rue de banlieue et pour accrocher des petits squelettes de papier aux pointes de la clôture ? Peut-être. Et peut-être qu'en de telles occasions ils se racontaient en gloussant les traditionnelles blagues macabres.

« Gage », murmura-t-il. Gage était là-dedans, de l'autre côté de ces grilles, injustement emprisonné sous un épais manteau de terre, et ça n'avait rien de drôle. *Je vais te libérer, Gage,* songea-t-il. *Je vais te libérer, fils, je vais te tirer de là coûte que coûte.*

Il traversa la chaussée avec son lourd fardeau, se hissa sur le trottoir, examina encore une fois la rue dans les deux sens et, ne voyant rien venir, prit son élan et jeta le gros rouleau de toile par-dessus la grille. Il l'entendit choir de l'autre côté avec un cliquetis étouffé. Ensuite il s'éloigna en s'époussetant les mains. Il avait soigneusement repéré l'endroit, et même au cas où il ne s'en souviendrait pas il suffirait qu'il longe la grille à l'intérieur du cimetière jusqu'à ce qu'il aperçoive sa voiture garée du côté opposé de la rue, et il le retrouverait.

Le portail serait-il encore ouvert à cette heure tardive ?

Il descendit Mason Street en direction de l'intersection. Le vent lui soufflait dans le dos, s'acharnait après lui. Des ombres dansantes sinuaient sur la chaussée.

Arrivé à l'angle de la rue, il bifurqua sur Pleasant Street et continua d'avancer en rasant la clôture. Des phares éclaboussèrent la rue dans son dos, et il se dissimula derrière un orme. Ce n'était pas une voiture de police, mais une camionnette qui roulait en direction d'Hammond Street, vraisemblablement pour rejoindre l'autoroute. Quand elle fut à bonne distance, Louis sortit de sa cachette et reprit sa marche.

Bien sûr que le portail sera ouvert. Ça ne fait pas un pli.

Il arriva bientôt à la hauteur de l'entrée principale. Le portail dessinait la forme d'une cathédrale de fer forgé, svelte et gracile, dans les lueurs mouvantes des réverbères. Louis posa la main sur la poignée et essaya de la tourner.

Elle était fermée à clé.

Evidemment qu'elle est fermée, pauvre imbécile. Tu t'imaginais vraiment qu'on allait laisser ouvert après sept heures le portail d'un cimetière situé dans les limites administratives d'une ville américaine — qu'elle soit petite, grande ou moyenne? Mon pauvre ami, mais il y a belle lurette qu'on ne fait plus confiance à ce point-là à l'esprit civique des citoyens! Qu'est-ce que tu vas faire à présent, hein?

A présent il ne lui restait plus qu'à tenter l'escalade en priant ses grands dieux qu'aucun des locataires des immeubles d'en face n'eût la mauvaise idée de décoller son nez de l'écran de sa télé pour jeter un coup d'œil dehors, juste le temps de l'apercevoir en train de se hisser maladroitement au sommet des grilles tel le gamin le plus vieux et le plus lourd du monde.

Allô, police? Je viens d'apercevoir le gamin le plus vieux et le plus lourd du monde en train d'escalader la clôture du cimetière de Pleasantview. Il a dû se dire qu'il était temps d'enterrer sa vie de garçon. Ou alors c'est qu'il avait envie d'une petite bière. Si je rigole, moi? Mais non, voyons, ça tombe sous le sens. Je suis sûr que c'est une affaire qui mérite d'être creusée.

Louis remonta Pleasant Street jusqu'au coin suivant, puis il tourna à droite. Les barreaux de la clôture défilaient inlassablement à côté de lui. De grosses gouttes de sueur perlaient sur son front et au creux de ses tempes, mais le vent les séchait aussitôt. Son ombre s'enflait et diminuait dans la lueur des réverbères. De temps en temps, il jetait un coup d'œil en direction de la grille. A la fin, il se força à s'arrêter pour les considérer vraiment.

Tu veux escalader ce truc-là? Non, mais tu plaisantes, ou quoi?

Louis était un homme de haute taille — un mètre quatre-vingt-huit — mais les barreaux de fer forgé faisaient facilement trois mètres de haut, et ils étaient surmontés de pointes décoratives en fer de lance. Décoratives, soit, en tout cas jusqu'au moment où il perdrait pied en les enjambant et où la force brutale de ses quatre-vingt-dix kilos s'abattant d'un coup lui enfoncerait une de ces piques acérées dans le bas-ventre, il resterait embroché là-dessus comme un cochon à barbecue, les testicules éclatés, et il n'aurait plus qu'à gueuler jusqu'à ce que quelqu'un se décide à appeler les flics afin qu'ils le tirent de là et l'emmènent à l'hôpital.

Il transpirait très fort à présent. Sa chemise lui collait au dos. Le silence n'était rompu que par le bourdonnement lointain de la circulation nocturne qui s'écoulait sur Hammond Street.

Il devait quand même bien y avoir un moyen de s'introduire là-dedans.

Il y en avait *forcément* un.

Allez, Louis, regarde un peu la vérité en face. Tu es cinglé, d'accord, mais tout de même pas à ce point. Peut-être que tu arriveras à te hisser jusqu'en haut de cette grille, mais seul un gymnaste entraîné serait capable de la franchir sans s'empaler sur ces pointes. Et à supposer même que tu y parviennes, comment feras-tu pour ressortir avec le corps de Gage ?

Il se remit à marcher, vaguement conscient qu'il ne faisait que tourner en rond autour du cimetière sans prendre aucune initiative pratique.

Bon, ça y est, j'ai une solution. Je laisse tomber pour ce soir et je retourne à Ludlow. Je reviendrai demain vers la fin de l'après-midi. J'entrerai normalement par le portail aux alentours de quatre heures, et je me planquerai dans un recoin quelconque jusqu'à minuit ou même un peu plus tard. Autrement dit, je remets à demain ce que j'ai été trop bête pour prévoir aujourd'hui.

Fameuse idée, ô Grand Swami Creed... et qu'est-ce que tu comptes faire de tout ce matosse que tu as balancé par-dessus la clôture ? Une pioche, une pelle, une grosse lampe électrique... Bref, la panoplie du parfait petit détrousseur de sépultures.

Le paquet est tombé au milieu des buissons. Qui irait farfouiller là-dedans, bon Dieu ?

Ça tenait à peu près debout. C'était même marqué au coin du bon sens. Mais le bon sens n'avait strictement rien à voir dans son expédition de ce soir, et son cœur lui disait, sans aucune équivoque possible, qu'il ne la recommencerait pas le lendemain. S'il ne s'introduisait pas à l'intérieur du cimetière ce soir, il ne s'y introduirait jamais. Jamais plus il n'arriverait à se mettre dans un état d'exaltation aussi démentiel. C'était le moment, et s'il le laissait échapper il ne le retrouverait pas.

Le long de la rue qu'il suivait à présent, les constructions étaient plus rares. De loin en loin, un carré de lumière jaune trouait l'obscurité de l'autre côté de la chaussée, et il n'aperçut qu'une seule fois la lueur grise et sautillante d'un téléviseur noir et blanc. Il examina le cimetière à travers les barreaux. A cet endroit, les tombes étaient plus vieilles, de formes plus arrondies, certaines même un peu croulantes, gauchies par la longue succession des gels et des dégels. Louis approchait à présent d'une nouvelle intersection. En tournant à droite, il s'engagerait dans une rue à peu près parallèle à Mason Street, d'où il était parti. Et que ferait-il lorsqu'il serait revenu à la case départ ? Est-ce qu'il empocherait deux cents dollars et repartirait pour un tour, ou est-ce qu'il se déciderait à déclarer forfait ?

Les phares d'une voiture surgirent au bout de la rue, en face de lui. Il se planqua derrière un arbre et attendit qu'elle le dépasse. La voiture roulait au pas. Au bout d'un moment, la lumière vive d'un projecteur jaillit de sa portière gauche et son faisceau balaya la grille en fer forgé Le cœur de Louis se serra douloureusement. C'était une voiture de police venue inspecter les abords du cimetière.

Louis se blottit contre son arbre, appuyant sa joue à l'écorce rugueuse, en priant désespérément pour que le tronc fût d'une largeur suffisante. Le faisceau du projecteur se dirigeait vers lui. Il baissa la tête afin de dissimuler la tache blanche de son visage. Le faisceau lumineux atteignit l'arbre, disparut l'espace d'un instant, jaillit à nouveau de l'autre côté. Louis glissa prudemment le nez hors de son rempart, et il entrevit les cylindres des feux tournants éteints sur le toit de la voiture de patrouille. Il voyait déjà la lueur rouge des feux arrière qui s'intensifiait brusquement, les portières qui s'ouvraient, le faisceau du projecteur qui revenait subitement en arrière et se pointait sur lui tel un long doigt blanc. *Hé, là-bas ! Hé, vous, derrière l'arbre ! Sortez de là, mettez-vous dans la lumière, et tâchez qu'on voie vos mains ! Sortez de là, je vous dis !*

Mais la voiture de patrouille s'éloignait. Arrivé à l'intersection, le chauffeur mit fort civilement son clignotant avant de bifurquer sans hâte sur la gauche. Louis s'affala en arrière et il resta adossé à l'arbre, hors d'haleine, la bouche sèche. Les flics allaient sans doute passer à l'endroit où il avait garé la Civic, mais ça n'avait pas d'importance. Sur Mason Street, le stationnement était autorisé de six heures du soir à sept heures du matin, et d'autres voitures y étaient garées. Elles appartenaient vraisemblablement à des gens qui habitaient les rares immeubles collectifs qui alternaient çà et là avec les pavillons individuels alignés en face du cimetière.

Machinalement, Louis leva les yeux pour examiner l'arbre derrière lequel il s'était dissimulé.

La fourche n'était qu'à quelques centimètres au-dessus de sa tête. Peut-être qu'il pourrait...

Sans s'accorder une seconde de réflexion supplémentaire, Louis agrippa le bord de la fourche à deux mains et se hissa le long du tronc. Les semelles de ses tennis patinaient sur l'écorce, projetant vers le trottoir une pluie de minuscules copeaux. Il parvint à se redresser sur un genou et l'instant d'après il avait un pied fermement campé sur la fourche du vieil orme. Si jamais les flics faisaient un second passage, leur projecteur décèlerait immanquablement la présence d'un oiseau extrêmement singulier sur cet arbre. Il ne fallait pas s'éterniser là.

Il se hissa jusqu'à une branche plus élevée, qui passait au-dessus de la grille et pendait dans le vide de l'autre côté. L'arbre n'était pas immobile ; il se balançait très doucement sous le vent. Son mouvement était presque berceur. Le feuillage chantonnait tout bas. Louis évalua rapidement ses chances. Il ne fallait pas réfléchir trop, sans quoi il se dégonflerait. Il se laissa choir dans le vide, en se cramponnant à la branche de ses deux mains entrelacées. La branche était à peu près de la grosseur d'un bras. Les pieds pendant dans l'air à environ deux mètres cinquante du trottoir, il progressa lentement en direction de la grille, en avançant successivement une main, puis l'autre. La branche ployait fortement, mais elle paraissait solide. Du coin de l'œil, Louis distinguait confusément l'ombre qu'il projetait sur l'asphalte du trottoir. Très noire, avec des contours indécis et vaguement simiesques, elle se traînait paresseusement derrière lui. Le vent frigorifiait ses aisselles moites, et il frissonnait en dépit de la sueur qui lui ruisselait sur le visage et s'insinuait dans son cou. La branche oscillait et penchait sous son poids. L'inclinaison s'aggravait à mesure qu'il avançait. Ses mains et ses poignets commençaient déjà à le tirailler, et ses paumes humides de sueur menaçaient à tout instant de perdre leur prise.

Il était tout près de la grille à présent. Ses tennis pendaient dans le vide, environ trente centimètres au-dessus des pointes. Vues de là-haut, elles ne lui paraissaient plus si décoratives que ça. En fait, elles semblaient très dures, très tranchantes et très pointues. Louis se rendit brusquement compte qu'il ne risquait pas seulement d'y laisser ses couilles. Si jamais il s'abattait de tout son poids sur une de ces piques, elle le percerait de part en part, il aurait le cœur perforé ou un poumon troué, et à leur prochaine ronde les flics découvriraient un ornement de Halloween prématuré — et d'un réalisme hallucinant — accroché à la grille du cimetière.

A bout de souffle, suffoquant presque, il balança les pieds en direction du sommet des pointes. Il fallait qu'il fasse une brève pause, le temps de reprendre sa respiration. Ses pieds battaient l'air, cherchant un appui à tâtons, lorsque soudain une lueur l'effleura.

Elle grandissait.

Oh, bon Dieu, une bagnole ! Elle vient dans ma direction !

Il essaya de se propulser vers l'avant, mais ses mains glissaient. Ses doigts s'écartaient inexorablement.

Sans cesser de tâtonner du bout des pieds, il tourna la tête vers la gauche et regarda la rue par-dessous son bras tendu. La voiture roulait le long de la rue perpendiculaire à celle-ci. Elle franchit le carrefour à toute allure. Une veine. Si elle avait...

Ses mains étaient en train de lâcher prise. Des fragments d'écorce pulvérulents lui pleuvaient sur les cheveux.

Il parvint à poser un pied au sommet d'une des pointes, mais son autre jambe de pantalon s'accrocha à la pointe voisine. Bon Dieu ! Juste au moment où ses dernières forces commençaient à l'abandonner. Avec l'énergie du désespoir, il tira sa jambe en arrière. La branche s'inclina un peu plus. A nouveau, ses mains glissèrent. Puis il y eut un bruit de tissu déchiré et il se retrouva debout, un pied sur chaque pointe. Elles s'enfonçaient dans les semelles de ses tennis, et leur pression ne tarda pas à devenir franchement douloureuse, mais il ne changea pas de position. Le soulagement qu'il éprouvait au niveau des bras et des mains valait largement ce petit désagrément.

Je dois faire un drôle de tableau, se dit-il avec un accablement tempéré par un soupçon d'amusement. Il serra fermement la branche de sa main gauche, et essuya sa main droite sur le devant de son anorak, puis répéta la même opération en sens inverse.

Il resta quelques instants encore dans la même position, après quoi il laissa ses mains glisser vers l'avant. La branche était plus mince à présent, et il n'avait plus aucune peine à joindre les doigts. Ses pieds quittèrent les pointes et il se balança au-dessus du vide à la manière de Tarzan. La branche s'inclina considérablement, et il entendit un craquement sinistre. Il lâcha tout et se laissa choir à l'aveuglette.

Il se reçut mal. Son genou entra en collision avec une pierre tombale, et la douleur irradia jusqu'au sommet de la cuisse. Il s'écroula sur le gazon et roula un moment sur lui-même, serrant son genou à deux mains, une grimace affreuse lui retroussant les lèvres. Il avait peur d'avoir la rotule éclatée. Finalement, la douleur diminua un peu et il constata qu'il n'avait pas trop de peine à fléchir l'articulation. Ça devrait pouvoir aller à condition qu'il remue, pour ne pas laisser l'ankylose s'installer. En tout cas, il l'espérait.

Il se releva et se mit à marcher le long de la grille en direction de l'endroit où il avait balancé ses outils. Son genou l'élançait, et il traînait un peu la jambe, mais à mesure qu'il avançait la douleur se résorba et il n'en subsista bientôt plus qu'une algie diffuse. Il y avait de l'aspirine dans la boîte à pharmacie de la Civic. Il aurait dû penser à la prendre. Mais il était trop tard à présent. Il surveillait la rue du coin de l'œil, et dès qu'il décelait l'approche d'une voiture il s'éloignait de la grille et allait se perdre dans les ombres du cimetière.

Lorsqu'il fut arrivé du côté de Mason Street, où la circulation risquait d'être moins espacée, il resta à une distance prudente de la clôture et ne s'en approcha qu'en apercevant la Civic garée de l'autre côté de la rue. Au moment où il se rabattait vers les buissons pour en retirer son paquet d'outils, il entendit des pas qui claquaient sur le trottoir et un rire de femme étouffé. Il se dissimula derrière une pierre tombale de bonne taille (il dut s'asseoir car son genou douloureux lui interdisait la station accroupie) et il guetta ce qui se passait dans la rue. Un couple qui remontait Mason Street dans sa direction parut bientôt dans son champ de vision. L'homme et la femme se tenaient par la taille, et ils marchaient sans hâte d'une flaque de lumière à l'autre. Quelque chose dans leur mouvement, avec cette alternance d'ombre et de lumière, évoquait dans l'esprit de Louis les images d'une ancienne émission de télé. Une émission en noir et blanc, bien entendu. Très vite, il la localisa avec précision : c'était le show de Jimmy Durante. Comment réagiraient-ils s'il se dressait soudain, vacillante silhouette surgie des profondeurs de cette nécropole assoupie, et leur lançait d'une voix sépulcrale l'exclamation fameuse par laquelle le comique à gros nez concluait invariablement chacune de ses émissions : « Bonne nuit, Mrs Calabash, où que vous soyez ! » ?

L'homme et la femme s'arrêtèrent au pied d'un réverbère, à quelques mètres en avant de la Civic, et ils s'embrassèrent. Louis les observait avec une horreur stupéfaite. Il nageait en pleine abjection. Voilà qu'à présent il était en train de mater sournoisement un couple d'amoureux, tapi derrière une pierre tombale à la façon de ces créatures infâmes qui hantent les pages des illustrés de bas étage. *La frontière est donc si étroite ?* se demanda-t-il (et là encore, cette pensée éveilla des échos familiers dans sa tête). *Tellement étroite qu'il suffit d'avancer d'un pas pour la franchir ? Se hisser jusqu'au sommet d'un arbre, se trémousser le long d'une branche, se laisser choir dans un cimetière, reluquer des amoureux en douce... creuser un trou ? C'était donc si facile ? Etait-ce cela, la folie ? Il m'a fallu huit ans pour devenir médecin, mais je me suis métamorphosé en détrousseur de caveau (ou bien faut-il dire goule ? Violenteur de tombeau ? Profanateur de sépulture ?) en deux temps trois mouvements.*

Il s'écrasa les deux poings sur la bouche pour réprimer le gémissement qu'il sentait monter de sa poitrine, et il alla repêcher tout au fond de lui-même ce sentiment de détachement, cette espèce de suprême froideur qui l'habitait au début de la soirée. L'ayant trouvée, il s'en arma avec gratitude.

Quand le couple se décida enfin à s'éloigner, Louis n'éprouvait plus que de l'impatience. Les amoureux gravirent le perron d'un immeuble. L'homme sortit une clé de sa poche, et l'instant d'après ils disparurent à l'intérieur. Plus rien ne bougeait sur Mason Street à présent. Il n'y avait plus d'autre son que le mugissement incessant du vent qui faisait bruire les arbres et soulevait les cheveux que la sueur avait collés au front de Louis.

Il se précipita vers la clôture et se pencha au-dessus des buissons, explorant l'obscurité à tâtons. Ses doigts ne tardèrent pas à entrer en contact avec la forme rigide de son rouleau d'outils. Lorsqu'il le souleva de terre, il produisit un léger bruit de métal. Il s'avança, son paquet dans les bras, en direction de l'allée de gravillons qui partait de l'entrée principale et arrivé là, il s'arrêta un instant pour s'orienter. Ce n'était pas compliqué. Il suffisait de prendre l'allée et de tourner à gauche au premier croisement.

Il se mit en marche, rasant la limite extérieure de l'allée, afin de pouvoir se fondre rapidement dans l'ombre des grands ormes si jamais il apercevait un gardien ou un vigile.

Il bifurqua à gauche et s'engagea sur le sentier qui menait à la tombe de Gage. Tout en marchant, il réalisa soudain avec une horreur sans nom qu'il n'arrivait plus à se souvenir du visage de son fils. Il se figea sur place et, laissant son regard errer le long des rangées de tombes et de mausolées au front sourcilleux, il s'efforça vainement de l'évoquer. Il voyait tous ses traits séparément — ses cheveux blonds, légers et soyeux, ses yeux légèrement bridés, ses petites dents blanches, la cicatrice en forme d'étoile qu'il s'était faite au menton en tombant sur l'escalier de derrière de leur pavillon de Chicago — mais il n'arrivait pas à les associer en un tout cohérent. Il revit Gage en train de courir vers la route, vers son rendez-vous fatidique avec le camion de l'Orinco, mais Gage lui tournait le dos. Il essaya de se le représenter tel qu'il l'avait vu le soir où il était allé l'embrasser dans son lit après leur séance de cerf-volant, mais il avait beau fouiller sa mémoire, il n'y trouvait qu'une tache noire.

Où es-tu, Gage ?

Ecoute, Louis, ce que tu fais là, ce n'est peut-être pas vraiment une manière de rendre service à ton fils. Si ça se trouve, il est heureux là où il est... Après tout, ces histoires-là ne sont peut-être pas des foutaises imbéciles comme tu l'as toujours pensé. Peut-être qu'il est avec les anges. Peut-être qu'il dort, simplement. Et s'il dort, qui peut savoir ce que tu vas réveiller ?

Oh, Gage ! Où es-tu, Gage ! Je veux te ramener chez nous !

Mais contrôlait-il vraiment ses propres actions ? Comment se faisait-il qu'il ne puisse pas se rappeler le visage de son fils ? Pourquoi s'obstinait-il à ignorer toutes les mises en garde — celle de Jud, celle que Pascow lui avait faite en rêve et l'appréhension qui s'agitait obscurément tout au fond de son cœur ?

Il pensa aux stèles grossières du Simetierre des animaux, à cette spirale approximative qui s'enroulait autour du Grand Mystère, et à nouveau une étrange froideur l'envahit. Qu'avait-il besoin de s'échiner bêtement à évoquer le visage de Gage ?

De toute façon, il n'allait pas tarder à le revoir.

Depuis sa dernière visite, la pierre tombale avait été posée. Elle portait pour toute inscription GAGE WILLIAM CREED, avec les deux dates au-dessous. Quelqu'un était venu s'incliner sur la tombe de

Gage aujourd'hui. On y avait posé des fleurs fraîches. Qui avait bien pu faire cela ? Etait-ce Missy Dandridge ?

Le cœur de Louis cognait très fort dans sa poitrine, mais ses battements étaient normalement espacés. Il était à pied d'œuvre à présent. S'il voulait vraiment mettre son plan à exécution, il ne fallait pas traîner. Il ne lui restait que quelques heures et après ce serait l'aube.

Il se sonda le cœur une dernière fois et constata que sa résolution n'avait pas fléchi. Il était bien décidé à aller jusqu'au bout. Avec un imperceptible hochement de tête, il sortit son canif de sa poche et le déplia. Il coupa posément le gros ruban adhésif dont il avait soigneusement entouré son rouleau d'outil, étala la toile goudronnée au pied de la tombe de Gage comme un sac de couchage et disposa ses outils dans un ordre méticuleux comme s'il s'agissait d'instruments de chirurgie à l'aide desquels il allait suturer une plaie ou procéder à une exérèse mineure.

Il avait masqué la grosse lampe-torche à l'aide d'un morceau de feutre, ainsi que le vendeur de la quincaillerie le lui avait suggéré. Le morceau de feutre était retenu par du ruban adhésif, et il avait découpé un petit cercle en son centre en s'aidant d'une pièce d'un cent et d'un scalpel. Il posa à côté de la lampe la courte pioche dont il n'aurait probablement pas besoin — il ne l'avait amenée que pour parer à toute éventualité. Il n'aurait pas à faire sauter une dalle hermétiquement scellée, et il n'y avait guère de chances qu'il bute sur des caillasses dans une tombe qui venait à peine d'être comblée. Il aligna ensuite la pelle, la bêche, le rouleau de corde et les gros gants de protection. Il enfila les gants, empoigna la bêche et se mit au travail.

La terre, très meuble, était facile à creuser. La forme de la tombe était nettement délimitée, et la terre qu'il rejetait était beaucoup plus légère que celle du sol alentour. Machinalement, son esprit opéra une comparaison entre la facilité de la présente exhumation et le mal qu'il aurait à creuser le sol rocailleux et aride de l'endroit où, si tout se déroulait conformément à son plan, il enterrerait à nouveau le cadavre de son fils avant la fin de la nuit. Là-haut, la pioche ne serait pas de trop. Après s'être fait cette réflexion, il s'efforça de vider son esprit de toute espèce de pensée. Les pensées ne faisaient que l'encombrer.

Il rejetait la terre du côté gauche de la tombe. Peu à peu, ses mouvements prirent un rythme régulier qu'il avait de plus en plus de mal à maintenir à mesure que l'excavation devenait plus profonde. Il descendit dans la tombe, et l'odeur aigre de la terre mouillée lui envahit les narines — cette odeur qu'il avait tant de fois humée durant les étés où son oncle Carl l'avait employé comme assistant.

Digger, songea-t-il en s'arrêtant brièvement pour éponger la sueur qui lui dégoulinait du front. D'après son oncle Carl, tous les fossoyeurs d'Amérique étaient connus sous cet unique sobriquet. C'était un surnom amical, rien de péjoratif, tout au plus une nuance de gouaille argotique. Allez, *Digger*, creuse.

Il reprit sa besogne.

Après cela, il ne s'arrêta plus qu'une fois, et ce fut pour consulter sa montre. Minuit vingt. Il lui semblait que le temps lui glissait entre les doigts comme une anguille.

Quarante minutes plus tard, la bêche heurta quelque chose de dur avec un crissement désagréable, et Louis se mordit les lèvres jusqu'au sang. Il saisit la lampe électrique et en dirigea le pinceau vers le fond de l'excavation. D'abord, il ne vit que de la terre, puis il aperçut une fine ligne d'un gris un peu argenté qui affleurait diagonalement. C'était le dessus de la dalle en ciment. Louis la débarrassa du gros de la terre qui la recouvrait, mais il en laissa une mince couche car il ne voulait pas faire de bruit, et il n'est rien au monde de plus sonore qu'une bêche qui racle du ciment au beau milieu de la nuit.

Il s'extirpa de l'excavation, déroula la corde et la fit passer à travers les anneaux d'une des deux moitiés du couvercle. Puis il s'allongea sur la toile goudronnée, et empoigna fermement les deux extrémités de la corde.

Cette fois, ça y est, Louis. Ce coup-ci tu joues ton va-tout.

T'as raison. C'est ma dernière chance, et comme tu vois je la saisis.

Il s'entortilla la corde autour des poignets et il se mit à tirer. Le carré de ciment se souleva sans difficulté, en grinçant légèrement sur son pivot. Quand il fut dressé bien perpendiculairement au-dessus d'un puits de ténèbres carré, Louis retira la corde des anneaux et il la jeta au sol. Il n'en aurait pas besoin pour lever la deuxième partie du couvercle. Il lui suffirait de prendre appui sur les rebords du caisson et de tirer.

Il redescendit dans la tombe avec des mouvements précautionneux. Il ne tenait pas à renverser la demi-dalle qu'il venait de soulever. Elle aurait pu lui écraser les pieds en tombant, ou, plus grave encore, éclater, car elle n'était pas bien épaisse. Au passage, il fit choir une légère pluie de cailloux et il en entendit plusieurs qui rebondissaient sur le cercueil avec un son creux.

Il se pencha, saisit le bord de l'autre demi-dalle et la souleva. Au moment où il faisait cela, quelque chose de froid et de visqueux s'écrasa sous ses doigts. Lorsqu'il eut dressé verticalement la plaque de ciment, il regarda sa main. Un gros lombric s'était aplati en travers de ses doigts. D'imperceptibles soubresauts le secouaient encore. Louis réprima un cri de dégoût, et il s'essuya la main sur la paroi en terre de la tombe de son fils.

Après quoi, il dirigea sa lampe vers le fond de la fosse, et il aperçut le cercueil qui, lorsqu'il l'avait vu pour la dernière fois, au cours de la cérémonie d'inhumation, était posé sur deux barres d'acier chromé au-dessus de la tombe entourée de ces hideux tapis d'herbe synthétique d'un vert criard. C'était cela, la chambre forte inviolable dans laquelle on avait voulu le forcer à ensevelir à tout jamais les espérances qu'il avait placées dans son fils. Il sentit monter en lui une rage formidable et brûlante, qui était l'antithèse absolue de la froideur insondable qu'il l'avait habité jusque-là. Non mais quelle connerie ! Jamais on ne lui ferait avaler ça !

Il chercha sa bêche à tâtons, la leva au-dessus de son épaule et l'abattit avec force sur la serrure du cercueil. Une fois, puis deux, puis trois. Encore une fois ! Une affreuse grimace de fauve enragé lui découvrait les dents.

Je vais te sortir de là, Gage ! Tu vas voir !

La serrure avait cédé au premier coup de bêche, et cela aurait sans doute suffi, mais Louis s'acharna sur elle. Il ne voulait pas seulement ouvrir le cercueil. Il voulait lui faire mal. A la fin, il recouvra ses esprits (ou du moins ce qui lui en tenait encore lieu) et il s'immobilisa brusquement au moment où il levait sa bêche pour l'abattre une cinquième fois.

La lame de l'outil était tordue et dentelée. Il jeta la bêche au loin et il se hissa hors de la tombe avec des gestes fébriles. Il avait les jambes en coton, une nausée douloureuse lui tordait l'estomac, et sa fureur s'était dissipée aussi vite qu'elle était venue. A sa place, il n'y avait plus qu'un froid immense qui déferlait en lui comme une sale marée. De toute sa vie il ne s'était jamais senti aussi seul, aussi détaché de tout. Il avait l'impression de flotter dans le vide comme un astronaute qui s'est trop écarté de son vaisseau durant une sortie et qui dérive lentement au milieu des ténèbres immenses de l'espace intersidéral, sachant que l'oxygène de son scaphandre ne tardera pas à s'épuiser. *Est-ce que Bill Baterman a éprouvé les mêmes sentiments ?* se demanda-t-il.

Il s'étendit sur le dos, à même le sol cette fois, et il s'efforça de se ressaisir. Lorsqu'il fut certain que son vertige avait passé et que ses jambes seraient à nouveau capables de le soutenir, il se redressa sur son séant et se laissa glisser dans la tombe. Il posa le pinceau de sa lampe sur la serrure. Elle n'était pas simplement brisée : il l'avait littéralement démolie. Malgré la fureur aveugle qui l'animait, chaque coup avait porté avec une précision absolue, comme si une force surnaturelle avait guidé ses gestes. Autour de la serrure défoncée, le bois du cercueil avait éclaté.

Louis se glissa la grosse lampe sous l'aisselle. Puis il fléchit les genoux et resta un moment suspendu en position accroupie, les bras tendus devant lui, comme un acrobate de cirque s'apprêtant à recevoir son partenaire qui vient de se lancer dans un saut de la mort.

A la fin, il glissa ses doigts sous le couvercle, les introduisit dans la rainure, puis après une brève pause qui, bien qu'elle en eût toutes les apparences, n'était pas due à une ultime hésitation, il ouvrit le cercueil de son fils.

50

Rachel Creed manqua d'extrême justesse l'avion qui devait l'emmener de Boston à Portland. A quelques secondes près, elle l'aurait eu. Son premier vol avait quitté Chicago à l'heure prévue (un vrai miracle), il avait atterri à l'aéroport de La Guardia sans même avoir eu besoin de faire un seul cercle en attendant qu'une piste se libère (deuxième miracle) et n'avait décollé de New York qu'avec cinq petites minutes de retard. Elle débarqua à Boston à 23 heures 12, soit avec quinze minutes de retard, mais cela lui laissait tout de même treize minutes pour attraper sa correspondance.

Elle aurait normalement dû y arriver, mais la navette qui reliait entre eux les différents terminaux de l'aéroport de Logan était en retard aussi. Rachel poireauta longuement à côté de la borne d'arrêt. Elle était dans un état de panique larvée, et elle dansait sans arrêt d'un pied sur l'autre en faisant passer continuellement d'une épaule à l'autre la courroie du sac de voyage que sa mère lui avait prêté, comme si un besoin pressant d'aller aux cabinets la torturait.

A 11 heures 25, comme la navette ne se montrait toujours pas, elle partit au galop. Ses chaussures avaient des talons relativement plats, mais ce n'était tout de même pas l'idéal pour piquer un sprint. Elle se tordit la cheville, grimaça de douleur, s'arrêta, ôta rapidement ses chaussures et continua à courir en collants. Elle dépassa le terminal de l'Allegheny, puis celui des Eastern Airlines. Elle avait du mal à respirer à présent, et elle avait un début de point de côté.

L'haleine brûlante, la gorge râpeuse, le flanc percé par une douleur très vive, elle passa devant le bâtiment des lignes internationales et aperçut enfin l'enseigne triangulaire de la Delta. Elle pénétra en trombe dans le terminal, faillit perdre une de ses chaussures, la rattrapa au vol. Il était 11 heures 37.

L'un des deux employés de service leva les yeux sur elle.

« Le vol 104, haleta-t-elle. A destination de Portland. Est-ce qu'il a décollé ? »

L'employé jeta un coup d'œil à son écran de contrôle.

« En principe, il est encore là, dit-il. Mais le dernier appel est déjà passé depuis cinq bonnes minutes. Je vais les prévenir de votre arrivée. Vous avez des bagages à enregistrer ? »

Rachel éructa une dénégation en écartant les cheveux humides de sueur qui lui retombaient sur les yeux. Son cœur battait à tout rompre.

« Dans ce cas, n'attendez pas que je les aie appelés. Je vais le faire, ne vous en faites pas, mais je vous conseille de courir très vite. »

Rachel ne courut pas si vite que ça — elle n'en avait plus la force — mais elle fit tout son possible. L'escalator avait déjà été débranché pour la nuit et elle gravit l'escalier quatre à quatre, la bouche pleine de copeaux de cuivre. En arrivant au poste de contrôle, elle jeta son sac à l'employée du service de sécurité, une jeune femme plutôt avenante qui la regarda d'un air estomaqué, puis elle attendit que le tapis roulant l'entraîne jusqu'à la petite cabine à rayons X en serrant et en desserrant nerveusement les poings. A peine la courroie du sac pointa-t-elle de l'autre côté, elle la saisit au vol et prit ses jambes à son cou. Le sac s'envola derrière elle et lui heurta la hanche avec violence.

Elle leva les yeux vers un des écrans de contrôle tout en courant.

VOL 104 PORTLAND HD 11:35 PM PORTE 31 EMBARQUEMENT IMMÉDIAT

La porte 31 était tout au fond de la galerie. Au moment précis où son regard se détachait de l'écran, les mots EMBARQUEMENT IMMÉDIAT s'effacèrent et furent remplacés par des lettres clignotantes qui disaient : AU DÉCOLLAGE.

Rachel laissa échapper une exclamation de dépit. Lorsqu'elle arriva en vue de la porte 31, l'employé chargé de réceptionner les passagers était en train de retirer de son panneau mobile les lettres qui annonçaient : VOL 104 PORTLAND 11:25.

« L'avion est parti ? s'écria Rachel, incrédule. Vraiment *parti* ? »

Le jeune employé la regarda d'un air apitoyé.

« Oui, madame, je suis navré, mais il a gagné la piste de roulement à 11 heures 40. Vous avez fait un remarquable effort, si ça peut vous consoler. »

Il pointa l'index en direction des grandes baies vitrées et Rachel aperçut un gros Boeing 727 marqué du logotype de la Delta qui s'éloignait, brillant de tous ses feux, en direction de l'extrémité de la piste.

« Bon Dieu, on ne vous a donc pas dit que j'arrivais ! s'écria-t-elle.

— Si, mais lorsqu'on m'a appelé du comptoir du rez-de-chaussée l'avion était déjà engagé sur le taxiway ; si je l'avais fait revenir ça aurait provoqué un affreux pastis sur la piste numéro trente et je me serais fait engueuler comme du poisson pourri par le pilote — sans parler de la centaine de passagers qu'il véhicule. Je suis vraiment désolé. Si vous étiez arrivée, ne serait-ce que quatre minutes plus tôt... »

Rachel lui tourna le dos et s'éloigna sans écouter la fin de sa phrase. Arrivée à mi-chemin du poste de contrôle, elle fut prise d'une faiblesse subite. Elle pénétra d'un pas chancelant dans une autre zone d'embarquement et se laissa tomber sur une banquette. Elle attendit que son malaise lui ait passé ; ensuite elle remit ses chaussures, après avoir décollé le vieux mégot de cigarette qui adhérait au talon d'un de ses bas en lambeaux. *J'ai les pieds sales et je m'en fous complètement,* se dit-elle avec désespoir.

Elle reprit sa marche en direction du hall central.

L'employée du service de sécurité la regarda avec sympathie.

« Alors, vous l'avez raté ? interrogea-t-elle.

— Ça, pour l'avoir raté, je l'ai raté, répondit Rachel.

— Où est-ce que vous vouliez aller ?

— A Portland, et de là j'aurais continué sur Bangor.

— Eh bien, puisque c'est si urgent que ça, pourquoi est-ce que vous ne loueriez pas une voiture ? En temps ordinaire, je vous aurais plutôt conseillé un bon hôtel dans le voisinage de l'aéroport, mais je crois que je n'ai jamais vu personne qui soit aussi pressé que vous d'arriver quelque part.

— C'est vrai que je suis pressée », admit Rachel. Elle réfléchit un instant avant d'ajouter : « Oui, je suppose que c'est la seule solution qui me reste, vous avez raison. Vous croyez qu'une des agences de l'aéroport pourra me louer une auto ?

— Oh, pour ça, vous n'avez pas à vous faire de souci, répondit la jeune femme en riant. Ils en ont toujours, à moins que l'aéroport soit bloqué par le brouillard. Ça arrive assez fréquemment, remarquez. »

Mais Rachel ne l'écoutait plus. Elle supputait mentalement ses chances.

Même en zinguant sur l'autoroute à une vitesse suicidaire, elle n'arriverait jamais à temps à Portland pour attraper l'avion de Bangor. Il faudrait donc qu'elle fasse toute la route en voiture. Combien de temps est-ce que ça allait lui prendre ? Ça dépendait de la distance. Le chiffre de deux cent cinquante miles se matérialisa instantanément dans son esprit. Peut-être que Jud lui avait dit quelque chose à ce sujet. Quatre cents kilomètres. Elle ne pourrait sûrement pas démarrer avant minuit et demi, minuit et quart dans la meilleure hypothèse. Elle serait sur l'autoroute du début à la fin. Elle pouvait raisonnablement espérer rouler à une vitesse constante de cent à l'heure sans se faire coincer pour excès de vitesse. Donc, ça lui prendrait quatre heures tout rond. Disons quatre heures et demie. Il faudrait bien qu'elle fasse au moins un arrêt pour soulager sa vessie, et quoiqu'elle n'eût absolument pas sommeil pour l'instant, elle se connaissait suffisamment pour savoir qu'elle aurait aussi besoin de s'arrêter pour avaler une grande tasse de café. Même en tenant compte des inévitables contretemps, elle pouvait arriver à Ludlow avant l'aube.

Ruminant toujours ces supputations, elle se dirigea vers l'escalier — les comptoirs des agences de location étaient tous au niveau inférieur.

« Bonne chance, ma petite dame ! lui lança l'employée du service de sécurité.

— Merci », dit Rachel. De la chance, elle allait en avoir besoin.

51
———

Instantanément, la puanteur assaillit Louis. Il recula, suffoqué, et s'accrocha au bord de la fosse en haletant. Au moment où il pensait avoir maîtrisé les spasmes qui lui soulevaient le gosier, il restitua d'un seul coup la totalité du copieux et insipide dîner qu'il avait ingurgité au Howard Johnson's. Après avoir rendu, il appuya son front contre la terre humide et attendit en pantelant que sa nausée s'apaise. Ensuite, serrant les mâchoires, il dégagea la lampe qu'il tenait sous son bras et en braqua le pinceau sur le cercueil ouvert.

Une horreur indicible l'envahit. C'était plus que de l'horreur : un sentiment proche de la terreur religieuse, que d'ordinaire on n'éprouve qu'au fin fond des cauchemars les plus épouvantables, ceux dont on a peine à se souvenir au réveil.

Gage n'avait plus de tête.

Louis fut secoué de tremblements incoercibles, tellement violents qu'il dut saisir sa torche à deux mains et la tenir à bout de bras, le corps droit et rigide, à la façon d'un policier qui exécute un mouvement de tir couché lors d'une séance d'entraînement. Malgré tout, le mince faisceau de lumière s'agitait spasmodiquement devant lui, et il mit un long moment à le diriger à nouveau vers le cercueil.

C'est impossible, se dit-il. *Tu as cru voir quelque chose, mais dis-toi bien que ça ne tient pas debout.*

Lentement, il promena le pinceau de sa lampe le long du corps étendu de Gage, en commençant par les pieds. Il vit les chaussures neuves, le pantalon du costume, le veston (Dieu que c'était grotesque, un enfant de deux ans affublé d'un sinistre complet gris !), la chemise au col échancré, le...

Sa respiration s'étrangla dans sa gorge. Le son qui s'en échappa ressemblait plus à un feulement de fauve qu'à un simple hoquet. Tout à coup, sa fureur insensée l'avait repris, noyant toutes ses craintes, balayant sa terreur superstitieuse et le sourd instinct qui

395

lui disait qu'il avait définitivement franchi la frontière invisible qui le séparait de la folie.

Il farfouilla dans ses poches, y trouva un mouchoir et, tenant sa lampe d'une main, il se pencha par-dessus le bord de la tombe, en se tendant en avant au maximum. Il était en équilibre précaire, et si une des deux moitiés de la dalle lui était tombée dessus à présent, elle lui aurait probablement brisé la nuque. Avec des gestes très doux, il essuya à l'aide de son mouchoir la mousse humide qui recouvrait le visage de Gage — une mousse d'un vert si foncé qu'elle l'avait momentanément abusé, lui donnant la fausse impression que l'enfant n'avait plus de tête.

La mousse, quoique de consistance uligineuse, était légère comme de l'écume. Louis aurait dû s'y attendre. Il avait plu depuis l'enterrement, et la dalle n'était pas étanche. Il dirigea le faisceau de sa lampe d'un côté, puis de l'autre, et constata que le cercueil reposait au milieu d'une flaque d'eau peu profonde. La mince couche de mousse noirâtre une fois ôtée, le visage de son fils lui apparut. L'embaumeur savait sans doute qu'il n'y avait guère de chances que le cercueil fût ouvert après un accident aussi affreux ; néanmoins, il avait fait du travail sérieux. Les embaumeurs sont souvent des gens méticuleux. Gage ressemblait à une poupée de cire maladroitement modelée. Par endroits, sa tête était soulevée par des protubérances insolites. Ses yeux étaient si aplatis sous leurs paupières closes qu'on aurait pu croire que leurs globes s'étaient enfoncés à l'intérieur de son crâne. Quelque chose de blanc, comme une langue frappée d'albinisme, dépassait d'entre ses lèvres. Louis crut d'abord que l'embaumeur avait eu la main un peu lourde avec son liquide. Dans la plupart des cas, c'est une substance d'emploi pour le moins hasardeux, et s'agissant d'enfants, le dosage exact est pratiquement impossible à calculer. On finit toujours par en injecter une quantité un peu juste... ou un peu large.

Mais en fin de compte, il s'aperçut que ce n'était que l'extrémité d'un des rouleaux de coton dont l'embaumeur s'était servi pour bourrer les joues du cadavre. Il étendit le bras et tira le coton de la bouche du garçonnet. Les lèvres de Gage, qui étaient bizarrement distendues et d'une couleur anormalement foncée, se refermèrent avec un claquement à peine audible. Louis jeta le rouleau de coton au fond de la tombe. Il surnagea sur la flaque d'eau, luisant d'un éclat obscènement blême dans les ténèbres. A présent, la joue de Gage avait l'aspect creux d'une joue de vieillard.

« Gage ! chuchota Louis. Je vais te sortir de là, d'accord ? »

Il priait pour qu'un intrus (gardien faisant sa ronde, ou quelque chose du même genre) ne choisisse pas ce moment pour survenir. Mais ce n'était plus seulement par crainte d'être surpris : il savait que si le faisceau d'une torche se braquait subitement sur lui pendant qu'il se livrait à cette sinistre besogne, il n'hésiterait pas une seconde à empoigner la bêche tordue et rayée pour en fracasser le crâne de l'importun.

Il passa les bras sous le corps de Gage. Le petit cadavre roula mollement sur un côté, et brusquement une affreuse certitude envahit Louis : quand il le soulèverait, le corps de Gage se disloquerait en plusieurs morceaux, et l'on retrouverait Louis debout au-dessus de la tombe, un pied sur chaque bord du caisson, les lambeaux du corps de son fils dans les bras, hurlant à la mort.

Allez, espèce de trouillard, fais donc ce que tu as à faire !

Il saisit Gage sous les aisselles et, sans prendre garde à la moiteur pestilentielle qui s'élevait vers lui, il le hissa hors du cercueil comme il l'avait tant de fois hissé hors de la baignoire après son bain du soir. La tête de Gage tomba mollement en arrière et Louis aperçut la couture en forme de demi-lune qui attachait le cou au sommet des épaules.

La respiration entrecoupée, l'estomac soulevé par la puanteur fétide et par la sensation du cadavre pitoyablement esquinté de son fils qui pendait mollement entre ses bras comme celui d'un pantin désarticulé, Louis extirpa tant bien que mal le corps de Gage du cercueil. A la fin, il se retrouva assis au bord de la tombe, le cadavre sur les genoux, les pieds pendant dans la fosse ; son visage avait pris une teinte terreuse, il avait les pupilles démesurément dilatées, et sa bouche retroussée par une grimace où se mêlaient l'horreur, le chagrin et la pitié était agitée de tremblements spasmodiques.

« Gage », sanglota-t-il en berçant le petit cadavre entre ses bras. Les cheveux de l'enfant, aussi inertes et froids que de minces fils d'acier, lui caressaient les poignets. « Gage, tout va s'arranger, je te le jure ! Tout ira bien, ça va finir, tu verras, le jour reviendra, oh, Gage, je t'en prie ! Je t'aime, Gage, ton papa t'aime ! »

Louis berçait son fils contre sa poitrine.

A deux heures moins le quart, Louis était prêt à quitter l'enceinte du cimetière. L'extraction du cadavre proprement dite avait constitué la phase la plus pénible de toute l'opération ; dans ces instants-là, il lui avait semblé que l'astronaute égaré de son esprit flottait dans un vide bien proche de l'absolu. Son dos n'était plus qu'un bloc de douleur palpitante dont les muscles exténués tressaillaient sans arrêt, mais ses forces lui revenaient peu à peu et il sentait qu'il serait capable de refaire bientôt le chemin — tout le chemin — en sens inverse.

Il enroula le cadavre de Gage dans le carré de toile goudronnée, assujettit le paquet à l'aide de longues bandes de ruban adhésif, puis il coupa sa corde en deux morceaux à l'aide desquels il noua soigneusement les deux extrémités. Ainsi enveloppé, son paquet avait l'aspect anodin d'un tapis roulé. Il remit le couvercle du cercueil en place puis, après quelques secondes de réflexion, il le rouvrit et déposa à l'intérieur la bêche faussée. A défaut de son fils, Pleasantview pouvait conserver cette relique. Il rajusta le couvercle, puis il abaissa une des deux demi-dalles de ciment. Il aurait pu faire choir l'autre moitié d'une simple poussée, mais il craignait qu'elle n'éclatât. Après s'être livré à une brève cogitation, il ôta sa ceinture, la fit passer dans les anneaux en fer et remit le rectangle de ciment en place avec précaution. Après quoi il reboucha la fosse en usant de la pelle. La terre qu'il avait ôtée ne suffit évidemment pas à la combler tout à fait. A présent, la tombe était légèrement au-dessous du niveau du sol. Est-ce qu'on remarquerait cette anomalie ? Peut-être pas. Ou peut-être qu'on la remarquerait sans y attacher d'importance particulière. Louis ne pouvait pas se permettre de trop y penser ce soir ; il avait d'autres chats à fouetter. Il n'était pas au bout de ses peines, oh non. Le noir labeur était à peine commencé, et il était déjà au bord de l'épuisement.

Allons-y, allez go !

« Ben tiens », marmonna-t-il.

Dans son dos, le vent arracha aux arbres une série de gémissements brefs et stridents et il se retourna, inquiet. Il posa à côté du paquet la pelle, la pioche qu'il n'avait pas encore utilisée, les gants de protection et la grosse torche électrique. L'envie de se servir de la torche le démangeait, mais il se força à la ravaler. Laissant là le cadavre et les outils, il s'éloigna en direction de la clôture. Cinq minutes plus tard, il se retrouva à son point de départ. La Civic était toujours garée le long du trottoir, de l'autre côté de la rue. Si proche et en même temps si lointaine.

Louis s'arracha à la contemplation de sa voiture et il partit dans une autre direction. Cette fois, il longea la haute grille de fer forgé en prenant vers la droite après l'entrée, et il la suivit jusqu'à l'extrémité de Mason Street. A cet endroit, la grille bifurquait à angle droit, et aussitôt après l'angle un large fossé courait le long de l'enceinte. Louis s'approcha du bord du fossé et en voyant ce qu'il contenait, il ne put réprimer un frisson. Il était plein de fleurs pourrissantes, entassées les unes sur les autres, baignant dans une mare d'eau croupie laissée par une longue succession de neiges et de pluies.

Oh, doux Jésus !

Non, pas Jésus. Ces fleurs ont été immolées à un dieu infiniment plus ancien que celui des chrétiens. Ce dieu, on lui a donné toute une variété de noms suivant les époques, mais quelque chose me dit qu'aucun ne peut mieux lui convenir que celui dont la sœur de Rachel l'avait baptisé. Le gwand, le tewwible Oz, dieu des choses mortes et ensevelies, dieu des fleurs qui pourrissent au creux des fossés, dieu du Mystère.

Louis fixait l'amas de fleurs décomposées d'un œil fasciné. A la fin, il s'arracha brutalement à sa contemplation avec un sursaut bref, semblable à celui d'un homme hypnotisé qui émerge de sa transe sur un claquement de doigt du magnétiseur.

Il reprit sa marche, et il ne tarda pas à trouver ce qu'il cherchait. Il se dit que son inconscient avait sans doute automatiquement repéré l'endroit le jour de l'enterrement de Gage.

Devant lui, dans les ténèbres venteuses, se dressait la masse sombre de la crypte du cimetière.

C'est là qu'on entreposait les cercueils en hiver, quand il faisait trop froid pour que même une pelleteuse puisse entamer le sol gelé, ou à d'autres moments aussi, quand l'affluence était trop grande.

De temps en temps, il arrivait que les entrepreneurs de pompes funèbres se trouvent confrontés à une soudaine flambée de décès. Dans n'importe quelle communauté, Louis le savait, il y avait des moments où, sans que personne puisse expliquer pourquoi, les gens se mettaient à mourir comme des mouches.

« Seulement tu vois, Lou, ça s'équilibre toujours, lui avait expliqué son oncle Carl. Si au mois de mai je n'ai pas un seul macchabée pendant deux semaines entières, je suis sûr que j'aurai dix enterrements en quinze jours au mois de novembre suivant. Enfin, à vrai dire, en novembre les affaires sont généralement calmes. Et à Noël, c'est carrément le marasme, contrairement à l'idée couramment répandue qui veut que ça soit une période où on meurt beaucoup. On dit qu'à Noël, la dépression fait des ravages, mais c'est de la foutaise. Demande à n'importe quel collègue, il te dira pareil que moi. A Noël, les gens sont heureux, optimistes. Ils ont envie de vivre. Conséquence : ils ne meurent pas. D'habitude, c'est au mois de février qu'on a un sérieux coup de feu. Evidemment, il y a les vieux qui succombent à la grippe, sans parler des pneumonies, mais ce n'est pas tout. Tu as des gens qui se sont bagarrés de toutes leurs forces contre un cancer pendant un an, ou seize mois. Là-dessus, cette saloperie de février s'amène, et tout à coup ils flanchent et leurs métastases les bouffent en deux coups de cuiller à pot. Le 31 janvier, ils sont en pleine rémission, ils ont une pêche du tonnerre. Trois semaines après, ils sont dans le trou. En février, tout prolifère : les crises cardiaques, les congestions cérébrales, les néphrites aiguës. C'est un mois très dur. En février, les gens sont pris d'une espèce d'abattement. Ils lâchent prise. C'est bien connu dans la profession. Mais des fois, sans raison, on voit le même phénomène se produire en juin ou en octobre. Jamais en août. Août, c'est un mois pépère. Jamais tu ne verras une crypte de cimetière remplie au mois d'août, sauf si une explosion de gaz a fait sauter tout un immeuble ou si un bus municipal a plongé du haut d'un pont. Mais on a eu des mois de février où les cercueils étaient empilés trois par trois, et où on faisait des vœux pour qu'il y ait au moins un dégel passager afin qu'on puisse en mettre quelques-uns en terre avant d'être obligés de louer un appartement pour remiser le surplus. »

L'oncle Carl avait éclaté de rire et Louis, sentant qu'il pénétrait là dans des arcanes que même ses profs de la fac de médecine ne possédaient pas, avait fait chorus.

La double porte de la crypte s'encastrait dans la paroi verticale d'une butte gazonnée dont la forme harmonieuse et lisse rappelait celle d'un sein de femme. Le faîte de ce mamelon (trop régulier pour être entièrement naturel) n'était qu'à une cinquantaine de centimètres des pointes des grilles en fer forgé, dont la hauteur restait égale au-dessus de l'élévation.

Louis jeta un rapide coup d'œil alentour, puis il escalada en hâte la pente du monticule. De l'autre côté, il vit un vaste carré de terrain d'environ cent mètres de côté, absolument nu. Non, pas tout à fait. Il y avait un bâtiment d'aspect sommaire, une espèce de resserre, à quelques mètres en avant de la clôture. Sans doute une cabane à outils où les jardiniers du cimetière remisaient leur matériel.

La lumière des reverbères filtrait par intermittences à travers les frondaisons mouvantes du rideau d'arbres (vieux ormes et grands érables rouges) qui séparait la bordure extérieure du terrain vague de Mason Street. Louis ne distingua pas d'autre mouvement.

Il se laissa glisser au bas du monticule en restant prudemment assis, car il ne tenait pas à exposer son genou blessé à une mauvaise chute, puis il regagna la tombe de son fils. Il faisait tellement noir qu'il trébucha sur le cadavre et manqua s'étaler. Il faudrait qu'il fasse deux voyages, l'un avec le corps de Gage, l'autre avec les outils. Quand il se baissa pour ramasser le gros rouleau de toile, son dos endolori protesta et il grimaça. Le cadavre de son fils ballottait à l'intérieur du paquet, et tout au fond de la tête de Louis une petite voix lui chuchotait sans arrêt qu'il avait perdu la raison, mais il l'ignorait avec persévérance.

Il porta le petit cadavre jusqu'au monticule qui abritait la crypte du cimetière (avec ses portes coulissantes, elle avait l'aspect bizarrement anodin d'un garage de banlieue). N'ayant plus de corde, il ne lui restait d'autre solution que de grimper là-haut avec son paquet de vingt kilos dans les bras. Il recula de quelques mètres, prit son élan et se lança à l'assaut de la butte, le buste plié en avant. Son élan l'entraîna presque jusqu'au sommet, mais ses pieds dérapèrent sur le gazon humide ; au moment où il se sentit partir en arrière, il lança son paquet aussi loin qu'il le put, et il atterrit juste au-dessous de la ligne de faîte. Louis remonta à quatre pattes, jeta un coup d'œil circulaire et, ne voyant rien bouger, hissa le rouleau de toile jusqu'à la clôture et le posa debout contre les barreaux. Ensuite il alla chercher son matériel.

Il escalada à nouveau le monticule, enfila les gants, déposa la torche, la pelle et la pioche à côté du rouleau de toile, puis il s'assit par terre, le dos contre la grille, les mains sur les genoux, et il s'accorda une courte pause. Le cadran digital de la montre à quartz que Rachel lui avait offerte pour Noël l'informa qu'il était 2 :01.

Au bout de cinq minutes, sentant ses forces lui revenir, il

se leva et il fit passer la pelle par-dessus la grille. Il l'entendit tomber dans l'herbe avec un choc sourd. Il essaya de fourrer la torche dans la ceinture de son pantalon, mais elle était trop grosse. Il la glissa entre deux barreaux et tendit l'oreille tandis qu'elle roulait le long du talus, en espérant qu'elle ne se briserait pas sur un rocher. Il aurait dû penser à se munir d'un sac à dos.

Il sortit son pistolet-dérouleur de la poche de son blouson et attacha la tête de la pioche au rouleau de toile en entortillant plusieurs épaisseurs de ruban adhésif autour des pointes métalliques de l'outil afin qu'il fût solidement accroché à la toile. Il utilisa tout l'adhésif qui restait. Après avoir remis le dérouleur vide dans sa poche, il leva le lourd paquet à bout de bras (son dos protesta avec vigueur, et il devina qu'il souffrirait des séquelles de cette équipée nocturne pendant une bonne semaine), le fit passer par-dessus la grille et le lâcha. Il eut une brève crispation en l'entendant s'abattre de l'autre côté avec un choc mat.

Il passa une jambe par-dessus la clôture, agrippa deux des pointes et souleva son autre jambe. Il se laissa glisser le long de la grille en s'appuyant du bout des pieds à la terre qui affleurait entre les barreaux et lorsqu'il fut à la verticale il se laissa choir dans le vide. Arrivé au pied du talus, il se mit à tâtonner dans l'herbe autour de lui et aperçut presque aussitôt la pelle ; pour diffuse que fût la lumière des réverbères qui filtrait à travers les arbres, elle accrochait de faibles reflets au métal de l'outil. Par contre, il mit un bon moment à retrouver sa lampe-torche. Jusqu'où avait-elle pu rouler dans l'herbe épaisse ? Il se mit à quatre pattes et explora fébrilement de la main le gazon haut et dru. Sa respiration accélérée et les battements affolés de son cœur lui résonnaient bruyamment dans les oreilles.

Il finit par repérer la petite silhouette noire de la torche, qui était tombée à deux mètres de l'endroit où il avait situé son point de chute. Comme le monticule qui dissimulait la crypte du cimetière, sa forme trop régulière l'avait trahie. Il s'en empara, plaça une main devant et enfonça le petit téton de caoutchouc qui recouvrait le bouton. L'intérieur de sa paume s'illumina. Il éteignit sa lampe. Elle n'était pas cassée.

Louis découpa le ruban adhésif qui attachait la tête de la pioche au rouleau de toile à l'aide de son canif, puis il prit les outils sous son bras et il se dirigea vers le rideau d'arbres qui bordait la pelouse. Il se dissimula derrière le plus gros d'entre eux et il inspecta soigneusement Mason Street dans les deux sens. La rue était complètement déserte. Sur toute sa longueur, il n'aperçut qu'une seule fenêtre allumée — petit rectangle de lumière dorée qui trouait l'obscurité à l'étage supérieur d'un pavillon. La chambre d'un insomniaque, sans doute. Ou d'un infirme.

Louis sortit de sa cachette et il se mit à marcher d'un pas rapide sur le trottoir. Il avait du mal à se retenir de courir. La lumière crue des réverbères tranchait violemment avec la pénombre du cimetière, et il se sentait terriblement exposé. En l'apercevant là, à quelques pas d'un cimetière, avec une pelle, une pioche et une torche électrique dans les bras, le premier imbécile venu aurait instantanément fait le rapprochement qui s'imposait.

Il traversa la rue à toute allure. Ses talons claquaient sur le bitume. La Civic n'était qu'à cinquante mètres, mais Louis eut le sentiment que le trajet durait des kilomètres. Il avança vers sa voiture à pas précipités, transpirant à grosses gouttes, s'attendant à tout instant à entendre le vrombissement subit d'un moteur ou un bruit de pas venant dans sa direction, à moins que ce ne fût le grincement d'une fenêtre qui se relevait brusquement.

Il parvint enfin à la hauteur de la Honda, posa la pioche et la pelle contre le flanc de la voiture et chercha ses clés avec des doigts tremblants. Il fouilla toutes ses poches sans les trouver. A nouveau, de grosses gouttes de sueur perlèrent à son front, lui dégoulinant sur les joues. Son cœur s'était remis à battre la chamade et il serrait les dents pour contenir la folle panique qu'il sentait prête à éclater.

Il avait dû les perdre au moment où il s'était roulé par terre après avoir sauté de sa branche et heurté du genou l'angle d'une pierre tombale. Elles étaient tombées quelque part dans l'herbe. Il avait déjà eu du mal à mettre la main sur sa torche ; ses chances de retrouver dans les mêmes conditions quelque chose d'aussi petit que des clés de voiture étaient pour ainsi dire nulles. C'était râpé. Un coup de malchance stupide, et tout son plan était à l'eau.

Eh là, minute ! T'affole pas comme ça, bon Dieu ! Vérifie tes poches encore une fois. Ta monnaie est toujours là. Si tu ne l'as pas perdue, c'est que tes clés ne sont pas tombées non plus.

Cette fois, il fouilla ses poches avec des gestes beaucoup plus lents. Il alla même jusqu'à en retirer sa monnaie et à les retourner.

Pas de clés.

Louis s'adossa à la Honda. Qu'est-ce qu'il allait faire, à présent ? Il ne lui restait plus qu'à repasser de l'autre côté. Prendre la torche, laisser le cadavre de son fils où il était, escalader la grille à nouveau, et consacrer le reste de la nuit à une quête futile de...

Tout à coup, la lumière se fit dans son esprit exténué.

Il se pencha sur la portière et glissa un œil à l'intérieur de la Civic. Ses clés étaient au contact.

Laissant échapper un grognement étouffé, il contourna la voiture, ouvrit la portière à la volée et arracha les clés du tableau de bord. L'image de Karl Malden, coiffé d'un feutre mou désuet, son visage au nez en patate empreint d'une sévérité toute paternelle, se forma dans son esprit et il l'entendit proférer l'avertissement solennel dédié par l'American Express à tous les automobilistes d'Amérique : *Fermez votre voiture à double tour, et n'oubliez pas vos clés. Vous ne voudriez pas qu'un garçon honnête tourne mal à cause de vous, n'est-ce pas ?*

Il gagna l'arrière de la Civic et ouvrit le coffre à hayon. Il entassa la pioche, la pelle et la torche à l'intérieur et le referma d'une poussée brutale. Il avait déjà parcouru une dizaine de mètres sur le trottoir lorsqu'il se souvint des clés. Cette fois, il les avait laissées sur la serrure du coffre.

Non, mais qu'est-ce que tu es con ! se gueula-t-il intérieurement. *Si tu ne peux pas t'empêcher de faire ce genre de bévues, autant laisser tomber tout de suite !*

Il revint sur ses pas et récupéra ses clés.

Il prit Gage dans ses bras et se dirigea vers le rideau d'arbres. Il n'était plus qu'à quelques pas de Mason Street lorsqu'un chien se mit à aboyer quelque part. Non, ce n'était pas qu'un simple aboiement. La bête hurlait à la mort, emplissant toute la rue de ses gueulements assourdissants : *RââââââââOUH ! RââââââââOUH !*

Louis se dissimula derrière un arbre, inquiet de la tournure qu'allaient prendre les événements. Qu'est-ce qu'il allait bien pouvoir faire à présent ? Avec ce barouf démentiel, il était sûr que toutes les lumières de la rue ne tarderaient pas à s'allumer l'une après l'autre.

En fait, une seule lumière s'alluma, celle de l'entrée latérale d'une maison qui se trouvait juste en face de l'arbre derrière lequel il était tapi. Quelques instants plus tard, une grosse voix de rogomme vociféra : « Ta gueule, Fred ! »

404

RâââââââââââââÔUHHHHH ! répondit Fred.

« Scanlon, si vous ne faites pas taire ce chien immédiatement, j'appelle la police ! » lança une autre voix, et Louis tressaillit violemment. La voix venait du côté de la rue où il se tenait. L'endroit était loin d'être aussi désert qu'il se l'était figuré. La nuit l'avait abusé. Des habitations l'entouraient de toutes parts, et ce maudit chien se livrait à une attaque frontale contre son seul allié — le sommeil. Bientôt, des centaines d'yeux seraient collés aux fenêtres. *Que le diable t'emporte, Fred,* songea-t-il.

Fred venait d'entamer à nouveau son antienne. Il détailla longuement le *Râââââââ,* et à l'instant où il entonnait le *OUH,* un claquement sec retentit, suivi d'une série de petits jappements craintifs.

Le silence revint. Au bout de quelques secondes, il fut brièvement rompu par le choc sourd d'une porte qui se refermait. La lumière brilla encore l'espace d'une minute au-dessus de la porte de la maison de Fred, puis il y eut un déclic étouffé et elle s'éteignit.

L'instinct commandait à Louis de rester encore un moment dissimulé dans l'ombre. Il aurait sans doute mieux valu attendre que les ultimes échos du tintamarre se fussent apaisés, mais il n'avait déjà perdu que trop de temps.

Il traversa la rue et longea le trottoir jusqu'à la Civic sans déceler aucune trace d'animation suspecte. Fred paraissait s'être définitivement calmé. Maintenant son paquet contre lui de la main gauche, il sortit ses clés de sa poche et ouvrit le coffre.

Gage ne tenait pas dans l'étroit espace.

Il essaya de le faire entrer verticalement, horizontalement, puis en diagonale. Mais dans tous les cas de figure, le coffre était trop exigu. Il aurait pu tasser le paquet à l'intérieur en le pliant — Gage n'en aurait vraisemblablement pas souffert — mais il ne pouvait pas se résoudre à le malmener ainsi.

Magne-toi, bon Dieu, magne-toi, il faut décamper d'ici en vitesse, tu n'as déjà que trop tiré sur la corde.

Mais il resta planté là, le cadavre de son fils dans les bras, dérouté, à court d'idées. Puis un grondement de moteur se fit entendre et, sans réfléchir, il se rua sur la portière côté passager, l'ouvrit, et posa son paquet sur le siège.

Il referma la portière, se précipita à l'arrière, et claqua le couvercle du coffre. Une voiture était en train de remonter la rue

405

perpendiculaire à Mason Street. Elle traversa le carrefour et Louis perçut des éclats de voix avinées. Il s'installa au volant et mit le contact. Au moment où il tendait la main vers la commande des phares, une idée horrible le frappa. Peut-être que Gage était à l'envers. Peut-être que ses hanches et ses genoux étaient pliés dans le mauvais sens, peut-être que ses paupières closes étaient tournées vers la lunette arrière et non vers le pare-brise.

Ça n'a aucune importance ! se récria sa raison épuisée avec une fureur stridente. *Il est mort, tu vas te le mettre dans la tête, oui ? Les morts s'en foutent !*

Si, ça a de l'importance ! C'est Gage qui est emballé là-dedans, bon Dieu ! Ce n'est pas un paquet de linge sale !

Il palpa délicatement de la main droite les contours de la toile goudronnée, avec les gestes tâtonnants d'un aveugle qui s'efforce d'identifier un objet d'après sa forme. Il finit par découvrir une protubérance qui ne pouvait être que le nez de Gage. Il était tourné dans la bonne direction.

Et là-dessus il se résolut enfin à démarrer et à prendre la route de Ludlow — un trajet de vingt-cinq minutes.

52

A une heure, la sonnerie du téléphone, qui prenait des résonances suraiguës dans la maison vide, avait brusquement tiré Jud Crandall de son assoupissement. Il était en train de rêver. Dans son rêve, il avait vingt-trois ans et il était assis sur un des bancs du poste d'aiguillage de la Compagnie des chemins de fer Bangor & Aroostook avec deux autres cheminots, George Chapin et René Michaud. Ils se faisaient passer une bouteille de Georgia Charger, du tord-boyaux de contrebande sur lequel les distillateurs clandestins avaient même apposé un timbre fiscal parfaitement imité. Dehors, le vent du nord-ouest avait tourné en tempête et ses braillements déchirants emplissaient l'univers entier, réduisant tout au silence, y compris les convois de la Compagnie Les trois hommes s'étaient donc installés avec leur bouteille autour du gros poêle ventru, et tout en regardant les braises de charbon glisser les unes sur les autres de l'autre côté du losange de mica d'un jaune trouble en projetant sur le plancher de sautillantes lueurs orange, ils se racontaient de ces histoires que les hommes gardent en réserve pendant des années à la façon des trésors de pacotille que les enfants entassent sous leurs lits, afin d'avoir de quoi meubler des nuits pareilles à celle-ci. Ces histoires ressemblaient au charbon qui se consumait à l'intérieur du poêle : noires, avec une braise rouge en leur milieu qui jetait des lueurs farouches et des flammes bleuâtres dansant autour. Jud n'avait encore que vingt-trois ans, Norma était tout ce qu'il y a de plus vivante (mais elle s'était sans doute déjà mise au lit, sachant qu'il serait vain d'escompter le retour de son homme par cette nuit de tempête), et René Michaud était en train de leur raconter l'histoire d'un camelot juif de Bucksport qui...

C'est là que la sonnerie du téléphone avait retenti, le réveillant en sursaut. Il se redressa brutalement sur son fauteuil, et il eut une grimace. Il avait le cou tout ankylosé. Une espèce de lourdeur aigre et pâteuse pesait sur lui. Il se dit que c'était sans doute la distance qui le séparait de ses vingt-trois ans — ces soixante longues années — qui s'était abattue d'un coup sur ses épaules. Et aussitôt après, il songea : *Tu dormais, gars. C'est pas la bonne manière de garder ce train-là à l'œil... celui de ce soir.*

Il se leva avec peine — la raideur de son cou se prolongeait jusqu'au bas de sa colonne vertébrale — et se dirigea vers le téléphone en s'efforçant de se cambrer le dos.

C'était Rachel.

« Allô, Jud ? Est-ce que Louis est rentré ?

— Non, dit le vieil homme. Où êtes-vous, Rachel ? On dirait que vous êtes plus près.

— Je suis plus près », dit Rachel. C'est vrai que sa voix paraissait plus proche, mais Jud percevait aussi un bourdonnement confus sur la ligne. C'était le mugissement lointain du vent qui soufflait quelque part entre Ludlow et l'endroit où Rachel se trouvait à présent. Le vent était à l'orage cette nuit. Il produisait cette espèce de rugissement assourdi qui évoquait toujours pour Jud un obscur thrène chanté par un chœur de voix mortes et désincarnées, trop lointaines pour que les paroles fussent intelligibles.

« Je suis sur l'aire de repos de Biddeford, expliqua Rachel. C'est sur l'autoroute 95, à une trentaine de kilomètres de Portland.

— Biddeford ! fit Jud.

— Je ne pouvais pas rester à Chicago. Ça commençait à m'envahir aussi. Ce... cette espèce de pressentiment qui avait rendu Ellie hystérique. Et vous l'éprouvez, vous aussi. Je le sens à votre voix.

— C'est vrai », dit Jud. Il sortit une Chesterfield de son paquet et se la ficha dans le coin de la bouche. Il gratta une grosse allumette de cuisine sur l'ongle de son pouce, et il la regarda vaciller. Sa main tremblait. Ça ne lui était encore jamais arrivé — pas avant que ce cauchemar ait débuté, en tout cas. Il entendait ce vent ténébreux qui faisait rage dehors. On aurait dit qu'il saisissait la maison dans son immense poing et la secouait.

Son pouvoir augmente. Je le sens.

Une obscure terreur, fragile et ténue comme du verre filé, montait dans ses vieux os.

« Dites-moi ce qui se passe, Jud, je vous en supplie ! »

Indéniablement, Rachel avait le droit de savoir. Il *fallait* qu'elle soit au courant. Et Jud était bien décidé à la mettre dans le secret. Un peu plus tard, il lui raconterait tout. Il lui expliquerait comment la chaîne s'était forgée, anneau après anneau. La crise cardiaque de Norma, la mort du chat, la question de Louis (est-ce qu'on y a jamais enterré *un être humain*?), la mort de Gage... et ce dernier anneau que Louis était vraisemblablement occupé à forger en ce moment même. Oui, il dirait tout à Rachel. Mais plus tard. Et pas au téléphone.

« Rachel, comment se fait-il que vous soyez sur l'autoroute au lieu d'être dans un avion ? »

Rachel lui raconta comment elle avait raté sa correspondance à Boston.

« J'ai une voiture de chez Avis, Jud, mais je ne vais pas aussi vite que prévu. Après avoir quitté l'aéroport, j'ai tourné en rond un bon moment avant de trouver l'autoroute, et je viens tout juste de passer la frontière du Maine. Je ne crois pas que j'arriverai à Ludlow avant le lever du jour. Mais Jud... Oh, je vous en supplie, Jud, expliquez-moi ce qui se passe. Je suis morte de peur et je ne sais même pas pourquoi !

— Ecoutez-moi bien, Rachel, dit le vieil homme. Je veux que vous continuiez jusqu'à Portland, et là que vous vous arrêtiez pour la nuit. Prenez une chambre dans un motel, et tâchez de...

— Oh non, Jud, je ne pourrais pas...

— ... et tâchez de prendre un peu de sommeil. Inutile de vous ronger les sangs, Rachel. Peut-être qu'il va se passer quelque chose ici cette nuit. Peut-être que non. S'il se passe quelque chose — et si

408

c'est ce que je pense — ça n'arrangerait rien que vous soyez là. Je crois que je peux affronter la situation tout seul. Il le faut, même, car tout ce qui risque d'arriver est de ma faute. S'il ne se passe rien, vous serez ici au début de l'après-midi et ça sera très bien comme ça. Je suis sûr que Louis sera enchanté de vous voir.

— Jud, je ne pourrai pas fermer l'œil.

— Mais si », dit Jud en se rappelant qu'il s'était dit la même chose un peu plus tôt dans la soirée. Bah, Simon Pierre s'était probablement dit la même chose aussi le soir où les soldats étaient venus chercher Jésus. La sentinelle s'était endormie à son poste... « Mais si, vous pourrez, reprit-il. Si vous vous endormez au volant de votre voiture et que vous vous tuez, qu'est-ce que Louis va devenir, hein ? Et votre petite fille ?

— Dites-moi ce qui se passe, Jud ! Une fois que je le saurai, peut-être que je suivrai votre conseil. Mais il faut que je sache !

— En arrivant à Ludlow, venez directement ici, dit Jud. Ne passez pas chez vous. Venez d'abord me voir, Rachel, et à ce moment-là je vous dirai tout ce que je sais. En attendant, je vais guetter l'arrivée de Louis.

— Dites-le-moi ! insista Rachel.

— Non, Rachel, je regrette, je ne veux pas vous parler de ça au téléphone. Je ne peux pas. Remettez-vous en route. Allez jusqu'à Portland, et prenez-y vos quartiers pour la nuit. »

Longtemps, Rachel réfléchit sans rien dire.

« Bon, d'accord, lâcha-t-elle enfin. Vous avez probablement raison. Mais dites-moi tout de même une chose, Jud : est-ce que c'est très grave ?

— J'en fais mon affaire, ne vous inquiétez pas, dit Jud d'une voix sereine. En tout cas, ça ne deviendra pas plus grave que ça n'est déjà. »

Dehors, les phares d'un véhicule qui avançait à très petite vitesse illuminèrent la route. Jud se souleva de son fauteuil pour l'observer. L'auto passa devant la maison des Creed sans s'arrêter et disparut. Il se rassit.

« Bon, dit Rachel. Je vais faire ce que vous suggérez. De toute façon, la suite de ce voyage me tracassait énormément.

— Tranquillisez-vous, mon petit, dit Jud. Dormez un peu, je vous en prie. Gardez votre énergie pour demain. Je veille au grain, ne craignez rien.

— C'est promis, hein, vous me raconterez tout ?

— Mais oui. On boira une petite bière, et je vous raconterai toute l'histoire.

— Bon, eh bien, au revoir, alors, dit Rachel. A demain, Jud.

— A demain, Rachel. Dormez bien », répondit le vieil homme.

Sur quoi il s'empressa de raccrocher avant que Rachel ait eu le temps de rien ajouter.

Jud explora l'armoire à pharmacie, mais il n'y trouva pas les comprimés de caféine qu'il croyait avoir. Il remit (non sans regret) les boîtes de bière restantes au réfrigérateur et se prépara une tasse de café bien noir, avec laquelle il retourna dans la salle de séjour. Il se posta à nouveau devant le bow-window et se remit à guetter la route en sirotant son café.

Le café (et la conversation qu'il avait eue avec Rachel) aidant, il resta bien réveillé et demeura l'esprit en alerte pendant trois quarts d'heure. Ensuite, la torpeur l'envahit à nouveau et il se prit à dodeliner de la tête.

Ne t'endors pas à ton poste, vieille buse. Tu fais sentinelle cette nuit. Tu t'es laissé emberlificoter ; à présent, faut payer les pots cassés. Alors ne t'endors pas à ton poste.

Il alluma une nouvelle cigarette, inhala une grande bouffée de fumée et fut pris d'une toux catarrheuse de vieillard. Il posa sa cigarette sur le bord du cendrier et se frotta les yeux. Dehors, un énorme semi-remorque passa en trombe, ses feux de signalisation traçant un sillon éblouissant à travers l'obscurité venteuse et trouble.

Une fois de plus, Jud manqua s'assoupir ; se réveillant en sursaut à l'ultime seconde, il se mit soudain à s'assener de grandes claques en travers de la figure, sur le front et sur le dos des mains avec tant de force que ses oreilles en tintèrent. A présent, la terreur s'insinuait dans son cœur.

Il m'endort... Il m'hypnotise, ou quelque chose. Il ne veut pas que je sois réveillé quand il reviendra. Et il reviendra bientôt, on dirait. Oui, je le sens. Il veut se débarrasser de moi.

« Non, dit-il à voix haute, avec une détermination farouche. Pas question. Tu m'entends ? Je vais y mettre le holà. Tu en as assez fait comme ça. »

Le vent ululait lugubrement dans les chéneaux du toit, et de l'autre côté de la route les arbres agitaient leur feuillage avec des mouvements hypnotiques. L'esprit de Jud retourna à cette nuit qu'il avait passée devant le gros poêle en fonte du poste d'aiguillage de Brewer qui, en ce temps-là, se dressait à l'emplacement actuel de la Grande Braderie du Meuble. George Chapin, René Michaud et lui avaient bavardé jusqu'à l'aube, et aujourd'hui il était le seul survivant. René s'était fait écraser entre deux wagons qu'il était en train d'atteler par une nuit d'ouragan, au printemps de 1939, et George avait claqué d'un infarctus l'an passé. Il était le dernier survivant d'une génération entière de cheminots. Mais en vieillissant, on ne fait pas que prendre de la bouteille : on devient bête. Des fois la bêtise se déguise en gentillesse, d'autres fois elle prend le masque de la fierté — cette fierté qui vous pousse à vouloir transmettre d'anciens secrets, léguer une science perdue, transvaser le contenu de la vieille coupe dans une coupe neuve...

Donc, ce camelot juif s'amène et il fait : « Eh les gars ! chai un truc inouï à fous montrer. Fous foyez, ces cartes postales, là ? Ce sont des femmes en maillot de pain, voui, mais si fous les frottez avec un chiffon mouillé, les foilà qui se retrouvent... »

Jud dodelina de la tête. Lentement, son menton retomba sur sa poitrine, et cette fois il resta dans cette position.

... aussi nues qu'au chour de leur naissance ! Mais dès qu'elles sont sèches, les maillots de pain se remettent tout seuls ! Et ce n'est pas tout ! Ch'ai aussi...

Tandis qu'il raconte son histoire, dans le poste d'aiguillage, René Michaud se penche en avant, il rit aux anges, et Jud tient la bouteille... Il la sent, ses mains se referment sur elle — ses mains attrapent l'air.

La cendre de la cigarette posée sur le bord du cendrier s'allongea peu à peu, et à la fin elle bascula dans le cendrier et acheva de se consumer, ne laissant qu'un petit cylindre de cendre qui esquissait encore la forme d'une cigarette.

Jud dormait.

Quarante minutes plus tard, lorsque les feux arrière de la Honda fulgurèrent comme deux flammes rouges de l'autre côté de la route et que Louis s'engagea dans l'allée et disparut dans le garage, Jud n'entendit rien, ne sentit rien, ne frémit même pas. Il resta plongé dans un profond sommeil, exactement comme avait fait Simon Pierre dans la nuit de Gethsémani, durant laquelle les soldats romains vinrent arrêter un va-nu-pieds nommé Jésus.

411

53

Louis trouva un dérouleur d'adhésif plein dans un des tiroirs de la cuisine et un rouleau de corde rangé dans un coin du garage, à côté des pneus à neige de l'hiver précédent. Il attacha la pelle et la pioche ensemble à l'aide du ruban adhésif, et confectionna avec la corde une bretelle de fortune.

Les outils en bandoulière. Gage dans les bras.

Il se passa la bretelle autour de l'épaule, puis il ouvrit la portière de la Civic et en sortit le rouleau de toile goudronnée. Gage était autrement plus lourd que Church. Avec un tel poids, il risquait d'arriver sur les genoux au cimetière des Micmacs, et il lui resterait encore à forer ce sol rocailleux et aride pour y creuser une tombe.

Bah, il trouverait bien un moyen.

Louis Creed s'avança jusqu'à la porte du garage. Il fit un arrêt pour éteindre la lumière, enfonçant le levier du commutateur avec le coude, puis il demeura un moment debout à l'endroit où l'asphalte faisait place au gazon. Loin devant, il discernait assez bien le tracé du sentier qui conduisait au Simetierre des animaux ; il se détachait en clair sur un champ de ténèbres, comme si son herbe rase et drue eût été animée d'une sorte de phosphorescence.

Le vent lui trifouillait les cheveux. L'espace d'un instant, il sentit monter en lui la vieille peur enfantine de l'obscurité. Il lui semblait qu'il n'était plus qu'une petite créature chétive et insignifiante. Il était terrorisé. Allait-il vraiment s'enfoncer dans la forêt, un cadavre dans les bras, traverser ces sous-bois ténébreux sillonnés de vents gémissants — seul, cette fois ?

N'y pense pas. Fais-le, simplement.

Il se mit en marche.

Lorsqu'il arriva au Simetierre des animaux, vingt minutes plus tard, ses jambes et ses bras étaient secoués de tremblements spasmodiques et il se laissa tomber par terre, le rouleau de toile goudronnée sur les genoux, hors d'haleine. Il resta dans cette position pendant vingt autres minutes, au bord de l'assoupissement. Sa terreur l'avait quitté ; apparemment, la fatigue l'avait balayée.

Ensuite. il se hissa lourdement debout, persuadé qu'il n'arriverait pas à escalader le tas d'arbres morts, mais sentant confusément qu'il fallait tout de même tenter le coup. Il lui semblait que son paquet ne pesait plus vingt kilos, mais cent.

Mais, une nouvelle fois, la magie opéra. Il eut l'impression de se souvenir brusquement d'un rêve oublié. Ou plus exactement de le revivre. A peine eut-il posé un pied sur le premier tronc écroulé, cet étrange sentiment d'exaltation quasi euphorique s'empara à nouveau de lui. Sa fatigue était toujours là, mais elle lui paraissait tout à coup supportable — insignifiante, même.

Vous n'avez qu'à me suivre, Louis. Prenez le même chemin que moi et ne regardez pas vos pieds. N'hésitez pas et ne baissez pas les yeux. Il y a un passage que je connais, mais il faut le franchir vite et d'un pied sûr.

Des gestes rapides et sûrs, oui — comme celui qu'avait eu Jud pour extraire le dard d'abeille.

Il y a un passage.

Non, il n'y avait pas de passage. Ou bien le tas de bois vous laissait entrer, ou bien il vous rejetait. Une fois déjà, Louis avait essayé de l'escalader par ses propres moyens et il n'y était pas parvenu. Cette fois-ci, il le gravit du même pas sûr et léger que la nuit de l'expédition avec Jud.

Il monta, monta, sans baisser une seule fois les yeux, le cadavre de son fils dans les bras, jusqu'à ce qu'il sentît les doigts du vent creuser des sillons compliqués dans ses cheveux, les entremêlant, les rabattant sur son front. Il était au sommet. Il y demeura quelques instants debout, puis il dévala l'autre versant quatre à quatre, comme un escalier. La pelle et la pioche s'entrechoquaient dans son dos, cliquetant légèrement l'une contre l'autre. Bientôt, ses pieds se posèrent à nouveau sur le sol élastique du sentier, qui en cet endroit était couvert d'un épais tapis d'aiguilles de pin.

Il avança, laissant derrière lui la masse sombre du tas d'arbres morts, dont la hauteur excédait nettement celle de la grille du cimetière. Il marchait, son fils dans les bras, tendant l'oreille aux gémissements du vent qui s'engouffrait sous les arbres. A présent, ces plaintes lugubres ne l'effrayaient plus. Son labeur nocturne serait bientôt terminé.

54

Rachel Creed passa sous le panneau qui annonçait : SORTIE N° 8 PORTLAND WESTBROOK SERREZ A DROITE, mit son clignotant et engagea sa Chevette de location sur la rampe de sortie. A quelque distance en avant d'elle, l'enseigne lumineuse verte d'une Holiday Inn se détachait clairement sur le ciel d'encre. Un lit. Dormir. Oublier cette tension continuelle qui la torturait. Oublier aussi — ne fût-ce qu'un moment — l'horrible sensation de vide causée par la perte de son fils. Cette douleur ressemblait beaucoup à celle qui suit l'arrachage d'une dent. D'abord, ce n'est qu'un engourdissement massif, sous lequel on sent la souffrance lovée sur elle-même comme un chat qui remue nonchalamment la queue en attendant le moment de bondir sur sa proie. Et ensuite, l'effet de la novocaïne se dissipe, et là, on en prend vraiment plein la figure pour pas un rond.

Pascow a dit à Ellie qu'on l'avait envoyé nous mettre en garde, mais qu'il ne pouvait pas intervenir. Il lui a dit qu'il était près de Louis parce qu'ils étaient ensemble au moment où son âme s'est désincarnée.

Jud est au courant, mais il refuse de parler. Il se passe quelque chose, c'est sûr, mais quoi ?

Un suicide ? Non. Louis, se suicider ? Je n'y crois pas. Et pourtant, il me cachait quelque chose. Je l'ai vu dans ses yeux... non, merde, c'était même étalé sur son visage, comme si malgré lui il avait voulu que son mensonge me saute à la figure... comme s'il avait voulu que je l'arrête... comme si une part de lui avait eu peur... terriblement peur...

Peur ? Non ! Louis n'a jamais peur de rien !

Tout à coup elle donna un violent coup de volant sur la gauche, et la Chevette réagit avec la brusquerie typique de ces petites voitures légères. Ses pneus hurlèrent, et elle fit une violente embardée. L'espace d'un instant, Rachel crut qu'elle allait se retourner. Mais il n'en fut rien, et bientôt elle se retrouva à nouveau sur l'autoroute. Elle remit cap au nord ; le panneau de la sortie 8 et la réconfortante enseigne de l'Holiday Inn se brouillèrent rapidement dans son rétroviseur, puis ils s'en effacèrent complètement. Un nouveau panneau apparut en face d'elle ; ses lettres réfléchissantes, qui scintillaient surnaturellement dans la lueur des phares de la Chevette, annonçaient : PROCHAINE SORTIE

ROUTE 12 CUMBERLAND CUMBERLAND CENTRE JERUSALEM'S LOT FALMOUTH FALMOUTH NORD. *Jerusalem's Lot,* songea distraitement Rachel. *Quel drôle de nom. Il a quelque chose de sinistre, je ne sais pas pourquoi... Viens dormir à Jérusalem, ô mon âme...*

Mais cette nuit, Rachel ne dormirait pas. En dépit des admonestations de Jud, elle était bien décidée à rouler d'une traite jusqu'à Ludlow. Jud savait ce qui se préparait et il lui avait promis qu'il s'y opposerait, mais Jud était un vieillard de plus de quatre-vingts ans qui avait perdu sa femme à peine trois mois auparavant. Elle ne pouvait pas s'en remettre entièrement à lui. Elle n'aurait jamais dû se laisser persuader aussi facilement de vider les lieux, mais Louis avait d'autant moins eu de peine à la brusquer qu'elle était encore sous le coup de la mort de Gage. Il y avait aussi Ellie, avec ce Polaroïd de Gage qu'elle trimbalait partout et son visage hagard — le visage d'une fillette qui a miraculeusement survécu à un cyclone ou dont le village a été rasé par un déluge de bombes larguées par de grands oiseaux d'argent brusquement surgis d'un ciel jusque-là parfaitement serein. Plus d'une fois, durant ces nuits où elle restait allongée de longues heures sans dormir, les yeux grands ouverts dans le noir, Rachel s'était efforcée de haïr Louis à cause de cet affreux chagrin dont il avait posé le germe en elle, et parce qu'il ne la consolait pas comme il l'aurait dû (et ne la laissait pas le consoler comme elle l'aurait voulu), mais elle n'y était pas parvenue. Elle l'aimait encore trop et il avait ce visage si pâle, tellement creusé par l'angoisse...

L'aiguille du compteur de vitesse de la Chevette oscillait juste au-dessus de la ligne des soixante miles. A chaque minute, elle progressait d'un mile. A ce train-là, il lui faudrait deux heures et quart pour arriver à Ludlow. Elle avait encore une chance de battre l'aube de vitesse.

Elle chercha à tâtons le bouton de la radio, l'alluma, la régla sur une station de rock de Portland. Elle mit le volume au maximum et fredonna avec la musique pour se maintenir éveillée. Une demi-heure plus tard, comme la réception devenait problématique, elle trouva une autre station de rock, qui émettait à partir d'Augusta celle-là. Elle abaissa la vitre de sa portière afin que l'air froid de la nuit lui souffle dans la figure.

Elle se demandait si cette nuit finirait jamais.

Louis avait retrouvé son rêve et le sentiment d'irréalité qui s'était emparé de lui était si fort qu'il baissait régulièrement les yeux pour s'assurer que c'était bien un rouleau de toile goudronnée qu'il portait, et non un sac-poubelle en plastique vert. Lorsqu'il s'était réveillé le lendemain de la nuit où Jud l'avait amené ici avec Church, il n'avait pratiquement aucun souvenir de ce qu'ils avaient fait, mais à présent il se rappelait de tout. Il se souvenait aussi d'avoir éprouvé les mêmes sensations extraordinairement vives, d'avoir eu comme cette nuit l'impression que ses sens étaient animés d'une vie indépendante, qu'ils se détachaient de lui, allaient explorer les profondeurs de la forêt et lui en renvoyaient comme par télépathie des brassées de sensations.

Il suivait le tracé sinueux du sentier, reconnaissant toutes ses dénivellations, reconnaissant les endroits où il s'évasait au point de devenir presque aussi large que la route 15, ceux où il devenait si étroit qu'il était obligé de progresser en crabe pour que les extrémités de son paquet ne s'accrochent pas dans les broussailles, ceux où il serpentait à travers des bosquets de pins immenses et majestueux. L'odeur poivrée de la résine lui picotait les narines, et il entendait le craquement léger des aiguilles sous ses pieds — un son étrange, qui était plus une impression tactile que vraiment auditive.

A la fin, le sentier prit une pente plus raide et la descente continua un bon moment. Puis Louis posa le pied dans une flaque d'eau, et il s'enfonça dans la matière fangeuse qu'elle recouvrait — des sables mouvants, s'il fallait croire ce que lui avait affirmé Jud. Louis examina le sol devant lui, et il vit une étendue d'eau stagnante parsemée de touffes de joncs et d'arbrisseaux aux formes torturées dont les grosses feuilles charnues avaient un aspect presque tropical. Comme la première fois, Louis eut l'impression que la nuit était moins profonde à cet endroit. L'air était chargé d'une bizarre luminescence.

Pour la portion suivante, faites comme avec le tas d'arbres morts. Il faut marcher d'un pas régulier et sûr. Contentez-vous de me suivre et ne regardez pas où vous posez vos pieds.

D'accord, d'accord... Mais au fait, est-ce que vous avez déjà vu des

plantes pareilles à celles-là dans le Maine — ou n'importe où ailleurs ?
D'où est-ce qu'elles sortent, bon Dieu ?

Ne t'en occupe pas, Louis. Avance, c'est tout.

Il reprit sa marche, ne regardant le sol détrempé et la végétation marécageuse que le temps qu'il fallait pour repérer la première jonchaie. Ensuite, il passa d'une protubérance herbue à l'autre en gardant les yeux fixés droit devant lui. *La foi consiste à prendre les lois de la pesanteur comme postulat,* se dit-il. Cette citation, il ne l'avait pas cueillie lors d'une U.V. de théologie ou de philosophie au collège. C'était une phrase que son prof de physique de l'école secondaire avait lâchée à brûle-pourpoint à la fin d'un de ses cours — et elle s'était gravée dans la mémoire de Louis.

Prenant comme postulat la capacité du cimetière des Micmacs à ressusciter les morts, il s'enfonça dans le Marais du Petit Dieu, le cadavre de son fils dans les bras, sans regarder le sol à ses pieds, sans un seul regard en arrière. Le marécage était nettement plus bruyant qu'à la fin de l'automne. Des rainettes stridulaient dans les joncs, et ce concert de sons grêles et discordants prenait aux oreilles de Louis des résonances étranges, un peu hostiles. De loin en loin, un crapaud y ajoutait une note métallique et courte. Au bout d'une vingtaine d'enjambées, une silhouette confuse et bourdonnante lui effleura les cheveux — une chauve-souris, probablement.

La brume cotonneuse qui montait du sol commença à s'enrouler autour de lui. Ses pieds disparurent, puis ses mollets, et bientôt tout son corps fut enveloppé d'une espèce de membrane laiteuse et légèrement phosphorescente. Autour de lui, une clarté diffuse illuminait les ténèbres, ineffable radiation au fond de laquelle il lui semblait percevoir la pulsation d'un cœur mystérieux. Jamais auparavant il n'avait éprouvé avec tant de relief la présence de la nature, cette conjonction de forces obscures formant un organisme vivant — et peut-être doué d'une sorte de conscience. Le marécage était animé d'une vie intense, et ce n'était pas qu'une illusion créée par le chœur strident des rainettes. Si l'on avait demandé à Louis de définir précisément à quoi tenait cette vie et le sens qu'il fallait lui attribuer, il en eût été bien incapable. Il savait seulement qu'elle était là, riche de tous les possibles, vibrant de forces emmêlées et qu'à être pris dedans, il se sentait très minuscule et très mortel.

A ce point, il entendit un son qu'il reconnut aussitôt comme celui qui l'avait tant effrayé lors de sa précédente visite. C'était ce rire qui montait en fausset nasillard, suraigu, et s'achevait par des sanglots rauques et saccadés. La voix se tut un moment, puis le rire reprit, s'élevant cette fois jusqu'à un ululement perçant, et Louis sentit son sang se glacer dans ses veines. La brume flottait rêveusement autour de lui. Le rire s'estompa, et il n'entendit plus que le sourd mugissement du vent. Il entendait la voix du vent, mais il ne sentait plus son haleine. Bien sûr puisqu'il se trouvait sans doute dans une espèce de cuvette, de faille géologique. Si le vent avait pu y pénétrer, cette brume se serait dissipée instantané-ment... mais Louis n'était pas sûr d'avoir vraiment envie d'aperce-voir ce qu'elle dissimulait.

Peut-être que vous croirez entendre des voix, mais ce ne sont que des huards qui chantent là-bas au sud, du côté de Prospect. Le son porte loin, par ici. C'est bizarre.

« Des huards », dit Louis tout haut. Sa voix était si brisée, si étouffée, qu'il la reconnut à peine. Elle était comme désincarnée, et pourtant il y perçait une pointe d'amusement. Oh, mon Dieu, où trouvait-il la force d'avoir encore de l'humour ?

Après une brève hésitation, il reprit son avance. Comme si le marais voulait le punir de cette courte pause, son pied glissa sur la touffe suivante et s'enlisa dans le limon bourbeux. Il eut un mal de chien à s'en extirper, et fut à deux doigts d'y laisser sa chaussure.

La voix — si c'était bien une voix — se fit à nouveau entendre, sur sa gauche cette fois. Quelques instants plus tard, le rire s'éleva dans son dos, tonitruant. Il semblait que la voix était juste derrière lui, et que, s'il s'était retourné, il aurait peut-être aperçu une créature couverte de sang, aux yeux étincelants ??? babines retroussées sur des crocs acérés, à moins d'un ??? ??? ???. Mais cette fois, Louis ne ralentit même pas. Il continua d'enjamber ??? flaques d'eau stagnante, le regard obstinément fixé devant ???.

Soudain la brume autour de lui perdit sa lumière et il vit un visage suspendu dans l'air à quelque distance en avant de lui. Ses yeux profondément enfoncés dans leurs orbites étaient incurvés comme ceux des figures de la peinture chinoise classique, et leurs prunelles d'un gris profond, diaprées de riches reflets jaunes, jetaient des lueurs d'abjecte concupiscence. Un affreux rictus lui étirait la bouche et sa lèvre inférieure retroussée découvrait une rangée de chicots d'un brun noirâtre. Les oreilles impression-nèrent Louis par-dessus tout, car ce n'étaient pas des oreilles, mais des cornes recourbées — non des cornes de bouc, comme celles du diable, mais plutôt des cornes de bélier.

Cette face sinistre qui flottait dans l'air débitait un flot de gloussements ininterrompus. Sa bouche remuait sans arrêt, mais sa lèvre inférieure restait obstinément retroussée, et Louis distinguait les veines noires qui saillaient sur sa chair rosâtre. Ses narines se dilataient comme pour aspirer l'air et rejetaient ensuite des vapeurs blanches.

A l'approche de Louis, la tête flottante déroula une longue langue pointue d'une couleur jaune sale. Elle était couverte d'écailles exfoliées. Louis vit une des écailles qui adhérait encore à la peau se soulever brusquement, à la façon d'une plaque d'égout, et un asticot en sortit en rampant. L'extrémité de la langue pendait mollement dans l'air à l'endroit approximatif où la pomme d'Adam de la créature aurait normalement dû se trouver... A présent, elle riait.

Louis serra étroitement le corps de Gage contre sa poitrine, comme pour le protéger. Ses pieds hésitants glissaient un peu plus à chaque enjambée.

Vous verrez peut-être de ces flammeroles que les marins appellent feux de la Saint-Elme. Elles prennent parfois des formes bizarres, mais n'y faites pas attention. Ce ne sont que des mirages. S'il y en a qui vous importunent trop, vous n'aurez qu'à regarder ailleurs.

Le son de la voix de Jud qu'il entendait en esprit le rassura un peu. Il reprit le contrôle de ses mouvements et son pas se raffermit progressivement. Il regardait toujours devant lui, mais apparemment le visage (si c'était bien un visage et non une simple illusion, un nuage de brume auquel son imagination conférait des traits) demeurait toujours à la même distance. Au bout d'un moment, il s'évapora et il n'en subsista plus que des traînées blanchâtres qui s'effilochaient.

Ce n'était pas un feu de la Saint-Elme.

Non, évidemment. Cet endroit était peuplé d'esprits ; il en foisonnait littéralement. Il aurait sans doute suffi que Louis tourne la tête pour apercevoir quelque chose d'assez affreux pour lui faire perdre instantanément la raison. Il aimait mieux ne pas y penser. Ce n'était pas la peine de remuer des idées pareilles. Il valait mieux...

Quelque chose venait vers lui.

Louis se pétrifia sur place, les oreilles dressées, écoutant le son qui se rapprochait inexorablement. Sa bouche s'ouvrit, et resta aussi mollement pendante que si tous les tendons qui soutenaient ses maxillaires se fussent rompus simultanément.

De toute sa vie, il n'avait jamais entendu un son pareil. C'était le son d'un être se déplaçant à travers une forêt — mais un être d'une dimension colossale. Des branches éclataient avec des détonations sèches, des buissons s'écrasaient dans un fracas retentissant sous des pas incroyablement pesants. La chose était tout près, et elle venait dans sa direction. Le sol spongieux se mit à vibrer sous ses pieds. Il tremblait comme de la gélatine. Louis s'aperçut tout à coup qu'il gémissait sourdement

(Oh, mon Dieu, mon Dieu, qu'est-ce que c'est ? Qu'est-ce qui vient vers moi à travers le brouillard ?)
et qu'à nouveau il serrait étroitement le corps de Gage contre sa poitrine. Les rainettes et les crapauds avaient cessé de chanter, et une étrange puanteur de viande avariée, douceâtre et tiède, imprégnait à présent l'air humide.

Quoi que cette chose pût être, elle était d'une taille gigantesque.

Le visage terrifié de Louis se leva progressivement vers le ciel, comme s'il suivait des yeux la trajectoire d'une fusée. Les pas de la créature continuaient à secouer le sol, et ils venaient toujours vers lui. Quelque part en avant de lui, un arbre — pas une branche, un arbre entier — s'abattit au sol avec un fracas formidable.

Louis aperçut quelque chose.

Ce n'était qu'une masse confuse qui dessina en filigrane dans la brume ses contours grisâtres et disparut presque aussitôt, mais elle était aussi haute qu'un immeuble de cinq étages. Et il ne s'agissait pas d'une ombre, d'un spectre ou d'un ectoplasme. Louis sentit distinctement l'air qui se déplaçait sur son passage ; ses pas lourds de mastodonte s'abattaient sur le sol avec un choc sourd et se soulevaient à nouveau en aspirant bruyamment la boue.

Il lui avait semblé entrevoir, très haut au-dessus de lui, deux minuscules lueurs orange. Les lueurs de deux yeux qui étincelaient dans les ténèbres.

Le bruit s'éloigna, puis mourut au loin. Dès que ses derniers échos se furent apaisés, une première rainette lança un appel hésitant. Une autre lui répondit, puis une troisième se joignit à la conversation. Une quatrième entra dans le colloque, puis une cinquième, une sixième, et bientôt ce fut un vrai concert, et le chœur de crac-crac discordants envahit à nouveau la nuit de son strident tintamarre. Les pas de la créature, qui étaient lents, mais nullement incertains (et c'était peut-être cela le pire, cette impression qu'elle donnait de savoir exactement où elle allait) s'étaient éloignés en direction du nord. Louis tendit l'oreille, mais il n'y avait plus rien à entendre.

C'est seulement alors qu'il se remit en mouvement. Ses épaules et son dos ankylosés le faisaient atrocement souffrir. Il était inondé de sueur des pieds à la tête, et les premiers moustiques de la saison, à peine sortis du stade de la nymphe, ne tardèrent pas à former autour de lui une avide nuée.

Le Wendigo, oh, doux Jésus, c'était le Wendigo — la créature qui rôde dans les contrées du Nord, la créature dont le seul frôlement vous transforme en cannibale. C'était le Wendigo, et il est passé à quelques mètres de moi !

Il se dit d'oublier ces balivernes, de faire comme Jud lui avait dit et de ne pas se faire d'idées au sujet de ce qu'il lui avait semblé voir et entendre à partir du moment où il avait dépassé la limite du Simetierre des animaux. C'était des huards, des feux follets, c'était une équipe de football qui faisait un petit jogging nocturne, n'importe quoi sauf des créatures reptiliennes qui rampent, sinuent et titubent dans les limbes de l'entre-deux-mondes. D'accord pour qu'il y ait un Dieu, d'accord pour les matinées du dimanche et les pasteurs épiscopaliens en surplis immaculés souriant benoîtement à leurs ouailles... tout sauf ces créatures hideuses grouillant sur la face obscure de l'univers.

Au bout d'un moment, le sol se raffermit sous les pas de Louis. Aussitôt après, il tomba sur un arbre abattu couché en travers du chemin ; avec sa crête de feuillage à demi masquée par la brume de plus en plus clairsemée, il avait l'air d'un plumeau gris-vert oublié sur le plancher par la femme de ménage d'un titan.

L'arbre avait été brisé en deux, et la blessure était si fraîche qu'il en sourdait encore une sève gluante et tiède, dont Louis se macula la main en franchissant le tronc abattu. De l'autre côté, il se retrouva au milieu d'un énorme cratère hors duquel il eut le plus grand mal à se hisser. Bien qu'il fût plein d'arbustes écrasés, il se refusa à croire qu'il pût s'agir d'une empreinte de pas, et il se garda bien de se retourner pour vérifier s'il en avait la configuration. Il se hâta de s'éloigner, le cœur battant, la peau froide, la gorge brûlante et sèche.

Bientôt, le bruit de succion de la boue fut remplacé sous ses pieds par le crépitement léger des aiguilles de pin. Puis, il fut sur du roc. Il était presque au bout de sa route.

Le chemin devenait de plus en plus escarpé. Il se racla douloureusement le tibia sur un rocher qui affleurait. Mais ce n'était pas simplement un rocher. Louis tendit le bras (l'articulation de son coude, ankylosée, l'élança brièvement) et le palpa.

Il y a un escalier ici. Taillé à même le roc. Suivez-moi. Quand nous serons en haut de cet escalier, nous aurons atteint notre destination.

Il se mit à gravir les degrés, et l'euphorie déferla à nouveau en lui, chassant d'un coup toute sa fatigue... ou en tout cas la faisant provisoirement reculer. Il dénombrait mentalement les marches en s'élevant vers l'air froid, vers ce grand fleuve de vent tumultueux qui plaquait ses vêtements contre lui et faisait claquer comme une voile carguée la toile goudronnée qui enveloppait le corps de Gage.

Il rejeta la tête en arrière et aperçut une voûte céleste couverte d'un invraisemblable semis d'étoiles clignotantes. Ne distinguant la forme d'aucune constellation familière, il baissa les yeux, un peu troublé. La paroi rocheuse qu'il longeait était poreuse, friable, couturée d'entailles qui dessinaient des formes fantastiques — tantôt celle d'un navire, tantôt celle d'un blaireau, ou encore celle d'une face d'homme renfrognée, aux paupières baissées. En revanche, les degrés de pierre étaient parfaitement lisses.

Parvenu au sommet de la dernière marche, Louis fit une brève halte, la tête baissée, en oscillant légèrement sur lui-même. Il aspirait l'air à brèves goulées avides. Il lui semblait avoir les poumons perforés de mille trous, et qu'une écharde longue et pointue lui transperçait le flanc gauche.

Le vent tournait comme un derviche dans ses cheveux et lui rugissait aux oreilles avec une voix de dragon.

La lumière lui semblait plus vive que l'autre nuit. Y avait-il moins de nuages, ou était-il tout bonnement plus attentif ? Qu'importe la raison ; en tout cas il voyait parfaitement clair, et du coup il sentit un frisson glacial lui remonter lentement le long de l'échine.

La disposition était exactement la même que celle du Simetierre des animaux.

Tu le savais, forcément, lui souffla une voix intérieure tandis qu'il examinait ces vestiges effondrés qui autrefois avaient été des cairns. *Tu le savais, ou tu aurais dû le savoir : pas des cercles concentriques, une spirale...*

422

Oui : au sommet de ce plateau rocailleux, tournée vers la lueur froide des étoiles et vers le gouffre sidéral obscur qui la séparait d'elle, s'étalait une gigantesque spirale à l'édification de laquelle des mains anonymes avaient (c'était le cas de le dire) apporté leur pierre tour à tour depuis les premiers âges de l'humanité. Il ne subsistait plus un seul cairn vraiment digne de ce nom : ils avaient été démantelés l'un après l'autre lorsque les êtres (humains ou animaux) qu'on avait ensevelis dessous avaient jailli de leur gangue de terre, se frayant un passage à l'aide de leurs griffes — ou de leurs ongles. Pourtant, les rocs éboulés avaient gardé la forme initiale de la spirale.

Est-ce qu'un pilote survolant la région a jamais aperçu cette spirale ? se demanda brièvement Louis en songeant à ces immenses dessins tracés dans les sables du désert par une tribu indienne d'Amérique du Sud dont il avait vu quelque part la photographie. *A-t-on jamais vu cette chose depuis le ciel, et dans ce cas, qu'est-ce qu'on a bien pu en penser ?*

Il s'agenouilla et posa le corps de Gage à terre avec un grognement de soulagement.

Peu à peu, sa lucidité lui revenait. Il sortit son canif et s'en servit pour découper le ruban adhésif qui retenait la pelle et la pioche accrochées dans son dos. Les outils tombèrent sur le sol rocailleux avec un cliquetis étouffé. Louis s'allongea sur le dos, les bras en croix, et il resta un moment dans cette position, contemplant le ciel étoilé d'un œil vide.

Cette chose dans la forêt — qu'est-ce que ça pouvait bien être ? Oh, Louis, Louis, peux-tu vraiment attendre un dénouement heureux d'une pièce qui compte une créature de ce genre parmi ses protagonistes ?

Mais il ne pouvait plus reculer à présent Il était trop tard, et il le savait.

De toute façon, il n'est pas exclu que les choses tournent bien, reprit sa voix intérieure avec une précipitation bredouillante. *Il fallait bien courir le risque, et l'excès d'amour est parfois dangereux, mais si l'affaire réussit, le jeu en aura valu la chandelle. Autrement, il y a toujours ma trousse, pas celle qui est dans mon bureau, l'autre, qui est cachée en haut des étagères de la salle de bains, celle que Jud est allée me chercher le soir où Norma a eu sa crise cardiaque. J'ai des seringues dedans, et si quelque chose arrive... quelque chose d'affreux... personne d'autre que moi ne le saura.*

Ses pensées se fondirent bientôt en une litanie confuse de prières inarticulées, et ses mains cherchèrent à tâtons le manche de la pioche. A genoux, Louis se mit à creuser le sol. Chaque fois que la pioche s'abattait, il s'affalait sur l'extrémité du manche, tel un ancien Romain se jetant sur son glaive. Mais graduellement, l'excavation prit forme et s'agrandit. Quand il avait dégagé un rocher, il déposait la pioche et le hissait hors du trou. Pour la plupart, il les jetait sur le tas de terre caillouteuse qui s'accumulait au bord du trou. Mais il mettait les plus beaux à part.

Pour le cairn.

56

Rachel s'assena de grandes claques sur la figure. Ses joues lui cuisaient, mais elle était toujours aussi somnolente. A un moment, elle réussit à s'ébrouer vraiment (elle arrivait à Pittsfield à présent, et elle avait l'autoroute entièrement à elle) et l'espace d'une seconde il lui sembla qu'une myriade d'yeux avides et cruels la regardaient, étincelant de lueurs vives et froides comme du mercure.

Ensuite les yeux prirent la forme moins redoutable des petits cataphotes qui s'alignaient le long de la glissière de sécurité. La Chevette avait dérivé vers la droite, et elle roulait à présent sur les gravillons de l'accotement.

Rachel donna un brusque coup de volant à gauche, ses pneus hurlèrent, et il lui sembla entendre un bref crissement métallique ; son pare-chocs avant avait probablement heurté un des poteaux de la glissière. Son cœur fit un bond dans sa poitrine et il se mit à lui cogner si fort entre les côtes qu'elle vit des phosphènes minuscules qui s'enflaient et diminuaient devant ses yeux à chaque battement. Quelques instants plus tard, malgré la peur bleue qu'elle venait d'avoir, en dépit aussi de Robert Gordon qui braillait *Red Hot !* à la radio, son invincible torpeur s'abattit à nouveau sur elle.

Une idée démente lui jaillit soudain dans la tête. Mais non, c'était de la pure paranoïa. « Ça y est, Rachel, tu nages en pleine parano », murmura-t-elle, et sa voix se perdit dans les vociférations du rock and roll. Elle voulut rire, mais quelque chose l'en empêchait. Cette idée refusait obstinément de la quitter, et dans cette nuit venteuse elle prenait une sorte d'irréelle crédibilité. Il lui semblait être devenue un personnage de dessin animé qui court de toutes ses forces sans s'apercevoir qu'il s'est pris dans l'élastique d'un lance-pierres gigantesque. Ce pauvre type a de plus en plus de mal à se propulser vers l'avant, et à la fin l'énergie potentielle de l'élastique devient égale à l'énergie réelle du coureur... et l'inertie jouant... qu'est-ce qui se passe déjà ?... pourtant, c'est le b.a. ba de la physique... quelque chose essayait de la retenir... *ne te mêle pas de ça, toi...* et un corps inerte tend à demeurer inerte... *le corps de Gage, par exemple...* dès lors que son mouvement...

Cette fois, le hurlement des pneus fut assourdissant. Rachel avait réagi à l'ultime seconde. L'espace d'un moment, la Chevette avait roulé au contact de la glissière de sécurité dans un grincement terrifiant, et les arêtes d'acier lui avaient balafré les flancs en soulevant des gerbes d'étincelles. Rachel avait tenté de braquer, mais le volant ne lui répondait plus. La seconde d'après, la voiture s'immobilisa et elle se retrouva debout sur le frein, la poitrine soulevée par des sanglots incoercibles. Cette fois, elle s'était endormie. Il ne s'agissait pas d'une simple torpeur : elle dormait à poings fermés — elle avait même rêvé — tout en roulant à soixante miles à l'heure, et s'il n'y avait pas eu cette rambarde... ou si elle avait buté dans la culée d'une passerelle...

Elle se rangea sur l'accotement, mit la voiture au point mort, s'enfouit le visage dans les mains et pleura. Elle était affolée, morte de peur.

Quelque chose essaie de m'empêcher de rejoindre Louis.

Lorsqu'elle eut repris la maîtrise de ses nerfs, elle se remit en route. La direction de la Chevette ne semblait pas faussée ; par contre, il y avait de fortes chances pour qu'on lui fasse quelques problèmes lorsqu'elle retournerait la voiture au comptoir Avis de l'aéroport de Bangor.

Oublie ça. Chaque chose en son temps. Pour l'instant, il faut absolument que tu t'envoies une solide dose de café. C'est la priorité des priorités.

A Pittsfield, elle prit la première sortie qui se présenta. Au bout d'un kilomètre, elle aperçut la lueur éblouissante de lampes à arc et le grondement continu d'énormes moteurs parvint simultanément à ses oreilles. Un arrêt de routiers. Elle passa d'abord à la station-service pour faire le plein (« Ouh, dites donc, on vous a collé une sacrée belle éraflure à votre flanc droit », commenta le pompiste d'une voix presque admirative), après quoi elle gara la Chevette sur l'aire de stationnement et se dirigea vers l'entrée du restaurant. Lorsqu'elle poussa la porte, une odeur de friture et d'œufs brûlés lui afflua aux narines — à laquelle se mêlait un arôme bienheureux de café noir.

Rachel avala coup sur coup, comme elle l'aurait fait d'un médicament, trois tasses de café sans crème, généreusement additionné de sucre. Quelques routiers étaient agglutinés au comptoir, d'autres épars dans la salle ; ils lutinaient les serveuses, qui dans la lumière crue des tubes fluorescents avaient toutes la même allure : celle d'infirmières harassées qui ont une bien triste nouvelle à annoncer.

Après avoir réglé son addition, elle regagna le parking et remonta à bord de la voiture. Mais la petite bagnole refusait obstinément de démarrer. Lorsque Rachel tournait la clé, elle n'obtenait qu'un soupir rauque du solénoïde, et rien de plus.

Rachel ferma les poings et elle les abattit à coups répétés sur le volant, mais ses mouvements étaient languides et sans force. Quelque chose essayait de l'arrêter. Il n'y avait aucune raison pour que cette voiture lui claque dans les mains comme cela. Elle était neuve, avec moins de huit mille kilomètres au compteur. Pourtant, elle était bel et bien en carafe à Pittsfield, et il lui restait pas loin de cent bornes jusqu'à Ludlow.

Les gros camions allaient et venaient autour d'elle en produisant un vrombissement continuel, et tout à coup la certitude lui vint que le semi-remorque qui avait tué son fils était parmi eux... et que son moteur, au lieu de ronronner, grondait de rire.

Elle baissa la tête et se mit à pleurer.

57

Louis trébucha sur quelque chose et s'étala de tout son long. D'abord, il crut qu'il ne se relèverait pas. Il se sentait incapable de faire le moindre geste. Il resterait étendu là, écoutant le chœur des rainettes qui continuait à striduler dans le Marais du Petit Dieu, quelque part derrière lui, et auquel répondait un chœur de tiraillements et d'élancements montant de toutes les parties de son corps perclus d'innombrables douleurs. Il resterait étendu là jusqu'à ce qu'il s'endorme — ou jusqu'à ce qu'il meure. Probable qu'il mourrait, plutôt.

Il se rappelait avoir traîné le rouleau de toile goudronnée jusqu'au trou qu'il avait creusé et avoir ensuite repoussé dedans la plus grande partie des déblais avec ses mains nues. Et il lui semblait bien aussi qu'il avait dressé au-dessus un tumulus de pierres en forme de pyramide...

Mais à partir de là, il ne se souvenait pratiquement de rien. A n'en pas douter, il avait dû redescendre les degrés de pierre sans quoi il ne se fût pas trouvé à cet endroit... Où était-il donc, au fait ? Il regarda autour de lui, et il lui sembla reconnaître un des bosquets de vieux pins majestueux qui bordaient le sentier dans sa partie la plus méandreuse, juste après le tas d'arbres morts. Se pouvait-il qu'il ait parcouru toute cette distance, retraversé le Marais du Petit Dieu, sans même s'en rendre compte ? Oui, c'était du domaine du possible, après tout.

Je suis assez loin. Je n'ai qu'à dormir ici.

C'est précisément cette pensée faussement réconfortante qui le poussa à se lever et à se remettre en route. S'il restait là, cette *chose* risquait de le débusquer... Peut-être était-elle déjà en train de parcourir la forêt en tous sens pour le retrouver.

Il leva une main, se frotta le visage de la paume et constata avec stupeur qu'elle était couverte de sang. Il saignait du nez. Comment s'était-il fait ça ? Qu'est-ce qu'il avait bien pu heurter ? « Bah, on s'en fout », articula-t-il d'une voix enrouée en tâtant le sol autour de lui avec des gestes gourds pour tâcher de remettre la main sur sa pelle et sa pioche.

Dix minutes plus tard, il se retrouva face à la masse sombre du tas d'arbres morts. Il escalada en trébuchant à plusieurs reprises, sans toutefois perdre pied. Lorsqu'il fut presque en bas du versant opposé, il jeta un coup d'œil en direction de ses pieds, et aussitôt une branche se brisa avec un bruit sec (*Ne regardez pas vos pieds*, lui avait dit Jud), une deuxième branche dégringola, projetant son pied vers l'avant, et il perdit l'équilibre. Il s'écrasa lourdement sur le côté, et le choc lui coupa la respiration.

Oh, nom de Dieu, c'est la deuxième fois cette nuit que je me casse la gueule dans un cimetière... et ce coup-ci, merde, ça sera la dernière.

A nouveau, il dut tâtonner autour de lui pour retrouver sa pelle et sa pioche, et ça lui prit un temps fou. Ensuite il jeta un coup d'œil circulaire sur le Simetierre faiblement éclairé par la lueur des étoiles. A quelque distance, il apercevait la plaque funéraire de SMUCKY. *Le chat le plus gentty du monde,* compléta mentalement

Louis avec lassitude. Et celle de TRIXIE — ÉCRASÉE SUR LA ROUTE, qu'il avait redressée de ses propres mains par une belle soirée d'été, jadis. Le vent soufflait encore très fort, et Louis percevait le son grêle et tintinnabulant d'un morceau de métal qui frappait à coups répétés sur un objet dur. Sans doute une boîte de conserve laborieusement découpée à l'aide des cisailles du papa, par un enfant qui avait perdu sa bestiole chérie, puis redressée à coups de marteau et clouée à un bâton. Ce tintement insistant qui sortait de l'obscurité fit renaître la terreur qui s'était assoupie au fond du cœur de Louis. Sa fatigue était si grande que sa peur s'en était comme émoussée, mais ce *ping-ping* continuel lui rendait peu à peu le fil perdu.

Il traversa le Simetierre des animaux, passa devant la dernière demeure de MARTA NOTRE LAPINE, celle qui était D.C.D. LE 1er MARS 1965, entrevit le monticule en forme de taupinière qui surmontait la tombe du GÉNÉRAL PATTON, enjamba le morceau de planche déchiquetée qui marquait l'emplacement de celle de POLYNESIA. Le tintement était beaucoup plus proche à présent. Il s'arrêta, et fouilla du regard les tombes qui s'alignaient devant lui. Il finit par apercevoir un rectangle de fer-blanc fixé au sommet d'un piquet carré qui était fiché un peu de guingois dans le sol. Le bout de fer-blanc portait une inscription, et Louis dut se pencher pour la déchiffrer dans la pénombre. Elle disait : « RINGO, NOTRE HAMSTER BIEN-AIMÉ, 1964-1965. » Elle s'était à demi détachée de son socle et c'est elle qui produisait ce tintement de grelot en résonnant contre une des planches qui supportaient l'arcade de l'entrée. Louis tendit la main pour remettre la mince plaque de métal en place, mais il laissa son geste en suspens. Un frisson lui remonta le long de la nuque, et il éprouva une sensation de fourmillement au cuir chevelu.

Quelque chose remuait là-bas derrière, de l'autre côté du tas d'arbres morts.

Il avait perçu une série de sons furtifs — un léger frôlement dans les fourrés, les aiguilles de pin qui craquaient, le bruit sec d'une brindille qui se brisait — et ils étaient tout juste audibles à travers les gémissements du vent.

« Gage ? » appela-t-il d'une voix rauque.

Il se rendit soudain compte de ce qu'il était en train de faire — qu'il était en train de crier le nom de son fils mort au fond d'une forêt obscure — et cette fois ses cheveux se dressèrent sur sa tête

De longs frissons incoercibles le parcoururent, comme s'il était en butte à une sévère attaque de fièvre maligne.

« Gage ? »

Les bruits s'étaient tus.

Non, pas encore, il est trop tôt. Ne me demande pas comment je le sais. Je le sais, voilà tout. Ce n'est pas Gage qui est tapi là-bas derrière. C'est... autre chose.

Tout à coup, il entendit la voix d'Ellie qui lui expliquait : *Il lui a crié : « Lazare, sors ! »... s'il avait seulement dit « Sors ! », tous les morts de ce cimetière seraient sortis de leur tombe. Mais Jésus ne voulait que Lazare.*

De l'autre côté du tas d'arbres morts, les bruits avaient repris. De l'autre côté de la barrière. Presque — mais pas tout à fait — couverts par le mugissement du vent. Comme si une créature aveugle, poussée par quelque obscur atavisme, avait pisté Louis. Des images atroces, répugnantes, se formèrent dans son cerveau exténué : celles d'une taupe colossale, d'une chauve-souris géante qui eût sautillé gauchement à travers les fourrés au lieu de voler.

Il sortit du Simetierre à reculons et ne tourna le dos au tas d'arbres morts — dont la masse hostile luisait d'un éclat spectral, barrant les ténèbres d'une cicatrice livide — que lorsqu'il fut hors de vue. Ensuite il pressa le pas, et lorsqu'il fut arrivé à environ cinq cents mètres de l'endroit où le chemin jaillissait hors de la forêt et s'engageait dans le pré derrière chez lui, il eut un dernier sursaut d'énergie et se mit à courir.

Après avoir jeté la pelle et la pioche dans un coin du garage, Louis resta un moment debout au sommet de l'allée, les yeux fixés sur le chemin qu'il venait de parcourir ; ensuite, il les leva au ciel. Il était quatre heures et quart : l'aube n'allait sans doute pas tarder à se lever. De l'autre côté de l'Atlantique, le soleil était déjà haut dans le ciel, mais ici, à Ludlow, la nuit tenait encore bon. Le vent soufflait inlassablement.

Il traversa le garage en tâtonnant le long de la paroi et pénétra dans la maison par la porte de derrière. Il n'alluma pas dans la cuisine et se dirigea droit vers le petit cabinet de toilette qui ouvrait sur le dégagement séparant la cuisine de la salle à manger. Cette fois, il actionna le commutateur et il se retrouva nez à nez avec Church, vautré sur le couvercle du réservoir de la chasse d'eau, qui le fixait de ses yeux jaune-vert à l'expression trouble.

429

« Church ? fit Louis. Je croyais qu'on t'avait mis dehors. »

Le chat continua à le fixer sans bouger. Oui, on l'avait bel et bien mis dehors, en fait, Louis s'en était personnellement chargé. Il s'en souvenait très distinctement. Tout comme il se souvenait d'avoir remplacé le carreau cassé du soupirail de la cave et de s'être dit que ça réglerait le problème. Quelle blague ! Comment avait-il pu être aussi naïf ? Quand Church avait envie de rentrer, il rentrait, voilà tout. Church était différent, à présent.

Mais ça lui était égal. Il était tellement abruti de fatigue que plus rien ne paraissait avoir d'importance. Il lui semblait n'être plus qu'un vague déchet d'humanité, un peu pareil à ces morts-vivants hagards et titubants des films de George Romero. Ou à un des « hommes creux » du poème de T. S. Eliot. *Tournons, tournons autour du figuier de barbarie, A cinq heures du matin,* se récita-t-il et il émit un gloussement étranglé.

« Eh oui, Church, j'ai la tête pleine de paille », dit-il d'une voix rauque et croassante, tout en déboutonnant sa chemise. « Je suis une belle andouille, crois-moi. »

Une vilaine ecchymose brunâtre était en train de s'agrandir sur son côté, et après avoir baissé son blue-jean il constata que le genou qu'il avait cogné contre une pierre tombale était enflé comme un melon. La bosse avait pris une sale couleur violacée, et il comprit que s'il restait un moment sans plier le genou, l'articulation serait coincée comme par une chape de béton. C'était le genre de lésion susceptible de se réveiller à chaque fois que l'atmosphère est un peu trop pluvieuse pendant tout le reste de votre vie.

Il tendit une main pour caresser l'échine de Church, comme si ce contact avait pu lui apporter une sorte de réconfort, mais le chat se déroba, sauta à terre et sortit de la pièce de son allure titubante, si bizarrement dépourvue de grâce féline. Au moment de passer la porte, il coula un regard jaune et inexpressif dans la direction de Louis.

Il y avait un tube de Ben-Gay dans l'armoire à pharmacie. Louis s'assit sur le siège des toilettes et tartina son genou blessé d'une couche épaisse de pommade phéniquée. Il s'en passa aussi dans la région sacro-lombaire, opération qui n'alla pas sans quelque difficulté.

Ensuite, il sortit du cabinet de toilette et gagna le living-room. Il alluma la lumière du couloir d'entrée et resta un moment debout au pied de l'escalier, regardant autour de lui d'un air hébété.

Comme tout cela lui paraissait étrange ! Là, il avait sorti le pendentif en saphir de chez Tiffany's de la poche de sa robe de chambre pour l'offrir à Rachel le soir de Noël. Et là, c'était son bureau, le fauteuil dans lequel il était assis le soir où il avait expliqué les réalités de la mort à Ellie après que Norma Crandall eut été terrassée par une crise cardiaque — ces réalités qu'en fin de compte il avait lui-même trouvées inacceptables. C'est dans ce coin, là, qu'ils avaient dressé l'arbre de Noël ; c'est à cette fenêtre qu'ils avaient scotché la dinde confectionnée par Ellie avec des papiers de couleur (cette dinde à laquelle Louis avait trouvé des allures de corbeau futuriste). Et quelques mois avant cela, la pièce avait été entièrement vide à l'exception des piles de cartons et de caisses dans lesquels ils avaient entassé toutes leurs possessions et qu'un gros camion de l'United Van Lines avait acheminés de Chicago jusqu'ici. Louis se rappela les avoir trouvées bien insignifiantes en les voyant ainsi emballées dans des cartons, s'être dit que ce tas de vieux machins constituait un bien piètre rempart contre ce monde extérieur hostile et froid où leurs noms et leurs habitudes familiales ne signifiaient absolument rien.

Comme tout cela lui semblait étrange... et comme il aurait voulu n'avoir jamais entendu parler de l'université d'Orono, de Ludlow, des Crandall et de tout le reste !

Il monta l'escalier en caleçon, pénétra dans la salle de bains du premier, se jucha sur le tabouret et prit la petite mallette noire rangée au sommet de l'armoire à pharmacie. Il l'emporta dans sa chambre, s'assit sur le lit et en inspecta le contenu. Oui, il disposerait de plusieurs seringues hypodermiques si besoin était et, sous les rouleaux de bande Velpeau, les ciseaux de chirurgie et les sachets de fil à suturer, il découvrit un certain nombre de petits flacons qui contenaient un produit hautement toxique.

Ça pourrait toujours servir.

Louis referma la mallette et la posa par terre à côté du lit. Il éteignit le plafonnier, puis il s'allongea, les mains croisées sous la nuque. C'était un vrai délice de pouvoir enfin s'étendre confortablement sur un vrai lit. Il se mit à rêvasser, et son imagination le ramena une fois de plus à la Floride et à Disney World. Il se vit vêtu d'un uniforme blanc, au volant d'une fourgonnette également blanche dont les flancs ne portaient pas d'autre signe distinctif que la célèbre paire d'oreilles de Mickey — rien qui puisse faire soupçonner qu'il s'agissait d'un véhicule de secouristes, rien qui puisse effaroucher la clientèle.

Gage était assis à côté de lui, la peau tannée par le soleil, si rayonnant de santé que les blancs de ses yeux en avaient des reflets bleutés. A quelques pas sur leur gauche, ils apercevaient un grand Dingo qui secouait la main d'un petit garçon pétrifié d'émerveillement. Puis ce fut Winnie l'ourson qui posait avec deux mémés hilares en pantalon tandis qu'une troisième mémé hilare en pantalon les prenait en photo, et une fillette endimanchée qui criait à tue-tête : « Oh, je t'aime, mon petit Tigret ! Je t'aime tellement ! »

Louis et son fils patrouillaient inlassablement à travers ce domaine enchanté à bord de leur fourgonnette blanche. Le gyrophare rouge qui surmontait le tableau de bord était pieusement dissimulé par un capuchon de vinyle noir. Car ils ne voulaient pas semer la zizanie — oh, non ! — seulement être prêts à l'affronter partout où elle montrait le bout de son nez. Même ici, dans cet endroit uniquement voué aux plaisirs les plus innocents, la fatalité était partout à l'affût : tantôt, c'était un quinquagénaire jovial qui venait d'acheter un rouleau de pellicule à la boutique photo de Main Street qui s'agrippait soudain la poitrine et tombait terrassé par un infarctus, tantôt une femme enceinte qui perdait subitement les eaux au moment où elle posait le pied hors d'une des petites cabines de la Grande Roue, ou encore une fillette de douze ans à l'adorable blondeur, pareille à celles des couvertures de magazines de Norman Rockwell, qui était tout à coup victime d'une attaque d'épilepsie foudroyante et s'abattait de tout son long sur le trottoir, les talons de ses baskets martelant le ciment sur un rythme frénétique et discordant. On n'était jamais à l'abri des coups de sang, des coups de soleil, des coups de chaleur, et quelquefois même, à la fin d'un de ces longs après-midi torrides et étouffants de l'été floridien, il arrivait que la foudre frappât. Souvent aussi, le Gwand, le Tewwible Oz rôdait en personne dans les parages ; on l'apercevait arpentant la chaussée juste au-dessous de l'endroit où le monorail pénètre dans le tunnel du Pays de la Magie, ou chevauchant un des Dumbos volants du grand manège en promenant autour de lui son regard inexpressif et brumeux. Louis et Gage en étaient venus à le considérer comme une des figures familières de l'énorme parc d'attractions, au même titre que Dingo et Mickey, Winnie et Tigret ou que l'irascible

Mr Duck. A part que personne ne désirait être photographié à ses côtés, ni lui présenter son petit garçon ou sa petite fille. Louis et Gage le connaissaient bien, car ils avaient eu affaire à lui quelque temps plus tôt, en Nouvelle-Angleterre. Oz n'attendait que l'occasion de vous étouffer à l'aide d'une bille, de vous asphyxier à l'aide d'un sac de teinturier imprégné de détachant toxique, de vous faire frire à l'aide d'une bonne giclée d'électricité (Tu veux aller faire une petite balade dans l'autre monde, charmant bambin ? Tiens, tu n'as qu'à coller ton doigt dans cette douille vide ou dans cette prise murale qui s'ennuie toute seule). La mort était présente partout : dans le petit sac de cacahuètes à vingt-cinq cents, dans le morceau de bifteck qu'on avale de travers, dans le prochain paquet de cigarettes. Elle était à l'œuvre vingt-quatre heures sur vingt-quatre, l'œil fixé sur les écrans de la salle de contrôle d'où elle surveillait tous les points de passage entre la vie terrestre et l'éternité. Seringues mal lavées, insectes venimeux, câbles à haute tension tombés dans les hautes herbes, incendies de forêt. Patins à roulettes déchaînés qui propulsent des petits mômes étourdis au beau milieu d'un carrefour encombré. Quand vous vous installez dans la baignoire pour prendre une douche, Oz vient s'y coller avec vous. Soyez économes, douchez-vous avec un ami. Quand vous montez en avion, c'est à Oz que vous remettez votre carte d'embarquement. Il est dans l'eau que vous buvez, dans les aliments que vous mangez. Quand vous vous réveillez en sursaut, seul et terrifié et que vous criez *Qui est là ?* en direction des ténèbres, c'est sa voix qui vous répond : N'aie pas peur, vieux, ce n'est que moi. Comment vas-tu, yau de poêle ? Ah, t'as un cancer du côlon ? C'est pas le pied, dis donc, dure déveine ! Septicémie ! Leucémie ! Thrombose ! Athérosclérose ! Encéphalite ! Ostéomyélite ! Allons-y, allez go ! Junkie tapi sous une porte cochère avec un couteau. Téléphone qui sonne au beau milieu de la nuit. Le sang bouillonne dans l'acide d'une batterie sur une rampe d'autoroute perdue de la Caroline du Nord. Des comprimés en grosses poignées — allez, croque. Cette bizarre coloration bleue des ongles des victimes d'asphyxie — en se débattant désespérément pour survivre, le cerveau pompe toutes les parcelles d'oxygène dont il peut disposer, y compris celui des cellules vivantes de la région sub-unguéale. Salut, les aminches, on m'appelle le Gwand, le Tewwible Oz, mais vous pouvez dire Oz tout court, après tout on est potes à présent, pas vrai ? Je ne reste qu'une minute, le temps de vous foutre en l'air avec un petit coup de congestion cérébrale, une petite rupture du myocarde ou un machin du même genre. Vous m'excuserez de ne pas m'attarder, mais j'ai une parturiente à faire mourir en couches et un petit boulot d'asphyxie par l'oxyde de carbone à expédier du côté d'Omaha.

Et en arrière-plan, il y a cette petite voix grêle de fillette qui piaille sans discontinuer : « Je t'aime, Tigret ! J'ai foi en toi, Tigret ! Jamais je ne cesserai de t'aimer et d'avoir foi en toi ! Ainsi, je resterai éternellement jeune et il n'y aura jamais de place dans mon cœur pour aucun autre Oz que l'inoffensif charlatan que Dorothy est allée visiter dans la Cité d'émeraude ! Je t'aime ! Je t'aime... »

Nous patrouillons sans cesse, mon fils et moi... parce que l'essentiel dans la vie ce n'est ni la guerre, ni l'amour, c'est ce combat épique — et perdu d'avance — contre le Gwand, le Tewwible Oz. Nous patrouillons, assis côte à côte dans notre fourgonnette blanche, sous le ciel étincelant de la Floride. Le gyrophare rouge est dissimulé par un capuchon, mais au besoin nous pouvons toujours le décoiffer... et personne d'autre que nous n'a besoin de savoir... parce que... parce qu'un cœur d'homme a un sol plus rocailleux, Louis. On y fait pousser ce qu'on peut... et on le soigne.

Tandis qu'il remuait ces confuses pensées entremêlées de brefs éclats de rêve, Louis Creed glissait lentement vers le sommeil, débranchant un à un les fils qui reliaient son cerveau à la réalité extérieure. A la fin, les dernières traces de pensée s'effacèrent de l'écran de son esprit, et sa fatigue écrasante l'entraîna tout au fond d'un immense gouffre ténébreux.

Juste avant le point du jour, des pas résonnèrent sur les marches de l'escalier. Ils étaient lents, maladroits, mais nullement indécis. Une ombre silencieuse passa dans le couloir obscur, laissant dans son sillage une traîne de puants effluves. Louis dormait d'un sommeil extrêmement pesant, mais il grogna et se retourna sur le ventre pour échapper à cette odeur. Ensuite, sa respiration reprit un rythme profond et régulier.

La silhouette s'arrêta sur le seuil de la chambre. Un court moment elle resta debout, immobile, puis elle entra. Le visage de Louis était enfoui dans l'oreiller. Deux mains très blanches se tendirent vers la trousse de médecin posée à côté du lit et en firent jouer la serrure avec un imperceptible déclic.

Elles fourragèrent à l'intérieur, produisant un froissement étouffé et de furtifs cliquetis de métal.

Les mains repoussèrent sans même s'y arrêter les boîtes de pilules, les seringues, les flacons. Ensuite, elles découvrirent un objet intéressant et le tirèrent hors de la mallette. L'objet jeta de brèves lueurs argentées dans la grisaille du jour naissant.

L'ombre se glissa hors de la chambre.

Troisième partie

Le Gwand,
le Tewwible Oz

Jésus, frémissant de nouveau en lui-même, se rendit au sépulcre. C'était une grotte, et une pierre était placée devant. Jésus dit : « Otez la pierre. »

Marthe lui dit : « Seigneur, il sent déjà, car il y a quatre jours qu'il est là. » (...)

Après avoir prié quelque temps, Jésus cria d'une voix forte : « Lazare, sors ! » Et le mort sortit, les pieds et les mains liés de bandes, et le visage enveloppé d'un linge.

Jésus leur dit : « Déliez-le, et laissez-le aller. »
— Evangile selon Jean (paraphrase)

« Je viens seulement d'y penser, s'écria-t-elle d'une voix surexcitée. Ah, si seulement j'y avais pensé plus tôt ! Et toi, pourquoi n'y as-tu pas pensé ?

— Mais à quoi donc ? questionna-t-il.

— Les deux autres vœux, bredouilla-t-elle. Nous n'en avons utilisé qu'un !

— Un seul ne t'a donc pas suffi ? s'exclama-t-il farouchement.

— Non ! cria-t-elle d'une voix exultante. Nous allons en formuler un second. Va-t'en chercher l'objet bien vite, et souhaitons que notre fils revienne à la vie. »
W. W. Jacobs (*La Patte de singe*)

58

Jud Crandall s'éveilla avec un sursaut si brusque qu'il faillit tomber de son fauteuil. Combien de temps avait-il dormi ? Il n'en avait pas la moindre idée. Peut-être dix minutes, peut-être trois heures. Il consulta sa montre : cinq heures moins cinq. Il avait l'étrange sentiment que tous les objets de la pièce s'étaient subtilement déplacés, et une douleur sourde lui tenaillait l'échine. C'était d'avoir dormi assis, bien entendu.

Vieillard stupide, tu t'es encore oublié. Ah, c'est du propre, tiens !

Mais au fond de son cœur, il savait bien qu'il ne s'était pas simplement oublié. Il ne s'était pas endormi à son poste de son propre mouvement : *quelqu'un* l'y avait aidé.

Cette idée l'effrayait, mais il y avait autre chose qui l'effrayait encore plus : qu'est-ce qui l'avait réveillé ? Il lui semblait qu'il avait entendu un bruit, ou un...

Il retint sa respiration et tendit l'oreille. D'abord, il n'entendit que le bruissement un peu sifflant de son cœur.

Puis il perçut un son. Pas celui qui l'avait réveillé, un autre. Un imperceptible grincement de gonds.

Jud connaissait tous les bruits de la maison. Il savait quelles lames de plancher et quelles marches d'escalier craquaient, il savait à quelles portions exactes des gouttières le vent faisait émettre des hululements aigus lorsqu'il était pris d'une rage ivre comme la nuit passée. Et le son qu'il venait d'entendre lui était tout aussi familier La grande porte en chêne qui séparait la véranda de l'entrée venait de s'ouvrir. Et sur la base de cette information, son esprit n'eut aucune peine à revenir en arrière et à identifier le bruit qui l'avait réveillé. C'était celui des ressorts de la porte à treillis de la véranda se détendant très lentement.

« Louis ? » appela-t-il à tout hasard. Mais il se doutait bien que ce n'était pas Louis. C'était quelqu'un — ou quelque chose — qu'on avait envoyé pour faire payer à un vieillard son orgueil et sa présomption.

Des pas résonnèrent dans le vestibule d'entrée. Lentement, ils venaient vers le séjour.

A nouveau Jud voulut articuler le nom de Louis, mais sa voix s'étrangla dans sa gorge : il venait de sentir l'odeur de cette chose qui avait pénétré en catimini chez lui aux premières lueurs du jour. L'odeur était infecte, nauséabonde, semblable à celle qui s'exhale des marais littoraux pleins de varechs en décomposition.

Jud distinguait la forme des objets, mais pas leurs contours précis. Le gros buffet pansu, le vaisselier rustique, la grande commode de hauteur double... les meubles de Norma. Il essaya de se lever, mais ses jambes se dérobaient sous lui. Au fond de sa tête, une voix glapissait d'amères protestations : non, il n'était pas prêt, il était trop vieux pour affronter cela encore une fois de cette manière improvisée ; il se souvenait de l'horreur qu'il avait éprouvée face à Timmy Baterman — et il était jeune en ce temps-là.

La porte battante s'ouvrit et des ombres se glissèrent à l'intérieur de la pièce. L'une de ces ombres avait plus de substance que les autres.

Ah mon Dieu, cette puanteur.

Des pas traînants dans les ténèbres.

« Gage ? » fit Jud en trouvant enfin la force de se redresser. Du coin de l'œil, il aperçut le rouleau de cendres qui dessinait encore la forme d'une cigarette au creux du cendrier Jim Bean. « Gage, c'est t... ? »

Un épouvantable miaulement se fit entendre, et l'espace d'un instant Jud eut la sensation que tous ses os se changeaient en glace. Ce n'était pas le fils de Louis revenu d'entre les morts, mais un monstre hideux, une créature abominable.

Mais non. Ce n'était ni Gage, ni un monstre.

Ce n'était que Church qui miaulait, à croupetons devant la porte. Ses yeux luisaient comme des ampoules électriques noircies. Le regard de Jud quitta le chat et se posa sur la créature qui était entrée dans la pièce avec lui.

Le vieil homme se mit à reculer en s'efforçant de rassembler ses idées, d'empêcher cette affreuse odeur d'obscurcir son intelligence. Il était frigorifié, tout à coup. La créature avait amené ce froid polaire avec elle.

Jud se sentit basculer. C'était le chat qui l'avait fait trébucher en s'enroulant autour de ses chevilles. Il ronronnait bruyamment. Jud le chassa d'un coup de pied. Church découvrit ses crocs et cracha dans sa direction.

Réfléchis ! Réfléchis, bougre de vieil idiot, peut-être qu'il n'est pas trop tard, peut-être qu'on peut encore faire quelque chose... Il est revenu, mais il est encore possible de le tuer une seconde fois... peut-être que tu pourrais... si seulement tu arrivais à réfléchir...

Il reculait pas à pas vers la porte de la cuisine. Tout à coup, il pensa au tiroir à ustensiles, sous le plan de travail de l'évier. Il contenait un hachoir à viande.

Il sentit le bas de la porte battante contre ses mollets décharnés et il l'ouvrit d'une poussée. La créature qui s'était introduite chez lui n'était encore qu'une silhouette indistincte dans la pénombre, mais Jud l'entendait respirer. Il voyait aussi une main très blanche qui se balançait dans l'air ; la main tenait un objet qu'il n'arrivait pas à discerner. Lorsqu'il eut pénétré à l'intérieur de la cuisine, la porte battante retomba. Aussitôt, Jud tourna les talons et il se rua sur le tiroir à ustensiles. Il le tira d'une saccade et sa main se referma sur le manche en buis cannelé du couperet. Il l'empoigna solidement et se tourna de nouveau vers la porte, allant même jusqu'à avancer de deux pas dans sa direction. Il avait repris un peu de cœur au ventre.

Dis-toi bien que ce n'est pas un gamin. Il n'en a que l'apparence. Quand il comprendra que tu vois clair dans son jeu, il va peut-être se mettre à hurler de peur, ou à chialer. Mais ne te laisse pas avoir. Tu t'es fait assez flouer comme cela, vieille buse. C'est ta dernière chance.

La porte battante s'ouvrit, mais seul le chat pénétra dans la cuisine. Jud l'observa un moment, puis son regard se fixa à nouveau sur la porte.

La cuisine était orientée à l'est. La lumière du jour naissant, pâle et laiteuse, pénétrait par la fenêtre. Elle n'éclairait pas beaucoup, mais suffisamment pour qu'on y voie — trop, étant donné ce qu'il y avait à voir.

Gage Creed venait d'entrer dans la cuisine. Il portait le petit costume dans lequel on l'avait enterré. Une mousse d'un vert noirâtre avait poussé sur les épaules et les revers du veston, souillant sa chemise blanche. Une croûte de terre sèche recouvrait ses fins cheveux blonds. Il avait un œil mort, dont le regard se perdait dans l'espace avec un air affreusement attentif ; l'autre était rivé sur Jud.

Il lui souriait.

« Bonjour, Jud », pépia-t-il. Il avait la voix flûtée d'un très petit enfant, mais son élocution était parfaitement claire. « Je suis venu pour expédier en enfer ta vieille âme puante et pourrie. Tu m'as baisé dans le temps. Tu devais bien te douter que je reviendrais un jour ou l'autre pour te rendre la politesse, non ? »

Jud leva son couperet.

« Si tu veux baiser quelqu'un, sors ta biroute et approche-toi, fantôme de mes deux. On va voir qui c'est qui baisera l'autre.

— Norma est morte, dit Gage. Personne ne te pleurera. Ah, celle-là, quelle roulure c'était. Elle s'est fait troncher par tous tes copains, Jud. Elle se faisait prendre par-derrière. Une bite dans le cul, c'est ce qui lui plaisait le mieux. Elle est en train de rôtir en enfer, avec son arthrite et tout. Je l'ai *vue* en enfer, Jud. Oui, je l'ai *vue*. »

La créature s'avança lourdement vers Jud. Ses pieds laissaient des traînées boueuses sur le linoléum usé. Elle tendait un bras vers Jud, comme pour lui serrer la main et son autre main était cachée derrière son dos.

« Ecoute, Jud », murmura-t-elle. Sa bouche s'ouvrit, découvrant de minuscules dents de lait, et, sans que les lèvres remuent, la voix de Norma en sortit.

« *Je me moquais de toi ! Tous, on se moquait de toi ! Ah, qu'est-ce qu'on riiiiaaaaaiiiit...*

— Arrête ça ! » cria Jud. Le couperet tremblait entre ses doigts.

« *Je l'ai fait avec Herk, dans notre lit, je l'ai fait avec George, et avec tous les autres. J'étais au courant pour tes putains, mais toi, tu ne savais pas que tu en avais épousé une ! Et on riait, Jud, ah comme on riait ! Je me faisais grimper, et après on riiiaait...*

— ARRÊTE ÇA ! » hurla Jud. Il se jeta sur la petite créature qui chancelait dans son costume de cérémonie maculé de moisissure et c'est à cet instant précis que le chat fondit vers lui, surgissant

442

brusquement de sous le gros plateau de boucher dans les ombres duquel il était tapi. Il crachait, les oreille couchées en arrière, et il fit un croc-en-jambe à Jud, qui tomba à la renverse. Le couperet lui échappa, ricocha en tournoyant sur lui-même à travers le linoléum bosselé et délavé, rebondit sur la plinthe avec un cliquetis assourdi et disparut sous le réfrigérateur.

Jud comprit qu'il s'était fait berner une fois de plus et son unique consolation fut de se dire que ça ne risquait plus de jamais lui arriver. Debout sur ses jambes, le chat lui montrait les crocs en crachant comme un perdu. Puis, Gage s'approcha de lui, la bouche fendue par un sourire affreux, ses yeux cerclés de filaments sanglants arrondis comme deux lunes. Il sortit sa main droite de derrière son dos et Jud vit que l'objet qu'il n'était pas arrivé à distinguer lorsque Gage était entré dans le séjour était un des scalpels de Louis.

« Oh, doux Jésus ! » articula le vieil homme. Il leva la main droite pour parer le coup. Et là, il eut une illusion d'optique et il se dit qu'il avait la berlue : il lui semblait que le scalpel se trouvait des deux côtés de sa paume en même temps. Puis un liquide tiède lui dégoutta sur le visage, et il comprit.

« Maintenant, c'est moi qui vais te baiser, vieille loque ! gloussa la créature en lui soufflant son haleine méphitique dans la figure. Je vais te baiser, oui ! Je vais te baiser jusqu'à... plus... *soif* ! »

Jud projeta son bras gauche en avant et il agrippa le poignet de Gage. Il sentit la peau qui se détachait sous ses doigts comme du parchemin desséché.

Le poignet lui glissa entre les doigts, et le scalpel lui laissa une entaille béante au creux de la paume.

« Jusqu'à... plus... soif ! »

Le scalpel s'abattit encore.

Et encore.

Et encore.

59
———

« Essayez de démarrer à présent », dit le routier qui était penché sur le moteur de la Chevette de Rachel.

Elle donna un tour de clé, et le moteur se mit à rugir. Le camionneur rabattit le capot et il s'approcha d'elle en s'essuyant les mains avec un bandanna bleu. Il avait un visage rubicond, ouvert et rieur, et la visière de sa casquette était relevée au-dessus de son front.

« Oh merci, monsieur ! lui dit Rachel, les larmes aux yeux. Sans vous, je ne sais pas ce que je serais devenue.

— Bah, vous savez, même un môme vous aurait arrangé ça en cinq sec, dit le camionneur. Evidemment, c'était bizarre, comme truc. J'ai jamais vu une panne pareille sur une bagnole neuve.

— Pourquoi ? Qu'est-ce que c'était ?

— Vous aviez un câble de batterie qu'était décroché. Y a pas quelqu'un qui vous aurait tripatouillé votre moteur, par hasard ?

— Non », dit Rachel, et elle se souvint de cette impression qu'elle avait eue d'être en train de courir avec l'élastique du plus gros lance-pierres du monde autour de la taille.

— Dans ce cas, c'est qu'il a dû se détacher tout seul à cause des cahots. Mais vos câbles de batterie ne vous joueront plus de tours, à présent. Je les ai fixés bien solidement.

— Je peux vous payer quelque chose ? » interrogea timidement Rachel.

Le camionneur eut un rugissement de rire.

« Ça, ma petite dame, c'est pas mon genre, dit-il. Vous savez bien qu'on est les chevaliers de la route, nous autres. »

Rachel eut un sourire.

« Eh bien... merci, alors, dit-elle.

— Y a vraiment pas de quoi », répondit le routier en lui adressant un grand sourire dont la chaleur paraissait presque incongrue dans le petit matin blafard.

Rachel lui retourna son sourire, puis elle traversa prudemment le parking en direction de la chaussée. Elle inspecta soigneusement les deux côtés de la route de service avant de s'y engager. Cinq minutes plus tard, elle roulait à nouveau sur l'autoroute en direction du nord. L'action du café était encore plus efficace qu'elle ne l'avait espéré. Elle était complètement réveillée à présent, elle n'éprouvait plus la moindre torpeur, et ses yeux n'avaient aucune peine à rester ouverts. A nouveau, ce désagréable sentiment d'avoir été manipulée lui effleura l'esprit. Le câble de la batterie qui se détachait tout seul de sa borne...

Afin qu'elle soit retenue juste le temps que...

Elle éclata d'un rire nerveux. Le temps que quoi, enfin ?

Le temps que quelque chose d'irrévocable se produise.

444

C'était idiot. Complètement ridicule. Néanmoins, le pied de Rachel enfonça machinalement la pédale de l'accélérateur et la petite voiture bondit en avant.

A cinq heures, à l'instant précis où Jud essayait de parer les coups d'un scalpel dérobé dans la trousse de médecin de son grand ami Louis Creed et où Ellie se dressait brusquement dans son lit en hurlant de terreur (terreur née d'un cauchemar dont elle n'avait Dieu merci gardé aucun souvenir), Rachel sortit de l'autoroute, et coupa par Hammond Street, rue qui longeait le cimetière où le cercueil de son fils ne contenait plus désormais qu'une bêche tordue, pour rejoindre le pont de Brewer. A cinq heures et quart, elle était sur la route 15 et fonçait vers Ludlow.

Elle avait décidé de se rendre directement chez Jud ; ainsi, sur ce point-là au moins, elle tiendrait sa promesse. Du reste, la Civic n'était pas dans l'allée de leur jardin. Elle aurait pu être au garage, évidemment, mais la maison avait un air assoupi, vacant. Rien ne lui suggérait que Louis pût s'y trouver.

Rachel vint se ranger derrière le camion à plate-forme de Jud, descendit de la Chevette et regarda attentivement autour d'elle. Le gazon, couvert d'une rosée abondante, scintillait dans la clarté naissante. Quelque part, un oiseau jeta une trille, puis se tut. Depuis les temps lointains de sa prime enfance, Rachel n'avait eu que rarement l'occasion d'être debout — et seule — d'aussi bonne heure sans avoir une obligation à remplir, et à chaque fois elle avait éprouvé un sentiment de solitude en même temps qu'une sorte d'élan spirituel — qui naissait de sa perception paradoxale du renouveau dans la continuité. Mais ce matin-là, elle ne sentit rien d'aussi clair que cela. Elle n'éprouvait qu'un malaise persistant, dont elle ne pouvait pas uniquement imputer la cause aux vingt-quatre heures harassantes qu'elle venait de passer et à son récent deuil.

Elle gravit les marches de la véranda et tira la porte à treillis. Elle voulait faire usage du timbre à l'ancienne mode de la porte d'entrée. Cette sonnette, elle l'avait trouvée charmante la première fois qu'elle avait rendu visite aux Crandall en compagnie de Louis. C'était un timbre dit « cri-cri », avec un bouton en acier nickelé en forme de papillon ; on tournait le bouton dans les deux sens, et il produisait un carillon sonore, mais harmonieux, qui avait quelque chose de délicieusement suranné.

Elle tendit la main vers le bouton de la sonnette, puis ses yeux se posèrent sur le plancher de la véranda et elle fronça les sourcils. Il y avait des traces boueuses sur le paillasson. Elle se retourna et vit des empreintes de pas qui allaient de la porte à treillis à cette porte-ci. De très petites empreintes, telles qu'auraient pu en laisser des pieds d'enfants. Or, Rachel venait de passer toute la nuit sur la route et il n'était pas tombé une seule goutte de pluie. Du vent, il y en avait eu, ça oui ; mais pas de pluie.

Elle regarda longtemps les traces de pas — trop longtemps, en vérité — et à la fin elle dut se forcer à tendre la main vers le bouton de la sonnette. Elle posa les doigts dessus... puis sa main retomba.

C'est une simple appréhension, se dit-elle. *J'anticipe simplement le son strident que la sonnette va produire dans ce grand silence. Jud s'est probablement endormi et le carillon va le réveiller en sursaut...*

Mais ce n'était pas de cela qu'elle avait peur. Depuis le moment où elle avait commencé à lutter contre cette torpeur écrasante sur la route, une espèce de crainte diffuse s'était installée en elle, et elle ne l'avait pas quittée un instant depuis. Mais à présent, elle éprouvait une peur bien différente, beaucoup plus vive, qui n'avait d'autre objet que ces empreintes de pas. *Des empreintes qui étaient de la dimension...*

Elle s'efforça de repousser cette pensée, mais son esprit inerte et las ne réagit pas assez vite.

... des pieds de Gage.

Oh, arrête, tu ne peux donc pas t'arrêter ?

Elle avança la main et tourna le bouton de la sonnette.

Le carillon était encore plus sonore que dans son souvenir, mais il n'était pas si harmonieux que ça : il résonna comme un hurlement étranglé dans le silence. Rachel fit un bond en arrière, et éclata d'un petit rire nerveux, absolument dépourvu de gaieté. Elle guetta le pas de Jud, mais rien ne vint. La maison restait plongée dans un complet silence, et Rachel était en train de débattre avec elle-même sur la question de savoir si elle oserait ou non imprimer de nouvelles torsions à ce petit papillon d'acier, lorsque soudain un son lui parvint, venant de l'autre côté de la porte fermée — le dernier auquel elle se fût attendue, même dans ses conjectures les plus fantaisistes.

Miaou !... Miaou !... Miaou !

« Church ? » fit Rachel, perplexe et éberluée. Elle essaya de distinguer quelque chose à travers les vitres de la porte, mais c'était impossible, bien sûr. Le rideau de plumetis brodé et posé par Norma était trop impeccablement ajusté. « C'est toi, Church ? »

Miaou !!!

Rachel essaya la poignée. La porte n'était pas fermée à clé. Church était assis au milieu du vestibule d'entrée, sa queue sagement enroulée autour de ses pattes. Son pelage était maculé de taches sombres. *De la boue,* songea Rachel, puis elle vit qu'un liquide rouge perlait de la pointe des moustaches de l'animal.

Church leva une patte et se mit à la lécher, sans cesser de dévisager Rachel.

« Jud ? » lança-t-elle, inquiète pour de bon cette fois, en faisant un pas à l'intérieur.

Rien. Pas de réponse. La maison baignait dans un silence total.

Rachel essaya de réfléchir, mais tout à coup, des images de sa sœur Zelda lui envahirent l'esprit, oblitérant toute espèce de pensée. Elle se rappela ses mains crochues comme des serres. Sa manière de se taper la tête contre le mur quand elle était furieuse — le papier peint au-dessus de son lit était tout lacéré, et sous le papier peint le plâtre était craquelé, couvert d'éraflures. Ce n'était pas le moment de penser à Zelda. Jud était peut-être blessé. Et s'il avait fait une mauvaise chute ? C'était un vieil homme, après tout.

C'est à ça qu'il faut penser, pas aux rêves que tu faisais enfant, des rêves dans lesquels tu te voyais ouvrir la porte d'un placard d'où Zelda surgissait pour se jeter sur toi avec un horrible sourire sur sa face noircie, d'autres où tu étais dans la baignoire et où tu t'apercevais que les yeux de Zelda t'épiaient par la bande d'écoulement, et ceux où Zelda était tapie au fond du sous-sol, derrière la chaudière, ceux où...

Les babines de Church se soulevèrent, découvrant ses petites dents pointues, et il émit un nouveau *Miaou !*

Louis avait raison, on n'aurait jamais dû faire opérer ce chat, depuis il a quelque chose qui ne tourne pas rond. Louis avait prétendu que ça ferait disparaître tous ses instincts agressifs, mais sur ce point il se trompait. Church chasse toujours autant, et même...

Miaou ! cria derechef l'animal avant de virevolter brusquement et de gravir l'escalier à toute allure.

« Jud ? lança une nouvelle fois Rachel. Vous êtes là-haut, Jud ? »

Church fit *Miaou !* du haut de l'escalier, comme pour lui confirmer le fait, puis il détala le long du couloir et disparut.

Comment est-il rentré, au fait ? Est-ce que Jud lui a ouvert ? Pourquoi ?

Rachel oscillait d'un pied sur l'autre, hésitant sur la conduite à tenir. Le pire était que tout cela lui faisait l'impression de... d'une espèce de *mise en scène,* comme si on avait voulu l'attirer dans cette maison, comme si...

Là-dessus, un grognement de douleur étouffé lui parvint, venant de l'étage. C'était la voix de Jud, indéniablement. *Peut-être qu'il a glissé dans la baignoire, peut-être qu'il s'est pris les pieds dans quelque chose et qu'il est tombé, peut-être qu'il s'est cassé la jambe, luxé la hanche, les vieux ont des os tellement friables, et qu'est-ce que tu as à danser d'un pied sur l'autre comme si tu avais envie de pisser, remue-toi un peu, ma vieille, Church avait du sang sur ses moustaches, du sang ! Jud est blessé et toi tu restes là, les bras ballants ! Mais qu'est-ce qui te prend, bon Dieu ?*

« Jud ! »

Un autre grognement lui répondit et elle gravit l'escalier quatre à quatre.

Rachel n'était encore jamais montée au premier étage de la maison des Crandall. Comme ce corridor n'avait qu'une fenêtre, orientée à l'ouest, il était encore plongé dans une demi-obscurité. Il était large, et conduisait vers l'arrière de la maison, parallèlement à la cage d'escalier, dont l'élégante rampe en bois de cerisier luisait doucement dans la pénombre. Il y avait une photographie encadrée de l'Acropole accrochée au mur, et...

(C'est Zelda au bout de toutes ces années elle t'a retrouvée, son grand moment est venu, il suffit que tu ouvres la bonne porte et elle sera là avec son dos bossu et difforme puant la pisse puant la mort, c'est Zelda, son moment est venu, elle t'a enfin rattrapée.)

Le grognement étouffé lui parvint à nouveau. Il venait de la deuxième porte à droite.

Rachel s'avança lentement vers la porte. Ses talons claquaient sur le parquet. Il lui semblait que tout se déformait autour d'elle. Ce n'était pas l'effet d'une distorsion du continuum spatio-temporel. C'est elle qui rapetissait. La photographie de l'Acropole flottait de plus en plus haut au-dessus de sa tête, et la poignée de porte en verre taillé serait bientôt au même niveau que ses yeux. Elle tendit la main... et avant qu'elle l'eût seulement effleurée, la porte s'ouvrit toute grande.

Zelda était debout en face d'elle.

Elle était voûtée et ramassée sur elle-même, et son corps déformé s'était tellement rabougri qu'elle était devenue naine. Elle faisait à peine plus de soixante centimètres de haut, et pour Dieu sait quelle raison elle était vêtue du petit costume gris dans lequel ils avaient enterré Gage. Mais c'était bien Zelda. Ses yeux brillaient d'une joie démentielle, son visage d'un violet sombre était constellé de taches vineuses, et elle hurlait : « *Je t'ai enfin retrouvée, Rachel, je vais te tordre le dos, tu seras bossue comme moi et tu passeras le reste de tes jours alitée, JAMAIS PLUS TU NE TE RELÈVERAS !* »

Church était perché sur les épaules de Zelda, dont le visage se mit soudain à trembler et à se transformer. Rachel fut prise d'un horrible vertige, et une nausée lui souleva l'estomac. Comment avait-elle pu faire une aussi grossière confusion ? Ce n'était pas Zelda qui se tenait devant elle. Absolument pas ! C'était Gage. Son visage n'était pas cyanosé, mais noir de crasse et barbouillé de sang. Et il était tout boursouflé, comme s'il avait été hideusement déchiqueté et rafistolé à la hâte par des mains inexpertes et négligentes.

Rachel cria son nom et elle lui ouvrit les bras. L'enfant se précipita vers elle, une main derrière le dos, comme pour dissimuler un modeste bouquet de fleurs des champs cueillies à son intention dans un pré du voisinage.

« *Je t'ai apporté une surprise, maman !* glapissait-il. *Je t'ai apporté une surprise ! Je t'ai apporté une surprise !* »

60

Louis Creed fut réveillé par la sensation brûlante du soleil qui lui tapait dans les yeux. Il essaya de se dresser sur son séant, et le violent élancement de son dos lui arracha une grimace. Mazette ! C'était sévère. Il se laissa retomber sur son oreiller et il s'inspecta du regard. Il était tout habillé. Bon sang.

Un long moment, il resta étendu, s'efforçant de bander ses muscles raidis, puis il se souleva.

« Oh merde ! » gémit-il. Pendant quelques secondes, la chambre tangua doucement autour de lui. Son crâne palpitait douloureusement. Il essaya de tourner la tête, et il eut la sensation que les tendons de son cou avaient été remplacés par des lames de scie rouillées. Mais le pire, c'était son genou. Le Ben-Gay n'avait pas fait le moindre effet. Il aurait dû s'injecter une bonne dose de cortisone. L'enflure soulevait la toile de son pantalon ; on aurait dit qu'il y avait un ballon dessous.

« Putain, je me suis drôlement bien arrangé, grommela-t-il. Ah, dis donc, le travail ! »

Très lentement, il plia son genou blessé afin de s'asseoir sur le bord du lit. Il serrait les lèvres avec tant de force qu'elles en blanchirent. Ensuite il se risqua à le fléchir un peu, attentif à ce que la douleur lui disait, essayant de décider si c'était vraiment sérieux, s'il ne s'était pas...

Gage ! Est-ce que Gage est revenu ?

Cette idée l'électrisa, et il se força à se lever malgré la douleur. Il traversa la pièce en clopinant, sortit dans le couloir et se dirigea vers la chambre de Gage. Il passa la tête à l'intérieur, hagard, ses lèvres tremblantes formant muettement le nom de son fils, mais il n'y avait personne. Il se traîna jusqu'à la chambre d'Ellie — vide aussi — puis gagna la chambre d'amis, à l'autre bout du couloir. Cette chambre, dont les fenêtres donnaient sur la route, était vide aussi, mais...

Une voiture que Louis ne connaissait pas était garée de l'autre côté de la route, derrière le camion de Jud.

Et alors ?

Et alors, la présence d'une voiture inconnue chez Jud ne lui disait rien de bon.

Lquis s'approcha de la fenêtre et souleva le rideau de tulle pour examiner l'auto un peu plus attentivement. C'était une petite voiture bleue — une Chevette. Church était allongé sur le toit, pelotonné sur lui-même et, apparemment, il dormait.

Louis resta un bon moment à regarder la voiture. A la fin, il laissa retomber le rideau. Bon, Jud avait de la visite — et après ? D'ailleurs, il était sans doute trop tôt pour se préoccuper de ce qui risquait ou ne risquait pas d'arriver à Gage. Church n'était revenu qu'aux alentours de une heure, et il était à peine neuf heures. Neuf heures, par une radieuse matinée de mai. Il allait simplement descendre se faire du café. Ensuite, il se mettrait un pansement autour du genou, et...

... et comment Church est-il arrivé sur le toit de cette voiture ?

« Allez, quoi, Louis ! » dit-il à voix haute en se traînant vers le couloir. Les chats, ça dort n'importe où ; c'est dans leur nature.

Oui, mais Church ne traversait plus la route, tu te souviens ?

450

« Laisse tomber », grommela-t-il en s'immobilisant au milieu de l'escalier (qu'il descendait très lentement, marche après marche, en se cramponnant à la rampe). Il parlait tout seul à présent, c'était mauvais signe. Ça allait..

Qu'est-ce que c'était que cette chose que tu as vue dans la forêt la nuit dernière ?

Cette idée, qui avait jailli à brûle-pourpoint dans sa tête, lui fit pincer les lèvres comme la douleur de son genou lorsqu'il s'était assis au bord du lit tout à l'heure. La créature de la forêt, il en avait rêvé. Son image était venue se superposer tout naturellement, avec une facilité effrayante, à ses visions de Disney World. Louis avait rêvé qu'elle le touchait, empoisonnant à jamais toutes ses espérances, réduisant à néant toutes ses bonnes intentions. C'était le Wendigo, et non content de faire de Louis un cannibale, il lui avait fait enfanter des cannibales. En rêve, il s'était retrouvé au Simetierre des animaux, mais cette fois il était en nombreuse compagnie. Bill et Timmy Baterman étaient là. Jud aussi, ou plutôt son fantôme, tenant son chien Spot au bout d'une laisse faite d'un vieux morceau de corde à linge. Zack McGovern était là, avec une grosse chaîne dont l'autre extrémité était passée autour du cou de son taureau Hanratty. Hanratty, allongé sur le flanc, lançait autour de lui des regards où brûlait une fureur hébétée. Pour Dieu sait quelle raison, Rachel était avec eux. Apparemment, elle avait fait un dîner un peu mouvementé, parce que sa robe était tout éclaboussée de taches rouges — comme si elle s'était aspergée de ketchup ou de gelée de canneberge.

Et puis, s'élevant au-dessus du tas d'arbres morts jusqu'à des hauteurs titanesques, avec sa peau de reptile jaunâtre et fendillée, ses yeux comme deux grands fanaux nébuleux, et les énormes cornes recourbées qui lui tenaient lieu d'oreilles, le Wendigo surgissait, tel un grand saurien né d'une femelle d'homme. Et tandis qu'ils tendaient désespérément le cou pour essayer d'apercevoir sa face, il pointait vers eux son immense doigt corné et griffu...

« Arrête », murmura Louis, et le son de sa propre voix lui arracha un frisson. Il décida qu'il allait gagner la cuisine et se préparer le petit déjeuner comme si c'était une journée très ordinaire. Un petit déjeuner de vieux garçon, plein de cholestérol réconfortant. Deux œufs frits dressés sur des toasts, avec de la mayonnaise et une belle grosse tranche d'oignon. Il répandait une odeur nauséabonde de vieille crasse mêlée de sueur surie, mais la douche attendrait. Pour l'instant, d'ailleurs, le seul fait de se déshabiller lui paraissait une tâche impossible ; il allait sans doute être obligé de découper la jambe de son pantalon à l'aide du scalpel de sa trousse pour en extirper son genou enflé. Bien sûr, c'était dommage d'en être réduit à infliger un traitement pareil à un instrument de cette qualité, mais aucun des couteaux de la maison n'était assez acéré, et les ciseaux à couture de Rachel n'entameraient même pas la grosse toile du blue-jean.

Mais d'abord, le petit déjeuner.

Il entama la traversée du living-room, puis il bifurqua et se dirigea vers la porte de devant pour examiner encore une fois la petite voiture bleue garée dans l'allée de Jud. Elle était couverte de rosée, ce qui signifiait qu'elle était là depuis un bon moment. Church était toujours sur le toit, mais il ne dormait plus. Son sinistre regard jaune-vert était fixé sur la maison ; on aurait dit qu'il épiait les mouvements de Louis.

Louis recula précipitamment, comme si on venait de le surprendre alors qu'il lorgnait en douce un spectacle défendu.

Il alla dans la cuisine, prit une poêle à frire dans le placard, la posa sur la cuisinière, sortit des œufs du frigo. La cuisine était claire, ensoleillée, d'une étincelante propreté. Louis essaya de siffloter entre ses dents, histoire de mettre un peu d'ambiance, mais il n'avait pas le cœur à ça. Il savait bien que cette apparence de paix et d'harmonie était parfaitement illusoire. La maison lui semblait atrocement vide, et son labeur de la nuit lui pesait encore. Rien ne collait ; il sentait qu'une menace planait au-dessus de sa tête, et il avait peur.

Il clopina jusqu'à la salle de bains et il avala deux cachets d'aspirine qu'il fit descendre avec un verre de jus d'orange. Au moment où il se dirigeait à nouveau vers la cuisinière, le téléphone se mit à sonner.

Il se tourna vers l'appareil et le regarda sonner d'un air apathique et un peu hagard. Il avait l'impression d'être un jobard qui s'est laissé entraîner dans un jeu bizarre et qui, arrivé en fin de partie, s'aperçoit soudain qu'il n'en saisit absolument pas les règles.

Ne réponds, pas, Louis ! Tu sais bien que ça va être une mauvaise nouvelle — que si tu décroches ce téléphone ça reviendra à saisir l'extrémité d'une corde qui va t'entraîner au fond d'un puits de ténèbres,

et je suis sûr que tu n'as pas envie de savoir ce qu'il y a au bout de cette
corde, Louis, vraiment pas, alors ne décroche pas, déguerpis d'ici, la
voiture est au garage, monte dedans et tire-toi, mais ne réponds pas au
téléphone...

Il s'avança vers l'appareil et décrocha le combiné en s'appuyant d'une main au sèche-linge — geste qu'il avait exécuté si souvent par le passé qu'il en était devenu automatique. Il entendit la voix d'Irwin Goldman qui disait : « Allô ? » et à la même seconde ses yeux se posèrent sur les empreintes de pas qui traçaient une double diagonale en travers du carrelage de la cuisine — des empreintes minuscules et boueuses — et il lui sembla que son cœur se pétrifiait dans sa poitrine. Il lui sembla aussi que ses yeux s'enflaient démesurément, qu'ils allaient jaillir hors de leurs orbites et il se dit que s'il avait pu s'apercevoir dans une glace à cet instant précis il aurait vu un visage tout droit sorti d'une peinture flamande du xviie siècle représentant les pensionnaires d'un asile de fous. Ces empreintes étaient celles des pieds de Gage. Gage était venu ici, *il s'etait introduit dans la maison pendant la nuit* — où pouvait-il donc être à présent ?

« Louis, c'est Irwin... Louis ? Vous êtes là ? Allô, allô ? »

— Bonjour, Irwin », dit Louis, sachant d'avance ce que Goldman allait lui annoncer. Il savait à présent ce que signifiait cette voiture. Il avait tout compris. La corde... la corde qui conduisait au puits de ténèbres... il l'avait saisie à présent, et il la suivait rapidement, avançant une main, puis l'autre. Ah, s'il avait seulement pu la lâcher avant de voir ce qu'il y avait au bout ! Mais c'était sa corde. Il l'avait voulue, il l'avait.

« J'ai cru que nous avions été coupés, disait Goldman.

— Non, le téléphone m'a glissé des mains, c'est tout », dit Louis. Sa voix était parfaitement calme.

« Est-ce que Rachel est bien arrivée à Ludlow cette nuit ?

— Oui », fit Louis en pensant à la voiture bleue sur le toit de laquelle Church s'était juché. Cette voiture bleue terriblement immobile. Son regard courut sur les traces boueuses du carrelage.

« Je voudrais lui parler, dit Goldman. Immédiatement. C'est au sujet d'Eileen.

— Ellie ? Pourquoi, qu'est-ce qu'elle a ?

— Vraiment, je crois que c'est Rachel qui...

— Rachel est sortie, coupa Louis d'une voix sèche. Elle est allée

453

acheter du pain et du lait. Qu'est-ce qui est arrivé à Ellie ? Vous allez me le dire, oui !

— Nous avons dû l'emmener à l'hôpital, lâcha Irwin à contre-cœur. Elle a fait un cauchemar, ou peut-être toute une série de cauchemars. Elle était dans un état de totale hystérie ; il n'y avait plus moyen de la calmer. Elle...

— Est-ce qu'on l'a mise sous sédation ?

— Hein ?

— Un somnifère, dit Louis d'une voix impatiente. Est-ce qu'on lui a donné un somnifère ?

— Oh oui, bien sûr. Ils lui ont donné un cachet, et elle s'est rendormie.

— Elle vous a dit quelque chose ? Elle vous a dit ce qui l'avait terrorisée comme ça ? » demanda Louis en serrant le combiné avec tant de force que ses jointures blanchirent.

A l'autre bout de la ligne, il y eut un silence. Très long. Malgré toute l'envie qu'il en avait, Louis se garda bien cette fois de brusquer Goldman.

« C'est justement ce qui a fait tellement peur à Dory, dit enfin Irwin. Eileen a beaucoup parlé devant de... avant de se mettre à pleurer si fort qu'on ne comprenait plus ce qu'elle disait. Un véritable déluge de paroles — Dory en était elle-même au bord de... enfin, vous voyez, quoi.

— Qu'est-ce qu'elle a dit ?

— Elle a dit que le Grand, le Terrible Oz avait tué sa mère. Sauf qu'elle ne le prononçait pas exactement comme cela. Elle disait : « le Gwand, le Tewwible Oz », à la façon de notre fille aînée. A la façon de Zelda. Je vous assure, Louis, j'aurais mille fois préféré poser cette question à Rachel, mais... est-ce que vous avez jamais parlé de Zelda et évoqué les circonstances de sa mort en présence d'Eileen, Rachel et vous ? »

Louis avait fermé les yeux ; il avait l'impression que le sol roulait imperceptiblement sous ses pieds. Au début, il lui avait semblé que la voix de Goldman lui parvenait comme à travers un épais brouillard, mais à présent elle était très claire.

Peut-être que vous croirez entendre des voix, mais ce ne sont que les huards qui chantent là-bas, du côté de Prospect. Le son porte loin, par ici.

« Vous êtes toujours là, Louis ?

— Comment ça se présente, pour Ellie ? demanda Louis (à

présent, c'était sa propre voix qui lui semblait lointaine). Vous croyez qu'elle sera vite sur pied ? Qu'est-ce que le médecin a avancé comme pronostic ?

— Ils ont dit que c'était un choc nerveux à retardement, expliqua Goldman. Le contrecoup de la mort de Gage. J'ai fait examiner Eileen par le docteur Lathrop, mon médecin personnel. J'ai toute confiance dans son jugement. D'après lui, ce n'est rien de grave. Elle est un peu fiévreuse, mais à son réveil elle ne se rappellera probablement de rien. Toutefois, j'aimerais mieux que Rachel revienne, Louis. Je ne me sens pas tranquille. Et vous devriez l'accompagner, à mon avis. »

Louis laissa passer cette suggestion sans rien dire. Il ne pouvait pas détacher son regard des empreintes boueuses qui souillaient le carrelage.

« Gage est mort, Louis, reprit Goldman. Je sais que ça doit être dur à accepter — autant pour Rachel que pour vous — mais par contre, votre fille est encore vivante, et elle a besoin de vous. »

Vous avez raison, Irwin. Vous avez beau être un vieil emmerdeur, ce cauchemar dans lequel vos deux filles se sont trouvées réunies au printemps de 1965 vous a sans doute enseigné quelque chose pour ce qui est de la sensibilité. Ellie a besoin de moi, mais je ne peux pas venir la rejoindre parce que j'ai peur — affreusement peur — d'avoir le sang de sa mère sur les mains.

Tandis qu'il se disait cela, Louis considéra ses mains. Il avait les ongles en deuil. La terre qui les encrassait était la même que celle qui souillait le carrelage de la cuisine.

« C'est bon, dit-il. J'ai compris. Nous serons là aussitôt que possible, Irwin. Peut-être dès ce soir. Je vous remercie.

— Nous avons fait tout ce qui était en notre pouvoir, dit Goldman. Mais je crois que nous sommes trop vieux, Dory et moi. Peut-être que nous l'avons toujours été.

— Ellie n'a rien dit d'autre ? » interrogea Louis.

La réponse de Goldman résonna comme un glas dans son cœur.

« Elle a baragouiné des tas de phrases sans queue ni tête ; je n'en ai saisi qu'une seule : " Paxcow dit qu'il est trop tard. " »

Après avoir raccroché, Louis se dirigea à nouveau vers la cuisinière, complètement hébété, sans trop savoir s'il voulait faire cuire les œufs ou les remettre au frigidaire. Arrivé à mi-chemin, une faiblesse le prit ; un voile gris s'abattit sur ses yeux, et il s'affaissa vers le sol avec une lenteur extrême. Il lui sembla que sa chute durait une éternité. Il tombait en tourbillonnant à travers des nuées vaporeuses, et il eut la sensation d'exécuter au ralenti toute une série de mouvements d'acrobatie aérienne : looping, Immelmann, tonneau, double boucle... Là-dessus son genou blessé entra en contact avec le carrelage, une douleur fulgurante lui vrilla le crâne et il reprit connaissance en poussant un grand cri. L'espace d'un instant il resta paralysé, accroupi à quelques centimètres au-dessus du sol, de grosses larmes jaillissant de ses yeux.

Il parvint enfin à se redresser. Il oscillait légèrement sur ses jambes, mais ses idées étaient à nouveau parfaitement claires — et c'était l'essentiel, pas vrai ?

L'envie de fuir le reprit une dernière fois, plus forte que jamais — il alla même jusqu'à palper la bosse rassurante que faisaient ses clés de voiture dans la poche de son jean. Il prendrait la Civic, roulerait d'une traite jusqu'à Chicago, récupérerait Ellie et s'en irait ailleurs. Bien entendu, à ce moment-là Goldman aurait inévitablement compris qu'il se passait quelque chose de très grave, mais il lui prendrait tout de même sa fille... quitte à la kidnapper au besoin.

Puis sa main retomba, abandonnant les clés. Son impulsion l'avait subitement fui ; ce n'était pas qu'il se sentît découragé, coupable ou désespéré. Ce n'était même pas à cause de la terrible lassitude qu'il sentait enfouie tout au fond de lui. Non, c'était simplement parce que ses yeux étaient à nouveau tombés sur les empreintes de pas boueuses qui souillaient le carrelage de la cuisine. En imagination, il vit ces empreintes tracer leur double sillon à travers toute la carte des Etats-Unis ; d'abord, elles allaient de Ludlow à Chicago, puis de Chicago en Floride. Ces sillons, elles les traceraient à travers la terre entière, au besoin. Louis moissonnait ce qu'il avait semé ; et cette moisson, il ne s'en débarrasserait plus jamais.

Fatalement, un jour, il ouvrirait une porte et se retrouverait nez à nez avec Gage, ou plutôt avec une odieuse contrefaçon de Gage, une parodie de sourire étalée sur sa face, le fixant de ses yeux jaunes, hébétés et troubles. Ou bien ce serait Ellie qui entrerait dans la salle de bains pour prendre sa douche et trouverait Gage assis dans la baignoire, son corps nu couturé de cicatrices et de boursouflures, propre mais répandant une infecte odeur de charogne.

Oui, ça finirait inéluctablement par se produire. Louis n'en doutait pas une seconde.

« Comment ai-je donc pu être aussi bête ? » dit-il tout haut. Sa voix résonnait caverneusement dans la pièce vide. Il s'était remis à parler tout seul, mais à présent ça lui était égal. « Comment ? », répéta-t-il.

Ce n'est pas la bêtise qui t'a fait agir ainsi, Louis, c'est l'excès de douleur. Apparemment, ça ne change pas grand-chose, mais en réalité c'est l'infime différence sur laquelle tout se fonde. C'est de cela que ce cimetière tire sa subsistance. Jud disait que son pouvoir était dans une phase croissante, et il avait raison, bien entendu. Ce pouvoir, tu en es toi-même l'aliment à présent. Il s'est nourri de ta douleur... non, c'est encore pire que ça. Après l'avoir assimilée, il l'a doublée, démultipliée, portée à la énième puissance. Et il ne se nourrit pas seulement de douleur. Il a aussi dévoré ta raison. Ta seule déficience, c'est ton refus d'accepter l'inévitable, mais après tout c'est une faiblesse bien humaine. En plus de ton fils, elle t'a coûté ta femme et sans aucun doute aussi ton meilleur ami. Et maintenant, il ne te reste plus que ce qui reste à tous ceux qui n'ont pas le réflexe assez prompt pour rejeter instantanément la chose qui vient frapper à leur porte en pleine nuit : les ténèbres totales et définitives.

Au point où j'en suis, je ne reculerais pas devant le suicide, se dit-il, et j'imagine que ça devait être la prochaine péripétie prévue, non ? J'ai tout ce qu'il faut pour ça dans ma mallette. Cette chose — ce cimetière, ce Wendigo ou je ne sais quoi — a tout arrangé très soigneusement du début à la fin. Il a forcé notre chat à s'aventurer sur la chaussée, peut-être aussi que c'est lui qui a poussé Gage à courir jusqu'à la route, il a fait revenir Rachel, mais de façon à ce qu'elle arrive au moment qui lui convenait le mieux. Je suis certain qu'il avait prévu que j'aurais envie de me tuer — et en effet, j'en ai envie.

Mais il faut bien que quelqu'un se charge de redresser un peu la situation, non ?

Oui. La situation avait sacrément besoin d'être redressée.

En tout premier lieu, il fallait s'occuper de Gage. Il rôdait sûrement quelque part dans les parages.

Il suivit les empreintes de pas. Elles traversaient le living, puis elles montaient l'escalier. A cet endroit, elles étaient assez confuses car Louis les avait piétinées sans les voir en descendant tout à l'heure. Il les suivit jusqu'au palier, et vit alors qu'elles se dirigeaient vers sa chambre. *Il est venu jusqu'ici !* se dit-il avec étonnement. *Il était à portée de sa main !* Il suivit les traces à l'intérieur de la chambre. Elles allaient jusqu'au lit. Il s'aperçut que la serrure de sa trousse bâillait.

Il l'ouvrit. En temps normal, son contenu était méticuleusement ordonné, mais là, tout était sens dessus dessous. Toutefois, Louis ne fut pas long à constater que son scalpel avait disparu. Il se couvrit le visage de ses mains et resta un moment assis au bord du lit dans cette posture. Des sanglots étouffés s'échappaient de sa gorge.

A la fin, il prit sa trousse sur ses genoux et se mit à farfouiller à l'intérieur.

Retour au rez-de-chaussée.

Bruit de la porte de la dépense qui s'ouvre. Déclic d'une porte de placard qui s'ouvre. Elle se referme en claquant. Bourdonnement assourdi de l'ouvre-boîte électrique. Enfin, bruit de la porte du garage qui s'ouvre et se referme aussitôt — et il ne resta plus qu'une maison vide sous le radieux soleil de mai, aussi vacante qu'elle l'avait été au mois d'août prédédent, attendant que de nouveaux occupants viennent s'y installer... et cela finirait inévitablement par arriver. Ce serait peut-être un jeune couple sans enfants (mais qui espérerait bien en avoir un jour). Mariés de fraîche date, tout l'avenir devant eux, un penchant pour les vins Mondavi et la bière Löwenbräu. Le mari serait peut-être responsable du service du crédit de la Northeast Bank, la femme aide-dentiste ou secrétaire médicale avec à son actif trois années d'expérience chez un ophtalmologue. Il fendrait de ses propres mains quatre stères de bûches pour la cheminée ; elle porterait des pantalons de velours côtelé à taille pincée et irait déambuler dans le pré de Mrs Vinton, où elle cueillerait des chardons séchés pour en orner la table basse du living, promenant sous le ciel plombé de novembre sa pétulante silhouette coiffée en queue de cheval, sans se douter le moins du monde qu'un invisible Vautour voguait sur les ailes du vent, très haut au-dessus de sa tête. Ils se féliciteraient mutuellement d'avoir ignoré ces sottes superstitions, de s'être entêtés à vouloir acheter cette maison en dépit des histoires affreuses qui couraient à son sujet, ce qui leur avait d'ailleurs permis de l'avoir pour une bouchée de pain, ainsi qu'ils le répéteraient complaisamment chaque fois qu'ils recevraient des amis, avec lesquels ils échangeraient des blagues au sujet du fantôme tapi dans leur grenier avant de proposer une nouvelle tournée de Löwenbräu ou de Mondavi blanc et d'entamer une partie de jacquet ou de Parcheesi.

Et peut-être aussi qu'ils auraient un chien.

61

Louis s'arrêta sur le bas-côté de la route pour laisser passer un tonitruant camion d'engrais de l'Orinco. Ensuite il mit le pied sur la chaussée et se dirigea vers la maison de Jud, suivi par son ombre qui s'allongeait derrière lui et à sa gauche. Il tenait à la main une boîte de pâtée pour chats ouverte.

Church se dressa sur son séant et le regarda s'approcher d'un air soupçonneux.

« Salut, Church, lança Louis tout en considérant la maison silencieuse. Tu veux casser une petite graine ? »

Il posa la boîte de pâtée sur le capot de la Chevette. D'un bond léger, Church sauta du toit de la voiture et il se mit à manger. Louis glissa une main dans la poche de son blouson. Le chat tourna la tête vers lui et il se contracta brusquement, comme s'il avait lu dans ses pensées. Louis lui sourit et il s'écarta de la voiture. Church se remit à manger. Louis sortit une seringue de sa poche, retira la petite enveloppe stérile qui la protégeait et la remplit de 75 milligrammes de morphine. Il remit le flacon dans sa poche et s'avança vers Church qui tourna la tête et lui lança un coup d'œil méfiant. Louis adressa un autre sourire à l'animal et il lui dit : « Allez, Church, bouffe ta pâtée, mon vieux. Allons-y, allez go, quoi ! » Il passa une main le long de l'échine du chat, qui cambra le dos, et au moment où il penchait à nouveau la tête vers la boîte de pâtée, il lui empoigna fermement l'abdomen et lui planta la seringue dans l'arrière-train.

Church se mit à se débattre comme un beau diable, en crachant et en griffant furieusement, mais Louis le tenait solidement. Il ne lâcha prise qu'après avoir enfoncé le piston de la seringue jusqu'au bout. Le chat sauta à terre. Il sifflait comme un serpent, et ses yeux torves jetaient des lueurs farouches. L'aiguille était à demi ressortie quand il avait sauté, et la seringue oscillait dangereuse-

459

ment. Elle se détacha, tomba et se brisa. Louis s'en fichait éperdument. Il en avait d'autres.

Le chat fit quelques pas en direction de la route puis, se ravisant subitement, il fit demi-tour et se dirigea vers la maison. Arrivé à mi-chemin, il se mit à chanceler fortement. Il parvint jusqu'au bas de l'escalier du perron, se hissa d'un bond sur la première marche, puis il perdit l'équilibre et retomba sur l'étroite bordure de terre piétinée qui trouait le gazon juste au-dessous des marches. Il resta prostré là, allongé sur le flanc, la respiration brève et haletante.

Louis jeta un coup d'œil à l'intérieur de la Chevrette. Si la certitude qui lui broyait le cœur avait eu besoin d'une confirmation, elle était là : le sac à main de toile beige et le foulard de Rachel étaient posés sur le siège du passager, à côté d'une pochette en plastique de la Delta d'où dépassaient plusieurs billets d'avion agrafés en liasse.

Il se détourna et se dirigea vers la maison. Les palpitations rapides et désordonnées qui agitaient le flanc de Church avaient cessé. Church était mort — pour la seconde fois.

Louis l'enjamba et il gravit l'escalier du perron.

« Gage ? »

Il faisait froid dans le vestibule d'entrée, et il était plongé dans une demi-obscurité. L'unique syllabe du nom de Gage tomba dans le silence comme une pierre lancée dans un puits très profond. Louis attendit que l'écho de cette première pierre se soit tu pour en lancer une seconde.

« Gage ? »

Rien. Même le tic-tac du gros régulateur du salon avait cessé. Personne ne l'avait remonté ce matin.

Par contre, il y avait des traces de pas sur le parquet.

Louis traversa le vestibule et il entra dans la salle de séjour. Une odeur de tabac froid imprégnait toute la pièce. Louis avisa le rocking-chair de Jud, en face de la fenêtre. Il était légèrement de guingois, comme si le vieil homme s'était levé en le repoussant brusquement. Un cendrier était posé sur le siège du bow-window. Il contenait un unique rouleau de cendres, à la forme parfaitement régulière.

Jud s'était mis aux aguets devant cette fenêtre. Qu'est-ce qu'il guettait ? Il me guettait, moi — évidemment ! Il attendait mon retour.

Mais il ne m'a pas vu rentrer. Comment est-ce qu'il a pu me rater, bon Dieu ?

Ses yeux tombèrent sur les quatre boîtes de bière vide méticuleusement alignées. Ça n'aurait sans doute pas suffi à l'endormir, mais peut-être qu'il s'était levé pour aller aux toilettes. Quelle qu'ait pu être la raison pour laquelle il avait manqué Louis, il y avait anguille sous roche. La coïncidence était un peu trop belle pour avoir été purement fortuite.

Les empreintes boueuses allaient jusqu'au rocking-chair. Des traces de pattes de chat, immatérielles, un peu fantomatiques, se mêlaient aux empreintes humaines. On aurait dit que Church avait dansé une espèce de gavotte autour des déchets de terre que Gage avait ramenés de sa tombe à la semelle de ses souliers. Après cela, les empreintes se dirigeaient vers la porte qui donnait sur la cuisine.

Le cœur battant à grands coups, Louis les suivit.

Il poussa la porte et aperçut les pieds de Jud, qui étaient largement écartés, son vieux pantalon de coutil vert, sa chemise de flanelle à carreaux. Le vieil homme était étendu de tout son long au milieu d'une grande flaque de sang qui était déjà coagulé par plaques.

Louis porta ses deux mains à son visage et il écrasa ses paumes contre ses joues, comme si cela pouvait suffire à le frapper de cécité. Mais la vision ne s'effaça pas. Les yeux grands ouverts de Jud étaient fixés sur lui ; son regard vide et mort accusait Louis, l'accusait peut-être aussi lui-même pour avoir mis tout ce processus en branle.

Mais est-ce vraiment Jud qui a lancé le mouvement ? se demanda Louis.

Jud avait été informé de l'existence de cet endroit par Stanny Bee, qui tenait lui-même cela de son père, lequel l'avait appris du sien, un Canadien français qui avait été le dernier à faire le commerce des peaux avec les Micmacs au temps où le président des Etats-Unis était un dandy alcoolique du nom de Franklin Pierce et où la guerre de Sécession n'avait pas encore éclaté.

« Oh, Jud, je suis tellement navré », murmura-t-il.

Jud le fixait de ses yeux vides.

« Tellement navré », répéta Louis.

Ses pieds se mirent en marche automatiquement, et il se retrouva soudain transporté en esprit à la journée du Thanksgiving

— non pas au périple qu'il avait accompli avec Jud cette nuit-là pour transporter le cadavre de Church dans la contrée mystérieuse qui s'étendait au-delà du Simetierre des animaux, mais au repas de fête qu'il avait partagé avec Jud et Norma. Norma avait posé sur la table l'énorme plat de dinde, ils devisaient bruyamment tous les trois en s'esclaffant à tout bout de champ, Jud et lui avaient bu bière sur bière tandis que Norma sirotait un unique verre de vin blanc, et Norma avait tiré la nappe blanche en damas du tiroir inférieur du buffet exactement comme il était en train de le faire lui-même à présent, sauf que la vieille dame l'avait déployée au-dessus de la table et l'avait fixée ensuite à l'aide de deux beaux candélabres en étain, tandis que lui...

Il regarda la nappe de lin blanc tomber sur le corps de Jud, dissimulant à sa vue ses yeux morts et accusateurs. Immédiatement, de petites auréoles rouge sombre se formèrent sur l'étoffe blanche, s'élargissant lentement.

« Je suis navré, dit Louis pour la troisième fois. Tellement nav... »

La syllabe suivante mourut sur ses lèvres. Il avait entendu un mouvement à l'étage. Un imperceptible raclement, rapide, furtif, mais tout à fait *délibéré*. Oh oui, il en était absolument certain. Ce son, on avait voulu qu'il l'entendît.

Ses mains eussent volontiers tremblé, mais il les en empêcha. Il s'approcha de la table de la cuisine, sortit trois autres seringues hypodermiques de la poche de son blouson, les débarrassa de leurs emballages de papier translucide et les aligna soigneusement sur la toile cirée à carreaux rouges et blancs. Ensuite, il sortit trois autres flacons de morphine et remplit les trois seringues. A présent, elles contenaient chacune une dose de morphine qui aurait suffi à terrasser un cheval — ou même Hanratty le taureau, le cas échéant.

Il remit les seringues dans sa poche, sortit de la cuisine, traversa le séjour et s'arrêta au pied de l'escalier.

« Gage ? »

Un bref ricanement lui parvint des ténèbres de l'étage — un petit rire froid et sans gaieté qui lui fit passer un frisson dans le dos.

Il monta.

Il mit un temps fou pour arriver au sommet de cet escalier. Il imagina ce que devait éprouver un condamné à mort effectuant l'interminable — quoique effroyablement courte — escalade d'un échafaud, les mains ligotées dans le dos, sachant qu'il pisserait dès qu'il ne pourrait plus siffler.

Il aborda enfin le palier, une main enfoncée dans sa poche, les yeux fixés droit devant lui. Il resta là, debout, le regard perdu dans la contemplation du mur nu. Combien de temps ? Il n'aurait su le dire. Il sentait sa raison qui l'abandonnait bribe à bribe. C'était une vraie sensation. Très concrète. Vraiment intéressante. Il se dit qu'un arbre pris dans une chape de glace au cours d'un blizzard terrible devait éprouver sensiblement la même chose... quelques secondes avant de s'abattre. C'était curieux, vraiment... et même, ça avait un côté assez rigolo.

« Gage, tu veux venir en Floride avec papa ? »

De nouveau, le ricanement étouffé se fit entendre.

Louis tourna la tête et il aperçut sa femme — à qui il avait apporté un jour une rose entre ses dents — étendue, morte, au milieu du corridor. Elle avait les pieds en éventail, comme Jud. Sa tête et ses épaules étaient appuyés à la cloison. La tête faisait un angle bizarre. Elle avait l'air d'une femme qui s'est endormie en lisant, assise dans son lit.

Il s'avança vers elle.

Bonjour, ma chérie, songea-t-il. *C'est gentil d'être venue me retrouver.*

Des éclaboussures sanglantes dessinaient des formes absurdes sur le papier peint à fleurs. On l'avait poignardée à coups répétés — dix fois ? vingt fois ? c'était impossible à dire — et c'était son scalpel qui avait fait ce sale travail.

Tout à coup, il vit Rachel. Il la vit *vraiment.*

Louis Creed se mit à hurler comme un damné.

Ses hurlements se répercutaient d'un mur à l'autre, et leurs échos stridents roulaient à travers les pièces vides de cette maison où n'habitait plus que la mort. Les yeux exorbités, le visage livide, les cheveux hérissés sur la tête, il hurlait ; le son qui s'échappait de sa gorge était assourdissant comme toutes les cloches de l'enfer sonnant ensemble ; et ces terribles cris discordants ne sonnaient pas le glas de son amour, mais celui, définitif, de sa raison ; toutes les images atroces qui s'étaient imprimées dans sa mémoire tourbillonnaient ensemble dans sa tête. Victor Pascow râlant sur la moquette de l'infirmerie, Church revenant avec des lambeaux de plastique vert accrochés à ses moustaches, la cas·

quette de base-ball de Gage, pleine de sang, au milieu de la route, et surtout cette créature qu'il avait entrevue dans le Marais du Petit Dieu, cette créature qui avait brisé un arbre sur son passage, la créature aux yeux jaunes, le Wendigo, le monstre du Grand Nord, la créature de mort dont le seul contact réveillait des appétits innommables.

Rachel n'avait pas seulement été poignardée.

Quelque chose avait... quelque chose l'avait déchirée à belles dents.

(CLAC !)

Ce *clac* ! résonna à l'intérieur de la tête de Louis. C'était le son d'un plomb qui sautait, d'un circuit qui grillait à tout jamais, le bruit de la foudre qui frappait de plein fouet, le bruit d'une porte qui s'ouvrait.

Louis leva les yeux, la tête gourde, la glotte encore frémissante, et il vit que Gage s'était enfin décidé à paraître devant lui. L'enfant avait le museau barbouillé de sang, un filet de sang lui coulait le long du menton, et un rictus épouvantable lui retroussait les lèvres. Il brandissait de la main droite le scalpel de Louis.

Au moment où il l'abattait, Louis fit automatiquement un pas en arrière. Le scalpel passa devant sa figure en sifflant et Gage, entraîné par son élan, chancela dangereusement. *Il est aussi empoté que Church,* se dit Louis. Il avança un pied et lui fit un croc-en-jambe. Gage s'affala lourdement, et Louis s'assit à califourchon sur son dos, bloquant du genou la main qui tenait le scalpel.

« *Non !* » hoqueta la créature qu'il écrasait de son poids. Ses traits se tordaient convulsivement. Ses yeux reptiliens, brûlant d'une haine insensée, jetaient des lueurs torves. « *Non, non, non...* »

Louis glissa une main dans sa poche, y pêcha une seringue. Il fallait faire vite. Cette chose qui se tortillait sous lui était glissante comme une anguille et elle restait farouchement agrippée à son scalpel bien qu'il lui broyât littéralement le poignet sous l'os dur de sa rotule. Louis regardait son visage ; il y vit courir de subtiles ondes, et il subit une série de rapides métamorphoses. Il devint le visage de Jud, avec ses yeux morts et vacants ; le visage de Victor Pascow, avec son crâne en bouillie, roulant des yeux révulsés ; et à la fin, Louis y aperçut le reflet de son propre visage tel qu'il était en cet instant précis, mortellement pâle et figé dans une expression de complète démence. Ensuite, le visage se transforma à nouveau et il devint la face de ce monstre qu'il avait vu dans les bois — avec son front bas, ses yeux jaunes et immobiles, son immense langue fourchue. La gueule fendue par un rictus, il sifflait comme un serpent.

« *Non, non, nooooooooooon !* »

La chose rua désespérément sous Louis. La seringue lui échappa, tomba à terre et roula sur le parquet du couloir. Il glissa à nouveau une main dans sa poche, en sortit une seconde et la planta entre les reins de Gage.

La chose poussa un cri perçant et elle se cabra avec une telle énergie que Louis fut à deux doigts de perdre l'équilibre et de lâcher prise. Avec un sourd grognement, il sortit la troisième seringue de sa poche, planta l'aiguille dans le bras de Gage et enfonça le piston à fond. Ensuite il se leva et s'éloigna à reculons vers l'autre extrémité du couloir. Gage se hissa péniblement debout et il se mit à avancer vers lui en titubant. Au bout de cinq pas, le scalpel lui glissa des mains et il se ficha dans une lame de parquet en vibrant sourdement. Cinq autres pas et l'étrange lumière jaune de ses yeux se mit à décliner. Deux autres, et il tomba à genoux.

Gage releva le tête et l'espace d'un instant Louis vit son fils — son vrai fils — qui le regardait avec une expression de terrible angoisse.

« *Papa !* » cria-t-il et il tomba la face contre terre.

Louis resta un moment sans bouger, puis il s'approcha de Gage avec précaution, redoutant une feinte. Mais il n'y avait pas de feinte. La chose ne se rua pas sur lui toutes griffes dehors. Il glissa deux doigts sous la chemise de Gage, chercha la jugulaire ; elle battait encore imperceptiblement. Pour la dernière fois de sa vie, il agit en médecin ; il procéda à une auscultation immédiate, avec deux doigts, et compta les pulsations qui s'espaçaient de plus en plus jusqu'à ce qu'il n'y ait plus rien à compter.

Lorsque le cœur de Gage eut définitivement cessé de battre, Louis se dirigea sans hâte vers le fond du couloir, s'accroupit dans l'angle du mur et se lova sur lui-même en position de foetus. Il essaya de se faire le plus petit possible. Comprenant qu'il se sentirait encore plus minuscule s'il s'enfonçait un pouce dans la bouche, il le fit.

Il resta dans cette position pendant plus de deux heures... Et puis, peu à peu, les contours d'un plan se dessinèrent dans sa tête.

Un plan très noir — mais d'une noirceur tellement convaincante...
Il ôta son pouce de sa bouche. En franchissant ses lèvres, il produisit un bref *plop* ! Une fois de plus, Louis Creed passa

(allons-y, allez go !)

aux actes.

Il entra dans la chambre où Gage s'était embusqué, arracha un drap du lit et ressortit avec dans le couloir. De ce drap, il fit un linceul dont il enveloppa le cadavre de sa femme avec infiniment de soin et d'amour. Il fredonnait entre ses dents, mais il ne s'en aperçut pas.

Dans le garage de Jud, à côté de la grosse tondeuse à gazon, il découvrit un grand bidon rouge qui contenait de l'essence. C'était un jerricane de vingt litres, déjà entamé — mais ce qui restait dedans suffirait plus qu'amplement. Il commença par la cuisine, où le cadavre de Jud était toujours étalé sous la nappe du Thanksgiving. Il l'aspergea généreusement d'essence, puis il passa dans le séjour, le bec du jerricane incliné devant lui, et arrosa de liquide ambré le tapis, le canapé, le porte-revues, les fauteuils ; ensuite il traita de la même façon le vestibule d'entrée et la chambre de derrière. L'odeur de l'essence, capiteuse et forte, l'étourdissait un peu.

Un paquet de Chesterfield et une grosse boîte d'allumettes étaient posés à côté du rocking-chair d'où Jud avait guetté en vain l'arrivée de Louis. Louis prit les allumettes et il sortit avec. Aussitôt après avoir passé la porte il jeta une allumette enflammée derrière lui sans même se retourner. La maison s'embrasa instantanément, et la chaleur intense qui s'en dégagea donna à Louis la désagréable impression que la peau de sa nuque rétrécissait. Il referma la porte très posément et resta quelques instants debout sur le seuil, regardant les flammes jaunes qui léchaient déjà le rideau en plumetis de Norma. Ensuite, il traversa la véranda, s'arrêta encore un instant au sommet des marches et songea à toutes les bières qu'ils avaient bues, Jud et lui, installés dans ces fauteuils de rotin, un million d'années auparavant, tout en écoutant le crépitement de l'incendie qui s'enflait graduellement à l'intérieur de la maison.

Puis il descendit les marches et s'éloigna.

62

Au moment où il débouchait du dernier virage avant la maison de Louis, Steve Masterton aperçut la fumée. Elle ne venait pas de chez Louis, mais de la maison de ce vieux zigue qui habitait juste en face, de l'autre côté de la rue.

Steve Masterton avait décidé de venir faire un tour à Ludlow ce matin-là parce qu'il se faisait du souci pour Louis. Enormément de souci. Joan Charlton lui avait parlé du mystérieux coup de fil de Rachel, et depuis il n'arrêtait pas de se demander où pouvait bien être Louis... et ce qu'il pouvait bien fricoter.

Son inquiétude était mal définie, mais néanmoins de l'espèce rongeante et il savait qu'il ne se sentirait pas tranquille aussi longtemps qu'il ne serait pas allé à Ludlow pour s'assurer que tout allait bien... ou pas trop mal, les circonstances étant ce qu'elles étaient.

Le beau temps printanier avait vidé l'infirmerie comme par enchantement, et Surrendra avait dit à Steve qu'il n'avait qu'à y aller, qu'il se débrouillerait très bien sans lui. Steve Masterton avait donc enfourché sa Honda, qu'il avait libérée le week-end précédent du garage où il l'avait séquestrée tout l'hiver, et il avait mis le cap sur Ludlow. Peut-être qu'il avait poussé la moto un peu plus qu'il n'aurait dû, mais son inquiétude le taraudait sans arrêt, accompagnée d'une absurde intuition qui lui soufflait qu'il était déjà trop tard. C'était complètement idiot, bien sûr ; mais il éprouvait au creux de l'estomac une sensation en tout point analogue à celle qui lui était venue l'automne précédent, juste avant la subite péripétie de la mort de Pascow. A ce moment-là aussi, il avait eu le sentiment oppressant qu'une affreuse fatalité allait s'abattre, totalement imprévue et absolument sans appel. Steve Masterton n'était pas, loin s'en fallait, enclin à la religion (il avait même été membre de la Société des libres penseurs au cours de ses deux premiers semestres de collège, et ne l'avait quittée que sur l'insistance de son conseiller d'études qui lui avait expliqué — en privé et le plus officieusement du monde, bien sûr — que cela risquerait de compromettre ses chances de décrocher la bourse dont il aurait besoin pour achever ses études de médecine), mais il subissait comme n'importe qui ces subtiles variations des rythmes biologiques qui passent ordinairement pour des prémonitions, et il lui semblait que la mort de Pascow avait donné le ton, en quelque sorte, et que tout le reste de l'année était resté au même diapason. Cette année n'avait été qu'une longue suite de calamités. Deux membres de la famille de Surrendra s'étaient retrouvés en prison dans leur pays — pour une histoire politique — et Surrendra lui avait expliqué qu'il y avait de fortes chances pour que l'un des deux — un oncle qu'il chérissait beaucoup — y ait laissé sa peau. En lui racontant cela, Surrendra s'était mis à pleurer, et en voyant des larmes sur le visage ordinairement si serein du médecin indien, Steve avait senti une peur affreuse lui nouer l'estomac. La mère de Charlton avait subi une mastectomie radicale, et la coriace infirmière-chef estimait que les chances de survie de la vieille dame étaient des plus réduites. Depuis la mort de Victor Pascow, Steve avait assisté à un total de quatre enterrements : celui de sa belle-sœur, tuée dans un accident de la route ; celui d'un de ses cousins, mort électrocuté à la suite d'une fanfaronnade d'ivrogne (il avait parié avec des compagnons de beuverie qu'il arriverait à grimper jusqu'au sommet d'un pylône de transformateur) ; celui d'un de ses grands-pères ; et, bien entendu, celui du petit garçon de Louis.

Il avait beaucoup d'amitié pour Louis, et il voulait être sûr qu'il ne lui était rien arrivé de fâcheux. Louis venait de subir de terribles épreuves, après tout.

En apercevant les grands tourbillons de fumée qui montaient vers le ciel, sa première idée fut que c'était un nouveau coup du sort dû à ce satané Victor Pascow, dont la mort semblait avoir fait éclater le précaire barrage qui protégeait tous ces gens ordinaires d'une extraordinaire série de catastrophes. Mais c'était absurde. La maison de Louis était toujours là, calme et blanche sous le soleil de cette claire matinée de printemps, spécimen charmant de l'architecture coloniale classique de la Nouvelle-Angleterre.

Des gens accouraient en direction de la maison du vieux zigue et tandis qu'il inclinait latéralement sa Honda pour traverser la chaussée et s'engageait sur l'allée asphaltée, Steve vit un homme se ruer sur la véranda de la maison en flammes, s'approcher de la portée d'entrée vitrée, puis battre précipitamment en retraite. Bien lui en prit d'ailleurs, car l'instant d'après les vitres de la porte éclatèrent et de grandes langues de feu jaillirent de l'ouverture. Si ce type avait eu la témérité d'ouvrir la porte lui-même, les flammes l'auraient sans doute grillé comme un homard.

Steve mit pied à terre et il dressa la Honda sur sa béquille. Invinciblement attiré par l'ancien mystère du feu, il avait momentanément oublié Louis. Une demi-douzaine de voisins s'étaient approchés de la maison en flammes ; excepté le candidat héros, qui était encore sur la pelouse, tous restaient à une distance respectueuse. Les vitres des fenêtres qui donnaient sur la véranda explosèrent à leur tour. Des éclats de verre s'éparpillèrent dans l'air en tournoyant. Le candidat héros baissa la tête et prit ses jambes à son cou. Des flammes jaillirent des fenêtres éclatées et léchèrent la paroi du fond de la véranda en tâtonnant comme de longs doigts flexibles. La peinture blanche se couvrit instantanément de grosses cloques suintantes. Un des fauteuils de rotin se mit à fumer, puis il s'embrasa comme de l'étoupe.

Par-dessus le crépitement assourdissant de l'incendie, Steve entendit la voix du candidat héros qui glapissait à tue-tête, avec des accents absurdement joviaux : « La baraque est foutue, c'est sûr ! Si Jud est là-dedans, il est bon comme la romaine ! Cent fois j'y ai dit de faire attention à ne pas mettre du bois créosoté dans sa cheminée ! »

Steve ouvrit la bouche pour héler les badauds et leur demander si quelqu'un avait songé à appeler les pompiers, mais à cet instant précis il perçut de lointains ululements de sirènes. Apparemment, on les avait appelés et ils arrivaient en force. Mais le candidat héros avait raison : la maison était fichue. A présent, toutes les fenêtres de la façade crachaient des flammes et une fine couronne de flammes presque transparentes venait d'apparaître au-dessus des bardeaux verts de l'avant-toit.

Steve se souvint brusquement de Louis, et il se retourna. Mais Louis ne devait pas être là, sinon il aurait été attiré hors de chez lui par l'incendie, comme ses voisins.

Là-dessus, quelque chose accrocha le regard de Steve.

Derrière l'allée asphaltée qui faisait le tour de la maison de Louis s'étendait un assez grand pré qui escaladait un flanc de coteau en pente douce. Les jeunes herbes de printemps étaient déjà hautes, mais Steve discernait tout de même le tracé d'un sentier aussi soigneusement tondu et entretenu qu'un links de golf. Il gravissait le flanc de coteau en sinuant et allait se perdre dans les bois très verts et très touffus qui barraient l'horizon de leur dense rideau. Quelque chose remuait à l'endroit où le vert tendre de l'herbe sauvage rejoignait le vert plus sombre des arbres, et c'est ce mouvement qui avait attiré le regard de Steve Masterton. Il avait aperçu, brièvement, une tache d'un blanc étincelant qui s'était immédiatement perdue dans l'ombre des bois. Malgré la brièveté de sa vision, il lui sembla qu'il avait vu un homme qui marchait avec un grand paquet blanc dans les bras.

C'était Louis, lui affirma son esprit avec une assurance péremptoire — et totalement irrationnelle. *C'était Louis, et il faut que tu le rattrapes, parce qu'il est arrivé un truc très moche et qu'il va arriver sous peu un truc encore plus moche si tu ne l'arrêtes pas.*

Il était debout à l'entrée de l'allée de la maison des Creed, hésitant sur la conduite à tenir, dansant d'un pied sur l'autre, perplexe, oscillant.

Dis donc, mon petit Steve, mais tu es mort de trouille !

En effet, il était mort de trouille, et sans aucune raison. Mais il y avait quelque chose de... de...

(d'attirant).

Oui, ce sentier qui sinuait à flanc de coteau et s'enfonçait probablement dans les bois au-delà du pré avait quelque chose d'attirant. Il devait bien mener quelque part, pas vrai ? Oui, forcément. Tous les chemins mènent quelque part — et ce n'est pas toujours à Rome.

Louis. Pense un peu à Louis, espèce d'andouille. C'est pour le voir que tu es venu jusqu'ici, rappelle-toi ! Tu ne t'es pas trimbalé jusqu'à Ludlow pour aller crapahuter dans les bois.

« Qu'est-ce que t'as trouvé, Randy ? » cria la voix du candidat héros. Sa voix de tête, à laquelle l'excitation conférait une intonation faussement joviale, portait loin.

La réponse de Randy fut partiellement couverte par le vacarme grandissant des sirènes de pompier, mais Steve la saisit tout de même : « Un chat crevé.

— Il est cramé ?

— Non, dit Randy, même pas roussi. Crevé, c'est tout. »

Comme si cet échange de propos qui lui était parvenu depuis l'autre côté de la rue avait quelque chose à voir avec ce qu'il avait aperçu — ou cru apercevoir — à la limite de la forêt, l'esprit de Steve revint implacablement sur son idée. C'était bien Louis qu'il avait vu.

Et tout à coup, il partit au petit trot, laissant l'incendie derrière lui, remonta l'allée asphaltée et s'engagea sur le sentier. Le temps d'arriver à la lisière de la forêt, il était en nage, et il s'enfonça avec soulagement dans les ombres fraîches du sous-bois. Une odeur piquante et agréable de pin et d'épinette, de résine et d'écorce, lui envahit les narines.

Aussitôt qu'il eut pénétré dans la forêt, il se mit à courir à fond de train, sans trop savoir ce qui le poussait à galoper, sans trop savoir non plus pourquoi son cœur s'était mis à battre à coups redoublés. Il ahanait et sa respiration faisait un bruit de soufflet. Il allongea encore l'allure à partir de l'endroit où le sentier devenait raidillon, s'émerveillant de ce tracé aussi bien nivelé que celui d'une piste de stade, mais lorsqu'il passa sous le portique d'entrée du Simetierre des animaux, il marchait simplement très vite et une pointe douloureuse lui vrillait le flanc juste au-dessous de l'aisselle.

Ses yeux enregistrèrent à peine les tombes disposées en cercles concentriques, les plaques de fer-blanc martelé, les croix grossièrement assemblées à l'aide de vieux morceaux de planches. A l'autre extrémité de la clairière circulaire, une vision étrange sollicitait toute son attention. Les yeux de Steve étaient rivés sur Louis, qui était en train d'escalader un grand tas d'arbres morts, apparemment au mépris des lois de la gravitation. Il montait lentement, pas à pas, les yeux fixés droit devant lui, comme un somnambule ou un possédé. L'objet blanc qui avait accroché le regard de Steve était dans ses bras. A cette distance, sa configuration ne laissait aucun doute sur sa nature : c'était un corps enveloppé d'un drap. Un pied de femme, chaussé d'un soulier de cuir noir à talon plat, dépassait du drap. Avec un léger haut-le-cœur, Steve comprit soudain que le cadavre de Louis tenait dans ses bras était celui de Rachel.

Les cheveux de Louis étaient devenus blancs.

« *Louis !* » vociféra Steve.

Sans marquer la moindre hésitation, la moindre pause, Louis continua jusqu'au sommet du tas d'arbres morts et entama la descente de l'autre versant.

Il va tomber, se dit Steve avec incohérence. *Il a eu de la chance jusqu'à présent, une veine insensée, mais d'ici peu il va se casser la gueule et ça sera encore beau s'il ne s'en tire qu'avec une jambe brisée...*

Mais Louis ne trébucha même pas. Il arriva au bas de l'autre versant du tas d'arbres morts et Steve le perdit momentanément de vue. Puis il reparut. Il se dirigeait à nouveau vers les bois.

« Louis ! » cria Steve une seconde fois.

Cette fois, Louis s'arrêta et il se retourna.

471

Steve fut complètement abasourdi par ce qu'il voyait. Non content d'avoir les cheveux blancs, Louis avait à présent le visage d'un très vieil homme.

D'abord, il parut ne pas reconnaître Steve. Puis, peu à peu, comme si quelqu'un ajustait graduellement un rhéostat à l'intérieur de sa tête, son visage s'éclaira. Ses lèvres se mirent à trembler spasmodiquement, et au bout d'un moment, Steve comprit qu'il essayait de sourire.

« Steve, dit-il d'une voix mal assurée, légèrement chevrotante. Bonjour, mon cher Steve. Je vais l'enterrer. Je suppose qu'il va falloir que je creuse avec mes mains. Ça va sûrement me prendre jusqu'au soir. La terre est très caillouteuse là-haut. Peut-être que vous pourriez me donner un coup de main ? »

Steve ouvrit la bouche, mais il ne parvint pas à émettre le moindre son. Malgré le mélange de stupéfaction et d'horreur qu'il éprouvait, il avait *envie* de lui venir en aide. Ici, dans cette forêt, ça lui paraissait la chose la plus naturelle du monde.

« Louis, coassa-t-il finalement, qu'est-ce qui s'est passé ? Oh, mon Dieu, qu'est-ce qui vous est arrivé ? Est-ce que Rachel a été... est-ce qu'elle était dans la maison en feu ?

— Avec Gage, j'ai attendu trop longtemps, dit Louis. C'est pour ça que cette chose l'a contaminé — parce que j'avais attendu trop longtemps. Mais avec Rachel, ça ne sera pas pareil. Je le sais, Steve. »

Il se balançait légèrement sur lui-même en parlant, et Steve comprit qu'il avait perdu la raison. Il vit cela avec une clarté aveuglante. Louis était fou. Et il était effroyablement las. Steve, qui était lui-même profondément troublé, s'arrêta sur cette dernière idée et oublia l'autre. Louis était exténué, c'est tout ce qu'il voyait.

« Un coup de main serait le bienvenu, dit Louis.

— Ecoutez, Louis, même si j'étais disposé à vous aider je ne pourrais jamais escalader ce tas d'arbres.

— Mais si, dit Louis. C'est facile. Il suffit de le franchir vite et d'un pied sûr, sans jamais baisser les yeux. Ce n'est pas plus sorcier que ça, Steve. »

Ayant dit cela, il tourna les talons et s'éloigna. Steve cria plusieurs fois son nom, mais il s'enfonça dans la forêt sans se retourner. Pendant quelques instants encore, Steve distingua la forme vacillante du drap blanc entre les arbres. Puis il ne vit plus rien.

Il traversa le Simetierre au pas de course, et il se lança aveuglément dans l'escalade du tas d'arbres morts. Au début, il usait de ses mains pour trouver des appuis solides et se hissait lentement, à quatre pattes. Puis il se mit debout et tout à coup une espèce de fabuleuse euphorie s'empara de lui — comme s'il avait aspiré une grande bouffée d'oxygène pur. Il avait la conviction absolue qu'il arriverait au sommet — et il y arriva, en escaladant les troncs enchevêtrés d'un pas rapide et sûr. Il s'arrêta au sommet, oscillant d'un pied sur l'autre, et il aperçut Louis qui cheminait le long du sentier — car le sentier reprenait de l'autre côté.

Louis s'arrêta et il se retourna vers Steve. Le corps de sa femme, enveloppé d'un drap taché de sang, était posé en travers de ses avant-bras.

« Peut-être que vous croirez entendre des voix, lui dit-il. Mais ce ne sont que les huards qui chantent là-bas au sud, du côté de Prospect. Le son porte loin, par ici. C'est bizarre.

— Ecoutez, Louis... »

Mais Louis avait déjà repris sa marche.

Un instant, Steve crut qu'il allait le suivre — il ne s'en fallut vraiment que d'un cheveu.

Je pourrais l'aider... Après tout, il en a besoin... Et j'en ai envie, c'est vrai. Oui, c'est vrai — parce que je sens bien qu'il y a anguille sous roche, et que j'aimerais bien savoir ce que tout ça cache. J'ai l'impression que c'est très... euh... très important, voilà. Il y a un secret là-dessous. Un mystère.

Et là-dessus une branche céda sous ses pieds. Elle se rompit avec un claquement sec et tout à coup Steve fut brusquement ramené à l'endroit où il se trouvait et à ce qu'il était en train de faire. Une folle terreur s'empara de lui et il se mit à tourner gauchement sur lui-même, les deux bras écartés en guise de balancier, un sale goût amer dans la bouche, son visage tordu par une grimace stupéfaite évoquant celui d'un homme qui se réveille brusquement et s'aperçoit qu'il a marché dans son sommeil, et qu'il se tient à présent sur une corniche étroite tout en haut d'un gratte-ciel.

Rachel est morte et c'est peut-être Louis qui l'a tuée. Louis a perdu la raison, il est complètement ravagé, mais...

Mais il sentait qu'il y avait là-dedans quelque chose d'infiniment plus dangereux que de la simple démence. On aurait dit qu'un gigantesque aimant était enfoui quelque part au fond de ces bois, et qu'il exerçait une attraction magnétique sur une part de son cerveau, l'attirant invinciblement vers l'endroit où Louis était en train d'emmener Rachel.

Allez, Steve, prends ce sentier… Prends-le, tu verras où il mène. Oui, mon petit Steve, tu vas voir quelque chose de formidable, quelque chose dont tes copains de la Société des libres penseurs du collège de Lake Forest ne t'ont jamais laissé soupçonner l'existence.

Et puis, comme si elle venait de s'apercevoir qu'elle avait déjà toute la nourriture qu'il lui fallait pour aujourd'hui, la chose qui essayait de l'attirer sembla soudain perdre tout intérêt pour lui et ses appels s'interrompirent. Steve perdit l'équilibre et il se mit à dévaler d'un pas chancelant le flanc du tas d'arbres. D'autres branches se brisèrent sous lui avec des craquements terrifiants, et son pied gauche s'enfonça dans un emmêlement de branches mortes. Sa chaussure de tennis s'accrocha dans des échardes pointues et au moment où il retirait son pied, il les sentit s'enfoncer dans sa chair. Il eut un sursaut désespéré et plongea la tête la première vers le sol du Simetierre des animaux, évitant d'extrême justesse de s'empaler sur un morceau de planche déchiquetée qui lui aurait perforé l'estomac comme un rien.

Il se remit péniblement debout et regarda autour de lui, complètement éberlué, en se demandant ce qui avait bien pu lui arriver. Mais est-ce qu'il lui était *vraiment* arrivé quelque chose ? Déjà, il lui semblait que tout cela n'avait été qu'un rêve.

Et puis, du fond de la forêt qui se dressait de l'autre côté du tas d'arbres morts — une forêt si dense et si touffue que même par une journée de grand soleil les sous-bois baignaient dans une pénombre glauque et opaque — un ricanement caverneux s'éleva. Il tremblait et grondait comme le tonnerre. Steve n'osait même pas imaginer la taille que pouvait avoir la créature qui émettait un son pareil.

Il prit ses jambes à son cou. Sa tennis déchaussée le faisait boiter, mais il ne s'arrêta pas pour la remettre en place. Il aurait voulu hurler, mais sa gorge n'émettait aucun son. Il courait toujours lorsqu'il arriva en vue de la maison de Louis, et il s'échinait encore à expulser de sa poitrine le cri qui y était resté coincé lorsqu'il parvint enfin à faire démarrer sa moto et partit en trombe sur la route 15. Il évita d'extrême justesse une voiture de pompiers venue de Brewer qui se dirigeait vers la maison des

Crandall. Sous le gros casque de motard dont il s'était coiffé, ses cheveux étaient dressés tout droit sur sa tête.

Lorsqu'il se retrouva dans son deux-pièces d'Orono, il avait déjà pratiquement tout oublié de sa visite à Ludlow. Il appela le service de santé de l'université, annonça à Charlton qu'il était malade, avala un somnifère et se mit au lit.

Steve Masterton ne devait jamais vraiment se souvenir des événements de cette journée... sauf dans ses rêves les plus profonds, ceux qui ont lieu pendant les petites heures du matin. Dans ses rêves, il sentait que quelque chose d'immense et de ténébreux l'avait frôlé — quelque chose qui avait tendu une main monstrueuse pour le toucher et l'avait retirée à l'ultime seconde.

Une créature dont les grands yeux jaunes luisaient obscurément comme deux fanaux enfumés.

Parfois, Steve se réveillait de ses cauchemars en poussant des cris perçants, les yeux exorbités, et dans ces moments-là il se disait : *Vous croirez peut-être entendre des voix, mais ce ne sont que les huards qui chantent là-bas, du côté de Prospect. Le son porte loin, par ici, c'est bizarre.*

Mais il n'arrivait jamais à se souvenir d'où lui venaient ces étranges pensées, et il n'avait pas la moindre idée de ce qu'elles pouvaient signifier. L'année suivante, il prit un poste à Saint-Louis, à l'autre bout du pays.

Entre le moment où il avait vu Louis Creed pour la dernière fois et celui où il partit pour le Missouri, Steve ne remit pas une seule fois les pieds à Ludlow.

Epilogue

Les policiers arrivèrent vers la fin de l'après-midi. Ils questionnèrent Louis, mais sans manifester de suspicion particulière. Les cendres étaient encore chaudes ; on ne les avait même pas ratissées. Louis répondit consciencieusement à toutes leurs questions, et ils parurent satisfaits de ses réponses. Par bonheur, leur conversation se déroulait à l'extérieur, et Louis portait un bonnet. S'ils avaient vu ses cheveux blancs, ça leur aurait peut-être mis la puce à l'oreille. Ça n'aurait pas été bon du tout. Il avait mis ses gants de jardinage, et là aussi, ça valait mieux. Il avait les mains esquintées, pleines de sang.

Ce soir-là, il se mit à faire des patiences qui l'entraînèrent jusque bien après minuit.

Au moment où il étalait une nouvelle fois les cartes sur la table, il entendit la porte de derrière qui s'ouvrait.

Tu moissonnes ce que tu as semé, et cette moisson, tu ne t'en débarrasseras plus jamais, songea Louis Creed.

Il entendit les pas lents et grinçants qui s'approchaient, mais il ne se retourna pas. Ses yeux restaient fixés sur les cartes. Il vit la dame de pique. Il la recouvrit d'une main.

Les pas stoppèrent juste derrière lui.

Silence.

Une main glaciale s'abattit sur l'épaule de Louis. La voix de Rachel était râpeuse, pleine de terre.

« *Mon chéri* », disait-elle.

Février 1979-décembre 1982

Table

Première Partie
Le Simetierre 12

Deuxième Partie
Le Cimetière des Micmacs........................ 264

Troisième Partie
Le Gwand, le Tewwible Oz 438

Epilogue. 477

La composition de ce livre
a été effectuée par Bussière à Saint-Amand,
l'impression et le brochage ont été effectués
sur presse CAMERON
dans les ateliers de la S.E.P.C. à Saint-Amand-Montrond (Cher)
pour les éditions Albin Michel

AM

Achevé d'imprimer en décembre 1985.
N° d'édition 9146. N° d'impression 2222.
Dépôt légal : décembre 1985.